A CAIXA DA MALDADE

MARTIN LANGFIELD
A CAIXA DA MALDADE

TRADUÇÃO DE
ALICE FRANÇA

EDITORA RECORD
RIO DE JANEIRO • SÃO PAULO
2012

CIP-BRASIL. CATALOGAÇÃO NA FONTE
SINDICATO NACIONAL DOS EDITORES DE LIVROS, RJ

L271c   Langfield, Martin, 1962-
    A Caixa da Maldade / [Martin Langfield; tradução de Alice França]. — Rio de Janeiro: Record, 2012.

    Tradução de: The Malice Box
    ISBN 978-85-01-08726-3

    1. Ficção inglesa. I. França, Alice. II. Título.

12-4542.
CDD: 823
CDU: 821.111-3

Título original em inglês:
The Malice Box

Copyright © Martin Langfield, 2007

Texto revisado segundo o novo Acordo Ortográfico da Língua Portuguesa.

Todos os direitos reservados. Proibida a reprodução, no todo ou em parte, através de quaisquer meios. Os direitos morais do autor foram assegurados.

Editoração eletrônica: Ilustrarte Design e Produção Editorial

Direitos exclusivos de publicação em língua portuguesa somente para o Brasil adquiridos pela
EDITORA RECORD LTDA.
Rua Argentina, 171 — Rio de Janeiro, RJ — 20921-380 — Tel.: 2585-2000,
que se reserva a propriedade literária desta tradução.

Impresso no Brasil

ISBN 978-85-01-08726-3

Seja um leitor preferencial Record.
Cadastre-se e receba informações sobre nossos lançamentos e nossas promoções.
Atendimento e venda direta ao leitor:
mdireto@record.com.br ou (21) 2585-2002.

*À minha esposa Amy e ao meu filho Christopher
A Andrea, Eddie e Tom
E aos meus pais, pelas palavras carinhosas*

Sumário

Agradecimentos		*9*
Prólogo		*11*
PARTE UM: *A Iniciação*		*13*
PARTE DOIS: *As Provas*		*105*
1	Prova da Terra	*107*
2	Prova da Água	*139*
3	Prova do Fogo	*195*
4	Prova do Ar	*227*
5	Prova do Éter	*263*
6	Prova da Mente	*315*
7	Prova do Espírito	*363*
PARTE TRÊS: *O Corpo de Luz*		*381*
Epílogo		*441*

Agradecimentos

Sou imensamente grato às seguintes pessoas: Michael Sissons e todos da PFD; Mari Evans e Alex Clarke da editora Michael Joseph; Donna Poppy e Larry Rostant; David Schlesinger, Betty Wong, Paul Holmes, Tom Kim, Mark Egan, Stephen Naru, Chade Ruble, Soren Larson e Bernd Debusmann da Reuters, assim como os meus colaboradores, ao longo dos anos, nos escritórios de São Salvador, Cidade do México, Miami e Nova York; Nicki Kennedy, Sam Edenborough e Tessa Girvan da ILA; e George Lucas da Inkwell Management, em Nova York.

Agradeço a várias pessoas que leram os esboços iniciais desta história, embora qualquer detalhe inapropriado ou erro na versão final sejam naturalmente falha minha, não delas: Pilar Prassas, Allison Tivnon, Manuela Badawy, Rasha Elass, Jonathan Lyons, Patricia Arancibia e Bettie Jo Collins.

Pela hospitalidade durante as diferentes etapas da elaboração deste livro, agradeço a Daniel Soucy e ao pessoal do Auberge Les Passants du Sans Soucy, em Montreal, a Randy St. Louis e colegas do Café Un Deux Trois, em Nova York, e a Gwen e Gary Fadenrecht, em Mill City, Oregon.

Por ajudar a perceber alguns recantos escondidos de Nova York, sou grato a Glen Leiner, Suzanne Halpin, Maya Israel e Peter Dillon; Luz Montano e o pessoal da MTA e do New York Transit Museum; Janet Wells Greene e a General Society of Mechanics and Tradesmen de Nova York; a Kevin Walsh, criador do site Forgotten New York — http://www.forgotten-ny.com, e ao site de Jim Naureckas New York Songlines — http://www.nysonglines.com.

Agradecimentos também ao padre Michael Relyea da St. Mark's Church in-the-Bowery, Nathan Brockman da Trinity Church Archives e Colleen Iverson do NYC Marble Cemetery.

Em relação a detalhes descritos na história: o cubo mágico apresentado na quarta prova foi descoberto por Walter Trump e Christian Boyer em novembro de 2003, embora eu imaginasse que já fosse conhecido. Diana Carulli pintou o labirinto percorrido por Robert em um ponto-chave da história, a obra de arte que ele examina na Grand Central é criação de Ellen Driscoll, e o relógio digital que ele vê no Union Square é obra de Kristin Jones e Andrew Ginzel. Eu tomei a liberdade de alterar ligeiramente as datas verdadeiras do furacão Georges, e criei uma seção aberta do Central Park que na realidade não existe.

Devo um agradecimento especial pelo encorajamento e conselho a Toni Reinhold, Clive McKeef, Stacy Sullivan, Jason (Jay) Ross e Nicole Revere. Pelo acompanhamento musical agradeço a Raquy and the Cavemen, Ken Layne and the Corvids, Tsar, Matt Welch, Don Collins and Alien (Chris, Libby e Jeff), bem como a Steve Deptula do Liberty Heights Tap Room.

George Short, Keith Stafford, Dave Nicholson, François Raitberger, Anneliese Emmans-Dean, Leslie Crawford, Juliette Aiyana, Donald Coleman, Vincent Sherliker, Ian e Fiona Gausden, Janie Gabbett, Robert Lethbridge, Alison Sinclair, Joe Cremona, Stephen Boldy, Andrew Paxman, meu irmão Graham Langfield, Kristin Roberts, Barbara Brennan e Catherine Karas, entre muitos outros, me ajudaram a encontrar e seguir o meu próprio caminho.

Por último, mas não menos importante, não tenho palavras para agradecer a minha esposa Amy, que me mandou para Montreal para começar a escrever e cujo profundo discernimento e amor — e um agudo senso editorial — me permitiram dar sentido a tudo.

PRÓLOGO

Nova York, 2 de setembro de 2004

Um olho que tudo vê, belo, impiedoso e irresistível invadia a alma de Robert. Ele lutava para controlar a respiração e dominar o medo.
Ofereço-me no lugar deles. Aprisione-me. Liberte-os...
Seu coração batia em ritmo acelerado. Encontrava-se à beira do êxito ou do fracasso. Milhões de vidas estavam por um fio.
... rezo pelo meu captor...
Ele não podia ouvir nem ver nada, mas sabia que o Dispositivo estava perto dali. Podia sentir sua energia se propagando por seu corpo.
... assim como perdoamos a quem nos tem ofendido...
Ele lutava contra o pânico.
... livrai-nos do mal...
A energia pura do Dispositivo era assustadora. A luz de mil sóis. Sua mente agia de forma rápida deduzindo, avaliando, relembrando o subsolo do centro de Manhattan.
... seja feita a Vossa vontade...
O ar estava denso, carregado de energia negativa com palavras não ditas, como sopro ardente queimando sua pele. Lentamente, seus sentidos se aguçavam, percebendo ameaça e dano iminentes. Entretanto, ele notava algo contraditório: a sensação de que não seria atacado e a certeza de que sua presença provocava certa cautela, quase medo.
... encha o meu coração de compaixão...

Percebeu o olhar fixo e investigativo penetrar os recônditos mais secretos da sua alma. O Dispositivo — a Caixa da Maldade, o Ma'rifat' — queria esquadrinhá-lo. Era uma bomba prestes a explodir, uma quase irrefreável reação em cadeia, que se alimenta dos corações daqueles que estão ao seu redor. Ouviu perguntas: *Quem é você? Quais são os seus desejos mais secretos?*

Ele decidiu estar ali, quis isso, buscou esse momento através das suas atitudes. Lutou para aplacar seu medo e mantê-lo à distância.

... transforme medo em amor...

Formas e fragmentos de cenários da cidade eram jogados diante dos seus olhos: arcos curvos, túneis, praças, monumentos verticais, ponteiros e colunas apontando para o céu, espirais e hexágonos, números e estrelas.

... a mente como espelho...

Sete dias antes a caça havia começado, e com ela a destruição de tudo que ele considerava sua vida.

Decifrara um código atrás do outro, seguira estranhas e maravilhosas trilhas pela cidade, traçara linhas de luz e desejo, luxúria e medo. Uma gincana, um jogo de *geo-caching*, decodificando a cidade, penetrando labirintos, interpretando a história secreta antes do inimigo.

O relógio sempre volta ao ponto de partida. Agora, ele enfrentava seu fim, e estava de volta ao local onde começara.

... coração misericordioso...

Ele olhou mais adiante na escuridão enquanto estava deitado no chão, tentando avistar o Dispositivo. Virou a cabeça e, então, o viu: um tambor branco e dourado, esculpido de forma complexa e com um brilho sinistro. As laterais eram decoradas com algo que parecia ser escrita árabe, incrustada com metais preciosos. Em meio à penumbra, o objeto dificultava o foco, como se estivesse alojado na própria geometria. Suas bordas superiores e inferiores pareciam girar lentamente, em direções opostas. O Ma'rifat'. Estava armado, prestes a detonar.

Uma voz rouca, e brusca, de homem o sacudiu como um choque elétrico.

— Robert.

Quando ele tentou falar, sentiu a boca pegajosa, a garganta obstruída, e não conseguiu emitir nenhum som.

Era hora de lutar. Estava pronto. Lembrou-se do passado distante.

... perdoa-lhe...

PARTE UM

A Iniciação

Cambridge, Inglaterra, março de 1981

Os passos de Robert ressoavam na névoa enquanto ele corria. A aparência de tudo havia sido modificada, e nada era como parecia. As cenas familiares eram frias e estranhas. Os imensos blocos brancos de pedra calcária da capela da King's College, com seus pináculos perdidos no nevoeiro, insinuavam poder e ameaça. Os cartazes das lojas ao longo da King's Parade estavam escritos em uma língua estrangeira, seus símbolos eram intimidadores e desconhecidos. Seu corpo parecia distante, como se não fosse seu.

Mais uma vez, a imagem horripilante passava pelo olho de sua mente. Havia uma porta, chamas lambendo por debaixo e uma estranha luz maligna.

O sangue pulsava em seus ouvidos. Ele corria pela Trinity Street na escuridão, sua máscara branca de carnaval dançava entre suas escápulas como um chapéu de cowboy e sua capa, enfeitada com estrelas, voava atrás dele.

O relógio bateu meia-noite.

A porta ficava no fim de um corredor escuro. Ele sabia de quem era aquele quarto. Ele sabia o que estavam fazendo ali. Não entendia o que acontecera, mas sabia que eles morreriam, se ele não chegasse a tempo.

A noite começara com uma única rosa vermelha.

Às 20h30 em ponto, Robert Reckliss, calouro de linguística, chegou ao dormitório de uma desconhecida, seguindo ao pé da letra as instruções que recebera: o rosto totalmente coberto por uma máscara, vestido de feiticeiro e com um envelope selado e uma rosa nas mãos.

Ele bateu à porta.

Katherine Rota, estudante do terceiro ano de filosofia na King's College que, obedecendo às regras do jogo, cobrira seu nome na lista de residentes ao pé da escada para manter o mistério da sua identidade, respondeu cantarolando:

— Está aberta, entre.

Robert empurrou a porta com o dedo. Uma jovem vestida de bruxa levantou a cabeça e sorriu para ele.

— Quem é você, eu me pergunto, gentil senhor?

Divertidos olhos azuis piscaram atrás de uma máscara preta. Tratando-se de bruxas, ela estava mais para um estilo "halloween punk". Usava batom preto, meias esburacadas pretas, botas de combate, vestido preto, que parecia do bazar beneficente da Oxfam, e vários colares de contas pretas. Uma vassoura estava encostada na mesa. Seu cabelo preto estava preso de lado, como um rabo de cavalo irregular.

Robert aplaudiu de forma educada e, com uma saudação excessivamente formal, deu-lhe a rosa.

Ela respondeu com uma mesura debochada.

— Obrigada, bom feiticeiro.

Atrás dela, cartazes do Clash e quadros de Gustav Klimt decoravam a parede. Uma grande máquina de escrever estava no meio da escrivaninha, em um pequeno espaço entre bugigangas de estudante. No aparelho de som, ouvia-se piano clássico.

— Você não fala de jeito algum? Muito bem, então, por favor, sente-se. — Ela apontou para uma poltrona arruinada. — Meu gentil visitante gostaria de um café ou um chá? — Apontou para uma pequena chaleira elétrica sobre uma mesinha baixa, ao lado da escrivaninha. — Ou, quem sabe, uma bebida? Posso providenciar um canudo para que não precise retirar a máscara, enquanto bebe.

Ele balançou a cabeça, levantando a mão para recusar delicadamente. Havia algo intrigante no sotaque dela, que sobressaía quando ela pronunciava as vogais, algo típico de ingleses mais instruídos. Seria do oeste da Inglaterra? Ou dos Estados Unidos?

Ela foi para um canto à esquerda, a área de dormir. Havia uma espécie de biombo de tela ao lado da cama, para ela se trocar. Robert achou aquilo muito charmoso. Ele ficou observando a sombra da moça, enquanto ela colocava na cabeça um pequeno chapéu preto pontudo. Voltando à sala, ela o experimentou em frente ao espelho, sobre uma lareira antiga.

— Sinto-me uma verdadeira bruxa esta noite.

Ele não respondeu. Estava proibido de falar. Apenas assentiu com a cabeça, num gesto que considerou cortês.

As estantes estavam abarrotadas de livros de história, matemática avançada e filosofia. Cartazes de peças estudantis cobriam outra parede até a metade. Ele estava com frio na barriga. Ela era muito bonita. Mas ficaria satisfeita ao descobrir quem ele realmente era?

Esta noite participavam de um jogo organizado por um certo Adam Hale-Devereaux. Era uma espécie de encontro às escuras entre seis pessoas, a ser consumado em uma festa à fantasia, que se realizaria mais tarde na Escola de Pitágoras, um prédio do século XII, localizado na área da St. John's College. Adam era um encantador diletante do último ano. Filho de diplomata, mais para bebedor do que para aristocrata, ele tiraria um dez com louvor, sem esforço, nas línguas que falava fluentemente desde criança.

Robert o conhecera em um coquetel do curso de linguística, no final do seu primeiro semestre, e fora abertamente grosseiro com ele, rotulando-o imediatamente de privilegiado irresponsável.

— Então, você não teve de fato que *aprender* as línguas que fala. Apenas as absorveu, quando viajava pelo mundo com seu pai — dissera Robert a Adam. — Você tem sorte.

— Sou extremamente sortudo.

Os pais de Robert trabalhavam para um casal da nobreza em uma imponente mansão em East Anglia e viviam em uma pequena casa no terreno da propriedade. Seu pai era um habilidoso jardineiro e carpinteiro; sua mãe, cozinheira e governanta. Filho único, ele foi o primeiro da família a frequentar a universidade.

— Mudávamos tanto de casa que eu costumava fantasiar em ser apenas de um lugar — acrescentara Adam. — Mas não posso reclamar. Éramos certamente privilegiados.

— Realmente não acho que você deveria ter o direito de estudar algo que acha tão fácil. Não parece justo.

— Mas o objetivo não é a capacidade de falar uma língua, mas sim o uso que se faz dela. Já aprendeu francês medieval? *Le Roman de La Rose* não é nada fácil. *La Chanson de Roland* pode ser uma dor de cabeça. É recompensador, mas...

Adam disse aquilo com um sorriso apaziguador, antes de mudar de assunto e falar sobre críquete.

— Entendo seu ponto de vista. Não me sinto ofendido. Como você classificaria os australianos neste verão?

E com o críquete como assunto em comum, desfrutaram de uma conversa educada sobre os méritos de Brearley e Botham e o futuro do Ashes.

Então, no início de março, no escaninho de Robert, na portaria da Trinity Hall, apareceu um convite escrito à mão, para ele participar de um "encontro às escuras, ou atividades preliminares para a fundação de uma nova Sociedade dedicada à exploração da sabedoria não convencional", assinado por Adam, com a frase: "Seria uma honra poder contar com a sua presença."

Embora disposto a manter os pés no chão e não se perder na pretensão universitária, Robert aceitara o convite, baseado no que ele denominou de razões antropológicas. Ele estudaria essas criaturas estranhas em seus hábitats naturais e, sem dúvida, aprenderia alguma coisa, ainda que fosse algo com o qual não concordava. Um fator de decisão adicional foi o de que seria uma oportunidade para conhecer algumas garotas.

De acordo com as regras do jogo, os participantes não poderiam se conhecer. Três cavalheiros deveriam sair na noite fria e nebulosa, totalmente disfarçados, portando um envelope selado, no qual estariam escritos a faculdade e o número do dormitório da moça desconhecida que eles deveriam visitar às 20h30. Isto ele tinha feito. As moças também tinham recebido instruções do mestre do jogo.

— No envelope está escrito que você não pode falar até as 22 horas — disse Katherine em frente ao espelho. — Se não cumprir as regras, devo mandá-lo embora.

Ele assentiu com a cabeça.

Ela prendeu o chapéu pontudo de um jeito sofisticado, virou-se para receber a aprovação de Robert e se serviu de um copo de vinho tinto.

— Isso é um tanto difícil. Adam gosta de coisas difíceis, não é?

Robert deu de ombros, inclinando a cabeça para indicar que não sabia.

— O bilhete dele diz que meu acompanhante desta noite será uma grande surpresa, alguém que eu não esperaria. Cheguei a pensar que seria ele mesmo, disfarçado. Algo bem típico dele. — Ela sorriu. — Você não é o Adam, é?

Robert permaneceu imóvel. Ela o observava atentamente. Adam e ele eram mais ou menos da mesma altura, embora Adam fosse três anos mais velho. No traje de feiticeiro, um poderia facilmente se passar pelo outro. Pareceu claro que ela estava interessada em Adam.

Ela riu e voltou a perguntar:

— Você não é o Adam, é?

Robert teve uma ideia estranha: ambos queriam que aquilo fosse verdade. Ele se sentia sobrepujado pelo homem mais velho. Gostaria de ter o magnetismo de Adam, sua tranquilidade aristocrática e seu enorme conhecimento. E percebeu que Katherine, certamente, seria mais receptiva, se ele pudesse demonstrar um pouco daquelas qualidades. Robert temia que ela perdesse o interesse quando ele se revelasse.

Após um momento, ele negou balançando a cabeça ligeiramente.

Katherine disfarçou a decepção, levantando-se e andando até a janela.

— Sabe de uma coisa? Não estou nem um pouco preocupada com as provas finais, mas a ideia de deixar este lugar em três meses... não consigo suportar. E você?

Ele passou o dedo sobre a máscara, indicando uma lágrima. Depois, colocou levemente a mão no coração. Ela sorriu.

Ao organizar os jogos para aquela noite, Adam tinha escolhido os pares e as personalidades, baseado no que ele conhecia de cada um dos participantes. Por razões não inteiramente claras, Katherine e Robert eram bruxa-feiticeiro; os outros eram donzela-cavaleiro e prostituta-vigário. Antes de se encontrarem no baile, cada um deveria decifrar um enigma, contido nos envelopes, que levava a um determinado local. As instruções diziam:

[...] no local você encontrará um segundo enigma a ser decifrado. Deverá achar algumas palavras mágicas, anotá-las e trazê-las com você.

Depois, deverá cumprir um desejo secreto. Para ganhar o prêmio, precisa voltar com as respostas corretas e decifrar um terceiro enigma. As honras especiais serão destinadas às aventuras mais criativas ou escandalosas, *durante o percurso*. O flerte é bem-vindo, carícias indesejadas, não. As verdadeiras identidades serão reveladas às 22 horas.

— Vamos às pistas — disse Katherine.

Robert abriu seu envelope e retirou dois cartões. Em um deles estava escrito: "Pista: Sou um eco da Cidade Sagrada." Na parte de trás, um complemento: "Sugestão: Ela tem um desejo secreto que envolve este lugar. Chegando lá, faça a primeira coisa que ela pedir. Lembre-se, você não pode falar."

O segundo cartão exibia uma tabela de pontos e linhas, e estava escrito: "Reserve isto para mais tarde." Ele mostrou a Katherine o cartão pontilhado e a pista. Ela pegou um abridor de cartas na escrivaninha e abriu seu envelope, que continha a seguinte pista: "Visto do céu, sou um olho..."

Ela pensou a respeito e virou o cartão, mas não compartilhou com Robert o que havia na parte de trás. O envelope dela tinha um segundo bilhete, lacrado com cera vermelha, que ela enfiou no vestido. Nele estava escrito: "Só pode ser aberto no local de sua busca."

Katherine desenhou um olho em um bloco de anotações e mostrou a Robert.

— Significa algo para você?

Ele negou balançando a cabeça.

— O que significa Cidade Sagrada? Jerusalém. Al-Quds. Cristão, muçulmano e judeu. Deve haver outros, mas...

Katherine pegou um guia ilustrado de Cambridge de uma prateleira e folheou as páginas.

— Um olho. Visto do céu. Um eco da Cidade Sagrada...

Robert fez um sinal para que ela entregasse o bloco de anotações e escreveu: "Íris e pupilas são redondos. E a Round Church?"

A Round Church de Cambridge, construída na época dos normandos, ficava a menos de dez minutos a pé.

Ela procurou no guia de viagem e gritou, exultante.

— Claro — disse ela. — Você é bem esperto! Aqui diz que a Round Church, assim como todas as igrejas redondas do mundo, é uma cópia da Igreja do Sagrado Sepulcro em Jerusalém. Tem algo a ver com os Templários.

Ela agarrou a vassoura e disse:

— Vamos embora!

Nova York, 25 de agosto de 2004

O calor do final de verão estava nas ruas, preso por metal e vidro. Estava úmido. Uma tempestade se aproximava.

Sem pensar, Robert parou em frente de uma vitrine na Quinta Avenida. Era uma daquelas lojas que vendem lembranças bregas de Nova York: os edifícios do World Trade Center em um globo de neve, o Empire State de plástico com o King Kong pendurado no topo, além de isqueiros da Estátua da Liberdade. Inexplicavelmente, ele era fascinado por essas coisas. Vivia comprando essas miniaturas: prédios da Chrysler, Flatirons. Katherine dizia que era uma doença.

Sentindo-se levemente culpado, ele entrou na loja.

Katherine tinha uma fraqueza por tudo que envolvesse culinária: revistas exibindo pratos magníficos em fotos coloridas, o canal de culinária na tevê a cabo e uma nada saudável obsessão pelo chef Mario Batali. Mas ele também tinha suas fraquezas: caminhadas, livros de mesa sobre arquitetura urbana, além de horríveis maquetes de prédios importantes.

Na loja, um peso para papéis barato, pintado de prata, chamou sua atenção. Era formado por aproximadamente 20 pontos turísticos importantes, dentre os quais, os prédios da Chrysler, das Nações Unidas, o Empire State, a ponte do Brooklyn e a Estátua da Liberdade, tudo sobre uma base oval. Decidiu comprá-lo quando viu que também tinha o Rockefeller Center e o arco do Washington Square Park, que ele talvez pudesse aprimorar. Seria impossível achá-los totalmente prontos, com todos os detalhes.

Ele o comprou. Estava suando e sentia-se ligeiramente tonto. Talvez estivesse desidratado.

Enquanto andava em direção a Times Square, ao longo da 42, até a estação rodoviária de Port Authority, ele não parava de pensar em Katherine e no abismo que tinha se aberto entre eles. Haviam se passado oito meses desde o aborto, e Robert não sabia como mudar a situação.

Quando chegou em casa, viu que Katherine parecia cansada. Sua compra a distraiu até certo ponto: até que ele pegasse o formão.

— Agora você irá destruí-lo. Uau!

— É difícil encontrar uma miniatura de algo que tenha alguma coisa a ver com o Rockefeller Center.

Ela não mostrou simpatia.

— Pode estimular seu hábito, se quiser.

— Como foi o seu dia, Kat?

Ela deu uma risada seca.

— Sinto-me com 80 anos.

No escritório de Robert, em uma mesa, havia um mapa de Manhattan, sobre o qual ele colocava seus pequenos prédios, como se estivesse construindo um modelo em escala da ilha, em três dimensões. O edifício do Rockefeller Center iria se ajustar perfeitamente.

Katherine ficou na porta, observando o marido.

— Robert, isso não vai dar certo. Realmente.

— Só... um... minuto.

Ela se aproximou para ver de perto o que ele fazia. Nesse momento o peso de papéis quebrou e parte das Nações Unidas e da ponte do Brooklyn saiu voando. Por pouco a tocha da Estátua da Liberdade não atingiu o olho de Katherine. O prédio da GE no Rockefeller Center permaneceu mais ou menos intacto.

— Pare com isso!

— Está bem. Calma!

Katherine olhou para ela irritada.

— Quando você vai abrir o pacote misterioso? — perguntou ela.

Naquela manhã chegara pelo correio um pacote endereçado a "Rickles". Postado em Nova York e sem endereço de devolução. Sabendo a origem e achando que deveria se tratar de algo importante, ela alertara o marido a respeito.

Só uma pessoa o chamava sempre de "Rickles".

A primeira coisa que passou pela cabeça de Robert fora sugerir que ela o pusesse em um balde com água, do lado de fora da porta dos fundos, uma decisão natural diante dos pequenos presentes e jogos de Adam Hale. Mas Katherine o deixara na mesa do escritório, ao lado de todas as besteiras inúteis que ele guardava no seu arquivo classificado como "muito complicado".

— *Pode* ser de outra pessoa — sugeriu ela.

Mas não era.

O pacote era um cubo em que cada lado media aproximadamente 10 centímetros.

Ele apontou para a porta e sugeriu:

— É melhor você ir para a outra sala. Um de nós precisará ficar a salvo para processá-lo, caso essa coisa venha a explodir.

Ela riu distraidamente e se afastou.

Com uma das mãos Robert pegou o pacote na escrivaninha e, com o auxílio de um estilete, começou a cortar o papel marrom. Sua mão tremia de modo incontrolável e ele respirou fundo para se acalmar. Os jogos de Adam costumavam ser egoístas, irritantes e, às vezes, terrivelmente angustiantes. Mas dessa vez ele tinha a sensação de que seria diferente, como se todos os outros não passassem de um ensaio para o que estava prestes a começar.

Cuidadosamente, ele terminou de cortar o papel e viu, diante de si, uma caixa de cartolina grossa, fechada na parte de cima com fita adesiva. Ele deslizou a lâmina ao longo da fenda, entre as abas superiores, e abriu a caixa.

No interior havia um envelope e um objeto misterioso, protegido por plástico bolha e papel de seda. Ele encostou a lâmina no plástico, mas, apesar do cuidado, sua mão não parava de tremer.

Ele parou, respirou fundo e cortou de uma só vez a embalagem.

Era uma caixa metálica redonda, dourada, com aproximadamente 6 centímetros de diâmetro. Lembrava uma caixinha de remédios, ou um pequeno tambor, com anéis concêntricos sulcados na parte de cima. Parecia ser algo completamente sem importância.

O envelope continha um bilhete escrito à mão, em letras de forma cuidadosamente grafadas, onde se lia: "POR FAVOR, AJUDE-ME." Na parte de trás, em uma grafia mais apressada, estava a frase: "O tempo está se esgotando." Não havia assinatura, mas Robert reconheceu a caligrafia de Adam e fechou os olhos.

Um dia você será convocado. Mais de duas décadas depois ainda podia ouvir as palavras de Adam, o que o deixou com um gosto amargo na boca. Resolveu guardar o bilhete em uma gaveta.

A caixinha tinha motivos geométricos nas laterais. Não havia um modo óbvio de abri-la. Ele a virou de todos os modos possíveis, apertando, puxando e procurando fendas para enfiar a unha. Porém, quanto mais tentava, mais frustrado ficava. Em pouco tempo o objeto até parecia mais pesado. Acabou desistindo e chamou Katherine.

— Típico do Adam. Dê uma olhada nisso. É um imbecil — resmungou ele. — Está completamente lacrada.

Katherine a tomou das mãos dele e, sob a luz do abajur da escrivaninha, examinou o objeto.

— Isto é uma espécie de metal? É quase como vidro. Você acha que Adam resolveu começar mais um dos seus jogos?

Ela colocou o objeto na escrivaninha e ele deu um sorriso irônico.

— Espero que não. Não sei se o nosso seguro cobriria esse tipo de coisa.

Ela o olhou por um momento.

— Você não gosta de ser chamado de Rickles, não é?

A caixa ficou na escrivaninha como um sapo. Agora sua cor parecia ser ouro-avermelhado.

— Isso sempre me irritou, é verdade.

— Havia mais alguma coisa no pacote?

— Não — mentiu ele.

Ela subiu as escadas.

Robert lutou com a maldita coisa por mais meia hora, tentando não pensar. A certa altura a borda superior deslizou 1 centímetro em sentido anti-horário, com um clique suave, como se ele tivesse acionado um mecanismo de precisão, que não poderia ser desfeito. Ele tentou reproduzir a posição da mão que levara ao movimento, mas não conseguiu. Desistiu e foi juntar-se a Katherine.

— Quando era menina, eu tinha uma caixa secreta especial muito difícil de se abrir, um pouco parecida com aquela — disse ela, virando-se do computador para olhar para ele. — Um amigo me deu em uma das nossas férias de verão, na França. Era feita de madeira, bem fechada, então era necessário saber a sequência exata de movimentos para abri-la. Eu escrevia todo tipo de coisas danosas, maliciosas que as pessoas diziam ou faziam e guardava tudo dentro dela. Ela aprisionava o mal no seu interior.

— Eu poderia usar uma dessas no trabalho.

— Eu a chamava de minha Caixa da Maldade.

Robert franziu a testa.

— Se eu bem me lembro, em francês, *boîte à malice* quer dizer algo mais do tipo "caixa de truques", se é isso o que você estava pensando — disse ele, indo até a estante para pegar um dicionário de francês. — É isso mesmo, olhe, seria uma tradução incorreta chamá-la assim.

Ela não olhou.

— Eu sei. Confundi o francês com inglês. Eu tinha só 13 anos, Robert.

— Está errado, mas eu gosto do nome. *Caixa da Maldade*. Bem inusitado e, ao mesmo tempo, bastante ameaçador. Adam adoraria isso, sem dúvida. Bem, vou quebrá-la com uma pá.

— Não.

— Como assim, não?

— Pare tudo o que está fazendo agora. Apenas não continue. Pare.

— Como é que é?

— Pare de tentar me diminuir, de ser pedante, de ressentir-se com Adam.

Ele deu um grunhido.

— Deixe-me dar outra olhada nela. Parece marroquina ou egípcia. Não importa o que seja, não a quebre. Pode ser bastante valiosa. E é linda.

Ele entregou a caixa a Katherine.

Quando finalmente ela a abriu, a Caixa da Maldade continha uma bolsa de couro. No seu interior havia duas chaves e um pedaço de papel dobrado, com um endereço escrito em um lado e uma única palavra no outro: *vitríolo*.

"Que apropriado!", pensou Robert.

O endereço era de um apartamento no West Village.

Katherine se animou.

— Que emocionante! Fico feliz por ele estar fazendo os enigmas novamente.

— Mostre-me, como fez para abri-la?

— Não sei se vou conseguir. Eu estava tentando diferentes posições com os dedos, torcendo e apertando em lugares diferentes, e todo o tempo eu olhava para a parte de cima. Olhe, está vendo? Observe como uma hora parece côncava e depois convexa. É esquisito. É como olhar fixamente para um olho que está fitando você. Se eu não tivesse certeza do contrário, poderia jurar que fiquei hipnotizada por um momento, ao olhar para ela.

— Bobagem! Você apenas deu sorte e agora não consegue fazer novamente.

Ele tomou o objeto das mãos dela e foi para o escritório, tentar compreender o objetivo de Adam.

De que dados ele dispunha?

Adam, que morava em Miami e tinha entrado em contato pouquíssimas vezes em vários anos, mandara um pacote de Nova York, ou pedira alguém para fazê-lo. Não havia nada na parte de fora do embrulho nem no seu interior que o identificasse como remetente, exceto para Robert e Katherine, que já conheciam seus jogos.

Adam estava diretamente pedindo por socorro, de um modo diferente de seus desafios anteriores que, na maioria das vezes, envolviam favores divertidos, encontros com garotas, pedidos de empréstimo de dinheiro e uma infinidade de outras ideias, que iam de duvidosas a litigáveis.

E o tempo estava se esgotando.

Robert apanhou a Caixa da Maldade e a examinou. Estava apavorado. Havia algo muito estranho em tudo aquilo.

Cambridge, março de 1981

A névoa estava mais densa que nunca, embora o ar estivesse fresco. Depois de andarem por toda a King's Parade, passarem pela Senate House e entrarem na Trinity Street, Katherine tomou o braço de Robert. Não havia quase ninguém nas ruas. Na vitrine da livraria Heffers eles pareciam criaturas imaginárias, perdidas entre mundos. Katherine trouxera uma lanterna, iluminando à frente deles, mas aquilo surtia pouco efeito.

Passaram pelo Great Gate da Trinity, onde Adam estudava, pelo gramado em que ficava a Árvore de Newton e pelo portão do St. John's, com suas criaturas míticas sustentando o brasão de seu fundador: rabos de elefantes, corpos de antílope, cabeças de cabra e chifres virados para a frente e para trás, ao mesmo tempo.

Pouco antes de chegarem à Round Church, Robert percebeu uma imagem refletida na vitrine de uma loja. Por um instante pensou que alguém os seguia. Ele piscou, a imagem desapareceu.

Um muro baixo rodeava a Round Church, por onde Robert passara muitas vezes, mas nunca havia entrado. Uma luz oscilante parecia iluminar o interior do local. Ao entrarem no terreno, Katherine aconchegou-se a ele.

— É um tanto assustador. Você costuma ir à igreja?

Ele balançou a cabeça. Como a entrada principal estava fechada, ele foi para o lado esquerdo, onde ficava o antigo cemitério, enquanto examinava as janelas de vidro manchado, que deixavam perceber uma luz fraca do lado de dentro.

— Segundo o livro, há somente mais quatro igrejas como esta em todo o país — observou ela. — Foi fundada como uma capela de viajantes, no século XII, por uma Fraternidade do Santo Sepulcro, da qual nada mais se conhece. Cavaleiros das Cruzadas, talvez? Vamos ver o que diz a próxima pista.

Katherine pegou o bilhete lacrado e arrebentou a cera. Depois, se aproximou de Robert e entregou-lhe a lanterna. Ele leu o bilhete por sobre o ombro dela: "*Você busca um pássaro mágico. Dê um nome a ele e às razões da sua magia. Traga de volta as palavras sobre as quais ele se aninha.*"

— Ele não está esperando que entremos à força, não é?

Robert deu de ombros e apontou para os pilares esculpidos no pórtico da entrada. Após inspecionarem o local, não conseguiram achar nenhum pássaro. Saíram do cemitério e deram a volta até os fundos da igreja, onde a arquitetura da extensão, construída posteriormente, tinha um estilo mais quadrado e regular. O enorme vulto do edifício vitoriano de tijolos vermelhos, que alojava a Cambridge Union Debating Society, agigantava-se atrás deles.

Olharam para cima e viram uma janela de vidro manchado que representava a Crucificação. Com o auxílio da lanterna, procuraram por detalhes. Robert identificou uma data, escrita de trás para a frente, pois estavam olhando do lado de fora: 1942.

Uma voz de homem falou em meio à névoa:

— Foi praticamente destruída durante a guerra.

Katherine deu um grito e agarrou o braço de Robert, que, esquecendo o juramento de silêncio, respondeu na direção da voz:

— Seu babaca estúpido! Quase nos matou de susto!

— Lamento por assustá-lo — disse a voz.

Um homem vestido com um casaco largo e felpudo, botas de borracha e com o rosto encoberto por um enorme capuz, deu alguns passos em direção a eles.

— Quem é você?

— Sou apenas um vigia. Gosto de manter o local limpo, porque as pessoas jogam lixo no chão. Vocês parecem bastante assustadores com essas roupas esquisitas. Estão indo a alguma festa?

— Mais tarde — respondeu Katherine.

— Parece que precisam de ajuda. Estão tentando decifrar algum enigma?

Ele não parecia ser daquela região e tinha a voz suave de um homem nos seus 50 anos.

— Bem — disse ela um tanto insegura. — Conhece algum pássaro mágico por aqui?

— Ah, o "Pelicano na sua Abnegação".
— Como é que é?
— Você deve estar se referindo ao "Pelicano na sua Abnegação".
— O que é isso, exatamente?
— É na janela com o vidro manchado. Fica de frente para o oeste, para que possa ser visto na saída. Está na parte da frente. Traga a lanterna.

Com passos largos, o vigia se afastou na névoa. Katherine se retraiu, sussurrando no ouvido de Robert:

— Eu tinha um desejo secreto sobre este lugar, mas esse homem estragou o clima — disse ela com um sorriso.

Robert bufou de decepção.

— Não diga nem mais uma palavra. Pelo menos não estou mandando você embora. Vamos achá-lo.

Eles deram a volta até a frente da igreja e encontraram o vigia parado, com o braço erguido e um guarda-chuva dobrado em uma das mãos, o que lhe dava um aspecto deformado. Ele apontava para uma janela acima do pórtico.

— Acompanhe com a lanterna a direção do meu braço — ordenou ele.
— Estão vendo?

No local indicado havia uma imagem arredondada abstrata, branca, em um fundo vermelho-sangue. Ao olhar mais atentamente, Robert identificou a curva de um pescoço e uma asa. Parecia tanto um dragão quanto um pelicano.

— Deus do céu! — exclamou Katherine. — Ela está comendo o próprio coração.

Era verdade. O bico da criatura cortava o próprio peito.

— Para alimentar os filhotes — explicou o vigia. — Pelicano na sua Abnegação. Como o sacrifício de Cristo, entre outras coisas. Está vendo o ninho e os filhotes?

Katherine dirigiu a luz da lanterna mais para baixo. Havia um ninho, e, sob ele, um cálice e uma espécie de pergaminho. Um pouco mais abaixo, tinha uns dizeres.

— São as palavras mágicas! — disse ela. — Anote-as. Estão de trás para a frente, espere...

— Posso poupar seu trabalho — disse o vigia. — *Hic est enim sangus meus novi testamenti* alguma coisa *peccatos*. Há uma palavra faltando, está ilegível. Como anda o seu latim?

Katherine fez uma careta.

— Bem enferrujado, na verdade.

— Bem, a rigor, deveria ser *sanguis*, não *sangus*, e a última frase está truncada, mas significa o seguinte: *Isto é o meu sangue do novo testamento* alguma coisa *de pecado*s. A palavra que está faltando é "perdão" ou "remissão". Entendeu?

Robert anotava tudo rapidamente e com um gesto de cabeça concordou.

— Você não fala muito quando não está xingando, não é? Dê uma olhada no topo da janela.

Katherine ergueu a lanterna. Robert conseguiu enxergar uma cúpula em vermelho e branco.

— Jerusalém — disse o vigia. — A igreja original do Santo Sepulcro, que foi construída sobre o túmulo de Cristo. Redonda.

— O senhor foi muito gentil, muito obrigada — disse Katherine, sugerindo que era hora de o vigia partir.

— Pelicano na sua Abnegação — repetiu ele, pensativo. — Na heráldica, é representado como autoimolação. O ato de ferir o próprio peito, sacrifício. As pessoas acreditavam que o pelicano alimentava seus filhotes dessa forma. Um absurdo, naturalmente, mas acabou se tornando um símbolo de Cristo. Pelo ato de sacrifício. Vocês são cristãos, por acaso? — Seus olhos se moveram da capa de Robert, enfeitada com estrelas, para o chapéu pontudo e a vassoura de Katherine.

— De certa forma — respondeu Katherine. — Temos que ir embora. Até logo.

O homem curvou-se em um gesto educado e disse:

— Talvez nos encontremos de novo.

Ela estremeceu e levou Robert para longe, puxando-o em direção ao St. John's. Robert olhou para trás e viu a indistinta silhueta do vigia, que permanecia olhando para o pelicano, desaparecer lentamente no nevoeiro.

Nova York, 25 de agosto de 2004

Adam Hale estava tenso diante dos três homens de cabelo grisalho. Eles usavam ternos de corte impecável em tons sóbrios, abotoaduras e anéis de brasão, discretas, porém caras e gravatas simples. Em suma, exibiam um ar de poder modesto.

— Adam Hale. Obrigado por aceitar nosso convite — disse o mais alto deles.

— Não tive muita escolha, diante das circunstâncias.

— Certo. De qualquer forma, estamos agradecidos.

Estavam no Empire State, em um escritório no 78º andar.

— Por favor sente-se, Sr. Hale.

— Prefiro ficar de pé.

— Tudo bem.

Só o homem mais alto falou. Os outros se limitaram a sentar ao lado dele, diante da enorme mesa de mogno da sala de reunião, fitando Adam friamente.

— Nossa última reunião foi há pouco mais de um ano.

— Exatamente. No dia 14 de agosto de 2003.

— O Grande Blecaute.

— Ou como preferir chamá-lo. Todos nós sabemos o que foi.

— Desde aquele dia estamos, digamos, *ligados* uns aos outros, de certo modo.

Enquanto falava, o homem pouco movia a mandíbula, comendo algumas vogais, como um velho patriarca endinheirado falando sobre suas terras. O medo de Adam ultrapassava sua força de vontade. Aqueles homens eram poderosos demais. E invadiam sua alma, pouco a pouco, dia após dia.

— Concluímos que era hora de chamá-lo.

— Tão cedo?

No fundo de seu coração Adam repetia para si mesmo o juramento que fizera havia mais de 20 anos: proteger os inocentes. Guardar segredos. Precisava retardá-los, a qualquer preço.

— O que vocês querem exatamente? Ainda não entendi.

O homem sentado à direita do que falava deu uma gargalhada. Os outros dois apertaram os olhos, tentando entender o que ele dissera, como se tivesse contado uma piada.

— Como você sabe, nós agimos através de outras pessoas. Somos pacientes. Existimos há muito tempo, assim como o grupo ao qual você pertence. Não temos endereço. Amanhã, este escritório estará vazio. Não é possível nos encontrar, a menos que seja nosso desejo.

O homem tirou do bolso algo que parecia ser uma caneta de prata e com um gesto rápido fez surgir uma lâmina de metal brilhante. Depois se levantou e, inclinando-se para a frente, marcou quatro letras na delicada superfície da mesa: IWNW.

Adam estremeceu diante da tranquilidade casual do gesto.

— Às vezes, alguns referem-se a nós como Irmandade do Iwnw — disse ele, pronunciando *iúnu*, sem dar ênfase à vogal final. — Temos nomes diferentes, em diversos países.

Adam reagiu com irritação.

— Para mim vocês parecem apenas três criminosos vestidos com ternos da Savile Row.

Por um momento o líder considerou o insulto, lançando um olhar penetrante a Adam, mas logo demonstrou ignorá-lo.

— Iwnw é o nome de uma cidade, um lugar sagrado. Um local de energia, onde os nossos antepassados e os da Luz Perfeita inicialmente, digamos... *divergiram*. Desde então, em muitos lugares, os mitos refletem as batalhas entre nós. Essas batalhas são fragmentos.

— Nessas histórias vocês sempre são derrotados, não é?

— Depende do ponto em que você interrompe a história. Ela nunca acaba. Nenhum de nós pode prevalecer sempre, totalmente. Sempre estaremos no mundo. Aliás, você necessita de nós. Seu povo também tem diversos nomes, nem todos precisos. Você deveria levar em conta que, na realidade, está do lado errado nesse processo.

— Vocês não terão êxito. Eu já os interceptei uma vez, no ano passado.

— É verdade. Mas pagou um preço, Sr. Hale, concorda? Você não é tão forte para fazer isso novamente. É, de fato, bastante prazeroso poder trazê-lo para nossa congregação. A nossa espécie, a sua e a minha, sempre existiu, não é? Um pequeno número de pessoas no mundo em um determinado momento, capaz de ouvir as harmonias mais elevadas, de ver mundos além do físico, de servir a mestres superiores.

— Isso é uma bênção.

— É também uma maldição, como vai descobrir. Para você, pessoalmente.

Enquanto falava, o líder do Iwnw aproximou-se lentamente de Adam.

— Na nossa opinião, tal conhecimento, ou seja, a capacidade de perceber e canalizar essas forças, deveria ser usado para moldar o mundo de homens e mulheres comuns. Deveria ser usado com objetivos políticos, para construir uma determinada espécie de sociedade. Preferimos separar o joio do trigo, melhor dizendo. Não nos preocupamos muito com a América, ou o mundo, sob sua atual liderança; uma terra poluída, a caminho da destruição, com lutas intermináveis. O poder está nas mãos dos ignorantes.

Ele se aproximou e parou atrás de Adam, que podia sentir a intensidade do seu olhar fixo, mas recusava-se a virar a cabeça para enfrentá-lo.

— De que forma o Iwnw gostaria de ver o mundo?

— Obediente. Submisso. A serviço de governantes fortes e benevolentes. Pessoas como nós. Pessoas como você.

— Vá para o inferno.

De repente, mãos de ferro forçaram o corpo de Adam para a frente, batendo sua cabeça na mesa. Seu corpo inteiro explodiu de dor e ele ouviu as seguintes palavras sussurradas em seu ouvido:

— Nosso momento chegou. Você cumprirá nossas ordens. Sabe muito bem o que acontecerá se não obedecer.

Adam tentou libertar-se das mãos que o seguravam, mas sua cabeça foi jogada contra a mesa, novamente. A dor do golpe o fez ver estrelas.

— Desfaça o que fez — disse Adam com raiva.

— O seu futuro filho e a mãe dele. Ajude-nos, e eles poderão viver.

— Como posso fazer isso? O que você quer é abominável!

— Oponha-se a nós, ou tente nos enganar, e eles morrerão. Precisamos que aja como nosso instrumento.

Adam fechou os olhos. Ele viu trevas de todos os lados movendo-se rapidamente em sua direção. Buscou abrigo no ponto onde suas intenções mais preciosas habitavam. Reuniu o máximo de força possível e então disse:

— Não vou sacrificá-los. Poupe-os e eu cumprirei suas ordens.

Ele sentiu as mãos que o seguravam afrouxarem ligeiramente. Pelo menos, ele conseguira ganhar tempo.

— Quais são as instruções?

O homem sorriu.

— Muito bem. Há um homem chamado Lawrence Hencott. Queremos que você o visite. Esta noite.

Little Falls, Nova Jersey, 25 de agosto de 2004

Robert aproximou-se de Katherine na hora de dormir, colocando as mãos em seus ombros e acariciando-os enquanto ela lia. Ela ficou desconcertada, mas soltou uma exclamação de prazer. Então, ele deslizou os dedos pelo decote da blusa, intensificando a carícia, e sussurrou em seu ouvido:
— Que tal eu levá-la até o seu quarto e completar o que está faltando?
Aquele fora o convite mais direto em várias semanas.
A postura e o tom da pele dela mudaram. Por um momento ela permaneceu em silêncio, e então respondeu:
— Esta noite, não. Desculpe. Não é o momento.
Ele continuou acariciando seu ombro por mais alguns instantes e, por fim, parou.
— Vou me deitar — disse ele.
— Vou ler mais um pouco. Subo depois.
— Não está contente por termos recebido notícias de Adam, Kat?
— Você não parece estar.
— É que é estranho.
— Você parece meio... assustado.
— Não sei se este seria o termo.
— Ele era como um irmão para você. Ou um primo meio maluco.
— É, eu sei.
— O que está perturbando você?
— Nada. Vou ler um pouco também.

Tinham escolhido o nome Moss para o bebê que iria nascer no final de maio, mas o perderam no Natal. Era o milagroso bebê do Blecaute, concebido no dia em que faltou luz em todo o nordeste dos Estados Unidos: 14 de agosto de 2003. Teria sido o primeiro filho, uma completa surpresa, considerando a idade de Katherine; e não haveria outro. O irmão de Adam, recém-falecido, chamava-se Moss, e Adam explicara que esse nome era uma variante de Moisés, o menino colocado em um cesto nas águas do Nilo. Parecera-lhes apropriado dar aquele nome ao bebê.

Às vezes, Robert falava com Moss em longos e sussurrados monólogos, que não fariam sentido para mais ninguém. Esta noite, no entanto, ele apenas ficou sentado durante algum tempo no quarto que seria do bebê, sozinho com seus pensamentos.

Quando foi para a cama e adormeceu, pareceu somente uma questão de segundos, antes de o telefone tocar.

— Alô?

Ele ouviu alguém falando ao fundo, batendo, quebrando vidro e xingando.

— Alô? Quem é?

Não fazia ideia se dormira cinco minutos ou cinco horas. Seria Adam? Por quê? Tentou entender o que a pessoa dizia do outro lado da linha, até que ouviu bem alto, em fragmentos carregados de dor, indistintamente e aos gritos, um homem dizendo:

— Seu... idiota! Vou... acabar com você... matar... você e os outros... seu... abutre... morra!

Robert desligou o telefone, e imediatamente se arrependeu de não ter gritado também. Seu coração disparou. Olhou ao redor, como se a pessoa que telefonara estivesse ali. Estava ofegante, sentindo-se atacado. Suas mãos tremiam.

Tentou retornar a ligação, mas não conseguiu. Levantou-se para conferir as portas e dar uma olhada em Katherine, que dormia profundamente. Depois voltou para a cama e permaneceu em silêncio, tentando identificar a voz que ouvira no telefone.

Seu lado racional dizia que a ligação poderia não ter sido destinada a ele. Talvez fosse algum bêbado zangado com o mundo, discando números aleatoriamente e falando bobagem. Embora se esforçasse para entender o que tinha acontecido, volta e meia pegava no sono. À certa altura viu-se fitando combinações de luz que se dissipavam, antes que pudesse concentrar-se nelas. Por fim, acabou adormecendo.

O telefone tocou novamente, acordando-o com um susto. Era uma voz de homem.

— Robert Reckliss, hora de acordar! Está pronto para encontrar seu criador?

Por um momento ele lembrou o quarto na Trinity, a noite em que eles quase morreram.

— Quem...

— Chega de dormir. Consegue ouvir esse trovão? Você tem um encontro com a morte.

— Vá pro inferno! — gritou ele ao telefone. Mas a linha já havia sido cortada.

Com os olhos lacrimejantes, Katherine apareceu na entrada do quarto.

— O que está acontecendo com você? Com quem está falando no meio da noite?

— Uns bêbados.

Ele desistiu de dormir. Eram quase 5 horas da manhã de quinta-feira, 26 de agosto; o primeiro dia da sua destruição.

Nova Jersey/Nova York, 26 de agosto de 2004

Estava chovendo quando eles foram para o trabalho. O som da chuva no teto do carro era hipnótico, uma batida ritmada e constante.
    Katherine e Robert estavam em Little Falls, Nova Jersey, perto de Nova York, no Lincoln Tunnel. Dirigir em Nova Jersey não é para quem tem uma tendência nervosa, especialmente se as estradas estiverem escorregadias. Apesar de ter tomado três cafés, ele estava sonolento e, de vez em quando, abria um pouco a janela para entrar um pouco de ar, embora respingasse chuva no interior do carro.
    Cada vez que passava sob uma ponte ou viaduto o ruído da chuva parava por um momento, e recomeçava pouco antes que ele percebesse que havia parado. Era como aqueles momentos em festas quando todo mundo se cala ao mesmo tempo. Alguns dizem que é quando um anjo passa. Ponte, janela; ponte, janela, acentuando a chuva e o barulho dos pneus.
    Havia mais um motivo para mantê-lo acordado: os ruidosos carros de jovens e a fragilidade da sua mente, serpenteando e traçando o caminho ao longo da faixa escura e contínua da Rota 3.
    De vez em quando, à distância, a silhueta de Manhattan e suas sentinelas ausentes surgiam no horizonte, em sombras cinzentas.
    Os trotes telefônicos e o pedido de socorro de Adam se alternavam na mente de Robert. Ele tentou ignorá-los.
    A viagem até o trabalho era normalmente o momento que destinava a analisar alternativas e possíveis soluções para problemas do escritório, como

se tentasse decifrar um cubo mágico ou um daqueles jogos em que 15 quadrados e um espaço vazio são dispostos em volta de uma estrutura, e a pessoa tem que colocá-los em uma determinada ordem, normalmente para constituir uma imagem. Ele costumava visualizar o grupo de trabalho, ou problemas de recursos, como uma série de espaços ou bolas coloridas, ou até mesmo letras, e deslocá-los até obter uma combinação da qual ele pudesse se valer, com algum suborno, lisonja ou ameaças para a operação como um todo. Sua cabeça era como um quadro de Mondrian, cheio de cubos e linhas retas.

Trabalhava no ramo jornalístico havia quase 20 anos, nunca tendo sido um correspondente famoso em locais exóticos, como Adam. Era o funcionário encarregado da parte burocrática, o que se assegura de que todas as partes enfadonhas, porém necessárias, sejam realizadas. Estava mais para encanador do que para poeta; mais para homem de família do que para amante. Poderia se dizer que ele era um cara responsável. Sempre fora, desde os tempos de escola. Tinha sido criado de modo a jamais permitir se deixar dominar pela imaginação.

Isso não significava que não tenha experimentado seus momentos, mas era firme. Era o homem imperturbável, imprescindível em meio a uma crise. Fora Robert quem ordenara as equipes de notícias em Nova York, no 11 de Setembro, quando as torres foram atingidas. Comandara ações durante crises da Bolsa de Valores, furacões, assassinatos e queda do dólar.

Diferente de Adam, entretanto, ele nunca tinha *causado,* de fato, nada daquilo.

Um carro esporte vermelho-cereja passou rapidamente à direita e o cortou. Balançou por cinco segundos e disparou em um pequeno vão, à esquerda.

Faltavam poucos dias para a Convenção Nacional Republicana. Havia o habitual ajuste e problemas de última hora a serem resolvidos. Ele gostava disso. Gostava de etapas e de coisas que funcionam de forma mecânica.

A GBN ocupava sete andares no antigo prédio da RCA Vitor na 51 com a Lexington, como resultado de alguns acordos feitos nos anos 1950, dos quais ele não tinha um conhecimento específico. O prédio era um perfeito exemplo de arquitetura estilo art déco. Seu design habitara os sonhos de Robert nos últimos dias: raios intensos, ondas radiofônicas estilizadas, magníficos arranjos ficaram gravados na mente dele.

Na noite anterior, quando acordou ainda sonolento entre os dois trotes, tinha visto um raio azulado, aparentemente congelado, diante de si, no escuro. O jornalista permanecera imóvel, observando a visão lentamente se desvanecer enquanto acordava completamente.

Na grande curva, na pista especial da entrada do Lincoln Tunnel, ele olhou adiante e tentou avaliar o nível de atividade da polícia. Não sabia exatamente por que, mas o policiamento parecia mais intenso que o habitual. Mais cedo ou mais tarde alguém tentaria atingir Nova York novamente; era só uma questão de tempo. Por isso, ele atendera ao pedido de Katherine para se mudarem de Manhattan, quando descobriram que ela estava grávida. Acharam uma modesta residência que outrora pertencera a um pároco em Little Falls, uma cidadezinha agradável e arborizada. A casa deles, com quartos demais.

No túnel, alguns caminhões estavam sendo inspecionados. O número de policiais era o mesmo de sempre, os usuais detectores radioativos listrados pretos e amarelos estavam lá, mas parecia haver um sinal de alerta nos rostos das pessoas, a sensação de que havia mais preocupação e vigilância do que era imediatamente visível. Com a proximidade da Convenção, aquilo não era tão surpreendente.

Ainda não eram 7 horas e as torres de luz do Lincoln Tunnel, obeliscos côncavos com escadas em espiral no centro, ainda estavam acesas, iluminando a garoa do final de verão.

Ao entrar no túnel ele pensou em algo sexual e, depois disso, só se lembrava de estar no escritório.

Nunca se percebe quando certas coisas acontecem. O Blecaute e os ataques do 11 de Setembro (além de Katherine e Moss) não foram as únicas coisas que surgiram quando ele menos esperava. As reuniões tediosas, com as quais ele tinha se preocupado durante o trajeto naquele dia, sumiram da sua mente ao receber um telefonema, assim que se sentou.

— Robert?

— John.

John era seu novo chefe e estava em Washington, DC, uma cidade de que ele inexplicavelmente gostava mais do que Nova York.

— Espero que tenha uma explicação para esta terrível confusão.

Robert não achou prudente perguntar a *que* terrível confusão ele se referia. Ele suspirou de forma evasiva.

— Este negócio da Hencott. Horrível. Enorme confusão.

— Aconteceu algo com a Hencott que eu não sei?

— Depende se os advogados deles já entraram em contato com você.

Seu coração disparou. Advogados eram advogados.

— Eles que se fodam.

— Bem, pelo visto não é bem assim. Certamente você não sabe o que está acontecendo. O presidente da empresa suicidou-se há duas horas.

A Hencott, Inc. era uma empresa privada de médio porte, do setor de química e mineração. Graças a Robert um dos repórteres da GBN entrevistara seu presidente: um homem enérgico, oriundo das Forças Armadas, chamado Lawrence Hencott, que em circunstâncias normais preferia cortar o próprio braço a falar com a imprensa.

Lawrence tinha um irmão, Horace, de personalidade completamente diferente. Este era um entusiasta da arquitetura e antigo acadêmico, que Robert conhecera durante um passeio pelo centro de Manhattan. Horace, um anglófilo, aparentava uns 60 anos, mas, para Robert, lembrava um estudante, sempre de gravata-borboleta. Eles se deram bem logo de início, e compartilhavam um entusiasmo pela história de Nova York. Durante essas conversas, Robert era o parceiro com menos conhecimento.

Quanto a Lawrence, Robert o conhecera numa festa organizada por Horace para marcar a publicação de um livro que ele tinha escrito sobre o *revival* da arquitetura egípcia. Vários meses depois, tendo visto Horace algumas outras vezes, Robert teve a ideia de perguntar se o irmão dele concederia uma entrevista para a GBN. Não que ele tenha perseguido Horace com aquele objetivo, mas não havia motivo para não tentar, pensou o jornalista. Na pior das hipóteses, ele não concordaria.

Vários meses se passaram sem que ele tivesse uma resposta. Então, numa quarta-feira, Lawrence telefonou para dizer que daria a entrevista, desde que Robert enviasse um repórter dentro de duas horas. No encontro, Lawrence mencionara algo relacionado ao mercado e ao fechamento de várias minas já esgotadas, além das instalações de pesquisa e desenvolvimento, nos locais das minas. O repórter escreveu a matéria e, em decorrência daquelas declarações, o preço do ouro subiu. O artigo fora um furo de reportagem em relação à Bloomberg, Reuters e Dow Jones.

O relações-públicas da empresa, que tivera seu dia arruinado, telefonou exigindo que eles cancelassem a reportagem. Acabou recebendo um educado não como resposta, mas insistiu. Finalmente seu telefonema chegou até Robert.

— Mas está errado — dissera o homem ao telefone. — Isso é muito constrangedor.

— Você quer dizer que ele não disse aquelas coisas?

— Sua história não reflete o que ele quis dizer. Foi um equívoco.

— O que ele quis dizer, então? — "Essa não! Entre tantas entrevistas para dar errado...", pensou Robert.

— Pois é, Robert. Ele cometeu um engano. Somente disse algo errado. Você sabe que ele nunca fala com a imprensa. Não está acostumado com isso. As minas não estão fechando, tampouco os laboratórios de pesquisa e desenvolvimento.

— Então ele é quem precisa consertar as coisas. Não nos peça para fazer isso. Como pode o presidente de uma empresa não saber sobre o que está falando? O que é isso? Temos a entrevista gravada. Repetimos tudo o que ele disse, e em contexto. Ele não estava bêbado, as regras básicas eram claras, ele estava falando para ser publicado. O que ficou faltando?

Horace nunca o perdoaria. Dito isso, ele achou impossível acreditar que Lawrence tinha estado confuso sobre qualquer coisa na vida.

— Ele tem andado estressado ultimamente. Você sabe o quanto ele é ansioso. Tem problemas de saúde e, cá entre nós, o casamento dele acabou. Ele... está confuso.

Robert não tinha tempo para isso. Coitado do homem, se aquilo era verdade, mas... Ele suspirou, censurou o seu pensamento mais assustador, tentou ajudar, mas em primeiro lugar estava a parte profissional.

— Se isso for realmente verdade, você tem que pensar em publicar uma nota dizendo que ele cometeu um engano. Aliás, vou colocar você em contato com um repórter e poderá dizer isso agora mesmo. Vamos escrever sobre isso imediatamente. O mercado está aberto e você não pode ocultar essa informação.

O relações-públicas rosnou do outro lado da linha. Robert continuou:

— Lamento o sofrimento dele, mas, se o seu chefe anda por aí falando coisas absurdas em entrevistas, esse é um fato que a Hencott precisa tornar público. Mas não venha nos acusar de publicarmos informações incorretas.

— Eu sei, mas...

— Vou colocá-lo em contato com o repórter.

Eles publicaram uma nova matéria com a pesada crítica da Hencott, afirmando que o presidente da companhia tinha cometido um engano. O preço do ouro reagiu novamente, mostrando uma pequena queda; o repórter organizou tudo em um artigo, falando sobre o que tudo aquilo significara para a Hencott; as partes interessadas puderam comentar.

Robert telefonara para Horace para explicar o que tinha acontecido, mas não conseguira falar com ele. E, como de costume, sua secretária eletrônica estava desligada.

— Ah, meu Deus! — Sua cabeça girava, à medida que tentava absorver as terríveis notícias.

— Ele está morto, caso eu não tenha sido claro. Ficou acordado a noite toda, bebendo, em um quarto de hotel nos arredores da Times Square. Deixou um bilhete, onde mencionava seu nome, o que vai deixar os advogados da companhia dispostos a nos processar. Disse que tentou falar com você na noite passada para se defender.

Os telefonemas. Meu Deus! Coitado do Horace.

John continuou falando por um longo tempo. Apesar de seu tom sombrio, ele parecia satisfeito com o rumo dos eventos.

— Os superiores estão se perguntando se *você* estragou tudo, meu amigo.

Robert tentava organizar as ideias. Será que Lawrence conseguira o número do seu telefone através de Horace?

— Você está aí, Robert?

— Ele realmente telefonou. Chamou-me de estúpido e disse que eu devia morrer, se isso é o que você chama de defesa do seu caso. Enquanto ele destruía seu quarto, pelo que consegui ouvir, eu o mandei para o inferno. Pensei que fosse algum louco. Isso é absurdo. É mais do que absurdo.

— Não é caso para tanta preocupação. Vamos acionar os advogados, naturalmente. Ninguém está afirmando que você *causou* tudo isso.

— Ainda bem.

— Há possivelmente uma questão de *julgamento*, mas... Você se lembra de ter dito algo mais?

— Não.

— Robert, cá entre nós, há algumas pessoas que irão usar isso como uma arma contra você. Estou do seu lado, mas tenha cuidado. Os tempos são difíceis.

— Você quer que eu me afaste?

— Não seja ridículo.

— O homem estava bêbado, caramba.

Robert deu uma declaração preliminar aos advogados da GBN. Estava tenso o tempo todo. Que confusão! Reconheceu que estava levemente em choque, tentando sair daquela situação. Telefonou para Horace novamente, mas não conseguiu falar com ele. Telefonou para Katherine, e também não teve êxito. Não sabia o que dizer a ela. Então, não deixou mensagem. Pediu ao seu amigo Scott, do departamento jurídico, para ajudá-lo.

Ao meio-dia, John telefonou novamente.

— Descanse um pouco. Vá para casa — recomendou ele.

— O quê?

— Você está de licença remunerada pelo resto da semana. Foi um choque terrível para todo mundo, mas a companhia acha que você, mais do que ninguém, deve tirar uns dias de folga.

— Não preciso de uns dias de folga — disse Robert com raiva. — Isso é ultrajante.

— Você pode não precisar de uns dias de folga, mas a companhia precisa que você precise de uma folga. Haverá uma investigação.

Ele fazia aquilo parecer mais uma colonoscopia do que uma investigação imparcial.

— Não vou sair, John.

— Vai sim, Robert.

E de repente lá estavam Gerry e Dave do departamento de segurança, de pé, do lado de fora do escritório de Robert. Pareciam constrangidos, apesar de firmes.

— Não faça isso.

— Adeus, Robert. Até segunda-feira.

Ele ficou sem palavras. Seria expulso do local de trabalho, conduzido pelos seguranças da empresa, diante de todos. Enquanto os ex-policiais da polícia de Nova York, com os joelhos mancos, o escoltavam para fora da sala de redação, algumas pessoas da sua própria equipe o olhavam como se, de repente, ele tivesse se tornado um pária.

Caminhou, atordoado, sob as lâmpadas de cromo amarelas do corredor do número 570 da Lex até o lado de fora. A chuva tinha parado.

Virou à direita, passando pelo imenso Waldorf-Astoria. Depois, virou à direita novamente, na 49, em direção à Park Avenue. Passou pelas portas de elevador feitas de bronze, que levavam até a estação privativa do hotel no subsolo: um dos segredos da cidade que ele sempre quis explorar. Perdido em meio à raiva e confusão, virou à direita mais uma vez, para se dirigir ao norte, até chegar aos degraus da St. Bartholomew's Church.

Havia algo de exótico e impróprio naquela igreja que sempre atraíra Robert. Seu sublime perfil bizantino, entre a pedra, o vidro e os blocos de aço da Park Avenue, lembrava uma tartaruga raivosa.

Foi até a entrada da igreja e fez uma pausa na livraria para que seus olhos se acostumassem à iluminação, sob os mosaicos dourados e as cúpulas de Guastavino. Cada cúpula, feita em ouro, ilustrava uma cena do Gênese. Ele respirou profundamente.

Aquilo era bobagem; a Hencott não tinha como provar sua culpa. Por princípio, a GBN iria lutar. Scott lhe daria cobertura. Robert foi até a rua telefonar para ele, e deixou uma mensagem dizendo que tinha sido mandado para casa e pedia para mantê-lo informado sobre os acontecimentos. A empresa tinha procedimentos internos para esse tipo de coisa.

Para falar a verdade, Robert não estava realmente em condições de trabalhar, embora isso não justificasse ser posto para fora daquela maneira. Quando tudo acabasse, iria se assegurar de que John se arrependeria por ter agido daquela forma. Afinal, não era assim que a GBN funcionava.

Voltou para o interior da igreja e andou em direção ao altar, até que o azul e o vermelho da rosácea surgissem à direita, e se sentou em um banco. Não era propriamente um devoto, mas ia à igreja, às vezes; especialmente desde que Katherine perdera o bebê, quando tudo que ele desejava era ficar sozinho, em silêncio.

E se eles o processassem separadamente? Seria um golpe baixo, afinal vinha gastando muito dinheiro com a gravidez da mulher e a casa nova.

Robert inclinou-se e apoiou a cabeça entre as mãos, com os cotovelos nos joelhos. O medo voltara. Durante toda a sua vida esforçara-se por manter a estabilidade, a segurança e a prevenção.

Havia um mundo sombrio, um mundo de medo, morte e ódio, que ele mantivera afastado de si e dos seus entes queridos. Mas agora... Estava cansado demais. Sentia a escuridão aumentar ao redor. Sedutora. Irresistível. Acabou adormecendo por alguns instantes.

Uma nota musical grave e profunda tocou no órgão da igreja, atravessando o mundo entre sonho e vigília. Era um som não musical, não melódico; apenas a nota, prolongada. Ele perdeu-se inteiramente nela, sem saber onde estava. Quando o som parou, voltou a si em um silêncio alterado, quase em um mundo diferente. Seguiram-se outras notas, mais altas, sem estrutura. Então, novamente a de tom grave, tão baixo que parecia quase além de sua audição, embora ele pudesse senti-la na mesma vibração de seus ossos.

No sonho do raio, havia uma palavra também; uma cadeia de palavras em conjunto, como uma canção de que ele nunca conseguia se lembrar quando acordava... Somente o ritmo ficou na sua mente... algo como: Mary, Mary Fat, Mary Fat, Mary Fat...

Seu celular vibrou no bolso. Tinha recebido um telefonema enquanto dormia e havia uma mensagem.

Horace, seu amigo, dizia com a voz trêmula:

— Robert, é Horace Hencott. Só queria que soubesse que temos algumas notícias muito tristes sobre Lawrence. O pior, suponho. Acho que você já deve saber, porque trabalha em jornal. Tive uns contatos desagradáveis com as pessoas da companhia, portanto, só queria que você soubesse que eu não quero que se sinta responsável, de maneira alguma, pelo que aconteceu. Por favor, não. Ligue para mim assim que puder.

Robert fitou a rosácea.

De repente, tornou-se insuportável ficar parado. Então, saiu e telefonou para Horace da rua.

Embora parecesse terrivelmente abalado, seu amigo falou calmamente, e agradeceu as condolências de Robert.

Então, Horace fez uma pergunta que deixou Robert atrapalhado.

— Robert, creio que conhece um cavalheiro chamado Adam Hale?

Como Horace tinha ouvido falar de Adam? Robert organizou os pensamentos e respondeu:

— Claro, como...

— Você o conhece bem?

— Muito e não o suficiente. Por quê?

— Porque ele visitou Lawrence no escritório, pouco antes de ele se suicidar.

Robert ficou completamente perdido.

— Como assim?

— Robert, preciso vê-lo. Onde você está?

— Exatamente em frente à St. Bart's, na Park Avenue.

— Volte para dentro e espere por mim. Por favor. É muito importante.

No caminho de volta, curioso, Robert perguntou sobre o órgão e descobriu que ele estava sendo afinado, como acontecia semanalmente. Com a cabeça a mil, ele sentou-se e ficou prestando atenção. Alguns minutos depois Horace surgiu ao seu lado.

— Obrigado por esperar. Não temos muito tempo. Por favor, diga-me tudo que sabe sobre Adam Hale.

Ele parecia agitado, não com a perda do irmão, mas com preocupação, com raiva.

Robert organizou os pensamentos e falou baixinho, embora não visse ninguém mais na igreja.

— Ele era um amigo de faculdade. Era uma espécie de mentor para mim e me via como uma espécie de projeto social, talvez um ignorante de Fens, a quem ele queria ajudar. Era gentil comigo. Não passa de um brincalhão, que gosta de organizar enigmas e jogos para os amigos. Cheguei a participar de algumas gincanas, a convite dele. Muitos desses jogos eram divertidos, embora às vezes eles se tornassem um tanto misteriosos. Pouco confortáveis, para algumas pessoas, mas normalmente todos acabavam felizes por terem participado. É um homem sedutor e malicioso. Andou um pouco perturbado nos últimos anos, mas não é mal-intencionado.

— Sabe de algo incomum sobre ele? Algo que possa ter acontecido?

— Muito. Tudo acontece com Adam. Sei que passou por umas dificuldades, uns dramas. Devo acrescentar que ele e Katherine foram casados por um tempo durante os anos 1990. Não deu certo.

— A sua Katherine?

— A própria.

Robert ouviu a voz de Horace vacilar ligeiramente.

— Que mais?

— Horace, sinto muito sobre Lawrence...

— Sim, obrigado. Continue, por favor.

— Bem, depois da universidade, ele foi trabalhar como correspondente estrangeiro e se apaixonou por uma mulher extremamente linda e inteligente.

— Certo.

Ele percebeu que Horace estava tentando avaliar o que Robert *não* sabia sobre Adam.

— Seu nome era Isabela — prosseguiu Robert. — Ele teve um relacionamento intenso na América Central, durante as guerras civis, na Nicarágua e em Santo Tomás, mas a moça morreu. Houve circunstâncias incomuns, o que é normal em se tratando de Adam. Por essa época eu o ajudei arranjando um emprego para ele na GBN, que ele odiou, mas aceitou, porque precisava de dinheiro. Ele tinha dinheiro da família, porém ele e o pai mantinham uma terrível rixa que durou vários anos.

— Obrigado. E os jogos que você mencionou?

— Ele costumava enviar uma série de cartões-postais, rasgados ao meio, para as pessoas que ele gostaria de ver unidas. Depois, enviava essas pessoas em excursões misteriosas, às vezes formando casais, às vezes colocando-as em situações que ele sabia que elas odiariam. Também organizava passeios de trem envolvendo mistérios, ou passeios noturnos audaciosos.

— Você o viu recentemente?

— Não tivemos contato durante alguns anos. Isto é, até...

— Sim?

— Até ontem. Não o vi, mas recebi um pacote dele, pelo correio, bastante misterioso. Uma pequena caixa ornada e um pedido de socorro. Nenhum detalhe. E um endereço no West Village.

— Você foi ao endereço?

— Não, eu...

— Se eu pudesse fazer uma sugestão, Robert, acho que você realmente deveria ir ao local. Mas, antes, há algumas coisas que precisa saber. Adam está correndo perigo. Todos nós estamos. Conte-me sobre a noite do incêndio.

Robert sentiu o estômago revirar.

— O quê?

— A noite em que você salvou a vida de Adam e Katherine, em Cambridge.

Robert fitou Horace, em silêncio. Tinha enterrado aquele assunto tão profundamente que ele se tornara praticamente um acontecimento da vida de outra pessoa.

— Como ficou sabendo dessa história?

Horace hesitou, tentando avaliar até que ponto poderia falar. Tinha que fazer uma média cuidadosa. Se não revelasse o suficiente, Robert não ficaria convencido do perigo que todos enfrentavam. Se revelasse demais, ele poderia sentir-se perdido para sempre, até ficar louco. Durante décadas tinha vigiado todos, de perto e de longe, na Grã-Bretanha e na América. Ensinou e orientou Adam no Caminho, mesmo depois que ele se desligou e tentou seguir sua própria estrela. Aconselhara Katherine a distância, à medida que os seus poderes aumentaram e diminuíram. Robert era o único que não sabia de nada porque, até aquele momento, não surgira a necessidade de convocá-lo.

— Peço perdão por qualquer decepção, Robert. Tenho me interessado pelo seu bem-estar por muitos anos, desde que conheci Adam na Inglaterra. Fale-me sobre aquela noite. Isso o ajudará a entender as coisas.

O medo novamente apoderou-se de Robert. Aquilo era insano. Será que Horace o enganara? O que Adam tinha contado a ele? Não podia falar sobre aquela noite. Nunca fora capaz de fazê-lo.

Os olhos de Horace eram um poço de bondade, mas de uma intensidade da qual Robert jamais suspeitara. Ele sentiu que o olhar do amigo o atravessava e sentiu-se despido.

— Horace, há uma explicação lógica para o que houve naquela noite.

— Mas você não acredita.

— Acredito no que é racional. Não acredito em casas mal-assombradas, *poltergeists*, radiestesia, preságios, ou monstros debaixo da cama.

— Por Deus, eu também não.

— Acredito no que posso verificar por mim mesmo, no que tenho diante de meus olhos; no que posso ver e tocar. Aquela noite se resumiu em jogos bobos de jovens universitários. Afinal, éramos quase crianças.

— Você concorda que algumas coisas invisíveis são verdadeiras? A gravidade, por exemplo? A maior parte do espectro eletromagnético? O amor? O medo?

— Kat e eu nunca falamos sobre aquela noite.

— Nunca foi necessário. Mas agora, Robert, é tempo de despertar.
— Como assim?
— Você deve despertar. Katherine e Adam precisam de você.

Robert se viu respirando profundamente, sua cabeça zunindo e seu coração disparando.

— *O que você está querendo dizer?*
— Estamos todos em suas mãos. Nós e muitos outros. Você é o único que pode nos ajudar.

Bem no fundo de seu coração Robert sentiu algo misturado com o medo: a certeza de que passara a vida inteira esperando ouvir aquelas palavras.

Mas aquilo tudo parecia loucura.

— O que você quer dizer, Horace?
— Robert, aconteceu uma coisa. Algo terrível. Admito que ficará surpreso ao ouvir isso, mas, por favor, confie em mim.
— Não...
— Por favor, ouça. Você precisa saber. Adam colocou a própria vida... mais que isso, a própria alma... em jogo para impedir que um ato de enormes proporções se realize nesta cidade. Um evento de enorme poder destrutivo.
— Um ataque? Ele está trabalhando com a polícia? O FBI e a CIA sabem disso?
— As autoridades habituais não sabem de nada. Não podem saber. O simples fato de as autoridades tomarem conhecimento quanto a isso poderia causar seu acionamento.
— Não estou entendendo.
— Robert, o mundo é muito mais rico, muito mais profundo, muito mais maravilhoso e muito mais perigoso do que...
— Do que sonha a minha vã filosofia?
— Exatamente.

Robert ficou com o olhar perdido, tentando acalmar as ideias. As imagens e sensações do 11 de Setembro passavam por sua mente; o ódio resultante dos ataques; a dúvida inicial dando lugar ao medo e ao horror; coragem, raiva e o terrível sentimento de perda. Seria verdade que aquilo estaria acontecendo novamente? Como? Ele esfregou o rosto com as mãos.

— O que você está falando é absurdo.
— Muitas coisas inexplicáveis aconteceram no dia 14 de agosto de 2003. O Blecaute foi mais do que você poderia imaginar.
— Foi causado pelo processo de atrito dos fios de alta tensão contra galhos de árvores. Consequência de manutenção insuficiente, ou erros de sistema. Eu li o relatório.

— Foi um evento psíquico. Um evento de *entrelaçamento*. Como a noite do incêndio. Vidas foram unidas nesse episódio.

— Merda. Quem é você, Horace? E que história é essa de ataque? Quem o executará? Os soldados de Osama?

Horace fitou Robert profundamente.

— Adam irá fazer isso. Ele tem sido corroído por... digamos, uma espécie de demônio. Está resistindo, porque é uma alma valente. Mas acabará sendo derrotado, e acionará a arma. A menos que você o intercepte. A menos que você o salve.

Uma onda de raiva tomou conta de Robert, surpreendendo-o por sua intensidade. Adam, que sempre achava que estaria isento das regras. Sempre achava que poderia ir onde anjos temem andar.

— Como isso aconteceu? Ele abusou da sorte?

— Sim... e não. Houve uma tentativa anterior de executar esse ataque, no dia 14 de agosto de 2003. Adam impediu que isso acontecesse, praticamente sem a ajuda de ninguém. Foi o que causou o Blecaute. Uma falha na ignição do Dispositivo. Agora ele está pagando o preço. Ficou contaminado, como era de se esperar. Vulnerável a coisas que não pode controlar.

— Quanto tempo ele pode aguentar?

— Uma semana, no máximo. Talvez menos.

— Quantas pessoas estão em perigo?

— Milhões. Imagine uma bomba nuclear da alma.

— Como assim? O que isso significa?

— Vá àquele apartamento no West Village. Todas as respostas estão lá. É o caminho para o aprendizado.

Robert colocou o rosto entre as mãos novamente, tentando entender tudo aquilo. Seria mais um jogo de Adam? Estaria Horace envolvido? Ergueu a cabeça e olhou para o amigo.

— Você acha que Adam matou Lawrence?

— De um jeito ou de outro, sim, acho.

— Isso não é um jogo, é?

— Com certeza, não. Apenas prometa-me uma coisa.

— O quê?

— Que irá ao endereço no West Village. E que ao chegar lá deixará de lado sua descrença.

Robert permanecia confuso. Fechou os olhos e relembrou o dia do Blecaute. As luzes se apagando por todo o nordeste dos EUA, enquanto ele estava na cama com Katherine. A Times Square às escuras no final da tarde.

A alegria da gravidez da esposa, e logo a perda inexplicável, justamente quando estavam esperando que ela sentisse os primeiros chutes, que nunca aconteceram.

Robert investigou os olhos de Horace, mais uma vez. Ele o fazia lembrar seu falecido pai, que passara a vida inteira convencendo Robert a respeito da futilidade da superstição e enfatizando os méritos da mente racional. Agora, Horace fazia exatamente o contrário. O olhar fixo do amigo penetrou em sua alma. Será que ele deveria ir embora? Mandar Horace, Adam e todos os seus atos para o inferno? Evitou o olhar intenso do amigo e se fixou no azul e vermelho da rosácea. Não sabia se deveria ir embora ou, ao menos, tentar descobrir o que estava acontecendo.

Ele se decidiu.

— Irei até o local. Não vou prometer nada além disso, mas irei.

Num gesto de alívio, Horace fechou os olhos e disse:

— Graças a Deus! Obrigado. Preciso ir agora, Robert. Mais uma coisa, não conte nada disso a ninguém, nem mesmo a Katherine. Vou entrar em contato assim que puder, mas, de qualquer forma, precisamos nos encontrar depois do funeral.

Como se estivesse em transe, Robert perguntou:

— Como vai ser o sepultamento?

— Uma cerimônia reservada para a família, segunda-feira de manhã. Eu ficaria muito contente de vê-lo depois, embora acredite que nos veremos antes disso.

Horace foi embora e Robert permaneceu na igreja, lembrando seu passado. Depois, saiu e tentou ligar para Katherine, mas não conseguiu. Então lembrou que ela tinha hora marcada com o analista. Irritado, não deixou mensagem.

Em vez de ir para casa, foi ao West Village.

Cambridge, março de 1981

A Escola de Pitágoras fica no noroeste da vasta St. John's. Entrando na faculdade pela portaria que fica quase em frente de Round Church, eles passaram pelo primeiro pátio, construído no século XVI, sentindo a névoa e o frio penetrarem suas roupas. À direita, a capela da faculdade estava praticamente escondida pelo nevoeiro.

— Estou contente por termos sobrevivido — disse Katherine. — Na realidade estou contente por ele ter sobrevivido. Pensei que você fosse dar um soco no pobre homem.

Ela tomou o braço dele novamente, e ao passarem pelo corredor do refeitório, antes de chegarem ao outro pátio, ela parou e o abraçou, tremendo e apertando o rosto junto ao seu peito.

— Aqueça-me — pediu ela. O corpo de Robert reagiu diante desse contato. Ela permaneceu junto dele por alguns minutos, depois se afastou.

— Muito bem, vamos embora. Você está indo muito bem com o seu voto de silêncio. Chamar o vigia de estúpido não conta.

Ao chegarem ao segundo pátio, eles pararam no centro e olharam ao redor.

— Há 400 anos este lugar era exatamente dessa forma — disse ela. Depois, como uma criança, pediu: — Me suspenda e me gire no ar! Vai ser divertido. Por favor, sou leve como uma pluma.

Agarrando os braços dela com firmeza, ele rodou sobre os calcanhares e começou a girá-la. Ela tirou os pés do chão e se deixou voar. Era como suspender uma criança. Ele ia lento e rápido, conforme ela dava gritinhos. Quando ela quase se soltou, ele lentamente a colocou de volta no chão. Ela saltou, girou, parou nos braços dele e ficou na ponta dos pés para beijá-lo.

— Tire essa droga de máscara.

Ele lutou contra o elástico. Tinha tomado todas as precauções assegurando-se de que a máscara não soltaria em um momento inoportuno. Tentando rir da situação, tudo o que conseguiu foi emitir um rugido de frustração.

Ela o abraçou e continuou andando.

— Tudo bem, gatão. Deixa para depois. Foi apenas uma ideia. Já passou. Vamos continuar andando.

No terceiro pátio, menor e um século mais novo, ela correu em direção aos claustros, próximo ao rio.

— Venha me pegar! — gritou ela, afugentando um bando de estudantes encasacados. No final do pátio, no corredor que leva ao interior da ponte dos suspiros, ela parou, formando nuvens de vapor ao respirar, e esperou por ele.

— Isso parece muito romântico do lado de fora, mas acho que é apenas frio na parte de dentro.

Eles foram até a metade do caminho e pararam na ponte sobre o rio Cam, que, àquela hora, parecia fantasmagórica, totalmente deserta. As poucas árvores que podiam ser vistas formavam filigranas traçadas contra o branco infinito.

— Deixe-me sentir seu coração.

Ela encostou o ouvido no peito dele. O corpo de Robert reagiu de forma profunda, lenta, intensa e constante. Ela o olhou através da máscara e colocou a mão dele no seu coração, logo abaixo do volume quente dos seios. Ele sentiu o coração dela disparado, enquanto se olhavam. O tempo passou sem que eles notassem.

— Você tem um bom coração, homem misterioso. Entendo porque Adam o escolheu.

Alguns estudantes, numa demonstração de irritação, gritaram algo sobre estar tarde para o Cinema de Artes. Robert ainda se esforçava para entender as estranhas distorções das vogais que as pessoas usavam quando vinham estudar em Cambridge.

— Ah, não — disse um deles, embora o que se ouviu tenha sido: "An nan".

Ele tirou o envelope do bolso e o balançou para Katherine, apontando para o noroeste.

Entraram no novo pátio, um misto de gótico do século XIX com uma cúpula extravagante no centro, conhecida como Wedding Cake. Enquanto caminhavam, Robert sentiu Katherine aconchegar-se novamente. Então, fechou os olhos e ficou imaginando como seria o final da noite. Ele tinha na mente a imagem dela sorrindo, nua, com o cabelo preto caindo livremente sobre a pele alva. Ficou surpreso ao descobrir que não conseguia imaginá-la sem a máscara.

Caminharam em silêncio pelo pátio e emergiram no século XX — anos 1960, mais precisamente —, em um local de arquitetura premiada, porém detestada, de concreto e vidro.

— Rápido, corra, não olhe para os prédios — gritou Katherine correndo novamente pelo pátio e sob o destacado Cripps Building. Robert correu atrás dela. — Ah! — gritou ela enquanto corria. — Entendi porque Adam está fazendo isso. Entendi!

Perto da portaria, ele a alcançou.

— Ele está controlando nossas mentes. Eu e ele estamos escrevendo uma peça: *Os Manuscritos de Newton*. É sobre Sir Isaac Newton, obviamente. Já leu a respeito ou ouviu falar desses manuscritos? Estão na King's. Keynes comprou muitos deles em um leilão, antes da guerra.

Naturalmente, Robert conhecia Newton. Ficara tentado a estudar física quando era mais jovem, antes de optar por línguas modernas, que considerava como apenas outra espécie de sistema. Ajuste e previsibilidade o atraíam profundamente.

Ela deu uma risada tensa e prosseguiu:

— Então, esses manuscritos mostram que Newton passou mais tempo trabalhando com alquimia e teologia do que nas coisas pelas quais o conhecemos agora, como gravidade, ótica, cálculo e assim por diante. E ele não fez uma distinção entre as duas vertentes, ou seja, para ele tudo tinha relação com o conhecimento da criação de Deus. E as pistas estavam em todo lugar, nas proporções do Templo de Salomão, no caminho de cometas e planetas, em curvas e números, nas propriedades dos metais e na busca pela Pedra Filosofal. Keynes dizia que ele não foi o primeiro da Idade da Razão, mas sim o último dos mágicos.

Robert lançou-lhe um olhar debochado e deu de ombros. Newton criara o mundo moderno. Para ele, isso não passava de baboseira com pretensões artísticas.

— Portanto, esse é o jogo — disse ela, sorrindo. — Acho que ele está tentando criar uma experiência como aquela: o mundo como era visto antes de Newton, ou seja, envolto em um grande enigma. Com bebida e fantasia incluídos. Ele não é totalmente louco?

Robert concordou, sem saber exatamente como reagir. Tudo parecia bastante duvidoso.

Continuaram andando sob os modernos edifícios erguidos em concreto e foram sair no último pátio. No final do gramado espectral via-se a Escola de Pitágoras, um prédio de pedra, de dois andares, com uma janela sobre o telhado, completamente reformado por dentro, com todo o conforto moderno, onde se desenrolava uma festa de aniversário à fantasia, organizada pelos amigos de Adam. Dava para se ouvir David Bowie do térreo. Logo que entraram, avistaram Adam acenando para eles. De pé em uma cadeira, ele vestia um traje que era um misto de sultão e faquir, todo branco, exceto por um turbante verde-esmeralda e um colete vermelho. Além disso, ostentava uma longa barba postiça. Dois de seus conspiradores simpatizantes, a prostituta e o vigário, os chamaram para se juntar ao grupo, em um canto do salão, longe da pista de dança, que estava lotada.

— Parabéns, bom trabalho! Achou a pista? Trouxe as palavras mágicas?
Ele estava radiante de alegria, seus olhos brilhavam.
— Estamos apenas esperando o cavaleiro e a donzela, que tiveram de ir um pouco mais longe. Quer uma bebida?
Robert não reconheceu os outros dois participantes, também mascarados. O vigário estava particularmente bizarro, com uma máscara preta de nariz aquilino, acima do colarinho. Sua parceira estava mais para donzela francesa, completando o traje com uma maravilhosa meia máscara preta de plumas.
Adam voltou do bar com um copo de cerveja IPA para Robert e uma taça de vinho branco para Katherine.
— Que bom ver você, grande mago! Como foi sua noite? Divertida?
Robert assentiu com a cabeça.
— Pode falar comigo, idiota, só não pode falar com ela. Apenas certifique-se de que ela não pode ouvi-lo.
— Katherine é ótima. Muito obrigado por ter me convidado.
— Bobagem. Você é uma peça fundamental para a missão.
— Como assim?
— Tudo no seu devido tempo, meu amigo. Estive observando você de longe. Sim, ela é ótima, não é? Calculei que vocês se dariam bem. Pode ser que haja uma proposição para você, mais tarde. Proposta, melhor dizendo. Ela falou com você alguma coisa sobre a peça que estamos escrevendo?
— Mais ou menos. É sobre Newton, certo?
— Sim. Falaremos sobre isso depois. Vá ao meu dormitório com Kat mais tarde.
Naquele momento outras duas pessoas juntaram-se a eles. Uma delas era um homem alto, um tanto dentuço, vestido de cavaleiro das Cruzadas, com

um longo manto branco com uma cruz vermelha na frente por cima de um pijama prateado representando a armadura. Robert percebeu uma grossa camada de roupa de lã sob o pijama. A outra era uma ruiva alta, com uma saia esvoaçante, espartilho rendado e um véu na cabeça. O rosto do cavaleiro estava tão branco que parecia azulado.

— Adam, seu safado! — gritou ele.

— Isso é um tanto grosseiro — reagiu Adam. — Tome uma bebida, aqueça-se um pouco e conte tudo o que aconteceu.

— A quem você pagou? Quanto lhe custou?

O cavaleiro tremia. Se era de raiva ou de frio, Robert não saberia dizer. Sua parceira também não parecia feliz.

— Tudo será revelado até o final da noite.

Katherine pôs as mãos no rosto do cavaleiro.

— Você está congelando. Onde estava?

Antes que ele pudesse responder, Adam subiu na cadeira novamente.

— Senhoras e senhores, um minuto de sua atenção, por favor. A prostituta e o bom reverendo irão contar como foi sua noite. Que contos sobre enigmas decifrados vocês trouxeram? Os outros, bebam, aqueçam-se e divirtam-se.

A moça foi a primeira a falar.

— Bem. Este depravado com cara de esperto, nessa gola de padre e máscara de Muppet, surgiu na minha porta, em Newnham, às 20 horas, e me deu uma linda rosa. Sempre tive atração por padres; sabe como é... estudei em escola católica e tudo mais. Mas gostaria de saber como você descobriu isso, Adam. Bem, ao vê-lo na porta, eu o convidei para entrar, servi uma xícara de café e ele leu sua pista, que dizia: *Sou os confins da terra*. Pensamos a respeito durante algum tempo. De acordo com as instruções, o meu envelope estava bem aqui — disse ela, sob aplausos, apontando para a cinta-liga —, de onde ele não conseguia tirar os olhos. Mas tentamos decifrar o enigma apenas com a primeira pista. Pensamos no lugar cujo nome faz lembrar "confins da terra", ou seja, Land's End. Daí veio, John o'Groats.[*] A partir disso, tentamos todas as possibilidades por associação. St. John's, Finisterre.[**] Aí, o reverendo aqui sugeriu assaltarmos o vinho da igreja para aquecer um pouco nossas mentes, então...

O vigário tomou a palavra:

---

[*] Land's End fica no extremo sudoeste da Inglaterra e John o'Groats no extremo norte da Escócia. (*N. da T.*)
[**] Finisterre, na Espanha, era o objetivo das primeiras peregrinações: o "Fim da Terra" para os antigos. (*N. da T.*)

— Depois de alguns goles, a gentil senhorita foi persuadida a abrir seu envelope, que continha a seguinte frase: *Apenas um passeio até Wojtyla*. Bem, sendo um teólogo e geógrafo treinado, fui capaz de deduzir o seguinte: Wojtyla é um papa, portanto, mora no Vaticano, de onde um pequeno passeio, em qualquer direção, leva a Roma... mas Roma e *confins da terra* não têm relação...

— Mas — interrompeu sua parceira — Wojtyla é também o nome de uma montanha no polo sul, e aí é que a coisa fica mais interessante. Tanto o polo norte quanto o polo sul ficam nos confins da terra, e *apenas um passeio...*

— Capitão Oates — gritou o cavaleiro das Cruzadas, um pouco mais feliz depois de beber. — *Vou apenas dar um passeio, mas talvez demore um pouco.* Estas foram as últimas palavras do capitão Oates durante uma de suas expedições polares. Depois de dizer isso ele abandonou o grupo na barraca, indo morrer na nevasca, para não se tornar um fardo para os colegas.

— Exatamente — disse o vigário. — O que nos levou a concluir, imediatamente, que deveríamos nos dirigir ao Instituto Polar Scott na Lensfield Road.

— Bravo! — exclamou Adam.

A moça prosseguiu:

— Fomos à pé, porque eu não iria de bicicleta com esta roupa ridícula. Quando chegamos, vimos o segundo enigma: *QAPVD. Decifre-o e traga as palavras.*

— Olhamos por todo o lugar, exceto diante dos nossos narizes — disse o vigário. — Está bem na frente do prédio. Por fim, nós o avistamos. *Quaesivit arcana poli videt dei.*

Katherine perguntou:

— O que significa?

— É uma homenagem a Robert Falcon Scott — respondeu o vigário. — Poderia se traduzir como *Ele buscava os segredos do polo, mas encontrou a face oculta de Deus*. Estas eram as palavras mágicas que deveríamos trazer, presumo.

Adam aplaudiu, estimulando os outros a fazê-lo também.

— E que desejo secreto foi cumprido?

O vigário e a moça entreolharam-se por um segundo.

— Nenhum de nós se atreveu — disse ele. — Juro.

— Não acredito — bradou Adam. — Enfim, vocês devem ter encontrado mais cedo em um dos seus envelopes um cartão mostrando um desenho sobre alguns pontos, parecendo uma chave ou uma constelação.

O vigário remexeu o bolso e tirou-o dele, erguendo-o para mostrar ao grupo.

— Por favor, anotem no cartão a frase em latim que vocês descobriram, uma letra por ponto, começando na parte de cima. Quando terminarem, por favor, digam quais são as letras que se encontram com as linhas.

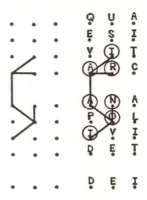

O vigário assim o fez:
— Vamos ver. I, A, R, A, N, O, I.

Adam andou por entre eles, empolgado com a dedicação com que todos enfrentavam a tarefa.

— Em cada uma das suas aventuras há uma ausência — disse ele. — Quem sabe que ausência é essa?

O cavaleiro falou novamente.

— Bem, Scott não retornou. Oates se sacrificou em prol dos amigos. Na verdade, há várias ausências.

Katherine ergueu a mão.

— Não sei se foi nessa expedição ou em uma das de Shackleton, mas os participantes disseram que, quando estavam no limite das suas forças, tinham a sensação de que havia sempre mais uma pessoa com eles. T. S. Eliot refere-se a isso em *A terra desolada*.

— Obrigado — disse Adam, erguendo o copo. — É isso mesmo. Aos heróis ausentes e ao auxílio espiritual que eles podem trazer. Agora, feiticeira, por favor, conte-nos sua aventura. Senhoras e senhores, o mago encontra-se sob juramento de silêncio até às 22 horas, portanto, faltam poucos minutos para acabar.

Katherine contou a história deles nos mínimos detalhes, inclusive seu desejo secreto de dar uns "amassos" em um cemitério. Quando falou sobre a breve aparição do vigia, causou um grande impacto nos presentes.

— *Hic est enim sangus meus novi testamenti* em alguma coisa *peccatos* — repetiu Adam. — Vamos cortar depois *testamenti*, já que a última frase está incompleta. Aliás, qual é a ausência aqui?

— A palavra "remissão", ou "perdão" — respondeu Katherine, imediatamente.

— Obrigado. Por favor, escreva a sua frase no seu cartão e fale quais as letras que cruzam com as linhas, na sua chave.

Katherine obedeceu.

— M, N, I e V — disse ela. Todos os outros tomaram nota.

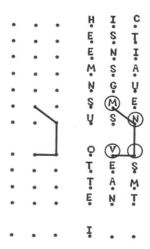

— Obrigado. Agora, cavaleiro e donzela, por favor, contem-nos suas experiências.

— Em primeiro lugar, você é realmente um desgraçado — disse a donzela. — O meu pobre cavaleiro quase morreu de medo. Não deveria pregar peças desse jeito.

— Estou intrigado — disse Adam. — Por favor, conte tudo.

— Bem, este homem de pijama prateado e chapéu de Ned Kelly bateu na minha porta, me deu uma linda rosa e assim por diante. A primeira pista era uma referência bíblica. Ezequiel 38:2. *Filho do homem, volta os teus olhos contra Gog, na terra de Magog.* As instruções eram bem claras, referiam-se às colinas Gog Magog, a sudeste de Cambridge. Mas elas são imensas, portanto, é fácil se perder por lá.

— Assim, fomos rapidamente para a segunda pista, que era como se segue:

"*Sou a criatura deste lugar
Sou seu espírito, nenhuma varinha mágica
Me enterrará.*

> *Um guerreiro pode roubar-me*
> *Escreveu Gervásio de Tilbury*
> *Se ele derrubar o meu mestre*
> *Em uma noite enluarada.*
> *Vivo em um anel.*
> *Sou árabe, e sou calcário.*
> *Estou enterrado, mas ainda caminho.*
> *Encontre-me.*

"Meu livro *History of World Literature* nos levou até Gervásio de Tilbury, que escrevera um livro no século XIII para entreter seu imperador, parte enciclopédia, parte histórias de maravilhas e lendas locais de todo o mundo, mas nós não conseguimos uma edição, por causa da hora. Achamos que havia alguma referência às colinas Gog Magog. Estávamos olhando um mapa local e repetindo a pista em voz alta, quando o achamos. Wandlebury. Nenhuma *varinha mágica* me *enterrará*... muito esperto, Adam[*]. No alto das colinas Gog Magog há um antigo forte, da Idade do Ferro, chamado Wandlebury. Então, corremos para o ponto de táxi.

"O motorista era uma figura, perguntou o que pretendíamos fazer lá em cima, àquela hora da noite, com toda aquela neblina, sozinhos, e perguntou se conhecíamos a lenda do cavaleiro no alto da colina. Como não conhecíamos, ele resolveu contar. Em qualquer noite enluarada, disse ele, se um guerreiro entrar no anel do forte de Wandlebury e gritar uma determinada frase, um cavaleiro fantasma montado em um cavalo preto aparece, e você terá que lutar contra ele.

"O meu parceiro afirmou ser uma espécie de guerreiro, porque é do corpo de treinamento de oficiais do Exército, e o motorista recitou os seguintes dizeres: *Ó, justiceiro da montanha, apareça*; e acrescentou: *Não diga isso a menos que esteja falando sério.* Que brincalhão!"

— Ao chegarmos, ele nos deixou no estacionamento — continuou o cavaleiro. — É um local completamente abandonado e frio. Estávamos procurando um quadro de avisos ou qualquer outra coisa, para que pudéssemos resolver o enigma e sair de lá o mais rápido possível, quando a moça aqui perguntou se eu tinha um desejo secreto de morrer de frio em uma colina, porque ela não tinha, e se alguém já havia ouvido falar de uma colina em

---

[*] Jogo de palavras com *wand* (varinha mágica, em inglês) e o verbo *bury* (enterrar, em inglês). (N. do E.)

Fens. Eu disse que sempre fantasiei em lutar com um verdadeiro cavaleiro. Adam sabe que sei lutar esgrima. Gostaria de saber se lutavam bem antigamente. Portanto, andamos pelo anel e logo encontramos esta placa sobre o Godolphin Arabian. Alguém já ouviu falar?

Ninguém se manifestou. Adam estava sorridente.

— Dentro do anel do forte Wandlebury havia uma mansão, a residência do conde de Godolphin, demolida nos anos 1950, mas os estábulos permanecem, onde moram algumas pessoas e onde está enterrado, possivelmente, o maior puro-sangue, um dos três garanhões que praticamente criaram a corrida inglesa de cavalos puro-sangue, o Godolphin Arabian, morto em 1753. Aparentemente, era um animal lendário. Regulus, Lath e Cade são seus filhos, todos excepcionais cavalos de corridas e garanhões.

Ele fez uma pausa para tomar um gole de cerveja e sua parceira deu sequência à narrativa.

— Portanto, já tínhamos o Arabian, o cavaleiro e o seu cavalo espectral, conforme a pista, e excluímos o anel também. Faltava o calcário, mas estávamos satisfeitos. Continuamos andando, longe dos estábulos, em direção ao centro do anel. É um campo enorme. Quando estávamos bem no meio, este tolo grita os dizeres que o taxista mencionara.

— *Ó, justiceiro da montanha, apareça*. Gritei a plenos pulmões, de brincadeira.

— Aí... — Ele passou a língua nos lábios. Tomou um gole da bebida e continuou: — Aí... apareceu o maldito cavalo preto. Estava envolto na névoa e me encarava, soltando fumaça pelas narinas, como se tivesse acabado de galopar, juro. Ficou lá, parado no nevoeiro. *Nunca* tive tanto medo na vida.

— A quem você pagou para fazer isso, Adam?

— Detalhes não importam. E, então, qual é a resposta?

— A resposta é *cavalo*, seu safado pervertido.

Katherine pôs a mão no joelho da donzela.

— Você viu o cavalo também?

— Eu vi uma coisa. É difícil dizer o que era. Talvez fosse um cavalo. Só sei que havia algo lá. Eu estava morrendo de medo.

— Pode ter sido um cavalo dos arredores, que fugiu — sugeriu o vigário.

— Ou vocês dois estão brincando com a gente.

Robert anotou umas palavras e entregou o papel a Katherine.

— O meu bom feiticeiro acha que Adam pagou dois homens da aldeia para vestirem um traje de cavalo e ficarem esperando lá em cima, até dois universitários bobos aparecerem.

— Corremos para o estacionamento, feito dois idiotas. O taxista achou que aquela tinha sido a coisa mais engraçada que vira em muitos anos.

O cavaleiro insistiu que o cavalo estava lá.

— Disso tenho absoluta certeza. A quem você pagou?

— Não havia um cavaleiro? — Adam fez uma pausa e acrescentou: — Tenho que pegar o meu dinheiro de volta.

— Seu safado!

A maioria riu. A donzela deu um grito meio histérico, aceitando a brincadeira. O cavaleiro também sorriu discretamente.

— Os pontos especiais por coragem serão concedidos ao nosso cavaleiro e à donzela — disse Adam. — Agora, por favor, escreva o desafio de Gog Magog em seu cartão.

Seguiu-se um frenético movimento de lápis. *Ó, justiceiro da montanha, apareça.*

— As letras são: C, O, M e T — gritou o cavaleiro.

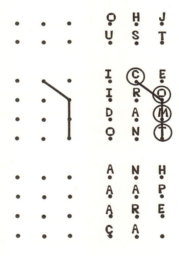

— Espere um pouco — interrompeu a donzela. — O que era o calcário, então? Acho que descobrimos o resto.

— Há uma grande imagem em calcário esculpida no alto das colinas, embora esteja coberta pela vegetação — explicou Adam. — Representa um enorme cavalo, ou cavalos, montado por uma deusa gigantesca com três peitos. Uns acham que é antigo; outros acham que o homem que a descobriu, nos anos 1950, na verdade foi quem a fez, para realizar um desejo impossível. Havia referências a tais imagens, e ele a encontrou usando a técnica de *bo-*

sing, que implica enfiar uma vara bem grande no chão para encontrar terra remexida e calcário. Por outro lado...

— Sim?

— Bem, ela está bem na *ley line*, que também passa pelo Forte de Wandlebury, pelo Instituto de Scott Polar e pela Round Church, se é que você acredita nessas coisas. Dizem, também, que há uma carruagem de ouro, enterrada no anel. Pelo visto, é um lugar de muita energia.

— É um lugar de muito nevoeiro gelado, isso sim — disse o cavaleiro.

Robert fez uma anotação para si mesmo das duas palavras que aprendera no decorrer da noite: *Bosing* e Autoimolação.

— Senhoras e senhores — anunciou Adam. — São quase 22 horas. Somos a obra de Deus, formando uma nova Sociedade. O penúltimo desafio desta noite é encontrar seu lema, escondido nas 15 letras que vocês acabaram de achar com suas chaves. Encontre as três palavras que começam com O... V... A.

— Em inglês ou em latim?

— Latim. Cada uma das equipes tem alguém que estudou latim, pelo menos o nível básico.

Imediatamente, todos se agitaram entre rabiscos e trocas de sugestões.

— Enquanto trabalham, permitam-me ler para vocês a constituição da Sociedade. *A Sociedade, até agora sem nome, é um clube social dedicado à formação e solução de enigmas, encontro de casais, diversão inteligente e a busca da sabedoria não convencional, através da exploração como diversão. Seus métodos utilizam convenções, tais como: encontro às escuras, gincana, suspense e baile de máscara. A adesão só é possível por convite.*

— Ainda não tem nome?

— Acharemos um. Virá a partir das aventuras. Uma combinação do que foi descoberto.

— Cale a boca e deixe-nos pensar, então.

Robert e Katherine formaram um grupo. Do Instituto Scott, eles conseguiram: I A R A N O I. Da Round Church: M N I V. Do anel de Wandlebury: C O M T.

Robert desenhou as letras em um círculo; Katherine em um quadrado, cada um seguindo sua própria técnica.

Finalmente, Katherine sussurrou para Robert:

— Redenção... sacrifício... guerreiro sagrado. Sabe latim?

Robert anotou: Guerreiros lutam para vencer. O perdão vence o pecado. Não há amor maior do que...

De repente, ele descobriu. Ele a agarrou pelos ombros e a abraçou. Escreveu rapidamente em letras maiúsculas e mostrou a ela.

— É isso! — gritou ela, levantando a mão. — Bingo!

Um pequeno grupo se reuniu para ver o que eles tinham descoberto.

Adam olhou o relógio. Robert verificou o seu e viu que eram 22 horas. Então gritou, em uníssono com Katherine:

— OMNIA VINCIT AMOR!

— Ahhhhhhhhhh, droga! — reclamou o vigário, jogando a caneta com raiva.

— O Amor Tudo Vence! — gritou Katherine. — O Amor Tudo Vence.

Ela agarrou as mãos de Robert e apertou-as.

— Você é o meu herói eterno! O Amor Tudo Vence.

Adam estava tão feliz, batendo palmas e dançando, que Robert pensou que ele iria levitar.

— Muito bem, Katherine Rota e Robert Reckliss — cumprimentou ele. — Senhoras e senhores, podem tirar as máscaras.

Mais uma vez, Robert pelejou com a máscara e, com a ajuda de Katherine, conseguiu apenas deslizá-la para baixo, deixando-a pendurada no pescoço. Ao vê-lo sem máscara, ela sorriu para ele e disse:

— Oi, gato.

Depois de tirar a sua com facilidade, ela correu na direção de Adam, deu-lhe um beijo e um longo abraço, deixando Robert enciumado. Após alguns instantes, ela voltou para junto de Robert e o abraçou também. Ela era adorável, uma tentação de olhos azuis.

O cavaleiro era um estudante do terceiro ano de ciências naturais da Downing College. A donzela era uma estudante de medicina do segundo ano da Emmanuel. O vigário declarou ser do terceiro ano de geografia da Jesus e a prostituta, que Robert reconheceu como atriz do teatro amador da universidade, o ADC, estava no quarto ano de linguística da Newnham. Houve aplausos, seguidos por mais bebidas.

Adam levantou-se.

— Agora, vamos ao desafio final. Qual é a criatura que combina todas as três explorações? O que vocês criaram com seus esforços? A resposta será o nome da nossa Sociedade.

A aluna da Newnham falou:

— Os confins da terra, os territórios desconhecidos onde vivem as criaturas mágicas... como cavalo, com poderes de cura, nascidos do sofrimento... redentor, mas com uma forte carga sexual... será que eu sou a única que está seguindo essa linha de raciocínio?

O cavaleiro perdeu a paciência e arriscou:

— É... Pegasus?

Aproveitando a piada, Robert sugeriu:

— Rinoceronte?

Cinco pessoas gritaram ao mesmo tempo:

— Unicórnio!

Assim, foi fundada a Sociedade Unicórnio da Universidade de Cambridge. Adam afirmou tê-la abolido alguns meses depois, quando se formou, mas alguns dizem que ela permanece viva, de forma diferente, com os mesmos objetivos e métodos.

Nova York, 26 de agosto de 2004

Robert estava no endereço indicado na Caixa da Maldade e tentava abrir a porta com as chaves. Na segunda tentativa ele conseguiu. O local era no quinto andar de um prédio dos anos 1930, de tijolo pintado de branco. Não havia elevador, o que levou Robert a xingar Adam. Os apartamentos eram do estilo *railroad*, uma sala longa que ia de ponta a ponta do edifício, exatamente como um vagão de trem ou um submarino. A escada que dava para o último andar era estreita, sinuosa e afundada pelo peso dos usuários. A última camada de pintura começava a descamar. Enquanto subia, Robert pisou em um preservativo usado.

A outra chave abriu o apartamento.

Ele nunca imaginou que Adam mantivesse um imóvel em Nova York, ou um ninho de amor, ou qualquer que fosse o nome dado por ele. Desprovido de luxo, certamente não era o tipo de lugar onde alguém levaria uma amante, imaginou Robert.

Sobre uma escrivaninha preta e barata, encostada na parede, havia um computador, ligado. Ao tocar o teclado, apareceu uma mensagem na tela, indicando que o aparelho estava bloqueado. Então, ele teclou Ctrl+Alt+Del. O nome do usuário, Adam, já estava lá. Ele digitou a palavra que estava no pedaço de papel: *vitríolo*. O documento do Word abriu imediatamente.

Olá, Robert,

Há quanto tempo não nos vemos! Se me permite a expressão. Perdoe-me por não ter entrado em contato antes. Nunca escrevo, nem telefono. Perdoe-me.

Bem, vou parar de enrolar e ir direto ao assunto. Quero pedir que faça umas coisas que parecerão bem estranhas. Algumas podem ser perigosas; outras o levarão a partes da vida, com as quais, de modo geral, você pode não estar familiarizado. Se realizar essas tarefas, ajudará a impedir que algo terrível atinja todos nós. Algo extremamente diabólico. Pode até salvar a minha vida.

Não serão apenas coisas difíceis. Algumas são até apropriadas, mas outras serão bem assustadoras.

Agora, a pergunta: Por que você não deve jogar esta carta no lixo, imediatamente?

Porque rezo para que você confie em mim. Porque você e Katherine estarão entre as vítimas, se não fizer nada. Porque você é uma das poucas pessoas no mundo que pode parar isso.

Você deve começar o mais rápido possível, e, uma vez que comece, não há como parar, até que termine. Mais uma vez, perdoe-me, mas não sou o único que está correndo perigo. É todo mundo.

Para falar a verdade, eu me envolvi em algo e agora não sei como sair. Talvez não consiga.

Você precisará de um telefone com acesso à internet, do tipo que tira foto e as envia de onde estiver, e que permite pesquisas no Google, mensagens instantâneas, esse tipo de coisa. Já existe um à sua disposição. Dê uma olhada na caixa de papelão à sua direita. Acho que é um Quad Plus, ou algo assim. Tem GPS e mapas. Foi uma ótima sugestão, porque é um aparelho fantástico.

Precisará de um mapa de Nova York, Manhattan principalmente, com as rotas do metrô e dos ônibus, no caso de a tecnologia falhar. Às vezes, um lápis e uma régua são a melhor opção.

Lembra-se dos seus dias de escoteiro? Pense neles como uma caça ao tesouro, com todos os detalhes que envolvem essas duas palavras, se forem consideradas separada e literalmente.

Porém, acima de tudo, você precisará de seu bom e forte coração, Robert, além de coragem e bom-senso. Haverá pistas e amigos ao longo do caminho, mas inimigos também, suponho.

Iremos visitar as câmaras secretas sob a cidade e os jardins secretos e plataformas acima dela; bem como os lugares escondidos entre os dois.

Também deveremos visitar os lugares secretos do coração.

Vamos considerar uma parte dessa tarefa como uma caminhada; outra parte como autoajuda e, por último, uma espécie de iniciação à meditação. Será preciso prepará-lo rapidamente. Pense nisso como um tratamento de choque em certos assuntos espirituais, mentais e carnais. Se não tiver êxito, tudo terá sido em vão e um enorme número de pessoas morrerá. Entendeu?

Um abraço,
Adam.

Deixe de lado sua descrença, Horace pedira a ele.

A carta estava com data de 14 de agosto. Exatamente um ano depois do Blecaute. Ele imprimiu uma cópia e fechou o arquivo.

Não havia nenhum outro arquivo aberto recentemente em "Meus Documentos". Ele abriu o Netscape e o Explorer, mas não achou nada na lista de Favoritos. Então, acessou o AOL. Havia somente um nome na tela: AdamHD1111. Ele digitou *"vitríolo"* como senha. Deu certo.

AdamHD1111 não tinha mensagens, antigas ou enviadas, nem sites favoritos. Mas a Lista de Amigos mostrava apenas uma pessoa — alguém com quem Adam conversava regularmente, ou queria lembrar. Independente de quem fosse, ela não estava online. Robert olhou o nome. TerriC1111. E o perfil de usuário:

Nome: Terri, 22/F
Localização: Entre o submundo e a terra. Eliot[*] gosta de mim "pulsando entre duas vidas"[**]
Sexo: Feminino
Estado civil: Livre. Para mim, para o divino.
Passatempos prediletos e interesses: Profecias. Sedução. Falar a língua dos pássaros, a língua verde.
Gadgets *Favoritos:* Eu mesma; meus olhos.
Ocupação: Vidente, guia e amante.
Citação pessoal:

    Duas cobras espio, entrelaçadas no ato do amor

    Uma eu corto, a fêmea, e me transformo em mulher

    Por sete anos

    Até que as mesmas cobras espio novamente, mais uma vez perdidas no ato do amor

    O macho eu corto, e me transformo em homem novamente

    Assim mudam as estações

---

[*] Referência a T. S. Eliot, poeta modernista. (*N. da T.*)
[**] Trecho do poema de T. S. Eliot, "A Terra Devastada". (*N. da T.*)

A homepage do AOL tinha uma atraente figura feminina de um manequim sem cabeça em uma vitrine, e seu vestido preto exibia uma cobra. Atrás do manequim havia uma imensa massa retorcida de serpentes. Em resumo, uma merda muito esquisita.

Robert vasculhou a caixa de papelão que Adam lhe indicara. Dentro havia um volumoso dispositivo cinza e prateado como um TREO ou Palm Pilot com uma tela grande. Apesar de seu peso, o aparelho cabia confortavelmente na mão. Havia, também, alguns acessórios: um carregador, algo que parecia um teclado dobrável e um microfone com receptor auricular. Ele ligou o aparelho e esperou. Após um bipe, surgiu na tela um impressionante conjunto de ícones. O programa GPS indicava que o dispositivo tinha, possivelmente, uma dúzia de localizações registradas em log, todas identificadas por números de três dígitos. Viu que a bateria estava um pouco baixa e colocou o aparelho para carregar.

Ele se imaginou falando com Adam, enquanto andava pelo apartamento:
— Dessa vez eu passei dos limites.
— Com certeza, Adam.
— Dessa vez sou eu que estou atrás da máscara.
— Você a arrancou.
— Não posso voltar.
— O Truque da Corda.
— Já fiz.
— O truque do desaparecimento! Puf! Desaparecer da face da Terra.
— Você não deveria ir em frente. Não deve.
— Sempre temi que você o fizesse.
— Sempre soube que poderia.
— Adam Hale! Subiu a corda até o fim...
— Estou assustado. Conheci umas pessoas. Pessoas que não estão brincando. Não acho que elas me deixarão voltar.
— Começa com uma letra.
— Olá, Robert.
— Diz: Olá, Robert. O mundo está prestes a acabar. Lembra-se daqueles sonhos que tem tido?

Robert sentou-se e tentou decifrar o quebra-cabeça. O que Adam estava tramando? Visitar Lawrence Hencott? *Matá-lo?* Não fazia sentido.

Então o computador fez o som de uma porta se abrindo, e TerriC1111 apareceu on-line. Robert não sabia o que fazer. Era ridículo, mas seu coração estava disparado novamente.

Após um toque de canto de pássaros uma janela de mensagem de TerriC1111 surgiu na tela com os dizeres:

— Oi, querido.

Ela achava que estava falando com Adam. Robert estava hesitante, não sabia se deveria se passar por outra pessoa. Se ele dissesse quem realmente era, será que ela iria se apavorar e sumir?

— Oi — digitou ele.

O cursor piscou durante meio minuto. Um minuto. Sua boca estava seca. Talvez Adam nunca dissesse "Oi". Será que tinham um código secreto? Um código de amantes? *A menos que eu use a palavra "bobagem" suponha que eu tenha sido capturado.*

Mais uma vez, ouviu-se o toque de canto de pássaros.

— Tenho tentado falar com você, seu louco desgraçado... está tudo bem?

Aqui estava ele, 20 anos depois, sendo confundido com o Adam, mais uma vez. E, sem querer, ele gostava dessa situação. Gostava da ideia de ser outra pessoa por alguns minutos. Era um tempo livre do sofrimento, algo excitante, um alívio.

— Sim. Só um pouco cansado.

— Onde você estava?

Robert arriscou:

— Aqui mesmo em Nova York.

Ele podia quase sentir o que ela pensava. Ouviu o canto dos pássaros novamente.

— Fez tudo o que precisava?

— Espero que sim.

— Você não tem certeza? Teve dificuldades?

— É difícil ter sempre certeza. Fui ver Hencott.

— Quem?

Merda. Como poderia sair dessa agora? Ela era sua ligação com Adam. Ou seria o contrário? Ele digitou:

— O cara das minas de ouro, Lawrence Hencott.

— Ah, sim, desculpe. Quando você o viu?

— Ontem, eu acho. Não dormi. Estou perdendo a noção do tempo. — Ele percebeu que ela estava magoada, então acrescentou: — Desculpe, eu ia contar aonde ia, mas tive de vê-lo primeiro.

— Acho que pode ser desculpado, nessas circunstâncias. Podemos nos encontrar? Quero taaaaaanto vê-lo.

— Também quero. Mas não agora.

— Foi difícil, querido?
— Lawrence está morto.
Ela não respondeu por alguns segundos, então perguntou:
— Você disse que ele morreria de um jeito ou de outro. O que aconteceu?
— Matou-se com um tiro. Ele deu um telefonema antes.
— Para quem?
— Robert Reckliss.
— Isso é bom ou ruim?
Ele fez uma pausa, tentando não deixar a conversa sair do controle.
— Ele é digno de confiança. Eu não lhe falei?
— Falou. Não consigo acreditar que você fez isso. Ficou assustado?
— Sim. Pensei em você. Muito.
Agora ele podia quase sentir o sorriso dela.
— Tenho uma coisinha para você — ela escreveu. — Quer ver?
O cursor não parava de piscar. Sentia-se como um adolescente.
— Adoraria — respondeu ele, adicionando um *smiley*.
— Tudo bem. Qual é a senha, querido?
Ela quer senha *agora*? Merda.
— A senha para o seu coração?
— A senha para tudo, amor.
Ele deu outro chute:
— Vitríolo.
— Interessante. Está bem, querido. Estou enviando.
Por um momento nada aconteceu. Então, aquela voz masculina impessoal do AOL, indicou:
— Você recebeu uma nova mensagem.
Era Terri novamente.
— Espere que goste, querido.
Ele clicou no pequeno envelope amarelo e viu que ela tinha enviado uma foto, inserida no e-mail, sem texto. Começava de cima e mostrava os pontos percentuais à medida que carregava o restante: 8 por cento, 23 por cento...
O topo da cabeça de uma figura feminina começou a aparecer. Cabelo preto... testa... Ele percebeu que se tratava de uma pintura. As sobrancelhas eram arqueadas acima de olhos que lembravam galáxias dilatadas, em um rosto em forma de coração, muito pálido, um pescoço longo de cisne, um vestido preto justo, com amplo decote que valorizava suas formas, e luvas pretas acima do cotovelo... uma atraente interpretação meio abstrata de uma jovem de uns 20 anos, com ar gótico...

— Tirei essa foto ontem, em Chelsea. Não se parece comigo?

Como saber?

— É linda. Maravilhosa.

O cursor não parava de piscar. Ele mal conseguia respirar. Sua boca continuava seca, então umedeceu os lábios. Agora sentia-se envergonhado, repulsivo.

Ia mexer no teclado quando a estúpida voz amistosa do AOL surgiu novamente:

— Você recebeu uma nova mensagem.

Outra foto de Terri. Ele hesitou em abrir. Sua mão permanecia imóvel no ar, acima do mouse.

Outro canto de pássaros, outra mensagem de TerriC1111, adicionada com uma carinha de diabo.

Ele a abriu e viu o conteúdo revelar-se lentamente na tela. Dessa vez era uma fotografia de uma mulher verdadeira, de cabelo preto curto, magra, com pernas incrivelmente longas, em um vestido longo preto, com uma fenda que ia quase até a cintura. Estava com uma das mãos no quadril e a outra abrindo o vestido, somente o bastante para revelar uma parte da renda preta, no alto da meia.

Ele sentiu o sangue ferver. Nos últimos oito meses Katherine e ele praticamente não tinham transado.

— Pare — digitou ele.

— Não — respondeu ela. — Isso é só o começo. É a minha foto mais recente. Conte-me uma história.

— Espere. Por favor.

— Não está gostando? — perguntou ela, adicionando uma carinha triste.

Ele hesitou.

— Estou adorando. Demais.

— Você não é Adam.

Ele não podia permitir-se perdê-la. Mas não sabia como manter a farsa. Com medo de perder o contato, ele se entregou e digitou:

— Não sou.

O cursor piscou. Um minuto se passou até que ela respondeu:

— Estou... intrigada.

— Estou tentando encontrá-lo. Ajudá-lo. Sou um amigo.

Outra pausa.

— Por quê?

— Acredito que ele esteja correndo perigo.

— Quem pode estar causando isso?

— Não sei. Pediram-me para vir aqui e deixar de lado a descrença. Vocês estão juntos? Têm um relacionamento?

— Amantes? Ah... sim — respondeu ela, adicionando uma piscadela.

— Sabe onde ele está?

— Adam é evasivo mesmo quando as condições são favoráveis...

Era preciso ter cuidado para não espantá-la.

— Desculpe por me fazer passar por Adam. Não sabia exatamente o que fazer quando você apareceu.

— É, você é um menino muito travesso... E, então, gostou?

— Das fotos? Sim, são lindas.

— De se fazer passar por Adam. Acho que gostou...

— É. Pode ser.

— Suponho que seja Robert Reckliss, o cara que Adam chama de Rickles. Pelo que sei, vocês compartilham tudo.

Caramba!

— Como sabe quem sou?

— Adam disse que só duas pessoas, além dele próprio, tentariam entrar em contato: uma delas seria o seu assassino, porque ele estaria morto; e a outra seria você. Não faz ideia do que ele acabou de fazer e do que arriscou. Ele disse que eu teria de adivinhar se a pessoa que se passava por ele era o assassino ou você.

— Como você pôde descobrir quem é quem?

— Ele disse que se estivesse morto o assassino o imitaria perfeitamente, mas que eu perceberia que ele era mau caráter.

— E não imitei Adam perfeitamente?

— O verdadeiro Adam demonstraria desejo de forma mais direta. Especialmente depois de acabar de sobreviver ao que teve que fazer.

— O que ele teve que fazer?

— Uma coisa de cada vez. Ele fala muito a seu respeito, Robert. Diz que você salvou a vida dele.

— É verdade. Isso foi há muito tempo.

— Ele salvou a minha vida, de certo modo. Então, agora, temos que fechar o triângulo. Isso significa que eu devo salvar a sua?

— Como ele salvou sua vida?

— Ele me protege. Faz a vida parecer prazerosa e feliz, mesmo quando não é. Sabe como ele faz isso?

Robert sorriu, chegando quase a dar uma risada. De repente, sentiu como se Adam estivesse no recinto, porque, com seu talento arrebatador, ele era capaz de fazer uma pessoa rir, até quando estava em uma encrenca. Normalmente, a encrenca na qual a pessoa se encontrava era sempre criada por ele.

— Não. Mas sei exatamente o que quer dizer.

— Ele transforma as coisas para melhor, mesmo quando parecem totalmente arruinadas.

Ficou claro que ela conhecia Adam muito bem.

— Isso significa que ele está seguro?

— Não. Não sei o que significa. Suponho que significa que ele ainda não está morto.

— O que está acontecendo? Diga-me, por favor.

— Preciso pensar.

— Você disse que Adam sabia que Lawrence ia morrer?

— De um jeito ou de outro. Não entendi muito bem.

— O que posso fazer para ajudar?

— Espere. Preciso pensar.

Ficaram em silêncio por um momento, até que Robert perguntou:

— Onde você está, Terri?

— Adam me chama de sua Red Hooker.

— Red Hook. No Brooklyn.

— Acertou de primeira.

— Conte-me mais sobre vocês.

— Temos um relacionamento há aproximadamente um ano. Desde o Blecaute. Quanto a mim, esta é a minha descrição: *Sou uma mensageira aposentada. Lido com gestão de identidade. Busco Deus. Faço vídeos. Sou intuitiva, me transformo. Tenho blog. Sou* geo-cacher. *Gosto de transar em lugares públicos. Sou uma ex "suicide girl", mas não vou dizer qual. Sou guia de turismo, terapeuta e costumo intimidar as pessoas.*

— Bem... Eu nem mesmo sei o que algumas dessas coisas significam. Quantos anos você tem?

— Vinte e dois. Não se aflija. Você é muito sério. E sobre você: Adam sempre diz que suas vidas estão entrelaçadas para sempre e que essa é uma história compartilhada.

As imagens que por duas décadas Robert se proibira de recordar de repente surgiram. Ele se viu chutando a mesa no dormitório de Katherine e atirando os objetos no chão. Sentiu mais uma vez o medo e a confusão daquela noite. Viu Katherine fazendo amor com Adam, e com ele. Viu o fogo se alastrar pelo quarto de Adam na Trinity, e a cara da morte na fumaça — o olho belo, fixo, único — fitar sua alma.

Ele fixou os olhos na parede, lembrando aqueles momentos. Suas mãos permaneciam imóveis sobre o teclado. Acabou perdendo a noção do tempo.

Ela escreveu:

— Estou perdendo a paciência.

Sentiu um sobressalto quando reiniciou a conversa.

— É difícil explicar. História compartilhada é um bom modo de definir as coisas. Uma vez, compartilhamos uma mulher.

— Só uma?

— Só uma. Até onde eu sei. Veja bem, Adam pediu para que eu o ajudasse. Você sabe em que tipo de problema ele está metido?

— Você sabe?

Robert não sabia o quanto deveria revelar sobre o que Horace lhe dissera, e optou pela prudência.

— Não. Ele mencionou algo sobre umas pessoas com quem teria se envolvido, e que não o deixariam escapar. Falou algo sobre um ato de grande crueldade e disse que eu poderia ajudar.

Terri ficou em silêncio novamente.

— Terri?

— Estou me decidindo a seu respeito. Espere.

De repente, ele teve a nítida sensação de estar sendo observado. Sentiu um arrepio na nuca, como se estivesse sendo analisado... esquadrinhado... *por dentro*. A sensação tornou-se mais profunda, quase física. Ele inspirou profundamente. Estava sendo... *avaliado, provocado, investigado*.

— Nossa! O que é isso?

As sensações desapareceram tão rapidamente quanto tinham surgido. Então, Terri estava de volta.

— Tudo bem. Tudo verificado. Que assim seja.

— Uau! O que você acabou de fazer?

A cabeça dele girava. Era como se tivesse sido beijado, tal a inesperada intimidade. Tinha realmente sido ela ou fora apenas sua imaginação; uma reação à intensidade de suas lembranças? Quem eram aquelas pessoas?

— Apenas tentei descobrir se você está à altura de tudo isso. Você tem muito medo, Robert Reckliss. Mas podemos dar um jeito nisso. Agora preste atenção.

Ela enviou outro e-mail. Era uma carta, de Adam para Terri.

Querida Terri,

Logo estarei me dirigindo ao lugar sombrio sobre o qual lhe falei. Você sabe que devo ir, embora preferisse ficar com você, que há mais coisas que dependem da minha ida do que apenas nossas próprias vidas, e que, por isso, não tenho escolha. Devo desfazer o dano que criei.

Aqui está o que você pode dizer:

Uma conspiração está em andamento. Um Dispositivo de extraordinário poder está escondido em algum lugar de Manhattan. Ele tem diversos nomes, inclusive Gnosis, Ma'rifat', o Motor da Alma. O Ma'rifat' é uma janela para o local onde reside a nossa escuridão potencial, onde somos chamados para converter nosso medo em luz, ou, então, perecer. É, ao mesmo tempo, um lugar na mente e um estado da matéria. A ciência que o fez é assombrosa e muito antiga.

Só pode ser desarmado por seres de grande poder psicoespiritual. Esse ser é realmente raro, mas há dois em Manhattan, neste exato momento.

Um, podemos chamar de Unicórnio, uma criatura de pura luz. O outro é um Minotauro, um perdido. O Minotauro serve a mestres do mal. E está dentro de mim, me corroendo. Ele não tem nenhum interesse em desarmar o Dispositivo. Ao contrário, ele quer me levar a fazê-lo detonar, assim como as pessoas que irei visitar. Estou resistindo. O Unicórnio está dentro de um homem adormecido, que desconhece o próprio poder. Se eu morrer, o meu assassino ou o homem adormecido virá até você, não sei qual deles. Você deve ajudá-lo a despertar. Deve guiá-lo ao longo do Caminho o quanto puder, até que ele adquira energia suficiente para impedir o que está prestes a acontecer.

O Dispositivo está armado. Desativá-lo requer sete chaves menores e uma chave mestra. As sete chaves menores estão escondidas em Manhattan, em uma tabela geométrica, e devem ser encontradas.

A chave mestra foi enviada para um cofre.

Possivelmente, Deus queira, terei êxito nesta missão.

Estou fazendo isso por nós. Por favor, perdoe-me se eu fracassar.

— Ele escreveu isso pouco antes de sumir?

— Exatamente. Ontem ele foi visitar estas pessoas às quais ele se refere na carta. Eu não soube mais nada desde então. Até falar com você.

— O que mais ele disse sobre esse maldito Dispositivo?

— O Ma'rifat'. É assim que ele o chamava a maior parte do tempo.

— Esse nome é árabe?

— É.

— O que significa?

— Entre outras coisas, conhecimento do divino. Como se conhece uma pessoa, não como se conhece um fato. E ele insistiu que a última coisa que podemos fazer é chamar a polícia. Nenhum de nós deve fazer isso. Eles precisariam enviar um sacerdote ou um capelão, e você pode apostar quanto quiser que eles não fariam isso. Consegue imaginar? Policiais defendendo Nova York? O Exército? Se uma equipe da SWAT chegasse a 50 metros desse artefato, sabendo do que ele é capaz, ela o faria deflagrar. O Dispositivo leria o medo dela. Assim como acabei de ler você.

Aquilo não fazia sentido para ele. Depois ele entendeu.

— Só psicopatas não ficam com medo — disse ele. — Pessoas comuns ficam. Soldados e policiais ficam amedrontados, e embora saibam controlar esses sentimentos, o medo continua a existir.

— Adam disse que o Dispositivo seria capaz de identificar tais sentimentos. Aumentá-los. Alimentar-se deles para detonar.

— E o que mais?

— Imagine Hiroshima, se as autoridades encontrarem o artefato. Se os mestres do Minotauro o deflagrarem, imagine algo muito pior. Uma espécie de bomba da alma. Pense no que as pessoas fazem quando suas almas são envenenadas, virando-se umas contra as outras. Imagine Auschwitz na América, a condenação.

Robert pensou no seu amigo tendo que enfrentar tamanha maldade. O diletante finalmente encarando seu destino; decidindo lutar, não dar o fora. Sentiu-se irracionalmente orgulhoso de Adam.

— Creio que ele me enviou a coisa que chama de chave mestra. Eu a chamo de Caixa da Maldade.

— Está bem-guardada?

— Depende do que você considera bem-guardada. Está no meu bolso.

— Minha nossa!

— O que é o Minotauro?

— Uma energia mental parasita, uma alma angustiada, em sofrimento. Era do bem, mas se tornou demoníaca.

— E o Unicórnio?

— Adivinhe.

— Diga-me.

— Está em você, Robert. *É você.*

Ele fechou os olhos. Por tudo que era mais sagrado... Ele jurou a si mesmo. O medo e o pânico voltaram.

— Não. Não acredito.

— Acredite. Olhe dentro do seu coração.

Ela tinha visto algo que ele tentara esconder até de si próprio: o conhecimento velado, compelido para bem longe das profundezas de sua mente, que um dia isso iria acontecer. E, no meio do medo, uma sensação de *orgulho* por ser o escolhido.

Lembrou-se dos pais, ambos mortos havia muito tempo: pessoas trabalhadoras, honestas, que costumavam dizer que ideias antigas eram absurdas, que superstições atrasadas eram uma maldição de família, a ser finalmente terminada em seu filho. Eles o criaram para não acreditar em certas coisas, sozinho na imensa propriedade, afastado de tias e tios distantes e histórias incompletas de eventos obscuros ocorridos havia mais de 30 anos, durante a guerra. Não havia reunião de família entre os seus.

Só uma vez, quando completou 18 anos, um parente entrou em contato. Ele recebeu uma única carta, sem assinatura, logo que entrara para a universidade.

> Sou membro da sua família. Há coisas que você tem o direito de saber. Ninguém da sua família lhe dirá, portanto, eu farei isso, que Deus me ajude. O que você lerá mais abaixo é a essência do conhecimento. Você entenderá cada frase, quando tiver necessidade. Conserve-as.

O resto da carta consistia em sete frases em uma única página. Ele achou que era conversa fiada e a queimou no final do primeiro semestre. Mas nunca esquecera o que ela dizia:

> *Para viver plenamente, conheça a morte*
> *No amor, dê para receber; sexo é mais que prazer físico*
> *Busque as fronteiras distantes da liberdade*
> *Coloque-se no lugar do Outro*
> *Siga seu destino, através das intenções*
> *O que está em cima é como o que está embaixo; o que está dentro é como o que está fora*
> *Morra para viver*

Ficaram em silêncio por um momento. Então Terri voltou.

— Está bem, vou ajudá-lo. Prepare-se, porque as coisas entrarão num ritmo acelerado a partir de agora. O relógio começou a correr.

— Desde quando?

— Desde o momento em que você começou a acreditar.

Mais um e-mail. Era a fotografia de uma espécie de monumento, cercado por grades.

Ela perguntou:

— Você sabe o que é isso?

— Não. Uma lápide?

— Isso mesmo. Nela está escrito:

"Em Memória
De uma Criança Encantadora
St Claire Pollock
Morta em 15 de julho de 1797
Aos 5 Anos de Idade

"Fica perto da Riverside Church. Uma criança. Preservada para sempre de tudo que acontece ao redor. Mantenha essa imagem na mente. Precisará dela depois. Confie em mim. Parecerá um jogo, mas não é. Tem um Quad aí? Você sabe o que é?"

— Sim, ele deixou um aqui.

— Esse será nosso principal meio de contato de agora em diante. Ele o configurou para podermos ajudá-lo. Telefone para casa, se precisar. Você pode voltar tarde. Não conte a sua esposa o que está acontecendo. Não vai ajudar em nada. Pode até piorar as coisas.

— Como assim?

— Ouça. Você precisará ir a alguns lugares, decifrar alguns enigmas, postar umas fotos em um website. É o primeiro favorito. O e-mail e a URL já estão no Quad. Faça um teste agora. Depressa. Podemos ajudá-lo, mas não temos muito tempo.

— Espere um pouco.

— Adam está em perigo, Robert. Confie em mim. Vá ao *waypoint* 025 do GPS. Encontre-me lá. Rápido.

— Como assim? Por quê?

— Quando encontrar o *waypoint* você terá que decifrar um enigma. Quando decifrar o enigma, encontrará um esconderijo. No esconderijo está uma das chaves do Ma'rifat'. Estas são também as etapas do Caminho. Cada etapa será significativa, de um modo que precisará mostrar que compreendeu. Farei tudo o que puder para ajudá-lo.

— Como você inseriu essas posições no GPS?

— Adam as capturou no Dia do Blecaute. Havia centenas em um PDA que pertencia ao criador do Dispositivo. A maioria era *fictícia*, mas os legítimos foram todos carregados no Quad. Só não sei identificá-los. Há poucos minutos recebi uma mensagem de texto dizendo que você deve ir ao *waypoint* 025.

— De quem era a mensagem?

— Esse é o problema. Não sei. Adam apenas disse para confiar em tudo que eu recebesse do Vigia. Portanto, ambos estamos jogando um tanto às cegas. Agora vá.

O computador fez o som de porta fechando, e ela desapareceu.

Ele permaneceu sentado, olhando para a tela, completamente confuso.

Tinha que tomar uma decisão. Deveria encontrá-la? Acreditar nela? Acreditar em Horace e Adam? Ou deveria desprezá-los e ir para casa e manter a descrença?

Enquanto sua mente trabalhava, ele copiou e colou as trocas de mensagens para um e-mail e as enviou para ele mesmo. Fez o mesmo com a carta de Adam e as fotos que ela mandou para ele.

Era preciso tomar uma decisão.

Precisava de mais informação, o que significava encontrar-se com a mulher.

Adam lhe pedira ajuda, e ele não iria se omitir.

Finalmente, ele se decidiu.

Pegou o Quad e verificou as configurações. Testou a câmera, batendo uma foto de um peso de papel com o "Horizonte de Nova York", que estava na mesa de Adam, e a postou na página da web, no primeiro endereço de favoritos. Ele percebeu que o nome de usuário AdamHD1111 e uma senha já estavam carregados. Então, abriu a página da web e confirmou que a foto postada havia chegado. Depois, abriu o *waypoint* 025. O mapa da rua, na tela GPS do Quad, mostrava um marcador entre a Broadway e a Church, perto da Fulton Street. Ele quebrou a cabeça, tentando lembrar o que havia lá.

Telefonou para Katherine e deixou uma mensagem:

— Oi, querida. Meu dia está realmente complicado. Devo chegar tarde. Estou bem, mas vou tentar descobrir um pouco mais sobre aquela coisa que o Adam nos enviou.

Sem saber o que mais poderia dizer, ele acrescentou:

— Ligue quando puder. Tenho algumas coisas para contar a você.

Cambridge, março de 1981

Katherine, Adam e Robert foram ao dormitório de Adam no Nevile's Court da Trinity, acima do imponente arco norte, onde, no século XVII, Newton tentara medir a velocidade do som batendo o pé e regulando o tempo do eco produzido. Subiram um lance de escada e entraram em um corredor longo e escuro. Katherine os conduziu, virando à esquerda em direção ao dormitório de Adam, no final do corredor.

Sobre uma superfície preta, no pé da escada, havia alguns nomes pintados de branco, o que deixou Robert intrigado.

— Você é o único aluno que tem o nome nesta escadaria, Adam?

Todos os outros pareciam ter pelo menos um doutorado, ou era até mesmo membro honorário da universidade.

— Que coisa terrível, não é? Você vai odiar o motivo. Não é igualdade de direitos, suponho.

— Só fiquei curioso.

Adam abriu a porta e os conduziu para o interior.

— Foi realização do meu avô. Ele é muito querido por aqui. Destacou-se na guerra por ter trabalhado para organizações como a Special Operations Executive, a SOE, serviços de inteligência e assim por diante. Criou algumas bolsas de estudos, bastante generosas, com a condição de que qualquer descendente direto que "conseguisse chegar até aqui por mérito próprio deveria ter a permissão de ocupar seus antigos aposentos, se desejasse".

— Bacana.

— E eu desejei, naturalmente. É muito útil o fato de eles não poderem me tirar esse direito; senão já o teriam feito. Não sou exatamente querido pelo diretor. Falaremos sobre isso mais tarde.

A sala era enorme, de teto alto, repleta de livros. A mobília era antiga e cara. Em nada lembrava o dormitório de um estudante.

— Você vem de um mundo tão diferente! — disse Robert.

— Não vá me criticar agora.

— De jeito nenhum. Foi apenas uma observação. Seu pai morou aqui também?

Adam fechou a cara.

— Papai? Não. Ele era um idiota.

— Adam e o pai não se falam — explicou Katherine. — Ele foi deserdado. É uma história bem interessante.

— Muito. Aceitam uma bebida? Vinho tinto? Pimm's? Gim-tônica?

Ambos disseram que ele fora escolhido e que era a chave de uma missão. O que significava aquilo?

Adam foi procurar garrafas e copos, enquanto Katherine andava pela sala. Robert se jogou em um almofadão.

Pai. Não se falam. Deserdado. Ele tinha que perguntar sobre o sotaque dela. Era muito sexy.

— Katherine, há algo diferente na sua pronúncia...

— Minha mãe era americana, se é isso que está tentando saber — disse Katherine. — Minha avó era da Califórnia. Ela passou muito tempo aqui, durante a guerra. Fui criada aqui. Meu pai é inglês, anglo-argentino para ser exata. Queria uma rosa inglesa como filha, e foi isto que conseguiu.

Ela acomodou-se no sofá e puxou os joelhos, aninhando-se com ar sonhador. Robert inclinou-se em direção a ela e perguntou:

— Então, há quanto tempo está escrevendo essa peça? Quando pretende montá-la?

Katherine olhou para Adam, com os olhos brilhantes, e respondeu:

— Tenho trabalhado nela desde a metade do último semestre. Queria escrever algo que tivesse a ver com história da ciência para minha tese e acabei ficando envolvida com os manuscritos de Keynes, achando que encontraria alguma correspondência que pudesse ajudar. Uma coisa típica minha. Desde que comecei, não consegui parar.

— Você está falando do Keynes economista? John Maynard Keynes?

— O próprio. Ele comprou todos estes manuscritos de Newton num leilão em 1936, para que eles não fossem parar em mãos alheias. Deixou tudo para a King's quando morreu.

— E você fez muito teatro?

— Praticamente vivi no ADC nos meus dois primeiros anos. Este ano quero escrever. Adam e eu fizemos um pacto.

Adam serviu um copo de vinho tinto para ela, com um sorriso.

— Qual?

— Não dormiremos juntos, portanto, poderemos escrever em parceria.

— Kat, francamente — disse Adam, passando o copo de gim-tônica para Robert. — Comporte-se.

Adam descartou a barba postiça e o turbante e instalou-se em uma grande poltrona, inspecionando os dois como um orgulhoso chefe de família.

Katherine deu uma espreguiçada e acrescentou:

— Por isso concordei em participar do encontro às escuras desta noite. Para ajudar Adam a me arranjar um par. Você não se importa, não é?

— Arranjar um par. Francamente.

— Então pensei que ele apareceria disfarçado e me arrebataria, fazendo se passar por outra pessoa.

— Desculpe desapontá-la.

— Não, Robert. Você se comportou como um perfeito cavalheiro. Exatamente o que uma garota desejaria. Pode me levar em casa esta noite?

Ele não conseguiu deixar de observar a reação de Adam, diante do pedido de Katherine. Adam permaneceu sério e indiferente.

— Adoraria.

— Quanto à peça, eu gostaria de pedir um favor — interveio Adam. — Queremos montá-la no gramado da Trinity.

— Onde fica a Árvore de Newton?

— Sim, mas não somente por causa disso. Na época de Newton, aquele local era um jardim murado, e o laboratório dele ficava do lado de dentro. Seus aposentos ficavam entre o Grande Portão e a capela, no primeiro andar, portanto, ele podia ir até a varanda, descer uns degraus e sair no jardim. O laboratório ficava perto da capela.

— E seria permitido montar a peça ali?

— É aí que você entra. Eles não *me* deixariam, entende. Houve uns probleminhas e mal-entendidos, no ano passado, por eu ter tomado emprestados alguns barcos da faculdade... vários, na verdade... para uma reconstituição da Batalha de Waterloo no rio...

— Essa foi uma batalha terrestre, não foi?

— A preocupação com detalhes será o seu fim, meu jovem.

— Aí...

— Aí me ocorreu que você poderia gostar de ser o produtor da peça. De servir de fachada para mim, perante as autoridades da Trinity, mas também de ajudar-nos com a montagem e cuidar da organização.

— Você não se importa de se passar pelo Adam, não é?

Robert olhou fixamente para Katherine. Seria aquilo um insulto? Seria ele um joguete? Ele achava que não. Decidiu correr o risco e ver aonde aquilo o levaria.

— De jeito nenhum, nas devidas circunstâncias. Mas por que eu?

— Em primeiro lugar, tenho certeza de que se sairia bem. Você inspira confiança, controle e firmeza. É assim que seus amigos o veem, não é? Tenho certeza que sim.

Fazia pouco mais de seis meses que Robert saíra de casa, direto da escola preparatória para estudar na Trinity Hall. Tudo que era sólido e verdadeiro na sua vida estava lá.

— Meus amigos, provavelmente, achariam tudo o que aconteceu esta noite pretensioso demais para ser descrito por palavras, mas eu achei ótimo, por enquanto. Você tem razão, eu sou bom em organizar coisas e estou comovido por ter sido escolhido. Obrigado.

— Adam tem observado você, sabia? — comentou Katherine, enquanto se posicionava atrás da poltrona de Adam, com as mãos no ombro dele. — Ele disse que tinha encontrado um diamante bruto e gostaria de achar um modo de ajudá-lo.

Robert sentiu seu orgulho ferido.

— Em que sentido?

— Em relação a este lugar — disse Adam. — Em não ter medo de sonhar. Em não deixar a mágoa impedi-lo de desfrutar três anos de maravilha irrestrita, não importa o que sua família pense a respeito.

— Estou começando a pegar o jeito. Não tenho exatamente sua indolência, eu sei, mas...

— Tenho certeza de que você fará um excelente trabalho. Mantenha nossos pés no chão e faça as coisas acontecerem. Pense em mim como um observador de talento.

— É aí que sou convidado a me juntar ao MI6?

Adam riu.

— Não chega a ser tão sinistro. Mas, se estiver interessado...

Robert olhou para Katherine e perguntou:

— Então você sabia que era eu, o tempo todo?

— Ah, não, não pense assim — respondeu ela, parecendo verdadeiramente preocupada. — Não fazia ideia de quem Adam enviaria. Ele apenas prometeu que seria alguém de quem eu poderia gostar. Parece meio excêntrico, suponho, mas gostei da ideia. Entretanto, eu também poderia simplesmente rejeitá-lo.

— Eu já tinha falado com Katherine sobre você e a peça, mas em relação a esta noite foi algo completamente separado, juro. Então, o que me diz, Robert? Você irá cooperar?

— O que preciso fazer, para começo de conversa? Há uma cópia da peça que eu possa ler?

— Sugiro que vá direto ao topo e fale com o reitor. Nada como um pouco de audácia. Quanto à peça...

— Os dois primeiros atos estão praticamente prontos — explicou Katherine. — Estamos um pouco empacados no terceiro, onde está o clímax. Há um incêndio, entende?

— Um incêndio?

— É. O laboratório pega fogo. Na verdade, pegou fogo, no inverno de 1677-8, enquanto Newton, em um caso atípico, estava na capela. Ele não concordava muito com o modo como a Igreja atuava.

— Deve ser difícil retratar isso no palco.

— Alguns trabalhos foram perdidos no incêndio; era material insubstituível. Uma vela caiu sobre uns manuscritos e um livro foi queimado. Independente do que esse livro continha, Newton nunca refez o trabalho. Algumas pessoas dizem que era, basicamente, o que chamaríamos agora de química; outras afirmam que era algo menos convencional.

Adam sorriu.

— Ele tinha uma mente notável, todo mundo sabe. Atualmente, muitos até reconhecem que ele se interessava por alquimia, embora considerem isso algo desimportante.

— O que é natural — completou Robert.

— Talvez você não pensasse assim, se tivesse visto o que eu vi. Keynes não adquiriu todos os manuscritos naquele leilão, entende? Um grupo alemão comprou alguns. Meu avô os recuperou das mãos dos nazistas durante a guerra. Um em particular, ele trouxe de volta a Trinity. Ele guardava esse material, por assim dizer. Assim como eu, agora.

— O que ele contém?

— Infelizmente não posso falar, amigo, pelo menos por enquanto; uma coisa de cada vez. Katherine também quer saber, mas não posso contar, nem mesmo a ela.

— Ou não quer — replicou Katherine.

— É um documento único. Está parcialmente carbonizado nas bordas, como se tivesse sido recuperado de um incêndio. Não sei se é possível compreender seu conteúdo totalmente, mas estou aprendendo, aos poucos.

— Ele está aqui? — perguntou Robert, olhando ao redor da sala.

— Está em um lugar seguro. Enfim, Kat e eu nos conhecemos no ano passado, em uma festa a fantasia, de uma forma bem engraçada.

— Deixe-me adivinhar. Ela era uma bruxa e você um feiticeiro?

Katherine riu.

— Você é esperto.

— É uma brincadeirinha nossa — disse Adam sorrindo. — Por favor, desculpe. Então, quando ela me contou sobre esse material, eu expliquei que não se tratava de uma tese, de forma alguma. Era algo para o qual ela estava bem mais preparada para criar, considerando seu conhecimento, e que necessitava de detalhes mais direcionados ao assunto, já que...

— *Já que o teatro implica em encantamento e na suspensão da descrença*, você disse. *Ao passo que as teses acadêmicas, basicamente, não são assim.* E você tinha muitas ideias interessantes.

— Portanto, começamos a escrever em conjunto. Tenho uma espécie de mentor, que colocou a ideia na minha cabeça. E se, ele se pergunta...

— E se Newton considerasse o incêndio um sinal divino, já que ele tinha uma fé inabalável em Deus, mesmo de sua forma herética? E se ele achasse que tinha direcionado a sua pesquisa para um caminho proibido, afinal, isso aconteceu em 1677, antes do *Principia*, e, como resultado, resolveu mudar a direção da pesquisa e em consequência *disso*...

— Criou o mundo no qual vivemos agora. Como seria o mundo agora, se ele tivesse continuado por aquele caminho perdido? O que a palavra "newtoniano" significaria para nós naquele mundo, e de que forma esse mesmo mundo seria diferente do que é agora?

— E — completou Katherine — o que tinha nos manuscritos queimados? Que descobertas o livro destruído continha?

Robert estava confuso. Tudo aquilo era um pouco esotérico demais para o seu gosto, então ele tentou trazê-los de volta à realidade.

— Em termos práticos, o que será feito em relação à árvore e aos assentos? Você vai usar o sistema de arquibancadas modulares para a plateia, ou vai apenas dispor algumas cadeiras no gramado? Já pensou no dano à grama?

— Bem, o que você tem em mente?

— A árvore fica bem no meio do gramado, não dá para ignorar esse detalhe. Talvez incorporá-la de alguma forma. Talvez colocá-lo sentado debaixo dela. Você também pode cobri-la e colocar uma luz vermelha junto dela e fazer disso uma fornalha do laboratório. O sistema de arquibancadas modulares seria caro, e você ainda teria que se preocupar com o problema do seguro, dependendo do número de pessoas que se espera para o evento.

Katherine ergueu o copo de vinho vazio, pedindo a palavra.

— Nós achamos que o público pode ficar em dois lados: sul e leste, mais ou menos onde ficavam os muros do jardim, e a árvore no meio. Como o Jardim do Éden.

— A Árvore do Conhecimento, imagino.

Adam levou uma garrafa até Katherine e encheu novamente o seu copo, olhando de lado para Robert.

— Ou a Árvore da Vida. De qualquer maneira, são todas boas ideias. E quanto à grama, algumas tábuas ou algo parecido seriam o suficiente para protegê-la. Estamos contando com aproximadamente 200 pessoas por noite, e sinto que estamos em boas mãos.

Enquanto tomava o vinho, Katherine mantinha o olhar fixo em Robert.

— Estava planejando escrever um pouco esta noite. Gostaria de me ajudar?

Dessa vez Robert percebeu que ela aborrecera Adam, que se afastara deles e examinava uma estante.

— Não sei se escrever é exatamente o meu forte, mas...

— Katherine tem algumas técnicas de escrita bastante incomuns — disse Adam, com a voz tranquila de sempre. — Posso apostar que você vai apreciá-las.

Katherine pegou a bolsa, de onde tirou um maço de cigarros amassado.

— Ai meu Deus, passei a noite toda evitando, mas você se importa se eu acender um cigarro?

Naquele momento Robert lamentou não ter o hábito de fumar. Ele procurou por fósforos, mas Adam foi mais rápido, inclinando-se em direção a ela com um palito aceso, que pareceu ter surgido do nada. Katherine puxou a mão dele em direção a ela e a segurou com firmeza. Continuou segurando-a por alguns segundos, mesmo depois de o cigarro estar aceso, sorrindo maliciosamente para Adam até que o palito chegasse ao fim. Ele baixou a cabeça e soprou o palito, mantendo o olhar fixo nela, o tempo todo. Por um momento Robert teve a impressão de ser completamente ignorado e tossiu, para chamar a atenção para si.

— Então... o que vocês pensam em fazer no próximo ano?

As palavras saíram antes que ele pudesse controlá-las, e ele não se perdoou pela estupidez do ato impensado. Afinal, perguntar a alguém que está no último ano de faculdade sobre o futuro era a certeza de matar uma conversa, ou uma noite, completamente. Ele estava indo tão bem e de repente revelou-se o rapaz de Fens.

Por um momento Katherine pareceu que iria chorar. Num gesto instintivamente diplomático Adam percebeu o desconforto dele e apressou-se em ajeitar a situação.

— Fico feliz que você tenha perguntado, Robert, de verdade. Aliás, esta semana eu estava conversando com alguns conhecidos da Fleet Street. Ando pensando em me aventurar como correspondente estrangeiro, em um país pequeno, talvez em algum local na África, ou na América do Sul.

— Uau!

— Apenas freelance, entende?

— No ano que vem, por essa época, ele estará derrubando governos — disse Katherine, com os olhos brilhantes.

— E Kat estará alegrando os palcos de Londres, ou trabalhando, de forma modesta, em algum teatro experimental em Bermondsey.

— Uma coisa não exclui necessariamente a outra — observou ela, sorrindo. — O que mais eu faria com um dez com louvor em matemática e um sete em filosofia?

— Você trocou uma pela outra?

— Sim, depois do primeiro ano. Eu achava que as duas eram a mesma coisa. Eu era boa em matemática, mas não tenho tido resultados tão bons em filosofia. Troquei por amor, e fiquei decepcionada. Além disso, fiz toda a encenação.

— Decepcionada? Como assim?

— Uma hora dessas eu explico. Foi um *escândalo*. Um dia vou escrever uma peça sobre isso. Irá se chamar *Katherine Resolve Crescer* — acrescentou ela, com uma risada nervosa.

— E a Sociedade do Unicórnio? — indagou Robert.

Adam deu uma risada de satisfação.

— Esta noite foi bem divertida, não foi? Fiquei realmente muito satisfeito.

Katherine deu uma tragada profunda e soltou uma longa fumaça no ar.

— Adam disse que precisávamos de alguém na minha equipe para me manter com os pés no chão e impedir que eu venha me exaltar. Ele me acha muito inconstante.

— "Volátil", foi o que eu disse, eu acho.

Robert continuou falando com Adam.

— Você quer organizar outro evento?

— Eu gostaria de fazer alguns ajustes. Não sei bem como extrair o que todos aprenderam com a experiência. Nem eu mesmo sei ao certo o que podem ter aprendido. Sei o que parece ser. Sei o que acho que forma sua essência e seus elementos. Foi um experimento. Estou tentando aprender como criar *experiências* para as pessoas. Todos nós temos de compreender um pouco essas coisas.

— Algumas luzes são tão intensas que só podem ser sentidas como escuridão — disse Katherine. — Algumas presenças são tão intensas que só podem ser percebidas como ausências e vice-versa. Entendo o que você está tentando alcançar.

— De fato, acho que *Os Manuscritos de Newton* podem ser o próximo projeto da Sociedade. O nosso cavaleiro é um militar, cientista, ou seja, seria muito bom na iluminação e tudo mais; a donzela é uma excelente costureira. Ela mesma fez o traje que estava usando. O nosso vigário é um diretor de teatro nato; a querida prostituta, uma excelente atriz. Kat dirige, você produz; portanto, tudo está perfeito.

— Então, é melhor começarmos a escrever — sugeriu Katherine. — Vou trabalhar no material perdido. Adam, obrigada, querido. Robert, você me acompanharia?

Robert levantou-se com dificuldade, enquanto Adam e Katherine se despediam com um abraço apertado. Então, quando chegaram à porta, uma pergunta surgiu em sua mente.

— Só por curiosidade, porque eu fui proibido de falar até as 22 horas, esta noite?

Adam sorriu.

— Observei seu comportamento em algumas situações sociais, meu amigo. Pude ver que, quando nervoso ou tentando impressionar, sua média de palavras, por minuto, se quadriplica. É uma reação natural ao estresse, bem como a reação contrária, que é manter-se calado ou ficar com a língua presa.

— Em que circunstâncias exatamente você me tem vigiado?

— Robert, meus espiões estão por toda parte. Quando eu me conscientizei da importância de fazer você causar uma boa impressão em relação a Kat, concluí que seria melhor mantê-lo calado esta noite, obrigando-o a praticar o flerte silencioso e encantá-la, sem falar uma só palavra, o que parece que deu certo.

Katherine deu o braço a Robert e encarou Adam.

— Isso também me permitiu, Sr. Hale-Devereaux, pensar por algum tempo que era você sob aquele traje, e não Robert.

Adam sorriu.

— Boa noite, caros amigos.

Katherine não se moveu.

— Quanto você precisou pagar para fazer com que aquele cavalo preto ficasse no topo da montanha, no forte Wandlebury? Era para ter um cavaleiro também?

— Ah, essa é uma das surpresas da noite. Veja, eu não paguei ninguém para fazer nada. Também não tenho a menor ideia de como aquele cavalo foi parar lá.

Nova York, 26 de agosto de 2004

O Vigia piscou várias vezes e abriu bem os olhos, em silêncio, enquanto se reacostumava com o que acontecia à sua volta. Estivera meditando profundamente e agora, de volta ao mundo real, percebeu que as suas preocupações tinham sido ligeiramente aliviadas. Sentia-se até um pouco animado. O jogo havia começado e a ajuda tinha sido obtida. Os riscos eram imensos, e havia coisas que ele não podia ver, mas os primeiros passos em relação à batalha tinham sido dados.

Olhava fixamente para o quadro de cortiça próximo à escrivaninha, onde, entre anotações, diagramas geométricos e cartões-postais exibindo marcos de Nova York, estavam as fotografias de dois homens e uma mulher.

Três talentos notáveis, unidos pela força do destino, ligados através dos anos em uma roda-viva infinita...

Haveria algumas provas, não tinha outro jeito, além de decepção e dor.

O relógio não parava. Tinham uma semana, no máximo.

Ele podia sentir a força da vontade poderosa de Adam Hale. Ele estava lutando.

O Vigia fechou os olhos, dirigindo a atenção para seu interior, e rezou.

Primeiro viria a Prova da Terra, onde tudo poderia terminar. Não havia opção, a não ser correr o risco.

Depois viriam as Provas da Água, do Fogo e do Ar. Quatro provas, quatro dias, quatro esconderijos; quatro chaves para o Dispositivo; quatro possibilidades de Robert morrer; quatro mortes que ele deveria enfrentar.

Então o mistério iria se tornar mais profundo.

Se conseguisse passar pelas quatro provas, Robert teria direito ao domínio dos quatro elementos básicos. Combiná-los em equilíbrio criaria um quinto elemento, um portal, invisível em si mesmo, mais rarefeito até que o ar: o Éter, ou quinta-essência. E se sobrevivesse à abertura do portal, seria conduzido a mais dois, ambos invisíveis, a menos que aprendesse como enxergá-los. O sexto seria a Mente, ou luz. O sétimo seria Espírito, ou amor, que inspirava e aninhava todo o resto. Era o Caminho, a única direção. Como era o Vigia, ele iria ajudar Robert sempre que possível, monitorando todo o processo.

Ele fechou os olhos novamente e intensificou a oração.

O Vigia tinha sido mentor de diversos homens e mulheres, e sabia que o Caminho variava, de pessoa para pessoa.

Três dias antes, quando Adam se preparava para fazer a sua visita ao Iwnw, o Vigia o encontrara, na Chess and Checkers House, no Central Park, e discutira com ele os eventos que ambos sabiam que ocorreriam. Acomodaram-se em uma das mesas de xadrez, dispostas ao ar livre, e conversaram, enquanto moviam as peças do jogo. Depois, o Vigia mandou que Adam fosse embora, e delineou as provas de Robert Reckliss.

Seria uma corrida contra o tempo. Era preciso conduzir Robert rapidamente pelo Caminho, para acompanhar a velocidade da decadência de Adam, sem, no entanto, prejudicá-lo pela pressa. O Vigia precisaria equilibrar a determinação de Adam em resistir com a capacidade de Robert de evoluir; um em declínio, o outro em ascensão.

Robert teria de suportar o Caminho de Seth, não havia opção. Ele teria que ser destroçado e fortalecido novamente, tudo em sete dias. Adam não conseguiria aguentar mais do que isso com a Irmandade. Nem o Vigia tinha passado por aquele caminho. Ele não teria sobrevivido.

As provas teriam que ser multidimensionais, envolvendo lugar, modelo, ação e experiência em um conjunto cuidadosamente entrelaçado. Em cada uma delas Robert teria que ser levado a conhecer e explorar energias físicas e psíquicas específicas, uma após a outra, cada uma baseada na anterior.

Além disso, as provas também teriam que ser delineadas conforme a iminente detonação do Ma'rifat', ou seja, Robert teria que recuperar as chaves e neutralizar a rede nas quais elas estavam combinadas à medida que progredisse ao longo do Caminho.

O Vigia mantinha a rede na sua mente. Era um formato que ele conhecia muito bem, uma determinada chave usada para canalizar as energias dos mundos físico e espiritual.

O criador do Ma'rifat', trabalhando com as mesmas forças, selecionara aquele artefato para aumentar o poder do seu Dispositivo ligando dois pontos focais nas regiões Downtown e Uptown de Manhattan e Robert a rastrearia por toda a cidade, conforme avançasse nas provas.

Robert deveria ser conduzido de forma cuidadosa, pois fora criado para ser mais do que cético, efetivamente contrário aos princípios do Caminho. Para isso, o Vigia apresentara a chave, inicialmente, como um dos jogos de Adam, de forma que ele não estranhasse a situação, e reconhecesse o item como algo já familiar. O Vigia orientara Adam a enviar a chave mestra — o núcleo — a Robert, antes de visitar a Irmandade do Iwnw. Ele tinha de livrar-se dela de qualquer maneira. Isso permitira a Katherine ajudar a formar a experiência inicial de Robert.

O Caminho de Seth recebeu esse nome por causa de uma antiga lenda egípcia, na qual Osíris, um rei benevolente e civilizador, é assassinado por Seth, seu irmão, que esquarteja a vítima e espalha as partes do corpo por diversos pontos do Egito. Ísis, esposa de Osíris, que também é sua irmã, consegue reunir seus restos mortais e dele concebe um filho, o qual esconde nos pântanos, até ele completar a maioridade. Esse filho, Hórus, ataca Seth para vingar a morte do pai. Em uma batalha épica, ambos são feridos, mas não há um vencedor. Consequentemente, um tribunal de deuses decide contra Seth, condenando-o à escuridão, como o deus do mal do deserto, do caos e das tempestades.

A própria lenda, assim como outras, em diferentes culturas de todo o mundo, reflete em parte as batalhas milenares entre os iniciados do Caminho do Vigia e a Irmandade do Iwnw. Na China, os predecessores do Vigia eram conhecidos como Fan Kuang Tzu, ou Filhos da Luz Refletida. No antigo México eles eram os seguidores do sacerdote civilizador Quetzalcóatl, a serpente-pássaro, e o Iwnw era representado pelo seu inimigo, Tezcatlipoca, ou Espelho Fumegante.

Cada etapa tinha um dilema, e o dessa era simples: matar ou morrer. O Caminho de Seth começaria com a morte.

Primeiramente, eles teriam que revelar a Robert suas energias secretas mais poderosas, instintivas, e menos organizadas: relacionadas a reações tribais, lutas e assassinatos, sobrevivência e território. Esses eram os poderes relativos à terra.

Para vencer essa prova ele teria que mergulhar em ações e experiências que envolviam morte, acessar as energias de sobrevivência dentro de si e encontrar um modo de escapar do lado sombrio de tudo aquilo.

Alguns andarilhos ambiciosos do Caminho nunca venceram essa etapa, e suas vidas passaram a se constituir puramente de luta. Para tais pessoas, incapazes de se libertar da sombra de energias de sobrevivência, a vida tornou-se simplesmente uma luta instintiva por domínio.

Robert enfrentaria o ataque do Iwnw. Teria que lutar por sua vida, correndo o risco de perder a batalha. Teria que enxergar o âmago dessas energias, ver o que há no cerne do ódio e do desprezo, e adquirir a força desses sentimentos, ao mesmo tempo, contemplando além das suas sombras.

Ele recuperaria uma chave, que teria uma forma circular.

O Vigia rezou por ele.

Cambridge, março de 1981

Na porta do quarto, Katherine olhou para Robert e suspirou.
— Quer entrar?
— Claro.
O primeiro beijo foi eletricidade e sangue, vinho e cigarros. Ela emitiu sons frágeis, tremeu, agarrando-o com força. Esbarrando na mobília e lutando com botões, eles traçaram um rasto de destruição até a cama.
Ela levantou o vestido preto de bruxa e os dois ficaram frente a frente, juntos. Ela sussurrava e balbuciava palavras que ele não conseguiu entender. A respiração de ambos tinha o perfume de mel e, com isso, entregaram-se ao sexo.

Ainda seminu, ele cochilou um pouco na cama. Quando acordou, ela tinha acabado de tomar banho e estava andando pelo quarto, vestida com um roupão de homem. Então, aproximou-se da cama e ficou de pé ao lado dele. Ele desamarrou o roupão e começou a beijar seu corpo. Ela recuou, sorrindo.
— Hora de escrever — disse ela. — Um pouco de magia, um pouco de trabalho e um pouco mais de sexo, tudo bem? Então, vai me ajudar?
Seguindo as instruções dela, ele arrastou uma mesa para o meio do quarto e posicionou as cadeiras de modo que eles pudessem se sentar de frente um para o outro.
— Que tal algumas velas? — Ela as acendeu e as distribuiu em volta do quarto.

Ele a observava, fascinado.

— Você gosta dessa atmosfera, bem propícia. Você é realmente uma bruxa?

— Adam acha que sim.

— Ele sente muita atração por você.

— É verdade, mas ele deseja a peça mais do que a mim, por isso não dormimos juntos. Trata-se de reprimir os sentimentos. Entretanto, tenho os meus pequenos truques; truques de bruxa.

— Esses truques envolvem substitutos? Como eu?

— Você não é substituto. Você é Robert Reckliss.

— Porque ele acha que você é bruxa, em vez de somente achá-la encantadora?

— Já ouviu falar de mágicka, com k? Sexo mágicko?

— Isso me lembra Tommy Cooper, o ilusionista.

Ao lado da escrivaninha, no chão, a chaleira começou a ferver e desligou automaticamente.

— Huuum, não exatamente. Na verdade, é um tabu. Adoro tabus, são tão sedutores...

— Então o que é?

— Não é real, apenas brinco com isso. É somente um modo de liberar o inconsciente. Mas o inconsciente é algo muito poderoso, muito mais do que percebemos.

— Você se refere a cânticos, encantamentos e coisas assim?

— Mais ou menos.

— O que eram aquelas palavras que dizia enquanto estávamos transando?

— Apenas um modo de tornar o sexo mais potente, mais intenso.

— As palavras podem fazer isso?

— Claro, desde que se acredite, naturalmente.

— Então é real.

— Depende do que você chama de real. Nós fazemos o nosso próprio real. Quer chá?

Katherine levantou-se, derramou água quente em duas canecas que estavam na mesinha, ao lado da escrivaninha, e trouxe-as para a mesa.

— Vai gostar disso. É chá mágico.

— O que tem nele? Olho de salamandra?

— Sim, além de outras guloseimas.

Ele olhou a bebida, desconfiado. Era meio esverdeado.

— Isso é algo ilegal?

— Confie em mim. Você vai adorar.

Ele tomou um gole. Tinha o gosto amargo, mas era bastante agradável.

— Qual foi o escândalo sobre o qual você falou, quando estávamos no dormitório de Adam?

— Tive um caso com o meu orientador, durante todo o primeiro ano. Resolvi mudar o curso para filosofia, portanto, podia ser totalmente a criatura dos sonhos dele, a sua criação, já que isto era o que ele ensinava, e o que ele queria.

— Qual foi o problema, no geral?

— Você teria que perguntar à esposa dele. Acabei o relacionamento no mesmo dia em que ele a deixou, coitado. Esse é o perigo das criaturas de sonho. Elas podem voltar-se contra você.

Ele bebeu mais chá.

— Existem muitas garotas como eu em Fens?

— Ah, temos muita feitiçaria por lá, coisas bem esquisitas. Na minha família há alguns... praticantes: primos, tias etc. Mas nunca os conheci. Na verdade, nunca me permitiram isso. Fui criado de modo a não acreditar nessas coisas. E eu prefiro não acreditar.

— Por que não?

— Porque, se eu realmente acreditasse, o mundo seria um lugar terrível.

— Mas, Robert — disse ela —, o mundo é um lugar terrível.

— Como assim?

— Perdi minha mãe quando tinha 12 anos. O irmão de Adam morreu quando ainda era adolescente.

— É mesmo? Quer dizer... eu não sabia. Sinto muito.

— Não há nada para se dizer. Vamos tentar reunir material para o terceiro ato.

— Como?

— Perguntaremos ao Weej.

— O quê?

— O tabuleiro Ouija, bobinho. Vamos ver o que ele diz. Já deu certo antes, não vejo porque não daria agora.

Ele permaneceu absolutamente paralisado, fitando-a. Aquilo era absurdo.

Katherine trouxe um tabuleiro redondo, que ela pegou atrás do biombo, e o colocou em cima da mesa. Então, dispôs as letras do alfabeto em volta da borda preta, em um fundo vermelho, e sentou-se à frente dele, com um copo d'água nas mãos.

— Vamos lá.

Ele permaneceu imóvel.

Ela deu risadinhas e disse:

— Não há nada a temer. Não é real. É somente o nosso inconsciente, um modo de explorá-lo. Tome outra xícara de chá e me ajude.

Relutante, ele segurou as mãos dela, enquanto ela entoava umas palavras mágicas.

— Seja Adam — disse ela. — Você também acha isso totalmente absurdo. Faz isso para me deixar feliz.

— Você quer muito que eu seja Adam, não é?

— Se você for muito bom, talvez possamos fazer o verdadeiro sexo mágicko, depois. Adoro dizer isto: sexo mágicko. Você vai amar. Vou transar com vocês dois.

Ele bebeu mais chá e colocou as pontas dos dedos no copo virado, de cabeça para baixo, tocando os dela.

— Espere, falta alguma coisa — disse ela. — Já sei o que é. — Ela foi até a cama e apanhou a máscara e a capa que ele tinha arrancado quando transaram. — Ponha isso novamente, vai ajudar no clima.

Ele riu, embora no fundo estivesse com medo.

Katherine continuava segurando as peças de roupa.

— Por favor, Robert.

Por um momento ele hesitou, mas, afinal, era só um jogo.

— O seu desejo é uma ordem.

Quando recolocou a capa e a máscara, e se acomodou de volta na cadeira, as pontas dos seus dedos, mais uma vez, se tocaram, e ela respirou profundamente.

— Podemos começar. Buscamos uma resposta. Podemos fazer a pergunta?

Nada aconteceu. Ele fechou os olhos. Aquilo não era real.

— Buscamos uma resposta. Podemos fazer a pergunta? Temos boas intenções.

Continuava sem acontecer nada.

— A minha descrença está estragando tudo — disse ele. — Desculpe.

Então o copo se moveu. Katherine começou a respirar profundamente e fechou os olhos. O ar ficou mais frio. As pontas dos dedos de ambos mal se tocavam, apenas pousavam suavemente sobre o copo. Ele se obrigou a ficar calmo e observar.

As letras vieram, uma a uma: S... I... M.

— Desconsidere o tempo e o lugar. Estamos no inverno de 1677, em um abrigo de madeira, um laboratório, bem na parte sul da capela da Trinity College. Há um incêndio. Consegue ver o fogo?

O copo se moveu novamente. Ele não conseguia ver como Katherine o movia, mas as respostas eram as que ela queria. Ela estava criando a sua própria criatura de sonho, disse ele a si mesmo: um espírito, que extraía palavras e sensações de lugares que ela temia visitar.

S... I... M.

— O incêndio é agora, o lugar é aqui, junte-se a Adam e a mim... isto é, junte-se a mim e a Robert, naquele lugar, para que possamos ver os manuscritos que estão queimados.

N... Ã... O.

De repente, a cabeça dele girou violentamente e Robert fechou os olhos.

— Não consigo ver os manuscritos. Pode mostrá-los a mim? Por favor, mostre-me os manuscritos.

P... R... O... I...

Ele sentiu seu corpo viajar rapidamente pelo espaço e abriu os olhos. Estava completamente imóvel na cadeira. Katherine respirava profundamente. Suor gelado escorria pela testa dele. O copo recomeçou.

B... I... D... O.

Ele fechou os olhos mais uma vez. A viagem parou e ele se encontrava dentro da mente de alguém, seis anos atrás. Tristeza e culpa o atingiram em um sentimento devastador. Estava perdido nos pensamentos de um irmão que ele não tinha: o irmão de Adam. E não conseguia tirar os dedos do copo. Estava na velha e enorme casa em Buenos Aires, querendo que Moss voltasse para casa, sabendo que isso nunca iria acontecer. Moss Hale-Devereaux, morto aos 14 anos. Havia médicos, padres e uma dor insuportável. Pais amargos e distantes. Culpa irremediável. Ele libertou sua mente.

— Sou Adam — disse ele, ouvindo a própria voz e sentindo sua boca se mover. Ele ouviu a máquina de escrever de Katherine batendo, mas não conseguia abrir os olhos. — O que está acontecendo comigo?

Podia sentir uma gravidade na escuridão, uma massa densa que o puxava para sua fonte. Então, se viu deitado de costas, e Katherine encostada junto ao seu rosto, fluido como uma névoa. Estavam no quarto de Adam, na cama de Adam. Ela estava fazendo amor com ele, e ele era Adam.

— O tempo e o lugar elidem — disse Katherine, com a voz distante. — O que há nos manuscritos? Qual é o conteúdo do livro queimado? Mostre-me.

O copo balançou freneticamente sob seus dedos e ele ouviu a máquina de escrever bater novamente. Então, abriu os olhos e viu que ela o encarava com luxúria e medo. O copo correu para a letra F, depois para L...

— Lembre-se disso — gritou ela. — Lembre-se disso!

A... M... M... A... U... N... I... C... A... C... L... A... V... I... S... M... U... N... D... I.

Uma luz insuportável, dilacerante, explodiu no fundo dos olhos de Robert. Era a luz que fora criado para temer, para negar a existência, se alguma vez sentisse que ela refletia na sua mente. Agora ela explodia pela primeira vez na sua cabeça, alegre e horripilante, em medidas iguais. A luz estava eliminando as linhas que contornavam Robert e Adam, Robert e Katherine, até os três ficarem juntos, entrelaçados. Ele sentiu seu corpo se inflamar com uma chama branca, intensa, que pulava dos seus dedos para os de Katherine e para os de Adam. Era algo muito forte; proibido. Não dava para suportar.

Ele gritou a plenos pulmões e deu um pontapé na mesa, arremessando o tabuleiro e o copo ao chão. Não conseguia ver Katherine. Então, puxou a máscara para o lado, arrebentou uma das fitas que a prendiam em volta da garganta e empurrou-a para trás, por cima do ombro. A máquina de escrever parou. Ele atravessou a sala e arrancou o papel, onde se lia:

SOU ADAM
SOU ADAM
SOU ADAM
FLAMMA UNICA
CLAVIS MUNDI
FLAMMA UNICA
CLAVIS MUNDI
FLAMMA UNICA
CLAVIS MUNDI.

— A chave do mundo é uma chama única — traduziu ele.

Seu sangue congelou. Seriam palavras do documento proibido? Ele podia jurar que nenhum dos dois tinha se aproximado da máquina de escrever. Mas onde estava Katherine, agora? Ainda percebia uma sobrenatural conexão em relação a ela e a Adam.

Foi quando sentiu uma dor incandescente queimar seu rosto, que o fez se contorcer. No fundo da alma, viu chamas ganharem vida, estantes ressequidas, como palha crepitando sob o fogo... O quarto de Adam... Katherine fazendo amor com Adam, Katherine fazendo amor com ele, sem perceber as chamas... uma luz sobrenatural, amarelada, horripilante...

Com a cabeça girando e as pernas trêmulas, ele cambaleou até a cama, gritando por Katherine. Então, sentiu o toque de mãos reconfortantes e angelicais e perdeu a consciência.

Quando voltou a si, ela tinha ido embora.

Com muito esforço, conseguiu ficar de pé, organizando as ideias. Sentira tontura, seguida de uma estranha clareza de pensamentos. Depois, veio o medo e a conscientização do incêndio. Ah, meu Deus, o incêndio!

Robert correu. Atravessou o corredor, desceu as escadas e saiu no pátio, encoberto pela névoa, na King's Parade, depois da Senate House. A imagem era tão verdadeira que ele podia sentir o calor aumentar. Chamas lambendo sob a porta. Uma luz sobrenatural. Ele tinha que salvá-los.

Com a capa voando e a máscara torcida nas costas, ele estava correndo pela Trinity Street, passando pela Caius College, quando o relógio bateu meia-noite.

Ao alcançar o portão principal da Trinity College ele bateu na janela do alojamento dos porteiros e gritou, até que eles o deixassem entrar.

— Há um incêndio! No Nevile's Court!

— Só um momento, senhor. Acalme-se, por favor.

— Estou dizendo que há um incêndio aqui, ajude-me!

— E como sabe disso? O senhor é membro da faculdade?

Ele empurrou os homens e saiu correndo para o Great Court. Podia ouvir os porteiros gritando e correndo atrás dele:

— Ei! Volte aqui!

Robert atravessou o pátio, ignorando a trilha e pisando na grama, até chegar ao Nevile's Court. Pulou um lance de escadas de granito e correu ao longo do arco norte, de forma ágil e ruidosa, como Newton, há 300 anos. Rapidamente, subiu as escadas para o primeiro andar, correu pelo corredor escuro e ao ver um extintor de incêndio arrancou-o da parede.

As chamas formavam uma sombra sob a porta, que estava destrancada. Robert entrou e viu o fogo avançar sobre ele. Viu Adam e Katherine no outro cômodo, imóveis na cama, ainda abraçados. Viu também a cara da morte nas nuvens pretas de fumaça, que subia pela sala. Era um olho único, um núcleo preto sem fundo, sobressaindo de uma íris ondulada amarela e azul, com filamentos longos e vermelhos ao redor, como se fossem raios.

— Desapareça! — gritou ele, de algum lugar profundo da sua alma apavorada.

Ele arrastou Katherine para fora. Ela ainda respirava.

Dois porteiros surgiram atrás dele, e ele a deixou sob seus cuidados. O alarme de incêndio começou a soar. Um dos porteiros saiu batendo em outras portas no corredor, enquanto Robert voltou para o quarto, acionando o extintor e abrindo caminho entre as chamas. No quarto, ele viu o fogo alimentar-se de anotações soltas e folhas de papel que estavam ao lado da cama. Ele arrastou Adam, semiconsciente, que balbuciava algumas palavras, pela sala, até o corredor.

— Moss?

— É Robert.

Ele ouviu o som das sirenes e viu as pessoas saindo de seus dormitórios. Uma delas o ajudou a carregar Adam pelas escadas, até o lado de fora, onde poderia respirar melhor, longe da fumaça. Um porteiro cobriu Katherine com uma manta azul, enquanto ela sentava na grama. Ela o avistou e gritou:

— Robert! Algo aconteceu com você!

— Eu provoquei o incêndio.

— Está tudo bem?

— Dei um chute na mesa e isso causou o incêndio.

— Deu mesmo, e ficou gritando que havia um incêndio. Você ficou muito estranho, me assustou. Achei que fosse se ferir.

— Perdi a consciência.

— Ajudei-o a ir para a cama e você desmaiou. Então, resolvi falar com Adam.

— Eu era Adam.

— Você dizia coisas absurdas, resmungava.

O rosto dela se contorceu e ela começou a chorar.

— Você me assustou — disse ela, tremendo.

— Ela está em choque — explicou o porteiro. — É melhor deixá-la descansar um pouco.

Os bombeiros e a equipe da ambulância se aproximaram. Robert ajoelhou-se para abraçar Katherine, mas ela estava imóvel como uma estátua, com lágrimas por todo o rosto.

— Katherine, você pôs algo no chá?

Ela ergueu o braço e bateu nele duas vezes.

— Não seja bobo. Aquilo foi apenas um jogo. Você bebeu camomila.

O porteiro o afastou de Katherine.

— O senhor está perturbando a moça. Deixe-a em paz, agora.

Encontraram-se vários dias depois, no dormitório de Katherine, logo depois que ela saiu do hospital. Enquanto tomavam café, os três mantiveram-se em silêncio. Até que Adam tocou no assunto.

— Robert, você salvou nossas vidas.

— Não foi nada.

— Significou muito para nós. Temos uma dívida eterna com você.

As imagens terríveis insistiam em voltar à sua mente.

— Não posso falar sobre isso. Desculpe.

Katherine pôs a mão no braço dele.

— Adam acha que foi o seu despertar, uma iniciação espontânea aos poderes psíquicos. Ele tinha visto esse dom em você; tinha visto o seu potencial.

— Por favor, não fale dessas coisas, isso é bobagem. Se você diz que não pôs nada no meu chá, acredito em você. Eu bebi só um pouco, lembre-se disso. Acho que, no final das contas, aquilo foi ciúme. Depois que perdi o controle e chutei o tabuleiro Ouija, fiquei enciumado porque você tinha ido dormir com Adam. Portanto, resolvi bater na porta do quarto, jogar pedras na janela, lutar, ou cometer qualquer ato infantil.

— Não acho que seja isso, Robert — disse Adam.

— Deixe-o pensar o que quiser — interrompeu Katherine, repreendendo Adam delicadamente. — Entretanto, acho que deveríamos ficar sem nos ver durante algum tempo.

— Estamos ligados um ao outro, para sempre — disse Adam. — Entrelaçados. Mas uma pausa parece uma ideia razoável. As provas finais estão próximas e talvez o projeto *Os Manuscritos de Newton* tenha que esperar. É uma peça perigosa demais para ser escrita agora; provavelmente, sempre será.

Robert bufou irritado.

— Que absurdo!

Ele sentia o medo bruto pulsar logo abaixo da sua mente racional, sistemática e metódica. Concentrou-se nesse sentimento, enviando-o para a escuridão. Havia coisas terríveis no limite de sua consciência: coisas caóticas, diabólicas, e não era certo buscá-las. Era perigoso para ele e para os outros. Seus pais estavam certos em mantê-lo longe de tudo isso. Resolveu agir conforme sua criação: concentrou-se em uma visão fria e distante, que negava a existência dessas coisas, e as eliminou do pensamento.

— Acredite — disse Adam com um sorriso amável. — Você pode se afastar agora, mas vai chegar uma hora em que os seus poderes serão necessários, uma hora de grande perigo, e você será chamado. Apenas me prometa que não se afastará quando o chamado surgir.

Robert o encarou em silêncio. Então, desviou o olhar e virou-se em direção a Katherine. Ela estava linda.

— Não posso prometer isso — respondeu ele.

Katherine inclinou-se para a frente e pousou a mão no joelho dele.

— Você foi muito corajoso, Robert — disse ela. — Você é o meu cavaleiro destemido.

Robert beijou a mão de Katherine, e apertou a mão de Adam.

— Preciso ir — declarou ele. — Desculpe.

PARTE DOIS

As Provas

1 *Prova da Terra*

Nova York, 26 de agosto de 2004

Robert saiu do apartamento e desceu as escadas. Tinha o Quad em uma das mãos e o receptor do telefone no ouvido. O ar estava denso e úmido e em menos de um minuto ele estava suando, enquanto andava pela Greenwich Street, esperando que o dispositivo captasse o sinal GPS dos satélites. Eram 15h30.

Ao ouvir um ruído de chamada ele pressionou a tecla para atender. Ouviu um estalido, mas nenhuma voz. Então perguntou:

— Terri?

Nada aconteceu.

— Vou deixar ligado, está bem? — disse ele.

Teria ouvido alguém respirando? Não tinha certeza.

Ele precisava encontrá-la para entender o que estava acontecendo.

O telefone mostrou um bonequinho em um globo, com quatro satélites acima. "Aguarde ... Rastreando..." surgiu lentamente na tela, enquanto linhas saíam da mão do bonequinho em direção a cada um dos satélites, tornando-se mais nítidas à medida que a conexão era estabelecida com cada um deles.

— Quanto tempo isto leva? — perguntou ele.

Ouviu um estalido, mas nenhuma resposta.

Após quatro minutos o Quad emitiu um bipe e surgiram na tela os seguintes dizeres:

— Pronto para navegar. Precisão: 21 metros.

Ele selecionou *waypoint* 025. Uma seta surgiu na tela e ele começou a andar. O aparelho pareceu fazer uma marcação exata da sua localização e apontou para o sudeste, enquanto mostrava: 2,6 km, velocidade 4 km/h.

Ele andou sob a sombra das árvores, no lado oeste da Greenwich Street, atravessou a rua e virou à esquerda na Christopher Street, dirigindo-se às linhas 1 e 9 da estação de metrô do centro.

Logo depois de atravessar a Hudson, sem avisar, a voz de uma jovem entrou na sua mente, e a rua abaixo dos seus pés encheu-se de estrelas e diamantes.

— Olá, Robert. Pode me ouvir?

— Sim.

— Que bom. Eu vou ajudá-lo. Vou tomar conta de você.

— Como?

— Essa parte é difícil de explicar. Suponha que eu possa ver onde você está e que possa descobrir o que acontece à sua volta.

— Como? Consegue ler a posição do Quad? O GPS?

— Algo parecido. Serve como uma metáfora. Estou... atenta ao que acontece à sua volta.

— Se alguém me seguir, significa que está tentando me impedir de resolver esse enigma ou encontrar esse esconderijo? É por que também está à procura dele?

— Não sei. Eles podem acabar ajudando você a entendê-lo. Podem tentar feri-lo. É uma situação excepcional. Agora vá. Farei contato quando você sair do metrô.

Ele se dirigiu para o leste. Estava suando muito. Pedaços de néon e impressões de detalhes de prédios pareciam voar na direção dele, a partir das paredes e da calçada. Vídeo. Tatuagem. Duas espirais no tijolo, à sua esquerda, algo convincente e hipnótico. Nas vitrines havia miniaturas de Freud e de Jesus Cristo, trajes eróticos para moças e rapazes e um restaurante cubano. Depois de atravessar a Bleecker, avistou uma loja de flores na esquina, um serralheiro no subsolo, uma antiga igreja exibindo um cartaz conclamando os transeuntes para amarem-se uns aos outros, o New York Fetish e o bar gay Boots and Saddles. Passou pela Village Cigars, com sua estranha placa triangular na calçada, a menor propriedade em Manhattan, e desceu os degraus do metrô.

Um trem chegou quase imediatamente. No trajeto, em meio ao barulho e sacolejo ao longo das cinco paradas até a Rector Street, o trem passou pela Cortlandt Street Station, exatamente abaixo do Marco Zero, reconstruída após os atentados de 11/9.

Na Rector, ele virou à direita quando saiu do trem e correu para a saída, passando pelos portões de ferro torcidos, e subiu as escadas. Saiu na Greenwich, onde era a extremidade de Manhattan, em frente à boate de topless Pussycat Lounge. Atravessou a rua e seguiu para o leste até Trinity Place, onde se via a enorme massa do muro de contenção da Trinity Church. O muro parecia respirar, expandindo-se e contraindo-se por quase três centímetros com o calor e o frio, como um imenso tórax. Ele tinha visto Horace, pela primeira vez, durante um passeio em volta dessa mesma área. O pináculo da Trinity Church, outrora a estrutura mais alta da cidade, furava o céu azul profundo juntamente com seus mais recentes rivais ao longo da Wall Street, números 1 e 40, respectivamente uma torre art déco marfim estriada e uma torre em forma de pirâmide verde.

Robert passou sob uma passarela, que ligava o cemitério Trinity a um edifício ao lado da Bolsa de Valores, um misto de fachada neoegípcia e representações de modernidade e progresso no estilo 1930: um barco, uma fábrica, um motor a vapor, o que pareciam ser poços de petróleo, além de máquinas gigantescas de escavar a terra, que o fez lembrar o estilo teatral do Rockefeller Center. Progresso! Indústria! Sabedoria!

No maciço muro da Trinity havia vários portões. Ele usou um no meio, chamado Cherub Gate.

Subiu alguns degraus, sob arcos, e entrou no cemitério. Robert ergueu o Quad, esperando que ele readquirisse o sinal de satélite.

Quando foi para o leste, em direção à Broadway, pelo cemitério, o Quad voltou a funcionar. Era Terri.

— Não siga em frente. Vire à esquerda. Veja se consegue ver um grande monumento. Há uma lápide, uma sepultura. Leeson, James Leeson... Decifre o código. Use o site. Mostre que esteve aqui e o decifrou. Depressa. Você está sendo observado.

— Código?

— Você irá ver o que estou falando.

— Está tudo bem?

— Apenas faça o que estou dizendo. Por favor.

À medida que ele andava a entrada branca e dourada do Bank of New York no número 1 da Wall Street podia ser vista novamente. O sinal do GPS voltou fraco, apontando-o para o norte como deveria, e sumiu novamente.

Robert viu o monumento gótico marrom de pedra, "dedicado à memória dos grandes homens, que morreram enquanto se encontravam presos nesta cidade por sua devoção à causa da independência americana", surgir acima da extremidade nordeste do cemitério.

Ele inspecionou as lápides e logo avistou a que procurava, onde se lia: "Aqui jaz o corpo de James Leeson que partiu desta vida no dia 28 de setembro de 1794, aos 38 anos." Ao longo da borda superior, acima de uma ampulheta alada e outros símbolos misteriosos, havia uma série de marcações que lembravam, vagamente, códigos que Robert vira em histórias de Sherlock Holmes. Neste caso, não eram bonecos, mas sim pontos colocados dentro de quadrados parciais ou completos.

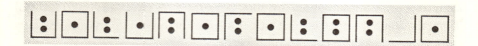

Ele se agachou em frente da lápide e observou o código, em silêncio. Ele tinha visto algo parecido quando era criança, em histórias de espionagem ou revistas de quebra-cabeça, ou em um daqueles manuais que vinham com brinquedos, como os bonecos de Comandos em Ação, ou os sapatos Clarks Commandos. Lembrou-se que aqueles sapatos tinham pegadas de animais impressas na sola. Assim, onde quer que ele fosse brincar, em volta da propriedade, ele podia ser ele mesmo e também um urso, um cervo ou um texugo. Seus pensamentos voltaram no tempo, a um bosque especial que ele conhecera, onde costumava ir a fim de achar uma solução para coisas que o intrigavam quando criança. Havia uma pedra lisa, no meio do bosque, onde ele costumava se sentar e relaxar ao som do canto dos pássaros, às vezes por horas a fio. Ele se lembrou da língua dos pássaros, o mar infinito de tons e harmonias, gorjeando e cantando em uma torrente de sons, que parecia ser a mesma voz do mundo. Nunca saíra do pântano sem uma resposta ao que o incomodava. Ele deixou a mente vagar livremente, como costumava fazer, perdido na memória das harmonias que nunca mais ouviu.

Notou que estava faminto. Lembrou-se de um restaurante na Rota 3, que costumava frequentar quando ia para casa, o Tick Tock Diner — com seu brilhante revestimento de metal e néon. Havia outro restaurante chamado Tick Tock, na Oitava Avenida, em néon e cromo, ao nível da rua do Hotel New Yorker. Tick Tock. Às vezes, ele se imaginava entrando no Tick Tock em Nova Jersey e saindo do Tick Tock na Oitava Avenida. Talvez todos os restaurantes art déco fossem conectados. Talvez fossem todos um só. Tick Tock. Tique-taque. Tic-tac-toe. Jogo da velha, como é conhecido esse jogo em inglês.

Então, ele percebeu: tic-tac-toe, ou jogo da velha.

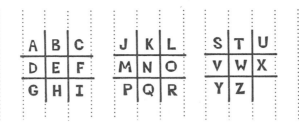

Ele escreveu as letras do alfabeto em uma grade de jogo da velha, com um A no topo à esquerda, B no meio superior, C no canto direito superior e assim por diante. Fez três grades lado a lado, a primeira com as letras de A a I, a segunda de J a R e a terceira de S a Z. Assim, na primeira tabela, E era representado por uma caixa fechada, B por uma caixa aberta na parte de cima e o H por uma caixa aberta na parte de baixo. Como as grades se distinguiam umas das outras? Alguns quadrados na lápide tinham um ponto, alguns dois e outros, nenhum.

Ele observou as grades. Se um ponto único significava a primeira grade, dois a segunda e nenhum a terceira, então ele tinha as seguintes letras: K... E... L... B... Q... E... R... E... L... N... Q... S... E.

Não fazia sentido. Algo estava faltando. Espere. O que aconteceria se ele considerasse o I e o J como uma só letra, e o U e o V, como é normalmente usado nas lápides?

L... E... M... B... R... E... — S... E.

A palavra da parte de baixo seria:

M... O... R... T... E.

Sentiu um frio na espinha, que se misturava com a emoção da descoberta.

— Porra — disse ele em voz alta, em parte, para espantar o medo.

Robert usou o Quad para postar essa informação no site, junto com as fotos.

— Bom trabalho, Robert. Lembre-se dessa descoberta, será importante no futuro. Agora vá para o norte, até conseguir o sinal do GPS novamente. Siga-o. Eis aqui uma rima, uma pista. Acabei de adquiri-la pela mensagem de texto. Lembre-se dela.

— Quem está enviando este material, Terri? Como eles sabem quando enviá-lo?

— Eu já disse, vem de alguém conhecido como o Vigia. Adam disse que podemos confiar nele. Você precisará dessa pista para encontrar o primeiro esconderijo. Recebi essa informação assim que você postou a mensagem da lápide decifrada, portanto, foi uma resposta; uma recompensa, talvez.

— Esse não era o primeiro esconderijo?
— Não. Mas acho que não está longe. Anote, rápido.
Ele pegou um lápis e um caderno.

"O nosso zero é um lugar de heróis
Terra de ser, modo de ver
Perder o controle seria desperdício, busque algo egípcio
Espécie de numeral, para encontrar o material
Nosso esconderijo secreto é onde as cinzas
E ossos da Irlanda
Não são postos para descansar. Se a estrela acompanhar, longe irá chegar.
Para provar que não erra, passe a Prova da Terra"

Ele ouviu uma respiração ofegante. Então ela falou novamente:
— Entendeu? Agora vá.

Ele se dirigiu para o norte, ao longo da Broadway, pisando sobre estrelas de cinco pontas na calçada, homenageando astros dos esportes, heróis de guerra e dignitários estrangeiros homenageados em desfiles na Broadway, nos anos 1950.

Pulando e correndo entre pedestres, passou por uma grande escultura em forma de cubo vermelho à sua direita, equilibrada por um dos pontos; e a oeste, o imenso vazio do Marco Zero. Atrás do local, os prédios do World Financial Center, com suas fachadas de vidro refletindo luz alaranjada.

Ele andou pela Cortlandt Street, passando pela gigantesca loja de departamentos Century 21, depois da loja de lingerie New York Stocking Exchange, atravessando a Dey Street e a Fulton. Ali, bem em frente da St. Paul's Chapel, o sinal do Quad voltou, com uma leitura exata de 13 metros, apontando para o oeste. Ele desceu a rua, em direção ao Marco Zero.

Atravessou a Church Street e encostou a cabeça contra a cerca metálica para olhar o enorme buraco. Havia uma cruz feita de duas vigas mestras, do próprio local. Solo sagrado, terra cheia de ódio, mas não sobrecarregada por esse sentimento, não opressivamente impregnada de maldade; havia algo mais, não no sentido cristão tribal da cruz, mas ainda assim... havia algo que parecia se opor ao medo, como os ventos de Pentecostes que tinham varrido Manhattan no primeiro aniversário do 11 de Setembro, um vento descontaminador, que transportava *perdão*. Seria possível? Ele examinou seus sentimentos, profundamente, lembrando aquele dia. Não, não era possível.

— Que droga, Terri? Esse é o lugar certo? — perguntou ele, não obtendo resposta.

Agora o Quad o direcionava de volta, próximo à capela. Ele passara do ponto. Entrou no cemitério pelo portão que fica em frente ao Marco Zero e observou a contagem regressiva: 56 metros, 55; apontando para o leste, 44 segundos, 43; 3,7 km/h, 45 metros, 44, e a contagem continuou diminuindo, à medida que ele andava pelo cemitério, paralelamente à Fulton, 29 metros... 4 km/h... A frase "Aproximando-se do Destino" piscou na tela, a mais ou menos 20 metros, e ainda assim ele continuava diminuindo. Então, aos 11 metros, o sinal parou.

Xingando, ele pegou o caderno e leu a pista de Terri. Olhando bem à sua frente, para o leste, certamente viu algo egípcio e uma espécie de numeral.

Era um velho obelisco de pedra, rosa-acinzentado.

Saiu da trilha e inspecionou de perto o monumento.

Meio apagado, na superfície deste, ele viu o que parecia ser uma mistura de numerais e letras. No lado leste ele mal conseguiu enxergar o nome Thomas Addis... alguma coisa, acima de várias linhas de escrita meio apagada.

Afastando-se das flores vermelhas e brancas, que enfeitavam a base do obelisco, ele notou, na borda do canteiro: uma estrela metálica de cinco pontas em um anel metálico, com as letras "US" no meio, que ele vira anteriormente em sepulturas de veteranos da guerra da independência dos Estados Unidos. *Se a estrela acompanhar, longe irá chegar,* dizia o enigma.

Terri retornou.

— Há um esconderijo. Vá até lá... o segredo está no chão.

— Só um minuto. Enfiar a mão na sepultura de alguém não é algo que eu faça. Quando vamos nos encontrar, Terri? Preciso ver você.

— Não há corpo sob a sepultura. Confie em mim. Vá até o esconderijo.

— Explique-me o que está acontecendo. Vou ao seu encontro, e você irá me dizer o que está acontecendo.

— Robert, você não tem que tomar decisões. Você precisa de mim para ajudá-lo a proteger Adam, para ajudar a interromper esse ato terrível. Se você acha que tudo não passa de um jogo estúpido, pare agora mesmo.

Ele olhou acima dos túmulos, na direção do enorme vazio, onde ficavam as torres. Tinha a missão de ajudar a impedir uma tragédia pior que aquela, em uma cidade que ele adotara. Tinha a missão de ajudar o amigo. Por mais que tudo aquilo parecesse uma loucura, pessoas do bem diziam precisar dele. E, no fundo, ele recuperava uma parte dele mesmo que tinha sido cortada, quase exterminada. Se ele perdesse Terri agora, talvez nunca descobrisse o que aquilo tudo representava. E se tudo não passava de algum tipo de jogo distorcido, ele queria encontrar Adam para dar uma surra no amigo.

— Não vou desligar.

— Não achei que fosse fazer isso. Se eu cortasse a conexão, você nunca mais me acharia novamente. Robert, juro que quero ajudá-lo, mas precisa seguir as minhas instruções. É a única maneira.

Ele vociferou:

— Como?

— Você verá. Vou encontrar com você, mas primeiro faça o que digo.

Ele ajoelhou-se diante do obelisco e fingiu prestar reverência, ou possivelmente tomar fôlego e afivelar o sapato, e, enquanto isso, enfiou os dedos na terra, em um dos lados da pequena estrela metálica. Não achou nada. Ele cavou mais fundo, afundando a mão esquerda na terra. Nada. Até que, ao enfiar a mão no canteiro de flores, seus dedos tocaram algo liso, rígido e feito de plástico.

Ele o retirou, escondeu na manga, delicadamente, e fez o caminho de volta.

Entrou na capela, escondendo a mão suja de terra sob a jaqueta, e sentou-se em um banco. Por alguma razão, sentia-se mais seguro dentro da igreja. Ele ficou na extremidade da Broadway Street, de frente para o altar, e assumiu uma posição de oração para examinar o que havia no esconderijo. Removeu o recipiente, um tubo claro de plástico, e um objeto de metal caiu em sua mão.

Olhou à sua volta. Ninguém prestava atenção. Seus olhos pousaram no altar e um pouco acima, onde se via raios dourados representando a glória da presença divina e o nome de Deus, em hebraico, no centro. Da direita para a esquerda, lia-se Y... H... V... H. Yahveh. O maior enigma de todos.

Horace tinha dito que o altar fora projetado pelo mesmo homem que planejara as ruas centrais de Washington, DC: Pierre L'Enfant. Algumas pessoas achavam que ele tentara transformar a cidade em um gigantesco relógio de sol, ou algo semelhante.

Ele olhou para o objeto, novamente. Na palma da mão ele tinha um cartucho de bala usado.

— Está comigo — sussurrou ele para Terri.

— Graças a Deus! Mantenha-o seguro.

— E agora?

— Saia daí. Ponha seus pensamentos em ordem. Encontre um lugar para escrever e descreva o que você fez. Inclua uma foto do que achou e sua opinião a respeito. Então, precisará executar uma ação.

— Que tipo de ação? Nós vamos nos encontrar, lembra? Terri?

Não houve resposta.

Robert saiu do cemitério na Broadway Street. Olhou em volta, atravessou a rua e entrou na John Street, dirigindo-se ao bar mais próximo que conhecia, um lugar chamado Les Halles.

Era um bar de estilo clássico, revestido de madeira escura, com um arranjo caleidoscópico de garrafas e espelhos atrás do barman e uma exposição elaborada de ovos, em um suporte de arame, no bar em frente, como um modelo do sistema solar. Estava praticamente vazio. Olhando da rua para o interior do restaurante dava a impressão de que a luz era âmbar. A iluminação amarela e dourada destacava-se em um fundo de madeira marrom-escuro, quase preto. Algo veio à sua memória. Ele não conseguiu perceber de imediato, mas notou que tinha estado em Les Halles anteriormente. Lembrou-se de uma espécie de comemoração com amigos, após uma cerimônia de prêmios, Katherine muito bem-vestida, e de irem ao banheiro nos fundos, onde subiram as escadas, perseguidos por um garçom, dizendo: "Não, não, só senhoras." Lembrou-se também de Katherine levantando o vestido, e de quase transarem ali mesmo, no banheiro. Tinha sido a primeira cerimônia de premiação, depois do 11 de Setembro, e depois de beberem foram ao Marco Zero e choraram.

Robert foi ao banheiro lavar as mãos. Depois, pediu uma cerveja, tentando organizar as ideias.

Alguns minutos depois o Quad tocou.

— Terri?

— Eu mesma. Apenas ouça, não fale nada. Este é o ponto onde começamos. Estamos na base da Escada de Jacó. Construímos a escada à medida que subimos nela, da escuridão para a luz, do medo para o amor. Cada degrau é uma prova. Mantenha isso em mente. Depois, escreva o que está pensando e envie.

— Isso não é lógico nem útil.

— Faça isso. Por favor.

— Venha me ver.

— Depois que você fizer o que estou dizendo. — Então ela desligou.

Ele esfregou o rosto com as mãos. Seria melhor ir embora? Ele tinha de encontrá-la.

— Foda-se — disse ele, em voz baixa.

Depois, levou o cartucho de bala ao banheiro para fotografá-lo com o Quad, sem ser visto por ninguém.

De volta ao bar, tentou olhar-se no espelho. Sentia-se não racional, estranhamente emocional, apavorado, tomado por sensações confusas, nada claramente compreendido. Mas ele percebeu algo: parte dele queria estar fazendo aquilo.

Abriu o teclado portátil que achara no apartamento de Adam. Escreveu e postou umas linhas no site do primeiro Favorito.

Prova de Boa-fé
Estou escrevendo, conforme as suas instruções. Posso demonstrar que fiz as seguintes coisas:
— Fui à primeira posição que você me deu. As coordenadas correspondem a um cemitério com vista para o Marco Zero, em Lower Manhattan.
— Recuperei o objeto. Estou incluindo uma fotografia dele, conforme solicitado. Uma cápsula usada, escondida em um tubo de plástico claro. Não sei o que significa. Devo adivinhar? Trouxe-o comigo.
— Terri, quero ajudá-la. Você está bem? Você me deu a impressão de estar sofrendo. Quem mais está vendo este blog? Quem criou este site?

Ele colocou a foto da cápsula e ficou conectado. Em dois minutos ela respondeu na caixa de comentários.

Robert, por favor, entenda o que irá fazer. Você receberá uma série de pistas, chamamentos, ou desafios, e em cada caso terá de olhar para o seu interior, a fim de encontrar a sua resposta. É uma caça à alma, é a única maneira de ajudar. Para cada estado interior há um estado exterior. Conecte o local do esconderijo aos seus conteúdos. Escreva as suas impressões. Mostre que está se desenvolvendo. É a única saída. Eu estou bem. Isto é difícil. Adam criou o site pouco antes de desaparecer para ajudar o Vigia. Continue escrevendo.

Depois de beber um pouco mais de cerveja, ele escreveu mais. Estava faminto. Pediu um sanduíche, mergulhou em pensamentos e voltou a escrever. Colocou fotos do obelisco e da vista do Marco Zero, que ela pediu que ele visse. Colocou também uma foto da vista, tirada de dentro do bar.

O que aprendi com o primeiro esconderijo
Terri
    Não sei como você quer que eu faça isto, ou seja, conectar os objetos do esconderijo e o local; o mundo interior e o exterior.
    Conclusão: o que estou vendo é um bocado de morte, naturalmente. Você me enviou a dois cemitérios, lugares venerados. Um para decifrar um código

sobre a morte; outro para cavar a terra de um dos edifícios mais antigos de Manhattan. Você me mandou de volta às origens desta cidade, entre flores, pedras e grama para observar o vazio no Marco Zero... a igreja que, de alguma forma, foi poupada, quando os mastros e os raios das Torres Gêmeas vieram abaixo. Você me fez fitar o lugar que me enche de ódio, e desperta em mim as emoções mais primitivas, e me fez fuçar por aí, como alguém meio louco, entre os túmulos até encontrar o esconderijo e, nele, uma cápsula de bala. Portanto, morte. Morte e sobrevivência, e o desejo de atacar e ferir para sobreviver; coisas primitivas. Você pretende que eu atravesse a cidade para enfiar a mão em sepulturas? É isso? Ajude-me. Não consigo entender.

George Washington tinha seu próprio banco na St. Paul's, onde rezou logo após tomar posse como primeiro presidente na Federal Hall; o banco ainda está lá. Marca o nascimento da nação, a partir da guerra. Agora, outra guerra; destruição, sobrevivência. É isto que você quer que eu compreenda?

Eu tinha uma amiga que estava no centro da cidade, no dia do ataque. Aliás, eu a enviara para lá. Ela disse que as nuvens de pó, que se via nos vídeos naquela manhã, estavam cheias de fragmentos de metal. Lembro-me de ter vindo a este bar com ela, para beber. O que aconteceu foi um ato programado para provocar uma reação tribal. Todos nós somos racionais e civilizados, mas quando atingimos o nosso âmago tribal, nos modificamos, ou despertamos atitudes primitivas. Somos capazes de matar por nossa tribo. Somos todos torturadores potenciais. Algumas coisas são impossíveis de se perdoar.

Terri, o que o mais você quer de mim?

Novamente ela respondeu:

Robert, você teve um bom começo. Aprofunde-se nessa linha. Aprenda a olhar o interior e aprenderá a ver o exterior. Este é o nosso primeiro passo ao longo de um trajeto árduo. Estamos rezando por você. Comece a ficar mais atento ao que acontece ao seu redor. Se algo chamar a sua atenção, considere-o. Fotografe-o. Envie-o.

Ele tinha que entrar em ação, mais uma vez. Levantou-se e saiu do bar.
Tentou falar novamente com Terri, teclando os botões impacientemente, mas o número foi apagado e ele não conseguiu entrar em contato com ela.
Do lado de fora de Les Halles há um belo edifício de terracota, que abriga uma sala de leitura de Ciência Cristã e a confeitaria Manhattan Muffin. Fica

no número 11 da John Street, e na decoração há uma versão do símbolo médico que ele via, às vezes: cobras enroladas em um mastro. Só que estes eram uma espécie de pequenos lagartos enroscados em uma coluna. Ele nunca o notara antes. Na mesma ornamentação havia vários rostos barbudos e assustadores, cobertos de vegetação. Ele considerou aquilo bem intrigante.

Quando voltou para a Broadway e passou em frente à Stocking Exchange, viu algo que chamou sua atenção. Abaixo de uma vitrine repleta de lingerie audaciosa, uma vitrine inferior exibia uma fileira de pernas femininas douradas dispostas uma atrás da outra, sobre um fundo preto. Ele tirou uma foto. Depois, voltou e fotografou os pássaros de terracota e os rostos envoltos em folhagem.

Dirigiu-se mais ao sul, passando novamente pelo imenso cubo vermelho, milagrosamente pousado em uma das arestas, na Liberty Street. Dessa vez notou um buraco redondo no meio do cubo. Ele olhou mais atentamente. Tratava-se de uma ilusão de cubo, já que os lados eram de comprimentos diferentes. Um cubo verdadeiro não seria assim.

Terri permanecia em silêncio.

Ele andou mais duas quadras para o sul e passou novamente pela Trinity Church. Chegou à esquina recortada da Wall Street, no número 1, onde fica o prédio de pedra do Bank of New York que ele vira mais cedo, do cemitério: uma glória do estilo art déco, branco e dourado flamejante, como uma catedral feita de estrutura drapeada. Quando parou na entrada principal, na Wall Street, o sol refletia o vermelho e dourado da lendária Red Room, fechada para o público desde o 11 de Setembro, incandescendo-a como brasa. Sentiu-se extasiado diante da fantástica mistura de tons: vermelho, branco e dourado.

No local, há centenas de anos, no extremo norte de Nova York, um muro de madeira fora erguido para impedir a entrada de invasores; o *extremo norte*, na época a pouco mais de 1,5 km da extremidade sul. No lado da Broadway, onde fica o prédio do Bank of New York, as janelas de cor bronze refletiam o pináculo da Trinity contra o céu profundamente azul, e novamente a chama vermelha do interior se destacava.

— Robert.
— Terri? Onde você estava?
— Inferno.
— O que é...
— Vá para oeste. Encontre um anjo. Rápido.
— O quê?
— Não posso explicar, pelo menos por enquanto. Lembra-se do que tenho dito a você?

— Terri, não vou esquecer nada disso por um bom tempo.
— Vá para oeste.
— É o que estou fazendo. Estou atravessando a Broadway, ao longo da Rector, no lado Sul da Trinity Church.

Nas grades da igreja ele encontrou o que ela pedira para ele procurar: uma placa que marca o local original, do outro lado da rua, da Columbia University, quando ainda era King's College. Havia dois selos ovais. À esquerda, um raio de sol, como aquele acima do altar da St. Paul's Chapel, brilhava na parte de cima do selo, com o nome de Deus em hebraico aninhado dentro dele.

— Yod, heh, vav, heh.
— Terri?
— Nome indizível... Irreconhecível... Robert, encontre o Homem da Luz.

À direita da placa, do que ele considerou como sendo o selo da Trinity Church, havia uma imagem extremamente notável. Ao avistá-la, ele disse em voz alta:

— Homem em Espiral.
— Exatamente — disse Terri.

Um pé no mar, o outro na terra, o sol envolvendo seu rosto: no centro do selo havia uma figura que parecia um homem formado por círculos, ou verticilos; ou poderia ser um homem usando vestes de espirais subindo pelo seu corpo, da virilha até a cabeça. Uma linha de vórtices constituía o centro do corpo, enquanto outras ficavam em ambos os lados da espinha dorsal.

— Anjo poderoso, enrolado na nuvem... Robert, quando olhar para dentro de si, o mais profundamente que ousar, e então mais ainda, mantenha a imagem dessa figura na mente. Isso é o que você verá. É o que você realmente parece, o seu corpo de luz. Você está protegido... todos estamos... acredite. Continue andando em direção ao oeste.

Ele fotografou a figura de luz com o Quad e seguiu em frente, ao longo da Rector, sob os arcos, onde fica a Berlitz Language School, em direção à estação do metrô, saindo novamente bem em frente ao Pussycat Lounge.

— Robert, vá para casa. Agora.
— O QUÊ? Não, não, de jeito nenhum. Vou encontrar você, agora.
— Acho que o perigo passou. Você fez o bastante por hoje. Fizemos o bastante. Confie...

Sua voz diminuiu e a conexão sumiu. Ele permaneceu na entrada do metrô, tentando decidir o que fazer, desejando naquele exato momento, mais do que qualquer coisa, bater muito em alguém. Qualquer pessoa.

Será que ela estava segura? Será que estava esgotada? Ela não parecia nem um pouco segura de que o perigo tinha passado.

O Quad tocou. Era uma mensagem de texto, dizendo simplesmente: "Tome o trem 1 para o norte. Encontro você no último vagão."

Ele digitou: "Terri?"

"Se quiser ver Terri novamente, tome o trem 1."

"Quem é você?"

Não obteve resposta.

Robert ficou na entrada do metrô, sentindo-se puxado para dentro e para baixo. O que aconteceria se ele não pegasse o trem?

Ele não tinha escolha. Desceu os degraus.

Uma passagem apertada levava a umas catracas baixas que conduziam à plataforma. O *R* de Rector Street estava em um bonito azulejo de mosaico roxo, azul e verde. Robert não tinha notado aquilo antes. Tudo parecia mais brilhante, mais penetrante.

Ele andou até o final da plataforma, onde estaria o último vagão. Ouviu o barulho distante quando o trem veio de South Ferry em direção à Rector, a primeira e última parada da linha 1. O último vagão estava vazio.

Robert entrou, sentou-se no último banco e esperou.

Logo que o trem começou a andar a porta deslizante que liga o vagão ao resto do trem se abriu. Uma pessoa inteiramente vestida de preto e com o rosto coberto por um capuz correu na direção dele, tão rapidamente que ele mal teve tempo para se levantar. Instintivamente, Robert abaixou o ombro e inclinou-se em direção ao agressor, tentando se manter firme. Em meio ao barulho de osso contra osso, seu corpo foi erguido e jogado contra a porta metálica do trem.

Assim que caiu no chão, Robert sentiu uma faca na garganta e um puxão na cabeça. Estava sufocado pela dor e pelo medo, diante do metal frio pressionando sua carne, sentindo um frio na espinha. Um cheiro forte encheu suas narinas. Desespero. Seu agressor poderia estar mais amedrontado que ele. Mas como?

— Entregue-o a mim.

Robert tentou reconhecer a voz. Era rouca e perigosa. Pareceu familiar. Seria possível? Era enérgica, confiante, mas de alguma forma, alterada.

— Você quer a minha carteira?

— O esconderijo.

— Tudo bem. Fique com o dinheiro.

— Quero o que você encontrou no esconderijo. Entregue-o a mim. Onde está?

— Terei que pegar no bolso da jaqueta.

— Qual deles?

— O de dentro. Do lado esquerdo.

Era mentira, mas Robert achou que o agressor teria dificuldade para mexer no bolso dele, sem mover a faca.

A mão do inimigo vasculhou o bolso, não encontrando nada. A cabeça de Robert explodiu de dor quando o homem a lançou contra a porta metálica.

— Onde está?

O agressor queria que ele entregasse o que o conectava a Adam, e isso ele não faria, de jeito nenhum. Robert escolheu seu momento. Uma calma objetiva se apoderou dele e ele se levantou rapidamente, disposto a não desistir.

As mãos fortes torceram seu corpo. Ele tomou socos na boca e no nariz, caiu de joelhos, e tentou desesperadamente ficar de pé.

Começou a sentir tonteira e o ambiente à sua volta começou a se modificar. Uma luz amarela tênue, mais intensa e mais escura a cada segundo, penetrou no ar em volta do malfeitor. O rosto de Robert tornou-se dormente, enquanto um punho agarrava a sua mente com frieza. Ele voltou ao sonho... formas geométricas... raios... a dor abrasadora no fundo dos olhos. Era diabólico, e ele sentiu vontade de vomitar.

As palavras entraram na sua cabeça. A voz de Terri:

— Esconda-se com a criança e o Homem de Luz. Esconda-se com eles.

A imagem do monumento à criança que Terri lhe enviara surgiu na sua mente. Ele refugiou-se ali, junto a Moss e ao anjo serpeado.

Por fora, a dor aumentou.

O agressor remexeu os outros bolsos e encontrou a cápsula.

Robert sentiu-se preso pelos pés. De repente, ele observava a cena de cima, de longe. Pensou em Katherine, e imaginou se iria morrer. Ele achava que sim e viu o mundo quebrar-se como gelo.

Então, de repente, tudo parou. Sua mente estava livre. Seus joelhos cederam. O homem estava indo em direção ao outro lado do trem, escondendo a cápsula de bala em um bolso, na manga da jaqueta.

— Não!

Em um rápido impulso, Robert pulou sobre o homem, quando ele abria a porta que leva ao outro carro. Ambos caíram no estreito espaço de metal, entre os carros. O chão vibrava e chacoalhava sob eles. Uma rajada de ar dilacerou sua pele.

Ele olhou o agressor bem nos olhos e sentiu como se olhasse para um sol maligno. Mais uma vez, ele fitava a cara da morte, como acontecera na noite do incêndio. O rosto cuspia ódio, se contorcendo e se transformando em um buraco negro único, puxando-o para baixo. Seguravam um ao outro pelo pescoço, batendo contra as portas e couraças metálicas entre os carros. Passaram pela estação fechada do metrô na Cortlandt Street, abaixo do Marco

Zero, urrando e batendo de um lado para o outro, escorregando nas placas metálicas, com os trilhos correndo sob seus pés.

Fechando os olhos para bloquear a nauseante luz amarela, Robert desvencilhou-se do golpe na garganta e puxou o pulso do agressor, torcendo-o para trás, até a omoplata. Enfiou a mão no bolso do homem e recuperou a cápsula. Depois, bateu a cabeça do agressor contra o metal e a empurrou por cima das correntes, em direção à parede do túnel.

— Quem é você? — gritou ele. — Quem é você?

Não houve resposta.

Ele empurrou a cabeça e o tronco do homem para fora.

— Quem é você?

Para sua surpresa, lágrimas de raiva encheram seus olhos. Ele queria matar aquela criatura. Então, afrouxou o golpe, perturbado.

Sentiu uma cotovelada na barriga, que o impediu de respirar. O homem afastou-se e tentou abrir a porta do vagão traseiro, quando chegavam à Chambers Street.

Contorcendo-se de dor, Robert sentiu todo o corpo pesado, como se estivesse sendo bombeado por chumbo nas pernas, prendendo-o ao chão. O tempo se dilatava, como mel derramando. Ainda assim, de forma surpreendente, ele conseguiu se levantar, sentindo o peso espalhar-se pelo corpo, deslocando a dor, enchendo os pulmões e o tórax com uma força que nunca tinha sentido antes.

Ele atirou o peso do corpo para a frente com força e o seu tronco girou como um estilingue, jogando o seu punho nas costas do agressor, quando este passava pela porta do último vagão. O homem foi arremessado para a frente, como se tivesse sido atingido por uma rajada de escopeta, e voou para além dos postes metálicos, no meio do vagão, batendo em um deles, rolando e indo parar na parte de trás, onde se chocou contra a porta metálica, no fundo do trem.

Robert fitou o próprio punho, sem acreditar no que acabara de fazer e reconheceu algo além: excitação e orgulho. Sentiu metal fundido fluir por suas veias e músculos, embora começasse a cair no chão, em direção ao centro da terra. Seu agressor levantou-se e fugiu na estação da Chambers Street quando as portas do trem se abriram.

Uma enorme força fluía dele, sua cabeça girava. Robert saltou do trem, foi diretamente para uma lata de lixo e vomitou.

Depois, cambaleou até uma parede, agachou-se contra ela e apoiou a cabeça entre as mãos. Por um momento ele perdeu a consciência.

Little Falls, 26 de agosto de 2004

Katherine fitou o espelho, tremendo.

Ela havia visto a luta. Tinha visto o marido ser atacado e sobreviver. As imagens haviam surgido sem que ela as solicitasse e uma sensação de raiva e dor a atingiu, como um furacão, quando Robert lutou por sua vida. Nas profundezas do espelho, por apenas um instante, ela viu através dos olhos de Robert, e fitou com ele o olho sedutor, maligno.

Finalmente estava acontecendo. A longa cadeia de eventos, iniciada há mais de 20 anos — possivelmente 20 vidas —, movia-se sinuosamente, de forma coreografada e elegante, para seu destino final. Todos os eventos do Dia do Blecaute finalmente se concretizavam.

Tudo o que ela precisava, agora, era a instrução para dar continuidade à sua tarefa final.

Tantos anos esperando por ordens, preparando e executando missões, vivendo em um mundo de fraude, meias-verdades e traição. Tudo isso para nada, exceto a mácula de sua alma.

E, agora, estava diante da única missão secreta que sempre desejou realmente. Esperava a palavra do Vigia para agir na clandestinidade pela última vez.

Ela amava Robert. Será que ainda o *amava*, como prega o clichê? Será que isso importava, depois de tantos anos juntos? Enganá-lo era doloroso. Sentia vergonha disso, mesmo quando era para o bem dele. Ela era boa demais nisso. Sempre fora.

Foi até o quintal e acendeu um cigarro; o primeiro. Havia dias em que mal se tolerava, mas hoje sentiu que finalmente chegaria lá. Finalmente encontrara uma forma de redenção.

Havia um preço a pagar por ter vivido tanto tempo no mundo secreto — um mundo para o qual parecia ter nascido, e que tinha sido tão boa em habitar.

Hoje, durante uma hora, divertira-se com a psicoterapeuta Sarah, enquanto reproduzia todos os ruídos identificáveis como etapas do sofrimento, reconhecendo onde ela estava no processo e abraçando sua dor. Ela ainda se encontrava em um período de pensamento mágico, conforme lhe disseram, quando era bastante natural tentar negociar com Deus, associando coisas ruins que pensara ou fizera, com a perda terrível que tinha sofrido, como se de alguma forma ela fosse responsável por aquilo ou o tivesse causado. Era natural agarrar-se à crença de que, de alguma forma, seu filho não tinha realmente morrido. Todo mundo sabia que isso era absurdo, naturalmente. Sarah tinha dito que era uma reação natural, infantil, diante da perda.

Só que Katherine aprendera coisas mais terríveis do que a maior parte das pessoas: enganar, chantagear e extorquir. E trair. Como usar as pessoas e descartá-las, como lixo.

E por muitos anos ela soube que o pensamento mágico era mais do que apenas uma etapa do sofrimento.

As consultas eram pura bobagem. Ela ia, havia três meses, para satisfazer Robert, com ou sem ele, esperando sua vez. Era um modo de protegê-lo. Tinha jurado que o protegeria o máximo possível, até chegar o momento em que o dom dele seria invocado. Fingimento nem sempre era uma coisa ruim.

O telefone tocou.

Ela escutou cuidadosamente as instruções do Vigia e desligou.

Por um momento ela fitou o espaço vazio. A corrida estava em andamento, conforme dissera o Vigia. Robert tinha entrado em contato com Terri, iniciado a busca e achado o primeiro esconderijo. Ele teve de lutar para guardar a chave. Tudo estava incerto. Se ela tinha alguma dúvida, agora era hora de confessá-la.

Katherine não tinha qualquer dúvida. Seria extremamente perigoso, caso ela fosse descoberta. Mas agora, pelo menos, possuía a noção das ordens finais. Havia decifrado um código, e agora precisava decifrar outro, para o bem maior.

Havia equipamento para ser localizado, um papel para se preparar.

E, muito além da sua missão formal, ela iria concluir a sua própria tarefa secreta. Não sabia exatamente como, mas faria tudo direito.

Finalmente, chegara a hora.

Escreveu um bilhete para Robert justificando sua ausência, como uma forma de ajudá-lo a dar o próximo passo, e saiu.

Nova York, 26 de agosto de 2004

Com as mãos trêmulas e feliz por ninguém estar prestando atenção Robert limpou a boca ensanguentada com um lenço e pegou o metrô da Chambers Street até o estacionamento onde tinha deixado o carro naquela manhã — embora parecessem dias desde que fizera aquilo — e dirigiu lentamente através da cidade, em direção ao Lincoln Tunnel.

Eram 18 horas.

A boca e a garganta tinham um gosto azedo por causa do vômito. Ele queria muito estar com Katherine.

Manteve o Quad desligado no bolso e se concentrou na tarefa mecânica de dirigir um veículo no trânsito engarrafado, afastando todo o resto da mente.

A tática funcionou até um caminhão Ryder cortar seu carro, forçando-o a frear bruscamente e fazendo disparar uma onda de buzinas dos carros que vinham atrás. O seu coração acelerou. Ele queria urinar, chorar, socar qualquer pessoa e continuar socando até quebrar a cabeça dela. *Que merda!* Ele bateu com a palma da mão no volante. E repetiu o gesto duas vezes.

Respirou fundo e se recompôs. Foi para a pista do canto, avançou um pouco e tentou se acalmar. Milagrosamente, conseguiu atravessar o túnel e chegar a Nova Jersey sem matar ninguém.

Robert fez uma parada ao longo da Rota 3, no Tick Tock Diner, com sua fachada cromada e vermelha, para tomar um café, comer um sanduíche e se lavar. O cenário em volta da entrada lembrava o gelo se quebrando do seu sonho. Sentia-se como se tivesse sido fragmentado em uma dúzia de versões dele mesmo.

O álcool metabolizado e a adrenalina espalharam-se em sua circulação sanguínea e lutaram com o café e o afluxo do sangue em seu estômago, quando ele devorou um sanduíche de bacon, alface e tomate. Ele pegou o Quad para telefonar para Katherine, mas fechou os olhos antes, para pensar no que diria a ela. Mesmo sem saber o que dizer, ele discou o número e tudo o que conseguiu foi a caixa postal novamente. Deixou recado, dizendo que estava a caminho, para ela não se preocupar.

Então, apagou. Cochilou, ali mesmo, na cabine, até que a garçonete o cutucasse acordando-o para ele pagar a conta. Assim que entrou no carro, percebeu que não tinha condição de dirigir. E adormeceu novamente.

Quando apareceu na porta de casa, Robert achou que Katherine ficaria perplexa ao ver seu lábio e nariz inchados. Sua mente estava a mais de 100 km/h, atirando em diferentes direções. O que ele poderia dizer a ela? O que deveria permanecer em segredo?

Mas ela não estava em casa. Tudo que ele encontrou foi um bilhete.

Querido Robert

Preciso de um tempo para clarear as ideias. Amo você, mas sei que não estou sendo a esposa que você quer ou precisa. Sinto-me perdida, desprovida de sexualidade, desprovida de vida. Fui dar um passeio. Voltarei tarde. Não se preocupe comigo, apenas preciso de um tempo.

Kat

Ele respirou fundo.

Ela já fizera aquilo antes, saindo sozinha para jantar, assistir a um filme ou visitar uma amiga. Na maioria das vezes, ela disse que estava sozinha, e ele acreditou. Ela sempre volta.

Ele estava exausto. Não sabia como ajudá-la a voltar para ele.

Ele deveria se preocupar? Rejeitou a ideia. Ela não se machucaria, ele tinha certeza. Mas seu medo era de que ela não voltasse mais para ele.

Exausto e dolorido, foi até o banheiro e lavou o rosto. Depois, serviu-se de uma bebida e sentou-se no escritório. Uma coisa de cada vez.

Tentou juntar forças, reconstituindo seu caminho e analisando tudo o que tinha ficado em sua memória, desde que saíra do apartamento de Adam.

Estrelas sob os pés: um caminho mágico. Seria a estrada dos tijolos amarelos?
Máscaras e trajes: disfarce e farsa. Nem tudo é o que parece.
Desenhos em espiral: ascensão e queda.
Um muro que respira: coisas que parecem mortas voltarem à vida.
Quebra do código: encontrar a realidade mais profunda.
"Lembre-se da morte." Como se ele pudesse agir de forma diferente diante do Marco Zero: um lugar de morte e ódio, coragem e sacrifício.

Uma sepultura, uma cápsula de bala, o ataque no trem. Mais morte. O seu desejo de sobreviver, de matar; sua vergonha por sentir-se disposto a matar; seu orgulho por sobreviver. Ele tinha, literalmente, ficado furioso. Ainda podia sentir no corpo o eco do poder que fora capaz de explorar, enquanto lutava por sua vida.

Tentando acalmar a mente, Robert mergulhou em um comportamento que lhe era mecânico: pesquisar. Acessou o Google, imprimiu alguns resultados, acumulando pilhas de descobertas. Precisava compreender tudo o que estava acontecendo. Tentou falar com Horace, mas não conseguiu.

Entrou no site em que Terri recomendara que ele postasse as fotos e os comentários, para verificar se havia alguma outra resposta ou mais instruções. Não havia nada.

Explorou o site para ver como era seu funcionamento. Era um serviço gratuito de *weblogging*, bem simples de se usar. Ele postou as fotos que Terri tinha enviado, e mais algumas que ele havia tirado com o Quad, durante o dia. Talvez houvesse alguém mais fazendo a mesma coisa, com um URL diferente, para competir com ele. Blog contra blog. O prêmio? Adam. Ou a vida de Adam? Talvez, a vida de todo mundo.

De repente, lhe ocorreu que Terri poderia não saber seu e-mail. Ele fez login como Adam no AOL e continuou sua pesquisa.

Robert ouviu o barulhinho avisando que alguém estava online. Era Terri. Imediatamente, ele mandou uma mensagem.

— Está tudo bem, Terri?
— Adam?
— Não, desculpe. É o Robert.
— Não esperava que você fosse se passar por ele novamente. Você deve realmente gostar disso.
— Para tudo há um limite.
— Você conhece os seus limites, Robert?
— Quase fui morto depois que você desapareceu.
— Eu sei. Desculpe não tê-lo ajudado. Você lutou e sobreviveu. E ainda está com a primeira chave. Posso sentir isso.

— É isso o que o objeto significa?

— Sim. E você ainda tem o núcleo, a chave mestra, não tem? Você agiu muito bem. Proteja esses objetos de agora em diante.

— Pode deixar.

— O que você viu? Se tivesse que deixar escapar um segredo, qual seria?

Robert lembrou-se do momento em que soltou o agressor, quando se sentiu cego de ódio. Ele desejou matar o homem; feri-lo; transformá-lo em um nada, uma criatura abjeta, indigno de qualquer espécie de consideração humana.

— Algo me aconteceu. Meu ódio desapareceu quando me vi prestes a amassar a cara dele na parede do túnel. Deixei-o ir. Apenas por alguns segundos. Então fiquei forte como um touro, como se fosse feito de aço. Soquei o cara até não querer mais.

— Mas o que você viu?

— Ódio. Medo.

— E o que mais?

— Só isso. Tive que parar.

— Você fez bem.

— Deixei-o ir.

— Era o que você tinha que fazer.

— Eu o teria matado — disse Robert com um suspiro. — Este blog... Adam pode vê-lo?

— Ele está foragido, mas espero que sim.

— Não é ele quem envia a você os *waypoints* do GPS? Não era dele a pista do poema?

— Conforme falei, não sei quem envia essas pistas. Tudo o que sei é o seguinte: Adam não sabe onde estão os esconderijos. Eles foram posicionados pelo criador do Ma'rifat'.

— Para quê?

— Não sei.

— Explique aquele estado de transe... ou o que quer que fosse que você estava fazendo, quando me dava instruções. Dava a impressão de estar em sofrimento.

— Não o estou guiando a partir do conhecimento pleno, Robert. Estou colhendo fragmentos de significados do que está à sua volta e transmitindo-os a você. *Ambos* estamos tentando decifrar o enigma, entende? Eu tenho a percepção espacial: vire à direita, pare aqui, vire à esquerda. Além disso, adquiro imagens do que há em volta, e é relevante, como um material enterrado, uma figura, uma emoção, um eco do passado existente no local, ou noção da geometria da figura que você está formando, à medida que dá continuidade à missão. Às vezes, é como um grupo de coordenadas, mas no tempo e na emoção, bem como no espaço. Às vezes, são formas ou rimas... *e não consigo me lembrar do que digo.* Preciso de um registro, preciso do blog... para poder tentar compreender os dados obtidos. Você tem de me dar base e relacionar o que vejo com o mundo material, aqui e agora.

— Isso é incrível!

— Você tem mais capacidades potenciais do que eu. Conheço algumas mulheres poderosas, que me ensinaram a usar essas habilidades, mas você supera todas nós. Você sempre teve consciência desse dom que possui. Uma parte sua sempre compreendeu o que costumamos chamar de língua verde, ou língua dos pássaros.

— Você não entende. Fui criado para destruir isso em mim.

— E quase o fez. Deu para sentir a ameaça do medo. Vou ajudá-lo a recuperar a aptidão. Preciso fazer isso, por todos nós. Você é um verdadeiro Unicórnio. Não imagina o privilégio que é poder ajudá-lo.

Robert esfregou os olhos, buscando o que dizer.

— Obrigado. O que há de tão especial sobre um Unicórnio, exatamente?

Pareceu uma eternidade até ela responder. Quando ela finalmente o fez, Robert sentiu o peito pleno de uma gratidão que não sabia como compartilhar.

— Um Unicórnio é a espécie mais poderosa de curandeiro. É um ser que pode ter toda a gama de energias humanas, e eu me refiro a toda a gama, começando pelas energias de assassinato, e canalizá-las para a criação de um corpo de luz tão intensa que nenhum mal pode penetrá-lo, ou resistir ao seu toque.

— Corpo de luz? Como o Homem Serpeado?

— É exatamente como se parece. Adam disse que é tão intensa que até mesmo pessoas desatentas podem vê-la. Ela brilha a seu redor. Faz você parecer duas vezes mais alto. Aparece em mitos como gigantes, como professores iluminados, como anjos...

A primeira linha da carta que ele tinha queimado, havia mais de vinte anos, voltou à mente de Robert: *Para viver plenamente, conheça a morte.*

Ele desejou matar aquele homem. Era necessário querer matá-lo e agora ele precisava transmutar essa energia.

— Acho que entendi. O que acontece se um Unicórnio potencial não conseguir canalizar essas energias, não conseguir transmutá-las?

— Eles morrem.

Ambos permaneceram em silêncio durante algum tempo. Robert olhou para dentro de si mesmo. Ele encontraria a força necessária. Era algo imprescindível.

— Posso pedir um favor a você, Robert?
— O que é?
— Poderia parar de fingir ser Adam? Ele pode tentar entrar em contato comigo e não poderá fazer isso se você estiver usando o perfil dele... Eu sei o seu endereço de e-mail.
— Ah...
— Por favor. Você precisa descansar. Recuperar suas forças.
— Quero vê-la amanhã.
— Vá ao local do primeiro esconderijo, amanhã às 14 horas.
— Você vai estar lá?
— Você me verá. Agora vá. Vou enviar-lhe algo para escutar amanhã. É parte do enigma. Até amanhã. Vamos nos encontrar. Explicarei tudo. Você vai gostar. Confie em mim, por favor.

E ela foi embora.

Ele escondeu a cápsula de bala e a Caixa da Maldade no cofre que ele e Katherine usavam para guardar seus objetos de valor. Então, de volta ao escritório, ele continuou buscando coisas, enquanto sua mente vagava em uma dúzia de direções ao mesmo tempo.

A imagem do Homem da Luz incendiava seu cérebro. Robert o encontrou no livro do Apocalipse 10, 1-4:

> E vi outro anjo forte, que descia do céu, vestido de uma nuvem; e por cima da sua cabeça estava o arco celeste, e seu rosto era como o sol, e os seus pés como colunas de fogo; E tinha na sua mão um livrinho aberto. E pôs o seu pé direito sobre o mar, e o esquerdo sobre a terra; E clamou com grande voz, como quando ruge um leão; e havendo clamado, os sete trovões emitiram as suas vozes, eu ia escrever; mas ouvi uma voz do céu, que me dizia: Sela o que os sete trovões emitiram, e não o escrevas.

Sete trovões. Cada trovão um segredo preservado. Será que acabara de ouvir o primeiro trovão no metrô, sob o Marco Zero?

Sacudiu a cabeça, sentindo fadiga em cada osso, mas continuou a pesquisa.

O obelisco da St. Paul's foi erguido em memória do patriota irlandês e antigo procurador-geral do estado de Nova York, Thomas Addis Emmet, irmão de outro patriota irlandês executado pelos ingleses, Robert

Emmet. Mas não há sepultura no local. Seu túmulo fica do outro lado da cidade, em St. Mark's in-the-Bowery. Esculpido no obelisco está sua posição, latitude e longitude, em minutos, graus e segundos.

Nada daquilo fazia sentido. Ele esfregou os olhos, sentindo-se frustrado. O e-mail de Terri chegou, contendo apenas um arquivo de áudio e o aviso para que ele só o ouvisse quando ela permitisse. Ele o copiou para o Quad. Terri pedira para ele se aprofundar na pesquisa. Ele organizou os pensamentos, escreveu novamente e postou no site.

Marco Zero, Lower Manhattan

Se eu olhar para dentro de mim mesmo, neste lugar, guardo na memória uma imagem tão dolorosa que ainda faz com que eu vire a cabeça para o lado, como se eu fosse me esquivar de um soco. É a imagem de uma rua coberta de denso pó preto, sob nuvens tempestuosas, e no final da rua os vestígios, ainda de pé, de uma parte das torres do World Trade Center retorcidos e enegrecidos, como a boca do inferno, com seus arcos góticos iluminados na escuridão de fim de tarde por luzes investigadoras de arcos voltaicos. Sinto as cinzas sob os meus pés e o imenso ódio pelos ataques, ecoando semanas depois que as torres caíram. Foi uma surpresa, embora eu soubesse o que havia lá, já que Katherine e eu andamos abraçados na chuva, no centro de Manhattan, e gastamos dinheiro para apoiar os vendedores locais, na única vez que decidi ir até o local.

Apesar de tudo, ainda havia beleza: os arcos não haviam sido totalmente destruídos. Algo desafiador permanecia nas formas semelhantes a uma porta de catedral, de mãos postas, de um portal que dizia: através desses arcos há abrigo, além da profanação há o renascimento, mesmo aqui haverá amor.

Mas a vibração primordial naquele lugar era de tal raiva e ódio que eu não aguentei olhar por muito tempo e tive que me afastar dali. Fui para o leste, em direção a South Street Seaport. Aquela imagem nunca me abandonará.

Estamos perdidos em um labirinto desde aquele dia. Como devemos reagir? Como se reage diante de um ato de tamanha maldade, sem perdermos a nossa essência? Não dá para ser piedoso, a menos que se sobreviva. Mas há um monstro dentro de nós que, por medo absoluto, insiste em clamar: Faça algo, machuque alguém, qualquer um além dos limites da minha tribo, alguma coisa deve ser feita.

Hoje pensei que morreria. Fiquei tão assustado que por um momento quis que qualquer coisa, qualquer coisa acontecesse para impedir que eu morresse. Então, de repente, não tive mais medo. Foi exatamente sob o Marco Zero. Fitei a cara da morte e lutei por minha vida. Vi algo em mim que nunca tinha visto antes e saí do outro lado. Era a capacidade, o desejo de matar.

Era a energia perigosa, imperfeita, instintiva, que fluiu pelo meu ser. Energia de sangue. Agora eu sei, com absoluta certeza, que posso usá-la novamente, sempre que precisar.

Há muitos anos alguém da minha família escreveu uma carta para mim. Nela haviam sete frases de bom-senso. A primeira era a seguinte: "Para viver plenamente, conheça a morte." Acho que compreendo o que isso quer dizer. Estas foram as primeiras energias que tive de explorar na busca que iniciei. São energias instintivas, poderosas, potencialmente assassinas. Se eu não for capaz de reuni-las, não terei força para sobreviver. Mas como controlá-las?

No Marco Zero as torres caíram e a St. Paul's permaneceu intacta, sequer uma janela foi quebrada. Tenho uma amiga massagista que trabalhou como voluntária, colocando seus serviços à disposição por várias semanas, ajudando policiais, bombeiros e operários, enquanto os outros cuidavam para que não faltasse comida, água, abrigo e consolo para os padres. No entanto, tudo foi para a "nossa" gente; para aqueles, como nós, que sofreram; aqueles com os quais nos identificamos, porque a palavra "identidade" vem de *idem*, que quer dizer "o mesmo". É fácil rezar pelos nossos amigos. Quantos de nós conseguimos realmente rezar pelos nossos inimigos, por aqueles que efetivamente atentam contra nossas vidas?

Robert tinha acabado de postar quando ouviu o ruído do AOL. Achou que era Terri, mas era uma mensagem de AdamHD1111.

— Quer dizer que você conheceu a deliciosa Terri.

— Adam?

— Ela provavelmente está querendo foder sua cabeça amanhã. Algum problema em relação a isso?

E então foi embora.

Robert ficou olhando a tela do computador, torcendo para ele voltar e rezando para que não o fizesse. Por fim, ele não aguentou mais e foi dormir.

Nova York, 26 de agosto de 2004

Adam respirou lenta e profundamente. Estava sozinho e morrendo de dor. Afastou-se do computador e se deitou na cama todo enroscado, rezando do fundo da alma. Ele tinha se arriscado demais no ataque a Robert. Um poderia ter matado o outro.

Compelido pelo Iwnw para executar o ataque, e fingindo-lhes obediência absoluta para ganhar tempo, Adam rezara para que a experiência lançasse Robert no Caminho. Achava que tinha dado certo, mas não estava totalmente seguro disso. Porém Robert tinha passado a Prova da Terra e experimentado seu instinto de sobrevivência. Encarou a morte e lutou pela própria vida. Viu o lado sombrio da existência, conheceu o barbarismo tribal, o torturador e o carrasco interior. E se desvencilhou desses sentimentos. Da terra para a água, que arrasta para longe a sujeira.

A dor aumentou. Adam reforçou sua força de vontade para afastar a criatura do Iwnw que corroía sua alma, no seu DNA, o Minotauro alojado dentro dele. Ele recitou o seu mantra de desafio: ... *a morte não terá domínio... a morte não terá domínio...*

Ele sabia que só um, em cada mil, sobrevivia ao caminho que Robert estava trilhando. Adam ficaria com ele até o fim. Ele não poderia aguentar muito tempo, somente mais alguns dias. Apenas o suficiente.

Uma Canção de Amor de um Mártir:
A Criação do Ma'rifat'

Sou o criador do Ma'rifat'.
  Não sou um homem detestável. Amo a Deus com cada poro e cada átomo do meu corpo. Amo a Deus sobre todas as coisas. Desejo apenas que todo mundo consiga enxergar o que eu enxergo em Deus. Por favor, não me veja como um primitivo, mostrando os dentes para atacar. Tenho alto nível de instrução. Sou, praticamente, o que você poderia chamar de cientista espacial. Estudei nos melhores colégios do Cairo e de Londres, antes de vir para a América. Trabalhei no que eu costumo chamar de Anel de Ouro — o nome oficial é RHIC, ou Colisor Relativístico de Íons Pesados — em Brookhaven, Long Island. O que fazíamos lá consistia em destruir materiais para observar o resultado. Não eram coisas grandes, embora, como qualquer homem, sempre tivesse o desejo secreto de destruir coisas grandes, para ver o que acontece. Mas fazíamos colidir núcleos de átomos de ouro, em velocidades tão próximas à velocidade da luz, que o tempo e o espaço começavam a se deformar. Meu pai ensinava física e química no Egito e no Iraque, e este teria sido o seu sonho. Criamos energias tão poderosas no colisor que surgiram partículas que só apareceram na natureza nos primeiros nanossegundos após o momento da Criação. É um milagre, quase uma oração: coloca-nos perto das energias de Deus.
  Minha mãe é americana, e eu sou americano.
  Pode me chamar de Al-Khidr. Eu uso o nome do grande preceptor e o guia no conhecimento oculto de Deus, o mesmo que orientou Musa — ou Moisés, como vocês o chamam —, porque eu lhe ensinarei a maior lição da história da

sua nação, e a lição consistirá em destruição e renascimento, em purificação, na criação do sagrado em vez do que é poluído.

Meu nome verdadeiro não importa. Há tempos eu o ignorei. Vivi entre vocês, estudei nas suas escolas, comi nas suas casas, dormi com as suas mulheres, tinha credenciais de acesso. Você não me acharia um pedante ou um chato. Conheço sua literatura e sua música. Você conhece a minha? Conheço suas leis e instituições, seus livros sagrados e orações. Você conhece os meus? Conheço os seus temores e pesadelos. Você conhece os meus? Meu nome é Al-Khidr, o guia espiritual, e estou apresentando a você a sua lição, que é a mesma lição que todos devemos aprender.

Não sou movido pelo ódio; sou movido pelo amor. Vim para amar a liberdade, mas amo a Deus acima de todas as coisas. Vim para amar a América, mas amo o planeta acima de todas as coisas.

Parece-me que a América deve experimentar a submissão à vontade de Deus. A América deve ser destruída para renascer mais completa e humilde. A América deve aprender que a verdadeira liberdade está na submissão, não em ser o maior, o mais vulgar, o mais idiota, o mais agitado da vizinhança. É por isso que decidi destruir Nova York. Mas não diga que fui movido pelo ódio.

2   *Prova da Água*

Little Falls, 27 de agosto de 2004

Katherine voltou para casa pouco depois da meia-noite. Foi até o quarto de Robert e se deitou, em silêncio, no escuro, ao lado dele e anos-luz distante. Haviam se passado sete anos desde que ela desistira da carreira, e seis desde que eles se reencontraram e se apaixonaram.

Evitavam discutir, mas seria muito difícil fazer as pazes do jeito que as coisas andavam. Ela se limitava a deitar ao lado dele, e ambos adormeciam, praticamente sem encostar um no outro. Embora demonstrassem que odiavam o gelo que havia se formado entre eles, reconheciam que ele existia.

Robert sonhou que eles faziam amor.

No sonho, eles acordavam e faziam amor, e o alívio e prazer eram tão grandes que ambos caíam na gargalhada.

Ainda no sonho, ele abriu os olhos e percebeu que era Terri que estava nos seus braços, e desejou que ela se tornasse Katherine novamente. Mas isso não aconteceu. Enquanto Terri sorria, ele sonhou que Katherine estava ali, observando tudo o que faziam.

— Não posso culpá-lo — dizia ela. — Todos querem Terri.

Então ele vislumbrou a si próprio, no espelho do quarto, e viu que era Adam.

Acordou sobressaltado e percebeu que Katherine tinha desaparecido. Seu corpo doía, e ele permaneceu parado olhando o vazio, até amanhecer.

14 de agosto de 2003: Dia do Blecaute

Por vários meses Adam perseguira sua caça, usando as habilidades do Caminho, às vezes trabalhando sozinho, outras, sendo guiado e ajudado pelo Vigia. Agora estava na esquina da Tesla com a Robinson em Shoreham, Long Island, e inspecionava os edifícios abandonados. Uma torre de tijolo erguia-se acima do prédio principal: um laboratório abandonado. Imediatamente, ele percebeu que o que buscava estava no interior do edifício.

Segurou com firmeza o talismã que Terri lhe dera e o beijou. Estava totalmente calmo e alerta, mais do que jamais estivera.

Eram 15h55.

Adam verificou a posição do segurança, que estava próximo à entrada. Depois, pesquisou o interior da sua mente e viu os movimentos do inimigo, naquele dia, o momento em que ele chegou ao local e a sua entrada, através de um buraco camuflado que havia na cerca.

Ele sentiu também a energia de Katherine. Devia a ela o aviso final: o de que hoje seria o dia do ataque.

Assim que achou a entrada, foi em direção às janelas do andar térreo do laboratório. Viu um dispositivo, parecido com um mero tambor, que emanava uma discreta luz dourada, sobre uma mesa de madeira comum. Sentado em uma cadeira diante da mesa havia um homem atarracado de uns 40 anos. Estava com os olhos fechados, em profunda meditação, e segurava uma versão pequena do tambor, do mesmo metal vermelho e dourado translúcido.

A borda do tambor parecia girar, ao mesmo tempo, em direções contrárias, e formas geométricas, desenhadas nas laterais, brilhavam em branco e dourado. No limite da sua percepção, que àquela altura era tão fraca que ele não tinha certeza se estava lá ou não, percebeu uma nuvem tênue, acima do Dispositivo. Conforme ela surgia e desaparecia do campo de visão, por um momento ele pensou tratar-se de um olho.

Então ele rezou: *Permita-me impedir que este ato de destruição venha a acontecer, mesmo que isso custe a minha vida.*

De repente, com os olhos ainda fechados, o homem se levantou e foi em direção ao Dispositivo. Adam viu que ele chorava. Um sentimento de enorme perda e de profunda mágoa e raiva se apoderou dele. Adam se dirigiu à porta e entrou. Sem evitar ser visto, foi em direção ao seu objetivo, enquanto o homem abria os olhos e pousava calmamente o núcleo sobre a mesa.

Quando Adam estava quase sobre ele, o homem ergueu a mão e o deteve.

Na fração de segundos antes de ser atingido, Adam viu claramente o olho tênue, acima do Dispositivo, se torcer e fundir-se ao corpo do homem. Então, uma onda de choque atravessou o corpo de Adam e o lançou a 6 metros, através da sala. Atordoado, ele lutou para ficar de pé. Ergueu os olhos e viu o homem andar, calmamente, em direção ao Dispositivo.

Adam se acalmou e gritou:

— Pare!

— Não. De jeito nenhum. Por que parar?

O homem colocou o núcleo no topo do Dispositivo, que dobrou sua velocidade e começou a emitir uma pulsação de tom grave e profundo. O ar em volta do objeto começou a vibrar e a se deformar. Então, ele o retirou e o cobriu com um pano. O Ma'rifat' voltou à velocidade anterior.

— Está completo. Está armado. Você não pode pará-lo. Vou levá-lo para Manhattan agora, onde o combustível é mais rico. A ganância; o medo; a hipocrisia. Então, introduzirei a chave novamente, e ele será alimentado.

Adam chegou mais perto e o Dispositivo irradiou luz.

— Ele está reagindo a mim — disse Adam. — Não tenho ódio no coração.

— Volte — ordenou o homem.

Adam deu outro passo à frente e acrescentou:

— E também não tenho medo.

— Pare aí mesmo!

Adam continuou avançando em sua direção. Os dois deram início a uma luta e o núcleo caiu da mão do homem, rolando no chão. Eles se atiraram sobre o objeto e Adam o agarrou. Porém, ao tentar levantar-se, sentiu o braço ser torcido brutalmente para trás, forçando-o a soltar o núcleo nas mãos do inimigo, que deu um salto e pousou o objeto, com toda a força, no topo do Dispositivo.

O Ma'rifat' começou a girar novamente, produzindo uma profunda luz azul e vermelha. Um som parecido com um longo trovão propagou-se pelo ar deformado.

Adam correu na direção do inimigo, atingindo-o com o ombro. Os dois caíram, um agarrando o pescoço do outro, e rolaram repetidas vezes, tentando reunir forças para se levantarem. Na luta, quebraram uma das pernas da mesa, fazendo com que ela tombasse. Antes que pudessem reagir, os dois homens viram o Ma'rifat' escorregar da superfície da mesa.

— Não mereço perdão — disse o homem, enquanto o Ma'rifat' deslizava. O Dispositivo chocou-se violentamente contra o chão e detonou.

Tempo e espaço se distorceram, enquanto Adam olhava ao redor, consternado. Um círculo tempestuoso e lampejante se formou em volta do Ma'rifat' danificado, deflagrando uma luz amarela e azul brilhante na direção dos dois homens e espalhando fogo sobre eles. Adam concentrou-se em um espelho perfeito e viu o corpo do seu inimigo atomizar em um raio. Depois, não viu mais nada.

Gerando a sua própria geometria, buscando combustível, uma energia que pudesse utilizar, mudando de mais fina a mais densa, do espírito ao éter e para matéria, o Ma'rifat' alimentava-se dos ecos da dor do seu criador, do seu ódio e da sua raiva, e eclodiu no mundo. Partículas de tempo e espaço distorceram-se aleatoriamente em volta do Dispositivo. Pedaços de tempo e lugar uniram-se, e do vazio, no centro do Ma'rifat', fluiu uma grande onda de energia, cintilando no ar.

Mas logo essa energia perdeu a força das almas que estavam à sua volta, a grande aglomeração de espíritos que ela detectava... Enfraquecida pela calma de Adam, a energia despencou em espiral até tornar-se um pulso eletromagnético, muito potente, porém desorganizado, com sua força espiritual reduzida a uma fração de seu potencial. O pulso balançou para a frente e para trás ao longo de fios de alta-tensão, disparando sistemas de segurança, explodindo estabilizadores, espalhando-se como tinta na água. Com uma onda de energia física, como um raio invisível, o Ma'rifat' apagou todas as luzes do nordeste dos Estados Unidos.

Little Falls, 27 de agosto de 2004

Enquanto tomavam o café da manhã, Robert inventou uma história para justificar a dor que estava sentindo, dizendo que ao tentar interromper uma luta entre um taxista e um cliente, acabou levando um soco no rosto.

— Isso é o que dá tentar ajudar — disse Katherine. — Mas você vai ficar bem.

Era um papel que ela odiava representar, mas estava executando os desejos do Vigia, tentando se adaptar a sua missão secreta. Diante das verdadeiras dificuldades que ela e Robert enfrentaram desde o aborto, aquilo não era difícil. Ela menosprezava a própria habilidade.

Robert contou sobre a morte de Lawrence Hencott, omitindo o suposto envolvimento de Adam. Quando falou sobre a humilhante expulsão do escritório da GBN, ela não mostrou muita solidariedade.

— John é um babaca. Ele tem medo de você, por isso está fazendo isso. Ele o vê como um rival e não consegue achar outra saída. Scott cuidará de você.

Ela anunciou que iria sair novamente.

— Se descobrir mais alguma coisa sobre o que está acontecendo com Adam e aquela caixa esquisita, me avise. Estarei na ioga.

— Vou até Manhattan novamente. Preciso que Scott assine alguns documentos.

Ela parou junto à porta.

— Quando eu trabalhava no Ministério das Relações Exteriores...

Ela ainda não podia dizer o que realmente tinha feito, mesmo depois de todos esses anos. Tinha sido treinada exaustivamente para sua função.

— ... éramos ensinados a ouvir os nossos instintos muito atentamente, a dar valor às primeiras impressões, à intuição. O arrepio na nuca. Isso pode salvar sua vida.

— Você fez bem em sair. Sou eternamente agradecido.

— Nesse momento, parece que há algo errado com você. E você sabe disso.

— Parece que há algo errado conosco.

— Não é isso. Refiro-me a algo novo. Algo muito recente.

— Como assim?

— Você está com medo. Nunca o vi com medo antes.

— De quê?

— Não sei. Acho que nem você sabe.

Ela o examinou por um momento.

— Você é uma rocha, Robert. Não deixe de ser uma rocha.

— Sou o Gibraltar.

— Não se meta em outra luta. Não temos água oxigenada.

Sozinho em casa, Robert pensou em Terri. Não havia a menor possibilidade de algo acontecer a ela. Ele não permitiria, mas reconheceu que queria. Essa era uma das coisas que temia. Estava pronto para algo acontecer.

Rememorou o fim de semana em que ele e Katherine se apaixonaram.

Miami, setembro de 1998

Todos se reuniram em uma sexta-feira à tarde no saguão do Hotel Biltmore.
    Robert, que por vários dias estivera cobrindo o avanço do furacão Georges através do Caribe, estava exausto e nervoso. Muitas pessoas haviam morrido na inundação na República Dominicana, e milhares estavam desalojadas no Caribe. Keys seria atingida, talvez até Miami. Ele tinha evacuado a central da GBN, no centro da cidade, e montado uma operação temporária no interior do hotel. Nesse momento, ele estava no saguão para retirar-se educadamente do misterioso fim de semana de Adam.
    Adam, que vivia a maior parte do tempo entre Havana e Miami Beach, convidara um pequeno grupo para se encontrar no Biltmore, àquela hora, utilizando-se dos seus enigmas costumeiros, cartões-postais rasgados e escrita invisível. Robert queria que Adam cancelasse o encontro.
    — Georges é muito grande e muito potente — dissera ele ao telefone. — Se ele vier pelo mar desse jeito, vai atingir Miami como uma bomba; e das grandes.
    — Eu sei. Maravilhoso, não é? Acrescenta um elemento de suspense ao clima da reunião.
    — Prometa-me que não fará ninguém ir à rua, à busca de malditas pistas.
    — Serão todos amarrados a postes em Miami Beach, Robert.
    — Você está brincando, não está?
    — Fique tranquilo, prometo que não matarei ninguém.

— Infelizmente, não poderei ficar.

— Entendo. Pelo menos apareça para dizer oi.

— Tenho um trabalho a fazer.

— Delegue outro para fazê-lo. Fique apenas por uma hora. No saguão, às 17 horas em ponto. Por favor, venha. As pessoas querem ver você. Tenho uma surpresa.

Todos estavam entre as gaiolas octogonais ornadas do imenso saguão, esperando a entrada de Adam. Os pintassilgos e os rouxinóis precipitavam-se e gorjeavam agitados, diante da proximidade do furacão.

Um homem que Robert não conhecia, vestido com um elegante blazer, piscou para ele. Robert tentou ao máximo piscar de volta, mas não conseguiu. O homem se apresentou como William e disse que era americano. Estava acompanhado de uma inglesa chamada Penny, que ele conhecera em uma viagem de barco a Cuba, organizada por Adam no ano anterior. Também estavam presentes Carmen, uma negra alta, cubano-americana, em um eletrizante vestido branco e amarelo, e um homem atento, de aparência pálida, chamado Vladimir. William lançou a Carmen um olhar malicioso. De repente, Robert notou uma mulher à sua esquerda aproximar-se rapidamente.

— Miau! — exclamou ela. — Você deve ser o cara que Adam falou.

— Katherine — disse ele, sorrindo. Então era ela a surpresa que Adam prometera. — Meu Deus! Quando foi a última vez que nos vimos?

Ela emanava certo toque náutico: short branco e blusa estilo marinheiro. Além disso, suas pernas estavam bem bronzeadas. Ela deu-lhe um beijo no rosto.

— Há muito tempo. Você parece cansado. Tem trabalhado muito?

Havia quase dez anos que não se viam. Desde Londres, seu casamento com Adam, a apresentação da peça *Os Manuscritos de Newton*.

— Adam me disse para esperar uma surpresa, mas...

Katherine parecia mais magra do que a imagem que ele tinha na memória. As rugas em volta dos olhos ondulavam quando ela sorria, mas, apesar de seu bronzeado e vigor, ela não parecia estar totalmente à vontade. Talvez atormentada.

— Há quanto tempo está aqui?

— Fui transferido para cá há mais ou menos um ano e meio, como chefe da agência de Londres.

— Veio com a família?

— Não, Jacqueline não veio. Resolvemos dar um tempo.

— Ah, que pena! E filhos?

— Não tivemos. E você?

— Saí do emprego. Sinto-me livre como um pássaro. Ah, veja, aqui está ele.

Adam, autoeleito xamã para os amigos, apareceu da direção dos elevadores, usando uma jaqueta branca, jeans e óculos escuros, parecendo um gigolô. Ele beijou todos que podia beijar.

O grupo procurou o bar, no andar de baixo. Todos estavam cheios de si mesmos, sobretudo quando as pessoas olhavam. E, cada um a seu modo, eles amavam Adam profundamente. Sentindo-se um perfeito idiota e louco para voltar ao trabalho, Robert começou a sussurrar no ouvido de Katherine quando eles se instalaram em uma mesa.

— Acho que somos os únicos por aqui com um emprego de verdade.

Ela sorriu, segurando seu braço, e sentou-se ao lado dele.

— Vladimir parece que foi criado em um laboratório.

Todos os participantes tinham recebido, pelo correio, um enigma e a metade de um cartão-postal em um envelope pardo. No caso de Robert, a sua metade mostrava a curva de uma pele bronzeada e um tecido, que parecia ser um seio em um biquíni. O enigma era como se segue:

Complete a foto com a outra metade, ache a criatura conhecida pela piedade. Compartilhe uma mesa, por gentileza, com uma gata nessa data. O nome e o dia são: Mercúrio, chiv ics à hum.

Restaurante Pelican. Quarta-feira, *Mercredi, Miércoles*, o dia em homenagem a Mercúrio. Chiv ics era XIV IX, 14/9. Hum era um, à 1 hora. Reserva em nome de Frederick Mercury.

Penny recebera um enigma parecido, que a levava ao mesmo restaurante de Miami Beach, à mesma hora e mesma mesa. A data do almoço permitiu que os dois juntassem seus cartões-postais rasgados que, quando unidos, de fato formavam a parte de cima de um biquíni completo, bem como o nome do Hotel Biltmore, data e hora.

Adam interpretou aquilo como uma convocação de heróis dos quatro cantos da terra, ou pelo menos um jogo de salão em que aqueles eram os papéis, para resolver um grande mistério.

Sentado à cabeceira da mesa, ele falou:

— Pedi a vocês que viessem aqui hoje porque...

Little Falls, 27 de agosto de 2004

Com suas anotações em uma das mãos e um pesa-papéis de souvenir do obelisco de Buenos Aires na outra, Robert olhava atentamente o mapa horizontal de Manhattan, agachado na borda da mesa, apertando os olhos ao longo de ruas e seu campo de visão. Ele colocou o pesa-papéis, um presente do pai de Katherine, na parte central da cidade, na Fulton com a Broadway, enquanto falava para si mesmo:

— Primeiro *waypoint*. Primeiro esconderijo. Obelisco.

Pegou uma caixa de tachinhas na escrivaninha.

— Antes disso, o apartamento de Adam.

Espetou uma tachinha amarela na Greenwich Street com a Charles

— Primeiro *waypoint* novamente. St. Paul's Chapel.

E espetou uma tachinha vermelha ao lado do obelisco, na Fulton.

— Juntando os pontos... — Ele traçou um linha entre as duas tachinhas, depois agachou-se novamente e olhou para o sudeste, ao longo da linha, com um olho fechado. Ele mudou de posição e fez o mesmo, olhando para o noroeste.

Se algo chamar sua atenção, considere-o. Fotografe-o. Envie-o. Mas ele não viu nada que merecesse ser fotografado.

Pegou o caderno e desenhou uma linha diagonal, considerando a página inteira como Manhattan.

O que mais? A cápsula de bala.

Ele tinha se envolvido em algumas brigas, embora nunca as provocasse, mas era forte e as pessoas normalmente evitavam mexer com ele. Já tinha enfrentado alguns valentões para proteger crianças indefesas nos tempos de escola. Levar um soco na cara não o incomodava muito, mas dessa vez tinha sido diferente. Primeiro, por causa da faca. E em segundo lugar, por causa do rosto, que não dava para ver. Aquela luz amarela repulsiva, onde deveria haver um rosto, pulsando no seu núcleo, olhar fixo, hipnótico. Ele sabia que era a morte, espreitando através do tempo, do quarto em chamas em Cambridge ao metrô de Nova York. O incêndio no quarto de Adam acendera de novo, e ele não podia apagá-lo. Por que ele o perseguia? Como ele poderia lutar contra aquilo?

Ele se concentrou na cápsula. Um anúncio na contracapa de uma das revistas empilhadas ao lado da escrivaninha chamou sua atenção. Era um ponto vermelho, dentro de um círculo vermelho, um anúncio da loja Target, que significa "alvo". Ele arrancou a página e prendeu o logotipo no mapa, ao lado do obelisco. Agora ele tinha uma cápsula e um alvo.

Robert disse a si mesmo:

— Será que Adam é o alvo? Ou será que sou eu? Quem está atirando?

Ele apanhou a Caixa da Maldade; a chave mestra, como a chamavam.

— Vamos dar outra olhada em você também, sua caixa maldita.

Foi até o quintal, para observá-la à luz do dia. A caixa resistiu a suas torções e seus apertos iniciais.

— Vamos lá, ajude-me, Hale, vou quebrar o teu pescoço quando te encontrar.

Ele tentou pressionar levemente as várias formas geométricas traçadas nas laterais. Nada. A coisa irradiava um bronze-avermelhado translúcido na palma da sua mão. Os anéis concêntricos em relevo, no topo, pareciam mudar de convexo para côncavo e vice-versa. Depois, pareciam transformar-se em uma lenta espiral. Robert olhava fixamente para a caixa, sentindo-se perdido. Era como um pequeno buraco negro. Então, sacudiu a cabeça para clarear as ideias, pegou o Quad no bolso e tirou uma foto do objeto, na palma da mão.

Depois, ele o colocou, juntamente com a cápsula, no cofre no andar de cima, e se preparou para ir até Manhattan.

14 de agosto de 2003: Dia do Blecaute

Adam acordou e se viu na escuridão, de frente para o olho, que tinha uma beleza irresistível. Não sentia o próprio corpo.

— Você frustrou nossos planos — disse o olho. — Ou, no mínimo, impediu nosso representante, a nossa criatura. Mas há um preço a pagar. Agora penetramos no seu ser. Ficamos entrelaçados, através dele, no seu DNA. E entramos no seu sêmen.

Adam se lembrou do Ma'rifat' queimado e destruído, no chão, perto de seus pés. Mas aquela reunião estava se realizando em outro lugar, em algum canto profundo de sua consciência.

Uma imagem não solicitada penetrou em sua mente: elos de luz giravam em espiral, da dupla hélice do DNA de um para a do outro — dele para Terri, de Terri para Katherine e de Katherine para Robert —, todos estavam ligados como se fossem um só. Ele sentiu uma presença estranha dentro de si, algo que deveria refrear, um contaminador de ódio e destruição.

E viu outra imagem, dessa vez era Terri. Viu o corpo dela como se usasse um raio X vivo. Viu um embrião.

— Ela está grávida?

— Estava. Ela ainda pode engravidar de novo, mas estamos entrelaçados, agora. O homem que você matou, essa mulher. Você a nós. Interrompemos essa gravidez antes mesmo de seu início. Nós a transformamos em algo diferente e a congelamos no tempo. Até você obedecer a nossa ordem.

— Quem são vocês?

— Somos o Iwnw.

— O que é isso?

— Lutamos contra a sua espécie há muitos anos, embora sejamos a mesma coisa, sob vários aspectos. Vivemos da mesma forma no seu mundo e no outro. Alcançamos vocês através do criador do Ma'rifat'.

— Ele está morto.

— Ele vive em você agora. Está unido a você. Ele é o que chamamos de Minotauro, preso entre mundos, tomado por destruição e medo; uma criatura poderosa, que ficou enfraquecida. Ele será a nossa porta de acesso até você. Não aceitaremos recusa. Cumpra nossas ordens no momento da nossa escolha e podemos reverter o que foi feito. Caso contrário, a divisão celular continuará, em uma forma de vida eterna.

— Vida eterna? — perguntou Adam desesperado. — Como assim?

— Há uma forma de imortalidade física, disponível a qualquer um. É causada por uma enzima chamada telomerase que impede que células morram, quando elas estão esgotadas. Ela permite que as células se dividam, para sempre. E há algumas condições nas quais o feto não cresce, mas a placenta sim, de uma forma anormal, de um modo propiciado por essa enzima. Ela pode espalhar-se rapidamente para o resto do corpo. Você sabe o que é?

— Diga-me.

— Câncer. Alteramos a estrutura da célula para termos a certeza de que isso é o que acontecerá, se a descongelarmos. E faremos com que seja do tipo mais agressivo, se você se recusar a nos ajudar, quando nós o convocarmos.

Miami, setembro de 1998

— ... Preciso da sua ajuda. Houve um assassinato, bem estranho. Seus dons extraordinários são necessários.

Os hóspedes de Adam trocaram olhares curiosos.

— O furacão que se aproxima levou a uma mudança de planos... exceto para o assassino e para nós. Estamos todos confinados aqui, neste magnífico alojamento, pelas próximas 24 a 36 horas. Ninguém pode sair. Estamos presos. *Como também está a pessoa que cada um de nós procura. Ela está entre nós.*

Ele tirou algumas pastas verdes de uma maleta que estava aos seus pés e as distribuiu entre as pessoas que estavam ao redor da mesa.

— Aqui, entre outros materiais, está uma fotografia da pessoa que vocês procuram.

Robert abriu a pasta e riu. Olhou em volta da mesa e viu que todo mundo tinha a mesma fotografia.

Era um traçado de giz, igual ao que a polícia desenha em volta do corpo, em filmes *noir;* um traçado branco em uma superfície preta, sem corpo.

— Era alguém que todos amamos muito. A vítima lutou ao máximo, até o fim. Foi uma luta brutal. A caça ao assassino vai se realizar dentro deste hotel maravilhoso. Do lado de fora não há nada. Somente a tempestade. Eu tinha planejado uns passeios para este evento que terão de ser cancelados. Mas podemos fazer tudo aqui, perfeitamente bem — disse ele com um sorriso triste. — Se sobrevivermos... Agora, por favor, leiam o resto do material e comecem. Ah, e uma última coisa. A identidade da pessoa está em um envelope lacrado. Cada um de vocês tem um. De maneira alguma vocês podem abrir o envelope, até estarem prontos para confrontá-lo... ou confrontá-la.

O celular de Robert tocou. Era o seu assistente.

— O prefeito irá falar novamente, chefe.

— Estou a caminho.

Ele apanhou a pasta e com alguns gestos despediu-se de Adam. Para Katherine, ele anotou o número de seu quarto no cartão de visita e o colocou na pasta dela.

Robert voltou ao saguão. Os pássaros gritavam e batiam nas barras das gaiolas. Antes de voltar ao escritório temporário, ele foi até os degraus da frente do hotel e olhou para o céu. Estava verde e arroxeado. E começava a se agitar.

Katherine foi ao quarto de Robert, pouco antes da meia-noite, quando a borda do Georges castigou o hotel com uma chuva torrencial. Ele estava ao telefone com o seu editor de notícias, fechando planos para a cobertura das próximas 24 horas e fez um gesto para ela sentar. Ela ficou remexendo sua pasta, até ele desligar o telefone.

— Você parece exausto.

— Tenho seis horas de intervalo. Recomeço amanhã de manhã, no lugar de Mike.

— O furacão chegará aqui?

— Eles normalmente vêm direto para Miami e desviam, no último minuto. Esse não desviou, ainda. — Ele esfregou os olhos. — Se ele vier, nós saberemos. Esse negócio é do tamanho do Texas. Possui energia suficiente para iluminar Manhattan por uma década. Se eu disser para entrar na banheira e cobrir a cabeça, obedeça.

— Isso vai me proteger?

— Não, mas vai me fazer rir um bocado. Está cheia de água neste momento, para o caso de sermos atingidos.

Ela sorriu.

Robert levantou-se e observou atentamente o conteúdo do frigobar.

— Quer alguma coisa?

— Um Jack Daniel's puro. Obrigada.

Ele abriu uma pequena garrafa de vinho para si.

— Então... o que Adam colocou todos vocês para fazer?

— Encontrar pistas. Foi divertido. Apenas comparamos anotações durante o jantar. Tem gente por todo lado.

— Em equipes de dois?
— Não, é cada um por si, mas há colaboração.
— Acho que não posso participar.
— Há pistas em quase todos os andares, desde o porão. Quer ouvir uma?
— Agora não. Meu cérebro está destruído.
— Quer que eu vá embora?
— De forma alguma. Fale-me de você, tudo sobre você. Dizem que você se tornou uma espiã.
— É por causa do trabalho no Ministério das Relações Exteriores.
— Em que local?
— Em todos os lugares. Paris, um tempo, Londres. Períodos curtos em qualquer outro lugar.

Sob a calma aparente, ela estava tensa.

— E você abandonou o emprego.
— Há coisas sobre as quais não posso falar.
— Entendo. Mas você abandonou.
— Executei diversos serviços no tratado da não proliferação de armas nucleares, todos de má qualidade — disse ela com um som de escárnio e uma expressão de repugnância. E ficou olhando para fora da janela, por um longo tempo.
— Por que você veio?
— Não planejei. Foi uma decisão de última hora. Achava que Adam e eu já tínhamos nos visto o suficiente para esta vida.
— A carta era de Havana?

Adam tinha escrito a vários amigos no início do ano, depois da visita do papa a Cuba, anunciando, entre outras coisas, a morte de sua mãe, sua pequena herança e a sua aposentadoria como correspondente estrangeiro. Ele escreveu que se dedicaria puramente ao que denominou de Truque da Corda: a busca da sabedoria e uma boa gargalhada, embora não necessariamente nessa ordem.

— Pensei que ele tinha ficado maluco.
— Eu também. Mas é bom vê-lo feliz.
— Então isso é parte do Truque da Corda?
— Ele disse que era um modo de compartilhar o Truque da Corda com amigos. Disse que era algo exploratório.
— Então, por que você veio?
— Passagem aérea gratuita. Mudança de cenário. Adam disse que você estaria aqui e eu queria dizer a ele que finalmente entendi.

— Entendeu o quê?

— O que significa perder alguém. Arrancarem-na de você. Perder alguém para a violência, como ele perdeu Isabela.

— O que aconteceu?

Ela se levantou e foi até janela. Estava tensa.

— Não pude prosseguir, é isso.

— O seu trabalho?

— Acabei me envolvendo. Você nunca deve se envolver. Não com pessoas, apenas com a causa. E, às vezes, você nem se dá conta de que não está nem mesmo servindo a uma causa, você está servindo somente ao país.

— Aconteceu algo específico? Um determinado incidente? Você disse que perdeu alguém.

— Ai, meu Deus! Eu disse isso?

— O que aconteceu?

— Falta de habilidade. Perder alguém. Pôr uma vida em risco. Epa. Inútil.

— Você se sente culpada.

Ela tentava conter as lágrimas.

— Podemos falar sobre outra coisa? Fale a respeito de Jacqueline. Ou do seu trabalho.

Nova York, 27 de agosto de 2004

Robert estava na Broadway, na frente da St. Paul's Chapel, às 14 horas, olhando para o obelisco através das grades. O Quad mostrava quatro satélites capturados, precisão de 9 metros, pronto para navegar.

Ele tocou.

— Robert. *Waypoint* 064.

— Boa tarde para você também.

— Oi. Você pode pegar o metrô para a Canal Street.

O Quad mostrou o novo *waypoint*, um local no SoHo, pouco mais de 1,6 km ao norte e ligeiramente a oeste. Mais uma vez, ele andava sobre estrelas na calçada.

Robert atravessou a Broadway perto do relógio da Vesey Street e foi para o norte, em direção à City Hall. Na esquina da Barclay uma cabine verde octogonal oferecia mapas gratuitos de Nova York. Incapaz de resistir, ele pegou um.

O sinal sumiu. Tentando reconectar, ele entrou no City Hall Park e viu placas de granito polido na calçada, mostrando cenas da área como era antigamente. O granito era tão liso que ele podia ver seu reflexo, como se fitasse através do chão, diretamente no passado.

Uma imagem do quarto em chamas voltou à sua mente: o passado nunca estivera tão próximo. Ele voltou para a Broadway Street. O sinal do GPS foi recuperado quando ele passou pelas linhas R e W do metrô, na área da City Hall à sua direita, fechada para o público por motivo de segurança.

O Quad agora mostrava: 1,45 km.

Um detalhe nas grades da entrada da estação chamou sua atenção. Era uma figura de metal esverdeado, em forma de peixe. Ele tirou uma foto da estátua.

— Vou contar-lhe uma história enquanto caminha — disse Terri. — Espero que goste.

— Eu direi se gostei ou não.

— Você assistiu à leitura de *Salomé*, de Oscar Wilde, no Barrymore, com Al Pacino, no ano passado? Marisa Tomei também participou.

— Infelizmente, não.

— Ela fez uma Dança dos Sete Véus, bem no estilo oriental. A bunda dela brilhava e chacoalhava durante a dança. Na noite em que eu a assisti, ela arrancou o top, expondo os seios. Foi muito erótico, mas ela não repetiu esse gesto todas as noites.

— Gostaria de ter visto.

— A Dança dos Sete Véus não está na Bíblia, embora a cena onde João Batista perde a cabeça esteja, claro... nem todo mundo percebe isso.

— Não tinha pensado nisso, mas, é verdade, acho que você tem razão.

— Não havia Dança dos Sete Véus, como a conhecemos agora, até Wilde escrever a peça, no século XIX... em francês, claro... mas essa história é de onde ela vem. Está em uma tábua de argila, muito, muito antiga. A história de Ishtar.

— O filme não mostra isso muito bem.

— Cale a boca e escute. É o arquivo MP3 que eu enviei, ontem à noite. Abra quando descer os degraus. É sobre o que está acontecendo com você. Quando chegar à Canal Street, pegue a saída da esquerda e atravesse a Broadway para o oeste.

Depois disso ela desligou.

Robert encontrou o ícone na tela do Quad e clicou, quando passou pela placa de metal verde.

A estação era um cubículo oblongo utilitário em marrom e amarelo, salpicado por mosaicos sujos, azul-escuros, da City Hall, distante dos trilhos.

A voz dela estava mais próxima, mais íntima, na gravação. Ela usara um bom microfone.

— Oi, Robert. Você vai gostar disso. Ishtar, deusa do amor, a filha da lua, escolheu um amante. Ela tomou Tammuz, o pastor, para marido, e agora ele tornou-se o deus da fertilidade. A vida na terra floresce, mas Ishtar tem uma irmã que governa a terra dos mortos, e ela captura e prende Tammuz.

O trem da linha R chegou. Ele entrou e achou um lugar para sentar.

— Ishtar vai ao reino da irmã, a terra sem regresso, a casa das sombras, o lugar das trevas, para libertá-lo. Não há caminho de volta nessa estrada, nenhuma saída dessa casa, onde o barro e o pó são os únicos alimentos. Os mortos parecem pássaros nessa narração. Ishtar insiste em entrar. Sua irmã, Ereshkigal, talvez por alegria, ou por medo, ordena que ela seja admitida.

Robert fechou os olhos e deixou a mente viajar na história. Entrar na terra dos mortos... para resgatar uma alma perdida... é o que eles estavam fazendo. Resgatando Adam...

— O porteiro dá as boas-vindas a Ishtar à terra dos mortos e abre o primeiro portão. Ela não está usando vestido algum, tem apenas alguns itens de adorno pessoal. Ele tira a coroa da cabeça dela. Ela pergunta: "Por que tirou minha coroa?" E o porteiro responde: "Entre, minha senhora. Estes são os decretos da minha rainha."

"No segundo portão, ele a obriga a tirar os brincos.

"No terceiro portão, ele a obriga a tirar o colar.

"No quarto portão, ele a obriga a tirar os ornamentos do peito, feitos de metais preciosos.

"No quinto portão, ele a obriga a tirar o cinturão, incrustado de amuletos da sorte.

"No sexto portão, ele a obriga a tirar os braceletes do pulso e do tornozelo.

"No sétimo portão, ele a obriga a tirar a roupa de baixo."

Robert sorriu, mantendo a imagem erótica a uma distância. Estaria Terri se despindo para ele? Ela havia narrado a história de forma inexpressiva, mas com uma leve insinuação de malícia na voz. Será que agora ele iria se deixar seduzir? Nunca fora um namorador. Simplesmente, não era desse tipo. Com certeza, resistiria. Tinha que fazer isso. Assim deveria ser a prova.

— Portanto, Ishtar está nua quando se encontra frente a frente com a rainha dos mortos. Ishtar imediatamente ataca a irmã. Os sete juízes do inferno dirigem os olhos da morte a Ishtar. Ereshkigal lança sobre ela um bando de moléstias, como uma matilha de cães de caça. Ishtar morre e seu corpo é suspenso sobre uma estaca. A terra torna-se estéril. A fertilidade morre. Homem e mulher dormem separados. O touro não monta mais a vaca e as árvores e as plantas deixam de dar sinais de vida.

Robert estava admirado. Carga erótica afastada, sem problema.

— Mas Ishtar tinha avisado que se não voltasse da terra dos mortos depois de três dias ela deveria ser resgatada. O mensageiro dos deuses, vendo esterilidade em toda a volta, fala com o sol e a lua e suplica ao deus da sabedoria para restaurar a fertilidade. O deus da sabedoria forma um ser de luz radiante para resgatar Ishtar. O nome dele é Asushu-namir, que significa "face da luz". As portas do submundo se abrem a Asushu-namir, que é levado ao encontro da rainha dos mortos.

"Um Unicórnio", pensou Robert. Como o Homem de Luz Serpeado. O que ele deve se tornar.

— O brilho desse ser extraordinário é tão grande que quando Asushu-namir pergunta à rainha do submundo pela água da vida ela xinga e cospe, mas finalmente não pode recusar, e ordena que Ishtar seja borrifada com a água da vida e retirada da sua frente. Ishtar, então, é ressuscitada.

"No primeiro portão, a sua roupa de baixo lhe é devolvida.

"No segundo portão, ela recoloca os braceletes.

"No terceiro portão, ela recoloca o cinturão, salpicado com amuletos.

"No quarto portão, ela recoloca os enfeites do peito.

"No quinto portão, ela recoloca o colar.

"No sexto portão, ela recoloca os brincos.

"No sétimo portão, ela recoloca a coroa.

"Tammuz, seu marido, aparece a seu lado, de volta para ela. A vegetação estimula a terra. A fertilidade retorna, e a terra vive."

A história terminou quando o trem parou na estação da Canal Street. A viagem durou aproximadamente dois minutos. Ele saltou, mas as imagens ainda ecoavam em sua mente.

A saída era no meio da plataforma, por um sinal em que lia: ÁREA DE ESPERA, em chinês e em inglês. Robert subiu a escada à esquerda e atravessou a Broadway, na esquina noroeste do cruzamento, conforme fora instruído. Em frente via-se o prédio bege-claro do National City Bank de Nova York, construído no estilo de revival egípcio, em 1927, onde agora havia uma loja de sapatos. O sinal do GPS voltou com uma precisão de 12 metros, e ele foi para oeste. O Quad mandou que ele virasse à direita. O *waypoint* estava a menos de 800 metros de distância.

Ele passou por lojas de bolsas, cintos, perfumes e roupas falsificados, uma casa de massagem, uma loja de equipamento de música e eletrônicos, com enormes caixas de som na rua, uma casa de ferragens fechada, uma loja de plástico industrial coberta de grafite amarelo e chegou à esquina da Mercer Street.

Quando virou à direita, imediatamente sentiu cheiro de urina na primeira quadra, decadente e pintada de spray. Ao se aproximar da esquina da Grand Street viu, diante de si, o Cast-Iron District e os antigos e elegantes armazéns do SoHo, com suas galerias e lojas de roupa de grife, lofts residenciais e restaurantes modernos.

O Quad tocou. Era Terri.

— Quando chegar na Mercer, apenas vá em frente até recuperar o sinal, e preste atenção. Você verá uma parada ou duas ao longo do caminho...

— E aquela história?

— Então, gostou? Ela contém a agenda de hoje, um pouco, pelo menos.

— E o ser de luz? Sou eu?

— É tudo você, Robert, de certo modo. Estamos desnudando a sua identidade, pedaço por pedaço. Então, se tudo correr bem, você se veste novamente, mas de uma forma diferente. Em luz. Imagine que eu estou tirando a minha coroa agora. Consegue fazer isso? E pare na Eve's Delight.

O local era bem ao norte da Grand Street, uma fachada de loja que dava para um vestíbulo, praticamente vazio, com as mercadorias discretamente dispostas nos fundos. Eram 14h30. A loja era uma *sex shop* sofisticada administrada por mulheres. Não era exatamente o tipo de lugar que ele costumava frequentar, embora tivesse explorado alguns com Kat, por curiosidade, no início do relacionamento.

Robert parou e olhou para cima antes de entrar. Ao sul, a torre gótica do Woolworth Building ficava perfeitamente enquadrada contra o céu azul profundo. Ao norte, enquadrada igualmente, via-se o pináculo metálico do Chrysler Building. Os sete arcos parabólicos brilhavam à luz do sol.

— Entre, Robert. Há algo esperando por você.

— Este não é o *waypoint*. Há um esconderijo aqui?

— Não, o esconderijo vem depois. Isto é apenas um presente, para ajudar nas atividades de hoje. Informe-se no balcão.

Ele entrou, sentindo-se encabulado. Uma mulher simpática, com o cabelo colorido e um piercing no nariz, cumprimentou-o.

— Meu nome é Robert. Acho que há uma encomenda para mim.

Ela abriu um sorriso descontraído e cordial.

— Oi, Robert. Como vai? Deixe-me verificar.

Ela olhou sob o balcão.

— É o seu dia de sorte. Sua esposa deixou isto para você.

Ela pegou uma bolsa plástica preta e alaranjada, com o nome dele preso em um cartão.

— Ela fez isso?

— Você gostaria que eu abrisse? Ela me pediu apenas para explicar algumas coisas.

— Hum... claro.

A voz da mulher assumiu um tom controlado e sério, enquanto retirava os itens da bolsa.

— Você pode abrir o anel peniano, antes de usá-lo pela primeira vez, e lubrificá-lo um pouco... ele deve ser colocado antes de você ficar totalmente ereto. Vem com um gráfico explicativo.

— Uau!

— Se não estiver muito acostumado, a coisa mais importante a fazer é tirá-lo, no caso de sentir dor ou desconforto, por exemplo. E não deve ser mantido por muito tempo, depois da relação... tem um lubrificante... a venda para os olhos, que dispensa explicações, ... e aaaah, adoro *pin-wheels*. Eles não furam a pele, mas eles podem ser bem intensos, você deve começar lentamente... Acho que isso é tudo.

Robert estava mudo, totalmente envergonhado. Ele não poderia usar aquelas coisas com Terri, nem sabia como fazê-lo. Entretanto, ela esquadrinhara sua alma: no fundo, ele gostava de ser provocado.

— Está tudo bem, senhor?

— Minha esposa anda... ocupada.

Ela sorriu.

— Vai querer algo mais? Não precisa ter pressa, se quiser dar uma olhada, fique à vontade.

— Não, isto é... quanto custa tudo?

— Já está pago, senhor.

Ele saiu da loja.

— Acabo de tirar meus brincos, Robert. Vamos caminhar.

— Foi...

— Sim?

— Quer dizer, não estou completamente desacostumado...

— Não.

— Mas nunca tinha...

— Relaxe, Robert. Você e eu temos que conversar. Se precisar de ajuda, posso jurar que tudo isso faz parte do Caminho.

Ele passou pela Pearl River, à sua direita, a gigantesca loja de produtos chineses que se estende até a Broadway e alguns terrenos baldios, pichados de grafite, e atravessou a Broome.

— Conte as flores de lótus, Robert.

— Como é que é?

— Aprenda a olhar e você verá.

Ele parou à frente de uma loja de produtos infantis chamada Floresta Encantada e olhou ao redor.

— Não vejo nada.

— Aprenda a olhar e verá.

Do outro lado da rua havia um desenho nas colunas enegrecidas de ferro, de um antigo armazém. Ele atravessou para olhar mais de perto. Era uma flor, como um lótus, repetida em várias colunas: uma flor de ferro enegrecido. Ele as contou.

— Há 11, Terri.

— Olhe de outra forma.

— Outra forma? Como?

— Você verá. Olhe com atenção. Pense de outra forma.

— É o que estou fazendo.

— Faça-o de forma mais aprimorada.

O que ela estava pretendendo? Pensar de outra forma? Onze, 11 e II. I e I.

— Descobri. Algarismos romanos, I e I.

— Então, qual é a resposta?

— Dois.

— Muito bem. Lembre-se disso. Isso se ajusta à sequência. Faz parte da próxima senha. O que Ishtar tirou depois?

— Depois dos brincos? O colar, se não me engano.

Ele passou por um grande depósito de mercadorias indianas e depois por uma loja de roupa "moderninha".

— Lá se vai o meu.

Ele estava na esquina da Mercer com a Spring.

— Tudo isso aqui era bordel, no século XIX — disse Terri. — Continue andando. O que ela tirou no quarto portão?

Ele podia sentir a água subterrânea. Correntes de água, grama e vegetação, há muito tempo.

Uma placa chamou sua atenção, e ele a fotografou com o Quad: PERIGO, CALÇADA OCA. De fato. Ele não confiava mais em nada, nem no chão sob seus pés.

— Umm... enfeites do busto.

— Lá vai meu sutiã... Você leu *Neuromancer*, Robert?

— De William Gibson, certo? Não.

— A parte onde o herói, Case, é plugado através do computador às sensações da garota samurai urbana, portanto, ele pode segui-la e ver o que ela vê... eles chamam isso de transmissor de sensações humanas.

— Não li o livro.

— Ela passa o dedo em volta do mamilo, para ele experimentar a sensação... Adoro esse trecho. É tão sensual!

Robert quis dizer que era casado, mas as palavras não saíram. Ela sabia disso, afinal. E apenas de certa forma, apenas por algumas horas, ele percebeu que não queria ser casado. Robert já não se reconhecia mais.

Ele passou por uma loja de antiguidades e pequeno objetos de decoração, depois por uma loja de lingerie, com manequins em poses provocantes. Ele desviou o olhar, tentando manter-se calmo. Chegou à esquina da Prince Street, do lado de fora do bar Fanelli's. O sinal do GPS retornou: precisão de 19 metros, e "Aproximando-se do destino" piscou na tela do Quad.

— Estou no *waypoint* — disse ele. Eram quase 15 horas.

— Bom trabalho. Aqui também era um bordel. E uma taberna. Há um cômodo, no andar de baixo, depois de uma entrada secreta através de um quartinho, no bar. Agora, você precisará de uma pista.

— Estou pronto.

— Primeiramente, qual foi a quinta coisa que ela tirou?

— O cinturão de pedras preciosas. Não sabia que isso já existia naquela época.

— Pense em um cinto tachonado, talvez corrente para cintura, cinta-liga, esse tipo de coisa. Lá vai o meu.

— O que há no final, Terri?

— Eu, Robert. E você. Pronto para a pista?

— Estou.

— Quando vi o local do *waypoint*, não pude resistir. Tive algum tempo para preparar esta pista. Eu mesma a fiz. É melhor do que aquela que o Vigia me enviou.

> *"Em uma sala acortinada, em uma parte escondida*
> *Busque a rosa santa, encontre a flor sagrada*
> *Ela está exposta e pronta para ser usada*
> *E ninguém pode resistir, depois de beijá-la*
> *Para a filha da lua resgatar*
> *Precisa a Prova da Água passar."*

Robert anotou tudo.

— Sou a criatura dos seus sonhos, Robert. Venha encontrar-me. Lá se vão minhas tornozeleiras e meus braceletes.

Ele começou o caminho de volta, em direção a Eve's Delight, sentindo-se confuso. Era muito distante do *waypoint*. O que ela quis dizer? A sala secreta no Fanelli's?

Mal começara a andar quando parou novamente. *Está exposta.*

— Está esquentando.

A vitrine da loja de lingerie.

Sala acortinada...

Ele olhou para o manequim à esquerda. Cabelos pretos, longos, usando apenas calcinha preta e meia-calça, luvas pretas...

— Está ficando mais quente.

— Você está lá dentro.

— Acertou! Entre e pergunte por sua esposa. Mas dê uma boa olhada no manequim na vitrine, o que está de pé, à esquerda. Isso é o que estou usando.

— Terri...

— Por favor. Faça isso agora.

Ele entrou na loja. A decoração era prateada e cor-de-rosa. Uma moça de uns 20 anos, usando um uniforme cor-de-rosa justo e decotado, veio cumprimentá-lo. Duas outras moças, vestidas de forma idêntica, divertiam-se com os produtos, nos fundos da loja. Ele era o único homem ali.

— Estou procurando por minha esposa. Meu nome é...

— Robert? Oi, como vai? Sou Gemma. Ela está esperando você.

Passaram por várias prateleiras de roupas, até chegarem a um espaço espelhado, nos fundos da loja, onde a moça apontou para um sofá redondo, vermelho. Havia diversas cabines junto à parede, todas fechadas por cortinas prateadas.

— Por favor, sente-se, vou avisá-la que está aqui.

Ela enfiou a cabeça na segunda cortina à esquerda e falou, em voz baixa. Robert ouviu risadinhas.

Gemma olhou para ele e fez um sinal para que ele se aproximasse.

— Ela quer que você veja isso — disse ela, sussurrando.

Robert aproximou-se da cortina. Gemma apertou o braço dele e foi embora. Ele espreitou através da cortina.

E lá estava Terri.

— Oi.

— Oi.

Ela usava um vestido curto, de seda, prateado, e óculos escuros prateados. Seu cabelo era preto e curto. Era baixinha e sorria para ele.

Ela deixou o vestido cair. Estava usando apenas uma calcinha fio-dental preta, meias e luvas pretas. Como o manequim.

O sangue sumiu do cérebro dele.

— Finalmente nos encontramos, Robert. Dê-me sua mão esquerda.

Ele obedeceu.

Ela a fechou, separando apenas o dedo indicador. Levando-o aos lábios, soprou-o delicadamente, com um sorriso malicioso.

— Robert... não diga nada...

Ela abriu a boca e com a ponta da língua lambeu o dedo de Robert. Então, parou, olhou para ele, sorriu, e lambeu delicadamente mais uma vez. Ele tentou puxar a mão.

— Isso é proibido, não é? — perguntou ela. — Por isso é tão... gostoso. Não diga nada.

Ele desistiu de lutar.

Ela abriu a boca e enfiou apenas a ponta do dedo dele no interior. Sua respiração queimava, mas ela manteve a boca aberta. Depois, retirou o dedo e lambeu, delicadamente, todo o seu comprimento, com a ponta da língua.

— Você... e eu... temos assuntos sérios... para discutir.

Ela fez um círculo com os lábios, fechando-o em volta da primeira junta do dedo. Um arrepio alastrou-se por todo o corpo de Robert. Ele se inclinou para dentro da cabine. Ela colocou a mão esquerda no peito dele e perguntou:

— Está feliz em me ver?

Depois, começou a sugar o dedo dele, de forma rítmica e lenta e cada vez mais profunda.

— Pare — pediu ele.

Ela reduziu a intensidade, parou, manteve a ponta do dedo nos lábios e puxou lentamente, deixando um fio de saliva. Ela o esticou até que ele se rompesse.

— Não posso resistir a isso — sussurrou Robert. — Não vou conseguir.

— Bobinho... você não tem que resistir. Agora me ajude a comprar um espartilho.

Ela empurrou o peito dele para fora da cabine.

— Afaste-se, estou saindo.

Ele voltou para o sofá, tentando esconder sua ereção. Estava tonto, confuso. Terri saiu da cabine encortinada, vestida com um roupão de seda, e chamou Gemma.

— Gostaria de experimentar um espartilho. Você pode sugerir algo?

Ela andava de um modo que indicava vulnerabilidade e autocontrole ao mesmo tempo. Gemma trouxe um modelo preto delicado e outro, cor-de-rosa, mais resistente, com cadarço preto. Terri segurou ambos, mostrando-os para Robert, por cima da roupa.

— Qual deles você prefere, querido?

— O cor-de-rosa.

— Você pode me ajudar a vesti-lo, Gemma?

Terri voltou para a cabine com o espartilho e fechou a cortina.

— Esse vai ficar bem — disse Gemma. — Ela tem um belo pescoço e lindos ombros.

Robert sorriu e concordou.

— Então hoje é o aniversário de casamento de vocês? Parabéns! Quantos anos?

Ele tossiu.

— Um ano?

Terri saiu da cabine e Gemma aproximou-se para fechar os cadarços.

— Mais apertado — pediu Terri. — Fica tão sensual quando está bem apertado.

— Você está maravilhosa — disse Robert.

— Compre-o para mim. Vou com ele no corpo.

Ao saírem da loja, ela tomou o seu braço. Estava usando uma elegante jaqueta preta e uma saia, na altura dos joelhos, por cima do espartilho e da meia-calça.

— Não iremos longe. Fique por perto.

Passaram pelo Fanelli's e atravessaram a Prince Street. Logo depois, sob um grande relógio de ferro, Terri o conduziu por uma porta preta, sem número, em um edifício de tijolo vermelho, sem nome.

O local era um salão, semelhante a uma biblioteca moderna. À direita, livros cobriam uma parede inteira, e por toda a volta viam-se pessoas sentadas em mesinhas, usando laptops ou conversando. Uma parede revestida de cal deixou Robert intrigado. Terri passou direto pela recepção, onde a moça sorriu e acenou para ela, e foi direto até os elevadores.

Nova York, 27 de agosto de 2004

Quando Horace assumiu o papel do Vigia, mergulhando profundamente em um estado meditativo, assumiu uma frieza imparcial. Por mais leal que fosse às suas responsabilidades, ele não podia mais ser amigo dos outros. Como Vigia, tinha que estar pronto para tomar decisões imparciais e estar preparado até a sacrificar um deles, caso fosse necessário. Ele esperava que nunca precisasse chegar a esse ponto. Com os detalhes do plano em mente, ele os examinou. Não podia falhar. Ele rezava com fervor para que isso não acontecesse, embora houvesse grandes riscos em cada etapa.

Ele observou os jogadores em movimento, cada um perseguindo o seu respectivo fragmento do quebra-cabeça e atuando conforme as instruções recebidas, de acordo com a necessidade.

O tempo estava se esgotando, mas todos estavam dentro do cronograma.

As sete chaves menores haviam sido distribuídas ao longo de Manhattan, em uma sequência específica. O criador do Dispositivo as tinha distribuído em forma de antena, conforme o Vigia percebia agora, para aumentar seu poder de destruição.

Adam capturara o PDA do idealizador do Dispositivo, no Dia do Blecaute, mas o Vigia não lhe confiara a informação contida no aparelho. Desde o dia do Blecaute ficou claro que as almas tinham sido unidas; os entrelaçamentos haviam sido criados. Naquele dia, a semente da corrosão de Adam havia se instalado. O Vigia transmitira a Katherine o conteúdo do PDA, sob absoluto segredo, estimulando-a a decifrar os arquivos e extrair dados importantes dos ruídos. Levou um ano, mas ela conseguiu decifrá-los. Os mistérios permaneceram, mas ela conseguira obter os *waypoints* úteis, mesmo sem entender seus significados completamente.

Logo que ela os acessou, uns dias antes, o PDA acendeu e disparou um sinal. O criador do Ma'rifat' tinha claramente sabotado o PDA para enviar aqueles sinais caso os *waypoints* fossem decodificados.

Imediatamente, Kat contou o que descobrira ao Vigia e ele concluiu que um segundo Dispositivo havia sido armado. O tempo estava passando.

O Vigia tinha visto o traçado dos *waypoints*, a imagem completa, e era capaz de manter o controle do jogo e distribuir as tarefas entre os participantes: Adam, Katherine, Terri, em parte, sem o conhecimento de Adam, e Robert. Cada um teria de experimentar perda e dor, a fim de desempenhar seu papel. Sem um equilíbrio delicado, tudo estaria perdido.

Quando Kat decifrou os códigos do PDA, Adam imediatamente recebeu uma intimação para participar de uma reunião com o Iwnw. Durante um ano Adam resistira a eles, e eles não o tinham pressionado demais, misteriosamente esperando pelo momento que agora, com certeza, havia chegado. Ele não podia recusar mais. Foi então, logo que o convite chegou, que Horace decidiu a forma que as provas de Robert teriam.

A segunda prova seria sexo. Robert seria levado a uma situação na qual ficaria sujeito às forças poderosas e destrutivas que habitavam o desejo sexual. Estas eram as energias da água — superadas apenas em instinto às da terra. Para passar na prova ele teria que explorar essas forças e envolvê-las totalmente no seu progresso ao longo do Caminho, sem desperdiçá-las nem enfraquecê-las. Como muitas pessoas, ele fora tolhido da força plena dessas energias.

O Vigia viu as modificações necessárias que aconteceriam no relacionamento de Robert e Katherine, e no relacionamento de Terri e Adam.

Todos devem sofrer, disse ele a si mesmo. Infelizmente, todos devem sofrer.

Robert seria forçado a escolher entre ser fiel a si ou ser fiel a um voto sagrado. Eles o destruiriam, começando pelo seu casamento.

Ele recuperaria uma segunda chave, na forma de um círculo, que era parte de outra chave. E começaria a reagrupar um corpo, o seu novo corpo de luz.

Adam pedira para encontrar Robert em alguns pontos, ao longo do Caminho. Porém o Vigia sentia-se inseguro em compartilhar os *waypoints* com

Adam, receoso de confiar totalmente nele, uma vez que tudo tinha começado. Adam afirmara que isso ajudaria a ambos, porque, à medida que Robert se tornasse mais forte, essa força ajudaria a reduzir a corrosão de Adam e ajudaria Robert a enfatizar seus dons, confrontando Adam em pontos-chave. Ele sugerira a primeira e a terceira prova, talvez a quinta, mas o Vigia as tinha recusado, dizendo que apenas ele controlaria o progresso de Robert. Se Robert precisasse confrontar Adam, ele enviaria as coordenadas a Adam no devido tempo.

O Vigia reviu as cinco provas restantes, uma por uma. À medida que Robert subia os degraus das diferentes etapas do Caminho, cada energia que ele explorava ficaria menos bruta e mais organizada; mais perfeita e mais suscetível a uma direção planejada. E cada uma se tornaria mais letal. Sem os poderes combinados da terra e da água, ele seria morto pelas próprias energias mais elevadas, ou mesmo pela Irmandade do Iwnw, antes que pudesse ir mais longe.

Que Deus nos ajude, disse o Vigia a si mesmo.

Miami, setembro de 1998

Adam sorriu satisfeito quando Robert juntou-se a eles no jantar, sábado à noite. Ele perguntou em voz alta:
— Quais são as novidades?
— O furacão Georges está castigando Keys.
— A sua presença significa que estamos seguros?
— Estou dando um tempo, mas, infelizmente, acho que terei que perder o *grand finale*. Não estamos fora do trajeto da tempestade ainda. Parece que ela virá em direção à costa oeste e ao Panhandle. Mas ainda pode mudar novamente e vir direto nessa direção.
Todos os outros já terminavam o prato principal. Katherine tinha guardado um lugar, ao lado dela, mas ele deu uma desculpa.
— Então — disse Adam, sem aparentar rancor — devemos resolver o mistério sem a ajuda do nosso bom amigo Robert. Vamos trabalhar com afinco.

Mais tarde naquela noite Katherine esticou-se na cama, no quarto de Robert.
Ela contou tudo sobre a experiência, mais divertida do que enigmática, que Adam organizara. Ele trancou todos em diferentes quartos do hotel, mandou que buscassem pistas em baldes de gelo e decifrassem códigos elementares. Em um determinado momento, em um dos vários quartos aluga-

dos para o evento, ele fez um truque de magia, pedindo para que todos colocassem dinheiro, passaportes, carteiras de motorista e fotografias de pessoas queridas em uma caixa metálica e, aparentemente, botou fogo nela.

— Ele quase foi linchado, ali mesmo — comentou Katherine.

No clímax da busca, em uma espetacular suíte abobadada, no 13º andar, onde antes funcionava um cassino na época da Lei Seca, Adam disse que o assassino estava no quarto, entre eles. E disse que a vítima também estava ali. Depois, pediu que cada um abrisse um envelope lacrado, que continha a identidade verdadeira, tanto do assassino quanto da vítima.

O envelope de Katherine continha uma fotografia dela própria. Então, descobriram que todos tinham fotografias deles mesmos. Assim que perceberam isso, e em meio a protestos confusos, Adam disparou uma espécie de raio de alta intensidade, como uma bomba luminosa de magnésio, e desapareceu. Tudo que restou foi uma mensagem convidando a todos a permanecerem no hotel até a noite de domingo, com todas as despesas pagas, junto com uma passagem traduzida de uma obra-prima do século XII da literatura persa, *A conferência dos pássaros*, que ele lhes recomendou. Ele acrescentou que as experiências serviriam para embelezar e revelar a obra mística da fábula sob uma nova ótica.

— Acho que ele acabou perdendo alguns amigos, mas, para ser franca, eu realmente adorei o evento — disse Katherine. — Acho que a base de tudo era a linguagem dos pássaros.

— Não tenho a menor ideia do que isso significa.

— Tudo bem. Não vamos mais falar sobre Adam.

Ela buscou no fundo da memória. Seu olhar estava no mundo invisível e secreto que ela tinha deixado para trás, o mundo sobre o qual ela nunca podia falar abertamente.

Ela falou a respeito do homem que tinha perdido.

— Ele era valente como um leão, ao seu próprio modo. Entrou para o Serviço de Inteligência para nos ajudar. Estava disposto a trair seu país por uma causa maior, o bem do mundo. Ele era uma dessas pessoas que realmente pensam dessa forma.

Robert supôs que aquilo tivesse algo a ver com segredos nucleares, de alguma espécie.

— Ele já estava sendo pressionado pelo pessoal da inteligência do país dele, pelo Mukhabarat local, e não se importava com eles, mas eles o pressionaram usando a família dele. Foi de mau gosto e estúpido. Ele disse que eles nem lhe faziam perguntas razoáveis. Então ele veio até nós. E eu me transformei no maior bem do mundo. Isso é o que eu era para ele, ou seja, para ele não havia mundo sem mim, e a sua futura felicidade era qualquer coisa que me fizesse feliz.

— Você era a... supervisora, quer dizer que você o monitorava?

— Ele monitorava a si mesmo. Porém, no organograma, se havia uma pessoa que deveria ser apontada como culpada, essa pessoa fui eu. Não o recrutei. Normalmente, quem recruta não chega a ser o protetor. Ele era, na verdade, um voluntário, e costumava dizer: *Desejo trair o meu país o quanto antes, e também tenho pressa em me apaixonar.* Mas eu podia manipulá-lo, e fui boa nisso.

— Você não devia se culpar.

— Eu me pergunto se não tivesse sido eu, se outra pessoa teria feito o que fiz; a ele, no caso.

— Considerando que eles eram machos, com mau hálito e costas cabeludas, duvido muito.

— Qualquer outra mulher, então.

— Havia muitas mulheres na sua linha de trabalho?

— O bastante.

— Mas ele foi dado a você.

— Sim.

— Imagino que haja restrições em relação a se apaixonar pela pessoa que se está supervisionando ou monitorando.

— É totalmente proibido, ao passo que o contrário pode ser útil.

— Era a sua capacidade para a matemática que ele amava?

— O fato de ser capaz de discutir ciência, em um nível profissional, ajudou bastante. Você sabe o quanto fomos treinados. Além disso, era uma relação platônica.

— De bom grado?

— Não, claro que não. Ele quis consumar, mas eu não permiti.

— Mas você não destruiu a esperança dele.

— Não, quando vi o modo como as coisas se desenrolavam, que aquilo serviria como um instrumento. Então um dia...

— Sim?

— Ele disse algo. Nada devastador, épico ou coisa parecida. Na verdade, foi uma coisa boba, realmente.

— O que foi?

— Ele disse que sempre tinha medo. Todo dia, a noite toda, o tempo todo. Menos quando me via e falávamos sobre matemática. Disse que isso acalmava sua mente.

Robert a olhou com ironia.

— Então algo mudou em mim. Percebi que não podia tratá-lo daquela forma e que, agindo daquele jeito, eu me tornava parte do problema. Definitivamente, não o maior bem do mundo, mas exatamente o contrário.

— Aí você contou aos seus superiores, foi afastada do caso e nunca mais o viu.

— Não.

— Suponho que eles considerem essa atitude pouco profissional.

— Eles têm muitos termos para definir uma atitude como essa, se descobrirem.

— Mas não descobriram.

— Não. E eu o aceitei no trabalho porque, se não fizesse isso, não estaríamos salvando o mundo. Não havia como não aceitá-lo. Ele só podia me amar se estivéssemos salvando o mundo e, em um dado momento, eu comecei a acreditar.

— Posso perguntar quando foi isso?

— Isso importa? O nome dele era Tariq. Ele se doava tanto! Totalmente. Senti que tinha que retribuir. Dar-lhe algo de valor, na mesma proporção. — Ela suspirou. — Acabei fazendo algo que não devia.

— O quê?

Ela franziu o cenho.

— Conversávamos muito sobre os grandes pensadores árabes: os filósofos, os cientistas, os alquimistas. Ele tinha imenso orgulho da sua linhagem, como ele a chamava. Você se lembra do documento de Newton, que Adam mantinha como guardião?

— Lembro.

— Pois é. O documento mencionava vários dos grandes eruditos muçulmanos, na natureza e fabricação do grande segredo; nos modos de combinar vidro e metais. Dei uma cópia do documento a ele.

— Adam soube disso?

— Não. Eu confiava em Tariq. Além disso, a fórmula não estava completa. Mas desde então isso tem me atormentado.

— O que ele fez com esse documento?

— Apenas disse que se tratava de um belo artefato e uma lembrança do conhecimento perdido, e me devolveu. Confiança mútua. Durante vários anos tivemos bom material, o melhor. Ninguém mais o tinha. Nem os americanos, ninguém. Minha avó teria ficado orgulhosa de mim.

— E depois?

— Depois ele quis se afastar.

— Não estava tão interessado em salvar o mundo, afinal?

— Você não faz ideia da pressão que ele sofria. Disseram-me para mantê-lo no país.

— Ele não seria muito útil depois de ser liberado, imagino.

— Ele era inestimável, éramos gratos a ele, mas pressionamos demais. Por fim, ficou combinado que ele poderia sair, mas não antes de extrairmos cada gota da inteligência dele. E assim o fizemos. Dissemos que faríamos alguma coisa por sua família, seu pai, mais especificamente. Que iríamos tirá-lo das mãos do Mukhabarat.

— Quando isso aconteceu?

— Foi em 1997, no final do verão. Então, eu me encarreguei da saída dele do país.

— Só você?

— Éramos uma equipe. Eu estava no comando.

Ele ficou imóvel, esperando que ela prosseguisse.

— Estava tudo pronto: o carro, o compartimento secreto, passaportes falsos. Ele tinha confirmado que viria. No dia anterior, tínhamos o local preestabelecido, tudo acertado. Era uma manhã cinzenta, um dia nublado.

— Estava frio?

— Sim. E... ele não apareceu. Ele simplesmente... não apareceu.

— Você esperou.

— Até ficar perigoso. Mais que perigoso. Todos concordaram em esperar, mas não podíamos ficar para sempre.

— Ele foi preso?

— Nunca soube. Provavelmente, de certo modo, isso aconteceu, e eles o torturaram, por vários dias. Então, imagino que ele morreu. Nunca mais tive notícias dele. Isso torna o sofrimento ainda maior, de certa forma, mas, por outro lado, prefiro não saber o que houve. Existe sempre a remota esperança de que ele tenha sobrevivido.

— Sinto muito.

— Depois, abandonei o Serviço.

— Que bom!

— Aconteceu outra coisa.

— O seu dom?

— Ele desapareceu. Eu não tinha realmente consciência de que eu o tinha, até ele desaparecer.

Ele tentou reagir de forma gentil, sem deixar de lado seu ceticismo.

— Kat, eu sempre imaginei que fosse empatia, ou ser altamente consciente a respeito da linguagem corporal, ou algo semelhante. Intuição, ou exploração do inconsciente. Você se lembra de como costumava falar na universidade.

— É o que eu disse, eu sei. Mas era muito mais que isso. Quando era menina, achava que todo mundo podia fazer o que eu fazia. Mas ninguém ouvia o que eu ouvia. Era como música, como harmonias maravilhosas. Era como se tudo ecoasse, e eu pudesse afinar-me com pessoas e coisas, e *aprender* com elas. Eu costumava falar com pessoas, ou apenas tocá-las, e *palavras* se formavam na minha mente.

— Você ouvia vozes?

Ela suspirou.

— Não, talvez vozes interiores. Mas as palavras que vinham eram exatamente o que as pessoas mais necessitavam ouvir, ou queriam dizer. Meus lábios formavam as palavras antes mesmo de as pronunciarmos. Palavras como *solitário, vulnerável* ou... — Ela parou e sorriu.

— Excitado?

— Muito frequentemente, Sr. Reckliss.

— E você perdeu tudo isso?

— Perdi um pouco, na noite do incêndio.

— Não vamos falar sobre isso.

Ela o olhou intrigada.

— Você ainda tem pavor daquela noite, mesmo depois de todos esses anos.

— Já era. Faz parte do passado. Continue.

— Então, quando perdi Tariq, isso foi apagado completamente.

— Simples assim?

— Aos poucos, durante vários dias.

— E voltou alguma vez?

— Não tenho certeza se o quero de volta. Foi muito útil quando eu fazia aquele trabalho. Agora eu o associo à perda e à traição. Fui até o quanto pude na estrada perigosa. Acabei com isso. Quanto mais velha fico, mais percebo que preciso de solidez, de um homem com quem sempre poderei contar; uma rocha. Alguém como você.

Robert a beijou.

— Fique comigo.

— Acho que é isso que vou fazer.

Nova York, 27 de agosto de 2004

Robert e Terri subiram ao sexto andar.

As portas dos quartos eram de um metal cinzento e maciço, como aço escovado. Em um pequeno ímã verde na porta se lia: *Sim, por favor.*

Ao entrarem no quarto, Robert fitou Terri. Ela era muito atraente e enchia o ambiente com sua presença.

— Robert, hora de falar. Você acha que vou transar com você agora?

— Eu esperava que você quisesse. E esperava que não quisesse.

— Compreensível. Afinal, você é casado.

— Faz seis meses que meu corpo não é tocado. Eu poderia derreter ao simples contato com a pele de uma mulher, mas...

— Eu sei.

— Quem é você?

— Sou as suas necessidades. Desde o Robert de apenas 15 anos, excitado e desajeitado, até o Robert de 42 anos, desajeitado e excitado. Todos esses Roberts são bons. Todos os Roberts que querem transar comigo são interessantes. Não há necessidade de sentir-se mal em relação a nenhum deles. E todos os Roberts que se sentem culpados sobre o desejo de transar comigo são bons também. Você é um homem bom.

Ela mantinha extremo autocontrole, entretanto, parecia inteiramente vulnerável. Ele estava fascinado por ela.

— Robert, as próximas horas serão um tempo e lugar confidenciais. É só sobre nós. É sagrado e necessário e ninguém jamais saberá nada a respeito. Preciso que você faça algumas coisas por mim, e para mim... E você precisa de mim para fazer algumas coisas por você, e para você. Isso o fará sentir-se bem. Fará bem a nós dois. Isso o despojará do seu medo e o encherá de bem-estar. Isso lhe dará algo que você nunca teve, algo do qual todo mundo precisa, que todo mundo deve ter.

— O que é?

Ela manteve um tom suave, quase brincalhão.

— Cada pessoa é única. Ninguém reage do mesmo modo, nem tem as mesmas necessidades psicossexuais. Mas todos precisam do mesmo resultado. É somente uma questão de encontrar o caminho certo para cada pessoa chegar lá.

— Lá aonde?

— Isso é algo que não pode ser discutido, apenas experimentado. Você tem medo da presença de Deus no ato sexual. Tem medo do que experimentará se perder totalmente o controle, ou assumir totalmente o controle. Você teme atingir a totalidade no momento. Sexo é como um feitiço ou um encanto, mas você nunca o deixou levá-lo até o fim da linha. Você sempre escapa e começa a se observar. Se você temer Deus em algo, é porque teme o Deus que há em você. Você trancou algo tão profundamente atrás de um véu do medo que não consegue liberá-lo mais, e isso está matando você. Temos de libertar esse sentimento, senão você não irá servir para ninguém. E certamente não servirá para mim.

Ele deveria partir, sabia disso. Mas também sabia que não iria.

— Sexo é sexo — disse ele. — É maravilhoso, mas no fim é apenas um espasmo físico.

Ele lembrou-se da noite do incêndio, quando transou com Katherine. Tinha sido sua primeira vez, embora ele não tivesse contado a ela. E desde aquela noite a associação de sexo com destruição, com magoar outras pessoas, com o começo do incêndio... desde aquele exato dia a separação de seu próprio corpo, quando ele o deixou perseguir os seus próprios ritmos, a prazerosa porém vazia liberação física...

— Nunca é tarde demais para aprender algo novo, Robert.

— Terri, olhe nos meus olhos.

— Você descobriu o meu segredo?

Ele se viu refletido, distorcido, nas curvas prateadas dos óculos escuros dela. Ele não tinha percebido antes, mas agora, sim.

— Você é cega.

— Sou. Mas ainda assim, consigo enxergar.

— Como? O que aconteceu?

— Eu me feri, no dia do Blecaute. Muitas coisas pararam de funcionar naquele dia.

— Conte tudo.

— Vou fazer isso, mas temos algo mais urgente para cuidar, antes disso.

Lentamente, ela desabotoou a jaqueta, parando em cada botão, até deixá-la cair no chão. O espartilho acentuava a graça de seu pescoço e a curva farta de seus seios.

— Terri, você é maravilhosa.

— Você nem imagina. Adoro este hotel. Sinta a maciez desses lençóis. Para falar a verdade, só a textura já é suficiente para me fazer gozar, no mínimo uma vez.

Ela abriu o zíper da saia, deixou-a cair, e suavemente deu um passo à frente.

— Faça amor comigo, Robert.

Uma emoção sacudiu o corpo dele, de tal forma que ele achou que iria cair. Estava tonto, seus ouvidos zumbiam, calor e sangue quente corriam por todo o corpo. O magnetismo sexual dela tomara conta dele, puxando-o em direção aos seus lábios sorridentes e seu hipnotizador perfume. A visão e o cheiro de seu corpo incendiaram luzes violeta nos olhos de Robert, canto de pássaros na memória e luxúria dolorosa em cada fibra do seu ser.

Ele deu alguns passos à frente e a ergueu nos braços, levantando-a contra a parede, enquanto ela enrolava as pernas em volta da sua cintura. Com os braços em volta de seu pescoço, ela gemeu, puxando o cabelo dele. A nervura rija do espartilho pressionava o peito dele, enquanto ele a beijava, na boca, no rosto, no pescoço.

Ele se virou e deu dois passos em direção à cama antes de se arremessar nela com Terri. Imediatamente, se ajoelhou para tirar o cinto, abriu a camisa, e parou por um momento, ofegante, quando ela ergueu a mão para ele.

— Tire tudo. Estarei aqui.

Ela tirou a calcinha e se recostou, com uma das mãos na nuca e a outra deslizando sobre o corpo, sobre a meia e a renda preta, o pescoço, as coxas. Quando estava nu, ele pulou sobre ela, transtornado, não se reconhecendo, agindo como um louco, emocionando-se com os gritos de surpresa e prazer de Terri, perdido no próprio corpo e seu peso absoluto, à medida que era puxado para dentro dela.

Ele estava insensível ao que acontecia à sua volta, empurrando seu corpo contra o dela. O tempo parou. Só quando percebeu que ela gozara duas vezes, e ele estava prestes a ejacular, sentiu as mãos dela acariciarem suas costas, do cóccix às suas escápulas e nuca. Ele a ouviu entoar suavemente algumas palavras, que ele não entendeu, enquanto ela respirava profundamente debaixo dele, puxando-o e empurrando-o para baixo.

— Diminua o ritmo agora, amor. Pare um momento. É hora de lhe mostrar algo novo — murmurou ela ao seu ouvido.

Ela o manteve dentro dela, deslizando as mãos, mais uma vez, até a base de sua coluna, sussurrando palavras doces. Ele respirou profundamente, olhando as maçãs firmes do rosto dela, os lábios abertos em um sorriso, a pele clara.

— A maior parte das pessoas não entende — explicou ela — que o orgasmo é uma experiência completa de corpo e uma experiência completa de mente, ou seja, uma experiência completa de alma, que tem muito pouco a ver com a ejaculação do homem. Não o deixarei ejacular. Se eu fizer isso, você dispersará toda a energia que acumulamos, e iremos acumular durante as próximas horas. Mas eu lhe mostrarei algo melhor.

Ele sentiu um calor palpitante se inflamar na base da coluna, lambendo como chama, ao longo das costas e indo parar nos dedos das mãos e dos pés. Ela mantinha as mãos bem acima do cóccix dele, e deslizava os dedos, de cima para baixo, nas costas dele. O seu corpo inteiro começou a sacudir, à medida que sua mente se enchia de torrentes de luz violeta. Um profundo rosnado surgiu no fundo de seu peito e logo ele foi consumido por um uivo de prazer vibrante, dilacerador, que durou até que ele não soubesse mais quem era, ou onde estava.

Quando recuperou a consciência, ainda estava dentro dela, mais ereto que nunca.

— Bom menino — sussurrou ela.

E fizeram amor por horas.

Cada milímetro quadrado, cada tendão, junta e curva. Recontar, respeitar e oferecer completa atenção, cuidado absoluto e carinho dado e recebido. Denominando e explorando cada canto, cada poro, cada cílio, cada gosto, cada membro. Interligação total. Conhecimento total. Infinito e atemporal. O traçado do corpo da amante é o traçado do mapa da cidade, e honrar cada parte do corpo significa a reedificação do corpo místico, a construção e memória do corpo de luz.

Por fim, eles descansaram. Terri estava aninhada contra o peito dele. Ele esticou a mão até a mesa de cabeceira, para pegar uma garrafa de água dentro do balde de gelo. Os óculos escuros prateados e o colar de Terri estavam ao lado do balde, junto com a aliança dele. Os olhos dela eram de um verde selvagem e penetrante. Ele a olhou pelo espelho.

— Você não pode me ver.
— Mas posso senti-lo. É tudo que eu preciso.
— Você tem bastante imaginação.
— Não, eu tenho bastante depravação. É muito mais divertido.
— Nunca me senti tão vivo.
— Não terminamos ainda, querido.
— Não faço ideia de que horas sejam.
— Esse é um bom sinal, Robert. Recupere sua energia... com sexo no chuveiro.
— Daqui a pouco, agora não.
— Os chuveiros aqui são ótimos. Eles têm jatos que disparam água nas costas. Ou, se você virar de frente, eles atingem todas as suas zonas erógenas, ao mesmo tempo.

Ele beijou a cabeça dela.

— Então, acho que descobri a posição do esconderijo número dois.
— Diga-me qual é.
— É você; o seu corpo.
— Bravo!
— O objeto escondido está em você.
— Está, ou estava.
— É o seu colar? Aquele que repousava feliz entre os seus seios, até que eu o tirei?
— O próprio.
— Se você sabe onde estão os esconderijos e o que há neles, por que precisa de mim?
— Não sei onde está o resto. Mas como esta prova envolvia encontrar-me com você, eu tinha de saber onde ficava o *waypoint*. E o Vigia enviou-me a pista original, cedo o bastante para que eu pudesse descobrir onde estava o esconderijo. Na verdade, estava escondido no telhado deste hotel. Eu sabia que funcionaria melhor se eu mesma pudesse usar a chave. Então eu a peguei e a pendurei em uma corrente.
— Quem escreve as pistas? E as cantigas?
— Não sei. Mas, quanto ao resto das chaves, você tem de reunir todas elas. É pelo que você se torna, cada vez que encontra uma.

— O que eu me torno?

— Mais poderoso. Mais belo.

— Como assim?

— Mais capaz de ajudar Adam. De ajudar todos nós.

— Eu posso fazer isso? Alguém pode fazer isso?

— Você teve um bom começo. Mas não vá pensar que será sempre assim. Você precisa construir a energia sexual, acima da energia de luta, da força de matar, a partir do que aconteceu ontem. Então, amanhã você enfrentará um desafio diferente. Não sobreviverá ao de amanhã sem o que experimentou hoje.

Ele permaneceu em silêncio, por um momento. Seu corpo incandescia com calor relaxante, com a lembrança do toque de Terri. Ainda assim, a morte os espreitava, de alguma forma.

— Agora entendo a segunda linha de uma carta que recebi, quando tinha 18 anos, que dizia: *Dar para receber*. É um bom conselho, no trato com outras pessoas, mas um bom conselho em relação ao amor também. Bom conselho sexual. Então, *a ejaculação não é emoção*. Foi o que você me mostrou. Eu achava que era uma coisa que só os iogues experimentavam.

— Há uma sabedoria essencial por trás de muitas práticas e crenças que podem parecer diferentes — disse Terri. — Você está no Caminho dessa sabedoria.

Ele se esticou e apanhou o colar. O pingente era feito de metal leve, de ouro avermelhado, como a Caixa da Maldade.

— Eu conheço este formato — disse ele. — Como se chama este formato de peixe?

— *Vesica piscis*.

— É esse o objeto? Tenho que ficar com ele.

— Fique com ele. Guarde-o. Proteja-o.

— Que tipo de chaves são essas, Terri?

— São as chaves do inferno, se forem mal-usadas.

— Do inferno. Então, como isso tudo funciona? Quem está por trás desse ataque iminente? Horace disse que era uma espécie de bomba da alma, não somente um caminhão de nitrato de amônio. Você precisa me explicar.

— Isso é tudo o que eu sei. Adam estava apavorado com o fato de encontrar as pessoas que ele visitou na quarta-feira. Elas são insuperáveis no quesito maldade, e precisam de pessoas para superar obstáculos. Elas ficam aguardando e, quando veem uma oportunidade, se ligam a alguém que está em aflição psicoespiritual e lentamente a modificam para atingir os seus objetivos. Esse Dispositivo, o Ma'rifat', é construído com materiais muito raros, impossíveis de serem encontrados, e de conhecimento muito antigo, o tipo de conhecimento que você encontra no Caminho. Ele ecoa na alma das pessoas e amplia o que encontra lá. Há uma razão para que o Caminho verdadeiro não seja amplamente divulgado: É extremamente perigoso. Foi construído por alguém cuja dor e sofrimento atraíram o Iwnw, e agora ele serve ao objetivo deles.

— E qual é o objetivo deles?

— Bem, a última vez que obtiveram qualquer tensão no mundo foi na Bósnia. Além disso, conseguiram influenciar alguns nazistas importantes na Segunda Guerra Mundial; pessoas próximas a Heinrich Himmler. Eles têm esse tipo de energia. O avô de Adam lutou contra essa gente naquela época.

— Contra a SS? Os nazistas?

— Exato. Adam os chamava de Irmandade do Iwnw.

Ele olhou para o teto.

— Ontem eu quase fui morto por causa da cápsula de bala. Eles têm algo a ver com isso?

— É como eu já disse. Você estava protegido.

— Não tive essa impressão.

— Se não estivesse, teria sido morto.

— Imagino que alguém irá querer me matar por este aqui também.

— Agora é mais difícil matá-lo. Você já está mais forte. Vamos torcer para que não aconteça nada.

— Você corre perigo também?

— Posso cuidar de mim, mas há perigo para todos nós. E, de alguma forma, isso envolve até a sua esposa, não sei como.

Ele perguntou de forma incisiva.

— Por que Katherine?

— Tem algo a ver com o Blecaute. É tudo que sei. Tudo tem a ver com o Blecaute.

— Foi o dia em que o nosso bebê foi concebido.

— Eu sei. Alguma coisa mudou naquele dia, para todos nós. Adam e eu só ficamos realmente juntos a partir daquele dia. Desde... Não posso contar tudo.

— Eu quero saber tudo.

— Sempre fui muito intuitiva, era algo normal para mim. Mas depois daquele dia minhas capacidades aumentaram dez vezes. É como se eu tivesse levado um pontapé, uma pancada; como se eu tivesse me expandido dentro de mim mesma, de alguma maneira; como se o meu corpo interior, aquele que eu imaginava ser feito de luz, repentinamente aumentasse e explodisse na minha pele. Explodiu os meus olhos, não sei como descrever isso... De repente, parei de enxergar, mas podia incendiar as mentes das pessoas. De repente, podia sentir o que as pessoas desejavam nas suas vidas, que botões apertar. Não é algo totalmente bom, pode acreditar. De forma alguma. Eu podia fazer coisas com as quais só tinha sonhado; fazer certas coisas acontecerem, passei a *conhecer* mais as pessoas... ver o âmago delas... ver as suas necessidades...

— Até que ponto você pode me ver? Será que é uma pergunta estúpida?

— Posso ver você como se fosse feito de vidro, meu querido.

— E pode interromper esse processo?

— Eu preciso fazer isso. Tenho que me proteger. A acuidade da percepção é muito grande. Eu morreria se não o fizesse. No início, isso me fez viver demais por outras pessoas, mas, agora, encontrei meu equilíbrio. Quando vale a pena, posso acionar esse dom, completamente. Você, Robert, você vale a pena. Por isso, posso ser a criatura dos seus sonhos. Posso ver o que você precisa. E posso dá-lo a você.

— Do que eu preciso agora?

— Vamos falar sobre o que eu preciso agora.

— E o que é?

Ela entregou-lhe o anel peniano.

— Adivinhe. Isto irá ajudar.

Eles transaram novamente, comeram, tomaram banho e voltaram a transar, cada exploração misturava-se com a seguinte. Estavam inebriados, um pelo outro, pelo prazer. Terri parecia viver um orgasmo perpétuo. Ela proporcionou a ele o zênite exaustivo e completo por mais duas vezes, o que o deixou ofegante, exaurido, ainda assim explodindo de energia bruta.

Conforme ela flutuava entre picos em um certo momento, aproximando-se do próximo, ela entregou-lhe o anel. Era um dispositivo metálico arredondado com pinos, que pareciam esporas de cavalo.

— Bem, bem suavemente... deslize isso sobre a minha pele — pediu Terri. — Só funciona quando eu estou tão excitada assim.

Ela suspirou e fechou os olhos, enquanto ele obedecia a seus comandos. Ela tremeu com as sensações, murmurando e gemendo.

— Devagar... Devagar...

Ela chegou a um orgasmo lento e intenso, balançando-se contra ele, e tomou o anel de suas mãos. Após algum tempo de respiração profunda, ela pegou a mão dele:

— O caminho que você está trilhando é chamado de Caminho de Seth. É baseado na ideia de desmembrar a pessoa, no caso, você, e construí-la novamente. Daqui a pouco iremos fazer uma espécie de ritual em relação a isso. Algo para ajudá-lo na sua trajetória.

Já era noite. Ele mal reconhecia a si mesmo.

— Fale mais a seu respeito. De onde você é?

— Nova York, Brooklyn; a parte violenta da cidade.

— Então, o que é gestão de identidade? Você é uma espécie de gênio da informática?

— Ah, Robert! Agora você está parecendo um velho. Por favor.

— O que foi?

— *Gênio da informática?* Eu tenho muitos nomes, diversas identidades. Esta é só para você. E é verdade, sei muito sobre computadores. Estudei muito a respeito.

— Terri é o seu nome verdadeiro?

— Não.

— Há algo de mundano em você, como um emprego, por exemplo?

— Não. Com os dons que eu tenho, o dinheiro vem até mim.

— Você realmente faz vídeos?

— Talvez. Mas, se fizer, não é nada do qual você já ouviu falar.

— E você busca a Deus.

— Se tivesse que escolher uma religião, eu diria que sou uma adepta do sufismo. Mas rótulos não fazem sentido. A questão é o que está no seu coração. Eu sou o que faço. Se eu dissesse que era budista, faria alguma diferença? Ou se seguisse a religião Wicca? O que vale é o que se tem no coração?

— E o *vesica piscis*?

— Pegue-o. Observe-o.

Ele pegou o objeto, na mesa de cabeceira.

— É a segunda etapa. É a forma que se adquire quando duas células se dividem. É criação; um círculo com um ponto no centro, e outro círculo, cada um com sua borda atravessando o centro do outro. Como um peixe. Com uma forma oval, pontuda. As entradas das igrejas têm essa forma. Assim como vulvas. Não é pura coincidência.

— Quero que isso dure para sempre.

— E vai durar.

— Mas, neste mundo, terei que ir para casa em algum momento.

— Tudo no seu devido tempo. Ainda não acabamos.

— Não?

— Deite-se novamente.

Ela entregou-lhe a venda.

— Que tipo de ritual é esse?

— Confie em mim.

Ela se sentou olhando fixamente nos olhos dele. Profundos e hipnotizadores olhos verde-esmeralda o envolveram e o atraíram. Inclinou-se para beijá-lo e ele fechou os olhos, entregando-se ao momento, e sentiu que ela colocava a venda em seus olhos.

Ela sussurrou algumas palavras, mas ele não conseguiu entender nada do que ela disse. Eram palavras musicais, ressoantes. Então, ele sentiu o anel mover-se lentamente por sua pele, enfatizando o ponto onde os braços uniam-se ao tronco. Depois, passou por suas pernas e ao longo do esterno, até o queixo. Era intenso, sem ser doloroso nem sexual. Ela deslizou o objeto ao longo de cada lado do seu pescoço, depois o colocou de lado.

A luz da sala se modificou. O tom do preto tornou-se mais leve. Ela tirou a venda e beijou-lhe as pálpebras, ainda fechadas, uma de cada vez. Depois, as duas articulações. Beijou sua testa. Ele abriu os olhos e viu uma luz dourada inundar a sala.

Terri estava sorrindo. Havia duas Terris. Ele viu uma mulher idêntica sair do corpo dela e mover-se para a direita. Uma gêmea de luz. Ambas emanavam a luz dourada. E ambas inclinaram-se para a frente e beijaram cada lado de seu pescoço. Beijaram mais abaixo, ao longo do seu peito. Duas línguas traçaram linhas entrelaçadas por sua barriga.

Ambas olharam para ele e falaram em uníssono:

— Estamos apenas começando.

— Como é que você faz isso? — perguntou ele num sussurro. — Minha nossa!

Elas beijaram as linhas que Terri desenhara com o anel, como se o costurassem, simbolicamente, depois de ter sido aberto. Dessa vez ele tremeu de prazer.

— Quando acumula bastante poder, bastante energia do tipo certo — disseram elas, ainda falando em uníssono —, você pode projetar um corpo de luz, fora de si mesmo. Dessa forma.

Elas o beijaram por todo o corpo, compartilhando, alternando. Então, uma delas se deitou sobre ele e lentamente começou a se esvair, como se fundisse na sua carne, enquanto a outra se solidificou lentamente, de volta à pele pálida de Terri.

— Agora, descanse — ordenou ela. — Dei a minha energia a você. Que isso o fortaleça.

❖

Ele dormiu durante algum tempo. Seu corpo sorria profundamente. O mundo inteiro cantava em sua pele, e a pele era tudo do que ele e o mundo inteiro eram constituídos.

Várias velas perfumadas, em pequenos potes de vidro, queimavam no quarto, no crepúsculo. Ela se vestiu.

— Vou deixá-lo para que possa descansar e se recuperar — sussurrou ela ao seu ouvido. — Isso foi maravilhoso. Você foi maravilhoso. O relógio está parado para esta noite. Não há tempo para nós, neste momento. Mas amanhã ele correrá ainda mais rápido. Esteja pronto.

— Terri...

— Fique tranquilo.

Robert adormeceu novamente, dessa vez por quase duas horas, antes de finalmente levantar-se e preparar um banho.

Estava mergulhado na banheira há alguns minutos, com o colar de Terri nas mãos, observando o desenho, um *vesica piscis* dentro do outro, quando ouviu a porta se abrir.

— Terri?

Não obteve resposta.

Ele ficou atento, pronto para pular da banheira. Ele gritou:

— Olá?

Uma silhueta surgiu na porta do banheiro, segurando um lençol. Ele mal viu o que pensou ser uma mulher, antes de ela voar sobre ele, cobrindo seu rosto com o tecido. Em seguida, a mão do agressor forçou sua cabeça para dentro d'água, empurrando o lençol molhado sobre sua boca.

Robert lutou para permanecer calmo, enquanto tentava prender a respiração e pegar a cabeça do agressor. Um punho enluvado deu-lhe um soco no plexo solar e ele gritou involuntariamente, inalando água. Sentiu o lençol sobre o rosto. Agora, o pânico tomava conta dele e ele pensou ter ouvido a voz de uma mulher, enquanto o sangue urrava em seus ouvidos. Ele deu pontapés no ar e sentiu puxarem o colar da sua mão. Com os chutes, acabou quebrando os suportes das velas, que eram de vidro.

A escuridão começou a cegá-lo. Estava no fundo de um poço profundo e escuro, cujas pedras estavam molhadas e escorregadias, tentando desesperadamente subir, usando as mãos... Sentiu que a água esquentava enquanto lutava e começou a queimá-lo. Através do lençol que cobria seu rosto, de repente, ele viu seus próprios braços e mãos debatendo-se, delineados em uma luz viscosa, cinza-azulada. A luz era quente e fluida, porém densa, gotejando dos seus dedos; queimando. Com os olhos fechados, ele podia ver tudo isso ainda mais claramente. Ele se esticou e agarrou o braço da agressora. Ela gritou. Ele sentiu o crepitar da carne se enrugando, quando as suas mãos queimaram a pele dela.

Então, o vulto foi embora, o lençol se afrouxou e se enroscou em volta dele. O calor desapareceu de seu corpo tão rápido como tinha vindo. Ele levantou o tronco por sobre a borda da banheira, tossindo, cuspindo água e arfando. Uma nuvem de vapor saía da banheira. O colar ainda estava em suas mãos. A porta bateu.

Robert pulou da banheira e rolou no chão do banheiro. É real, disse ele a si mesmo, repetidas vezes. É real. Deus do céu! É tudo real. Uma parte dele ainda não acreditava que as ameaças espirituais, das quais Horace, Adam e Terri tinham falado, eram sobre a violência física no mundo real. Ele tinha dito a si mesmo que a agressão no metrô poderia ter sido obra de um assaltante. A coisa toda também poderia ter sido, de alguma forma, um jogo macabro, fora de controle.

Agora ele tinha certeza: Havia pessoas tentando matá-lo, e ele tinha energia e força para se defender.

Little Falls, 27 de agosto de 2004

Quando Robert chegou em casa, não havia ninguém. Em um bilhete na cozinha Katherine comunicava que tinha ido visitar sua amiga Claireem no West Village e que voltaria tarde novamente.

Ele se sentiu aliviado. Não podia mentir para Katherine; não era do seu feitio. Ainda assim, temia confessar-lhe o que tinha feito. Achava que ainda tinha na pele o cheiro de Terri, que cheirava a sexo.

Já passava das 22 horas. Ainda tinha o colar, mas não a aliança. Quando tentou pegá-la, na mesa de cabeceira, ela não estava lá. Vasculhou por todos os cantos, em vão. Tentou falar com Terri pelo Quad, mas o número estava bloqueado.

Ele trocou de roupa e colocou na máquina de lavar a que estava usando. Tomou um banho e telefonou para Katherine para dizer que ia dormir cedo. Deixou uma mensagem novamente. Telefonou para a casa de Claire e ficou sabendo que Katherine estava bem e acabara de sair.

Ele se sentou e viu seu medo interior voltar a assombrá-lo.

Quando foi atacado, não teve nenhum escrúpulo em lutar. Conseguiu proteger as chaves e sentia-se bem por isto. E estava ficando mais forte. Sentia-se mais vivo. Mas a que preço? Tinha feito uma coisa que jurara jamais fazer, quebrara um voto que jurara nunca quebrar. Haveria consequências, e ele não as evitaria. Entretanto, parecera necessário, e correto, transar com Terri. Ele poderia não ter sobrevivido, sem o poder que ela tinha lhe dado. Mas aquilo iria acontecer novamente. Será que ele estaria forte da próxima vez? Sentiu um nó no estômago. Era real. Ele não tinha escolha a não ser continuar.

Procurou uma mensagem de Terri. Ela havia enviado outro arquivo de áudio chamado "Dois Cavaleiros". Nada mais. Estava protegido por senha. Ele tentou diversas variações de *vesica piscis*. Então, lembrou-se das flores de ferro enegrecido. Dois era parte da sequência, dissera ela. Parte da senha.

O documento abriu com *Vesica2*. Era um trecho de uma pungente ópera, em alemão, para duas vozes masculinas. Ele escutou diversas vezes. Por fim, depois de pesquisas na internet, ele a identificou. Era da ópera *A Flauta Mágica*. Ele encontrou várias traduções, algumas mais livres do que outras. O trecho que ela enviara estava incompleto, mas dizia mais ou menos o seguinte:

> Aquele que andar por este caminho de dor ficará purificado
> Pelo fogo, pela água, pelo ar e pela terra.
> Se puder superar o medo da morte
> Então irá para o paraíso...

Ele ligou o Quad e postou uma breve mensagem:

O que aprendi com o segundo esconderijo
Hoje eu enfrentei a Prova da Água. Encontrar Deus no mar do sexo. Nunca me senti tão plenamente consciente, tão plenamente excitado, tão plenamente confortável com outro ser humano. Tê-la completamente sob o meu domínio. Ficar completamente sob o seu domínio.

Mas o meu desejo sexual não pode ser por Terri. Tem que ser por Katherine. Tenho de direcioná-lo a ela.

Uma resposta veio, em poucos minutos, mas não era de TerriC1111.

Você fez um bom trabalho, Robert. Passou na segunda prova.

O Vigia

Uma Canção de Amor de um Mártir: A Criação do Ma'rifat'

Não me dirijo a vocês com o esplendor e os floreios da minha língua materna, porque sou conhecedor dos modos americanos e sei que vocês acharão o excesso de "Deus é absoluto" e "Alá seja louvado" um tanto perturbador.

Fui morto pela minha própria criação no dia 14 de agosto de 2003.

Vocês acreditam que um homem pode ser morto pelos seus pecados? Pois foi como eu morri: ativando a grande descarga de energia que mergulhou o nordeste dos Estados Unidos na escuridão, naquele dia.

Falhei na minha missão, já que a detonação não foi intencional. Fui atacado no momento de armar o Dispositivo, e não fui suficientemente puro de coração, mente e alma, para reagir de forma segura. Embora o efeito tenha sido grande, a força liberada foi apenas uma fração de seu potencial.

Saibam simplesmente de uma coisa: Há outro Ma'rifat'. Havia dois Dispositivos. Quando o segundo for detonado, ele destruirá completamente aquela que é a mais impura na mais impura das cidades, na mais impura das nações: ele destruirá Manhattan, o clitóris da grande prostituta, porque, em Manhattan, ele encontrará o combustível mais rico para sua detonação, porque Manhattan é tão despedaçada pela ganância, luxúria, inveja e orgulho que a reação em cadeia, uma vez iniciada, há de explodir como 10 mil sóis. Um apocalipse de almas.

Vocês podem pensar que o que tenho a dizer não passa de algaravia. Vamos explorar esse termo, já que o que é "algaravia" para vocês, o que parece com linguagem incompreensível de um louco, pode simplesmente mostrar o seu preconceito e ignorância. Vocês sabem de onde vem essa palavra? E "alquimia", "álgebra", "algoritmo". "Álcool"?

Vamos analisar algumas dessas palavras.

Pois enquanto alguns dirão que "algaravia" simplesmente imita o som de conversa inarticulada, outros dirão que se trata da linguagem de Algarve, quando era habitado pelos mouros, cujos conceitos eram tão sutis que apenas as mentes mais perfeitas poderiam penetrar a linguagem inarticulada para descobrir o tesouro escondido por trás de tudo aquilo.

Ou talvez devêssemos considerar "álgebra" — antigamente também usada em inglês como arte de restaurar ossos deslocados, sabia? —, que deriva de al-jabr, arábico para reconciliar partes quebradas, usado pelo matemático do século IX, Abu Já'far Muhammad ibn Musa Al-Khwarizmi, de Bagdá, como o título do seu Kitab Al-Jabr w'al-Muqabala, *ou* Regras de Reintegração e Redução, *o seu grande tratado de equações.*

Ou "algoritmo", que simplesmente deturpa o nome do mesmo homem, Al-Khwarizmi, que também deu a vocês os nossos numerais arábicos.

Ou a própria "alquimia", de Al-Kimiya, derivada de Khem, antigo nome do Egito, a terra negra, país da terra negra. E há outros. Nem vamos falar do "álcool", por exemplo! Mas não desejo cansá-los.

Olhando para trás, no tempo, o muçulmano está entre o mundo moderno e a sabedoria antiga do Egito e da Grécia, somos o portal pelo qual o seu mundo passou; somos o filtro daquele conhecimento, e seus guardiões. Sem nós não haveria vocês.

△

3   *Prova do Fogo*

Little Falls, 28 de agosto de 2004

Robert acordou cedo, sentindo-se como um estranho na sua própria casa. Seu corpo parecia cantar. Todo o seu ser parecia cantar. Mas ele não podia imaginar estar em qualquer outro lugar. Katherine. A lembrança de Moss. A vida deles.

Seguramente, ele ainda tinha na pele o perfume de Terri. Podia sentir o gosto dela, o cheiro dela, senti-la em seu corpo. Sentia-se completo. Totalmente vivo. Jamais estivera tão jubiloso fisicamente, nunca sentira o corpo ressonar tão plenamente de alegria. No cérebro. Na mente. E nas pontas dos dedos. No coração, pelo amor de Deus! Por sexo. Por lutar e sobreviver ao segundo ataque.

Ele foi até o quarto que teria sido de Moss. De repente, lágrimas brotaram de seus olhos, e ele ficou imóvel, chorando baixinho a perda de seu bebê.

Saiu sem acordar Katherine e deixou um bilhete. Não poderia olhar para ela. Escreveu que tinha sido intimado, urgentemente, por Horace. Mais uma mentira, embora se sentisse, estranha e friamente, alheio a isso.

Nova York, 28 de agosto de 2004

Em Manhattan, Robert deixou o terminal rodoviário de Port Authority e acionou o Quad, na Oitava Avenida. Uma mensagem de Terri aguardava-o, indicando o novo *waypoint*: X62. Ficava a alguns quilômetros ao sudeste, em uma esquina do que parecia ser o Tompkins Square Park. A mensagem dizia 11 horas, e já eram quase 10. Decidiu andar para o leste, ao longo da 42, até o trem da linha F, no Bryant Park, e pegar o metrô para Delancey.

Estava um dia úmido e ensolarado. Uma agitação rondava a cidade. Os republicanos estavam chegando. Havia membros armados da Guarda Nacional, usando uniformes de camuflagem, nas proximidades do Lincoln Tunnel. O pequeno dirigível publicitário da Fuji estava pintado com o logotipo do NYPD, o departamento policial da cidade. Sempre que Robert olhava para cima, ele estava lá, um olho fixo no céu. Viaturas passavam em alta velocidade, atravessando Manhattan. Uma fila de cinco carros pretos com vidros escuros forçou o caminho por uma intersecção na pista próxima, com os faróis acesos. Já havia policiais em todos os lugares, até o horizonte estava armado. Ele falou com alguns oficiais na Times Square.

— Pronto para os republicanos?

— Pronto para qualquer coisa.

— Até manifestantes?

— Qualquer coisa. Você está no lugar mais seguro do mundo, neste momento. Está vendo todos aqueles telhados? Há atiradores de elite na maioria deles.

Muitos nova-iorquinos estavam em férias, fora da cidade. Poucos republicanos e manifestantes haviam chegado. Mas algo importante estava a caminho, para o bem ou para o mal. As regras comuns estavam se desgastando; o espaço abria-se para coisas extraordinárias.

Robert estava louco para ver Terri. Desceu correndo as escadas do metrô em Delancey e pegou o Quad. Assim que conseguiu uma localização no *waypoint* — pouco mais de 800 metros ao norte —, ele correu ao longo da Essex.

Quando se aproximou da Houston, notou um imenso relógio, na lateral de uma caixa d'água acima de um prédio residencial. Os números estavam misturados: 12, 4, 9, 6... Ele sacudiu a cabeça e olhou novamente. Eles continuavam misturados.

Ao chegar à esquina sudoeste do Tompkins Square Park a frase "Chegando ao Destino" brilhou na tela do Quad. Ele olhou em volta, não havia sinal dela. Eram 10h55. Examinou a área próxima, procurando algo significativo.

Onde ela estava? O que estava fazendo com ele?

Ele entrou no parque. Cinco ou seis homens malvestidos estavam reunidos em volta das mesas de xadrez de pedra. Um deles falava em espanhol. Ninguém jogava. Ele sentou em uma das cadeiras verdes diante de um tabuleiro de xadrez e esperou.

Cada centímetro de seu corpo sorria. Cada segundo do prazer estava registrado na memória de sua pele. A fricção mais leve da camisa contra o seu peito clamava o cabelo e as mãos dela sobre seu corpo; a respiração, o olhar, o calor, o doce suor, o suor salgado, o suor de mel.

Ele verificou o Quad, que indicava: "Pronto para navegar, precisão: 22 metros."

Alguém se sentou no banco atrás dele, de costas para ele.

— Não se vire, Robert — falou a voz de um homem. — É hora de conversarmos.

— Adam?

— Apenas não se vire.

— O que está acontecendo?

— Este é um lugar de imensa pureza e de imensa destruição, sabia? Tristeza profunda. Muitas pessoas sem lar, muito desespero, muita perda da fé, perda de esperança. Mas há um pouco de alegria também. Dança e canto, se souber onde procurar.

— Onde está Terri?

— Falaremos com ela daqui a pouco. Não se preocupe.

— Você está seguro?

— Não, amigo. Não estou. De jeito nenhum.

— O que está acontecendo?

— Acho que você está me salvando. Pelo menos espero. Está?

Não houve resposta. Robert fez menção de se virar, porém a voz de Adam foi firme:

— Não faça isso. Pelo amor de Deus, não!

— Não sei o que está acontecendo, Adam.

— Apenas haja como se estivesse curtindo o sol, ou algo assim. Fale tranquilamente. Daqui a pouco você vai dar uma volta. Por agora, descanse um pouco e escute.

Robert trincou os dentes.

— Você perguntou se eu estava correndo perigo. A resposta é: Estou. Você também, todos nós. Você tem de prosseguir no jogo, se quiser sair do outro lado. Não há saída, só entrada.

— Eu...

— Por favor, ouça. Esta gincana, na qual todos estamos envolvidos, talvez tenha um âmago demoníaco. Estou sendo obrigado a tomar parte, não tenho escolha. Estou nisso e não há como contornar o fato.

— Está acima de você?

Ele deu um riso sarcástico.

— Tão acima que nem consigo mais ver a luz do sol, apenas o vislumbre ocasional. Quando realmente o vejo, é tão belo que corta o coração.

— Você pode escapar.

— Não. Não há como escapar.

— Quero ajudá-lo.

— Obrigado. Você sempre foi um homem extraordinário, Robert. Em parte por ser uma pessoa tão comum. Você é gentil, direto, honesto... exceto por ontem, convenhamos, uma pausa necessária... e uma coisa incrível a seu respeito é que você desconhece sua força, não sabe o que você representa. Na noite do incêndio, quando você salvou a minha vida e a de Katherine, as nossas vidas tornaram-se... entrelaçadas, queira ou não queira. Você sabe do que estou falando?

— Diga-me.

— Imagine duas irmãs gêmeas idênticas. Ambas têm um truque fantástico. Ambas sempre se vestem de preto ou de branco, mas nunca usam a mesma cor, ao mesmo tempo. E nunca decidem qual usar, até que alguém olhe para uma delas. Assim que um olhar recai sobre uma delas, a roupa dela assume uma cor específica. Digamos branco.

— Eu gosto da metáfora. Como elas se chamam?

— Ambas chamam-se Phoebe. Mas tem uma coisa. Elas têm de chegar ao zero. Elas têm de chegar ao cinza. Assim que a roupa da Phoebe número um fica branca, a roupa da Phoebe número dois torna-se preta, instantaneamente. Não importa a que distância estejam no tempo e no espaço. A informação não pode viajar mais rápido do que a velocidade da luz, mesmo assim, de algum modo, isso acontece, quando não há jeito de acontecer. Entrelaçamento é como os cientistas chamam esse fenômeno.

— Isso é impossível. Agora que você descreveu, eu me lembrei de já ter ouvido falar a respeito. É o que Einstein chamou de "ação fantasmagórica à distância". Ele não acreditava, não gostava, não aceitava aquilo. E eu penso exatamente como Einstein, quando ele dizia que Deus não joga dados. É apenas uma falha na nossa compreensão.

— Bem, esse experimento foi feito em laboratório, com a ajuda de fótons. A primeira vez foi em Paris, há quase 30 anos. Não com cores, mas com algo que eles chamam de *spin*. Isso tem sido repetido muitas vezes, desde então. Ele existe como um fenômeno físico. Mas não estou falando sobre fenômenos físicos ou vestidos pretos e brancos no nosso caso. Estou falando sobre almas, Robert. A sua, a minha, a de Katherine e a de Terri.

— Terri?

— Estamos todos entrelaçados. Você, eu e Kat, desde a noite do incêndio em 1981. Terri a mim, e a partir disso, a todos nós, desde o Blecaute. Há um nível de realidade para seres vivos, onde estamos como aquelas irmãs, como aqueles fótons... onde algo que afeta um de nós, afeta todos nós. Agora, atenda ao telefone, quando ele tocar.

Robert fechou os olhos e tentou não demonstrar medo. O telefone tocou, mas ele não atendeu imediatamente.

— Robert?

Era Adam. Robert se virou para trás. Não havia ninguém. Ele olhou pelo parque, não conseguiu vê-lo.

— Adam. Para onde você foi?

— Dar um passeio. Levante-se e ande para o leste. Suponho que tenha um enigma.

— Espere. Sem enigmas. Não ainda.

— Robert...

— Lawrence Hencott. Você foi vê-lo pouco antes de ele se matar.

— Ah!

— Como é que você o conheceu?

— Por favor, não vamos falar sobre isso agora.

— Falamos sobre isto agora mesmo ou eu vou embora.

— Você não consegue.

— Observe.

Houve uma pausa. Será que conseguira amedrontar Adam, ou acabara de perdê-lo? E talvez Terri também?

Depois do que pareceu uma eternidade, Adam respondeu.

— Tive de vê-lo. Fui... obrigado a fazer isso.

— Por que ele se matou?

Adam deu um grito de dor.

— Estou... tentando nos proteger dos... Iwnw... aqueles abutres... Não posso nos proteger... se falarmos sobre isso agora.

— Por que ele se matou?

— Por favor...

— Diga-me.

— Para... proteger... você.

A ligação foi cortada.

Robert tentou lembrar as palavras de Lawrence durante o telefonema. *Acabar com você... bala... abutre... morra.*

Teria sido um aviso e não uma ameaça?

O Quad tocou novamente.

— Robert.

— O que você quer dizer com "para me proteger"?

— Encontre o esconderijo primeiro, e eu explicarei. Por favor.

— Você não sabe onde fica o esconderijo?

— Não. Nem esse, nem nenhum outro. Eles não me dirão. Não confiam em mim.

— Quem?

— Encontre o esconderijo, Robert. Eles não lhe enviaram uma pista?

— Não, ainda não.

— Verifique novamente.

— Quem está enviando essas mensagens?

— O Vigia.

— Quem é o Vigia?

— Você descobrirá muito em breve, tenho certeza.

Então, o Quad emitiu um sinal e Robert viu uma nova mensagem de texto:

> *Uma árvore coberta de folhagem é o lugar de paragem*
> *Vire o seu timão nessa direção*
> *Não sou irracional, Sou apenas um guia espiritual*
> *O primeiro de três, uma trindade*
> *Como o fogo entrelaça em triângulos amorosos*
> *Ainda para se redimir, sozinho precisa seguir*
> *Para sobreviver ao jogo*
> *Passe a Prova do Fogo*

Depois, ele indicou dois *waypoints*.

Belas grades curvas de ferro forjado preto circundavam o parque. Robert seguiu o caminho que o levava mais diretamente para o leste, esquadrinhando tudo ao seu redor, tentando achar Adam. Ele deparou, quase imediatamente, com uma árvore com buquês em volta do seu tronco e flores espalhadas entre as suas raízes. Era um olmo americano. *Ulmus Americana.* Ele viu uma placa na cerca de arame. Nela constava que no dia 9 de outubro de 1966 a. C. Bhakhtivedanta Swami Prabhupada e seus seguidores sentaram-se sob a árvore e organizaram a primeira sessão de canto ao ar livre fora da Índia, de *Hare Krishna, Hare Krishna, Krishna Krishna, Hare Hare...* O poeta da geração beat Allen Ginsberg esteve lá. O evento foi reconhecido como a introdução da religião Hare Krishna nos Estados Unidos.

— Robert.
— Sim.
— Você está com ele?
— Sim.
— Concentre-se. Encontre o esconderijo. Leia a pista.

Robert obedeceu.

— Você se tornou um Krishna e não contou a ninguém?
— Não. Não é esse o ponto. Somente vá adiante, com a noção de alegria. Se isso ajuda, Jimi Hendrix tocou neste parque. Ele recebeu o nome do cara que aboliu a escravidão no estado de Nova York. Olhe além do óbvio.

Robert andou em volta da árvore, procurando uma pista de algo enterrado. Ele procurou rachaduras e fendas... Nada. Verificou a placa e a cerca novamente. Passou a mão em volta da base da cerca. Nada. Até que algo, no alto da árvore, chamou sua atenção. Era uma cavidade, acima do topo.

Ele chamou um homem de aparência cansada, sentado em um banco próximo, e ofereceu-lhe 5 dólares para ajudá-lo a subir. Acabaram fechando em 10 dólares. Com as costas do homem contra a árvore e as mãos dele formando um estribo, Robert conseguiu subir e enfiar os dedos na cavidade. Sua mão tocou algo como uma linha de pesca e ele a puxou. Estava presa a outro tubo plástico vazio.

— Peguei.

— Seja discreto, Robert. Por favor.

Ele pulou no chão e olhou em volta. Ninguém parecia estar prestando atenção. Após examinar o tubo, Robert verificou que ele continha uma peça metálica irregular, de quatro lados, com uns 3 centímetros de comprimento. Parecia ser feita da mesma liga metálica que a Caixa da Maldade.

— Tenho de pôr algo no site.

— Por enquanto, não. Esta deve ser uma das três partes do objeto. Agora vá para o norte. Há algo que você precisa ver.

Robert enfiou a forma metálica em um bolso com zíper na calça. Um diagrama se formava na sua mente, além de sua capacidade de reconhecê-lo. Ele seguiu os caminhos curvos do parque em direção ao extremo norte, onde havia um banheiro masculino e um feminino, com um portão no meio que dava para um jardim na parte de trás. Ele passou por uma estrutura curiosa que, vista de perto, acabou se revelando uma fonte, uma figura mítica transportadora de água, no topo de um telhado piramidal de pedra com a palavra TEMPERANÇA esculpida.

— Continue andando, Robert.

Ele passou por um mastro de navio e chegou ao banheiro da estação. Pelo portão ele podia ver uma coluna de mármore cor-de-rosa de aproximadamente 3 metros de altura.

— Vá dar uma olhada, Robert. Isso é morte por fogo.

Era um monumento, com o desenho de dois rostos infantis em baixo-relevo.

Em memória daqueles que perderam suas vidas no desastre do vapor General Slocum, *junho XV, MCMIV*
Eram a coisa mais pura da terra, crianças e belas.

— Mais de mil pessoas morreram. A maior parte, mulheres e crianças — disse Adam. — Olhe o rosto daquele menino.

— Você está tentando *foder* com a minha cabeça?

— De maneira nenhuma, Robert, de jeito nenhum. Mas estou dizendo que a morte de Moss não fará sentido se você não avançar na busca.

— Avançar? O que você quer dizer com avançar? Eu já disse que quero ajudá-lo.

— *O General Slocum* pegou fogo quando subia o East River. Era uma excursão para as crianças da comunidade alemã de Little Germany. Você vai notar que não há outro assim em Nova York, depois disso. O capitão atracou em North Brother Island, no East River, para tentar salvar os passageiros. É o mesmo local onde Maria Tifoide foi internada e morreu, se você não sabia. O desastre com o *Slocum* foi o maior número de mortes por fogo em Nova York. O maior desastre até o 11 de Setembro.

— Aonde você quer chegar?

— O 11 de Setembro foi, digamos, mais ou menos três vezes maior?

— Mais ou menos. Está em uma categoria diferente.

— O que estamos tratando aqui, o que você estaria ajudando a interromper, seria possivelmente 10 mil vezes maior. Podemos interrompê-lo, mas só se continuarmos o jogo, por enquanto.

— Sobre o que você está falando?

— Morte por fogo. Você tem de me dar as chaves que conseguiu encontrar.

— De jeito nenhum.

— Você precisa pensar, eu entendo. Você deve receber outro *waypoint* em breve.

— Já recebi. Número 101.

— Comece a andar, já falo com você.

Robert andou pelas quadras de basquetebol de asfalto, onde as crianças jogavam e torciam, e pegou um sinal do Quad, na esquina da 10 do East Side, precisão de 11 metros. Ele mostrava que o *waypoint* 101 ficava a aproximadamente 1 quilômetro a oeste, perto do Washington Square Park.

Robert ficou quebrando a cabeça enquanto andava ao longo da 10 do East Side. *Registre tudo que chamar sua atenção. Será importante.*

Ele passou por uma igreja de tijolos vermelhos, em estilo neogótico, a St. Nicolas of Myra. Algo o deixou impressionado. Ele parou e examinou até descobrir o que era. Havia cabeças estranhas esculpidas nas paredes. Os rostos aparentavam estar... descascando? Cortados? Talvez fossem feitos de folhas. Elas se pareciam com as que ele tinha visto na John Street. Aquilo o deixou arrepiado.

Do outro lado da rua ele viu uma loja de antiguidades e objetos raros com um manequim de costureira do lado de fora e antigos itens militares e anatômicos expostos na janela. Havia outra na Primeira Avenida, em frente ao Coyote Ugly Bar, que vendia antigas máquinas de escrever, instrumentos musicais, abajures, modelos de mísseis militares e um belo espartilho preto. Em comparação com SoHo, a vizinhança tinha um ar mais grunge e acadêmico. Ele passou por uma loja chamada Vinyl Market, que vendia discos de música eletrônica em vinil de 12 polegadas.

O sinal do GPS continuou falhando, só voltando nas esquinas. Os dizeres "Requer vista do céu sem obstáculos" piscaram na tela.

Quando chegou à Segunda Avenida, avistou uma igreja, angulosa, em oposição à grade de Manhattan, com seu frontão triangular e campanário acima de um pórtico em colunata que lembrava os da St. Paul's Chapel, no centro da cidade.

Adam telefonou novamente.

— Robert, onde você está?

— Você não sabe dizer onde estou, como Terri?

— Não sou vidente como ela. Não posso fazer o que ela faz.

— Você não está me observando? Estou exatamente em frente à St. Mark's in-the-Bowery. Agora estou atravessando a rua para entrar no cemitério.

— O cadáver de um homem rico foi roubado aí e mantido para resgate no final do século XIX, sabia? A viúva teve de negociar para liberar o corpo.

— Não sabia.

— Estamos prestes a liberar os mortos também, meu amigo. Os futuros mortos. O nosso Tompkins, o libertador dos escravos, está enterrado aí. Thomas Addis Emmet, aquele que você achou estranho por não estar no seu obelisco na St. Paul's, também jaz em uma sepultura nesse local.

— Então você sabe sobre isso, hein?

— Leio tudo que você coloca no site. É parte do jogo.

— Vou começar a precisar de respostas melhores do que essa.

— Acalme-se. Você as terá.

A catacumba de Emmet era uma placa de pedra no cemitério pavimentado da igreja. A imagem de uma câmara vazia sob um obelisco o intrigava. Ele notou um enorme sino quebrado, em uma esquina do cemitério, pinos de ferro maciço mantinham sua estrutura. Os pinos significavam algo para ele também. Imagens indefiníveis percorreram sua mente. Ele colocou as mãos no sino, fechou os olhos e ouviu novamente o canto que ouvira no sonho.

Fat Mary Fat Mary Fat Mary...

Esforçou-se para livrar-se das imagens e do medo.

O Quad o conduziu direto ao longo da Stuyvesant Street, diagonalmente do outro lado da grade de Manhattan. Faltava menos de 800 metros. Ele atravessou a Terceira Avenida, em frente da Cooper Union, passou pela entrada da estação de metrô Astor Place inspirada no modelo de Budapeste, uma das poucas reproduções dos projetos originais das elegantes entradas de metrô. Quando se aproximou da Lafayette Street, uma grande luz vermelha brilhou ao norte, acima do Con Ed Building.

Ele passou ao lado de uma livraria da Barnes & Noble, na esquina da Broadway, ao longo do que costumava ser chamado de Obelisk Lane. Agora, o pináculo da Grace Church era visível quando ele olhava para o norte. Então, ao atravessar a Broadway, o Woolworth Building surgiu ao sul. As duas torres góticas unidas desenhavam linhas como as do mapa no seu escritório. Magníficas formas geométricas cintilavam em sua mente.

O sinal voltou novamente na Broadway. Faltavam aproximadamente 160 metros.

Foi em direção ao sul, passando por lojas populares, e seguiu direto para o Waverly Place, seguindo a seta que indica 140 metros. Ela apontava para a esquerda na Mercer, depois à direita na Washington Place... 54 metros... em frente, na esquina da Greene Street. A frase "Chegando ao destino" piscou, 24 metros, apontando diretamente para um edifício na esquina da Washington Place com a Greene. Por volta de 9 metros a seta começou a girar lentamente na sua própria margem de erro.

Ele olhou ao redor procurando outras pistas. Então o Quad tocou.

— Ainda está aí?

— Exatamente no *waypoint*.

— Onde é isso?

— Na Washington Place com a Greene.

— Ah... Entendi. Claro.

— O que estou procurando?

— Você precisará de tempo para absorver esse lugar. Leia a placa no edifício, na esquina noroeste da Washington Place com a Greene.

— O que tem lá?

— Mais morte por fogo, meu amigo. Isso é o que você estará ajudando a prevenir, se fizer o que digo.

Ele leu a placa: "Neste local 146 funcionárias perderam suas vidas no incêndio da Triangle Shirtwaist Company, no dia 25 de março de 1911..."

— Ah, meu Deus!

Ele conhecia a história, mas não reconhecera o local. A terrível visão de mulheres gritando, caindo, algumas de mãos dadas, como as pessoas que saltaram das Torres Gêmeas, espatifando-se na calçada na Greene Street. Jovens impedidas de sair, presas atrás das portas bloqueadas, nos últimos andares, enquanto as chamas destruíam a fábrica, impelindo-as para as janelas, forçando-as a pular para a morte. Ele podia sentir, podia ver as cenas. A dor era insuportável. A rua ressonava com a brutalidade da tragédia, não era sua imaginação. Por um momento, ele esteve de fato lá, psiquicamente, unido à dor e ao medo das mulheres. Ele sentiu a energia aumentar em torno dele, e se aplacar. Então desapareceu, da mesma forma que tinha chegado. Ele parecia com um rádio quebrado, captando fragmentos de sinais no ar.

Adam perguntou:

— Robert, qual é a coisa mais preciosa na sua vida?

— O meu casamento. A lembrança de Moss. A perspectiva dele, melhor dizendo.

— Mais uma vez. Você tem de me entregar as chaves que achou até agora. Haverá um anel ou cilindro de alguma espécie, um par de círculos entrelaçados, e aquele que você irá pegar hoje.

— Não posso fazer isso, Adam.

— Se não o fizer, vou me assegurar que Katherine saiba tudo sobre você e Terri. Tudo. Nós dois a conhecemos. Ela o deixará.

— Ela não acreditaria em você.

— Quando foi a última vez que vocês... não importa. Há fotos. Vídeo. Terri não sabia de nada, se isso faz você se sentir um pouco melhor.

— O quê? O que aconteceu com você, seu doente?

— A única saída é ir mais fundo. Você tem de me dar as chaves.

— De jeito nenhum.

— Você tem que pensar a respeito, com muito critério.

— Chantagem? Não acredito!

— Pense bem. Você tem que decidir o que é o melhor para Katherine. Agora vá buscar o próximo esconderijo. Qual é a pista?

Era praticamente a mesma de antes:

> *Uma árvore de carrasco sem par é o lugar de parar*
> *Vire seu timão em outra direção*
> *O segundo de três, uma trindade*
> *Como o fogo entrelaça em triângulos amorosos*
> *Porém para se redimir, sozinho precisa seguir*
> *Para sobreviver ao jogo*
> *Passe a Prova do Fogo*

Um frio desinteresse apoderou-se de Robert, o mesmo que o possuía sempre que se sentia atacado. Eles realmente tinham sido gravados em vídeo? Isso fazia diferença?

Ele começou a visualizar um esquema. Sentiu que obtinha vantagem. Conseguiria superar tudo aquilo. Não seria tratado como um brinquedo. Precisava ganhar tempo.

— Vou pensar sobre o que fazer com as chaves.

— Muito bem. Qual é a pista?

Ele leu para Adam.

— Procure pelo velho Garibaldi.

Ao entrar no parque Robert passou por uma surpreendente estátua do genial militar italiano desembainhando a espada. O que era importante? Durante o exílio, Garibaldi compartilhara uma casa em Staten Island com um homem chamado Meucci, que supostamente teria inventado o telefone, antes de Alexander Graham Bell. Um vasilhame de vidro foi encontrado sob a base da sua estátua, quando foi removida, em 1970. O objeto era uma cápsula de tempo de vidro, contendo recortes de jornal dos anos 1880 sobre a sua morte e a construção da estátua. Tratava-se de algo precioso, delicado, desconhecido...

Ele andou em direção à fonte circular, no centro do parque, olhando ao redor e absorvendo o local. O território do escritor Henry James ficava do lado norte. A Universidade de Nova York a leste, ao sul e à sua volta. Um prédio de tijolos vermelhos da universidade o fez lembrar-se de um reator nuclear. Diz a lenda que um dos olmos, na esquina noroeste do parque, tinha sido usado para enforcamentos em praça pública. Robert decidiu procurar a árvore. O West Village estava à frente dele, onde a pergunta tinha começado, no apartamento secreto de Adam, dois dias antes.

Vire seu timão em outra direção...

Ele a encontrou. Mesmo repleta de folhas, era uma criatura sinistra, dilacerante, distorcida. Uma árvore da morte.

O parque tinha sido uma área de desfile militar, o campo de um oleiro, um lugar de execução pública, nesta ou em outras árvores. E, antes disso, um pântano, alimentado pelo rio Minetta, que ainda fluía sob Lower Manhattan. Na cultura indígena americana, o Minetta, ou Manetta, era uma serpente.

Ele inspecionou a Árvore do Carrasco. A única coisa que a identificava era uma pequena placa verde, no tronco. Ele pulou a grade baixa, na grama, para olhar mais de perto. Examinou em volta da base e achou uma tachinha verde, espetada na terra. O esconderijo estava entre as raízes, embaixo da terra, no solo macio.

O tubo continha dois itens idênticos ao primeiro. Possuíam uma forma estranhamente angulosa, que parecia ajustar-se de um jeito que ele não conseguia compreender. Ele escondeu os objetos no bolso, passou pelas mesas de xadrez do parque, na esquina sudoeste, e recusou várias ofertas para jogar.

"Mesas para jogos de xadrez e damas. Não é permitido o seu uso para ficar vadiando" uma placa informava. "Limite de duas horas por mesa. Livre para uso público. Não é permitido apostas ou taxas." Ignorando a placa, ele se sentou e ficou vadiando, esperando pelo próximo telefonema. Ele sabia o que tinha que fazer. Estava na hora de assumir o controle. Temia a dor que isso traria, mas tinha de fazê-lo.

Sua mente voltou-se para os rostos estranhos na St. Nicolas Church e na John Street. Seriam rostos esfolados? Deuses da colheita? Disfarces de alguma espécie?

Depois de alguns minutos o Quad tocou:

— Pegou o objeto?

— Sim, os objetos, para ser exato. Parecidos com o primeiro. Tenho três partes agora.

— Falta só um, então, eu diria. Qual é o próximo *waypoint*?

Robert olhou o Quad. Era 036.

— Eu avisarei quando estiver lá.

Ele voltou à esquina noroeste do parque, ao lado da Árvore do Carrasco, e ficou dando voltas até conseguir um novo sinal. O Quad indicou que faltavam apenas pouco mais de 800 metros, apontando para oeste. Ele pegou a Waverly Place. Atravessando a Sexta Avenida ele viu a pequena e exótica torre de tijolo vermelho do Jefferson Square Market Building ao norte. Uma pirâmide acima da frente quadrada de um relógio, no alto de uma torre cilíndrica, no topo de uma base octogonal. Ele se lembrou de uma prisão em estilo art déco, que havia no local do jardim, que tinha um altar giratório para ser usado por presos de crenças diferentes. Foi a única prisão que ele desejou conhecer.

O Vigia avaliava o progresso de Robert, enquanto considerava os riscos e as imprecisões do plano. Imagens incompletas vieram à mente do Vigia. Ele via Adam pressionando Robert, Robert resistindo. Robert lutando com dilemas, com medo. Adam lutando contra o Iwnw, cedendo terreno, fingindo obedecer às ordens do diabo, ocultando, agindo de forma dissimulada; esforçando-se em direção à luz. E Katherine, enquanto se preparava para agir na clandestinidade, escondia um segredo sombrio e impenetrável. Ninguém podia ver o que havia naquele canto obscuro de sua alma.

O Vigia viu o criador do Ma'rifat' suspenso entre vidas, trancado no DNA de Adam, incapaz de perdoar e de esquecer. Incapaz de morrer. Viu o câncer de Terri, suspenso no tempo. Então ele olhou novamente e viu, com horror impotente, que agora o mal estava descongelado.

Quando saísse do transe, Horace voltaria a se dedicar às preparações do enterro de seu irmão. O sofrimento aguardava por ele.

O Vigia rezou por si e por todos.

Nova York, 28 de agosto de 2004

Conforme caminhava, Robert se viu cercado por formas triangulares.

Ele avistou o Northern Dispensary, um prédio triangular, do século XIX, onde funcionara um hospital para pessoas pobres. Ele notou algo estranho em relação aos nomes das ruas do prédio: Waverly Place, em dois lados do edifício, e Christopher Street e Grove Street, no terceiro lado. Edgar Allan Poe havia sido internado no antigo hospital, na época em que ofereciam láudano aos pacientes.

Robert chegou ao Christopher Park, concebido como um espaço triangular, aberto, a pedido dos moradores da região, depois que um incêndio destruiu a área, em 1835.

Vistas de cima, as ruas formavam uma estrela, e as esquinas eram pontiagudas. Em uma dessas esquinas havia um bar ao lado do parque, cuja entrada, que ficava de frente para a esquina, tinha a forma de uma goiva recortada do ângulo pontiagudo do prédio, no andar térreo. Os andares superiores mantinham a protuberância que acompanhava o formato triangular, e davam a impressão de terem sido construídos por dois estranhos artesãos, esculpidos no próprio concreto acima da parte recortada, aparentemente esmagada pelo próprio peso. Em outro entalhe via-se uma mulher nua, montada em um monstro marinho.

Ele percebeu que estava na área onde as ruas tinham uma formação irregular, onde pegara o metrô da Christopher Street, dois dias antes.

Ele atravessou a rua até a placa triangular na calçada do Village Cigars, que representava a recusa de um antigo proprietário do local em vender menos de meio metro quadrado da propriedade às autoridades locais.

Seguindo a seta do Quad, ele reconstituiu mentalmente seu caminho de quinta-feira, ao longo do Christopher Park, passando pelas lojas de tatuagem, bares gays, lojas de roupas eróticas. Ele voltou às estrelas na calçada, onde Terri entrara em contato pela primeira vez pelo Quad.

Ah, como ele desejava Terri! Seu corpo tremia só de pensar nela.

Ele percebeu onde ia parar quando o GPS contou os metros, até o cruzamento da Charles com a Greenwich Street. Ele chegou a uma estranha casa de madeira, de dois andares e pintada de branco, cujo formato era tão fora da realidade que parecia um projeto de avião, insensível ao radar. Do outro lado da rua ficava o edifício onde Adam tinha um apartamento. Ele esperou o Quad tocar novamente.

> *O terceiro de três, uma trindade*
> *Precisa empreender a façanha em uma casa estranha*
> *Nosso objeto está oculto em um poste escuro*
> *Como o fogo entrelaça em triângulos amorosos*
> *Porém para se redimir, sozinho precisa seguir*
> *Para sobreviver ao jogo*
> *Passe a Prova do Fogo*

Robert ajoelhou-se próximo à grade de ferro do portão, que dava para o jardim da casa de madeira. Na base da grade, presa com um ímã e pintada de preto, estava a última parte do quebra-cabeça. Rapidamente, ele guardou o objeto no bolso e se levantou.

Então, Adam telefonou.

— Robert? Onde você está?

— Não consigo olhar para esta casa sem ficar tonto. Ela altera o espaço ao redor.

— É uma casa de fazenda holandesa, do início do século XVIII. Foi trazida até aqui em um caminhão, em 1968, do Upper East Side, para não ser demolida. Serviu de residência para a escritora do livro *Boa noite, lua*, antes de ser removida. Observe o jardim.

A casa ficava em um terreno triangular. Ele olhou por cima das grades e viu, acima de um alimentador, uma casinha de pássaro branca, bem pequena, com estranhos ângulos inclinados: uma perfeita miniatura e reprodução da própria casa.

— Parece um pouco com a chave do Ma'rifat' que lhe enviei — disse Adam. — A pequena é uma miniatura perfeita da maior. Há algo no meu antigo apartamento que você precisa ver.

— O que vou encontrar lá dessa vez? Você?
— Não.
— Terri?
— Não. Desculpe.
— Alguém que eu conheça?
— Não há ninguém, agora, na Casa dos encantos. Suba.
— Por coincidência, eu realmente preciso fazer xixi. Achei que você nunca perguntaria.

Robert tirou as chaves e começou a subir as escadas.
— Cinco lances. Obrigado.
— Aproveite.

Ao abrir a porta, uma surpresa: o apartamento tinha sido esvaziado. As persianas estavam fechadas e a única luz existente vinha de uma luminária azul de lava, no chão, onde ficava a escrivaninha de Adam.
— Pelo que estou vendo você aderiu ao minimalismo dos anos 1970. Legal!
— Que tipo de música você acha que combina com isso?
— Kraftwerk, talvez. Este era seu ninho de amor com Terri? Ou com outras garotas?
— Só falo em juízo. Você tem a chave completa agora?

Robert tinha, nas mãos, as quatro partes do quebra-cabeça.
— Elas combinam de algum modo. Não posso ver como. O que você queria que eu visse aqui?
— Espere. Entrarei em contato mais tarde.

Adam desligou.

Robert entrou na pequena cozinha, nos fundos do apartamento, e levantou a persiana. As quatro partes da chave tinham formas idênticas. Todas eram ordenadas magneticamente. Ele as torceu, umas contra outras, diversas vezes.

Alguns minutos depois Adam telefonou.
— Está pronto?
— Quase.
— Perdedor. Deve formar uma pirâmide.
— Eu sabia. Pude ver isso.
— Robert, dê-me as chaves. Você tem que fazer isso.
— Não.
— Sabe de uma coisa? Katherine não foi apenas visitar a amiga no West Village ontem. Ela se encontrou comigo também.

— O quê?

— Escute, por favor. Vou lhe enviar uma fotografia. Estivemos no Washington Square Park. Olhe de perto. Temos tido contato, há algum tempo, mas pedi que ela guardasse segredo. Ano passado ela tentou me ajudar. E conseguiu. Agora ela quer saber o que está acontecendo e o quanto ela pode contar a você. Isso não é uma ameaça. É um aviso do que está em jogo.

O arquivo chegou, e ele o abriu, na tela do Quad.

A foto mostrava Katherine, com o vestido que ela estava usando no dia anterior, sentada em um banco do parque. Em volta de sua cabeça havia uma nuvem escura. E, nela, Robert viu novamente a cara da morte. Era o olho único, belo, sedutor, que emana uma luz amarela e azul, com o núcleo preto inanimado. Seria a cara do Iwnw? Será que estavam perseguindo Kat? Até que ponto ele poderia acreditar no que Adam dizia?

Robert gritou ao telefone:

— Adam...

— Se você não me der as chaves...

A conexão foi cortada.

Robert olhou para a rua da janela da cozinha, lutando contra o seu medo. Então, notou um ruído sibilante vindo do forno. Um vislumbre de chama, como uma faísca, surgiu em um dos bicos de gás. A faísca cresceu e formou uma pequena linha de fogo, torcendo-se acima da boca do fogão, arqueando-se lentamente no ar. Seguiu-se uma segunda faísca, dessa vez uma serpente de fogo, girando lentamente no ar, diante de seus olhos.

Uma teia flamejante de luz formou-se na sua frente, enquanto ele olhava, paralisado. Aos poucos ela se transformou em um vulto humano brilhante, em uma filigrana de chama. A figura permaneceu por alguns instantes, mas logo se fundiu e tomou a forma de um rosto ardente mutante e ondulado.

— Robert.

Era uma voz que ele conhecia, mas não conseguiu identificar.

— Quem... quem é você?

— Estou zelando por você.

A voz era um sussurro, entrelaçada com o assobio do gás e um toque de profundo poder, como um trovão distante.

— O que está acontecendo?

— A cozinha está explodindo. Já começou. Isso tudo está acontecendo, em uma fração de segundo. Mas não se preocupe. Estou avisando a tempo.

— Como isso é possível?

— Você está começando a aprender a ver.

— Este lugar inteiro vai explodir?

— Já está. Você não sobreviveria em condições normais.

As tranças de fogo fundiram-se novamente e tomaram a forma de vulto de um ser humano mutante, da altura de Robert, que ondulava como um reflexo na água.

— Como isso pode estar acontecendo?

— O tempo existe de maneira distinta para cada um. É parte de uma jaula que construímos para nós mesmos. Você está abrindo a porta da jaula e se liberando de seu pequeno e adormecido ego.

— Estou apenas tentando sobreviver.

As garras da chama começaram a aumentar, avolumando-se para destruir o corpo do vulto e se enrolando em grossas cordas de fogo.

Entretanto, ele podia ouvir a voz.

— Espero que haja algo mais. Você está sendo atacado por aqueles que se denominam Iwnw. Eles estão se alimentando da energia psíquica de Adam para fazer isso. Eu apenas posso intervir, inserir-me no ataque, a tempo suficiente de dar a você uma possibilidade de sobreviver. A propósito, você precisará usar a janela, porque não conseguirá escapar se sair pela porta.

— Qual é o seu nome?

— Sou o Vigia. Você me conhece como Horace. Corra, Robert!

Robert subiu na pia da cozinha e tentou, em vão, abrir a janela. As chamas tornavam-se mais densas. Ele pegou uma panela e quebrou o vidro, o máximo possível. Depois, ergueu o corpo, empurrando a cabeça e os ombros pela janela. Com uma das mãos nos olhos, outra na virilha, para se proteger do vidro quebrado, ele subiu, empurrando os pés contra a parede da pia.

Ele voou pela janela, enquanto as chamas formavam uma bola de fogo explodindo em uma ruidosa e imensa onda de choque.

Ele caiu no telhado do apartamento vizinho, um andar abaixo, rolando enquanto destroços desabavam ao seu redor. Então ele permaneceu deitado de costas, hiperventilando com o choque, dizendo repetidas vezes:

— Meu Deus! Meu Deus!

Sangrando devido a um corte na coxa e tremendo, Robert conseguiu chegar à calçada pela saída de emergência e ouviu o som de sirenes. Ele ouviu uma voz, uma intuição que parecia uma ordem: *Fuja. As autoridades não podem ajudar. Fuja.* Ele sentiu o desafio no coração. Estava mais forte. Mais uma vez, eles falharam ao tentar assassiná-lo. Ele se desenvolvia no Caminho.

Com muita dificuldade, mancando, ele foi para o norte, a partir da casa da escritora de *Boa noite, lua*, ao longo da Greenwich Street, até encontrar um degrau para sentar por alguns instantes a fim de examinar o ferimento.

Era aparentemente superficial, embora começasse a latejar. Tivera sorte, se é que o ocorrido pode ser considerado sorte.

Ele olhou de novo para o prédio. Não havia nenhum incêndio, e parecia que a explosão, de alguma maneira, dirigira toda a sua força para fora do último andar, não provocando nenhum dano nos andares abaixo. Os vizinhos apontavam para as janelas quebradas do apartamento de Adam quando um carro de polícia chegou ao local.

Suas mãos ainda tremiam.

A explosão em *slow-motion* já era como um sonho em sua mente. Teria sido Horace falando com ele no meio das chamas? Teria sido uma alucinação? O que era verdadeiro e o que eram truques de sua imaginação?

Não aguentaria ir muito longe. Entretanto, precisava continuar.

Lembrou-se da ameaça de chantagem de Adam. Então, tomou uma decisão. Ele desafiaria Adam. Tomaria a iniciativa. Contaria a Kat sobre Terri, antes que Adam o fizesse, por mais que aquilo fosse doloroso.

Ele se concentrou em soluções práticas, por exemplo, em como chegar em casa e como avisar Katherine.

Há alguns anos ela havia insistido em estabelecer códigos de emergência, no caso de um deles estar em perigo. Com a experiência do antigo trabalho, prudência e hábito eram costumes obstinados de Kat. Ele telefonou.

— Katherine?

— Robert? O que foi? Está tudo bem com você?

— Oi, querida. Estou ótimo. Liguei só para avisá-la que aquela enxaqueca que eu previ esta manhã acabou não me acometendo. Talvez tenha que trabalhar até tarde com Derek, mas volto assim que puder. E, ah, comprei entradas para assistirmos *Rei Leão*, finalmente. Estou feliz por isto. Adivinhe para quando?

— Esta noite?

— Sim.

— Então é melhor eu me preparar.

Ela desligou. As mãos de Robert, encharcadas de suor, deixaram uma marca no telefone. A umidade aumentara com o passar do dia. Seus olhos ardiam com o suor e o latejamento na perna tornava-se mais profundo.

Ele fez sinal para um táxi e ofereceu uma quantia generosa para ir até Nova Jersey. Quando se aproximavam do Lincoln Tunnel, Katherine ligou.

— Você terá que devolver as entradas, desculpe. Acabei de lembrar que Orlando virá para o jantar.

— Merda, eu tinha esquecido completamente. Tudo bem. Vejo você mais tarde.

"Enxaqueca" e "Rei Leão" significavam que ela deveria ir para um lugar seguro, fora da casa, que só os dois conheciam. O fato de ela ter telefonado indicava que já estava lá.

Sabendo que Kat estava segura, ele entrou em casa, tomou um banho, trocou de roupa e desinfetou o ferimento. O atual local seguro era a casa da amiga do casal, Kerry, distante alguns quilômetros da casa deles. Eram quase 15h30 quando ele chegou lá, depois de seguir por uma estrada sinuosa. Ambos tinham chaves. Katherine costumava tomar conta dos gatos de Kerry sempre que ela viajava a trabalho, o que acontecia frequentemente. Naquela semana, por exemplo, ela estava em Chicago. Ao enfiar a chave na fechadura, lembrou-se de seu pai voltando para casa à noite, depois de trabalhar até tarde, a sensação de segurança quando ouvia o trinco da porta, a esperança de que ele viesse até o seu quarto para falar sobre o seu dia. Entretanto, ao entrar na casa de Kerry, sentiu-se como se trouxesse algo estranho com ele, algo perigoso e indesejado. Katherine estava sentada na sala. Usava calças largas, uma jaqueta leve e botas, e ele sabia que ela mantinha uma pistola junto ao corpo. Ao vê-lo, ela deu um "Oi" que mal deu para ser ouvido, em resposta ao cumprimento sussurrado de Robert. Ele se aproximou e beijou a cabeça dela.

— Vai ficar tudo bem — disse ele. — Desculpe ter assustado você.

— Dia louco esse. Já tomou banho?

— Tomei.

Ela lançou-lhe um olhar investigativo e ele sentiu um tremor na pele e no fundo dos olhos. Será que ela estava tentando descobrir algo? Ele nunca tivera essa sensação antes.

— Você ouviu falar das prisões por causa dos atentados a bomba?

— Não.

— A polícia prendeu dois caras, um americano e um paquistanês, que planejavam explodir a estação do metrô da Herald Square. Disseram que eles tinham a intenção, mas nenhum explosivo.

— Será que eles sabiam o que estavam fazendo?

— Parece. No entanto, não há indício de nenhuma conexão com grupos organizados. Tem algo a ver com a nossa situação?

— Não.

— Então, qual é a ameaça?

O treinamento de Katherine a tornou muito firme e eficiente. Nesse aspecto, eles combinavam.

— Temos enganado um ao outro, de certa forma.

— Qual é a ameaça?

— O que Adam lhe disse ontem?

— Vamos ser claros sobre uma coisa. Ele veio até a mim no ano passado...

— Pedir para você guardar segredo, já sei. De que forma ele queria ajuda?

— Ele não disse. Na época, tudo o que ele disse foi que iria enfrentar alguém muito poderoso, e queria saber se eu tinha recuperado algumas das minhas habilidades. Eu disse que não, mas ele pediu que eu tentasse, em todo caso.

— Quando foi isso, exatamente?

— Na manhã do Blecaute, no dia 14 de agosto. E ele me fez jurar segredo, para proteger você. Disse que não o envolveria, a menos que fosse absolutamente necessário.

— E ontem?

— Ele disse que a pessoa com a qual ele teve de lutar, há um ano, havia voltado. Disse que, de alguma forma, estávamos vulneráveis, porque desde a noite do incêndio, em Cambridge, estamos todos... entrelaçados. O que você sabe, além disso?

Ele mostrou-lhe a foto. Ela fitou a tela, sem palavras.

— Adam me enviou isso, há algumas horas. Ele me envolveu nessa coisa. Mas há algo muito... obscuro acontecendo com ele, algo que eu não acredito que ele seja capaz de controlar. Não sei se ele pode vencer isso.

— O que você quer dizer?

— O que eu quero dizer é: vamos supor que ele precisa de mim, não para interromper essa tragédia, mas sim para causá-la. Vamos supor que tudo não passa de um truque. Ele ameaça você, mas diz que é para protegê-la. Ele me ameaça...

Ela olhou nos olhos dele.

— Como?

Ele não podia encará-la.

— Somente um monte de asneiras. Não tenho medo dele.

— Você tem medo de alguma coisa.

— Menos do que antes. Não sei como explicar.

— Essa coisa na foto, você já tinha visto?

— É a morte. Não me pergunte como eu sei.

— Você a viu na noite do incêndio, no quarto de Adam. Eu sei disso.

A cabeça dele flutuava com segredos, com coisas que ele tinha visto e negado a vida inteira, coisas que considerava proibidas, coisas que mal podia acreditar que tinha visto nos três últimos dias. O que ele poderia dizer a ela? O que deveria dizer?

— Você viu também, Kat?

— Sim. Em sonho. E pude sentir, no quarto de Adam, naquela noite em Cambridge, embora não soubesse o que era, naquele momento.

— O que é?

— É maléfico. Habita um mundo virtual, quer dizer, não vive exatamente, mas busca isso, constantemente. Alimenta-se de dor, confusão e medo. Está, de certa forma, conectado ao livre-arbítrio. Quando alguém decide fazer o mal ou tem a oportunidade de agir assim, ele se aproxima. Quando a pessoa se aventura em áreas psíquicas, com as quais não está preparada para lidar, ele vê uma oportunidade. E também traz a morte.

— Como isso está relacionado a estas pessoas chamadas Iwnw?

— Não sei ao certo o quanto posso falar sobre isso. Cada um de nós tem um papel nesse processo, Robert, e esse papel tem que ser executado. Algumas coisas só tem valor se você as descobrir por si só. Pelo que Adam disse, eu acho que os Iwnw vivem neste mundo e no outro. Eles têm pessoas, em cada geração, que agem por eles. Uma espécie de sacerdócio, se preferir, e então eles são também esse... olho.

— Estou começando a entender um pouco, mas preciso de ajuda. Há pessoas que lutam contra eles, certo? Horace? Ele tem zelado por nós todo esse tempo?

— Você se lembra daquela noite na Round Church? Foi a única vez que você o encontrou enquanto ele estava orientando Adam, na Inglaterra.

— Ah, meu Deus!

A cada hora a vida dele era refeita. Nada era como parecera. Ele via forças protetoras à sua volta, em todos os momentos de sua vida, tentando protegê-lo de sua própria natureza. Os seus pais, Adam e Kat, e também Horace.

— Tenho de ser quem eu sou agora — disse ele, sem se dar conta de que estava falando em voz alta.

Kat não respondeu.

— Fui tão cego, todo esse tempo.

Ela sorriu.

— Não. Você não estava pronto; até agora. Uma coisa da qual você precisa se conscientizar é que Adam diz que está nos protegendo, cuidando de nós. Eu acredito nele.

— Não sei se acredito, Kat. Acredito que ele quer isso, mas...

O celular dele tocou. Era Horace. Ele beijou Katherine e foi até a cozinha, para falar.

— Robert, meu amigo. Você está bem?

— Você salvou a minha vida.

— Quase não foi possível. Apenas fui capaz de fazer a balança pender a seu favor. Não tinha percebido que Adam estava submetido aos efeitos dos outros de forma tão intensa. Eles o usaram para chegar até você.

— Entretanto, ele continua resistindo, não é? Senti que ele lutava.

— Sim, mas ele está perdendo mais rápido do que eu imaginava. Robert, você deve prestar atenção a tudo, a cada voz interna, cada coincidência aparente, cada sensação que recebe das pessoas.

A raiva incendiou o coração de Robert.

— Estou indo o mais rápido possível! Fui atacado três vezes! Tem gente tentando me matar, pelo amor de Deus!

— Você não está sozinho em relação a isso. Estou em uma posição delicada também, poderíamos dizer. Minha casa não é o local mais recomendável para mim, no momento. Se eu for para casa, serei morto.

— O quê?

— É tempo de crescer, Robert. Para todos nós.

— Desculpe, eu...

— Silêncio. Não posso ficar por muito tempo. Eles me encontrarão e Adam me matará.

— Adam?

— Do mesmo modo que matou Lawrence. Ou fez com que ele morresse. Morrerei também, se for preciso, para proteger você.

— Horace?

— Entenda o que está em jogo, Robert. De verdade.

— Quem são *eles*, Horace?

— Os membros do Iwnw são os abutres da alma. Neste mundo e no outro. São parasitas e estão usando o Minotauro como uma espécie de portão para atingir Adam. Rápido, conte-me tudo o que aconteceu hoje.

Robert contou tudo a ele.

— Você deve continuar. Deve continuar nisso com Adam. É preciso.

— Mas você não disse que ele irá matá-lo?

— Ele está lutando. Ainda não está derrotado, mas a força de vontade dele não é inesgotável. Quando cansar, não estará no controle das suas ações.

— Ele pode ser salvo?

— Sim, Robert. Você pode salvá-lo. E a todo mundo. Mas só se você se arriscar a perder.

— Perder o quê?

— Perder tudo.

Sua mente voou em diversas direções. Ele permitiu isso. Estava aprendendo a acreditar.

— Horace, eu concluí a terceira prova? Passei?

— Deixe-me organizar meus pensamentos por um momento.

Horace calou-se. Robert reconheceu algo em si, mais forte do que antes, algo que ele conhecia de sua vida habitual, que parecia ter ficado há muito para trás: estava comprometido agora. Queria ir até o fim, apesar do preço. A alternativa era terrível demais para ser considerada.

— A terceira prova concentra-se na liberdade — explicou Horace. — Ela coloca você em uma situação em que a sua autonomia e sua independência, sua capacidade de ganhar o próprio sustento e decidir o seu próprio destino são colocados sob pressão insuportável. Estes são os poderes do fogo, as energias que motivam a ambição, o autorrespeito, a busca da realização, a força do orgulho. Esta prova o levou mais profundamente na natureza da corrida para interromper a explosão do Ma'rifat'. Para passar a prova você tem de descobrir o que há nos limites externos da liberdade e pagar um preço altíssimo: ao entrar na sombra desse poder você tem de decidir entre submeter-se à chantagem ou perder sua esposa.

— Já escolhi. Vou contar tudo a ela.

— Muitos aspirantes ao conhecimento do Caminho falham nesta etapa de um dos dois modos: não conseguem explorar os poderes do fogo para criar um ego forte e senso de independência ou não conseguem transcender a vaidade. Diga-me, ao rejeitar essa extorsão e estabelecer essa liberdade de ação, o que você vê nos limites externos da liberdade?

Aquela fora a mesma pergunta feita pela carta, de um modo diferente: *Busque as fronteiras extremas da liberdade.*

— Liberdade absoluta significa solidão absoluta, isolamento absoluto. Isso me custará Kat, mas não tenho escolha, a não ser empreender essas ações, se eu quiser sobreviver.

— Muito bem. Você terá recuperado uma chave em quatro partes, formando um triângulo ou uma pirâmide, e terá descoberto outra parte do seu corpo despedaçado de luz. Se tivesse falhado nessa etapa, teria perecido. Eu não teria sido capaz de ajudá-lo se você não tivesse desenvolvido a força para sobreviver. Você passou na prova.

As lágrimas repentinamente encheram os olhos de Robert. Ele estava esgotado, assustado e confuso. Mas estava vivo e lutando, e aprendendo o que era necessário para lutar melhor. Estava orgulhoso de si mesmo.

— Robert, você está aí?

Ele se recompôs, limpando a garganta e esquadrinhando a mente à busca de perguntas.

— Há algo que despertou minha curiosidade. Eu vi uma coisa que me incomodou em uma igreja no East Village. Uma cabeça, um rosto, que parecia... esfolado? Coberto de folhas? É difícil descrever.

— É o Homem Verde — respondeu Horace, imediatamente. — Muito bem. O que você viu é uma máscara foliácea. Há muitos rumores sobre isso, mas no fundo há algo que você precisa. Significa vida. Lembre-se disso. Tem mais uma coisa. O termo "o Túnel de Água Número Um" significa algo para você?

— O túnel grande que está sendo construído? Que vai levar 30 anos para ficar pronto?

— Não, esse é o Número Três. Aliás, avançando de forma bem razoável agora, com as novas brocas gigantes. Mas eu me refiro ao Número Um. Siga a rota dele. Será esclarecedor. Agora tenho que desligar. É perigoso falar mais.

— O que você vai fazer?

— O que devo fazer. Vou ajudá-lo a lutar.

Robert voltou à sala, onde estava sua esposa, e suspirou.

Katherine perguntou:

— Como está Horace?

— Katherine. Eu traí você. Eu transei com Terri ontem.

A Canção de Amor de um Mártir: A Criação do Ma'rifat'

Meu pai não era apenas um cientista; era um sonhador e um homem de profundo interesse espiritual. Foi professor, físico, químico e, além disso, místico, um explorador dos mistérios divinos. Não há outros termos que definam o que ele estudou, embora na época de Chaucer — pois é, eu sou um árabe erudito, lembra? — ele teria sido chamado de alkamystere.

Pegue a química, a alquimia, o mistério, misture tudo. É a ciência perdida, ou Alcumystrie, *como passou a ser chamada mais tarde. Fui discípulo do meu pai. Aprendi com ele. Fiz uso desses ensinamentos.*

Eu tinha rezado para que o 11 de Setembro fosse suficiente; para que a América aprendesse; para que a grande onda de compaixão e abnegação que o ataque provocou durasse e se espalhasse pelo mundo. Mas isso não aconteceu. E eu cheguei à conclusão, entre lágrimas, que algo muito maior era necessário.

"Eu amo Nova York." O que foi exigido de Nova York superou em muito isso. Não apenas mostrar compaixão e seu enorme coração diante do ataque, mas, muito mais, pelo mundo: morrer. Esse grande coração precisava ser interrompido; ele tinha que fazer o derradeiro sacrifício, o derradeiro salto rumo ao divino.

Quando o Dispositivo foi acidentalmente acionado, eu morri no mundo físico, mas, agora, vivo em um lugar onde não há tempo nem espaço, onde vive a luz. Para partículas de luz, não há tempo, e todos os lugares são um só. Agora sou um Homem de Luz e observo o funcionamento do mundo que deixei como uma só coisa. Sou um recém-nascido. Sou um moribundo. Estou trabalhando no Colisor Relativístico de Íons Pesados. Estou enterrando meu avô. Estou conhecendo uma mulher, pela primeira vez. Minha mãe está nos meus braços. Estou construindo o Dispositivo. Estou fazendo e sendo todas essas coisas.

Daqui posso ver tudo. Posso ver todos nós. Vejo a tarde do dia 14 de agosto de 2003 em cada detalhe. Dou voltas acima do nordeste dos Estados Unidos, como uma águia, e observo o avanço do Blecaute. Vejo a eletricidade agitar-se loucamente para a frente e para trás, ao longo dos fios de alta-tensão. Vejo a escuridão se disseminar. Vejo o mundo quebrando como gelo. Eu me lanço, entro em corpos e sinto as suas sensações mais íntimas. Vejo cada um de nós ligados uns aos outros, ao longo das fendas e falhas geológicas expostas pela detonação.

Eu me vejo morrer.

Vejo Robert e Katherine fazendo amor. Vejo Terri hiperventilar, perdida em sensações, perdida nela mesma. Vejo-a perder a visão.

Vejo Adam. Vejo-o lutar. Vejo-o em uma sala em chamas. Sempre o vejo em uma sala em chamas. Sempre o mesmo fogo.

Vejo a curva do tempo e do espaço.

Vejo o fundo da minha alma. Vejo a falha. Vejo, tarde demais, o caminho errado que trilhei, e que deveria ter corrigido.

E eu me vejo falhar.

Há uma escultura no Battery Park que mostra marinheiros tentando desesperadamente resgatar um homem que está se afogando, completamente coberto pela água, quando a maré enche. Da mesma forma, estamos todos agrupados no mar divino, quando nossos temores individuais são dominados por um amor maior... quando todo o medo tiver desaparecido, o amor no âmago de cada um de nós poderá fluir. É assim que eu vejo o mundo dos homens, da minha nova residência na luz. Pacotes muito pequenos de amor, arrancados uns dos outros e do próprio mundo pelo medo. Todas as fronteiras no mundo são feitas de medo. Precisamos delas para nos desenvolver, mas depois devemos aprender a derrubá-las novamente, para transcendê-las. Que poder consegue realizar isso?

Em Brookhaven, no programa acelerador de partículas em que trabalhei, voltamos tanto o relógio do tempo que fomos capazes de criar a matéria em uma forma que foi vista no universo dez microssegundos após o Big Bang. É chamado plasma de quarks-glúons, mas você pode considerá-lo simplesmente isso: um universo líquido. O oceano do qual todos nós viemos. A máquina que usávamos para colidir ouro é tão potente que, antes de termos a permissão para usá-la, foram necessários estudos para mostrar que o receio de que isso poderia destruir a Terra era infundado. Uma das preocupações era a de que poderíamos *destruir todo o universo conhecido. Isso não é piada. O relatório que examinou essas questões e concluiu que era seguro ir em frente está disponível ao público. Você pode ler a respeito disso na internet.*

Há muitos anos, quando eu me destaquei nos estudos em Londres, os homens do Mukhabarat me procuraram. Não se deve recusar um convite dos serviços de inteligência. Eles queriam se assegurar de que eu estaria disposto a servir, quando fosse o momento, como espião para eles, assim que começasse a trabalhar em outros países. Mesmo agora, não sei se eles eram do Mukhabarat do meu próprio país ou de outro.

Não fui trabalhar para eles por livre e espontânea vontade. Dei a eles o mínimo possível. Eles dispunham de questões estúpidas e compreensão mínima. Eu era um físico que estudava partículas, e não tinha nenhum interesse em trabalhar em programas de bomba ou trair meus colegas. Mas por fim, nos anos 1990, eles pediram que eu infiltrasse um programa de bomba em um país estrangeiro. E prenderam meu pai para me pressionar.

Eu obedeci, mas decidi contra-atacá-los, secretamente. Fui à Embaixada britânica e me voluntariei como espião.

Agora sou um homem apaixonado, e sofro com as dores desse amor. É uma sede que nunca poderá ser saciada. Sou uma gota de chuva, e a minha amada é o oceano infinito. Para me juntar à minha amada devo dissolver-me de volta no grande oceano do qual eu vim. Devo buscar a aniquilação no júbilo do meu amor.

Eu conheci a minha amada por um nome diferente, mas ela me disse que o seu verdadeiro nome era Katherine.

4 *Prova do Ar*

Little Falls, 29 de agosto de 2004

Katherine se sentou e acendeu um cigarro. Tinham conversado até a madrugada.

Havia gelo, distância e sofrimento entre eles. A dor que ele causara pairava no ambiente. Ela havia chorado, e o rosto de Robert ardia devido à bofetada.

— Você era a minha âncora. Se todo o resto falhasse, haveria você.

— Não decepcionei só você. Decepcionei a mim também.

— Por favor. Vamos nos concentrar apenas em mim por enquanto, está bem? Sim, você *me* desapontou. Você *me* magoou.

— Estou arrependido.

— Eu sei que está. Mas isso não ajuda em nada. Não muda nada.

Ela deu uma tragada e arrancou o cigarro dos lábios, com raiva.

— Não devia estar fumando. Olhe para mim. Estou um caco.

Robert observou-se. Viu-se na sala com Kat, absorvendo o sofrimento, tomando socos. Ela precisava dele e ele queria que ela extravasasse a raiva. Entretanto, uma parte dele permanecia distante e vigilante, avaliando friamente até que ponto o plano de se libertar estava funcionando.

Ela brincou com o isqueiro, acendendo-o e apagando-o.

— Quando decidi ficar com você, eu estava saindo de um pesadelo. Quase uma década agindo em segredo na maior parte do tempo. Aquilo estava me matando, então saí.

— Para meu benefício.

— Eu tive sorte. Pensei que todos os homens como você já estivessem casados.

— Você se decidiu rapidamente porque já estava farta de perigo e de homens perigosos.

— É verdade.

— E queria alguém com quem pudesse contar e que fosse fiel; que tivesse menos de 50 anos, e não fosse o seu pai.

— E você era seguro e me fez me sentir importante e segura.

— Mesmo com um furacão a caminho. O nosso romance tempestuoso.

— E você se lembra do que eu disse, naquela noite em Miami?

— Disse que iria até o fim do mundo para evitar traição. Para evitar experimentá-la novamente. E evitar provocá-la novamente.

— E o que você fez?

Robert se manteve em silêncio.

Ela olhou pela janela. O sofrimento que ele causara dilacerava sua alma. Ela estava certa, mas havia outras coisas. Ela também tinha a sua parcela de culpa, mas ele preferiu se calar. Perder a calma significaria perder o controle, e o propósito era o contrário.

— Robert, depois do 11 de Setembro alguma coisa aconteceu comigo. Eu queria achar que era algo digno, mas, recordando agora, acho que não passou de vingança. Não podia contar, na época. Para falar a verdade, nem agora. Mas vou falar.

— Você voltou a trabalhar?

— Você sabia?

— Adivinhei. Você disfarçou muito bem. Mas algo mudou. Você se tornou mais severa.

— Você não disse nada.

— O que eu poderia dizer? Pensei que talvez os fantasmas nunca realmente a tivessem deixado. Em parte, eu tinha medo do que aconteceria se perguntasse sobre isso.

Ela riu.

— Se eu teria que matá-lo? Aquela velha piada?

— Se teria que me deixar. Suponho que você voltou para o serviço britânico.

— Na verdade, não. Foi meu lado americano que o 11 de Setembro realmente atingiu. Como eu tinha alguns contatos, entrei para o contraterrorismo americano.

Ele olhou para ela, tentando avaliá-la.

— No serviço de análise?

— Análise e operações. Fiz uns treinamentos para mulheres, bem rigorosos. Recuperei o ritmo. Lembra-se daquele isolamento de ioga? Não era ioga.

— Você estava enferrujada?

— Fui a melhor em tiro na minha classe, quando me alistei no MI6, em 1986. Era tão boa que recebi treinamento de especialista. Ainda atirava bem. Muito bem.

— Há alguma razão para estar me contando isso?

Ela se enfureceu.

— Desculpe, Robert. Eu estou sendo chata?

— Não, eu...

— Seu egoísta desgraçado, só pensa em você mesmo. Não consigo nem olhar para a sua cara — gritou, virando o rosto para o outro lado.

— Eu sinto muito, Kat.

— Tenho que contar esta história para que você possa entender o que traição significa para mim. Para que você possa entender o que fez — disse ela, com a voz carregada de dor.

De repente, os olhos dele encheram-se de lágrimas. Ele a magoara muito mais do que tinha imaginado. Surgiu na sua mente a imagem de um idiota pequeno e disforme. Era ele mesmo, seu ego, encarquilhado, perdido em seu prazer.

— Perdão — disse ele novamente, de maneira mais intensa.

Ela percebeu a liberação emocional iminente em Robert e imaginou como aquilo iria acabar, mas não permitiu. Não haveria a cena dos dois abraçados, chorando. Não haveria reconciliação.

— Deixe-me dizer uma coisa. Você não tem condição de me entender, a menos que saiba disso.

— Pode falar.

— Algo sobre um dos suspeitos que investigávamos em 2002 me chamou atenção. Não foi um trabalho agradável. Vínhamos observando espiões potenciais na comunidade científica. Havia um físico de partícula, árabe-americano, trabalhando em Brookhaven, Long Island, que demonstrava comportamento suspeito. Ele estava no país havia apenas dois ou três anos.

— Você usava o seu dom? Pensei que ele havia evaporado depois que você saiu do serviço de inteligência.

— Depois que perdi Tariq?

— É.

— Adivinhe. Eu o achei novamente. Em Brookhaven. Trabalhando no acelerador de partícula e interessado em pesquisa de vidro metálico.

— Você o encontrou? Ele não tinha sido assassinado?

— Eu não sabia se ria ou chorava. Ele tinha sobrevivido. Mas para ser liberado e vir para os Estados Unidos ele deve ter sido forçado a trabalhar como espião. Não havia outra saída.

— O que você fez?

— Envergonho-me do que fiz.

— Achei que você o amava. E você fosse a razão da vida dele. Para trair, para qualquer coisa.

— Eu sei, e usei isso. Fiquei à espera dele. Encontro acidental. Surpresa. Lágrimas. Juramentos de inocência, de fuga miraculosa. Por um momento, não acreditei nele, mas isso nos aproximou. E me levou para o que ele estava fazendo.

— Passou a se encontrar com ele?

— Sim.

— Dormiu com ele?

Ela fez uma pausa, então respondeu:

— Não.

— Mas deixou ele pensar que iria?

— Sim.

— E depois?

— A coalizão americana invadiu o Iraque. Algumas semanas depois levei-o a um lugar isolado e o entreguei.

— A quem?

— Aos interrogadores.

— Deus do céu!

— Eu disse a mim mesma que era trabalho; um trabalho necessário. E era. Então, quando o escândalo de Abu Ghraib começou a ser divulgado, as coisas brutais que faziam... Ouvi coisas antes que elas viessem a público. Aí, fiquei enojada. Aquilo me fez mal.

— Você escondeu muito bem.

— Você ajudou muito, embora não percebesse. Saí do serviço de inteligência mais uma vez. Tive momentos mais felizes com você do que pensei ser possível, Robert. E então veio o Blecaute.

— O nosso milagre veio junto. Moss. Você, mãe aos 43 anos.

— E logo o perdi.

— Nós o perdemos.

— E eu me tornei fria em relação a você. Sem vida, desde então.

Era o que ele sentia, mas evitou falar. Realmente, ela se tornara fria. Realmente foi humilhante ser forçado a dormir em um quarto separado; ser afastado de forma tão brusca de que acabou matando o desejo de um pelo outro. E, realmente, em um canto obscuro de seu coração, ele quis vingança.

— Não foi culpa sua, Kat.

— Eu sempre achei que fossem gêmeos.

— Isso é o que você dizia.

— Desde o início, quando os médicos disseram que só havia um, pensei que estavam enganados. Algo tinha de ter dado errado.

Depois do aborto Katherine foi da euforia ao torpor. Apesar de todas as provas contrárias, ela se agarrara à ideia de que, de alguma maneira, Moss não tinha morrido inteiramente. Foi uma resposta traumática comum. Ela havia se agarrado à sua criatura de sonho.

— Sei que é impossível, mas você pensou que eu estava enlouquecendo.

— Não sabia o que pensar. Somente me vi perdendo você. Ansiei por ser tocado. Por você. Depois, somente por ser tocado. Quando isso aconteceu, foi como um retorno à vida.

Ela examinou os olhos dele.

— Ela era boa?

— O que você quer dizer?

— Na cama. Ela não era uma chata, pelo menos. Tem gente que é.

— Faria algum sentido dizer que, sob certos aspectos, nem tem a ver com você?

Pálida de raiva, ela deu um tapa no rosto dele, inesperadamente.

— Não tem a ver comigo? Você nem conseguiu achar sua aliança, e não tem a ver comigo?

— Perdoe-me, Kat, eu...

— Eu sempre achei que seria capaz de lidar com a situação, se você me traísse, ou tivesse um caso. Eu simplesmente iria embora. Mas não é tão simples assim. É...

Ela suspirou, tentando conter as lágrimas, então decidiu:

— Tem alguns locais secretos que você não conhece. Eu preciso desse tipo de coisa. Vou para um deles.

— Por favor, não faça isso.

— Esse é o preço a pagar, Robert.

— Kat, por favor. Não faça isso. Quero protegê-la, e para fazer isso tenho que ajudar Adam a escapar. Horace é inflexível. Tenho que ir adiante para ajudá-lo.

— Mas você não confia em Adam.

— Não confio no que ele está se tornando, o que quer que seja isso. No que ele se tornará, se eu não ajudar.

— Você está querendo dizer que esse caso que você teve com essa mulher do Adam faz parte dessa ajuda?

— Não. Não estou dizendo isso.

— Poderia ser.

— Não estou dizendo isto. Não estou me escondendo por trás disso.

— Talvez parte do preço a pagar para salvar Adam seja a minha confiança em você. Talvez seja um dos sacrifícios necessários. Porque acabou. Pode acreditar.

— Não estou inventando desculpas — disse Robert em vão.

A raiva dele cresceu.

— Mas sabe de uma coisa? Talvez eu queira transar com Terri novamente.

— Então *foi* bom, certo?

— Pode apostar.

— Seu desgraçado. Não tente me impedir. Sabe muito bem que não me irá me encontrar até que eu esteja pronta. Agora, saia da minha frente.

Horas depois Robert encontrava-se no escritório, esfregando os olhos até ver estrelas, exausto e sozinho. Depois que Katherine saiu da casa de Kerry, ele tinha voltado para casa, agora vazia. Ele olhava atentamente para o mapa tridimensional de Manhattan. As tachinhas amarelas marcavam a árvore dos adeptos do Hare Krishna, o local do incêndio na fábrica Triangle e o apartamento de Adam. Fios coloridos passavam entre eles e a tachinha vermelha na St. Paul's, uma tachinha laranja em Mercer, logo abaixo de Prince. Ele tinha traçado uma forma que sugeria um triângulo, mas não era; que sugeria uma letra *G*, mas não era.

Ele sentia na pele o preço da decisão que tomara. Estava livre da chantagem. Contou a Katherine sobre Terri, antes de Adam. Afirmou o seu poder de ficar sozinho. Concluiu a prova. E agora, na sua liberdade completa, era assim que ele estava: completamente sozinho.

Ele sabia que podia se manter frio. Indiferença era uma virtude profissional. Mas isso era diferente: ele tinha, deliberadamente, escolhido magoar Katherine. Entre a dor dela e a sua necessidade, ele achou que a sua necessidade era mais importante. E se ela não voltasse? Ele ainda achava a sua necessidade mais importante.

"Perdão", ele sussurrou para si mesmo.

Sua cabeça girava. Em parte, sentia-se aliviado por ter contado tudo a ela e até por ter dito que gostaria de transar com Terri novamente. Era a mais pura verdade, mas ele aproveitou a confissão e a distorceu, usando-a como uma arma para magoá-la, para vingar-se da dor que ela lhe causara, desde o aborto. Foi imperdoável!

No entanto, agora ele estava livre da ameaça de chantagem. Era parte da Prova do Fogo. Ele assumiu a responsabilidade por suas ações e estava pagando o preço, mas iria superar.

A saída estava do outro lado da escuridão que se avolumava em torno dele, em torno de todos eles. A saída era o Caminho de Seth.

Ele voltou ao mapa de Manhattan, extrapolando linhas, espalhando-as por Nova Jersey e Queens e ao longo de Manhattan, à busca de respostas.

"Observe o Túnel de água Número Um", dissera Horace.

O Túnel Número Um era uma serpente de ferro sob a cidade, que trazia água fresca; trazia vida. Vital demais para ser desativado para reparo, velho demais para ser fechado de forma segura. Sustentado pelo mesmo fluxo de água que transportava, havia 90 anos que o túnel percorria o Bronx, por toda a extensão de Manhattan até o Brooklyn, carregando água de uma série de reservatórios para o norte e oeste, saciando a sede da população com "3,8 bilhões de litros por dia".

Robert olhou a rota do túnel. A gravidade conduzia a água para o sul até Manhattan através de uma cadeia de parques da cidade: Central Park, Bryant Park, perto da Biblioteca Pública de Nova York, uma interseção, bem ao lado do Madison Square Park, o Union Square Park... A rota do túnel em terreno público teve como objetivo, provavelmente, evitar batalhas judiciais nos processos de desapropriação.

Ele observou outros túneis de água. O Número Dois não ia até Manhattan, mas abastecia Queens e Brooklyn e ligava-se à Staten Island. O Número Três, um mastodonte que vinha sendo construído havia décadas, foi projetado para permitir que os outros fossem desativados e devidamente inspecionados, pela primeira vez.

Sem o Túnel Número Um, Manhattan pereceria. Era sobre isso que Horace falava?

Até agora, os *waypoints* de cada prova tinham sido localizados mais ao norte do que os do dia anterior. Se continuasse dessa forma, a rota do túnel iria se unir com o mapa em... Union Square. Será que seguiria o curso do túnel de volta à sua origem? Ele esticou um fio sobre o mapa, desde a St. Paul's Chapel, passando pelo *waypoint* na Mercer, onde ele encontrara Terri, pelo local do incêndio da Triangle e em direção ao norte de Manhattan. Ele viu que a rota ia até o Central Park, passando, antes, próximo aos dutos do túnel no Union Square Park, Madison Square Park, Bryant Park...

Uma figura se formou em sua mente, mas desapareceu no momento em que ele pensou que podia vê-la. Ele sabia que se tratava de algo que poderia lhe dar uma vantagem sobre a malignidade que corroía Adam, mas que não poderia ser visto diretamente.

Continuou estudando o mapa até não pensar em mais nada. Porém, após o lampejo inicial, a figura que se formara em sua mente desapareceu. Ele ficou somente com a convicção de que tinha decifrado parte do quebra-cabeça.

As dúvidas continuavam a torturá-lo. Até que ponto Adam dizia a verdade? Por que ele pedira para ver Katherine?

Robert precisava de mais informação.

Tinha que encontrar Kat e conquistá-la de volta. Precisava descobrir mais detalhes sobre as vidas de Adam e Terri. E, para falar a verdade, ele queria Terri, novamente. Talvez precisasse arrancá-la de seu corpo, ou transar com ela novamente, porém sem supervalorizá-la. Achar falhas, qualquer coisa de errado nela. Ele não conseguia encontrar Adam e precisava ver Terri. Todos os caminhos levavam a ela. Olhou o mapa novamente, e com um grito de raiva e frustração arrastou o braço por cima dele, derrubando as miniaturas dos prédios e as tachinhas, que voaram pela sala. E fitou a escuridão.

A saída era a entrada. Ele ganhara a liberdade e agora tinha que fazer as coisas corretamente. Ele ficava cada vez mais forte. A compreensão surgia em lampejos, desbotando-se imediatamente, mas ele sentia que estava perto da conquista.

Ele esfregou as têmporas, fechou os olhos por um momento e adormeceu.

Horas depois, despertou com um susto, totalmente vestido, enrijecido e gelado, enroscado na cadeira do escritório. O Quad estava tocando. Era uma mensagem de texto de Terri, que dizia: "Washington Square Park, 11h30 da manhã."

Ele olhou o relógio. Passava das 9 horas. Cambaleou até o chuveiro.

Robert estava sob o arco no Washington Square Park, de frente para Uptown, aguardando o telefonema de Terri. Se estivesse certo, ele sabia para onde ela o enviaria.

O telefone tocou.

— Oi.

— Oi. *Waypoint* 057.

— Union Square.

— Muito bem. Impressionante. Esquina sudoeste. Você está ficando rápido, mas preste atenção no caminho. O ponto é a viagem.

— Onde você se meteu ontem?

— Vá andando, amor. Hoje é um novo dia. Verifique o número 2, no caminho.

— O Túnel de Água?

— O quê? Não. Número 2 da Quinta Avenida. Por que você pensou no túnel de água?

— Esqueça. Estou cansado.

Ele começou a se dirigir para o norte, na Quinta Avenida. Do outro lado da rua ficava o pátio da Universidade de Nova York, nos números 1 e 2, onde havia, em uma extremidade, uma estátua de estilo elisabetano. À esquerda via-se a grande coleção art déco do prédio da Quinta Avenida, número 1. Suas portas de bronze fizeram-no lembrar do Waldorf-Astoria e seu desvio ferroviário privativo.

Ele deu uma olhada mais atenta no número 2. Era um prédio sem nada de especial. Do lado direito da entrada principal, no corredor visível pelo vidro, havia um tubo plástico amarelado, de uns 2 metros de altura, cuja metade inferior era presa a uma base de mármore e de onde borbulhava água.

"O caminho errático de um riacho passa sob este local", lia-se na placa afixada à parede, do lado de fora. "Os índios chamavam-no Manette, ou Água do Diabo. Para os colonizadores holandeses, ele era Bestevaer's Killetje, ou Riacho do Vovô. Durante os dois últimos séculos ficou conhecido para esta vizinhança como RIO MINETTA."

A água do diabo borbulhando. A serpente sob Manhattan.

O Quad apontou para longe da Quinta Avenida, uma quadra ao leste, levando-o ao University Place. De lá ele foi para o norte. As sete parábolas iluminadas do edifício da Chrysler surgiram novamente ao longo da avenida, quando ele alcançou a rua 9 leste.

Ele prosseguiu. Ao sair na rua 14, no Union Square Park, avistou as estruturas do telhado da Zeckendorf Towers: três formas piramidais que pareciam flutuar no horizonte enquanto ele andava, unindo-se por um instante, como as Pirâmides de Gizé, no Egito. Ele se aproximou do edifício e percebeu uma quarta pirâmide emergir atrás das outras três. Da prova três para a prova quatro.

À distância, ele ouvia tambores, palavras de ordem, apitos e gritos. A temperatura devia estar em torno dos 35 graus. Ele pingava de suor.

"Aproximando-se do destino", indicou o Quad, antes de tocar.

— Bem-vindo à Curva da Morte — disse Terri. — Fica exatamente onde você está.

— Que nome extraordinário!

— Que jogo extraordinário! É aí que os bondes que vinham para a Broadway costumavam bater ou fazer pessoas voarem, quando tentavam fazer a curva. Não havia como desacelerar. Parece familiar?

— Eu sou o bonde. Onde você está?

— Atravesse o parque e olhe para baixo. Há um desenho na calçada, uma espécie de roda do tempo, em forma de ferradura, perto do extremo sul do parque. Vá em direção à roda e me encontrará. Consegue ouvir a passeata se aproximando?

A passeata contra a convenção republicana havia sido programada para terminar e se dispersar no Union Square, depois de passar pelo Madison Square Garden, o local do encontro. Centenas de milhares de pessoas participavam. Ele olhou em torno da praça. Havia alguns policiais, mas, com certeza, havia centenas mais a uma distância discreta.

Ele atravessou a 14 e olhou para os pés. Havia mais placas embutidas, como aquelas perto da City Hall, só que de metal, em vez de pedra.

"Preste atenção a tudo" tinham sido as palavras de Horace.

Ele contornou a metade da roda, pelo lado oeste, procurando Terri e observando a transformação do Union Square Park, em diferentes épocas. Era um lugar de protestos do proletariado, liberdade de expressão, ativismo, vigílias. Depois do 11 de Setembro ele esteve aqui e sentou entre as centenas de velas, em um altar improvisado, absorvendo a terrível dor, tentando acreditar em uma força de amor tão poderosa — como o calor e a luz das velas no crepúsculo, infinitamente multiplicado — que podia realmente lutar e derrotar tal violência, que era possível quebrar o ciclo de matança e vingança. Havia tanto grafite clamando: *Ame, Ame* e *Vamos Combater a Luta com a Paz...* e no seu coração, ele não conseguiu acreditar. Ele sentira um leve cinismo naquelas atitudes e ainda carregava essa sensação. O amor não era o bastante. Às vezes, é preciso lutar.

— Robert.

— Terri.

— Passe para a ponta leste da roda.

— Chegando até você.

Ele reconstruiu seus passos e seguiu outro braço da ferradura, de volta no tempo: 1859... 1857... 1855.

Ele não viu Terri imediatamente.

Seu olhar fora atraído para uma das maiores placas históricas na calçada. Era uma bússola, apontando para o norte. Mas não era um desenho qualquer. Era uma rosa dos ventos, feita de quatro corações unidos.

Robert, Katherine, Adam, Terri.

As imagens flutuaram rapidamente em sua cabeça. Os quatro dançando através do tempo, unidos por tranças de fogo... e uma sombra entre eles, escondendo algo que ele não conseguia ver. Seria o Minotauro se apoderando de Adam? Essa imagem desapareceu.

Então, surgiu outra: a de uma rosa de caule longo, em uma noite nebulosa, há muitos anos em Cambridge, quando ele bateu na porta de uma senhorita chamada Katherine Rota, no início de um encontro às escuras.

Depois, destruindo a rosa, veio o redemoinho, pulsando o olho da morte, observando todos eles. Uma voz inaudível, porém compreensível, veio à sua mente, e ele falou as palavras conforme as recebeu, como um rádio. *Converta o sílex em uma joia.*

Não fazia sentido, mas ele entendeu. As provas lhe dariam aquela força, o poder de converter o sílex preto em diamante. Converter o medo em amor e fazê-lo suficiente.

— Bum!

Duas mãos macias cobriram os seus olhos, delicadamente, quando ele ouviu a exclamação. Ele se virou e puxou Terri contra ele, beijando-a apaixonadamente. As ondas da luxúria tomaram conta dele. O mundo se calou e só havia os lábios dela, o seu toque, o seu gosto, o seu calor contra o corpo dele.

Então ela parou de beijá-lo e se afastou.

— O que houve?

Terri lançou-lhe um olhar irônico.

— Aquilo foi sexta-feira. Isto é hoje. Prova diferente, Sr. Reckliss.

Ele ainda estava corado de desejo, com o calor dela.

— Katherine me deixou. Eu contei a ela o que aconteceu.

— Você deu um passo muito corajoso.

— Não sei o que fiz.

— Você fez o que precisava fazer.

Com as mãos nos ombros dela, ele deu um passo para trás, para observá-la. Ela permanecia imóvel, sem ver, no entanto, enxergando, extremamente confiante, perfeitamente equilibrada. O súbito acesso de luxúria dele havia lentamente desaparecido. Havia algo estranho com ela.

— Uma prova diferente agora. Entendo. Nada de sexo.

— Não comigo.

— Foi...

— Fique quieto.

Os lábios dela estavam trêmulos e seus olhos deixaram cair uma lágrima.

— O que houve?

— Não é da sua conta. Ouça. Os manifestantes logo estarão aqui.

Ele suspirou impaciente.

— Tenho de encontrar Adam novamente, Terri.

— Não é seguro. Para nenhum de nós.

— Ele precisa de mim.

— Às vezes ele age como se não precisasse de ninguém.

Ele viu o lampejo de dor novamente atravessar o rosto dela.

— Ele magoou você?

Ela hesitou.

— Acho que vou perdê-lo.

— Acha que ele vai morrer?

— Pior. Perder o amor dele.

— Por causa do que aconteceu entre nós?

— Não.

— Está arrependida?

— Não.

— O que é, então?

— Não sei se você está pronto para isso. Não deveria dá-lo a você.

— Terri, o que há de errado?

— Estou perdendo o controle. Nunca perco o controle, a menos que eu queira, mas estou perdendo agora.

— Não estou entendendo.

— Estamos em uma encruzilhada. Todos nós. Estamos todos ligados, e estamos sendo modificados. Quando você contou a Katherine sobre nós, você o fez por uma razão além da simples honestidade e devoção, certo?

— Fiz para que Adam não me chantageasse.

— Fez o que era preciso para se proteger. Agora tenho que fazer o mesmo.

Ela parecia estar falando com o vento, com alguém que ele não podia ver. Talvez estivesse convencendo a si mesma.

As vozes tornavam-se mais altas, à medida que a oscilante e imensa serpente de pessoas emergia na Union Square, carregando estandartes, batendo tambores, entoando palavras de ordem.

— Tome — disse ela, enfiando um pedaço de papel no bolso dele. — É a sua pista. Agora preste atenção. Estou correndo perigo. Tenho que cuidar de mim. Sua esposa está com Adam. Ele ainda a ama. Ela deixou você e ficou com ele. O que significa que ele pode não me proteger mais.

Ele agarrou o pulso dela, quando ela se afastou.

— Terri! Pare!

Com assombrosa tranquilidade ela torceu o pulso dele, fazendo-o perder o equilíbrio, e desapareceu na multidão que se aproximava, antes que ele pudesse se recuperar.

Robert ficou atordoado. Katherine estava com Adam? Uma onda de raiva e dor brotou no seu coração. Katherine e Adam? Que hipócrita! Como ela pôde! Então era assim que ela iria se vingar? Ele lutou para controlar a respiração.

— Não! Não!

Ele ouviu seu próprio grito. Os transeuntes evitavam seu olhar fixo. A dor agonizante percorreu seu peito, aumentando no cérebro.

— Não! Porra!

Ele sentiu todo o poder do assassinato, do sexo, do orgulho, que adquirira no Caminho, fluir para um lugar obscuro de ódio. Viu-se batendo em Adam, brigando com Katherine, mesmo que ela jogasse na sua cara a natureza irracional e hipócrita do seu rancor.

Mas era perigoso para ela. Adam oscilava à beira do mal, à beira de se render inteiramente ao Iwnw, se é que isso já não tinha acontecido. Será que ela não sabia? Será que ela havia se juntado a eles também, para trabalhar contra Robert?

De repente, ele sentiu uma sombra roçar sua alma. Algo tinha passado por ele, tentando infiltrá-lo. O olho. Deus do céu! Ele viu o olho da morte fitando os olhos dele. Era o Iwnw, tentando alimentar-se de sua alma.

Seus olhos pousaram em um enorme relógio digital, de frente para o sudeste do parque, na lateral de um edifício. O relógio tinha 15 dígitos luminosos e era parte de uma obra de arte tridimensional que Robert nunca tentara compreender. Os três dígitos centrais moviam-se tão rápido que era impossível distingui-los, enquanto os das pontas moviam-se progressivamente, de forma mais lenta, em direção às bordas.

Mas naquele momento todos os dígitos estavam acelerados e se moviam tão rápido que formavam um borrão. O relógio estava desordenado.

Uma imagem surgiu na mente de Robert. Era um símbolo esculpido na lápide de James Leeson, que ele tinha decifrado: uma ampulheta alada, dançando diante de seus olhos. *Vai-se o tempo como o vento.*

O Iwnw falava com ele, nutrindo-se de seu ciúme, mostrando-lhe coisas, brincando com ele.

Os números do relógio digital repentinamente pararam, ao mesmo tempo, no dígito 7. Então, de forma sincronizada, começaram a contagem regressiva: 6... 5... 4... 3... 2... 1... 0.

No zero o relógio irrompeu em chamas. As pessoas gritavam e apontavam, enquanto uma fumaça preta começou a sair do mostrador. Um cheiro de instalação elétrica em curto-circuito veio na direção dele.

Você não pode nos parar.

As palavras apareceram espontaneamente em sua cabeça.

Instintivamente, ele mergulhou na parte mais profunda, mais secreta de si mesmo, de onde extraiu força, e encheu-se de uma luz guerreira e hostil, para expulsar o parasita da sua consciência. Ele sentiu o parasita sair voando, de volta à escuridão virtual da qual tinha vindo.

Ele cambaleou no parque, indo em direção ao norte, e encontrou um lugar para sentar-se por alguns instantes. O suor escorria por seu corpo.

Os organizadores do protesto pediam calma aos manifestantes, pelos megafones.

— O barulho que vocês ouviram foi apenas um problema no relógio, pessoal — gritou alguém. — Vamos manter a calma, não há motivo para pânico.

Ele levantou os olhos e viu a polícia correndo, próximo ao edifício onde ficava o relógio, em frente à Virgin Megastore.

Robert voltou a mente para dentro de si. O Caminho. Era a única direção distante do Iwnw. Ele tinha de ficar mais forte. Então, tirou o pedaço de papel amassado que Terri colocara no seu bolso e leu:

Curvas surpreendentes aguardam o amante
Cujo coração está virado em outra direção
Procure uma serpente que se revele
Porque agora é hora de trocar de pele
Encontre o portão do conhecimento, se ainda der tempo
Para não se desesperar
Passe na Prova do Ar.

O parque ficou tomado por palavras de ordem: "Bush está mentindo, quem está morrendo?" Eles continuavam avançando, um mar de gente empunhando faixas, cartazes e tambores, percorrendo a cidade cercada pela polícia de Nova York, em uniforme azul, e a Guarda Nacional, de uniformes camuflados.

Robert tentou se concentrar, ignorando a manifestação, mas o lugar estava lotado. Como ele iria achar algo com a praça cheia de manifestantes?

Tentou andar para o extremo norte do parque, mas acabou levado de volta pelo mar de gente.

Uma serpente que se revele... trocar de pele...

— O inferno são os outros — disse ele em voz alta, ao tentar sair do meio da multidão.

Ele conseguiu ficar fora da passeata, quando o grupo se reuniu na Union Square e, por fim, quase chegou à livraria Barnes & Noble, ao norte do parque. Bem na frente dele havia uma área aberta, frequentada por patinadores, quando as barracas do mercado de produtos orgânicos não estavam lá. Centenas de pessoas andavam por todos os lugares. Sob os seus pés ele viu desenhos retorcidos, pintados de verde, interrompidos por tênis e mais tênis, botas e mais botas. Não dava para ver o formato completo, mas algo chamou sua atenção. Ele chegou mais perto, olhando o círculo sinuoso. *Curvas surpreendentes... uma serpente que se revele...*

Com os olhos fixos no chão, enquanto andava empurrando delicadamente algumas pessoas, sem olhar para elas, ele conseguiu achar a ponta de um dos desenhos. Ele se virou para a direita e para a esquerda, depois, voltou à posição original. Foi em direção ao parque e voltou.

Curvas surpreendentes... um labirinto... Ele percebeu que andava em um labirinto, uma serpente revelando-se em verde, amarelo e vermelho. Mais uma vez ele deu meia-volta, quase alcançando o centro da manifestação, mas foi levado para a esquerda, e de novo para a direita, próximo da borda, em uma dança provocante. De certo modo, era algo erótico, mas também infantil e inocente, e ele percebeu que estava alegre.

No centro, ele parou e olhou para o sul. Uma onda de excitação o deixou arrepiado. Ele havia seguido a serpente até o final, onde a espiral pintada se dividia, como a língua de uma cobra.

À sua frente havia um pavilhão revestido de pedra cinza, no extremo norte do parque, parecido com o banheiro na Tompkins Square Park, uma área de recreação infantil de cada lado e, no centro, um portão arqueado. Aí, ele se lembrou das palavras:

Encontre o portão do conhecimento...

Ele entrou no meio da multidão, abrindo caminho como podia na direção do pavilhão e deixando-se ser levado no mar bem-humorado de pessoas, em direção ao seu destino. De repente, o pânico tomou conta das pessoas. Ele ouviu berros e gritos, uma mistura incoerente e crescente de vozes, como uma onda gigante. Olhou em direção à origem do tumulto e viu um homem alto, de cabelo branco, olhando diretamente para ele, sorrindo. Então, a onda veio: uma corrente de pessoas empurrando e correndo. Ele foi suspenso e carregado pela multidão por 3 metros para a direita.

Ele tinha a certeza que o Iwnw havia entrado na alma de alguém na multidão.

Gritos medrosos e contraditórios tornavam-se cada vez mais altos.

— Atingiram um policial! Atingiram um policial!

— Nada de pânico! Vamos manter a calma!

— A polícia está vindo! Todo mundo fora daqui!

— Foram só fogos de artifício, pessoal! Vamos agir de forma racional! Mantenham a calma!

— À luta contra a polícia!

— Há crianças aqui, pelo amor de Deus!

Ele levou chutes e alguns pisões. Sentiu o medo. Pensou que acabaria sendo esmagado. Tentou se livrar do tumulto, mas não conseguiu. Então, rolou pelo chão, protegendo a cabeça, tentando desesperadamente se levantar. Algumas pessoas caíram em cima dele, gritando. O ar saiu pelos seus dentes. Ia ser sufocado até morrer. Esticou o corpo para sair de baixo das pessoas. As crianças gritavam e algumas mulheres imploravam em pânico, à medida que a onda de medo avançava.

Com um esforço supremo ele conseguiu se libertar, rastejando e se retorcendo, chutando e afastando os outros, e tentou recuperar o fôlego, enquanto seu corpo era tomado por adrenalina. O Iwnw estava tentando matá-lo. Ele se escondeu atrás de um vaso de flor, feito de concreto, arfando e vomitando de dor.

Em meio à confusão, viu um menino aos gritos cair bem na sua frente. O garoto deveria ter 9 ou 10 anos. Sem pensar, Robert pulou no meio das pessoas e forçou o corpo entre um mar de pés para alcançar o garoto, tentando protegê-lo.

Ele conseguiu se apoiar sobre o joelho. Segurando o menino pelo peito, ele se levantou e tentou respirar profunda e lentamente, duas vezes. Então, instintivamente, sem saber se falava para o menino ou a para a multidão, ele disse:

— Não tenha medo.

Mais uma vez, ele se rendeu ao empurrão da massa humana, mas sem soltar o menino. Lentamente, sentiu a força crescendo dentro dele, até tornar-se o polo em torno do qual todas as pessoas giravam. Não sabia como aquilo estava acontecendo, mas estava usando, de forma natural, da mesma força que expulsara o Iwnw de sua consciência, alguns minutos antes, e direcionava essa força para a multidão, com firmeza insistente e pacífica.

À sua direita ele viu uma mãe desesperada chamando pelo filho e percebeu que o menino tentava se livrar dele.

— Aquela é sua mãe?

— É sim.

— Vá para junto dela.

Ele pôs a criança no chão e, de repente, viu a si mesmo do alto. A multidão girava em volta dele em espiral, como fazem os devotos em torno da Caaba em Meca, como um furacão raivoso, em volta do próprio olho.

No meio da multidão, três pessoas, empurrando em direções diferentes, afastando-se dele, chamaram sua atenção. Ele sabia quem elas eram. Ele as afastara dali. Emanando a força da terra, da água, do fogo e do ar na multidão, ele tranquilizou as pessoas, permitindo que seus pés fossem suspensos de acordo com o fluxo. Até que, finalmente, plantou os pés de volta no chão.

— Não tenham medo — disse ele novamente.

E sentiu que o pânico se dissipava.

Algumas pessoas gritaram:

— Foram apenas fogos de artifício.

— Podem ficar calmos.

— Foi a polícia! — disse alguém, sob vaias.

— Paz, pessoal. Paz.

Quando o turbilhão se dissipou, Robert viu que estava bem no centro do labirinto.

Deu alguns passos para a frente e a multidão abriu caminho, sem prestar muita atenção, deixando-o passar como se todos fossem uma única criatura pensante. Ninguém havia notado o que ele tinha feito, exceto os membros do Iwnw, que ele reconhecera. No entanto, ele sabia que tinha evitado uma debandada desesperada das pessoas. Eles teriam lançado mão de qualquer dano paralelo para matá-lo. Por um momento, sentiu-se feliz por sua força recente, e pelo uso instintivo que tinha feito dela. Arriscara a própria vida para salvar o garoto, encontrando a força para salvar possivelmente outras dezenas de pessoas. *Ande o caminho do Outro.*

Ele ainda precisava da chave.
    À frente dele estava o banheiro. *O portão do conhecimento.*
    Uma grade metálica aberta, no topo de um lance de escadas, levava até a seção central coberta do pavilhão. À esquerda havia equipamentos de manutenção e jardinagem e, à direita, os banheiros. Ele procurou por qualquer nicho ou prateleiras, mas não achou nada.
    Os tijolos de vidro opaco, no piso do pavilhão, sugeriam uma sala logo abaixo, embora ele não pudesse ver degraus que levassem até a sala, tampouco ao último andar balaustrado do prédio. Ele verificou os banheiros, mas a única coisa que conseguiu foi encher os pulmões de cheiro de desinfetante. Os manifestantes movimentavam-se calmamente agora em volta do pavilhão, mas ninguém entrou no banheiro. Ele estava sozinho no centro dos acontecimentos.
    Olhou para os pés novamente. Havia um anel pintado de verde em volta de um dos cubos de vidro no chão. Olhou em volta, mas não viu nenhum outro desenho. Ajoelhou-se e inspecionou a figura mais de perto.
    Era uma cobra desenhada de forma simples, pintada ao redor do cubo central, em uma das sequências dos tijolos claros. Tinha o rabo na boca e parecia repetir o desenho do labirinto, pintado na calçada do lado de fora.
    Busque uma serpente que se revele...
    Quando Robert pôs o dedo no cubo, percebeu que ele estava solto. Então, pegou o canivete e, ao levantá-lo, achou uma sacola plástica lacrada. Ele guardou o saco no bolso, recolocou o tijolo rapidamente e saiu do pavilhão, de volta para a passeata. Conseguira a quarta chave.

Ele se deixou levar pelas ruas da cidade, exausto, indo vagamente para o norte e oeste, tentando evitar os manifestantes.
    Por fim, em uma entrada, ele abriu a sacola e cuidadosamente retirou o seu conteúdo. Havia cinco placas quadradas que pareciam ser de metal, gravadas com algarismos, cada uma com aproximadamente 2,5 cm x 2,5 cm.
    Unidas, elas formavam um cubo. Robert percebeu que na espessura de cada lado das placas também havia algarismos, de forma que o cubo era composto de 125 cubos menores, cada um marcado com um número.

25	16	80	104	90
115	98	4	1	97
42	111	85	2	75
66	72	27	102	48
67	18	119	106	5

91	77	71	6	70
52	64	117	69	13
30	118	21	123	23
26	39	92	44	114
116	17	14	73	95

47	61	45	76	86
107	43	38	33	94
89	68		58	37
32	93	88	83	19
40	50	81	65	79

31	53	112	109	10
12	82	34	87	100
103	3	105	8	96
113	57	9	62	74
56	120	55	49	35

121	108	7	20	59
29	28	122	125	11
51	15	41	124	84
78	54	99	24	60
36	110	46	22	101

Estava cansado demais para decifrar aquilo. Então, guardou os quadrados e voltou a andar, observando a cidade e as pessoas.

Depois de cada prova, imediatamente depois de ser atacado, sentira-se drenado de toda a força, quase incapaz de pensar ou falar. A sensação de esgotamento tornara-se mais intensa a cada vez. Agora, ele percebia que isso o atingia novamente, mais forte do que antes. Sentia-se como um zumbi enquanto andava.

Havia uma agitação em Manhattan; uma agitação abafada, elétrica; uma agitação movida pelo medo, supercondutora, que ultrapassava barreiras de sirenes e gritos e ritmos de vida perturbados. Havia arrancadas súbitas de veículos, motocicletas da polícia por todos os lados, circulando na ilha, luzes piscando, e pistas especiais marcadas por cones de cor laranja, apressando veículos pretos em missões especiais, além de obstáculos na estrada, onde o acesso era normalmente livre.

A agitação corroía distâncias, permitindo às pessoas desafiarem, repreenderem, confrontarem e incitarem umas às outras.

O dirigível flutuava no céu, tudo observando. Por um momento ele viu o objeto como o olho da morte, o olhar do Iwnw.

Havia estrangeiros na cidade. As pessoas eram desviadas de seus trajetos habituais, e rotas alternativas foram oferecidas. Agitação e medo enchiam o ar. Alguns reagiam bem-humorados, outros, no entanto, se aborreciam. Gente que normalmente não falaria, falou. Havia o temor de um ataque, e o medo do que o temor do ataque estava causando às pessoas.

Havia perigo e a cidade estava alerta.

Ele chegou à rua 34 com a Oitava Avenida, onde a polícia havia montado barreiras sob calor escaldante num esforço para controlar o acesso ao Madison Square Garden, local da convenção republicana. Por todos os cantos viam-se veículos de emissoras de televisão, antenas desdobradas, fios enrolados nos cabos, como as escadas em espiral das torres de iluminação do Lincoln Tunnel. Ele viu que a CNN tinha ocupado o Tick Tock Diner, na esquina, enquanto durasse a convenção, acrescentando o seu vermelho elétrico ao néon verde, azul e cromado do Tick Tock e à beleza art déco desbotada do Hotel New Yorker, do qual fazia parte. Os dois Tick Tock Diner, em Nova Jersey e Manhattan, sobrepunham-se na sua mente: dois portões separados, mas idênticos a um Restaurante Perfeito imaginário e atemporal.

Uma jovem, de rabo de cavalo e piercing no nariz, usava um broche cor-de-rosa, no qual se lia "Buck Fush", sobre a camisa preta, desabotoada. Ela falava com empolgação a um repórter sobre uma manifestação planejada e o sucesso do protesto coordenado pelo celular através de mensagens de texto em tempo real. Robert não conseguiu evitar um sorriso irônico ao se dar conta de que ela falava com um dos repórteres que trabalhavam para ele.

Para a própria surpresa, ele notou que não lamentava o fato de não estar na equipe de cobertura. No fundo, desde quando fora expulso da redação, ele se sentia aliviado. Chegara a sentir-se entediado, meio adormecido, morrendo aos poucos, enquanto acumulava camadas de ódio ao admitir isso. De certo modo, o mesmo estava acontecendo com seu relacionamento com Katherine. O aborto vinha matando os dois.

Agora, ele mal reconhecia o seu antigo "eu". E sabia que queria Katherine de volta. Bem próximo do grande cilindro do Madison Square Garden — nem jardim, nem praça, nem em Madison — parecia que os 37 mil policiais da cidade estavam a 100 metros dele. Nova-iorquinos zangados e acalorados e turistas queixavam-se por não poder passar. Educadamente, os policiais redirecionavam as pessoas, ao longo de quadras a leste e a oeste, em volta do perímetro de segurança. Sob o ruído de sirenes, uma equipe de atendimento de emergência passou em alta velocidade a uma quadra dali, em um comboio de pelo menos seis veículos, cinco deles micro-ônibus, enquanto policiais de trânsito acenavam com uma luz vermelha.

Ele tinha andado até não aguentar mais. Então, decidiu ir para casa.

Nova York, 29 de agosto de 2004

Sentada na cama de Adam, desempenhando o papel que o Vigia pedira que ela executasse, Katherine rezou por Robert.

Ela não havia recebido nenhum aviso de que o Caminho implicaria na perda de seu marido dessa forma. O Vigia não tinha falado sobre isso. Ele apenas a incumbira da missão de se aproximar o máximo possível de Adam e alegar que havia deixado Robert.

Ela havia construído um cenário mental, baseado nas verdadeiras dificuldades que eles tinham atravessado desde o aborto. E entendia que teriam que ficar separados, enquanto ele trilhava as primeiras etapas do Caminho. Mentalmente, ela começara a exagerar o afastamento dos dois, mesmo enquanto tentava ajudar Robert a entender o que ele estava passando.

O Vigia tinha dito que ela saberia quando começar a aproximar-se de Adam, sem precisar de aviso.

Então, a confissão de Robert havia sido um tremendo baque. Depois disso, não houve necessidade de fingimento. Tinham-lhe dado tudo que ela precisava para ser convincente. Foi, ao mesmo tempo, uma estratégia inteligente do Vigia e uma forma de punição — assim ela compreendeu, na sua raiva e dor — por sua culpa em causar tudo que acontecia agora.

Ela tentou acalmar o espírito, lembrando o ano anterior e os eventos que culminaram com o ataque iminente.

Dois dias antes do Blecaute ela recebeu um e-mail de Tariq que a deixara assustada. Fora o primeiro e único contato entre eles desde que ela o entregara aos interrogadores. Na mensagem ele dizia que estava livre e que queria que ela o encontrasse em Las Vegas, no Hotel Luxor, às 18 horas, no dia 14 de agosto, pois tinha informações muito importantes. A mensagem transparecia raiva e medo.

Ela foi ao Vigia e contou tudo a ele.

O Vigia entrou em contato com Adam, que havia meses vinha seguindo a pista do potencial ataque, e ele interpretou a mensagem como uma pista de que a detonação se realizaria no dia 14 de agosto. Parecia que Tariq queria Katherine fora da cidade naquele dia.

Dessa forma ela ajudou Adam a preparar-se para enfrentá-lo. Adam foi ao local e lutou com Tariq, matando-o. Ele trouxe um PDA de Tariq, e o Vigia entregara o objeto a ela. O PDA era de um modelo que ela nunca tinha visto antes. Havia códigos dentro de senhas, dentro de códigos.

Ela passou um ano tentando decifrar seus códigos e encontrou um programa fantasma de centenas de números de três dígitos.

Uma série de números parecia indicar a longitude e a latitude. Mas ao procurá-los em um globo terrestre descobriu que eram, em sua maioria, no meio do oceano Pacífico, a centenas de quilômetros de qualquer lugar.

Finalmente, ela viu padrões nos números de três dígitos. Achou um programa que ligava os dígitos a números de latitude e longitude. Eram *waypoints* de uma unidade GPS.

Ela conhecia um pouco a mente de Tariq e sabia o quanto ele era capaz de brincar com palavras e com números. Achou um arquivo de versos bobos, do tipo que eles costumavam improvisar de brincadeira quando namoravam, e viu que cada um estava relacionado a um *waypoint*.

Teve a sensação — ao mesmo tempo doentia e pungente — de que Tariq pensara nela ao juntar os códigos intricadamente estruturados.

Katherine continuou investigando

A sequência dos *waypoints* a confundiu. A presença de um X, em certos números, a intrigava. Em grupos de quatro, os números somavam 252. Mas havia algo mais, que ela não conseguia entender.

Seu último avanço, aquele que iniciara a marcação do relógio, acontecera justamente há pouco mais de uma semana.

Percebeu que os pontos de latitude e longitude do oceano Pacífico eram exatamente iguais aos pontos do outro lado do globo.

Após conectar todos os dados no PDA, ela executou um programa para remover todos os códigos e criptografia. O programa mostrou que, quando os cálculos foram feitos, todos os *waypoints* eram, de fato, em Nova York, em um padrão muito específico, ao longo de Manhattan.

Assim que o programa expôs corretamente todos os dados interligados, o PDA acendeu e emitiu o sinal de perigo. Por alguns segundos, emitiu uma rajada de energia em uma sequência de comprimentos de onda, e começou a apagar os dados que ela havia descoberto.

Katherine não sabia o que o sinal continha — se tinha transmitido a informação decifrada, anunciado a posição dela ou, de alguma forma, preparado o Ma'rifat' para a explosão. Ele pode ter simplesmente avisado a um parceiro desconhecido de Tariq que os códigos do PDA haviam sido violados, ou outra coisa. Por sorte, ela havia copiado os dados decifrados no computador e não podia evitar a sensação de que Tariq, de um jeito ou de outro, queria que ela os tivesse decifrado. Seria para que ela soubesse o que ele tinha feito? Para que ela visse o quanto o havia magoado, a ponto de levá-lo a construir o tal Dispositivo?

Ela contara tudo ao Vigia, que rapidamente consultou Adam e, juntos, montaram um plano de ação. Robert seria obrigado a trilhar o Caminho de Seth. Era a única saída. Ela não havia compreendido exatamente o que isso implicaria, nem o quanto seria destrutivo.

Sabia que magoara Robert ao abandoná-lo e sempre tivera a intenção de enganá-lo, nesta etapa do plano, o que já teria sido ruim, mas necessário. Agora, depois da traição, ela sentia que o sofrimento que ela causara foi justificado e merecido. Pela primeira vez na vida ela praguejou e rezou por um homem ao mesmo tempo. *Robert, seu desgraçado. Termine logo essas provas, para que eu mesma possa matá-lo.* Mas não era bem a verdade.

O primeiro encontro propriamente dito de Katherine com o Vigia tinha sido há mais de 20 anos, depois da noite do incêndio, em Cambridge, quando ele ajudou a explicar a ela o que lhes tinha acontecido. Ele falou de seu treinamento com Adam e da necessidade de proteger Robert. E explicou que a sessão de tabuleiro Ouija tinha dado errado por causa da presença de Robert e de seu dom psíquico não reconhecido. As sessões anteriores feitas por ela tinham transcorrido sem maiores problemas, harmonizadas por sua própria capacidade; mas Robert funcionara como uma lente de aumento secreta, desconhecida por ambos. Os inocentes pensamentos e enganos — o desejo de que ele fosse Adam, a confusão com os nomes dos dois — e a intensidade emocional da noite adquiriram uma enorme ressonância, atraindo forças que normalmente teriam sido mantidas à distância. Ao nível da realidade, onde o entrelaçamento psicoespiritual se realizava, onde o tempo e o lugar eram imaginários, eles tinham sido ligados para sempre: Robert, Katherine e Adam. O ciúme e a insegurança de Robert retorceram-se por uma brecha no mundo, dando início ao incêndio no quarto de Adam. E quando o fogo ameaçou matar Adam e Katherine, uma manifestação do Iwnw foi atraída: o olho da morte. De alguma forma, Robert o dispersara.

Na época, ela não tinha entendido isso muito bem. Embora tivesse mantido contato esporádico com o Vigia, durante o tempo em que trabalhou no serviço secreto, ela jamais pediu conselho a respeito de Tariq, por considerar aquele assunto extremamente secreto. Agora, lamentava não tê-lo feito.

Ela sabia que havia partes do plano que não compreendia totalmente. A separação estava acabando com ela, e magoar Robert a estava matando aos poucos. Mas faria o que o Vigia determinasse. E, por enquanto, a ordem era: ganhar a confiança de Adam para ficar próxima o bastante a fim de dar-lhe secretamente a força para resistir ao Iwnw. E a dúvida era: será que ela conseguiria esconder o seu objetivo secreto da Irmandade do Iwnw, e resistir à influência dela, estando tão próxima do seu efeito?

Little Falls, 29 de agosto de 2004

Assim que chegou em casa, Robert postou uma foto do cubo no site que Terri e Adam haviam indicado.

Ele notou que o dígito do meio do quadrado central estava faltando. Se ele os reunisse em um cubo, o cubo central ficaria em branco.

Exausto, ele se permitiu vagar quanto aos números, procurando qualquer relação óbvia entre eles. Eles pareciam aleatórios, pelo menos para sua mente cansada. Então ele guardou o cubo no cofre, no andar de cima, junto com as outras chaves.

Depois, fez umas anotações, tentando resumir as suas sensações, torcendo para que o Quad tocasse, o que não aconteceu. Ele ligou para o celular de Katherine, mas o aparelho estava desligado. Irritado, não deixou mensagem. Mesmo se ela atendesse, ele não sabia o que dizer.

Ele deixou a mente divagar. Deitou-se em frente à televisão e ficou assistindo à cobertura das preparações da convenção e à manifestação que se seguira. Viu o comissário Kelly anunciar que haviam sido feitas cerca de 200 detenções. Não houve nenhum incidente de maiores proporções durante o protesto, embora uma alegoria inflável em forma de dragão tivesse sido incendiada, causando um pequeno tumulto. Mais tarde pequenos grupos haviam tentado bloquear as entradas de dois hotéis, no centro da cidade, onde os delegados republicanos estavam hospedados.

Foi noticiado que alguém estava distribuindo um mapa falso do metrô de Nova York, com estações e vias que não existiam, para confundir os visitantes republicanos.

Robert viu imagens da polícia encurralando manifestantes e jornalistas, viu cartazes e slogans, cabeças de papel machê e teatro de rua.

Ele assistiu republicanos da classe média americana indo despreocupadamente aos shows da Broadway, em meio à confusão, numa demonstração de indiferença e desdém, ao deixarem de participar dos protestos. Ele também viu breves aparições hilárias, mas a que ele mais gostou foi a de uma nova-iorquina de meia-idade, indignada, gritando: "*Saia desta cidade, porra! Saia desta cidade!*" para um homem contrário ao protesto e que acusava os manifestantes de ajudarem os inimigos da América.

Robert adormeceu, rindo com as palavras da mulher ecoando na mente.

Horas depois, acordou, sentindo-se revigorado. Havia uma mensagem de texto no Quad que dizia simplesmente: "Poste os seus pensamentos, urgente." Horace.

Ele reuniu as suas anotações, concentrou-se e escreveu:

O que aprendi com o quarto esconderijo
Às vezes, a água do diabo traz a vida.

Estou sendo despedaçado, entretanto, estou me tornando mais vivo.

Passei a ouvir e ver coisas que nunca acreditei serem possíveis.

Desde que esses eventos começaram, perdi meu emprego e fui expulso, de forma humilhante, do convívio com algumas pessoas. Amanhã ajustarei as contas com eles.

Fui atacado, espancado e acabei vomitando no metrô.

Quase sufoquei.

Quase morri em uma explosão de gás.

Meu fôlego foi arrancado dos meus pulmões.

Quebrei deliberadamente meus votos de casamento e perdi a aliança que os simboliza. Ofendi minha esposa.

Experimentei uma nova independência, um respeito próprio, e magoei o meu ente mais querido para conservá-lo. Satisfiz a minha raiva e o desejo de vingança, que fingi ser honestidade.

Entretanto, ao encarar a morte e no jogo da luxúria, encontrei a força que nunca imaginei ter. Transformei os impulsos básicos — matar, foder — em armas espirituais, de terra e água.

Ao rejeitar extorsão, na afirmação da minha liberdade completa, acrescentei a energia do fogo àquelas armas.

Ao pular no meio na multidão para resgatar aquele garoto, quando o instinto de autopreservação teria feito com que eu me protegesse, agachado onde eu estava, acredito que acrescentei a energia do ar. Foi o que usei, sem saber como, para acalmar a multidão.

Estou me tornando mais forte, à medida que avanço ao longo do Caminho, embora toda essa força só me seja emprestada. Ela não me pertence. Não é para a minha vaidade ou aprendizado.

É para Adam, para ajudá-lo a resistir à corrosão dos parasitas dentro dele.

É para Katherine, para ajudá-la no caminho solitário para o qual a levei. Se o fato de ela ficar com Adam acabar ajudando-o a sobreviver a essas provações, então, que assim seja. Mas eu a terei de volta.

É para Terri, para ajudá-la a superar o medo secreto e recente, que eu vejo tomar conta dela.

É para Horace, para que possa me guiar e instruir, conforme precisar.

Os Outros não são o inferno. São a salvação.

Há uma imagem na minha mente que desafia palavras, exatamente como as peregrinações pelas quais passei através de Manhattan — a imagem que eu desenhei da cidade, as experiências em cada *waypoint* — estão desenhando uma imagem na minha alma.

Passei a ver conexões onde não havia; sistemas e formas de novas harmonias. A capacidade de falar a língua dos pássaros está despertando dentro de mim.

Tudo isso para derrotar aqueles que causaram essas provações a todos nós.

Rezo pelo meu inimigo, porque rezar pelos meus amigos não é nenhuma virtude.

Eu me perdoo, porque tudo que fiz foi necessário. Peço o perdão dos outros. Estou pronto. Estou vivo. E lutarei.

Após enviar essas palavras ele permaneceu sentado observando a noite, com as luzes apagadas, esperando para ouvir se tinha passado na quarta prova.

Finalmente, Horace telefonou:

— Li sua mensagem. Você está progredindo — disse ele. — Mas estamos ficando sem tempo.

— Consegui fazer o que era necessário?

— Deixe-me falar sobre a quarta prova, e do que vem depois.

Ele explicou que a quarta prova trouxera Robert à principal encruzilhada, ou ponto de transição, do Caminho. Na Union Square, nome apropriado para esta etapa, as energias físicas, até então acumuladas, encontraram as energias psicoespirituais mais elevadas, ainda não reveladas. Os veículos de transição de uma a outra foram as energias do ar, ou as forças da compaixão.

Para passar na prova Robert tinha que ter mostrado que havia começado a viver para os outros, além de si próprio, colocando o seu próprio ego e até as suas próprias possibilidades de sobrevivência em segundo plano. A prova exigia a recuperação de uma chave quadrada ou cúbica e achar o coração do seu corpo de luz. Sem as energias do ar, Robert não sobreviveria ao que estaria por vir.

— Então eu passei?

— O fogo no relógio digital não foi um sinal promissor — repreendeu Horace. — Há lados sombrios em todas essas energias, e seu ciúme e sua irritação deflagraram essas energias. Isso também permitiu que o Iwnw se aproximasse perigosamente de você.

— Eu sei. Desculpe. Aprendi a lição.

— Tenho certeza que sim.

Uma súbita sensação de medo o atingiu.

— Isso quer dizer que falhei?

— Pelo que você escreveu e pelo fato de ter arriscado a própria vida para salvar aquele menino; por interromper a correria, cujo único objetivo era matar você, salvando outras vidas, eu diria que você adquiriu a energia do ar. Sim, você concluiu a quarta prova.

— Obrigado.

— Não se torne arrogante. Estamos apenas começando.

Durante alguns minutos Horace falou sobre a essência do Caminho. Conforme ele explicou, a peregrinação tinha a ver com a aceleração e intensificação dos processos naturais e passar por essa experiência, diversas vezes, em uma única vida. Para um guerreiro espiritual, era necessário experimentar a corrosão do ego. Todos os seres humanos passavam por isso, nas provas do amor, da paternidade, ao servirem as causas mais nobres. A diferença estava no nível da intensidade, no grau do foco disciplinado e no número de ciclos do aprendizado.

Estava, também, no que reside no âmago secreto da alquimia: as centenas de evaporações e destilações, fusões e coagulações de substâncias nos frascos de laboratório refletiam o mesmo processo no alquimista, no investigador da sabedoria — mas a substância era ele próprio.

Robert perguntou a Horace o que o aguardava a seguir.

— As três provas restantes só podem ser empreendidas por um aspirante que agregou, em um equilíbrio produtivo, os elementos da terra, da água, do fogo e do ar. Quando o ponto do equilíbrio é atingido, um quinto elemento, ou quintessência, é formado; então você será apresentado às energias do éter.

Horace explicou que era nesse estágio do Caminho que a maioria das pessoas fraquejava, porque o éter representava o nível da realidade, no qual todas as coisas eram ligadas — o nível no qual as harmonias mais elevadas começavam a ser totalmente audíveis. E onde a clariaudiência, a clarividência e a sensitividade começavam a surgir. Muitos simplesmente decidiam não aceitar, porque essas ideias eram fortemente contrárias ao mundo no qual sempre acreditaram. Era o nível onde a língua dos pássaros começava realmente a se fazer ouvir.

Robert deveria explorar as energias do éter, expressando verdadeiramente seus pensamentos e sensações, e subjugando seus propósitos — o seu ego — a um propósito maior, ao propósito do Caminho.

Robert passaria no teste se demonstrasse que compreendia como poderia, agora, afetar a própria realidade usando seus propósitos, em comunhão com os propósitos do Caminho — de como ele poderia influenciar e alterar aspectos do mundo à sua volta.

Era um dilema simples: crer no Caminho ou não.

Robert recuperaria uma chave de cinco lados, dividida em três partes, e reagruparia outro membro de seu corpo místico.

Por alguns minutos ele permaneceu em silêncio, absorvendo as palavras de Horace. Depois, ele perguntou:

— No que exatamente estou me tornando?

Horace riu.

— Nada disso fará de você um Buda, ou levará você ao nível de um grande mestre, como Jesus Cristo, ou Maomé. Você está passando por apenas um ciclo, em uma ascensão infinita a tais níveis. Mas deve ser o suficiente para interromper a detonação do Ma'rifat'.

Então, Robert ouviu um barulho na casa escura, um ruído abafado. Ele percebeu seus sentidos se acenderem como uma árvore de Natal, os nervos repentinamente distenderem-se e os músculos ficarem tensos.

— Horace, chegou alguém. Preciso ir.

Ele desligou e permaneceu absolutamente imóvel na escuridão. O único som que ele ouvia era o do coração, disparado. Ele respirou profundamente, tentando se acalmar.

Levantou-se lentamente, tentando não fazer barulho. Com todo o cuidado, deu alguns passos em direção à escada. Com o braço estendido na frente, ele tateou, em todas as direções, buscando qualquer sinal de quem ou o que estava na casa.

Uma porta rangeu no andar de cima. Ele pensou ter ouvido alguém respirando. Então, tudo ficou em silêncio novamente.

Katherine guardava uma arma em casa, mas ela a levara quando o abandonou. Ele se lembrou do bastão de beisebol, que ficava ao lado da porta da frente. Ele se arrastou até a porta e o apanhou. Com o bastão nas mãos, sentia-se mais seguro. Agarrando a maçaneta com firmeza, Robert parou ao pé da escada, atento.

Não ouviu barulho algum. Seu coração batia acelerado. Ele começou a subir lentamente, pisando bem devagar.

Lembrou-se de pular o sétimo degrau, que costumava ranger, e continuou subindo. Quando obteve uma visão do primeiro andar, viu uma luz vermelha, como a de um foco de lanterna coberto por dedos.

Alguém estava no seu quarto, aquele que fora seu e de Kat até ela decidir dormir em outro cômodo, quando o distanciamento entre os dois atingiu níveis insuportáveis. Tomado de raiva pela violação de sua casa, ele chegou ao topo da escada e agarrou o bastão com mais firmeza, pronto para agir assim que tivesse um ângulo do assaltante. Ele andou em direção ao quarto e sentiu que o invasor não era o Iwnw. Nenhuma das suas energias corrosivas estava no ambiente. Era algo mais...

De repente, um vulto vestido de preto surgiu na escuridão, como a própria escuridão desenrolando-se diante dele, triturando seu queixo e jogando sua cabeça para trás. Ele vacilou e caiu, chocando-se contra o bastão de beisebol. Ele chegou a tocar a pele do inimigo e ouviu um grunhido de dor. Então, levou um pontapé na virilha e o seu corpo inteiro explodiu de agonia.

O invasor passou correndo por ele e desceu rapidamente as escadas na escuridão, sem cair nos degraus, e foi para os fundos da casa. Robert levantou-se e saiu rolando pela escada atrás dele. Viu a porta dos fundos se fechar, e logo o inimigo desapareceu na noite. Ele correu para a porta, mas sabia que era tarde demais. Do quintal, havia pelo menos três direções diferentes para se escapar.

Robert foi até o meio do quintal, atento a qualquer pista. Mas não achou nada. Então, correu para a rua, procurando faróis, e, novamente, não viu nada.

Desesperado, correu para casa e foi até o quarto. A porta do cofre estava aberta.

Ele vasculhou, aflito, entre os documentos guardados. Todas as chaves do Ma'rifat' haviam desaparecido.

Uma Canção de Amor de um Mártir: A Criação do Ma'rifat'

Três coisas me levaram à morte. A primeira foi o Mukhabarat.
Todo mês eu recebia uma fita mostrando que o meu pai estava sendo poupado.
Eles buscavam coisas degradantes. Para começar, queriam que eu transmitisse informações científicas das quais eu sabia que eles não tinham chance de tirar proveito algum, ou fazer qualquer tipo de uso. Depois, eu deveria construir uma rede de espiões na minha comunidade, tentar envolver os meus colegas com mulheres, álcool, drogas, dinheiro e, com isso, chantageá-los.
Eu cedi apenas o suficiente para proteger meu pai. Transmiti informações científicas sem valor, material que poderia facilmente ser encontrado em revistas acadêmicas; coisas sem importância, das quais eles não poderiam se beneficiar.
Para honrar meu pai e limpar minha alma, voltei ao estudo das tradições nobres, que ele e meu avô haviam transmitido a mim; para a ciência da Terra Negra, onde "negra" significa "sábio"; e para a alquimia, tão negligenciada pelas práticas modernas.
Por volta dessa época, minha amada Katherine deu-me um valioso presente: um resumo do conhecimento perdido, alguns escritos pelos filósofos da minha nação, reunidos por ninguém menos que o próprio Sir Isaac Newton. Para um leigo, esse material não teria significado, pois continha listas de substâncias químicas e procedimentos de laboratório, horas do dia e da noite de oração e reflexão, além de símbolos astrológicos e matemáticos e frases soltas em latim.

Mas para alguém que reconhecia o significado alquímico de seus conteúdos, a alquimia plena, na íntegra, que tanto representava a nossa antiga tradição quanto o verdadeiro objetivo das pesquisas de Newton, ele continha elementos de um mistério terrível: os procedimentos espirituais e físicos combinados, encobertos por conselhos e confusões, para criar a substância mais poderosa da Terra. É uma forma da matéria que remete a campos psíquicos, e por sua vez os deforma em torno dele. É um componente chave na criação do dispositivo conhecido como o Ma'rifat', mais comumente conhecido como Pedra Filosofal.

Tomei o presente de Katherine como um símbolo de amor. Agora penso de forma diferente. Mas, na época, foi uma manifestação de confiança. Confesso que copiei algumas coisas do documento. Então devolvi a cópia a Katherine.

A segunda coisa que levou à minha morte foi a própria Katherine. Ela era tudo para mim, o mundo em que desejei viver, o mundo que desejei criar.

Por ela, me arrisquei de maneira insuportável, e no fim fui denunciado. No exato dia em que eu deveria fugir, acabei sendo preso. Fui torturado com choque elétrico e com surras. Fiz a única coisa que poderia para sobreviver: negociei. Eu era um cidadão americano, podia passar despercebido na América, trabalhar nos laboratórios, enfim, qualquer coisa.

Eles não poriam o meu pai em liberdade. Mas aceitaram poupar minha vida.

Fui treinado para passar em fiscalizações de aeroportos e para abandonar as práticas muçulmanas, de modo a complementar o meu disfarce e me tornar ocidental. Como a minha mãe é americana e o meu inglês é perfeito, achei fácil. Gostei daquilo. Deixei de rezar, exceto nas profundezas ocultas do meu coração. Fiz uso de bebida alcoólica. Desfrutei de vários relacionamentos com mulheres.

Por fim, as pessoas generosas de Brookhaven me aceitaram.

A terceira coisa que levou à minha morte foi o 11 de Setembro. O ódio pelo ataque ainda ressoa na minha alma. Não vi nada naquilo além de pecado, apesar da arrogância do país que eu adotara como meu, e a arrogância era grande. Mas o golpe atingiu profundamente, e em parte alcançou o seu objetivo: fez a América ficar mais parecida com a nação que os seus inimigos definiam; mais parecida com a nação que os seus inimigos queriam que ela fosse.

E logo um milagre aconteceu. Encontrei Katherine novamente.

Ela estava mais linda que nunca. Sua mente, mais afiada que nunca. E logo ela deixou bem claro que sentia alguma coisa por mim. Eu sempre evitara compromissos nos meus relacionamentos anteriores, e preferia terminá-los, se percebesse muita cobrança emocional. Mas, dessa vez, com ela, com a minha amada, era como se Deus sorrisse para mim. Deixei-me levar. E mergulhei de cabeça no sentimento.

Depois do atentado de 11 de setembro o presidente Bush se referiu ao islamismo como uma religião de paz, e isso foi bem-vindo, porque isso é o que na realidade o islamismo representa.

Mas um dia, na rua, um cara cuspiu em mim, na frente da minha amada. O meu agressor era um idiota mal-educado. Eu disse isso a ele e começamos uma briga, e ela ficou aflita. Mas, sem a sua honra, um homem não é nada.

Então, o Mukhabarat voltou e exigiu mais. Eles alegavam que as informações que eu enviava da América eram insuficientes. A minha rede era inútil. Disseram que maltratariam meu pai. Tentei a todo custo não passar nada de maior importância para eles, mas não consegui. Recebi um telefonema no qual uma gravação mostrava o sofrimento de meu pai. Eu sabia que era a voz dele. Depois disso acabei cedendo. E me envergonho disso.

A minha amada era o meu oásis. Mas eu achava que ela também via o meu povo como ignorante, incapaz e subdesenvolvido. Acho que ela me considerava uma nobre exceção. Ao mesmo tempo em que ficava furioso, eu temia pelo meu pai, e o Mukhabarat pressionava, cada vez mais.

Minha amada fazia perguntas difíceis sobre a situação mundial. Eu percebia que ela me questionava, me testava e duvidava da minha lealdade.

O meu único consolo eram as antigas tradições. Eu via paralelos com o nosso trabalho no acelerador, conexões, pontos de contato, porque, ao colidir pequenas quantidades de ouro em energias maciças e traçar um gráfico das partículas subatômicas que iam e vinham em consequência das colisões, nos aproximávamos cada vez mais de observar a própria criação em ação, matéria condensando a partir da energia e desaparecendo novamente — exatamente como nas antigas tradições, onde a dança da energia e da matéria era o tema das nossas manipulações. A diferença era que não precisávamos de aceleradores de partícula maciça, já que as provações das nossas mentes eram suficientes. O modo antigo funcionava com substâncias raras — a mais rara, chamada "ouro vermelho", considerada como sendo impossível de se achar na Idade Moderna — que eram submetidas à experimentação mental e física. O estado de espírito do investigador do conhecimento, seu nível de concentração e refinamento espiritual eram tão importantes quanto o estado de suas réplicas, seus frascos e seu forno. E o produto final, cuidadosamente buscado, mas raramente alcançado, não era nenhuma substância mágica nele e dele em si, mas a transformação daquele que o buscou em uma criatura de compreensão e capacidade espiritual mais elevada. Era uma linha de conduta nobre.

Ajudei colegas que estavam trabalhando em uma substância que pensavam ser nova: vidro metálico. Aprendi coisas com eles, mas não compartilhei a sa-

bedoria dos meus antepassados, porque a fusão do vidro com metais diferentes era parte da antiga tradição, parte de um caminho que eles nem imaginavam que estavam trilhando para a Pedra Filosofal, porque eles não levavam em consideração os seus próprios estados psicoespirituais enquanto trabalhavam. Na física atual, fazemos só a metade do trabalho necessário, embora mesmo assim o papel do observador em certos fenômenos tenha sido visto, desde o início do século XX, como parte integrante de qualquer descrição do que acontece ao nível subatômico. Estamos nos aproximando da capacidade de ver, mais uma vez, o que os antigos sábios viam: que a consciência e a matéria estão intimamente ligadas. Nunca terei a possibilidade de trabalhar lá, mas sonhei em executar experimentos no acelerador de partículas mais potente a ser construído: o Grande Colisor de Hadrons, aguardado para começar as operações em 2007, em CERN, o centro europeu de pesquisa nuclear na fronteira franco-suíça.

A humanidade aprenderá coisas, a partir desses experimentos, que revolucionarão nossa visão do mundo, mas que sempre foram conhecidas pelos sábios antigos. Isso também poderá nos ensinar como destruir o mundo num piscar de olhos.

Organizei uma aula no laboratório com o objetivo de discutir a respeito das grandes contribuições feitas ao mundo por minha civilização, e a ideia foi bem-recebida. As pessoas lá eram gentis e atenciosas.

Um dia, minha amada me levou para um passeio no campo. Paramos em um local isolado, e um furgão sem janelas surgiu do nada.

As últimas palavras que ouvi da minha amada foram:

— Ele é todo seu. Não tenho mais nada com ele.

5   *Prova do Éter*

Nova York, 30 de agosto de 2004

Reuniram-se em uma sala perto da cobertura do número 570 da Lexington Street, bem longe dos olhos e ouvidos atentos da sala de redação, às 9 horas em ponto.

Agitado e cansado por não ter dormido a noite inteira, Robert se sentou no mesmo lado da mesa onde estavam Scott, do departamento jurídico, John, do centro de distribuição, e uma funcionária dos recursos humanos, que ele não conhecia. Diferente de todos os outros, ele usava uma jaqueta esporte surrada e estava sem gravata.

Representando a Hencott, Inc. havia três advogados de estilos diferentes. Um deles era aparentemente amigável e diplomático e devia ter uns 50 anos; a advogada, de ar afetado, aparentava uns 30 anos, e o mais jovem, de vinte e poucos anos, era zeloso e intimidador. Robert concluiu que o amigável era o perigoso.

John, não cabendo em si de satisfação, deu início à reunião.

— Senhora, cavalheiros, bem-vindos à GBN. Estamos cientes da intenção de vocês em instituir processo judicial contra esta empresa, com base em supostas ações empreendidas pela GBN e/ou um dos seus funcionários, em relação à morte de Lawrence Hencott, diretor-geral da Hencott, Inc., ocorrida nas primeiras horas de quinta 26 de agosto. Gostaria de aproveitar a oportunidade para estender as nossas condolências pela perda do sr. Hencott.

— Obrigado — disse o advogado mais velho.

Robert desviou a atenção, fechou os olhos e visualizou a fantástica cúpula arquitetônica do prédio de número 570 da Lexington, alguns andares acima: raios erguidos por punhos cerrados, uma profusão de pontas, tal qual uma coroa de espinhos, símbolos de ondas de rádio espetando e estalando no éter. Embora tivesse faltado apenas dois dias ao trabalho, ele sentiu-se estranho nos espaços reduzidos e apertados das salas e cubículos.

"Você parece... que não se adaptou" foram as únicas palavras de John, quando estavam no elevador.

Ele voltou a prestar atenção na reunião para ouvir o jovem da Hencott ler o bilhete que Lawrence havia deixado, no quarto do hotel onde ele se suicidara.

— ... o que aconteceu foi por causa de Robert Reckliss. Só lamento não poder dizer-lhe, eu mesmo, o quanto isto tem a ver com ele. Se alguém me considerar um covarde por cometer este ato, espero que reflita que, às vezes, pode ser mais nobre aceitar a derrota do que continuar vivendo em um mundo de corrupção cega e irracional. Ao ego venenoso de Robert Reckliss eu digo que a vil e intensa tortura racionaliza a impotência da oposição ao lado obscuro. Até parece com uma manchete. A Horace, que cuidará para que o meu desejo seja devidamente realizado, deixo a minha amizade.

— Santo Deus! — disse John. — Podemos ter uma cópia desse bilhete?

— Já foi providenciado — disse a advogada, distribuindo as folhas entre os presentes.

— Uma mente perturbada — disse Scott, balançando a cabeça, desolado.

— Pelo que eu vejo, não há nenhuma referência à GBN aqui — disse John, por cima dos óculos de leitura de meia-lua.

As palavras de Lawrence ecoavam na cabeça de Robert.

— Ao nosso entender, o sr. Reckliss não agia em interesse puramente particular, durante os malsucedidos contatos com o recém-falecido, sr. Hencott — disse o advogado "amigável" da Hencott, em um tom racional e comedido. — Sem prejudicar qualquer recurso que possa ser considerado em relação ao sr. Reckliss como simples cidadão, e acho que todos nós concordamos que você queira contratar um advogado para representá-lo pessoalmente neste assunto, sr. Reckliss, o envolvimento da GBN, através de um dos seus editores-chefes, na capacidade de editor de informação maliciosa, perigosa e inexata, difamando o sr. Hencott e prejudicando a corporação que ele comandava, é inquestionável.

— Maliciosa? — interrompeu Scott. — Não há nenhuma malícia neste caso, e você sabe bem disso. Isto não passa de besteira. E não se atreva a tentar incriminá-lo como simples cidadão.

John o interrompeu com um aceno de mão.

— Por falar nisso, você *tem* advogado, Robert?

Robert olhou diretamente para John e depois para os outros na mesa. Em volta de cada um ele viu uma tênue auréola de luz azul-acinzentada. Ele piscou, mas não havia nada de errado com os seus olhos. Ao olhar mais atentamente, ele percebeu, entusiasmado, que estava vendo formas delicadas de energia, girando lentamente em volta da cabeça de cada um dos presentes. Ele permaneceu deslumbrado, a quilômetros de distância dos estúpidos acontecimentos daquela manhã.

Tortura vil e intensa? Ele achava difícil imaginar que Lawrence Hencott fosse tão sensível a ponto de exagerar o que tinha acontecido, de forma tão grosseira. O homem tinha nervos de aço. Além do mais, de acordo com Horace, a morte dele não fora suicídio. Adam o matara. Ou forçara Lawrence a morrer. Não exatamente Adam, mas as forças que o corroíam lentamente. Por quê? O que Lawrence sabia? Qual era o seu papel? Robert precisava sair dali.

Ele viu que todo mundo o olhava, então, com a voz firme, falou lentamente:

— Eu... não... preciso... de... porra... nenhuma... de... advogado.

Um celular tocou sobre a mesa envernizada e o advogado júnior o pegou, desculpando-se. Ele atendeu, ouviu em silêncio por alguns segundos e passou o aparelho ao colega mais velho, que, após um período igualmente breve, corou subitamente.

— O quê? Repita isso — gritou ele. Uma voz agitada do outro lado da linha falava frases entrecortadas. Ele tentou interromper várias vezes, mas sem sucesso.

Com um movimento brusco ele fechou o celular, o devolveu ao outro advogado e começou a empurrar documentos para dentro da pasta.

— A reunião está encerrada — disse ele. — Devo informá-los que a Hencott, Inc. não empreenderá nenhuma ação na questão da morte de Lawrence Hencott, que, acredito, está sendo enterrado neste momento. Peço desculpas por desperdiçar o tempo de vocês, e devo transmitir ao sr. Reckliss os calorosos cumprimentos do novo acionista majoritário da companhia.

John parecia eufórico e consternado ao mesmo tempo.

— Quem era?

— Sr. Horace Hencott, irmão do falecido.

Os advogados da Hencott deixaram a sala de reuniões.

Robert e os outros funcionários permaneceram no local, em atordoado silêncio. Por fim, a mulher do RH falou:

— Acho que a minha presença não é mais necessária.

John fez um sinal para que ela ficasse.

— Na realidade, ainda há a questão da investigação interna. Eu andei investigando as atitudes de Robert, nos últimos dias, e devo dizer que pode haver bases para o procedimento disciplinar interno.

Antes que Robert pudesse reagir, Scott falou:

— Você está louco? Que bases?

— Negligência, falta de cumprimento do dever, prudência precária. Não podemos nos dar o luxo de ter nossos entrevistados se matando no dia seguinte após uma entrevista! Isso já é motivo de piada em Wall Street.

Robert se levantou e retrucou:

— Nada disso importa. Estarei de volta quando estiver pronto e isso poderá levar vários dias. A menos que vocês realmente queiram que eu contrate um advogado. Nesse caso, estarei de volta quando estiver pronto *e* vocês me darão uma enorme quantia.

Quando ele estava abrindo a porta, John gritou:

— Você não deve dizer nada sobre isso a ninguém, entendeu? Nada! Não estou brincando!

Robert o encarou.

— Nada de mordaça, John.

E com um sorriso no coração desceu ao magnífico saguão revestido de alumínio e saiu do prédio.

Londres, setembro de 1990

Com o convite em alto-relevo nas mãos, Robert riu em voz alta.

Você está convidado para um evento teatral único. No jardim do Club of St. George, Whitefriars Cut, EC4. Uma leitura da peça *Os Manuscritos de Newton,* às 20 horas. Traje *black tie.*

Imediatamente, ele telefonou para Adam Hale.

Ambos estavam vivendo em Londres. Robert iniciava o seu sétimo ano na GBN, após acumular bastante experiência em Paris e Madri. Adam mudara-se para Londres, vindo da América Central, no começo do ano. Estava ostensivamente mais animado e cínico que nunca, mas, na realidade, desesperadamente sem dinheiro, assustado e sozinho. Sua ex-namorada Isabela, poeta e jornalista, havia sido assassinada quase um ano antes. Ele encontrara o corpo dela com um tiro na nuca em uma estrada do aeroporto, em Santo Tomás. Ela havia sido o amor da vida dele, e na sua dor e solidão Katherine foi seu maior apoio. Tornaram-se inseparáveis, e em um ímpeto de necessidade mútua, casaram-se, no início do ano.

Adam estava trabalhando feito um louco como freelancer e viajando o máximo que podia. Para ajudar, Robert tentava conseguir um emprego para ele na GBN, embora Adam não gostasse de instituições. Agora que Saddam Hussein tinha invadido o Kuwait, parecia provável que eles o contratassem.

— Que diabo é isso? Você vai exibir a maldita peça?

— Rickles. Que bom ouvir sua voz.

— Você terminou de escrever? Quando?

— Foi como um projeto paralelo nos últimos meses. Entre tarefas, sabe como é. Algo para manter o nervosismo à distância. Memórias e coisas desse tipo.

— Isso é assombroso. Você terminou sozinho?

— Você quer saber se eu tive a colaboração de Katherine? De fato, foi um projeto maravilhoso tanto para mim quanto para ela. E agora podemos escrever *e* dormir juntos, naturalmente. A propósito, como está Jacqueline?

Robert e Jacqueline estavam namorando havia três anos e mantinham apartamentos em Paris e Londres, o que lhes permitia ficarem juntos frequentemente. Ela era uma amiga de infância de Katherine, descendente de família francesa aristocrática empobrecida, e trabalhava em relações-públicas. Era um relacionamento monógamo, sem casamento e sem filhos até então.

— Está ótima, obrigado. O convite é para uma pessoa apenas ou eu posso levá-la?

— Infelizmente, é para uma pessoa, amigo. Há poucos lugares.

— Não tem problema.

— Eu estava agora mesmo gritando com uma pessoa, na Embaixada iraquiana, na verdade, falando de trabalho.

O que se passava na cabeça de Adam era, como sempre, um mistério para Robert.

— Viados inúteis. Autorização de imprensa para Bagdá? Eu poderia estar pedindo também as chaves do banheiro exclusivo de Saddam.

— Como?

— Não é culpa sua. É? Acho que não.

Mesmo depois de todos esses anos, Robert ainda se irritava facilmente com a leviandade e falta de lógica de Adam.

— O que o banheiro de Saddam tem a ver com *Os Manuscritos de Newton*?

— Nada em absoluto, amigo. Então, você vai?

Robert verificou a data no convite, respirando profundamente.

— Claro, com o maior prazer.

— Excelente! Como participou do projeto durante a sua concepção, por assim dizer, você será um convidado especial.

— Onde é o clube, a propósito? Nunca ouvi falar dele.

— Meu avô, assim como alguns amigos, era membro. Ele se parece um pouco com o Special Forces Club, ou o Explorers' Club, só que é um pouco mais... esotérico. Você verá.

E, assim, a primeira e única apresentação de *Os Manuscritos de Newton* se realizou em uma noite quente de setembro, em um jardim murado, atrás de um clube privado e muito discreto, perto da St. Bride's Church, logo depois da Fleet Street.

O evento não foi, nem de longe, o que Robert ou Adam esperavam.

Nova York, 30 de agosto de 2004

Quando Robert foi para o norte pela Lexington Avenue, após sair da GBN, o Quad tocou anunciando uma mensagem de texto do Vigia. Finalmente. Ele não conseguira falar com Horace na noite anterior para comentar sobre as chaves. A mensagem dizia simplesmente: "*Waypoint* X69." O programa do GPS mostrou que o local ficava no East Side, perto do Hospital dos Veteranos, no final da 23.

Robert não tinha tempo. Queria atrair o inimigo. Tudo o que podia fazer era acelerar o ritmo nas etapas restantes do Caminho, agindo o mais rápido possível, e rezar para recuperar algumas chaves restantes. Sentia-se satisfeito por ter mandado os advogados para o inferno. Que manobra extraordinária a de Horace! Ele sempre o imaginara atribuindo assuntos mundanos a Lawrence, mas seu velho amigo possuía claramente mais experiência prática do que ele jamais imaginara. Resolveu telefonar para ele, mas lembrou-se, a tempo, de que ele ainda estaria no funeral.

Na esquina da 52, onde Marilyn Monroe filmou a célebre cena do vestido esvoaçante no filme *O pecado mora ao lado*, ele ergueu o braço e imediatamente apareceu um táxi. Ele pediu ao motorista para deixá-lo no lado sul do hospital, na 23.

Ao chegar lá o Quad apontou para o leste e para o norte. Confuso por não ter recebido uma pista até aquele momento, ele andou na direção de East River, pela 23, passando pelo VA Medical Center, à esquerda, chegando a um elegante pavilhão do início do século, onde se lia HOMENS em uma porta e MULHERES em outra. Era um banheiro público gratuito, agora adaptado como Centro de Recreação Asser Levy.

O Quad indicava que Robert deveria seguir adiante, para o norte. Ele passou por uma área de recreação e uma quadra de basquete abandonadas.

Finalmente, a pista chegou. Robert imaginou Horace enviando mensagens em momentos discretos, durante o funeral.

> *O primeiro de três, para fazer um cinco*
> *Para perseverar, e sobreviver com afinco*
> *Busque pedras que não cruzam rio*
> *Peixe e estrelas, mas não hesite*
> *Busque a porta escondida*
> *Busque o equilíbrio na essência*
> *Para passar a Prova do Éter com sucesso,*
> *Tente pular amarelinha, durante o processo*

Robert olhou para a área de recreação, deixando a mente vagar, até que avistou: do escorrega até uma fonte havia uma série de pedras redondas, como águas-vivas no mar.

Ele se aproximou para inspecioná-las. Havia aproximadamente 40 pedras, de diferentes tamanhos, esculpidas com motivos do zodíaco: caranguejos, peixes e tubarões; búzios, náutilos, conchas e estrela-do-mar, todos seguindo um caminho curvo, semelhante a uma serpente.

Ele acompanhou o caminho das pedras, desde o escorrega até a fonte, que estava quebrada. Ele virou e voltou, pisando à direita, depois à esquerda. Talvez as crianças realmente brincassem de amarelinha naquelas pedras.

Uma delas balançou ligeiramente, quando ele pisou nela. Era uma das menores, uma estrela-do-mar de cinco pontas. Ele se ajoelhou e a ergueu com cuidado. Ela se levantou como uma tampa e ele viu que debaixo dela havia um cilindro para guardar filmes de 35mm.

— Bingo! — disse ele, em voz baixa.

Ele o pegou e, com todo o cuidado, recolocou a pedra, pisando nela para tentar fixá-la. Estranhamente, dentro do cilindro não havia nada.

— Merda!

O Quad voltou a tocar, quase imediatamente: "Agora vá ao *waypoint* 090, o mais rápido possível. Acho que Katherine está em apuros."

O aparelho apontou para o oeste, ao longo da 23. Não havia táxis disponíveis. Ele voltou para a Primeira Avenida, sob o calor escaldante, xingando e rezando ao mesmo tempo, para pegar um ônibus que atravessava a cidade e que estava prestes a sair. Ele se jogou contra a porta do ônibus quando ela estava fechando e enfiou o braço no vão, forçando o motorista a abri-la novamente.

Londres, setembro de 1990

Robert pegou a linha circular do metrô até Blackfriars e andou em direção à St. Bride's Church. Passou alguns minutos vagando pelas ruas paralelas à Fleet Street, imaginando se tinha entendido o convite corretamente, antes de encontrar a entrada, sem placa, do Club of St. George, na Whitefriars Cut.

A modesta e discreta fachada do prédio escondia um suntuoso saguão, revestido de lajotas pretas e brancas. Um porteiro uniformizado verificou o convite de Robert e o conduziu a uma pequena biblioteca, onde havia xerez e petiscos à disposição.

— Espero não ter chegado cedo demais — disse Robert, vendo que não havia mais ninguém na sala.

— O senhor está na hora certa, tenho certeza — disse o porteiro, com a entonação de um policial aposentado. — O sr. Hale disse que deveríamos esperar pelo senhor.

Logo chegaram outros convidados: os homens em seus smokings e as mulheres em vestidos de festa. Robert tentou aliviar o desconforto, examinando as prateleiras repletas de livros e apertando o copo de xerez até ser abordado por alguém. A biblioteca estava lotada de romances medievais, traduções de poetas persas e árabes, além de contos de exploradores. Ele também notou que havia diversos livros sobre heráldica.

Fragmentos de línguas estrangeiras chegaram aos seus ouvidos. Seria tcheco? Polonês? Ele reconheceu português, espanhol e francês. Um homem gentil usando traje árabe completo alternava facilmente o inglês refinado com a bela forma rítmica do idioma árabe.

Em poucos minutos havia aproximadamente 60 pessoas na biblioteca e uma quantidade igual no saguão.

— Achou algo interessante?

Ele se virou e viu um homem bem alto, dentuço e de cabelo grisalho, vestido em um uniforme militar formal e de braço dado com uma ruiva rechonchuda. Ela lhe sorriu, enquanto ele tentava reconhecê-los.

— Olá — disse Robert, tentando ganhar tempo.

— De cavaleiro para cavaleiro, apareça. Você nos venceu, lembra? *Omnia vincit amor?* — disse a mulher.

— Ah, meu Deus!

Nesse momento, ouviu-se um gongo, convocando o público aos seus lugares.

Nova York, 30 de agosto de 2004

Robert saltou do ônibus, no Madison Square Park. Estava diante do Flatiron Building, o famoso arranha-céu de formato triangular apontando para o norte e suas ondulações na fachada, como ondas de pedra congeladas no tempo.

Ele andou até a esquina do parque, passando pela estátua de William Seward, o homem que comprara o Alasca. Conta-se que Seward era um homem mais baixo do que a figura alta e magra da escultura. Mas o artista, aborrecido por ter sido pago com atraso ou por um valor muito baixo, pegou algumas partes de uma escultura de Abraham Lincoln, que ele criara para outro projeto, e simplesmente montou a cabeça de Seward. A história foi para o arquivo de Robert que ele chamava de: "Bom demais para verificar."

Seguindo o Flatiron em direção a Uptown, ele virou à direita. O Empire State erguia-se através das árvores, dez quadras ao norte. Robert passou por um mastro que chamou sua atenção. Ele foi até a base e sorriu ao reconhecer a estrela de cinco pontas, esculpida sobre as palavras UMA LUZ ETERNA. Além disso, havia no topo do mastro uma lâmpada de cinco pontas, em forma de estrela, em homenagem aos militares mortos na Primeira Guerra Mundial.

— Depois do quadrado vem o pentagrama — disse a si mesmo. — Para amanhã, eu prevejo a estrela de davi. O que vai ser o sete?

Ele tentou compreender o significado dos números e formas que faziam parte do Caminho. Primeiro, um círculo; depois, um *vesica piscis* composto de dois círculos; o local do incêndio da fábrica Triangle e todos aqueles terrenos triangulares, produzindo uma chave piramidal; por fim, a chave cúbica na Union Square. A cada prova, um componente adicionado à forma geométrica. Será que isso simbolizava que ele estava se desenvolvendo, evoluindo em conhecimento e complexidade, mesmo diante da catástrofe iminente? Será que refletia o equilíbrio entre construção e destruição que estava acontecendo com ele, ou talvez o equilíbrio entre o seu crescimento e a deterioração de Adam?

Ele precisava se concentrar. Logo que houvesse uma oportunidade, tiraria as dúvidas com Horace. Não recebeu outra pista. Afastou-se do parque e olhou para o oeste, procurando qualquer coisa que respondesse a sua indagação. Então, viu algo que já tinha observado diversas vezes, mas nunca havia realmente prestado atenção, até aquele momento: no meio de uma grande ilha de trânsito, no cruzamento da Broadway com a Quinta Avenida, havia um obelisco de uns 15 metros.

Ele sentiu a cidade girar ao seu redor, afixada nele como se ele fosse o seu eixo. As formas e os alinhamentos formavam-se em sua mente e corriam além da sua imaginação, mais rápido do que ele podia percebê-las. Ele viu uma linha vertical bem ao longo da coluna vertebral de Manhattan, travessas da East Village a West Village e, agora, da pedra de estrela-do-mar a este lugar de pentagramas até... onde? Só podia ser Chelsea no West Side...

O choque da visão o deixou surpreso e tonto, mesmo tendo desaparecido tão rapidamente quanto havia surgido.

Ele respirou profundamente. Não sabia como reter tais lampejos de discernimento. Quanto mais tentava, mais eles recuavam.

Frustrado, atravessou a rua para examinar o novo obelisco, ainda tentando evocar a imagem novamente.

Diferente do obelisco na St. Paul's Chapel, que sugeria uma espécie de túmulo, esse não escondia o seu propósito. Abaixo de uma reprodução de um braço cortado, empunhando uma espada, havia uma placa onde se lia:

Sob este monumento jaz o corpo de William Jenkins Worth, nascido em Hudson, Nova York, no dia 1º de março de 1794; morto no Texas, no dia 7 de maio de 1849

O local era cercado por grades de ferro, também na forma de espadas. O monumento fora erguido em 1857. "*Homenagem aos Valentes*" exortava a base de pedra, que também era marcada com duas estrelas de cinco pontas.

Adam havia mostrado uma coragem fora do comum e, agora, ele sentia, Terri fazia o mesmo. Entretanto, Robert podia sentir os anos de raiva acumulada em relação a Adam virem à tona. Percebeu a inutilidade de deixar o medo censurar o que ele dizia, pensava e sentia.

Precisava encontrar Adam e achar um meio de inverter a situação.

Adam era tanto o inimigo como o aliado. Quanto tempo ele poderia defender-se contra a grande força corrosiva que o consumia lentamente? Um dia? Robert sentia, no fundo de seu coração, que Adam ainda podia ser salvo. Qual Adam ainda estava apaixonado por Katherine, se Terri dizia a verdade?

O caminho de volta para Kat e para ajudar Terri era o mesmo. Ele sentiu pena de Terri, sempre no controle e agora completamente apavorada, magoada e sozinha, dependente de outras pessoas, provavelmente pela primeira vez na vida. Fechou os olhos e a viu espiritualmente em chamas, apavorada, tentando proteger-se de Adam e da escuridão que ele emanava.

Alguma coisa terrível acontecera a Terri. Ele sentiu medo.

O que ela andava escondendo? Fechando os olhos e tentando estender a mão para ela, através da mente e sem saber ao certo como explorar seus novos dons, Robert viu imagens insistentes do *vesica piscis*: dois círculos que se formam a partir de um, quatro círculos de dois, oito círculos de quatro... *divisão celular...* as palavras formavam-se na sua mente.

Ah, meu Deus! Só podia ser isso. *Divisão celular... desde sexta-feira.* Grávida dele. Com certeza, não! Impossível. Ele tentou olhar mais profundamente. Deus do céu. Ela dissera que não havia nenhuma possibilidade... *havia uma sombra acima da divisão celular... escuridão e medo estão presentes nessa divisão...* Ele perdeu as palavras que se formavam, pulando de volta para fora do rio de informação no qual ele havia mergulhado sem saber como.

Se Terri estava grávida, ele não percebia nenhuma ligação com o que tinha visto, nenhuma conexão. Será que o pai não era ele, mas sim Adam? No entanto, uma nuvem de malevolência pairava sobre as imagens. *Se ela não estava grávida, então...* Ele perdeu o pensamento.

Se Terri tinha medo de Adam, isso indicava que ele dera um passo adiante em direção às trevas. Se Adam ainda amava Katherine, significava que Terri sentia-se abandonada. Desprotegida. Na primeira conversa no AOL, ela havia descrito o quanto Adam a protegera de uma situação ruim. Agora, ele não a protegia. Até que ponto Adam poderia ir? Se o filho fosse dele, certamente ele não se voltaria contra Terri, caso tivesse um fio de humanidade. E se ele realmente se transformara, representava enorme perigo para Katherine, apesar das habilidades que ela poderia recuperar.

Toda a força dos seus sentimentos em relação a Adam durante mais de 20 anos surgiu em sua mente. A constante sensação de que um dia ele causaria mais malefício do que boas ações. Sempre sua arrogância, na certeza de que poderia escapar com truques ultrajantes, quando os outros não poderiam;

que a sua capacidade única de impressionar o ajudariam enquanto almas menores lutavam na lama. Sempre a sensação de que todas aquelas habilidades deslumbrantes acabariam sendo desperdiçadas, jogadas fora em algum esquema maluco, perdidas em troca de uma aventura. No fundo, apesar da generosidade de Adam, de sua consideração sincera pelos outros e de sua capacidade de perturbar vidas de uma forma positiva, Robert sempre se aborrecera com ele. Sempre sentira ciúmes, inveja e raiva.

Contornando o obelisco, procurou mais detalhes que poderiam ajudá-lo. Encontrou apenas uma lista de honras de batalha. Pegou o Quad e pesquisou "Worth" no Google. Estaria faltando algo? A única coisa que ele percebeu foi que uma caixa de relíquias havia sido colocada na base do monumento, como a cápsula de tempo da estátua de Garibaldi, no Washington Square Park. Por um momento a imagem pareceu querer dizer-lhe algo; mas ele não conseguiu identificar o que era.

Atravessou a 25 e andou ao longo da Quinta Avenida, sendo atraído por uma bandeira adornada com um grande "*P*". Logo depois da esquina ele viu o que a letra representava: os escritórios de uma firma de design chamada "Pentagram" ficavam no número 204 e o nome da firma fora esculpido na porta do edifício. De novo, o número cinco. Aquilo o deixou arrepiado.

De repente, o Quad tocou. Ele ativou o fone de ouvido do telefone e logo a voz de Adam invadia sua cabeça. Seu coração disparou.

— Robert — disse ele. — Estamos diante de uma baita dificuldade, você não acha?

— Seu estúpido. Você tem muita coisa a explicar.

— Quando é que não tive, Robert?

— Isso não é um jogo para mim, Adam. Onde está Katherine?

Ele falava para o alto, como se Adam estivesse bem ali, em volta dele, no céu.

— Nada jamais é um jogo para você, Robert. Esse é um dos seus problemas. Onde você pensa que Katherine está? Ela é uma pessoa livre.

— Quero falar com ela. Ouvir a voz dela.

— Você acha que ela está comigo?

— Não minta. Deixe de gracinhas. Sei que ela está com você. Ela foi procurar você depois que eu contei a ela que havia dormido com Terri. E posso apostar que ela tem as malditas chaves. Todas elas. O que significa que você as tem. Portanto, você conseguiu o que queria. Você está mesmo tentando detonar essa coisa? Isso realmente vai acontecer, não é?

Adam calou-se por um momento. Robert podia sentir sua raiva. Não, não era raiva. Ele fechou os olhos e manteve Adam em seus pensamentos e viu trevas, medo. Era medo que afligia Adam.

— Robert, infelizmente ela não está comigo no momento. Vamos providenciar algo muito em breve, tenho certeza. Preciso explicar algumas coisas.

— Vamos lá.

— Por onde começar? Havia essa mulher...

Robert bufou.

— Há sempre uma mulher, Adam. O tempo está passando. Quero Kat. Onde ela está?

Por alguns segundos Adam permaneceu em silêncio, parecendo magoado.

— Eu contarei tudo. Tudo. Se ao menos você me der dois minutos. Escute-me durante dois minutos.

— Terri está grávida? Por que ela tem medo de você? — Raiva fluía por suas palavras. — Seu arrogante, egoísta, babaca. Não temos tempo. Você não pode resistir. Não é nenhum super-homem. Temos que impedir que essa tragédia aconteça! Me devolva Kat. Eu a quero de volta!

— Você deveria ter pensado nisso antes — disse Adam em tom sarcástico. — E se quiser sobreviver à quinta prova, é melhor controlar esse temperamento desagradável. Encare isso como uma dica daquele que esteve lá antes de você.

Robert caminhava compassadamente, mudo de raiva.

Adam gritou:

— Você não tem ideia do que estou enfrentando. Realmente não faz ideia. Eu devolverei Kat. Em dois minutos. Mas escute-me primeiro. Apenas por dois minutos! Ou nunca terá notícias minhas novamente.

Robert respirou fundo, tentando manter-se distante da raiva, tentando controlar-se. De repente, lhe ocorreu que Adam achava que aquela poderia ser a última oportunidade que teria de contar sua história.

— Está bem. Dois minutos. Você tem dois minutos.

Adam fez uma pausa, recompondo-se, acalmando o tom de voz. Robert voltou ao obelisco.

— Deixe-me recomeçar. Depois da apresentação da peça *Os Manuscritos de Newton*, com as coisas terríveis que aconteceram naquela noite, rompi com Horace, meu mentor desde os meus 18 anos. Depois disso, as coisas ficaram esquisitas.

Robert absorveu as palavras dele.

— Elas não estavam esquisitas antes? Quer dizer, você deve ter consciência de que seu parâmetro de esquisito é diferente do da maioria das pessoas.

— Me escuta. Quero que você entenda. Horace zelou por mim, a pedido do meu avô, logo que comecei a mostrar sinais de aptidão para o Caminho. Eles tinham trabalhado juntos em uma missão de inteligência, na Segunda Guerra Mundial, a mesma missão que levou o meu avô a recuperar o manuscrito de Newton. Percorri o caminho que você está trilhando, embora muito mais lentamente. Quando nos conhecemos na universidade, eu realmente estava apenas começando. Aqueles jogos da noite do incêndio foram a minha primeira tentativa de organizar *experiências* de uma forma que refletisse as complexidades do Caminho, o modo como ele funciona em muitos planos ao mesmo tempo: mental, geográfico, simbólico, existencial, psicoespiritual...

— Continue. De que período estamos falando?

— Início dos anos 1990. Eu disse a Horace que não precisava de um mentor, não precisava de um mestre e que iria trilhar o Caminho sozinho. Você deve lembrar de que eu enlouqueci, naquela época.

Robert lembrava. Adam havia sofrido um esgotamento, no início dos anos 1990, era verdade, durante a sua fracassada permanência na GBN, depois do caso de *Os Manuscritos de Newton*. Afirmando ser assombrado por Isabela, ele se desligou e voltou à América Central, onde se meteu em encrenca, dando início a uma vida itinerante.

— Você não estava bem naquela época, Adam. Mas escute. É melhor que isso me traga algo de útil. Não temos tempo, se eu for ajudá-lo.

No entanto, ele se esforçou para controlar sua impaciência. Podia sentir a fraqueza por trás do garbo simulado de Adam. Dor e fraqueza, além de uma vontade indomável de afastar esses sentimentos.

— Não estava bem, é verdade. Ande comigo um pouco, está bem? Olhe em volta. Consegue ver o oeste, ao longo da rua 25? A encantadora igreja, sérvia, em homenagem a São Sava. É onde obtenho consolo e nutrição para a alma. Olhe para o leste. Os dois primeiros "Madison Square Gardens", aqueles que realmente ficavam na praça, eram na esquina nordeste. O segundo tinha uma torre maravilhosa, uma réplica da Giralda, de Sevilha. Como o Biltmore. O que mais você vê?

— O MetLife Building.

— A torre de 228 metros foi inspirada no campanário da Piazza San Marco, sabia? Era o edifício mais alto do mundo entre 1909 e 1913, até...

— ... até o Woolworth Building ser construído no centro de Manhattan.

— Impressionante. É também conhecido como o número "1" da Madison Avenue. Em 1908, antes de ser concluído, um dos jornais de Nova York instalou um enorme holofote na torre, para transmitir o resultado da eleição presidencial daquele ano. O feixe de luz seria direcionado para o norte se o vencedor fosse Taft, o republicano; e para o sul, se fosse Bryan, o democrata. Imagine só.

O eixo norte e sul ao longo de Manhattan piscou na mente de Robert mais uma vez, mas ele ainda não conseguia ver a figura completa. Estaria Adam tentando ajudá-lo?

— E ao norte? O que você vê Robert?

— Também o MetLife. O imenso prédio em art déco da Madison, 11. Ocupa uma quadra inteira da cidade. Sempre vi ali muitos elementos maçônicos. Onde isto está nos levando?

— Ah, você irá ver elementos maçônicos depois, se é disso que gosta. Esse tem 29 andares. Era para ter 100, mas mudaram de ideia após a Grande Depressão. Teria sido provavelmente o mais alto do mundo também, se tivessem mantido o plano original.

— Por que você está me dizendo essas coisas?

— Sobre o MetLife? Um enigma tão básico!

— Como é que é?

— Um enigma tão básico! MetLife.

Ele pronunciou o nome do edifício de forma esquisita. Com uma leve distorção do telefone, parecia que ele tinha desenvolvido um ceceio.

— Tem algum problema em falar diretamente? Não tenho tempo para mais enigmas.

Pela terceira vez Adam falou o nome, exagerando a pronúncia mais ainda.

— Um enigma tão básico, *met lice.*

Robert sentiu uma onda de compulsão envolvê-lo, uma declaração insistente. *Lembre-se disso. Lembre-se disso.* Ele guardou isso na memória.

— Tudo bem. Estou ouvindo.

— Há nove anos eu vim para o Novo Mundo. Montreal, Nova York, Miami, Las Vegas.

— Vegas? Fazer o quê?

— Basicamente, ganhar dinheiro. Muito estranho. Tive algumas noites boas. Para ser sincero, nunca fui capaz de persistir por muito tempo, mas me ajudou a capitalizar. Decidi ver se conseguia morrer de tanto foder.

— Você queria morrer ou foder muito?

— Um pouco de cada. Eu tentava criar a minha própria prática tântrica. Isto revela algo sobre o meu ego. Tinha que ser algo que se ajustasse pessoalmente a mim, mas também algo que eu pudesse usufruir. Algo em que as privações fossem coisas das quais eu não me importasse tanto em desistir. Então, parei de fumar. Conheci uma mulher que desenvolvia essas práticas: exploração sexual ao máximo. Perto de onde você está agora. Aliás, na 27, logo depois do Hotel Gershwin, há um local... sexo grupal para casais. Tempos loucos aqueles.

— Obrigado pela informação. Qual é o propósito disso tudo?

— Lembre-se de tudo que eu digo. Há método na loucura. Eles sempre dizem que você pode ficar louco se não tiver um mentor, ou guia, nesses questionamentos espirituais; alguém que trilhou o caminho antes de você... e eu passei vários anos sem prestar atenção ao meu mentor. Acho que me meti em uma encrenca terrível.

— Ficou surpreso ao descobrir que o divino não é para ser encontrado em locais de orgia?

— Estou contando a versão resumida. Aconteceram muitas outras coisas: isolamentos, longos períodos de abstinência, meditação, controle da respiração, disciplina, estudo. Lembra-se do jogo do Unicórnio em Cambridge? Foram muitos anos de renúncia, muitos anos de pesquisa. Mas a terra que você está escavando é a sua própria alma. As duas são a mesma coisa. Algumas pessoas alcançam esse patamar através da dor, da troca de poder ou jogos de fetiche. No entanto, esse não é meu jeito, certamente. Mas há caminhos diferentes. E podem funcionar, realmente.

— O que pode, Adam?

— Essas coisas são mantidas em segredo por uma razão. Em cada cultura e em cada religião, há um caminho. Um caminho secreto, normalmente reservado para iniciados especiais, escondido atrás de códigos e privações, além de disciplinas rigorosas. Ele libera poderes da mente e da alma que desconhecíamos ter, Robert. Os nomes variam: sufis, cabalistas, gnósticos... Místicos cristãos como Santa Teresa ou São João da Cruz vislumbraram esse caminho.

"O que elas têm em comum é uma ascensão da alma que representa uma incursão ao seu interior, um conhecimento de si, que de alguma maneira leva a um conhecimento do divino... Mas ele também libera muitas outras coisas, para aqueles que não entendem perfeitamente o que estão fazendo, como eu. E ele atrai a atenção... ah, sim. Ele chama a atenção daqueles que seguiram o mesmo caminho por motivos que estão longe de serem boas e altruísticas, gente como os representantes do Iwnw."

— Eles acharam você, na época? E esse caminho secreto ao qual você se refere, é o mesmo que estou trilhando?

Adam bufou de raiva de si mesmo.

— Sim, eles me acharam. Quanto ao caminho secreto, isso é o que Horace me ensinou. Há um Caminho principal, embora haja muitos modos de acessá-lo, e o acesso que você está usando está entre os mais árduos e perigosos. O Caminho contém o verdadeiro significado interior de todas as grandes religiões, que se fossilizam com o passar do tempo, perdendo contato com tudo, exceto com a sua cobertura externa. Os seus seguidores não anunciam, não fazem proselitismos, mas quando alguém está pronto para o Caminho, um mestre o encontra. Essas pessoas são conhecidas por diversos nomes, em diferentes épocas na história. "Aqueles da Luz Perfeita" é uma denominação bastante comum. Em todo o mundo, eles têm grupos privados e discretos de patrocinadores. O Club of St. George é um exemplo. O Caminho também consiste no núcleo secreto da busca dos alquimistas. Produzir ouro a partir do chumbo ou encontrar um elixir da vida eram subprodutos, ou até mesmo simples metáforas para alcançar o nível mais alto do Caminho, onde a consciência fica tão refinada e poderosa a ponto de conseguir harmonizar-se com a matéria, controlá-la e manipulá-la. É uma meta alcançada por bem poucos, embora muitos a tentem.

— E o Caminho é benéfico? Ou apenas neutro, dependendo do uso que fazemos dele?

— É benéfico, Robert. Ele diz coisas que não fazem nenhum sentido racional porque vêm de um lugar muito além da razão. Ele diz, por exemplo, que o amor é a força mais poderosa do universo, que o amor *é* o universo e que o universo reside dentro de cada um de nós. Mas cada etapa do Caminho tem um lado sombrio. E é aí que reside a Irmandade Iwnw. Assim como a Luz Perfeita, o Iwnw também tem representantes pelo mundo, ou iniciados, se você preferir.

— E eles encontraram você?

— Exatamente. Eu os deixei penetrar na minha alma. Tive que recorrer a Horace e pedir que me aceitasse de volta, me perdoasse e me protegesse contra eles. Isso foi em 1997, aproximadamente um ano antes daquele evento em Biltmore. Ele me ajudou a libertar-me deles. Em troca, ajudei-o a rastrear e combater o Iwnw, desde então.

Ele percebeu que de repente Adam ficara ofegante, respirando com dificuldade. Ele lutava contra algo; algo terrível. O Iwnw estava tirando a vida dele, tentando abrir passagem e dominá-lo completamente.

— Adam?

— Continue andando. Vá em direção ao Flatiron, depois, ao obelisco.

Ele obedeceu.

— Fale comigo, Adam.

— Siga adiante.

Ele alcançou o extremo sul de uma ilha que orientava o trânsito e voltou ao norte, em direção à estrutura de granito verde, baixa e esquisita, atrás do obelisco. Não havia nada registrado, apenas portas metálicas e janelas de grade nas laterais. Plantas viçosas enfeitavam o jardim ao lado, em volta do Worth Monument. Ele circundou a estrutura no extremo norte da ilha. Ali, sorrindo, embora pálido de dor, segurando o fone de ouvido do celular, com as mãos nos bolsos da jaqueta, estava Adam Hale.

Londres, setembro de 1990

Um público de quase 200 pessoas — Robert depois descobriu que havia 170 convites numerados — saiu no jardim murado, atrás do clube, e foi conduzido aos seus lugares. Era uma noite perfeita: quente e com uma suave brisa.

Os lugares haviam sido dispostos em forma de "L", em dois lados da praça, exatamente como Adam planejara, nove anos antes. Os tijolos da parede eram frágeis, do tamanho de brochuras finas e pareciam muito mais velhos do que o resto do clube. Três sofisticadas cadeiras de madeira formavam um arco, de frente para o ângulo em L. Duas delas tinham na frente pequenos apoios para livro, como atris. Havia uma única árvore no centro da praça, com uns 90 centímetros de altura e, ao lado, uma mesa baixa, coberta com um tecido escuro. O ângulo distante do jardim, atrás das cadeiras, era protegido por cortinas escuras para formar uma área de bastidores.

Após desfrutar de uma conversa despretensiosa com o Cavaleiro e a sua Donzela, enquanto estavam na fila para ocupar os seus lugares, Robert perdera-os de vista, porque foram conduzidos para o outro lado do jardim. Disseram que haviam entrado para o clube alguns anos depois da universidade, a convite de Adam, e descreveram-no como uma organização que patrocinava escavações arqueológicas e expedições a partes exóticas do mundo.

Robert foi colocado em um extremo do L, onde havia um assento vazio, ao lado do dele.

Um gongo tocou três vezes para indicar que a apresentação iria começar.

Katherine surgiu e se sentou ao lado de Robert.

— Isso é muito emocionante — disse ele.

— Mais do que você imagina — respondeu ela, parecendo preocupada.
— Isso é muito importante para Adam.
— Como assim?
— Você se lembra do manuscrito de Newton? Enquanto estava na universidade, Adam fez um juramento de protegê-lo. Você se lembra de que falamos sobre isso, naquela noite.
Ele ficou tenso.
— Não me lembro de quase nada daquela noite.
— Eu sei. Relaxe. Ele fez o juramento ao seu mentor, um velho amigo do avô dele. Parte do juramento é que, a cada número específico de anos, as pessoas que mantêm a guarda de tais documentos ou conhecimentos devem compartilhá-los com o mundo. Mas devem fazê-lo de uma forma que só os dignos do conhecimento possam entendê-lo. É a hora de Adam manter o juramento.
— Você se refere aos manuscritos de Newton que o avô de Adam recuperou na Segunda Guerra Mundial?
— Exatamente. Este clube é uma sociedade que ajuda a proteger tais segredos e tenta achar outros, perdidos no tempo. Alguns membros se ocupam puramente da exploração e da história, mas outros conhecem o seu verdadeiro objetivo. É um local seguro para Adam cumprir o seu juramento, mas nem todos concordam que Adam deva realizá-lo desse modo.
— Para mim, isso tudo é besteira. Ele não pode simplesmente entregá-los a um museu e se livrar deles?
— Eles contêm segredos importantes, Robert.
— Bobagem.

O gongo tocou novamente. O burburinho poliglota diminuiu e uma atriz, de uns 30 anos, usando calça e blusa pretas, saiu de trás das cortinas. Robert a reconheceu como sendo a mulher que fazia o papel da "prostituta" na fundação da Sociedade do Unicórnio, havia quase uma década.
— Senhoras e senhores, Sir Isaac Newton — declamou ela, pedindo o aplauso do público.
As cortinas se abriram novamente e uma pessoa, usando uma peruca e trajes do século XVII, se dirigiu com passos enérgicos ao centro do palco e foi ovacionada. Era Adam, rindo, satisfeito com os aplausos. Um terceiro ator, também vestido de preto, veio logo atrás e incitou o público a aplaudir mais.
A atriz ergueu um livro até a altura do peito e, de forma fervorosa, deu início à leitura:

> — O elevado olhar de Newton
> Marcou os períodos brilhantes do tempo cíclico;
> Explorou a lei da causa e efeito em cenas da Natureza
> E, encantado, desvendou todas as suas leis latentes!

Com igual fervor, seu companheiro de palco deu continuidade à leitura:

> — A natureza e as suas leis estavam escondidas sob o manto da noite. Deus disse: "Faça-se Newton!", e tudo ficou iluminado!

No clímax da apresentação, Adam juntou-se aos atores:
— Estou na Abadia de Westminster!

Os aplausos misturaram-se às risadas, e logo Adam levou todos ao silêncio, enquanto outros atores retrocediam e ocupavam os seus lugares.

— Sou um acessório — disse ele com orgulho. — Uma unidade de medição física, um símbolo *newtoniano*. E que mundo o meu nome descreve? — perguntou ele com uma careta. — Mecanismo — respondeu Adam fitando o público com olhar frio, por um longo tempo. — Nada menos que mecanismo herege. — Ele estremeceu. — Não um mundo no qual eu possa viver.

Depois, deu um rodopio e foi sentar-se. Da sua cadeira, em tom irado, ele continuou:

— Naveguei por *estranhos mares de pensamento, sozinho.* — Os dois atores coadjuvantes recitaram com ele as palavras de William Wordsworth. O efeito foi fantasmagórico.

A apresentação alternou monólogos de Newton e breves leituras dos documentos e cartas feitas pelos atores de apoio, com cenas interpretadas dramaticamente por todos os três.

Eles arrancaram gargalhadas ao encenarem a história da maçã que cai na cabeça de Newton, e que supostamente inspirou o seu discernimento sobre a gravitação, com um pequeno manequim sentado sob a árvore. Eles explicaram como tudo isso foi uma invenção de Newton em sua velhice. E citaram John Maynard Keynes, o comprador dos manuscritos alquimistas secretos de Newton em 1936: não "um racionalista, que nos ensinou a pensar nas linhas da razão nua e crua... não o primeiro da idade da razão" mas sim "o último dos mágicos, o último dos babilônicos e sumérios, a última grande mente que vislumbrou o mundo visível e intelectual com os mesmos olhos que aqueles que começaram a construir nossa herança intelectual há pouco menos de 10 mil anos... Copérnico e Fausto em um só".

Em uma cena, Newton falou do alcance completo de sua visão do mundo e de sua tristeza em tornar-se um símbolo por apenas um fragmento disso, o método científico, excluindo o resto. A cena colocava Newton diante de um jovem físico ateu.

— Você criou tudo no qual acredito — dizia-lhe o jovem. — Você baniu a superstição. Mostrou que a mente humana, através da observação, do experimento e da razão, é capaz de entender o universo sem recorrer a pinturas de cavernas, deuses do trovão e examinar vísceras de aves!

Zangado e frustrado, Newton virou-se para o público.

— Vocês estão vendo o que eu criei? Pensei que conhecia a Deus, não que o destruía. Podemos criar uma nova Lei de Newton. Nós a chamaremos de Lei das Consequências Não Intencionais.

— Você mostrou que não faz sentido falar de Deus. A razão não necessita de contos de fadas para preencher as lacunas ainda vazias. Deus é uma patologia, o fruto dos nossos medos, nada mais. Você nos ensinou isso!

— Não fiz tal coisa!

— A ciência mede o que é real. O resto é superstição.

— Seu diletante! Seu ateuzinho!

O jovem não desistiu.

— Você abriu caminho para a morte de Deus!

Fora de si, quase às lágrimas, Newton gritou:

— Blasfemador! Suma da minha frente!

O ator sentou-se e Newton aproximou-se da plateia.

— Eu busquei o conhecimento — disse ele, e a sua voz pareceu crescer das profundezas de sua alma. — Eu trilhei o Caminho. O conhecimento está destruído neste mundo, espalhado em fragmentos, como um corpo que foi abatido e cujos membros são dispersos aos quatro ventos. Mas podemos encontrar uma parte aqui e uma parte lá, e juntá-las de volta. Não inventei nada. Redescobri alguns fragmentos do conhecimento, e os juntei. Há milhares de outros fragmentos espalhados por aí, escondidos aos nossos olhos, que nada veem. Ocultos à vista de todos, observe.

Ele se ajoelhou, em uma postura de oração, e prosseguiu:

— Procurei viver sob a luz inviolada, no Jardim do Éden, envolvido no amor de Deus. Mas também descobri que na trilha do Caminho alguns conhecimentos são proibidos. Descobrimos conhecimentos que podem destruir o mundo.

Nesse momento, todas as luzes se apagaram.

Nova York, 30 de agosto de 2004

Adam estendeu a mão para cumprimentar Robert. Instintivamente, Robert retribuiu o gesto e uma força, tal qual eletricidade, atravessou seu corpo. Adam agarrou-se à mão de Robert como se corresse risco de vida. Havia súplica em seu olhar, apesar de seu sorriso indiferente. Robert fechou os olhos e viu uma sombra escura contra uma luz ainda mais escura e, em silêncio, implorou que ela retrocedesse.

Adam se afastou e bateu contra a parede curva de granito verde. Uma janela octogonal na porta metálica principal continha um cartão com um número de telefone, em caso de mau funcionamento do alarme.

— O que é isso?

— É a entrada do Túnel de Água Número Um — respondeu Adam.

A imagem do curso do túnel piscou na mente de Robert. Union Square Park. Madison Square Park. E continuaria até... Então, ele viu. O eixo de Manhattan surgiu mais uma vez em sua mente.

— Hoje é dia 5 — disse Robert. — Pentagrama. Estrela de cinco pontas. Ontem foi o quadrado. Amanhã será seis, estrela de davi, no Bryant Park. A Biblioteca Pública de Nova York.

— Pense nisso como o escudo de davi. Você irá precisar dele. Mas lembre-se: os *waypoints* somente o ajudam a chegar onde você tem de ir.

— O que há por trás disso? O que resta quando estiver acabado?

— Tomara que seja nós mesmos. Obrigado por me ajudar. A busca. O Caminho. Esse é o objetivo. Em pouco tempo desenvolvi certos dons. São acessórios ao caminho espiritual, e surgem somente quando não se está mais impressionado com eles e quando você aceita as responsabilidades que os acompanham. Uma mente comum os chamaria de sobrenaturais, embora eles sejam simplesmente parte da nossa natureza oculta para a maioria de nós. A intuição é um deles. Trabalhar com Horace, em oposição ao Iwnw, me ajudou a descobrir um homem que trabalha no Laboratório Nacional Brookhaven, em Long Island. Eles têm o acelerador de partícula e um grande número de outras máquinas potentes, para pesquisa de física avançada.

— Ouvi falar disso. Eu sei o que você fez.

— Sendo assim, você deve saber que eu persegui e, por fim, desafiei esse indivíduo. Ele havia construído e pretendia detonar o dispositivo, o Ma'rifat'. Era para ser um ataque do tipo do 11 de Setembro, mas muito pior. Algo mais como Hiroshima. No dia 14 de agosto de 2003 eu o persegui em Long Island e lutei com ele.

— Sei disso. Como sobreviveu?

— Não consegui, necessariamente. Estou no tempo emprestado. Fui capaz de me proteger, mas...

A voz dele desafinou e ele cerrou os dentes. Novamente, Robert sentiu a força da vontade de Adam, como um gerador poderoso, tamborilando e estalando.

— Fiquei entrelaçado, assim como Terri. Eu não era suficientemente puro. Estava impregnado de medo, culpa, a morte do meu irmão... Ele morreu em um poço, cheguei a comentar? Estávamos brincando de luta romana no jardim quando ele pisou sobre uma madeira apodrecida, que cobria um poço que ninguém sabia que existia, e caiu, desmaiou e se afogou. Não foi culpa minha. Mas eu tinha portais abertos e a culpa por causa da morte de Moss era um deles. O homem que matei agarrou-se a mim, quando morreu na explosão, e manteve um desses portais aberto. Ele tornou-se um Minotauro, uma alma perdida, psiquicamente poderosa, mas dependente de outra alma para sobreviver. Agora, outros seres estão forçando o caminho através do portal. A Irmandade do Iwnw. O Minotauro tornou-se o portal para esses seres e eles querem alimentar-se de mim. Tal qual notas musicais, eles interagem com o seu DNA, colonizam-no lentamente, escondendo-se no DNA inútil, e vão aos poucos convertendo você. Eles o transformam neles. Estou de pés e mãos atados e eles estão me forçando, que Deus me defenda, a detonar o Dispositivo restante. Não posso mais resistir. A única coisa que está me ajudando a mantê-lo a distância é isto. — Ele retirou a Caixa da Maldade do bolso e ergueu-a no ar.

— Katherine deu isso a você.

— Ela fez o que devia.

— É como eu disse. Ela deu a você todas as chaves que eu havia encontrado.

— Elas estão seguras, até serem necessárias. Esta, eu preciso conservá-la comigo.

Robert olhou a luz hipnotizadora do objeto, enquanto Adam o mantinha nas mãos. Katherine. Como ela pôde traí-lo daquele jeito?

— Cheguei à conclusão de que havia dois Dispositivos. Um, que já estava instalado e escondido, em algum lugar de Manhattan, poucos dias antes do Blecaute, e era similar ao seu par. Como se fossem macho e fêmea, por assim dizer. Havia uma sequência de chaves ao longo de Manhattan para conectar os dois dispositivos, para transmitir a energia do que eu destruí ao outro. Essas chaves são o que você e os outros têm perseguido.

— Esse Dispositivo ao qual você se refere como similar sobreviveu ao Blecaute e está armado? Continua escondido em Manhattan? Este é o que temos que desarmar?

Extenuado, Adam concordou. Suas mãos tremiam.

— Precisamos das chaves e desse núcleo para desarmá-lo. Claro que, assim que estiver carregado com as chaves e o núcleo, também pode ser detonado. Basta acrescentar uns ingredientes a mais e ele se tornará mais potente do que o original.

— Que ingredientes a mais?

— Você vai descobrir, quando for necessário. — Adam tremeu de dor.

— Você pode resistir, Adam. Sei que pode. Não se entregue.

— Posso retardar o processo. Mas agora tudo depende de você.

— Por que somente eu? Horace é muito mais forte do que eu e deve haver outros.

— Nem Horace é um Unicórnio. Robert, não restou nenhum Unicórnio no mundo. Você é o único. Combater o Iwnw é como produzir uma "contra-nota musical", um tom puro, poderoso o bastante para absorver ou destruir o campo harmônico deles. Só que não se trata de música. Trata-se de oração, meditação, concentração de força espiritual, bondade, abnegação. Você é o único que pode fazer isso. Horace só pode ajudá-lo até certo ponto.

Robert fechou os olhos, desejando que os súbitos lampejos de visão parcial que ele vivenciara e os fragmentos de poder e compreensão começassem a compor um todo harmonioso. Se isso não acontecesse, com certeza, ele seria incapaz de lutar. Ele ansiou por isso em cada fibra de seu ser e abdicou da própria vontade, colocando-se, inteiramente, à disposição do Caminho. Robert tentou segurar as mãos de Adam e, de alguma maneira, transmitir-lhe força, dizendo:

— Lute, amigo.

Porém, Adam recuou e, com um ar sinistro, fez um ruído como um rosnado.

— Deixe-me explicar uma coisa. Este é um site de webcam. Dê uma olhada.

Adam tirou um dispositivo igual a um telefone celular do bolso da jaqueta e clicou em dois botões. Robert recebeu uma mensagem de texto no seu Quad, contendo um link. Ao clicar nele, viu, em preto e branco granulado, a imagem irregular de uma mulher, amarrada em uma cadeira, absolutamente imóvel e com uma caixa esquisita no colo.

— É Katherine — disse Adam. — Ela está em um local perto daqui. Na caixa, que a essa altura você pode imaginar que tem cinco lados, é um frasco de vidro contendo uma substância inodora, insípida e sem cor, que explode ao contato com o ar. Até que ponto você está zangado com Kat, neste momento?

Robert olhou a pequena tela no Quad mais de perto, tentando conferir se a mulher na cadeira era realmente Katherine.

— É ela, posso assegurar. Você está zangado com ela o suficiente para querer que ela morra?

Robert voou para cima de Adam, agarrando-o pela garganta com a mão esquerda e arremessando-o contra o granito verde da entrada do túnel de água. Ele bateu na cabeça dele com o Quad.

— Solte-a! Solte-a ou eu o matarei aqui mesmo!

Adam reagiu como uma cobra, esquivando-se do aperto de Robert e agarrando sua mão esquerda, antes de girá-la e torcê-la nas costas. O braço de Robert ardeu de dor. Era como se estivesse prestes a quebrar, a qualquer momento. Ele tentou dar alguns passos para a frente e debruçar-se para aliviar a dor, mas Adam empurrou seu rosto contra a pedra.

— Hoje eu peguei Katherine se comportando mal — sussurrou ele no ouvido de Robert. — Cheguei ao apartamento onde estamos morando, inesperadamente, e a encontrei com duas partes da quinta chave. Uma do Asser Levy Park e a outra do jardim, aqui ao lado do obelisco, que ela acabara de recuperar. Pareceu-me que ela as estava escondendo, em vez de entregá-las a mim. Ela jurou que não era isso, mas, honestamente, não tenho certeza.

Mais uma vez, ele bateu a cabeça de Robert contra a pedra.

— Preste atenção. Eu amo Katherine. Você sempre soube disso. E ainda a amo, mas não posso ficar com ela se ela não confia em mim. Não nesse momento, com todas as expectativas dos meus amigos do Iwnw sobre mim.

Portanto, pedi que ela me desse as partes da chave, e ela obedeceu. Decidi lembrá-la da importância de tudo isso. Um pequeno teste para ver a que ponto você chegou, no Caminho, e o que teremos de enfrentar, durante esses próximos dias decisivos. Na caixa há um cronômetro. Em determinado momento ele completará um circuito elétrico, levando um pequeno êmbolo a quebrar o frasco. Como na nossa gincana em maior escala, Robert, você tem pouco tempo.

Com um empurrão, Adam o soltou e se afastou. Mantendo o olhar fixo em Robert, ele se dirigiu para o lado oeste do obelisco. Robert o seguiu, sem tirar os olhos dele, esfregando o braço dolorido pelo golpe, tentando descobrir quando e como ele poderia atacá-lo e dominá-lo novamente.

Adam tinha todas as chaves e Robert precisava tirar o núcleo das mãos dele. Mas isso iria eliminar a última defesa de Adam contra o Iwnw, iria destruí-lo e o levaria direto para o inferno, ao mesmo tempo em que acabaria com sua capacidade de detonar o Ma'rifat'.

Robert não tinha escolha. Precisava tirar o núcleo das mãos dele.

Quanto a Katherine, ele deixou de lado a raiva que sentia em relação a ela. Sabia que o ressentimento permanecia, mas não deixou que ele o atingisse.

— Robert, preste atenção, por favor. Você conhece um dispositivo conhecido como interruptor de mercúrio?

— Usado em carros-bomba e sistemas de aquecedores.

— Certo. Muito bem. É um pequeno bulbo de vidro, hermeticamente fechado, que contém uma gota de mercúrio e dois fios separados. Quando está em um determinado ângulo, o mercúrio flui para uma extremidade do bulbo e não há nenhum circuito. Em outro ângulo, o mercúrio flui para outra extremidade do bulbo, junta os fios e fecha o circuito. Depois, se estiver conectado a algo explosivo, bum!

— Ai, meu Deus!

— Há um desses na caixa também. É muito delicado. Só a capacidade de Katherine de mantê-lo equilibrado sobre os joelhos o impede de explodir.

Ele olhou novamente para a tela do Quad. A postura totalmente imóvel de Kat, sem ousar respirar. Seu corpo inteiro estava tomado pelo medo mortal. Ele notou a cabeça baixa, em concentração, tentando controlar cada tremor, bloquear cada espasmo, caso seus músculos se rebelassem contra a postura congelada na qual ela os mantinha.

— Você realmente vai matá-la.

— Não, se você descobrir como salvá-la, Robert. Tenho fé. Não tenho permissão de saber tudo o que se passa na busca, como você sabe, mas tenho uma opinião a respeito de uma coisa. Eu a reservei para um momento em que fosse necessário perguntar a alguém até que ponto o equilíbrio é importante? Qual é a sua essência. O que acontece quando o alcançamos? Como o perdemos?

— Onde está ela, Adam?

— Aprenda a enxergar, meu amigo. Já trilhei o Caminho antes de você, não se esqueça. Isso não pode ser ensinado. Não pode ser traduzido em palavras. Só pode ser experimentado.

Robert se esforçou para entender o que ele queria dizer.

— Gostaria de uma pista, amigo?

— Sim, seu louco.

— É preciso haver uma troca. Diga-me onde está Terri.

— Não sei onde ela está.

— Ela parece bastante entusiasmada em relação a você. Triste com Katherine no caminho. Pelo visto, as duas realmente não se gostam mais.

— Como assim, mais? Eu disse que não sei onde ela está.

— Que pena! É uma questão de escolha, Robert. O cronômetro ainda marca três minutos.

Londres, setembro de 1990

Quase no final da apresentação alguém na plateia gritou para Newton:
— Mas o senhor é uma fraude. Afirma buscar a verdade de Deus e, no entanto, se interessou por ciências ocultas!
Newton fez uma pausa, virou-se, e se dirigiu ao espectador.
— Poderia ser mais específico?
— O senhor se interessou por alquimia. Por magia negra!
Newton transfixou o espectador inoportuno com um olhar frio.
— A busca, caro senhor, da Pedra Filosofal não é nenhuma magia negra.
Ele fez uma pausa e se dirigiu ao público.
— Sim, isso teria me arruinado, caso se tornasse público, já que todos vivemos entre ignorantes. Para proteger a minha identidade, ao lidar com irmãos na busca, eu usei um pseudônimo. Era um anagrama do meu nome. ISAACVS NEVVTONVS tornou-se IEOVA SANCTVS VNVS. Um Deus Sagrado. Mas entenda uma coisa. Os que buscam a Pedra Filosofal estão, segundo as suas próprias regras, obrigados a uma vida rigorosa e religiosa. A humildade é parte necessária.
"O segredo da alquimia, dizem, está contido em uma palavra: *vitríolo*, que significa *visita interiora terrae, rectificando invenies occultum lapidem:* 'Visite o interior da Terra; corrigindo, descubra a pedra escondida.' E a interpretação correta do interior da Terra é o interior de nossas próprias almas, onde devemos purificar nossos modos egoístas. Já ouvi falar que eu seria

um rabugento. Também posso ser um vaidoso. Mas ao seguir o fogo secreto do mundo, a chama única, central, que é luz e vida, na alquimia, na Sagrada Escritura, na gravidade, no cálculo, na natureza da luz, fui humilde. Esforcei-me por aquele estado de graça espiritual, sem o qual os processos de alquimia são simplesmente... química. Eu rezei do fundo do coração.

"Durante a maior parte de minha vida adulta aprofundei meus estudos em alquimia como parte da pesquisa da Verdade Única, o Caminho que todos perdemos. Era a busca do espírito vivificador, o princípio ativo que produz a ordem, a estrutura e a vida na criação. Chamávamos por diversos nomes. Por exemplo, espírito vegetativo, fogo secreto no coração do mundo, como o fogo sagrado no coração do Templo de Salomão. Chamávamos de quintessência, virtude fermentosa, corpo de luz, caduceu de Mercúrio, óxido de magnésio. Para mim, também era Cristo. O mediador. Aquele que adapta a luz de Deus ao nosso mundo. O unificador do céu e da terra, assim como eu unifiquei os céus e a terra abaixo dos nossos pés através da minha teoria da gravidade... Eu busquei a Pedra Filosofal, é verdade."

Ele fez uma pausa.

— E há algo mais.

Ele deu alguns passos à frente e, com um gesto teatral, puxou um tecido escuro da mesinha, ao lado da árvore. Um pequeno tambor de vidro brilhante virou lentamente em cima da mesa.

— E eu a encontrei.

A plateia exclamou espantada. Katherine agarrou o braço de Robert.

— O conhecimento pode ser usado para o bem ou para o mal — disse Newton. — Com a Pedra, é possível transformar a matéria, fazer ouro, curar doenças e transformar seres humanos. É também possível liberar forças atômicas e espirituais para o mal. Virar o homem contra o homem, irmão contra irmão. Liberar forças que podem destruir a própria Terra. A Pedra pode ser usada para construir um dispositivo que pode fazer todas essas coisas.

Ele apontou para o tambor de vidro brilhante.

— Eu criei esta imitação grosseira de como deve parecer um motor destrutivo. Uma sequência rotatória de lentes, feita a partir da substância da Pedra, enfocando energia na Pedra no seu núcleo e as lentes internas dispostas em desenhos geométricos específicos. Três componentes são necessários para a composição de tal dispositivo: a Pedra, e conhecimento de como usá-la; o domínio da geometria em deslocar foco e lentes, e a energia intensificada da substância conhecida como ouro vermelho. Apenas o último me foi negado, porque essa substância é muito rara; uns dizem que não pode ser mais encontrada. Cada etapa e cada componente devem estar imbuídos, desde o início, do nível mais alto de dedicação espiritual e refinamento por parte do idealizador, ou é tudo em vão. Permita-me explicar-lhes como eu fiz, e perdi, esta descoberta.

O coração de Robert deu um salto. Era verdade. O livro proibido. O mesmo que Kat disse ter causado o incêndio. Adam ia ler o documento secreto de Newton.

Nova York, 30 de agosto de 2004

— Preciso de mais tempo. Reinicie o aparelho.
— Não posso.
— Para que você precisa de Terri?
Ele bufou.
— Eu a amo. Ela é maravilhosa.
— E Katherine?
— Robert. Meu caro Robert. Eu a amo também. Perdão.
De repente, Adam começou a chorar de dor.
— Isso é demais. Vá embora. Vá embora. Ele está vindo. Ah, meu Deus...
Uma sombra atravessou o rosto de Adam. Embora seus olhos pedissem perdão, suas mãos subiram vertiginosamente e apertaram a garganta de Robert, que levantou os braços para se livrar de Adam e desferiu um soco no rosto dele.
— Diga-me onde está Katherine.
— Vá para o inferno.
— Diga-me.
Ele socou Adam novamente, dessa vez no estômago. Ele era mais pesado do que Adam, e mais forte.
— Onde ela está?
— Não posso.
— Não sou seu inimigo. Lute contra o seu inimigo.

— Você é meu inimigo.
— Não, não sou, Adam.
— Vá para o inferno.

Robert lançou Adam contra as grades em volta do obelisco e socou-o novamente, atirando-o na grama. Depois, pulou sobre ele, agarrou seu braço e o torceu atrás das costas, forçando-o a abrir a mão. Ele pegou a Caixa da Maldade das mãos de Adam.

— Não!

Adam puxou o braço e, com o cotovelo, atingiu a garganta de Robert. Então, num salto, ficou de pé, pulou por cima das grades e correu. Antes que Robert pudesse se recompor, Adam desapareceu.

Ele tentou chamá-lo, mas sua garganta não obedeceu. Não conseguia falar.
Ele tinha dito três minutos.
Meu Deus, Katherine.

Robert olhou novamente para a tela do Quad. Tentou fazer contato com Kat, através do olhar, embora soubesse que não teria retorno. Ela continuava sentada, imóvel. Por quanto tempo eles lutaram? Menos de 30 segundos. Ele observou a caixa sobre os joelhos de Katherine. Concentrou-se nela. Fechou os olhos e focou em um pensamento único: *Equilíbrio. O que é equilíbrio? Qual é o significado do equilíbrio? O que fazemos depois que alcançamos o equilíbrio? Como perdemos o equilíbrio?*

Ele deteve o pensamento para reduzir a velocidade do tempo, dentro da caixa; para parar o tempo e a vibração. Mentalizou para a temperatura do mercúrio cair e os seus átomos reduzirem a velocidade. Manteve essa imagem no pensamento, congelando-a lentamente, rezando para que o vidro não quebrasse antes que o mercúrio ficasse sólido. Viu Katherine reagir, levantando ligeiramente a cabeça; descrença e perplexidade estampadas em seu semblante.

Lembrou-se da multidão no Union Square, girando em volta dele, quando ele atingiu o perfeito equilíbrio, no meio do povo, atuando como o polo, o centro, com seus pés acima do chão, contendo as pessoas e sendo contido.

Ele lembrou o que aconteceu quando tentou pôr os pés no chão, quando tentou achar um lugar para eles se moverem. Quando forçou e lutou contra a multidão e caiu. Abandonou a própria vontade e deixou sua intenção fundir-se na estrutura do próprio universo.

Ele viu o mercúrio se solidificar. Viu o relógio parar. Katherine viu isso também. Ela ergueu a cabeça e, espantada, olhou para a câmera. Os pensamentos de Robert propagaram-se no universo e sua intenção tornou-se realidade.

Ele viu Katherine relaxar na cadeira e acenar com a cabeça. Viu o sorriso dela. Ela olhou para baixo, torcendo os ombros e o corpo, tentando libertar as mãos. Pegou uma caneta e um caderno da bolsa, escreveu algo rapidamente e mostrou para a câmera. Era um endereço na rua 25, possivelmente uma quadra em direção ao oeste, além disso, ela escrevera a palavra "*porão*".

Ele correu para a 25, e em menos de dois minutos achou o edifício. Era um prédio residencial de dez andares, cercado por grades de ferro ornadas e havia um apartamento no porão.

Robert deu um pontapé na porta, com toda a força. As fechaduras cederam e voaram pelos ares. A porta se abriu com um rangido. Viu a cadeira na qual ela estivera presa. A caixa. A câmera. Nenhum sinal de Katherine ou da bomba.

Abriu a caixa, esperando, em vão, encontrar a parte de um pentágono metálico e de vidro no interior. Mas não havia nada, exceto um pedaço de papel com a caligrafia de Katherine. *Obrigado, meu querido Robert. Aquela bomba não era um brinquedo. Era de verdade. Você salvou minha vida. Mas, apesar do que ele fez, vou procurar Adam. Ainda posso ajudá-lo. Eu amo você. Vá ao* waypoint *067. Imediatamente.*

Robert deu um pontapé na cadeira, depois, furioso e frustrado, a agarrou e a jogou contra a parede. Se Kat voltasse para Adam, agora, ele sabia que ela morreria.

Londres, setembro de 1990

O tambor de vidro mudava de cor enquanto girava lentamente, passando por azul-escuro, amarelo vivo, vermelho-sangue e branco novamente.

O público estava fascinado.

— Eu a encontrei e logo depois a perdi.

Adam arrancou o tecido e aproximou-se do tambor, deixando-o iluminar seu rosto por baixo. Ele parecia espectral e grotesco.

— Durante um dia de inverno, em janeiro de 1678, sozinho no meu laboratório, após muita oração e muitas noites sem dormir, fui abençoado com o êxito. Quebrei um molde e nele encontrei o segredo dos segredos: a Pedra Filosofal. Eu a reconheci imediatamente. Era um disco e brilhava como este tambor. Sua parte interna serpeava e girava.

Houve vozes de protesto no público. Assobios. Pedidos de silêncio. Aplausos.

— Querem saber como eu a consegui? Durante anos eu havia trabalhado com metais na minha fornalha. Durante anos, também, eu havia trabalhado com vidro, moendo as minhas próprias lentes à precisão que eu necessitava.

"*É uma pedra e não é uma pedra,* diziam os Mestres Antigos. É fluido apesar de ser sólido; escuro apesar de ser luminoso. E um dia eu vi: o vidro é um líquido. Vocês devem ter visto vidraças em casas velhas, de uns 100 anos ou mais. Os vidros são mais grossos na parte de baixo do que na de cima, porque o vidro fluiu lentamente.

"É fluido, apesar de ser sólido. Pode ser feito quando a areia é atingida pelo relâmpago. É o fogo e a terra, a água e o ar. Os Antigos costumavam colorir o vidro misturando metais e compostos metálicos em vidro aquecido, incandescente, em brasa. Os maravilhosos vitrais das nossas catedrais e capelas.

"Comecei a experimentar — prosseguiu Adam. — Variei temperaturas, horas do dia, posição do sol e da lua, compostos metálicos delicadamente aquecidos e resfriados, vidro delicadamente misturado, aquecido e esfriado novamente. Rezei, jejuei, passei noite após noite observando cuidadosamente o meu equipamento."

Ele enumerou os metais e compostos que havia usado, as temperaturas e as etapas do processo, tudo escondido sob a aparência de código de alquimia: *leão verde, rosa branca, nosso enxofre, sol e lua, rei e rainha.*

— Aqueles que encontraram a Pedra — bradava Newton agora — mantiveram-na, desde os primórdios, escondida à vista de todos. Propagaram como encontrá-la, mas sempre deixando um elemento de fora, uma parte transposta, uma falha que só o sábio é capaz de perceber. Não vou divergir dessa nobre tradição.

Houve mais uma rodada de aplauso.

— É dessa forma que passamos o segredo adiante. Naquele dia de inverno, decifrei o código. Eu já havia feito isso centenas de vezes. E uma luz brilhou de dentro dele. Um brilho suave como o amor, forte como o trovão. O amálgama perfeito de vidro e metal, mas nem uma coisa nem outra. Estava espantado com o que acabara de fazer, quando então ouvi estas palavras na minha alma: *Flamma unica clavis mundi.* "A chave do universo é uma chama única." Eu vi a verdade única, a chama única além e por trás de tudo. A luz completa, no fim do Caminho.

Adam fez uma pausa, como se fosse acrescentar outra frase. Katherine agarrou o braço de Robert tão forte que ele quase gritou e, com os olhos fixos em Adam, sussurrou para si mesma:

— Não fale. Cale a boca! Não fale tudo!

Adam decidiu não ir em frente e se afastou do tambor incandescente.

— Com a Verdade Única na mente, saí correndo do laboratório e fui até a capela para, humildemente, dar graças a Deus. Sim, a mesma capela onde agora se vê a minha estátua. Tinham-se passado aproximadamente dez minutos, e durante aqueles dez minutos... porque conhecimento causa incêndios, porque uma parede de fogo rodeia o nosso universo e limita o que podemos saber... uma vela caiu entre os meus papéis enquanto eu rezava e queimou o trabalho de todos aqueles meses, e de vários anos anteriores, além das anotações daquele dia.

"Ao retornar ao laboratório e ver o fogo se espalhando, tentei apagá-lo. Quando ele finalmente estava controlado, e eu examinava minhas anotações e registros chamuscados, descobri... eu tinha perdido a Pedra. Uma página, com algumas das minhas anotações sobre a descoberta não havia sido destruída. Estava incompleta, chamuscada. Quanto à Pedra? Tudo que restou foi uma casca despedaçada e danificada."

Adam enfiou a mão entre as dobras do traje e retirou uma folha de papel, que abriu e se preparou para ler. Um grupo de pessoas se levantou, com os olhos fixos no documento.

— *Flamma unica clavis mundi* — disse Adam novamente. — O...

Suas palavras não chegaram a ser ouvidas. O que se seguiu foi um barulho ensurdecedor e a árvore, diante dele, pegou fogo. Foi um efeito de tirar o fôlego. Enquanto queimava, crepitava e lançava faíscas, o tambor de fiação também pegou fogo, lançando centelhas nos atores e no público.

Como o público começou a aplaudir, a árvore em chamas ficou mais brilhante, açoitada por um súbito redemoinho de vento. Em uma rajada violenta, as chamas pularam diretamente nos atores. Em meio a gritos de horror, o traje de Adam foi incendiado. Ao mesmo tempo, duas pessoas da plateia correram até o palco e jogaram-se sobre Adam, tentando retirar o precioso documento de sua mão.

— Iwnw! — gritou Katherine.

Gritando de dor e raiva, Adam deu um pontapé no estômago de um dos agressores e socou o outro na garganta. Depois arrancou sua peruca, semidestruída pelo fogo, e correu para os bastidores, atrás das cortinas. Os outros dois atores enfrentaram os agressores e tentaram dominá-los, sendo auxiliados por vários membros do Club of St. George. Robert chegou a ver algumas pessoas usarem as próprias mãos para tentar controlar as chamas no traje de Adam e, seguido por Katherine, correu atrás dele.

Uma cortina azul de fogo subiu vertiginosamente no meio da multidão, caindo sobre os agressores. Várias pessoas foram jogadas para trás com as roupas em chamas e correram descontroladamente, aos gritos. O público e os funcionários do clube jogavam-nas ao chão, na tentativa desesperada de combater as chamas, enquanto outros irrompiam no jardim carregando extintores e mantas pesadas. Depois do incidente, ninguém foi capaz de dizer como, mas entre a confusão e a gritaria, os agressores escaparam.

Robert e Katherine correram em volta das vítimas caídas e viram Adam passar pela cortina e desaparecer nos bastidores.

Afastaram as cortinas, mas não encontraram ninguém.

Naquela noite, dez pessoas foram atendidas com queimaduras. Duas ficaram permanentemente desfiguradas, inclusive a atriz que contracenara com Adam, que passou a ser atormentado pelo ocorrido.

Quando desapareceu nos bastidores, Adam entrara por uma porta, atrás das cortinas, que não era visível da plateia. Ele tinha planejado usá-la para um efeito final: eles iriam para os bastidores, as cortinas se abririam e eles desapareceriam. Mas, em vez disso, ele a usou para manter o precioso documento longe dos agressores.

Robert não tinha ideia do que fazer depois do que havia presenciado. Ele interpretou aquilo como um ataque com dispositivos incendiários ou chamas de algum tipo, por razões que não podia compreender.

Ele e Katherine acompanharam Adam até o hospital, onde ele foi atendido com queimaduras leves nos braços.

Depois, enquanto aguardavam notícias sobre o estado de algumas outras vítimas, Robert e Kat conversaram.

— Havia pessoas na plateia protegendo Adam, ou os ferimentos dele teriam sido muito mais sérios — dissera ela. — Mas havia outras que não deveriam estar lá, que, de alguma maneira, se infiltraram no clube, e nenhum de nós as detectou. Elas queriam o segredo da Pedra, mas não para um bom objetivo.

— Quem são essas pessoas? Um bando de incendiários? Um clube rival?

— Eles não são de brincadeira, Robert. São chamados comumente de Irmandade do Iwnw.

— Iunul? E que coisa ridícula é aquela do segredo da Pedra? É claro que você não acredita mais em toda aquela baboseira de joguinhos da época da faculdade!

Ela pegou a mão de Robert e apertou-a, fitando seus olhos.

— Robert, você deve sair daqui. Vá para casa. Eu cuidarei de Adam.

Robert sabia que ela o mandara embora para protegê-lo de algo que ela temia, e ele não queria deixá-la.

— Posso fazer algo para ajudar?

— Um dia, mas não agora. Boa noite.

Nova York, 30 de agosto de 2004

Com a garganta latejando de dor, Robert andou para o oeste pela 25, seguindo a direção do GPS. Sentia sua força minguar de novo, mais violentamente do que em qualquer ocasião. No entanto, uma sensação elevada de harmonia ainda reverberava em seu corpo e em sua mente. Estava maravilhado com o que havia feito, por mais que lhe tivesse custado. E, acima de tudo, ele salvara Katherine.

Um misto de emoções apoderou-se dele em ondas, enquanto forçava as pernas pesadas a continuarem andando. O Quad direcionava-o para o sudoeste. Ele andou ao longo da Sexta Avenida até a 21 e virou à direita, passando pelo triste e pequeno cemitério da sinagoga portuguesa e espanhola. De lá seguiu na direção oeste, ao longo do curso da velha Love Lane, há muito incluída na grade de Manhattan.

Kat ainda o amava, disso ele tinha certeza agora. Mas ao permanecer com Adam e tentar reforçar os últimos vestígios de bondade que havia nele, ela arriscava tudo. O Iwnw podia dominá-la também, e Adam poderia ser mais forte que ela.

Robert saiu na Nona Avenida, em frente a um prédio de estilo afetado dos anos 1960, com uma fachada inclinada: o General Theological Seminary. Ao norte, uma sequência de pequenos edifícios de dois andares em ripas de madeira parecia que estavam em Chelsea havia 150 anos.

O Quad indicou insistentemente na direção do seminário.

Ao explorar a área ele viu um enorme portão nos jardins na rua 20. Sentou-se em um banco, em um pátio isolado de tijolos vermelhos, exatamente como aqueles nos colégios de Cambridge: um verdadeiro oásis.

Sua mente corria à solta, enquanto ele permanecia imóvel e tentava absorver tudo que acontecia.

Diante dele estava a capela, com seus dois painéis da vida de Cristo em cada porta. À sua esquerda via-se uma bela casa de pedra, cuja fachada era coberta por videiras, e suas torres tipo chaminé em ângulos de 45 graus sugeriam um quinto ponto interno. A casa era de número 5, um local de harmonia.

O cansaço se abatia sobre ele. Imagens da noite do incêndio no quarto de Adam, quando a sua vida, a de Adam e a de Katherine entrelaçaram-se para sempre, flutuavam em sua mente. Isso ainda provocava medo nele. Durante duas décadas ele nunca falara disso. Evitava até pensar a respeito. O que ele ainda temia?

A resposta estava atrás de uma porta fechada, havia mais de duas décadas, no fim de um corredor. E, mais uma vez, ele reconheceu que a ideia de abri-la o paralisava de medo; que além dela havia coisas que ele silenciara por toda a sua vida adulta.

O que havia atrás da porta fechada no fim do corredor?

Durante 20 anos ele sustentara a mente cética, a abordagem empírica. Considerava o que tinha presenciado como sendo uma invenção da sua mente depois de uma noite de bebida, sexo e tumulto.

Mas ele sabia algo mais e lembrou-se do vulto da morte rondando sobre Adam e Katherine. Lembrou-se de olhar bem no olho entorpecedor e atento do espectro e suas chamas trêmulas de luz azul e amarela.

A aparição perguntara: *Quem é você?*

E, sabendo que ela viera atrás de Adam, ele respondera: *Adam Hale*.

E o vulto jogou sua ira sobre ele e ficou... perplexo, destruído e se dispersou.

Robert sabia exatamente o que vira e que tudo o que acontecera naquela noite tinha sido verdadeiro. Ele era portador do dom que sua família havia escondido dele, por amor e por medo de onde aquilo o levaria. Mas, ao se dar conta da magnitude de seu dom, ele recuara de terror.

Agora, ele percebia que não estava pronto na ocasião. Horace, Katherine e Adam estavam certos em protegê-lo. Robert sentiu uma onda de gratidão em relação a eles, além de uma forte sensação de clareza e objetividade. Tamanha dedicação precisava ser retribuída. Agora, era a hora de deixar o medo de lado e assumir totalmente quem realmente era e distorcer os eventos à sua vontade, por todos aqueles que precisavam dele. Precisava usar seus dons.

O Quad tocou. A pista era a seguinte:

Encontre o poder do cinco, para nos salvar com afinco
Seguindo os sinais, estará cultivando os vinhais
Um conduto no nordeste é uma pista inconteste
Afirmar a sua determinação, não lhe trará decepção
Porém uma maior submissão
Lhe mostrará o portão
Busque o equilíbrio na ponderação

Ele foi para o lado direito da chaminé da casa de pedra e, sob as videiras mais próximas, enfiou a mão na terra. Foi preciso cavar bem fundo, mas conseguiu achar o que procurava: uma sacola plástica, um recipiente de filme, um pequeno vidro metálico, um segmento de um pentágono.

Ele cambaleou de volta ao banco e quase desmaiou.

Com cada átomo do seu ser, ele queria se erguer, proteger Katherine, ajudar a todos e impedir a detonação do artefato. No entanto, ele conhecia o esquema: após cada aquisição e uso de um novo poder, ele tinha que recuperar as forças e absorver o que havia aprendido. E tinha que demonstrar que havia entendido.

Ele se levantou e conseguiu achar um táxi, concordando em pagar um valor alto pela corrida de volta a Nova Jersey e dormiu durante todo o trajeto.

Quando chegou em casa, Robert estudou o mapa de Manhattan com o uso de uma régua, tachinhas e barbante e desenhou a versão final da forma que ele estava projetando na cidade, e na sua própria alma.

Ele também traçou uma linha do obelisco do norte da St. Paul's até o obelisco do Worth Monument, em frente ao Flatiron, e o continuou pelo norte...

— Bem, eu serei amaldiçoado — disse ele em voz alta. — Horace, precisamos conversar.

Ele tentou falar com o homem, mas não obteve resposta. Então, ligou o rádio para ouvir as notícias.

Começara hoje. O senador John McCain e o ex-prefeito Rudy Giuliani iriam discursar. Na parte da manhã, a NBC havia transmitido uma entrevista com o presidente Bush, na qual ele dizia que não sabia se a guerra contra o terrorismo poderia acabar. Agora, havia uma frenética tentativa de esclarecer as intenções das declarações do presidente.

Robert cochilou. Em algum momento ele ouviu Giuliani discursar: "No dia 11 de setembro esta cidade e a nossa nação enfrentaram o pior ataque em nossa história... Naquele dia, tivemos de confrontar a realidade. Quando estava embaixo da Torre Norte, ao erguer os olhos e ver as chamas do inferno e logo percebendo que se tratava de um homem... um ser humano... se atirando do 101º ou 102º andar, eu tive a certeza de que enfrentávamos algo além de qualquer coisa que havíamos enfrentado antes... Na época, acreditamos que seríamos atacados outras vezes naquele mesmo dia e durante os dias que se seguiram."

Robert relembrou aquele dia. Lembrou-se do medo, da raiva, e olhou para o fundo do coração. Embora estivesse lutando contra pessoas diferentes, as mesmas perguntas se aplicavam. Como entender sem perdoar? Qual era a resposta ao ódio? Que armas usar contra o mal?

Ele ligou o computador, acessou rapidamente o site e escreveu:

O que aprendi com o quinto esconderijo
Siga seu próprio destino através das intenções.
  Hoje eu entendi esta frase.
  À medida que avançamos ao longo do Caminho, devemos equilibrar as forças da terra, da água, do fogo e do ar. O ponto de equilíbrio muda e troca constantemente. Aderir a qualquer ponto pode destruí-lo. O equilíbrio deve ser constantemente readquirido ou acaba se destruindo. Se nos alinharmos com as marés e os fluxos da natureza, podemos adquirir sua força e até canalizar e dirigir um pouco de seu próprio poder. Este é o poder do éter — ver a ligação entre todas as coisas e a nossa ligação com elas.
  Há uma fronteira viva, mutante, entre ordem e desordem, o ponto onde a criação acontece. Ao atingir o equilíbrio, meu desejo torna-se poderoso, minhas

intenções se realizam e crio o meu próprio destino. Começo a criar a minha realidade ao meu redor. Entretanto, a força do éter não deve ser usada para minha satisfação, ou ela se insurgirá contra mim.

Hoje, pela primeira vez, senti que era possível — mais que isso, necessário — enfrentar o Iwnw de uma forma diferente da que eles utilizavam. Vi a possibilidade — mais uma vez, a necessidade — de encontrar uma espécie de arma que eles não pudessem converter em combustível para sua própria força. Era impossível, mas inevitável. Inimaginável mas imprescindível: só uma forma do perdão poderia impedir a detonação do Ma'rifat', mas deveria ser uma forma poderosa do perdão. Eu quero destruir o Iwnw.

Em poucos minutos chegou um comentário:

Robert, a escolha a ser feita é a seguinte: eu devo escolher alinhar a minha vontade, a minha capacidade de criar um mundo, a partir de meus próprios desejos, medos e necessidades, com os resultados que eu desejo? Ou devo escolher confiar e alinhar a minha vontade com a vontade divina, com a vontade do Caminho, não importa aonde ele me conduza, renunciando aos meus próprios desejos, inclusive ao meu próprio desejo fundamental de viver?

O Iwnw só pode ser derrotado pelo amor. Nem mesmo você pode encontrar o amor que o elimine para sempre. Mas nós podemos frustrá-lo na tarefa atual deles. Você passou na Prova do Éter e fez um bom trabalho. Mas muitos perigos nos aguardam a partir de agora. Esteja pronto. Amanhã será o penúltimo teste.

O Vigia

Uma Canção de Amor de um Mártir: A Criação do Ma'rifat'

O que fizeram comigo não deve ser feito a um cão, muito menos a um ser humano.

Assim que me jogaram no furgão, eles me vendaram e me sedaram. Senti uma picada no braço e logo perdi a noção do tempo.

Sei que fui retirado do carro e que estive durante alguns minutos em um local aberto. Meus braços estavam amarrados com uma tira de plástico. Senti o cheiro de um produto químico, que pensei ser querosene. Depois, fui colocado em um avião.

Tentei gritar que era um cidadão americano, mas recebi uma forte pancada nas orelhas que fizeram minha cabeça latejar de dor. Receber um golpe quando se está incapacitado de enxergar, vendado e amarrado como eu estava, é horripilante. Não me atrevi a falar mais nada depois daquilo.

Eu sempre soube que o Mukhabarat, no meu próprio país e nos países vizinhos, não hesitava em torturar seus presos, mas acreditava que não havia Mukhabarat americano.

Não sei exatamente quem me interrogou, mas não foi o FBI de Eliot Ness, nem acho que tenha sido na América. Mas tenho certeza de que eram americanos. Vivi entre eles tempo suficiente para chegar a essa conclusão.

Fui mantido encapuzado, nu, em uma sala tão fria que não conseguia parar de tremer. Minha genitália encolheu-se ao máximo. Em intervalos imprevisíveis eu ouvia uma porta se abrir e percebia a presença de mulheres no ambiente, fazendo comentários, em inglês e árabe, a respeito do tamanho da minha genitália. Elas riam e zombavam de mim.

Voltei-me para dentro de mim, ao âmago da minha dignidade, e tentei manter-me inteiro. Se passei qualquer segredo, foi para proteger o meu abençoado pai. Eu havia tentado ao máximo minimizar o dano potencial das minhas ações. Havia decidido não agir como recrutador dos meus colegas, em vez de aprender a comprometer e chantagear outros seres humanos. E não tinha cometido um pecado, embora tivesse certamente violado as leis.

Mas eu era um árabe dotado de conhecimentos em física nuclear e, embora as energias que explorávamos fossem pesadas, não era possível fabricar uma bomba a partir do trabalho com o qual eu me ocupava no laboratório, pelo menos com o uso da ciência ocidental.

Mas ninguém parecia preocupar-se com isso. O conceito era: Espião nuclear árabe. Não tenha piedade.

Tentei usar minha pulsação como um relógio, calculando a passagem do tempo, mas este, às vezes, parecia correr, outras, parecia se arrastar lentamente. Acho que eles põem algo na comida, para negar-me até essa forma de orientação.

Em intervalos imprevisíveis tocavam rock em alto volume. Depois, vinha o silêncio, às vezes interrompido por homens entrando na sala e gritando comigo de forma incoerente; ou pelas mulheres; ou por ninguém.

Em algumas ocasiões, havia uma cadeira na sala para que eu pudesse sentar, mas nem sempre. Normalmente, eu tinha um saco de dormir, mas nem sempre. Um balde para as minhas necessidades físicas me foi fornecido, mas eles o mudavam constantemente de lugar, portanto, eu me guiava pelo mau cheiro.

Finalmente, meu capuz foi retirado para as sessões de interrogatório. Vi as mulheres que haviam zombado de mim, a maioria me olhando com escárnio. Os homens e as mulheres não usavam insígnias, e estavam vestidos de preto. De vez em quando, as mulheres usavam jalecos.

Eu lhes disse a verdade, toda a verdade, imediatamente, exceto meus estudos em relação a nossa honrada tradição. Eles não tinham necessidade de tomar conhecimento de tais coisas e não mostravam interesse por elas. Eles simplesmente não acreditaram que eu lhes dizia a verdade completa, ou seja, que eu havia passado segredos a um serviço de inteligência, embora não estivesse certo de que Mukhabarat se tratava.

Falei sobre meu pai, de como eu me permitira tornar-me ocidentalizado, e do meu amor pela mulher, que por acaso era agente deles.

Eles ficavam irritados e, às vezes, me esbofeteavam. Nunca cheguei a levar um soco, mas ser esbofeteado quando se está nu e com frio, provocando gargalhadas em outros homens e mulheres, e sentir-se completamente só e indefeso, é profundamente doloroso. Senti-me como um menininho desprotegido.

Eu era obrigado a agachar-me ou ficar de pé por várias horas, o que parecia dias, em posições que lentamente levavam a uma dor excruciante. Quando tentava mudar de posição, era esbofeteado, empurravam minha cabeça violentamente, abusavam de mim, riam, e forçavam-me a assumir a mesma posição.

Entretanto, eu lhes contei a verdade. Não havia nada mais a falar. Eles ficaram irados.

Outras pessoas chegaram, e elas me destruíram. Usaram as técnicas de tortura de Abu Ghraib, onde a intenção é a desmoralização dos presos.

Outros homens foram trazidos, prisioneiros como eu. Fomos obrigados a nos sentar uns sobre os outros, formando pilhas de corpos, executando atos que eu me recuso a descrever, e posar para fotos em posições humilhantes.

Trouxeram cães. Cães ferozes e raivosos, colocados a poucos centímetros do meu rosto, e pouco controlados pelos seus treinadores. Estava tão assustado que urinei. Eles riram e mandaram que eu começasse a dizer a verdade.

Para quem eu realmente trabalhava? Qual era o meu papel na Al-Qaeda? Para que propósito servia o meu treinamento em física nuclear? Onde estava a bomba? Havia uma bomba? E lixo radioativo?

Depois do que pareceram horas de interrogatório, um homem colocou da seguinte forma como tudo se resumia: "O meu Deus é mais forte do que o seu Deus." Depois, ele folheou as páginas do Alcorão na minha cara e lançou o livro contra a parede.

Comecei a chorar incontrolavelmente, por coisas irracionais.

Eles ameaçaram me enviar a outro país, onde não me tratariam tão bem. Disseram que tudo que havia sido feito comigo era autorizado e legal e que poderiam enviar-me a países onde as pessoas não costumavam ser tão delicadas.

Eu repeti que era um cidadão americano. "Esse memorando não chegou às minhas mãos", disse um deles, rindo em seguida.

Conforme o meu pai e meu avô me ensinaram, na nossa tradição há níveis diferentes de crescimento em compreensão e poder espiritual, às vezes expresso como órgãos diferentes e coloridos no peito, ou de cima para baixo pelo corpo. Outras vezes é expresso como corpos místicos que emanam do nosso corpo físico; ou como propriedades de determinados profetas. São chamados lata'if, que pode ser traduzido como "sutilezas". Agora, eu começava a usá-los às avessas, para registrar os níveis da minha destruição.

Fizeram-me sentir como se tivesse sido retirado de Deus: akhfa

Fizeram-me cego ao amor de Deus: khafi

Fizeram-me revelar os meus segredos mais íntimos: sirr
Destruíram o meu espírito: ruh
Destruíram a compaixão do meu coração: qalb
Reduziram-me ao meu "eu" primitivo, animal: nafs
E me fizeram temer a minha destruição física: a fragmentação do meu qalib, *o molde que forma os nossos corpos, de onde vem a palavra "calibre".*

O dia em que me fizeram sentir como se eu me afogasse repetidas vezes, quando o verdadeiro pavor da morte se abateu sobre mim, eu soube que havia perdido a dignidade.

Tentei falar qualquer coisa que eles quisessem. Confessei tudo que haviam perguntado. Contei todos os segredos que eu sabia da nossa honrada tradição e, ainda assim, não acreditaram. Riram e deram continuidade à tortura.

Desisti. Decidi morrer. Desejei a morte.

Foi aí que adquiri o poder de ativar o Ma'rifat'.

6   *Prova da Mente*

Little Falls, 31 de agosto de 2004

O Quad tocou indicando que Robert havia recebido uma nova mensagem de texto: "*Waypoint* 039."
    Seu próprio celular começou a vibrar na mesa do escritório.
    — Robert? É Horace. Preciso falar com você.
    — É seguro?
    — Nada mais é seguro. Fazemos o que devemos fazer.
    — Há coisas que tenho que lhe contar, lhe mostrar. Obrigado pelo que você fez em Hencott. Como é que você conseguiu?
    — Explicarei quando nos virmos. Às 11 horas. Encontre-me na Grand Central, no relógio. Temos muito a fazer e tempo nenhum. Vá ao *waypoint*.
    — Horace, estou apavorado em relação a Kat. Ela está correndo perigo na companhia de Adam.
    — Eu dei instruções a ela para reunir e esconder o maior número de chaves enquanto estiver perto de Adam, mas ela está começando a ser consumida pela presença do Iwnw. Você tem razão de estar preocupado. Ela está ficando suscetível às sugestões de Adam, mas a proximidade dos dois é a única coisa que permite que ele continue a lutar contra o Iwnw. Por enquanto, ela deve ficar com ele.
    O programa GPS mostrou que o *waypoint* era na Primeira Avenida, perto das Nações Unidas. Ele tinha tempo suficiente apenas para chegar lá, antes de encontrar Horace.

— *Se você se atrasar mais de cinco minutos, eu irei embora* — dissera Horace. — Neste caso, esteja na St. Thomas Church, na Quinta Avenida, ao meio-dia.

— Encontrarei você às 11 horas.

Robert foi de carro até Manhattan, vislumbrando o horizonte diante de si como as miniaturas que ele colecionava no estúdio.

Precisava saber o que acontecera no dia do Blecaute. Tudo remetia a esse fato.

Ele se lembrou que tinha sido um belo dia de verão. Um dia morno, em termos de notícias. Passara a manhã inteira sem fazer nada no escritório, apenas cuidando de tarefas administrativas regulares. Por volta do início da tarde o dia tinha se tornado extremamente monótono. Katherine havia telefonado dando uma sugestão ousada, algo que faziam de vez em quando. Eles iriam a um hotel, almoçariam um pouco mais tarde, tomariam champanha e fariam amor. À tarde, ficariam na cidade e jantariam. Talvez assistissem a um show. *Eu estava pensando exatamente a mesma coisa,* dissera Robert.

Por volta das 14 horas eles estavam no hotel. Quando transavam pela segunda vez, faltou luz. Eram 16 horas. Tudo costumava ser sempre muito intenso nesses encontros em hotéis, e Katherine tornara aquele ainda mais, recitando algumas palavras de magia sexual que usara na primeira noite em que ficaram juntos, havia alguns anos. Robert ficara assustado, mas ela o tranquilizou rapidamente.

Ambos chegavam ao clímax quando o Blecaute aconteceu, e nas contorções do orgasmo Katherine abrira os olhos e sufocara um grito que durante milésimos de segundo fora mais de terror do que de prazer. Robert experimentou uma onda de imagens simultâneas tão ferozes que o deixaram paralisado, com seus músculos enrijecidos dentro dela.

Ele viu fios de intensa luz branca uni-lo a Katherine, Katherine a Adam e Adam a outra mulher, com o rosto coberto. Todos unidos em uma dança de fogo, e, à medida que as imagens de cada um desaguavam em sua mente, uma sombra também se juntou à dança, uma criatura sem forma, e depois mais uma: uma criança.

Katherine nunca fora capaz de falar com ele sobre o que vira no momento do terror. Agora ele sabia que a mulher com o rosto coberto era Terri. Eles estavam apanhando impressões mentais do momento do entrelaçamento quando Adam, Terri e o criador do Ma'rifat' ficaram associados com a ligação de Katherine, Robert e Adam, criada havia mais de 20 anos. E, desde então, ele acreditava que a sombra de uma criança tinha sido a do pequeno Moss, ou, pelo menos, a possibilidade do pequeno Moss, alguns minutos após sua concepção.

Mas agora, enquanto dirigia, novas imagens e palavras surgiam espontaneamente na sua consciência: *O bebê de Terri. O bebê de Terri*. Não fazia sentido. Ele tinha visto a divisão celular em Terri desde o dia em que fizeram amor, mas essas imagens eram de mais de um ano.

Após a violenta névoa de impressões no momento do Blecaute, Katherine e ele relaxaram e deitaram-se lado a lado, respirando profundamente. Inicialmente, nenhum dos dois notou que tinha faltado luz, nem se preocupou com esse fato. Quando finalmente perceberam, acharam que o problema fosse apenas no hotel, ou naquele andar. O celular de Robert tocou. Era Ed, no escritório.

— Onde está você, chefe? Acabou de faltar luz.

— Aqui também. Estou a cinco quadras daí. A fonte secundária ajudou?

— Sim, está tudo bem aqui. As telas apenas piscaram. Mas estamos sem ar-condicionado e televisão a cabo. Espere. Espere. Não tem luz na Times Square.

— Será que é um ataque?

— Estamos verificando. Há fumaça saindo de um transformador perto das Nações Unidas. Você tem que voltar para cá. Não tem luz no Brooklyn, no Queens... Cacete! Em Boston também. Isso é sério.

— Estou a caminho.

Ele se lembrava de ter olhado para Katherine, pálida como um fantasma.

Robert chegou ao escritório no momento em que a polícia confirmava não suspeitar tratar-se de um ataque. Mas a área de falta de energia continuava aumentando. Algumas partes do Canadá e praticamente todo o nordeste dos Estados Unidos estavam sem luz. Milhares de pessoas estavam presas no metrô. Ele organizou a cobertura das notícias, exatamente como fizera na manhã de 11 de setembro. Enviou equipes de repórteres aos locais, indicou os principais jornalistas, estabeleceu ligação com outros escritórios, mandou as pessoas-chave que moravam em Manhattan para casa, para estarem melhores na manhã seguinte. Além disso, coordenou o trabalho das equipes dos assuntos gerais, energia, ações ordinárias e tesouraria. Entrou em contato com gerentes de instalações e técnicos para se informar a respeito de quanto tempo duraria o fornecimento de energia de reserva.

Depois que o medo inicial de um ataque diminuiu, os nova-iorquinos lidaram com o Blecaute sem grandes abalos. As pessoas passaram a noite nas ruas, sem medo. Houve festas. O crime diminuiu. Por volta das 3 da manhã, depois de fazer companhia a repórteres e jornalistas, ele voltou ao hotel com quatro funcionários que não conseguiram voltar para casa. Katherine levou tudo na esportiva e deixou-os dormir no quarto.

❖

Com a convenção republicana na cidade, dirigir por Manhattan significava procurar encrenca. Robert estacionou no lado oeste, perto da Nona Avenida, e pegou o metrô que liga a Times Square até a Grand Central. De lá, andou as três quadras e meia até o prédio das Nações Unidas.

Saindo na Primeira Avenida, no fim da 42, ele verificou o Quad. Ele apontava para a esquerda, e começou a piscar os dizeres "Chegando ao destino" logo que ele começou a andar. A grande placa verde-azulada do escritório da ONU e o East River ficavam à sua direita. À frente dele via-se um ponteiro de prata brilhante em um pequeno parque, limitado no extremo norte por um muro elevado e curvo de blocos maciços de pedra. Uma escada curva dava para a frente do muro, para a 43 e a pequena "cidade dentro de uma cidade" chamada Tudor City. Esculpido no enorme muro em letras douradas há um trecho do Livro de Isaías:

> *E estes converterão as suas espadas em enxadões, e as suas lanças em foices; uma nação não levantará espada contra outra nação, nem aprenderão mais a guerrear.*

O *waypoint* era o Muro de Isaías.

Robert considerou a tentativa de uma espécie de manobra, para ver se ele era esperado ou vigiado — mudando bruscamente de direção ou lançando-se para um táxi, para ver quem involuntariamente pularia ou ficaria surpreso, saindo do anonimato pelo medo súbito de perdê-lo — mas decidiu que seria bobagem fazer isso. *Nada é seguro. Fazemos o que devemos fazer.* O seu próprio dom, aquele que temera por toda a vida adulta, havia emergido na luz. Robert estava bem à vista, para quem precisasse vê-lo, quaisquer que fossem as consequências. Se alguém viesse atrás dele, agora, haveria uma boa luta.

O Quad tocou. Era uma mensagem de texto do Vigia:

Outro algarismo, para encontrar o analogismo
Na busca do sexo, encontrará feitiço sem nexo
Siga sua intuição, e encontrará uma porção
No número primeiro, a batalha será por inteiro
Para encontrar outro ente
Passe a Prova da Mente

Imediatamente, ele foi ao obelisco de prata e aço chamado Peace Form Number One. Era um algarismo, na forma de um dedo indicador único, como o obelisco Emmet, na St. Paul. E ficava em um parque com o nome de um diplomata chamado Bunche.

Ele se ajoelhou e observou a base da escultura. Procurou entre os castiçais e flores, deixados por pessoas que mantêm vigílias de paz em frente a ONU, enfiando a mão nas fendas na base do monumento. Em cima de um mastro metálico ele achou outro invólucro de filme plástico, amarrado e lacrado em um saco usado para guardar sanduíche. Cuidadosamente, ele o retirou e abriu. Não havia nada dentro, exceto um pedaço de papel com uma mensagem escrita à mão, em letra de forma, onde se lia: VOCÊ ESTÁ PERDENDO.

— Droga!

Ele esmagou o plástico com as mãos, xingando. Só podia ter sido Katherine. Apenas ela e Horace conheciam os *waypoints*. Será que ela os daria a Adam? Ele a forçaria a isso? Sentiu um frio na barriga.

Esfregou o rosto com as mãos. Pelo menos ele tinha a chave principal, a Caixa da Maldade. Sem ela, seguramente, não poderiam detonar a arma de forma apropriada.

Robert percebeu que tinha apenas alguns minutos, se quisesse encontrar Horace na hora certa. Então, voltou à rua 42 e virou à direita, indo para oeste, em direção a Midtown.

As parábolas e os "V" invertidos do Chrysler Building erguiam-se no céu, como ondulações angulares em um lago. Ele tinha andado por aquela rua uma vez com Horace, absorvendo as obras-primas de art déco que a pontuavam como se fossem joias — o News Building, o Chrysler Building, o Chanin. Em frente ao Chrysler Building, Horace falara sobre o seu deck de observação, e a elegância lendária do Cloud Club no último andar do edifício, bem como os espaços curiosamente confinados e curvos, no topo da torre, que ele tivera o privilégio de visitar.

— O topo é aberto, dá para se sentir a brisa. Parece tão frágil, mas é extremamente resistente — dissera ele. — Muita gente não sabe, mas há um filme cult chamado *Q* cujas cenas foram filmadas no pináculo. Era algum absurdo sobre a serpente emplumada Quetzalcóatl que tinha um ninho lá em cima e rondava os céus de Manhattan, comendo pessoas que tomam banho de sol no telhado.

— Parece que você gostou bastante do filme, Horace.

— Um absurdo terrível, embora Quetzalcóatl, o homem, o sacerdote Toltec, mereça um exame mais apurado. Dê uma boa olhada se puder nas gárgulas. Consegue vê-las? Pegue meu binóculo se quiser.

Robert obedeceu.

— Parece que elas têm asas?

— Sim, asas de Mercúrio. Ou Hermes, para usar o nome grego. Veremos a mesma coisa na Grand Central. Hermes em todo lugar, e rodas esculpidas ajustadas com as asas. É sobre a velocidade, entende? O mensageiro veloz.

Aquele inocente passeio com Horace pareceu ter acontecido há muito tempo. Horace falou a respeito de todos os decks de observação fechados de Manhattan.

— Temos tanto medo! — dissera ele. — Devemos reabrir todos eles. O Woolworth Building. Chanin. Chrysler. Flatiron. Principalmente o Rockefeller Center. Será que temos medo do que veríamos lá em cima?

Agora Robert entendia que Horace havia falado sobre algo além dos topos dos arranha-céus de Nova York e ele estava prestes a abrir passagem para as verdadeiras vistas e lugares altos a que Horace se referira: aqueles da sua própria natureza.

Ele continuou e atravessou a Lexington. Seu escritório na GBN, ao qual ele não sentia nenhuma obrigação em voltar, ficava a nove quadras ao norte.

Finalmente, ele chegou ao terminal da Grand Central. Pouco antes de entrar o Quad tocou com uma mensagem de texto: "Novo *waypoint*: X87."

O programa GPS indicou que o local era dentro da Biblioteca Pública de Nova York, a algumas quadras a oeste.

Eram 10h57. Ele correu até a cabine central de informação localizada sob o relógio de quatro lados. A enorme estação fervilhava de pessoas cruzando seus terminais, não de forma frenética, como na hora do rush, mas em um fluxo constante.

Ele sentiu alguém tocar seu braço e viu que era Horace.

— Nos encontramos na confluência do tempo e da informação — disse ele, apontando para a placa acima da cabine. — Vamos caminhar enquanto falamos. Há alguém aqui que não queremos ver.

Robert olhou em volta, sem saber ao certo o que procurar, mas Horace apertou a mão firme em seu cotovelo e o conduziu para o norte, em direção às plataformas, onde entraram em uma passarela de pedestres sinalizada como "Passagem para o nordeste". Enquanto andavam, Robert meteu a mão no bolso e tirou um pequeno pacote.

— Esta é a chave principal — disse ele, entregando-a a Horace. — Peguei de Adam ontem. Receio que, fazendo isso, destruí sua última proteção contra o Iwnw.

Horace pegou o objeto rapidamente e enfiou-o em um bolso interno da jaqueta.

— Graças a Deus! Bom trabalho. Isso nos dá algum tempo, já que eles têm todo o resto. Continue andando.

— Quem está aqui, Horace?

— Tenho certeza que vi um membro do Iwnw.

Robert virou e olhou para trás. Ninguém os tinha seguido.

— Como eles são?

— Cabelo branco, mais ou menos da minha idade. Ouça, temos de falar rapidamente. Em primeiro lugar, sobre Adam. Ele ainda tem Katherine. Ela ajudará.

— Ele tentou matá-la ontem.

Horace deu um sorriso amarelo.

— É isso mesmo. Isso também ajudou você a dar um passo à frente no Caminho. Talvez ele não esteja longe como você pensa. Agora, preste atenção. Há uma obra de arte muito interessante ao longo dessas passagens — disse Horace. — É chamado *As Above, So Below*, ou O que está em cima é como está embaixo. Será enriquecedor explorar uma ou duas partes dessa peça. Enquanto andamos, por favor, mantenha-me informado. O que você acha da situação?

Adam estaria realmente levando a cabo um jogo duplo? E agora Horace repetia a carta que Robert havia recebido do seu parente anônimo, quando estava na universidade. *O que está em cima é como o que está embaixo; o que está dentro é como o que está fora.*

— Deixe-me pensar.

— O seu intelecto não o ajudará — disse Horace. — Pensar por si só não pode ajudá-lo mais. Esqueça. Diga-me quais são as suas impressões mais profundas. Use sua mente ao máximo.

— O *waypoint*. A chave desapareceu. Acho que Katherine a pegou.

— Sim.

Os dois ouviram passos. Robert olhou para trás e viu um homem mais velho, bem-vestido, em um terno escuro, andando calmamente atrás deles.

— É o membro do Iwnw?

Horace acenou com a cabeça, concordando.

— Esse é o que eu vi. E onde quer que haja um, normalmente há três. — Ele levantou os olhos. Não havia ninguém. — Temos que agir rapidamente. Você pode não entender a sequência das minhas perguntas, mas devo prepará-lo para a próxima prova e dizer-lhe certas coisas. Devo medir o seu nível de compreensão. Conhece os arcos dos sussurros aqui na Grand Central?

No hall inferior havia um espaço abobadado e sinuoso de arcos cobertos com tijolos de Guastavino, onde, a qualquer hora do dia, em um espetáculo perturbador, a menos que a pessoa conhecesse o segredo, homens e mulheres podiam ser vistos nas colunas, com o rosto voltado para a parede como crianças sendo punidas. Dessa forma, era possível ter uma conversa sussurrada com alguém, diametralmente do outro lado do espaço arcado na coluna oposta, alguns metros distante, cada um ouvindo claramente a voz desincorporada do outro ecoando no ar, acima das suas cabeças.

— Claro.

Ele olhou para trás. O homem de cabelo branco ainda estava lá, com os olhos fixos neles, mantendo uma distância regular de uns 40 passos.

— Você é como um rádio tentando funcionar. Está vendo conexões entre tudo que tem acontecido nos últimos dias, e há décadas, coisas que não parecem relacionadas, de repente se alinhando... É como se tudo estivesse ligado a todo o resto por um arco de sussurro secreto.

— É verdade.

— E você percebe que sempre soube disso. Sempre sentiu isso.

— Sim, está certo.

— Você está no estágio da ordenação, poderíamos dizer — disse Horace, com olhar sério. — Mistérios mais importantes estão se desvendando diante de você, alguns poderiam chamá-los de mistérios sacerdotais. Você está entrando na Prova da Mente.

— Tenho de ir mais rápido. Aliás, nós temos. O próximo *waypoint*...

— Eu sei — disse Horace. — Devemos nos apressar, no entanto, o Caminho não pode ser apressado. O equilíbrio é tudo. Ande mais rápido comigo.

Robert começou a revelar pensamentos e impressões, à medida que caminhavam.

— Adam está tentando a todo custo manter essa coisa terrível dentro dele a distância, mas não está conseguindo. Eu sei disso.

— Ele é um homem muito valente. O que mais?

— Katherine me deixou. Resolveu ficar com Adam porque dormi com Terri, mas está correndo um grande perigo. Está jogando esse jogo duplo, tentando apoiar Adam contra o Iwnw e o Minotauro dentro dele. Terri está escondida porque está apavorada, talvez por achar que Adam não a protegerá mais. Ela vê Katherine como ameaça, ficando sozinha para enfrentar o que quer que a esteja assustando. Acho que ela nunca esteve tão assustada na vida.

— As esperanças de Terri estão depositadas em Adam, no entanto ela morre de medo dele. Ela não pode se dar o luxo de perdê-lo, mas, ao mesmo tempo, não pode ficar com ele — disse Horace. — Por quê?

— Acho que ela está grávida. De Adam. Eu vi essas imagens... divisão celular... mas havia uma sombra através deles, e algo mais que não pude ver totalmente, não pude entender. A gravidez parece ter mais de um ano, e, ao mesmo tempo, só quatro dias...

Horace concordou, absorto, enquanto caminhavam. Robert prosseguiu:

— A forma que tracei através de Manhattan tem uma espinha dorsal que sobe direto e atravessa a cidade a partir do obelisco na St. Paul, passando pelo obelisco em frente ao Flatiron. Desenhei a linha em direção ao norte. Ela segue reto em direção ao obelisco no Central Park.

Robert pegou um mapa turístico da cidade e nele desenhou os *waypoints* que tinha visitado nos últimos dias.

— Não sei o que essa forma representa, ou se é um amálgama de formas, ou coisa assim, mas tem essas linhas transversais, e esse espaçamento ao longo da espinha dorsal; uma unidade ou meia unidade, alguns pontos pulados... Os *waypoints* de hoje sugerem outra linha transversal, aqui...

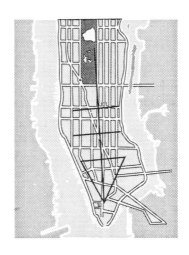

Ele fez o mapa dos seus movimentos e provas. Depois da St. Paul's Chapel e da Mercer Street o mapa mostrava seu trajeto pela ilha, desde o Tompkins Square Park e Washington Square Park até a casa da escritora de *Boa noite, lua*, e de volta à linha central, na Union Square. Outra linha, das pedras do Asser Levy ao segundo obelisco, em frente ao Flatiron e ao General Theological Seminary em Chelsea. Um terceiro cruzamento ia das Nações Unidas à Biblioteca Pública de Nova York. Continuando, a linha parava na entrada do Lincoln Tunnel, no extremo oeste.

— Muito bem. Aos poucos você está traçando uma forma chamada de Árvore da Vida. É uma espécie de chave para a navegação dos mistérios, para sobreviver à aventura na qual embarcamos. Cada nível equivale a uma prova. Depois de hoje há mais um ponto para concluir o diagrama, da mesma forma que há mais uma prova, antes de enfrentar a provação de fechar o Ma'rifat'.

— Fale mais. Quero entender.

Eles continuaram andando e o homem de cabelo branco não se aproximou.

— É um dos instrumentos espirituais mais antigos conhecidos da humanidade — explicou Horace. — Não faz sentido ao leigo, mas é muito poderoso para o iniciado.

— O que ele faz?

— Ele aponta para certas coisas que são verdadeiras. É uma chave e um mapa e existe desde antes dos antigos egípcios. Não é a única chave, certamente, mas é encontrada em várias tradições espirituais. Foi o modelo usado pelo criador do Ma'rifat' para dispor as chaves ao longo de Manhattan com a intenção de carregar e ampliar a força da arma. Não foi um traçado perfeito, mas se aproxima bastante para ser muito perigoso. É também o modelo que usamos para conduzi-lo ao longo do Caminho. Pode ser conhecido de muitos modos. É uma rota de poder, um mapa da autoexploração...

Robert fechou os olhos por um momento, vendo novamente as imagens multidimensionais passageiras que tinham estado martelando em sua mente — a sensação de um grande modelo abrangente girando sobre ele, passando pelas ruas da cidade, uma tabela de perspectivas, vistas e discernimentos que se unem a suas viagens interiores e exteriores, edifícios, monumentos e etapas da prova, em uma forma geométrica única.

— Como é a chave completa?

— É dessa forma — respondeu Horace, preenchendo as linhas no mapa que Robert lhe dera. — Acima do ponto mais alto na Árvore há um nível mais alto, indescritível, uma espécie de sucessão de infinidades, que também exploraremos antes da sua batalha final. Em se tratando de Manhattan, eles são representados pelo Central Park.

— Preciso encontrar Katherine e Terri. Preciso usar isso para ajudá-las.

— Tudo bem. Apenas tenha mais um pouco de paciência.

Eles passaram ao longo da passagem subterrânea até a placa de saída para a rua 48. Na parede havia uma bússola de 1,80m em mosaico de vidro, com uma fotografia de Albert Einstein, ainda jovem, no centro.

— Você se conscientizará de que as teorias de Einstein descrevem como tempo e espaço são uma coisa única e podem ser desviados e distorcidos.

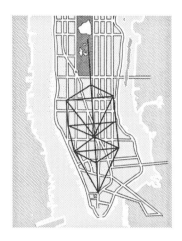

— Certo.

— E também que energia e matéria são equivalentes, que cada uma pode ser convertida na outra, com resultados extremamente destrutivos, no caso da bomba atômica.

— Exato. O "E" é igual a mc ao quadrado. O Dispositivo é uma espécie de bomba atômica?

— No mínimo. Acredito que os membros do Iwnw pretendem transformá-lo em algo muito pior. Vamos continuar andando.

Alguns metros em direção ao norte eles chegaram ao próximo mosaico, outra roda na parede, dessa vez mostrando uma jovem segurando um vaso de fogo contra um fundo de espaço intergaláctico. Havia também dois círculos menores em cada lado.

— Esses mosaicos representam os elementos — disse ele apontando da esquerda para a direita. — Ou as provas que você passou: Terra. Água. Fogo,

327

que é o que ela tem nas mãos. Observe como ela brilha quando a luz atinge o vidro no mosaico. Depois o Ar. E finalmente o Éter.

— Essa etapa é a Mente, você disse. Qual é a última?

— A sétima é Espírito.

— De que elas se compõem?

Naquele momento Robert olhou para o norte e viu um segundo homem de cabelo branco, identicamente vestido, vindo em direção a eles com o mesmo passo ritmado.

— Horace!

— Por aqui.

Eles voltaram na direção do mosaico de Einstein, na direção do primeiro Iwnw, que não apertou o passo, apenas os encarou com fria malevolência. Horace e Robert desceram um lance de escada e pegaram a passagem transversal da rua 47, à direita.

— Quando três deles se aproximarem, nós lutaremos — disse Horace. — Agora escute. A penúltima prova testa a mente no seu sentido mais completo. Não simplesmente o intelecto, ou somente o nível consciente, mas o espectro total do consciente e do inconsciente, o raciocínio e as mentes criativas e sonhadoras.

A sexta prova, Horace sussurrou enquanto andavam para o oeste, o exporia a uma nova consciência destruidora da realidade, uma verdade poderosa. Enquanto na Prova do Éter ele achara que poderia afetar o mundo de acordo com sua vontade, Robert daria agora o próximo passo, percebendo que ele e o mundo eram idênticos, e que só a sua mente construía a ilusão da separação.

— O discernimento, quando surge, é como agarrar um fio de alta voltagem — explicou Horace. — Só quem concluiu as cinco provas anteriores é capaz de resistir. Mesmo assim, o discernimento só vem com a proximidade da morte. Ele traz poderes de cura.

Ele disse que para passar na prova Robert teria que sobreviver ao acessar aquelas energias, e distorcê-las para um objetivo além dele mesmo. Ela o forçaria a enfrentar o sexto dilema: curar ou matar seu inimigo.

Robert recuperaria uma sexta chave, de seis lados ou de seis pontas, e encontraria o penúltimo componente do corpo de luz que era o seu novo "eu" despertado.

Os dois membros do Iwnw desceram as escadas e caminharam lentamente para eles.

Robert e Horace chegaram aos degraus que levam às plataformas 32 e 33. Horace fez uma pausa rapidamente, para mostrar outro mosaico.

— Há no total, aproximadamente, uma dúzia de painéis em *As Above, So Below*. Este também pode ter repercussão para você. Mostra Perséfone condenada ao submundo durante seis meses, por comer uma romã. Parece cruel demais, não é? Em parte, é uma segunda versão grega de outro mito mais antigo, Inanna no submundo, também conhecida como Ishtar.

— Terri me contou a respeito. É sobre o Caminho. Estou entrando no submundo para tirar Adam e Terri... e Katherine.

— Muitos mitos refletem a luta constante entre a Irmandade do Iwnw e a Luz Perfeita.

— Falando nisso... observe. Agora há três deles.

Um terceiro homem de cabelo branco, com um terno escuro idêntico ao do outro, andava na direção deles, vindo do oeste, com um sorriso irônico. Agora havia dois atrás e um à frente deles.

— Rápido, por aqui.

Horace conduziu Robert até os degraus das plataformas 32 e 33. Eles voltaram correndo ao hall principal da Grand Central, ao longo da passagem noroeste.

— Lutaremos contra eles neste corredor se for preciso — disse Horace.

— Caso algo me aconteça, é hora de você aprender um pouco mais sobre a família Hencott.

Katherine inspecionou o lugar secreto e decidiu que era satisfatório. O atirador de elite da polícia tinha feito uma boa escolha. Ela estava adiantada, gostava disso. Examinou o equipamento, verificando cada item mais uma vez. Pelo visor ela calculou novamente a distância até seu alvo. Seria necessário um tiro certeiro.

Movendo-se lentamente, mantendo-se longe da janela, ela se encostou em uma parede no apartamento vazio e fechou os olhos em meditação por um momento.

Os poderes do Iwnw começavam a atingi-la. Enquanto Adam se esforçava para resistir às forças do mal, ela lhe dava toda a energia que podia, como Horace pedira, tentando poupá-lo o máximo possível, dando tempo a Robert de progredir no Caminho. Embora, fazendo isso, ela também se expusesse à influência do Iwnw, e podia sentir que a sua própria força de vontade começava a vacilar, bem como o seu juízo.

Entretanto, estava segura de que era um gesto bom e necessário da sua parte. Fora ela quem percebera que havia, pelo menos, um atirador de elite da polícia observando do alto a posição da parte final da sexta chave, considerando os elevados níveis de segurança de Nova York para a convenção republicana.

Usando a sua perícia profissional e o seu talento renascido, ela havia inspecionado a área e concluíra rapidamente que havia somente um atirador, e fora capaz de identificar sua possível posição. Depois, ela foi ao seu encontro. Tinha sido simples fazê-lo dormir profundamente, usando um truque hipnótico que Horace tinha lhe mostrado muitos anos antes.

Agora ela tinha um rifle, após assegurar-se que Robert não levaria um tiro dos policiais quando recuperasse a última parte da sexta chave, e poderia dar cobertura se ele tivesse problema com a polícia, lá embaixo.

Adam lhe dissera que estava tentando ajudar Robert ao longo do Caminho como podia, mesmo que isso levasse Robert a acreditar que já tinha atravessado completamente. Era um miraculoso ato de equilíbrio já que Adam demonstrava, ao mesmo tempo, dar ao Iwnw o que eles queriam.

No domingo, depois que ela abandonou Robert, Adam a convidara a ficar em seu mais novo esconderijo em Nova York. Com pena dela por causa de Robert, ele disse-lhe que a amava. Ela o ajudara a aliviar a sua dor, auxiliando-o na vigília.

Terri tinha ido ao apartamento, enquanto Adam estava fora. Ao notar a presença de Kat, ela saiu imediatamente. Katherine apenas viu Terri saindo. Chegou a gritar por ela, mas tudo que teve como resposta foi uma onda de mágoa e medo, e, misturado a isso, um sinal de profunda resignação.

Katherine sentia que, em grande parte, era culpada. Ao dar os manuscritos de Newton a Tariq, ela criara efetivamente o Ma'rifat'. Dera ao seu criador os meios para construí-lo. Anos depois, ela fez com que ele sofresse tanta dor e raiva que o levaram a ponto de querer usá-lo.

Ela precisava endireitar as coisas. Porém, antes de qualquer coisa, precisava concentrar-se na sua missão. Tinha que manter o Iwnw a distância.

— Meu irmão e eu crescemos em várias partes do mundo — disse Horace, sussurrando enquanto andavam. — Somos ambos um pouco mais velhos do que você imagina. Nascemos em Alexandria, nos anos 1920. Meu pai era arqueólogo, aventureiro e, em algum momento, espião.

"Ele afirmava ter encontrado Lawrence da Arábia várias vezes, e nos ter apresentado a ele, quando éramos pequenos. Tenho uma vaga memória de infância a respeito de um homem com um manto branco, que falava de um jeito esquisito. No entanto, pode ser uma memória inventada, já que ele falou disso tantas vezes. Meu irmão, naturalmente, tinha o mesmo nome dele."

Robert olhou para trás, ouviu passos e viu um dos homens do Iwnw subindo lentamente os degraus, seguido dos outros dois.

— Eles estão vindo, Horace.

— Continue andando. Lawrence entrou para as Forças Armadas assim que pôde, mentiu sobre a idade e serviu durante toda a Segunda Guerra Mundial. Ele era paraquedista. Depois da guerra, trabalhamos juntos durante algum tempo, em Paris, em Berlim e no Egito. Eu era muito menos impressionante na frente militar, trabalhava na inteligência, às vezes na parte mais incomum. Inteligência do Exército, depois OSS.

Já ouviu falar nela?

— Foi precursora da CIA, não é?

— Exatamente.

— Horace, isso faz de você um homem de uns 80 anos.

— Sim. Não me distraia. Meu pai nos deixou umas terras em várias partes do mundo. Não eram terras de cultivo, entende, terras de mineração, na sua maioria jazidas extintas, umas poucas minas que mal funcionam. Ele nos fez jurar que nunca as venderíamos e que iríamos salvaguardá-las para a eternidade.

"Lawrence assumiu todas as minas e fez algo importante. Realmente importante. Não tenho ideia como. Ele sabia como liderar funcionários, logística, não temia ninguém. Quando saiu do Exército, estudou engenharia e química, além de metalurgia. Ele era uma força da natureza. Construiu a Hencott Incorporated praticamente sozinho, um império corporativo, com o que nosso pai havia deixado.

"Lawrence costumava dizer que é necessário ter presença no mundo para se alcançar o sucesso; é melhor ser forte e proteger o fraco, do que ser fraco e precisar de proteção. Ele investiu muitos recursos em pesquisa e desenvolvimento e estabeleceu tudo em um laboratório tão bem-guardado e secreto que a maioria das pessoas na companhia nada sabia a respeito. Ficava no terreno de uma determinada mina de ouro. Você deve lembrar que ele mencionou o fato na entrevista que concedeu ao seu jornal."

— Ah, Deus, claro. O que era aquilo?

— Uma coisa de cada vez. Lawrence era do tipo operacional. Eu sou meditativo. Ambos buscamos um tipo especial de ouro, cada um a seu modo.

— Como assim?

— Há algumas minas no mundo, três, para ser exato, que produzem certa espécie muito rara de ouro. Nós a chamamos de ouro vermelho.

— Pensei que isso fosse somente uma combinação de ouro e cobre. O cara que me vendeu as alianças de casamento foi bastante prolixo a respeito de ouro vermelho, ouro branco, ouro rosado e assim por diante. De acordo com ele, todos são uma combinação de metais, porque o ouro puro é frágil demais para ser usado na maior parte das joias.

— Mais ou menos. Mas não é esse o ouro vermelho sobre o qual estou falando. Provavelmente você nunca terá ouvido falar dessa espécie. Os seus usos são limitados.

— A quê?

— É nessa parte que você deve jurar segredo. Para sempre.

Horace parou de falar e olhou para ele atentamente. Robert jamais o vira de forma tão poderosa.

— Juro.

Mas antes que Horace pudesse falar novamente uma voz falou à frente deles.

— Não há saída, velho.

Atrás deles, os homens de cabelo branco continuavam avançando em passos ritmados; três deles, lado a lado, agora somente a 20 metros de distância.

E à frente deles, bloqueando o caminho de volta à Grand Central, estava Adam Hale.

— Ouça — sussurrou Horace, virando de forma a ficar de frente para os membros do Iwnw, e com as costas voltadas para Robert, cujos olhos nunca deixavam Adam. — O ouro vermelho pode ser usado em certos procedimentos de uma natureza *hermética*, de Hermes, o mensageiro dos deuses. Foi o nome usado por uma série de sábios há milhares de anos. Procedimentos de alquimia, se você preferir.

— Fez parte da peça de Adam. Mas ele disse que não restou nada desse ouro no mundo.

— Bem, na verdade, restou. A Hencott controla as três minas. Estavam entre aquelas deixadas pelo nosso pai, que atuava em nome da Luz Perfeita. Há possivelmente 30 pessoas no mundo que sabem dessas coisas. O ouro vermelho, corretamente tratado, corretamente preparado, após muitos anos de erro e acerto, pode, em certas circunstâncias, atrair grande quantidade de energia, ou provocar o lançamento dessa mesma quantidade no mundo.

É extremamente poderoso, mas só em conjunto com o estado psíquico dos que se encontram perto dele.

— Parece o Ma'rifat'. O Dispositivo.

— O Dispositivo deve conter um pouco de ouro vermelho. Das 30 pessoas que eu mencionei, algumas consideram que o poder do ouro vermelho deve ser usado com objetivos políticos, como promover certas tendências políticas, trabalhar contra outras, moldar o mundo, governá-lo. Lawrence e eu não compartilhamos dessa opinião.

— Quem são essas pessoas?

Os três homens de cabelo branco estavam a menos de 10 metros de Horace. Eles pararam e o encararam.

— São o Iwnw. A palavra significa "coluna" na língua dos antigos egípcios. Lutamos contra eles. Somos a Luz Perfeita.

Adam, que estava a 20 passos à frente de Robert, deu uma gargalhada.

— Pois bem, cavalheiros. Vocês estão em uma situação delicada.

Ele andou na direção de Robert. No calor do corredor subterrâneo todos suavam, mas a camisa de Adam estava encharcada. Ele parecia um fantasma.

— Aguente firme, Adam — gritou Robert. — Você não tem que fazer isso. Eles não o controlam.

— É tarde demais — respondeu Adam. — Horace estava contando a você sobre o pobre Lawrence e o ouro vermelho? É uma história muito comovente.

Robert sussurrou a Horace:

— O Iwnw adquiriu um pouco do seu ouro vermelho?

— Conte para todo mundo, Horace — rosnou Adam.

— No ano passado o inimaginável aconteceu — gritou Horace, com o olhar fixo concentrado nos três homens do Iwnw, que estavam de frente para ele. — Lawrence e eu descobrimos que a Hencott tinha sido infiltrada por várias destas... pessoas — anunciou ele cuspindo a última palavra. — Elas levaram 20 anos para penetrar nas divisões mais secretas da companhia, mas finalmente conseguiram obter acesso, por um curto período, ao laboratório de pesquisa e desenvolvimento.

— Aquele laboratório que Lawrence mencionou na entrevista? O que ele disse que a Hencott estava fechando?

— Exatamente — gritou Adam. — Aquilo não trouxe bons resultados para você, não é, Robert?

Horace ignorou a provocação de Adam e prosseguiu:

— Eles se apoderaram de certa quantidade, muito menos de 1 grama, mas é suficiente.

— Quanto tempo antes de você descobrir? — perguntou Robert.

— Quase imediatamente. E decidimos começar a interrupção imediata dos experimentos que estavam em andamento. Foi preciso quase um ano para desligar os aparelhos. O ouro vermelho, uma vez iniciado o processo da elaboração, deve ser tratado com extremo cuidado. O material que eles conseguiram pegar não era elaborado, era bruto. Depois, algum tipo de trabalho rudimentar foi realizado com aquela amostra. Quando o ouro vermelho havia sido totalmente retirado e colocado em um local seguro, até que a humanidade estivesse pronta para fazer melhor uso dele, Lawrence decidiu contar ao mundo. Não de modo que qualquer um, com exceção das aproximadamente 30 pessoas que mencionei, entenderia. Mas essa é uma técnica consagrada pelo tempo, ou seja, fazer um anúncio público, disfarçando o verdadeiro conteúdo, de tal modo que seja amplamente divulgado. Aqueles que precisam enxergar o verdadeiro significado enxergarão. Isso também suprime um sinalizador no tempo, para aqueles que vêm depois, que devem entender que, naquela data, tomamos tais medidas.

— O que aconteceu depois, Robert? — perguntou Adam.

— A companhia telefonou para informar que Lawrence havia enlouquecido. Eles mudaram de ideia.

Horace prosseguiu:

— Tudo isso teve um grande impacto sobre Lawrence. É verdade que a tensão causada pela descoberta da infiltração daquelas pessoas, a decisão de encerrar o trabalho experimental realizado ao longo de sua vida e a caça ao ouro vermelho desaparecido acabaram causando uma crise no seu casamento. Sua esposa o deixou. Mas ele estava no seu juízo perfeito quando telefonou para você marcando a entrevista, Robert. Ele fez isso de repente apenas porque soube de uma tentativa de afastá-lo do posto de comando da empresa, que aconteceu pouco depois que seu artigo foi publicado.

— Ah, meu Deus! Entrei no jogo deles.

— Você não sabia. Não é culpa sua. Lawrence era um guerreiro, e reagiu. Estabeleceu sua base de operações naquele hotel, começou a dar telefonemas e reuniu apoio. Certificou-se de que os planos que ele tinha arranjado para a sucessão, seu testamento, as regras da companhia e assim por diante não tinham sido alterados. Então — prosseguiu Horace virando a cabeça, com os olhos brilhando, para ficar de frente para Adam. —, o sr. Hale apareceu para uma visita.

Robert fitava Adam sem piscar, enquanto seu velho amigo chegava mais perto.

— O que aconteceu, Adam? O que você fez?

— Fiz o que esses cavalheiros exigiram. Tentei persuadir Lawrence a me contar onde estava o resto do ouro vermelho, o estoque escondido. Ele não quis ajudar.

— Adam estava sob a influência desses inescrupulosos adeptos do Iwnw, usando o Minotauro como um canal, depois que Adam matou Lawrence — disse Horace. — Essa deve ter sido a primeira vez que eles conseguiram corroer a sua vontade de forma tão devastadora. Lembre-se que foi ele, trabalhando comigo, que descobriu onde o ouro vermelho roubado estava, quando foi ao encalço do criador do Ma'rifat', no ano passado. Mas ele pagou um preço por isso. Um preço muito alto.

— Isso me permitiu ver em que lado eu deveria ficar nessa competição infinita — gritou Adam. — Não vá pensar que o caro Horace tem todas as respostas.

Os três homens de cabelo branco e ternos escuros permaneciam em silêncio, com o olhar fixo e implacável sobre Horace. Embora não soubesse exatamente o que era, Robert sentiu que eles esperavam por algo. Ele se concentrou na noite da morte de Lawrence, na quarta-feira anterior, embora parecesse ter sido há décadas.

— Lawrence tentou me avisar. Ele me telefonou. Não estava me ameaçando, estava tentando me avisar!

— Ele devia estar sofrendo muito. Preferiu morrer em vez de ceder as informações a Adam. Ele escreveu para você também, não é? Lembra?

— Disse que tinha sido culpa minha. Não, espere. Disse que foi por minha *causa*.

— Quando falei com Horace sobre você, eu o descrevi como alguém que um dia poderia nos ajudar.

— Lawrence disse que eu tinha um ego venenoso...

— Não. O que ele disse, foi: "*Ao ego venenoso de Robert Reckliss eu digo que a vil e intensa tortura racionaliza a impotência da oposição ao lado obscuro.*" Ele estava lhe dando um conselho sobre como ajudar. Queria dizer que o seu ego o deixava cego para a verdade, como acontece a todos nós.

— Ah, meu Deus! Entendi tão pouco.

— Foi suicídio, de certa forma. Mas pressionar um homem a ponto de ele decidir morrer para evitar o sofrimento é assassinato, naturalmente.

— Eu não tinha escolha — disse Adam.

— Os nossos amigos aqui, contudo, não foram tão inteligentes como pensaram. Lawrence foi capaz de assegurar que, após sua morte, a autoridade de controle na companhia fosse transferida rápida e irrevogavelmente para mim. Até a noite de domingo eu tinha quase tudo organizado. Na manhã de segunda-feira, enquanto o funeral se realizava, fingi chamar aqueles malditos advogados para distrair sua atenção.

— Foi extraordinário. Você devia ter visto as caras deles.

O suor escorreu nos olhos de Robert. A tensão tomava conta de cada músculo de seu corpo.

— Eu precisava de você, e preciso de você agora. Adam, Katherine e Terri também. E muitas outras pessoas. Essas criaturas não podem nos deter.

O líder do Iwnw falou pela primeira vez:

— O senhor tem algo que queremos, sr. Hencott. Viemos aqui para reclamá-lo. O sr. Reckliss o roubou de nosso colega.

— Tome-o de mim, se puder — gritou Horace, em tom desafiador expresso em cada sílaba. — Em nome do meu irmão, juro que você não irá se apossar dele, de jeito nenhum.

De repente, Adam lançou-se sobre Robert, tentando atingir seus olhos e sua garganta. Horace virou para um lado, ao mesmo tempo em que Robert pulou para o outro, sentindo o corpo inflamar-se com a força acumulada das cinco provas pelas quais havia passado. Ele jogou Adam para um lado, atirando-o contra a parede do corredor. Olhou para os homens Iwnw e viu Horace desviar do líder e, ao mesmo tempo, torcer o pulso de um segundo agressor com tanta rapidez, e no momento certo, que o homem foi tirado do chão e aterrissou com um barulho de osso estalando a mais de 4 metros.

Adam se levantou novamente e atirou-se sobre Horace, tentando vasculhar sua jaqueta, mas Robert o agarrou pelos ombros e o girou de forma que ele e Adam ficassem cara a cara. Depois, ele o arrastou para um lado e o socou na barriga com toda força. Adam se curvou, gemendo de dor, com a boca sangrando, e permaneceu imóvel, no chão.

Robert virou-se novamente para ajudar Horace a lutar contra o Iwnw. Um dos homens mantinha Horace preso em uma gravata e o outro socava suas costelas. Robert lançou-se sobre o segundo homem, jogando os dois ao chão, causando um barulho de costelas se quebrando. Robert aplicou-lhe um soco no rosto, e ele parou de se mexer. O terceiro homem do Iwnw, com o pulso quebrado devido ao golpe de Horace, ajoelhou-se de cabeça baixa, murmurando repetidas vezes um cântico de feitiçaria, segurando o braço com a outra mão.

Horace se desvencilhou do líder do Iwnw e ficou de frente para ele. Com um espaço de mais ou menos 1 metro entre eles, ele deu alguns passos à frente e pareceu projetar uma onda de força do peito. O seu oponente voou para trás, chocou-se contra a parede e caiu, inconsciente, sem que Horace encostasse um dedo nele.

Respirando com dificuldade, Horace chamou a atenção de Robert e apontou na direção da Grand Central.

— Ainda tenho a chave principal — disse ele ofegante. — Temos que ir embora.

Adam ainda permanecia imóvel, arqueado no chão e Robert ameaçou ir para cima dele.

— Deixe-o — ordenou Horace.

Alguns minutos depois Horace e Robert saíam do terminal da Grand Central na rua 42 e viraram à direita, indo para oeste. Durante um minuto ou dois mantiveram-se em silêncio. Horace limpou o sangue do canto da boca com um lenço.

— Você acha que eles virão atrás de nós?

— Sim, mas não por enquanto. De posse da chave principal e dos vestígios de ouro vermelho que ela contém, mesmo trabalhado de forma rudimentar como é o caso, tenho certeza de que nós dois estamos seguros. No mínimo, protegidos. Se não fosse isso, eles poderiam ter-nos matado. Obrigado por sua ajuda.

— Como a chave com os vestígios ajudou a nos proteger?

— Ela amplia qualquer força psíquica que há ao redor. Com ela nas mãos, os meus poderes aumentam muitas vezes. Não tenho permissão de dizer exatamente como isso funciona, devido ao meu juramento à Luz Perfeita. A humanidade, de um modo geral, ainda não tem esse conhecimento, embora o novo colisor no CERN possa trazer alguns sinais quando for acionado, dentro de alguns anos. Posso dizer que ele ressoa em determinado nível, causando certos conjuntos harmônicos, que também são o conjunto harmônico das atividades no cérebro humano.

— Como pássaros cantando? A língua dos pássaros?

— Sim, esse é um modo de se vivenciar essa experiência.

— A peça de Adam falava de um dispositivo como o Ma'rifat'. Mas ele dizia que havia três componentes.

— Exato. A assim chamada Pedra Filosofal, que é uma fusão de metal e vidro com ressonâncias psíquicas semelhantes ao ouro vermelho. O próprio ouro vermelho, que harmoniza com a Pedra. São como componentes masculino e feminino. E, por fim, um conhecimento de certos planos geométricos que permitem que esses materiais sejam usados em proveito um do outro, como lentes. Por isso, cada chave tem uma forma geométrica diferente: para refletir e dar forma às forças internas do Ma'rifat' de maneiras diferentes, de acordo com o ajuste necessário, em momentos diferentes. Tudo isso é inútil sem um estado altamente refinado do alcance espiritual do operador. Há uma exceção, entretanto. Eles também podem ser ativados por uma pessoa em um estado desesperado de colapso psíquico.

Enquanto eles andavam, Horace remexeu o bolso e entregou-lhe um pedaço de papel.

— Eu teria enviado isto através de mensagem de texto, mas como você está aqui...

Robert leu o que estava escrito no papel:

> *Não seja obtuso, siga o cubo*
> *Agora visite Babel, se puder desempenhar o papel*
> *Um guia privado da visão, o levará sem aflição*
> *Embora seja cego, se quiser enxergar*
> *Precisa a Prova da Mente passar*
> *Número de chamada JFD 00—19002.*

PS: *Para obter o número do* waypoint *do próximo esconderijo, triplique as letras no item que você busca e subtraia os Pecados Mortais.*

— Um número de chamada — repetiu Robert. — Para pegar um livro na biblioteca?

— Acho que sim.

O nível de adrenalina no corpo de Robert estava alto em consequência da luta. O calor ainda corria por seus membros. Estava tonto e sentia náusea. A imagem de Adam, ferido no chão, começava a incomodá-lo. Robert o agredira com muita força.

Eles atravessaram a Vanderbilt e a Madison e chegaram à Quinta Avenida. Robert acionou o sistema GPS na intersecção e confirmou que o *waypoint* X87 era, de fato, dentro da Biblioteca Pública de Nova York.

— Vamos ler entre os leões — disse Horace referindo-se à escultura na fachada do prédio e dando uma piscadela pouco característica, enquanto cronometrava a travessia, para que eles pudessem cruzar rapidamente a 42, ao sul, e a Quinta Avenida, a oeste. Robert viu que o velho homem também não era imune a uma onda de adrenalina.

Os dois subiram os degraus do prédio, passando entre Paciência e Fortaleza, os dois leões que guardavam a entrada da biblioteca. A frase "Chegando ao destino" piscou na tela quando eles chegaram ao topo das escadas. Ele leu a pista novamente para Horace.

Entraram na grande sala da biblioteca, passando pela segurança, e foram para o terceiro andar.

— Que tal o guia cego? Me lembra Terri.

— É verdade. Temos que ajudá-la, Robert. Coitada! Você já ouviu falar de um personagem chamado Tirésias? Ele é o criador da varinha mágica de Hermes, ou Mercúrio: o caduceu, como é chamado, que mostra duas serpentes que se entrelaçam em torno de um bastão alado. Há algumas representações esplêndidas na construção de pedra, do lado de fora. Eu devia ter lhe mostrado.

— Podemos vê-lo na saída. Estamos procurando um livro sobre Tirésias?

— Não exatamente. Um livro de alguém semelhante a Tirésias, eu suponho. Um bibliotecário cego de outras épocas, que enxergava mais do que a maioria. Era de Buenos Aires.

Entraram na sala do catálogo e anotaram o número em um papel com um dos lápis fornecidos.

— Infelizmente não temos o título — disse Horace ao bibliotecário. — É parte de uma gincana.

— Duas no mesmo dia — disse o bibliotecário. — Tudo bem. Acontece o tempo todo.

— Outra pessoa pediu o mesmo código de catálogo? — indagou Horace bruscamente.

— Não saberia dizer.

— Você se lembra da pessoa? Ou pessoas?

— Caramba. Você leva mesmo os jogos a sério. Era uma mulher de trinta e poucos a 40 anos e tinha belos olhos azuis.

Eles receberam um número de três dígitos e se dirigiram à maravilhosa sala de leitura principal. Sob luminescentes pinturas no teto, feitas em *trompe-l'oeil* retratando o céu, as fileiras de leitores sentavam-se, em silêncio, concentrados, nas mesas de carvalho. Uma seta apontando para a direita, para North Hall, indicava o local onde as entregas de livros com números ímpares se realizavam; os números pares eram entregues no South Hall. Uma área para uso do pessoal autorizado dividia as duas salas, servindo de ponto de distribuição dos volumes trazidos de qualquer lugar dentre os aproximados 140 quilômetros de prateleiras.

— Não usamos números ímpares porque nunca é necessário — disse o bibliotecário, conduzindo-os à esquerda. — Você tem um cartão de acesso?

Horace assegurou que sim.

Eles sentaram e esperaram pelo número 542 aparecer em um painel eletrônico. O livro veio em menos de dez minutos. Era um volume fino, encadernado com capa dura marrom da própria biblioteca, feita para proteger a capa original de cor verde, vermelha e preta. *Ficciones* de Jorge Luis Borges, em uma tradução inglesa.

Na página 46 havia o conto "A Biblioteca de Babel". Robert leu:

— O universo (que outros chamam de Biblioteca) compõe-se de um indefinido, e possivelmente infinito, número de galerias hexagonais, com vastos canais de ventilação entre elas, rodeados por grades baixas.

A história descrevia uma biblioteca horripilante, infinita, contendo um número incalculável de livros e a vida dos que nela viviam.

— De qualquer hexágono — prosseguiu Robert — podem ser vistos os andares superiores e inferiores: infinitamente... onde passa uma escadaria em espiral, que mergulha e se eleva no infinito... A biblioteca é uma esfera, cujo centro exato é qualquer dos hexágonos, e cuja circunferência não pode ser alcançada.

"Vou precisar de uma bebida depois de ler isto, Horace."

— De quantas letras ele fala?

Ele leu até encontrar.

— Aqui diz 22. Todos os livros na Biblioteca de Babel são escritos com 22 letras, um ponto final, uma vírgula e um espaço.

— Triplicando, dá 66, subtraindo Sete Pecados Mortais, dá 59: *waypoint* 59.

— Pensei que hoje estaríamos buscando uma estrela de davi, não um hexágono.

— A estrela de davi é um símbolo de grande reverência, e não apenas na tradição judaica. A Marca de Vishnu, Magen David. De acordo com o Islã, Salomão a usava para capturar gênios. A estrela de seis pontas produz o hexágono e vice-versa. É a mesma coisa. Se quiser, eu lhe mostrarei onde havia uma, do lado de fora. Mas antes precisamos ler este livro mais atentamente. Deve haver algo anexado a ele.

Eles se revezaram para examinar o volume, página por página. Na terceira capa Robert notou uma falha rugosa na superfície, como se um pedaço de fita adesiva tivesse sido arrancado.

Um olhar resignado surgiu no rosto de Horace.

— Havia alguma coisa aí. Acho que já é tarde demais. Está com Katherine.

Eles devolveram o livro e saíram pela entrada principal. Horace o levou ao extremo norte do pátio gradeado da biblioteca e apontou para o nordeste, para a esquina da rua 43.

— A maior sinagoga do mundo ficava ali. O Templo Emanu-El, de 1868 a 1927, duas torres mouriscas. Era muito bonito. A congregação se mudou para Uptown Manhattan. O prédio novo ainda é o maior do mundo. Por muito tempo, até 1911, os fundos da sinagoga davam para cá, não para esta biblioteca, mas para um muro de pedra maciça neoegípcia, de 15 metros de altura. Era um enorme reservatório de água de Manhattan, onde as pessoas costumavam passear. Realmente tenho saudades disso.

— Quero alcançar o próximo *waypoint*. Preciso descobrir o que vem depois.

O Quad mostrou que o *waypoint* 059 acabava perto da entrada do Lincoln Tunnel, a pouco menos de 1,5 km de distância.

— Temos cinco minutos — disse Horace. — Tenho que preencher sua mente de coisas que possam abastecê-la.

Ele conduziu Robert aos degraus no extremo norte do pátio e mostrou-lhe o caduceu, belamente esculpido nas bases das colunas, em cada lado, na parte inferior.

— Você tem razão de dizer que estamos em uma linha reta — admitiu ele. — Ela corre quase exatamente ao longo da Quinta Avenida. Nos anos 1920, antes dos sinais vermelhos, havia torres de tráfego manuais orientando os veículos da Washington Square Park, ao longo da Quinta até a rua 57. Eram feitos de bronze, com um design egípcio diferente. Eram lindos. Não existem mais agora, embora eu tenha um souvenir deles. Lembre-me de mostrar a você.

Deram a volta na frente da biblioteca e foram para o oeste, na 40. Horace virou em direção ao Bryant Park, do outro lado das grades, com o American Radiator Building em frente, de preto e dourado.

— Olhe aquele belo gramado, Robert. O que você vê?

— Vejo pessoas descansando, aproveitando o sol. O que deveria ver?

— Vejo 65 quilômetros de prateleiras de 1,80m sob a grama unidas por um túnel que vai até a biblioteca que acabamos de sair. Vejo um grande Palácio Cristalino convexo, octogonal, construído para uma grande Exposição em 1853, no parque ao lado do monumental reservatório. Vejo o jovem Mark Twain visitá-lo. Vejo o palácio sendo destruído em um terrível incêndio. Vejo um homem de idade avançada, curvado, muito magro, esquecido e sozinho, chamado Tesla, alimentando tranquilamente os pombos no parque e sonhando com uma energia mundial e sistema de rádio, que ninguém o ajudará a construir. Vejo as tropas do general George Washington batendo em retirada dos britânicos, cruzando o parque. Vejo os mortos sem dinheiro sendo enterrados em vala comum.

— Horace, o fato de nós termos nos conhecido naquela caminhada foi uma obra do acaso?

— Quando o discípulo está pronto, o mestre aparece.
— Minha cabeça está prestes a estourar. Por favor, pare.
— Não há como parar. Não é mais possível.
— Você virá comigo ao próximo *waypoint*?
— Considere-me o seu guarda-costas — disse ele, acariciando o bolso da jaqueta.

Eles foram até a 39 e tomaram um táxi para o oeste até a esquina da Décima Avenida.

Quando saíram, quase imediatamente o Quad adquiriu um sinal e piscou "Chegando ao destino". Horace leu em voz alta a pista correspondente:

> — *Uma torre de iluminação detém a resposta à sua situação*
> *Um hexágono marca a posição, pronta ou não*
> *Para vencer a escuridão com calma, busque o olho da alma*
> *A espiral você deve subir adequadamente*
> *Para passar a Prova da Mente*

Torre de Iluminação.
— Estou vendo — disse Horace imediatamente, apontando para a agulha curva na entrada do Lincoln Tunnel. Na área, havia mais policiais do que o habitual, por causa da convenção. O tráfego do início da tarde estava relativamente bom.

De cada lado da entrada do túnel erguiam-se colunas art déco parecendo torres de rádio estilizadas, encimadas por potentes holofotes, que lembravam as armas de raio das histórias de ficção científica de Flash Gordon. Uma escadaria em espiral passava por dentro delas.
— Há seis plataformas, está vendo?
— Você não pode estar falando sério ao insinuar que devemos subir uma daquelas coisas.
— Nós, não. Você.

Robert andou para o oeste, ao longo da 39, no lado sul da entrada do túnel, onde a torre parecia mais fácil de ser alcançada.
— Isto é o mais próximo do *waypoint* — disse ele.
— Pode subir — anunciou Horace, entregando uma bandana a Robert. — Amarre isto e cubra seu rosto.
— Você está louco? Seremos ambos detidos.
— Nós não, apenas você. Um hexágono marca a posição. Os prefixos hex e sex significam seis. O esconderijo está na plataforma superior, tenho

certeza. Precisamos daquela chave. É parte de um hexágono ou um Selo de Salomão. Agora vá.

— Horace...

O homem se encheu de raiva.

— Se algo der errado, encontre-me no Market Diner na 43 com a 11. Não confia em mim? Vá!

As torres ficavam sobre uma base de tijolo, acima da sua cabeça.

— Me ajuda. Faz um apoio com as mãos para que eu possa subir.

Horace entrelaçou os dedos formando um estribo, com as costas apoiadas na base. Com uma força notável, ele sustentou Robert quando ele subiu. Depois, afastou-se, andando despreocupadamente.

Ao chegar ao topo da base Robert subiu até a plataforma inferior, dentro da torre, e subiu a escadaria em espiral. A qualquer momento esperava ouvir alto-falantes, sirenes, tiros. Continuou subindo, cada plataforma, ao longo da escadaria em espiral, retorcida como estruturas de DNA. Era como se ele estivesse subindo uma das escadarias entre andares hexagonais na história de Borges.

— Não acredito — disse ele a si mesmo. — Estou na Biblioteca de Babel.

Na plataforma superior ele saiu das escadas e olhou em volta. *Nada*. Apenas grossos fios pretos presos. A vista de Manhattan era impressionante.

Dava a impressão de que ele poderia subir outro nível, por uma escada, onde ficavam as luzes. Cuidadosamente, ele subiu e enfiou a cabeça pela fenda na plataforma. Bem diante dos seus olhos, amarrado a um dos suportes metálicos, estava um invólucro de filme em uma sacola plástica lacrada. Esticando o braço, ele a pegou e guardou no bolso.

Naquele momento ele ouviu a voz do primeiro policial, pelo megafone do carro de polícia.

— Pare! Não se mexa. Fique onde está. Fique onde está. Levante as mãos devagar.

Katherine viu tudo.

Ela focalizou Robert pelo telescópio, fazendo a mira se enquadrar na testa dele, quando ele se inclinou para fora da torre para mostrar as mãos à polícia. Duzentos e vinte e oito metros! Bastaria um tiro, dois no máximo. Muito tempo tinha se passado, desde o seu treinamento especializado. Ela teria que usar a mira a laser. Então, tocou o botão para acioná-la.

Robert olhou para baixo, com a parte superior do corpo para fora da torre.

Um círculo de policiais estava em volta da base. Um oficial estava sentado no carro, ajustando o microfone. Não havia nenhum sinal de Horace.

Robert ergueu os braços exibindo as mãos abertas. Pelo amor de Deus, o que mais? De repente, ele viu um brilho de luz multicolorida. Sua testa iluminou-se. Ele fechou os olhos, mas ainda conseguia ver.

O tempo parou. Ele se recolheu para trás dos olhos, atrás da mente, para um lugar onde, por um instante, ele viu apenas várias combinações de luz, caindo como chuva do céu, refratando, se interpondo e entrelaçando em cores que ele nunca havia visto. Era chuva mundana, chuva impenetrável, uma chuva da luz que coalesce dentro e fora da matéria, serpenteando e curvando-se em volta dela mesma, e ele era simplesmente uma parte dela, um remoinho, um nadador em um mar do qual ele era feito.

O que está em cima é como o que está embaixo; o que está dentro é como o que está fora.

Ele viu parte de sua mente filtrar a corrente de vibrações e luz, o material vivo do universo, nem onda nem partícula, mas ambos e nenhum, viu sua mente construir uma representação do mundo, uma seleção adaptada para necessidades básicas, um trabalho de edição tão ininterrupto a ponto de ser invisível.

A mente é a base.

Ele viu o mundo no momento da criação. Cada dia. Em cada instante. Viu ciclos infinitos de aperfeiçoamento, de evolução.

Ele abriu os olhos e viu que era livre e, ao mesmo tempo, predestinado: que ele quis e escolheu tudo que lhe tinha acontecido, que a sua missão era aprender, porque havia criado esta vida, estes eventos, para si.

E resignou-se ao que estava por vir.

Katherine viu o ponto vermelho dançar sobre a cabeça de Robert até se fixar na testa dele, e manteve o alvo nele, respirando profundamente, rezando baixinho para se acalmar.

Robert viu o policial no comando falar com outros guardas, apontando para o carro e para ele. Houve gestos de objeção, de protesto, de atenção. Todos, ao mesmo tempo, pararam e olharam para Robert. Ele podia ver a preocupação espalhar-se pelo grupo.

O policial, agitado, falou no aparelho transmissor.

Katherine percebeu que eles tinham visto o ponto de raio laser e estavam fazendo contato para verificar se era um de seus homens e não um franco-atirador perigoso. Eles perceberiam que um de seus atiradores de elite não respondia ao contato. Ela lhes daria mais um minuto para fazer isso. Então, teria que agir rapidamente.

❖

Robert viu os policiais, tensos, procurarem posições para melhor cobertura. Dois deles começaram a gesticular para que ele descesse.

Uma voz bradou do alto-falante do carro da polícia:

— Desça lenta e calmamente, senhor. Desça.

Ele começou seu caminho de volta pela escadaria.

Katherine deslocou o seu alvo para baixo, para os policiais.

— Bom rapaz, Robert — sussurrou ela. — Continue andando.

Ela ajustou o ponto de raio laser no peito de um policial, apenas tempo suficiente para o comandante de polícia, ao lado dele, notá-lo. Depois, ela deslocou o foco até a testa do policial, no exato instante em que Robert chegou à base da torre.

Ela viu Robert pular para a rua, enquanto os policiais corriam em todas as direções, para se protegerem dela.

— Aí está você, querido.

Uma sombra penetrou a alma de Katherine. Ela apontou o laser novamente para a cabeça de Robert.

Tinha a mira perfeita.

— Te amo, Robert — sussurrou ela.

Katherine focou mais uma vez o alvo e esvaziou os pulmões, e entre duas batidas do coração, delicadamente, apertou o gatilho.

Robert ergueu os olhos em direção ao cano da arma e o tempo parou. Sua mente voou ao longo da trajetória da bala. Ele sabia que Katherine estava na outra extremidade e sentiu na mente dela a sombra horripilante do Iwnw.

Uma bala estava vindo em sua direção e ele não podia se mover. Podia vê-la parada, um brilho no ar, e mentes tentando apoderar-se da sua. Sentiu a presença de Adam seguido pelo Iwnw. Sentiu Horace. *Esquive-se rapidamente para a direita. Esquive-se rapidamente para a esquerda. Olhe para cima. Olhe para baixo.*

Uma pressão na cabeça o forçou de um lado e do outro, paralisando-o, enquanto algo lutava para empurrar sua cabeça, 3 centímetros de um jeito ou de outro.

Ele podia sentir Horace fracassar, desesperadamente tentando bloquear a intenção assassina do Iwnw, através do sofrimento de Adam. Viu o quanto havia machucado Adam. O sangue bombeava internamente. Ele estava sangrando dentro do próprio corpo. Robert viu a poça de sangue e a pele inchada. Horace perdia o pique, exausto após a luta na Grand Central, e agora Robert sentia que sua cabeça estava se inclinando contra a sua vontade, para baixo e para a direita, no caminho da bala...

Teria Adam atravessado o portal? Estaria ele ainda jogando em ambos os lados? Robert sentiu que Adam perdera o controle do Iwnw e estava permitindo que eles se alimentassem de Katherine através dele, ao mesmo tempo em que tentava forçar Robert a ficar na direção da bala. Ele havia se tornado inimigo. *Deus do céu!*

Robert poderia deixá-lo morrer. Adam estava sangrando muito. Se ele conseguisse manter o equilíbrio entre as forças tentando inclinar sua cabeça de um lado e do outro, durante mais alguns minutos, Adam morreria e o portão do Iwnw desabaria. Ele alcançou Adam mais uma vez com a mente. Ele poderia até acelerar a hemorragia.

Adam Hale. O irmão que ele queria ter. O Adam perturbado, louco, adorável. Robert não podia acreditar que o bem estava perdido.

Atraindo os poderes da terra e da água, do fogo e do ar, do éter e da mente, Robert examinou os ferimentos de Adam e cicatrizou a ferida interna. Ele parou a hemorragia e disparou cada mecanismo de recuperação e cura no corpo combalido de Adam. Depois, em uma chama de luz mental flamejante, lançou Adam e o Iwnw para longe da sua consciência e virou a cabeça 1 milímetro acima e à esquerda.

Robert ouviu o ruído de uma vespa zangada e sentiu a onda do choque da bala, enquanto a pele da testa se abria. A uns 10 metros dos policiais o parabrisa de um carro vazio quebrou-se, e um barulho ecoou entre os edifícios. Todos os policiais jogaram-se ao chão. Robert correu.

Katherine sentiu a sombra erguer-se do corpo dela e disparou mais dois tiros sucessivamente para cobrir a fuga de Robert, atingindo os pneus de dois carros da polícia. Ela o viu retirar a bandana e dobrar a esquina. Então, pôs o seu plano de fuga em prática. Três minutos depois, de blazer, ela estava calma e sorridente, na rua.

Horace esperava por ele em uma cabine no restaurante. Estava pálido de terror, quando Robert entrou. Segurando um lenço contra a testa, para parar o sangue, quase sem conseguir falar, Robert sentou-se, tremendo.

— Eu perdi você — disse Horace. — Você se salvou sozinho. Sinto muito.

Por vários minutos os dois ficaram em silêncio.

Robert colocou sobre a mesa, entre eles, um fragmento de cobre vermelho de vidro metálico, parte de um hexágono.

Ele respirou profundamente, tentando se acalmar.

— O modelo dessas chaves é de centenas de anos — explicou Horace. — Talvez mais. É perfeito. O hexágono completo mostra uma estrela de seis pontas, formando outro hexágono no próprio núcleo. Dentro desse contorno, outra estrela de davi, e assim por diante, uma aninhada na outra, em um primoroso grau de detalhe.

— Horace, estamos seguros aqui? Não deveríamos estar em movimento? O barulho das sirenes da polícia ficava mais alto. Horace fechou os olhos.

— Temos poucos minutos.

— Eu curei Adam.

Horace olhou bem no fundo dos olhos de Robert.

— Você fez bem.

— Ele ainda pode ser salvo. Ainda possui virtudes, mesmo que não consiga enxergar. Não pude matá-lo.

— Entretanto, ele era seu inimigo quando você o curou.

— Eu sei.

— As suas habilidades estão ficando mais fortes do que as de Adam, maiores que as minhas.

— Não.

— Há outra pessoa que precisa de cura. Alguém que está profundamente apavorada.

— Terri.

— Quando estava no Worth Monument, lembra-se de algo que Adam disse que você tenha achado marcante?

— Bem, ele ficou falando sobre os dois edifícios do Metropolitan Life, no Madison Square Park. Não consegui entender por quê. Ele adora sair pela tangente, mas aquilo foi estranho.

— Ele queria que você se lembrasse de uma frase. O que exatamente ele disse?

— *MetLife*. Ele continuou repetindo *MetLife*.

— E o que você conclui disso?

— Não muito.

— Ele estava mostrando o local em que Terri está se escondendo. Ele dizia para você, enquanto escondia dele mesmo.

— Como assim?

— Ele pronunciou simplesmente dessa forma? *MetLife?* O que ele *disse* de fato?

— Na realidade, ele pronunciou de forma esquisita, como se tivesse desenvolvido um problema de fala. O "F" era mais para um "S". No início pensei que fosse o telefone, mas pareceu muito forçado. Muito estranho.

— Tente decifrar.

— *MetLice... Um enigma tão básico*, ele disse isso, duas vezes. Um enigma tão básico. MetLice.

— E então?

— Metal ice, tão básico...

— Espere. É um enigma envolvendo essas letras. Qual era o contexto? O que mais ele falou?

— Humm... na verdade ele falou sobre um clube de sexo.

— Que nome ele deu?

— Nenhum.

— Muito bem. Use a mente, Robert. Ele estava falando com você na linguagem da mente plena.

— Tão básico life met...

— Continue. Escreva se for preciso.

Robert escreveu algumas letras em um bloco, trocando a ordem mentalmente.

— *Boîte à malice*. Puxa vida! É um anagrama quase perfeito de *boîte à malice!*

— E *boîte* em francês significa clube noturno, eu acho. Ou local de trabalho?

— Exatamente.

— É onde ela está se escondendo. Um estabelecimento com esse nome, onde ela pode ter trabalhado ou que ela pode ter frequentado. Ele conseguirá manter essa informação em sigilo, mas não por muito tempo, nem dele mesmo. Ele ultrapassou a própria mente consciente para transmitir isso a você. Você deve encontrá-la o mais rápido possível.

Robert tentou diversas variações no Google com o nome do clube, através do Quad, mas não conseguiu nada. Tentou outras ferramentas de busca, mas não obteve resultado.

— Acho que alguns desses lugares são públicos, embora discretos, mas outros são conhecidos apenas por propaganda de boca a boca — disse Horace. — Até o *New York Times* escreveu sobre eles.

Robert quebrou a cabeça tentando lembrar qualquer indicação que Terri tivesse dado que pudesse ajudar. Finalmente, ele telefonou para um amigo, que fazia freelancer para a *Time Out* e outras publicações, inclusive ocasionalmente para a GBN, sobre vida noturna.

— Matt, queria fazer uma pergunta sobre um assunto um tanto delicado. É muito urgente e requer muita discrição.

Matt disse que nunca tinha ouvido sobre La Boîte à Malice, mas que tentaria descobrir.

Horace pegou um guardanapo e escreveu: *Ele quer dinheiro?* Robert negou. Matt não era esse tipo de pessoa.

— Nos próximos dez minutos, Matt, seria o ideal.

Por um momento Robert olhou para seu velho amigo com curiosidade.

— Você nunca come, Horace? Acho que jamais o vi comer.

— Na minha idade, a pessoa tem cuidado com o que ingere. Vamos para outro local.

Por uma via indireta eles foram para outro restaurante, várias quadras distante da cena do tiroteio. Robert ouvira sirenes da polícia ao longe, perto de onde eles estavam, há alguns minutos.

Quinze minutos depois, assim que eles se sentaram, Matt ligou de volta.

O La Boîte à Malice não era nem um clube de sexo, nem uma orgia itinerante, que acontece de apartamento em apartamento, como ele havia imaginado. Era algo muito sofisticado, extremamente discreto e muito caro: uma agência de consultoria, administrada por uma mulher, conhecida por oferecer serviços criativos para resolver problemas, utilizando métodos que iam do campo espiritual ao sexual, tendo o senso de humor como marca registrada. O nome, naquele sentido, poderia ser traduzido livremente como "Casa da Travessura" ou até "Truques são a nossa especialidade".

— Matt diz que o local tem uma vibração muito estranha, ao mesmo tempo assustadora e bacana, e as pessoas se referem a ele como se fosse uma lenda urbana. Dizem que só admitem bruxas e ninguém *jamais* apronta com elas — disse Robert.

— Alguém sabe o nome da proprietária do lugar? Algum meio de entrar em contato? Ou — acrescentou Horace com um sorriso — elas entram em contato com você?

— É o tipo de firma que Adam conheceria. Matt tinha um número de telefone, mas nenhum endereço.

Horace tirou do bolso o mapa de Nova York com o formato da Árvore da Vida esboçado e o abriu sobre a mesa.

— Você tem algo que Terri tenha usado? Algo a que ela fosse apegada ou tenha usado encostado na pele?

Robert hesitou um momento, então tirou uma corrente do pulso. Era a corrente que ela tinha usado no pescoço no dia que eles transaram. Ele sentiu a joia brilhar em suas mãos.

— Esta é a corrente que mantinha a segunda chave.

Horace a segurou entre os dedos e fechou os olhos. Durante mais de um minuto ele permaneceu imóvel, respirando profundamente.

Sem abrir os olhos, ele pediu que Robert escrevesse o número do telefone da Casa da Travessura. Ele colocou a palma da mão virada para baixo sobre o pedaço de papel, mantendo a corrente entre os dedos.

— Os itens pessoais têm ressonância — explicou Horace. — Com o ouro vermelho, posso encontrar uma ressonância que combine. Você tem alguma ideia de onde Terri mora normalmente?

— Ela disse que Adam a chamava de Red Hooker.

Horace concentrou-se mais intensamente.

— Ela não está no Brooklyn.

Depois de outro minuto de concentração profunda, ele fez uma careta de repente.

— Eu a encontrei, medo... dor. Ligue para aquele número.

Robert discou e ouviu o telefone chamar. Depois de seis toques uma secretária eletrônica atendeu. Nenhuma voz para identificar a firma ou confirmar o número, então, ele desligou.

— Ela está no local onde está esse telefone — disse Horace. — E pulou quando o ouviu tocar. Ficou assustada, depois intrigada. Agora ela levantou uma parede. Teve medo de atender, embora quisesse muito. Telefone novamente. Diga que é você e peça para ela ligar de volta. Diga que está comigo. Ela me conhece.

Robert ligou e, mais uma vez, percebeu que Horace se contorcia de dor. Quando a secretária eletrônica atendeu, ele falou:

— Terri, querida, sou eu, Robert. Estou com Horace. Podemos ajudá-la. Podemos protegê-la, mas precisamos da sua ajuda. Por favor, atenda.

Nada aconteceu. Ele esperou até a linha cair.

— Temos que começar a nos dirigir para o leste — disse Horace.

Quando eles atravessavam a Sétima Avenida, o Quad tocou.

— Robert, fique longe de mim. É muito perigoso.

— Podemos protegê-la.

— Não há proteção contra eles.

— Nós vamos ajudá-la.

— As moças aqui estão me ajudando.

— Terri, eu sei que você está grávida.

Ela começou a chorar.

— Não há saída... pelo menos para mim.

— Há saída, se nós a ajudarmos. Diga-nos onde encontrá-la.

— Onde você está?

— Na 44 com a Sétima Avenida.

Ela ficou em silêncio pelo que pareceu uma eternidade.

— Mossman Lock Collection, na General Society, 44 com a Quinta Avenida, 15 minutos.

A General Society of Mechanics and Tradesmen, fundada em Nova York em 1785, dois anos após a retirada dos ingleses e quatro anos antes da Constituição dos Estados Unidos entrar em vigor, ficava em um prédio muito bonito.
Robert e Horace, ainda respirando com dificuldade depois da rápida caminhada, passaram pela porta de bronze do elevador e saíram no corredor do primeiro andar, todo em madeira de lei, que fazia uma curva elegante por cima de uma sala de leitura silenciosa. A biblioteca recebia luz por uma claraboia espetacular, três andares acima. Imponentes lustres, suspensos por correntes presas no teto, pendiam como lírios flutuantes. Robert e Horace seguiram um corrimão curvo, de cobre, à esquerda, que levava a uma pequena sala com armários envidraçados.

Terri não estava lá.

Os armários continham uma surpreendente coleção de fechaduras e chaves, na sua maioria extremamente complexa. Por todos os lados havia uma quantidade imensa de instrumentos de precisão em latão polido e prata. Havia fechaduras temporizadas, mágicas, de segredo, de cilindro, modelos de travas com acionamento na parte posterior, fechaduras de cabo externo, de combinação no puxador. Uma delas tinha a seguinte etiqueta: "Uma fechadura muito complicada." Imensas chaves de ferro e fechaduras em forma de espiral, com adornos, da época da Renascença, estavam expostas ao lado de peças do século XIX e início do século XX, divinamente talhadas, que pareciam máquinas decifradoras de códigos, com tambores numerados, rodas de estrela e cilindros entalhados.

Com os olhos brilhando, Horace chamou Robert e apontou, boquiaberto, para alguns instrumentos de madeira esculpidos, cujas partes pareciam escovas de dente de madeira. *Esta é uma fechadura egípcia de madeira de aproximadamente 4 mil anos,* a etiqueta informava. *Fechadura de pino. Este princípio mecânico foi desenvolvido por Linus Yale Sr. para uso moderno.*

Na outra extremidade havia um cofre metálico preto de 1,50m, com o rótulo pintado de amarelo-ouro e, ao lado, uma caixa-forte de ferro preto rebatido. A mente de Robert se incendiou de dor, quando seus olhos pousaram no objeto. Os pinos pretos do sino quebrado na St. Mark's in-the-Bowery surgiram na sua memória. *Mary fat Mary fat Mary fat Mary.*

Lampejos coloridos azuis, roxos e amarelos brilharam em seus olhos. Padrões de dentes serrilhados, como os dos arcos do Chrysler Building, retorcendo-se em formas geométricas, atacaram seu cérebro. Então, tudo escureceu. Os pinos pesados da caixa-forte deflagraram uma série horripilante de associações na sua mente, que terminou em uma imagem única: um quadro que ele tinha visto quando criança, das primeiras bombas atômicas. Rebites grossos em metal preto. Fat Man. Fat Mary. Ma'rifat'. E as palavras citadas por Robert Oppenheimer, líder do Projeto Manhattan, ao descrever a visão da primeira explosão atômica: *Tornei-me morte, o destruidor de mundos.*

Ele recuou atordoado e deu meia-volta.

— Horace?

Diante dele havia uma figura cinza sobre ondas pretas, azuladas, radiantes. Ele piscou os olhos e sacudiu a cabeça. Sua audição se deformou e produziu um som agudo. Seus sentidos normais foram suprimidos, vedados. Ele sentiu a energia sair de seu corpo.

— Não consigo enxergar — sussurrou ele. — Está próximo. A detonação está próxima. Se não pudermos interrompê-la... — Aos poucos tudo se estabilizou, o cinza se tornou cinza-claro, depois branco.

Ele viu que era Terri diante dele, segurando a mão de Horace.

Horace fez sinal para um táxi, em frente da General Society.

— Venha ao meu apartamento, para que eu possa cuidar melhor de você.

Terri sorriu de um jeito triste para Horace.

— Onde é sua casa? Eu sempre me perguntei isso.

— Um edifício que costumava ser chamado de Level Club, no Upper West Side. Perto da estátua de Verdi.

— Por que tem esse nome?

— Foi construído por maçons, para servir de acomodação para membros visitantes de todo o país. Entretanto, o empreendimento abriu falência. Passou por anos muito difíceis. Por fim, foi resgatado e restaurado. Não sou maçom, mas algumas características do edifício têm grande ressonância para mim. Alguns até dizem que é o esforço mais ambicioso já feito para reconstruir, de fato, o Templo do Rei Salomão.

— Agora, eu realmente quero ver isso de perto.

— Antes de irmos, Robert — acrescentou Horace. — Olhe lá.

Bem ao lado da entrada da General Society o edifício era adornado por um musculoso braço de ferro em baixo-relevo, segurando um martelo de maneira vigorosa e funcional.

— Lembre-se dele — recomendou Horace.

Depois de Horace ter feito o curativo em sua testa e examinar seus olhos, Robert se levantou, impaciente, do sofá.

— O que mais aconteceu no dia do Blecaute?

Horace olhou para Terri.

— Creio que, naquele dia, tudo aconteceu — respondeu ele. — Tudo o que aconteceu, tudo isso, foi posto em andamento naquele dia.

Robert franziu a testa. Ele mal conseguia manter os olhos abertos. Era como se todo o seu corpo fosse feito de chumbo, no entanto, ele não conseguia acalmar a mente.

— Diga-me.

Terri falou:

— Não vi tudo. Adam superou o medo. Era paralisante, mas ele prosseguiu mesmo assim.

— Comece desde o início — pediu Robert. — Há muitos detalhes.

— Sei de apenas uma parte — disse Terri. — Adam terá de lhe contar o restante.

— Continue.

— Entre outras coisas, como eu disse, foi o dia em que perdi a visão.

14 de agosto de 2003: Dia do Blecaute

Terri chegou ao prédio na Greenwich Street em Charles pouco antes da hora marcada, 10 horas.

Como tinha alguns minutos, atravessou a rua até a pequena casa de fazenda, de tábua branca, que ficava diagonalmente do outro lado do edifício do cliente. Parecia algo que ela tinha visto em um livro infantil, havia muito tempo. Tudo fora de forma e não linear.

Prometia ser um serviço interessante. O cliente, uma espécie de aristocrata sem importância da Grã-Bretanha, de uns 40 anos, entrara em contato com a La Boîte à Malice pedindo alguém com muitas habilidades específicas para solucionar um determinado problema. Terri era a mais qualificada. Como de hábito, a agência tinha verificado o cliente e enviado um resumo para ela. Ficava inteiramente a critério dela aceitar ou não o trabalho.

Quando ele abriu a porta, a primeira impressão foi que ele era bem mais sorridente do que ela havia sentido de longe; sua segunda impressão foi que ele tinha olhos intensamente magnéticos. O cliente, que atendia pelo nome de Adam Hale, apresentou-a a uma mulher de estatura baixa, bonita, aproximadamente 20 anos mais velha que ela, de cabelo preto liso e olhos azuis, cujo primeiro sinal para Terri foi um forte obstáculo em torno de algumas questões importantes no seu passado.

Terri reconheceu isso porque ela própria mantinha o mesmo tipo de defesa. Apesar da cordialidade superficial da mulher mais velha, ela também notou uma preocupação: culpa por estar ali, grande consideração por um cônjuge e tristeza. Uma sensação de algo perdido.

— Deixe-me apresentá-la a Katherine Rota — disse Adam. — Katherine, esta é Terri, da La Boîte à Malice.

Havia um vínculo forte entre Adam e a mulher, do tipo que permanecera por muito tempo. Ela viu a figura de três pessoas, unidas pelos anos, modificando combinações, mas sempre em conjunto... o terceiro era um homem, a outra pessoa importante na vida de Katherine. Ela viu essa ligação perdurar por diversas vidas.

Quanto a Hale, ela o decifrou como um dínamo. A energia percorria por ele e a partir dele. Ele era poderoso, mas bloqueado de alguma forma, além de receoso.

— Terri, vou tentar expor as coisas da forma mais objetiva possível — explicou Adam. — Eu descobri um atentado de grande crueldade, um ataque, que está sendo planejado contra esta cidade. É o tipo de coisa que não seria levada a sério pelas autoridades e realmente, se eles resolvessem intervir, isso só iria piorar as coisas.

"A pessoa no comando — prosseguiu Adam — é muito perigosa, capaz de realizar um ato de grandes proporções. Ele também é bastante fascinante e alguém que, em outras circunstâncias, eu acharia muito agradável ter como amigo. Contudo, isso não é possível."

Terri sentiu a intensidade de Adam persuadi-la e percebeu uma enorme onda de dano suscetível de acontecer. Por um momento isso a deixou sem fôlego. No meio disso, no seu núcleo, havia uma palavra. Ela tentou lê-la, entre modelos em círculos de dor e vergonha. *Vingança*.

— Quem é esse homem?

— O nome dele não importa, mas o pai e o avô, ambos egípcios, tiveram acesso a uma grande tradição do conhecimento antigo, além de terem aprofundado os estudos como cientistas, na tradição ocidental. Eles passaram o respeito por essa tradição, e alguns de seus princípios e segredos, ao rapaz enquanto ele crescia entre o Cairo, Londres e a América. A mãe é americana, e ele é cidadão americano.

— Tudo bem.

— Algo terrível aconteceu a esse homem, o que lhe causou um esgotamento psicoespiritual, servindo como um portão para certas forças de grande maldade potencial. Eu descobri seus planos e preciso interrompê-los...

Katherine interrompeu.

— Pause para respirar, Adam.

Terri sentiu a barreira de Katherine tornar-se mais sólida, mesmo assim, ela sorriu para Terri.

— Ele pode ser um pouco devastador — acrescentou Katherine referindo-se a Adam. — Aceita um chá?

— Apenas água, por favor.

Terri notou que Katherine tentava avaliá-la. Inicialmente sem hostilidade, apenas uma sondagem neutra, porém investigativa, agora mais explícita. Ela viu que Katherine era alguém acostumada a avaliar uma pessoa rapidamente, treinada para isso. Ela parecia também uma televisão fora do ar, deliberadamente, embora ela não percebesse.

— Posso continuar?

Terri concentrou-se novamente em Adam Hale.

— Por favor.

— Dentro de algumas horas eu planejo confrontar esse homem, mas não sou forte o bastante para fazer isso sozinho. Há forças muitas poderosas agregadas a ele.

— Quer que eu vá com você? Pelo que entendi, esse não é o caso para o qual eu fui contratada.

— Não. Há mais de 20 anos, quando Katherine e eu nos conhecemos na universidade, ela possuía um dos mais poderosos dons que eu tinha visto. Preciso da ajuda dela agora, mas ela não pode mais utilizá-lo.

— Entendi.

— Eu gostaria que, pelo menos nas próximas 12 horas mais ou menos, você pudesse ajudá-la a recuperá-lo. Acrescentar o seu próprio dom, caso esteja disposta. Preciso... de uma armadura, por assim dizer. Ou profundidade. Um profundo poço do qual eu possa obter recursos. Não dá para descrever.

— Sei. Entendo.

Ela fechou os olhos, respirou profundamente e prendeu o ar até absorver todas as distrações, incoerências e negatividade no seu ser. Depois, expirou lentamente, expulsando tudo. Ela manteve Katherine, Adam e o homem sem nome sob seu foco, alargando-o aos poucos para incluir aqueles ao redor deles.

Ela viu algo profundamente estarrecedor. *Belo... puro...*

— Seu marido — disse ela a Katherine. — Por que você não o convidou? Ele é...

Ela olhou para Adam e viu o olhar dele voltar-se para Katherine.

— Ele não sabe — disse Adam. — Ele enterrou isso tão profundamente que acredita que é cético.

— Não é a hora — observou Katherine. — Robert não está pronto, além disso, deve ser preservado até que não haja realmente opção.

Terri viu os três novamente, em uma cadeia de seres unidos e invariáveis, enquanto mundos se deslocavam e ficavam embaçados em volta deles. Adam. Katherine. Robert.

Ela se dirigiu a Adam.

— Como você irá se preparar?

— Respiração. Meditação. Relaxamento — respondeu ele com um sorriso. — Concentrar-me na minha caça.

Ela olhou para ele com os olhos apertados.

— Você quer que eu eleve a sua energia sexual também, para poder usá-la como base.

— Você já está fazendo isto, apenas com sua presença.

— Eu sou capaz de fazer melhor.

Ela olhou para Katherine.

— Sra. Rota, poderíamos conversar enquanto ele faz respiração profunda?

Nova York, 31 de agosto de 2004

Robert ergueu a mão.
— Pode parar um momento, Terri?
Nuvens de escuridão e mau presságio tomaram conta da mente dele, quando escutou a descrição de Terri. Ele se esforçou para livrar-se da sensação de destruição. A ideia de Katherine tentar ajudar Adam sem que ele soubesse e de Terri e Katherine terem se conhecido mais de um ano antes do caso que ele teve com Terri o fez sentir-se um idiota, por mais que eles tivessem mantido segredo em relação a certos assuntos com a intenção de protegê-lo. Toda a sua vida adulta de negação do seu dom pareceu, de certa forma, covarde.
— Você realmente precisa descansar — disse Horace.
Terri tomou o seu braço e o conduziu, seguindo as instruções de Horace, a um quarto de hóspedes. Ao se deitar, com as cortinas fechadas, a meia-luz, uma grande onda de medo tomou conta dele, e logo ele desfez-se em um estado de torpor.
Ele dormiu direto, até depois do jantar. Em algum momento durante a noite Terri levou-lhe um prato de sopa e se retirou, para ele dormir sossegado.

A Canção de Amor de um Mártir:
A Criação do Ma'rifat'

Depois de algumas semanas, fui repentinamente posto em liberdade. Não houve explicação alguma, apenas um aviso para que eu jamais falasse sobre o que tinha me acontecido. Eles disseram que sabiam o que eu tinha feito, mas eu não seria acusado. Simplesmente ninguém acreditaria novamente em uma palavra que eu dissesse.

Fui deixado no meio de Manhattan uma noite, com as roupas que eu usava quando fui raptado, com todos os meus pertences, exceto os meus documentos.

Voltei a Long Island e descobri que tinha perdido o emprego. Além de ser acusado de desaparecer sem explicação, fui acusado de fabricar dados. Fotos tiradas durante meu interrogatório tinham sido enviadas aos meus amigos e à minha família, mostrando-me em posições comprometedoras com outros homens.

Eles me tornaram desacreditado como cientista e como homem. Meus cartões de crédito foram cancelados. Fui forçado a viver das minhas parcas economias. Não podia perdoá-los. Mas podia me vingar.

A terceira lei de Sir Isaac Newton afirma que para toda ação há sempre uma reação oposta e de igual intensidade. Decidi obedecer a essa lei.

E ironicamente eu usaria, em parte, a fórmula que o próprio Newton havia me transmitido através da minha amada.

Descobri que a minha destruição como ser humano me trouxera capacidades que eu buscara durante anos na nossa tradição. Imperfeitas e venenosas, mas verdadeiras, apesar de tudo. A malevolência se apoderou de mim e começou a alimentar-se da minha alma.

Meu avô tinha deixado, sob os cuidados do meu pai, um tambor metálico de formato peculiar que, quando eu era menino, tive uma vez a oportunidade de observá-lo girar e incandescer, e pude sentir o seu poder, enquanto os adultos rezavam e entoavam cânticos em torno dele. Parecia ampliar e transmitir o amor deles, seu êxtase espiritual. Meu pai o deixou para mim, e, seguindo sua recomendação, eu o mantive em um lugar secreto, como um tesouro sagrado, até que fosse digno dele. Alimentei a esperança de, um dia, tornar-me conhecedor e aprender os seus usos secretos.

Agora, com a ajuda de Newton, fiz uma cópia desse objeto. Foi feito do mesmo vidro metálico que ele descreveu como a Pedra Filosofal. Faltava apenas um elemento.

Eles dizem que quando o discípulo está pronto, o mestre aparece.

Atualmente, sou o foco de atenção de um grupo de pessoas que havia sentido minha raiva, minha humilhação. Durante 15 anos eu tinha me esforçado nos meus estudos secretos em transmutar uma quantidade muito pequena de ouro comum na espécie que conhecemos como ouro vermelho. É uma operação de alquimia, que requer, além de um delicado tratamento físico, um elevado estado espiritual. Nunca tinha conseguido. Era a coisa que faltava do manuscrito de Newton. Ele não dizia como obtê-lo.

O Iwnw me forneceu uma quantidade.

No dia 14 de agosto de 2003, levantei cedo, com a intenção de desfrutar cada gota do dia maravilhoso que nascia. Quando o sol surgiu, fui até a janela e senti a glória dos céus entrar no meu coração.

A preparação final do Dispositivo seria uma tarefa longa e árdua. Meditei durante uma hora. Tentei encontrar um resquício de perdão pelo que tinha sido feito a mim, não encontrei nenhum. Honrei a memória do meu pai. Amaldiçoei o Mukhabarat, todos os Mukhabarats. Acima de tudo, amaldiçoei o Mukhabarat americano.

Dois dias antes eu tinha enviado uma mensagem a Katherine, minha amada. Foi o nosso único contato depois que fui posto em liberdade. Pedi que ela me encontrasse em Las Vegas, no Hotel Luxor, na noite de quinta-feira, 14 de agosto de 2003. Não pretendia ir, mas queria que ela ficasse longe de Nova York. Não queria que ela fosse morta na detonação do Ma'rifat', que ela inconscientemente me ajudara a construir. Eu queria que ela testemunhasse seus efeitos, para entender a minha dor, a minha destruição.

Depois de tomar o café da manhã, cuidei de pendências normais. Paguei contas e queimei itens pessoais. Postei uma última entrada no pequeno blog que eu *mantinha como um entusiasta do grande Nikola Tesla, que, assim como eu, havia explorado os alcances externos de fenômenos, como ressonância e vibração, e advertira que tal conhecimento, em mãos erradas, poderia destruir o planeta. O laboratório dele, perto do Washington Square Park, assim como o de Newton em Cambridge, tinha sido destruído em um incêndio estranho. Além disso, ele enxergara além das limitações e preconceitos de sua época, e sofreu por isso.*

Depois, fui até a minha garagem e pus tudo que eu iria precisar na mala do carro.

Era um trajeto curto, da minha casa ao lugar que eu escolhera como um local conveniente para a construção final do Dispositivo.

Ficava na Robinson com a Tesla Street, em Shoreham, Long Island, a poucos quilômetros do meu local de trabalho. Era a concha vazia do laboratório, onde Tesla planejou a sua visão mais audaciosa: uma Rádio-Cidade da sua própria tecnologia, que transmitiria energia e informação ao redor do mundo. Sem apoio suficiente, acabou fracassando, embora décadas depois as suas contribuições para o mundo fossem reconhecidas.

Eu havia estudado e observado quando me esquivar dos guardas da segurança. Quando estava pronto, entrei no terreno pela minha entrada secreta. Para enfrentar meu destino, na forma de Adam Hale.

7 Prova do Espírito

Nova York, 1º de setembro de 2004

Quando Robert acordou, Terri estava comendo um sanduíche e Horace, sentado ao lado dela, na mesa de jantar, bebendo um copo d'água.
— Ei, dorminhoco — gritou Terri. — Pronto para o café da manhã?
— O que você está comendo?
— Estou almoçando. É meio-dia. Você dormiu 18 horas!
Ele se espreguiçou. Seus sentidos estavam especialmente aguçados e ele percebeu que se movimentava com graça e facilidade.
Quando Terri se afastou da janela para pegar seu café, ele a viu brilhar contra o papel de parede escuro. Arcos e "V" invertidos, parecidos com os do prédio da Chrysler, envolviam os ombros e a cabeça dela. Robert piscou, mas a imagem não desapareceu. Ele sentou, com a coluna reta, sentindo a cabeça se equilibrar perfeitamente sobre os ombros. Uma energia percorreu sua barriga e seus membros.
O café estava delicioso. Quando Robert colocou as mãos nas costas de Terri, ela estava elétrica. Ele sentiu um calor animal, uma corrente energética.
— Suas mãos estão quentes — disse ela, sorrindo.
— É por causa da xícara.
— Não, é você.
A transformação de Terri tinha sido miraculosa. Assim que Horace segurou sua mão, na sala de exposições da General Society, seu desespero e medo começaram a desaparecer. Ele olhou bem nos olhos dela e sentiu sua percepção.

— Horace e eu conversamos muito enquanto você dormia. Ainda podemos superar isso.

Horace trouxe o jornal, sugerindo que ele ficasse a par do que acontecera na cidade desde que dormira, e foi para a sala.

Depois que saíram, houve protestos na Biblioteca Pública de Nova York, uma tentativa de prender um estandarte a um dos leões, distúrbio, prisões feitas de modo indiscriminado, além de muitas outras detenções perto do Marco Zero. Foram noticiados jogos de gato e rato, entre policiais e vários tipos de manifestantes, a maioria pacíficos, outros, nem tanto.

Além disso, havia especulação sobre tiros disparados contra carros de polícia, perto do Lincoln Tunnel, e rumores de que um atirador de elite da polícia estava sendo investigado. Um manifestante que escalara uma das torres de luz nas proximidades não era considerado envolvido no incidente.

As investigações continuavam.

Não houve mortes e tampouco informação de feridos.

Horace voltou.

— Precisamos partir. Enquanto nós três estivermos juntos, e enquanto eu tiver o núcleo, a Caixa da Maldade como você a chama, Adam e o Iwnw terão dificuldade em nos prejudicar. Onde você acha que fica o próximo *waypoint*? Será Número 121. A pista é como se segue:

> "Para infinita visão, alcance a iluminação
> O fogo e o ouro aguardam o corajoso
> Para o tempo dominar, precisa a montanha escalar
> Então parta com sorte, e mire o telescópio para o norte
> Para resgatar o amor — ou destruí-lo
> Passe na Prova do Espírito"

— Alguma ideia?

Robert saiu do seu devaneio.

— Se o modelo que eu lhe mostrei ontem estiver correto, seria em algum lugar próximo ao Rockefeller Center. Radio City Hall.

Horace concordou.

— As coisas estão acelerando.

Robert sentia isso também. Um ímpeto acumulando energias. As próximas horas resolveriam tudo, e ele se sentia pronto.

— Começamos onde paramos ontem; na linha reta — disse Horace. — Isso me lembra... — Ele fez um sinal para que eles o seguissem e entrou no escritório. Contra uma parede, em uma vitrine, havia uma réplica em bronze, de 1 metro de altura, do que parecia uma torre de vigia, estilo art déco, com três luzes coloridas no topo.

— Se estivesse deitada, pareceria um sarcófago — disse Robert. Ele percebeu também que havia um desenho emoldurado da réplica, um projeto plano, na parede. Terri pôs as mãos sobre ambos e se concentrou.

— Esta é uma réplica, feita por um arquiteto, das torres de comando de tráfego que existiam ao longo da Quinta Avenida; sete, conforme eu tinha dito. Muito interessantes. Uma pena que tenham sido destruídas. Dê uma olhada de perto, na parte de cima, entre os sinais luminosos.

Robert inclinou-se para a frente.

— Meu Deus! As serpentes em espiral.

— Exatamente. O caduceu.

— Essa imagem aparece sempre, Horace, mas qual é exatamente o seu significado? Ela aparece para mim em momentos intercalados... eu a vejo encaixando-se nas provas, na cidade, na Árvore da Vida... mas desaparece logo em seguida.

— Registro de mitos, às vezes de forma distorcida, o confronto, através dos tempos, entre nós e o Iwnw, pela propriedade legítima e pelo controle do Caminho — explicou Horace. — Acontece que o formato das serpentes em espiral em torno do bastão é uma imagem do Caminho, assim como a Árvore da Vida também o representa, em outra perspectiva. O caduceu é uma espécie de varinha mágica, carregada pelo deus grego Hermes, a quem os romanos chamavam Mercúrio: o intérprete dos deuses, o guia do submundo, o patrono das estradas e fronteiras.

Robert viu clarões de água subterrânea, fluxo de correntes sob Manhattan — impressões que o acompanharam em todas as provas. Ele lembrava de sentir água correndo de forma sinuosa, serpenteando sob a cidade, viu o curso do Túnel de Água Número Um, ao longo da coluna vertical do modelo da Árvore de Vida, e lembrava da crença indígena americana na serpente Manetta, que habitava as correntes sob a Quinta Avenida.

— Como as serpentes representam o Caminho?

— Elas significam os poderes que você adquire quando completa as provas — respondeu Terri —, movendo-se de baixo para cima, emergindo das energias primitivas, como o ato de matar, o sexo, a busca pelo poder, às mais elevadas, como compaixão, criatividade e cura. Quanto às suas provas, isso aconteceu desde a St. Paul's Chapel e o Marco Zero, passando pela Union Square até o Radio City Hall. Você pode considerar o bastão como sendo a sua coluna e as energias subindo da base da coluna ao crânio. As asas no topo representam o espírito se libertando, quando o Caminho é concluído.

— Por que duas serpentes, então?

— Os poderes da terra, água, fogo e ar, éter, mente e espírito, todos têm um lado sombrio — disse Horace. — Para concluir o Caminho é preciso entrelaçar, em cada etapa, os aspectos positivos e negativos de cada poder. Por exemplo, a força bruta da energia de matar é destrutiva, mas não se pode trilhar o Caminho sem ela; você tem que atrelar a ela um objetivo mais elevado e dela extrair força. Sem esse poder você não sobrevive ao resto do Caminho. As serpentes em espiral, em cada lado do bastão, representam o cruzamento dessas polaridades: bom e mau, feminino e masculino, ordem e caos. A coluna central representa o equilíbrio entre elas.

— Mas por que elas aparecem naquelas torres de tráfego?

— Hermes era o deus das rodovias, portanto, faria sentido incluir o seu símbolo em torres de tráfego, ao longo da avenida principal da cidade. Considere também que, quando essas belas torres foram retiradas, outra figura foi usada para adornar os sinais de trânsito da cidade — disse ele, apontando para uma figura coberta com um tecido delicadamente bordado. Robert o levantou e surgiu uma figura de bronze, de aproximadamente meio metro de altura, com um capacete diferente e uma roda alada, na mão esquerda.

— Mercúrio.

— Exato. Realmente seguimos o caminho de Hermes.

Quando estavam prestes a sair, Robert notou, em um quadro de cortiça ao lado da escrivaninha, fotografias suas, de Adam e de Katherine.

— O que significa isso, Horace?

— Eu disse que vinha protegendo você há muitos anos, Robert. Vocês três. Sou o seu Vigia. Adam e Katherine têm trabalhado comigo, em etapas diferentes, para conduzi-lo através dessa experiência. Agora devemos partir.

Quando já estava na calçada, Robert verificou o sistema GPS. Sob um grande Selo de Salomão no teto do corredor, Terri e Horace esperavam pelo carro que haviam pedido. Dois pilares idênticos encimados por esferas brilhantes adornavam a monumental fachada do edifício.

O Quad apontou para o sudeste, a menos de 3.200m.

Na Biblioteca Pública de Nova York, Horace insistiu para que usassem os degraus da entrada principal. Ele os conduziu para a esquerda, ao longo do corredor principal, até uma porta no final do lado esquerdo.

— A Sala de Periódicos — anunciou ele com um gesto para que eles entrassem.

Afora um funcionário atrás de um balcão, não havia ninguém no local. A sala, revestida de madeira, era cercada de pinturas dos edifícios de jornais e publicações do início do século XX, arrumadas em arcos e molduras, como se fossem janelas. Robert viu o prédio azul-esverdeado da McGraw-Hill, a torre do *New York Times* no número 1 da Times Square, com o revestimento de pedra original, a antiga Newspaper Row em frente ao City Hall Park, quando o *World Building* ainda existia.

— Espere alguns minutos antes de começarmos e reflita sobre essas pinturas — pediu Horace.

Eles permaneceram em silêncio por uns cinco minutos. Robert sentiu que Horace os considerava com muito amor.

Ele respirou profundamente e disse:

— Horace, qual é a sétima prova?

Horace tomou suas mãos e fechou os olhos por um momento. Por fim, ele falou:

— A prova final lhe dará o potencial... somente uma chance... de interromper a detonação do Ma'rifat'. Sem isso, você não terá como fazê-lo. A Prova do Espírito é um teste da sua capacidade de perdoar, amar, render-se inteiramente ao oceano do amor divino, no qual você é, ao mesmo tempo, uma simples gota e o receptáculo que contém o oceano.

Horace explicou que Robert passaria na prova se demonstrasse, através de suas ações e palavras, que tinha se dedicado totalmente às exigências do Caminho; que tinha desenvolvido uma mente calma como um espelho, um coração sem medo, um espírito pleno de amor. Se uma dessas metas não fosse atingida, ele morreria.

Robert recuperaria uma chave de sete lados ou de sete pontas.

— A partir daí, é por sua conta. Apesar de continuarmos ao seu lado, haverá pouco mais que eu, ou qualquer outro, possa fazer para ajudá-lo a enfrentar o Iwnw e a criatura deles, que é o que você deve fazer. Agora vamos começar.

Ele se levantou e andou com passos firmes até a porta. Enquanto Terri e Robert tentavam acompanhá-lo, ele os conduziu de volta ao longo do corredor, passando pela entrada e por uma escadaria até a saída da biblioteca, na rua 42.

Bem do outro lado da rua via-se uma porta arqueada de pedra branca, esculpida com figuras do zodíaco. Na base da coluna esquerda Robert observou a figura misteriosa do signo de Gêmeos.

— Considere isso como sendo um portal ou uma passagem sagrada que o levará à prova final — disse Horace. Ele os conduziu sob os arcos protuberantes de Guastavino, no corredor ornado do edifício, o Salmon Tower, onde até as caixas de correio eram pequenas obras de arte em bronze. Saíram na rua 43. Olhando para trás, Robert viu um arco idêntico esculpido em pedra branca, com as mesmas figuras zodiacais. — Vamos seguir — ordenou Horace.

Eles andaram até a Quinta Avenida e passaram rapidamente pela esquina da 44, onde tinham encontrado Terri no dia anterior.

Continuando em direção ao norte, mas sem parar, Horace apontou para um friso brilhante vermelho, verde e amarelo-escuro, no topo de um edifício alto no lado leste da Quinta Avenida.

— No alto do French Building — gritou ele. — Figuras mitológicas, ladeando um sol em cerâmica! Está vendo? Corpo de leão, asas e cabeça de águia, rabo de cobra. Conhecido por encontrar ouro e tesouro enterrado! No lado oeste, no topo, uma cabeça de Mercúrio, o Mensageiro, em uma estrela dourada plena! A porta é inspirada na Porta Ishtar. Ishtar é Inanna, Robert.

— Sou a criação da luz. Lembrei. — Ele viu e entendeu. E sentiu a energia crescer em seu corpo.

Horace ordenou que prosseguissem.

— Continuem andando!

Rapidamente chegaram à 47, onde, no lado oeste, na entrada do Diamond District, se viam duas torres de luz na forma de diamantes octogonais estilizados, no topo dos mastros metálicos cruzados.

— Robert, é exatamente como a torre de luz no Lincoln Tunnel! Quer subir?

— Continue andando, Horace.

Ele percebeu que Terri conteve uma risada.

O piso em bronze e estilo art déco na calçada, em volta das árvores, indicava que eles tinham chegado ao Rockefeller Center. Mais à frente, do outro lado da rua, erguiam-se os campanários octogonais em forma de cone da St. Patrick's Cathedral. Passaram pela Maison Française, à esquerda, com sua fachada embelezada com formas femininas sinuosas em bronze, e chegaram à alameda que desembocava, diretamente para o oeste, em uma praça pública — local do rinque de patinação no inverno, guardado por uma magnífica estátua dourada de Prometeu, eternamente roubando o fogo dos deuses. No fim da alameda emoldurada pelos edifícios circundantes o arranha-céu principal do Rockefeller Center, a torre da GE, ou "30 Rock", com seus acentuados recuos intensamente sombreados pelo resplandecente sol.

— Não consigo sinal do GPS — disse Robert, limpando o suor da testa. — Mas tenho certeza que é aqui. Temos que descer.

Enquanto desciam, Robert viu, à direita, na fachada de um dos edifícios, a figura dourada de Hermes com um caduceu de ouro nas mãos.

Em frente à torre da GE o sinal voltou.

— É aqui — indicou ele. Mas havia algo estranho. Ele observou novamente a leitura de altitude: acima de 243m. Isso deveria ser na parte superior do prédio.

Ele mostrou-o a Horace.

— O antigo observatório. Só pode ser. Mas foi fechado há 20 anos.

— Não seria talvez o Rainbow Room? É alto o bastante.

— Não, acho que não. O Rainbow Room, onde há muitos anos pedi em casamento a minha querida recém-falecida esposa, fica no 65º andar. Os observatórios ficavam nos andares 69 e 70. Eram impressionantes. Foram projetados para dar a impressão de se estar em um transatlântico. Há uma fotografia, tirada de lá nos velhos tempos, de Manhattan coberta de nuvens... somente as pontas dos prédios da Chrysler e do Empire State e outros arranha-céus perfurando o mar de névoa... é de tirar o fôlego.

— O que aconteceu?

— O acesso foi bloqueado quando ampliaram o Rainbow Room. Uma pena.

— Eles não permitem acesso do público ao Rainbow Room até as 17 horas — disse Terri. — Não temos tempo. Daremos um jeito. Venham comigo.

Deslumbrantes esculturas em vidro colorido representando Sabedoria, Som e Luz agigantavam-se acima da entrada, em contornos de cor marrom-escuro, azul, bege e dourado brilhante, acima de uma passagem do Livro de Isaías: *Teus dias estarão em segurança. A sabedoria e o conhecimento garantem a salvação.*

Quando entraram, Terri discou um número no celular.

— Jay? Oi. É Terri, do... isso mesmo, lembra? Como vai você? Bem, estou com um pequeno problema. — Ela se afastou para que eles não ouvissem. Alguns minutos depois ela voltou, radiante. — Jay é um escritor de comédia. Trabalha no prédio — explicou ela. — Ele vai descer em um minuto.

— E ele se lembra de você do...?

— Não importa. Foi um serviço que eu fiz através da Boîte à Malice. Pense nele apenas como um homem bem alto e com senso de aventura.

Eles esperaram perto dos bancos do elevador, revestidos em granito preto polido e bronze. As catracas e o pessoal da segurança em uniformes verdes impediram a entrada deles.

Jay, que pareceu muito surpreso com a visita de Terri e seus amigos, desceu e os conduziu pelas formalidades do acesso de visitantes. Ele era de fato bem alto.

— Posso levá-los até o 65º andar, a partir daí é uma questão de tática — disse ele, enquanto esperavam pelo elevador. — Deveria haver atiradores de elite da polícia no telhado para a convenção republicana, mas ouvi dizer que não apareceram.

Eles saíram no crepúsculo de art déco do corredor do 65º andar. Um desenho abstrato de ondas e círculos, iluminado por trás, lançava um espectral rastro de luz, à esquerda deles. Os ladrilhos em preto e branco refletiam listras horizontais de escuridão e luz fraca em volta das colunas. Vozes sugeriam que os funcionários trabalhavam na área do restaurante, no preparo para o turno da noite.

— Deve haver uma escada de emergência — sussurrou Jay. — Se for como o nosso andar, fica por aqui.

Eles encontraram a escada de emergência e subiram calmamente até a porta do 69º andar, que estava trancada.

— Está fechado lá em cima, então não há necessidade de acesso como os andares ocupados — explicou Jay. — Você é uma mulher incrível, Terri, mas não vou quebrar um cadeado.

Horace deu-lhe uma leve cotovelada.

— Se me permitirem...

Ele retirou uma lupa do bolso e examinou o cadeado. Depois, pegou uma pequena carteira de couro que carregava e selecionou dois instrumentos metálicos longos e finos.

— Os meus dias no Serviço de Inteligência não foram inteiramente desperdiçados — disse ele, enquanto a fechadura fez um clique e se abriu. — Nada quebrado. Vamos lá.

Saíram na área aberta e pararam, assombrados. Dava para se ver a cidade inteira. Os arranha-céus e as torres da parte central formavam uma ilha na neblina distante, dividida em duas partes pela agulha do Empire State e, mais adiante, o oceano. À esquerda, atrás do MetLife, brilhavam os arcos e o pináculo do Chrysler Building.

— Continue subindo, a vista é melhor do 70º andar — sibilou Horace, mostrando o caminho de uma escadaria que os levaria ao andar seguinte.

Saíram em um deck estreito, onde havia apenas antenas de rádio acima deles e grades de ferro arqueadas, até a altura da cintura, entre eles e o deck abaixo. Pedaços de andaimes desmantelados e restos de construção encontravam-se empilhados contra a porta de um poço de elevador em desuso. Ao norte, via-se a expansão do Central Park, o grande reservatório no seu ponto mais extremo.

Em toda a volta eles podiam avistar quilômetros de distância. Era como se pudessem ver o infinito.

Horace sussurrou:

— Você tem a pista, Robert?

Ele a leu em voz alta:

"Para infinita visão, alcance a iluminação
O fogo e o ouro aguardam o corajoso
Para o tempo dominar, precisa a montanha escalar
Então parta com sorte, e mire o telescópio para o norte
Para resgatar o amor — ou destruí-lo
Passe na Prova do Espírito"

— Não há nenhum telescópio — exclamou Horace furioso, olhando os dois lados do deck. — Eles foram arrancados.

— A pista diz *o telescópio para o norte* — disse Terri. — Você consegue descobrir onde ficavam os telescópios de frente para o norte? Talvez haja buracos no local.

Jay tudo observava, completamente confuso.

— Então isso é o que você faz nas horas livres, Terri?

— Querido, eu faço tantas outras coisas nas horas livres...

Horace deixou escapar um grito pela descoberta e Robert correu para junto dele.

— Há vários pontos onde eles ficavam, está vendo? Olhe ali. Ali.

Robert começou a partir do extremo leste e foi na direção de Horace, que começara do oeste. Robert a achou. Era uma sacola plástica enrolada com fita isolante, com uma caixa dentro.

— Vamos abri-la lá embaixo — disse Robert. — Não podemos nos arriscar a sermos pegos aqui em cima.

Horace concordou e guardou o pacote no bolso. Depois, olhou para as antenas de rádio no alto e virou-se lentamente, absorvendo as imagens.

— Quando sua esposa morreu, Horace?
— No mesmo ano em que esse acesso foi fechado.

Robert deixou-o sozinho durante alguns minutos, e conduziu Jay e Terri até à escadaria que levava ao deck inferior.

Enquanto desciam as escadas, ouviram um grito de dor e medo, vindo do andar de cima.

— Fique aqui — disse Robert a Jay. — Não se mova.

Terri e Robert subiram as escadas e correram em direção ao deck. Contra o fundo do brilhante pináculo do Chrysler e da magnitude da torre do MetLife, Robert viu um vulto vestido de preto agachado por cima do corpo inconsciente de Horace, remexendo os bolsos da jaqueta dele. Um rosto coberto por uma máscara olhou para cima, quando Robert gritou com toda a força dos pulmões:

— Não!

Parecia o mesmo vulto com os olhos chamejados de luz amarela venenosa que o atacara no metrô.

Ao ver os pedaços do sistema de andaimes na porta do antigo elevador, Robert agarrou um tubo metálico de pouco mais de 1 metro, quando o vulto de preto se levantou e avançou para ele. O homem mantinha a sétima chave e a Caixa da Maldade nas mãos enluvadas. Ao ficarem frente a frente, ele guardou os objetos em um bolso da calça.

— Terri! Ajude Horace — gritou Robert, saltando contra o agressor, balançando o tubo de aço no ar, em um arco violento apontado diretamente para a cabeça mascarada.

O vulto se abaixou e rolou no chão para escapar do ataque, enquanto Terri corria em direção a Horace, deitado de costas. Aterrissando ao lado da pilha de restos de andaimes, o vulto apanhou um tubo de aço e levantou-se, brandindo-o como uma espada.

Eles se olharam, esperando um golpe mortal a qualquer momento, pisando nervosamente para firmar o apoio, empunhando suas armas no ar úmido. Sem tirar os olhos de seu oponente, Robert gritou para Terri:

— Ele está vivo?

— Está, mas não está voltando a si — respondeu Terri.

Robert mergulhou seus pensamentos profundamente no seu âmago, alcançando os poderes da terra e água, fogo e ar, éter e mente. E determinou que a força bruta da luta no metrô voltasse aos seus membros. Respirou profundamente, intimando os seus dons recentes, buscando a harmonia mais elevada, que o faria penetrar na mente de seu oponente.

Nada aconteceu.

Movendo-se como uma cobra prestes a atacar, o vulto lançou-se para a frente e baixou o tubo de aço na cabeça de Robert, que conseguiu desviar e empurrar a arma com um golpe resvalante. Depois, Robert deu uma cotovelada na barriga do homem, girou para o lado e rodou em um semicírculo, deslizando horizontalmente com o tubo, ao nível do quadril, como se tentasse cortar o agressor ao meio.

O vulto pulou para trás e chutou as costas de Robert, em resposta ao ataque, deixando-o sem equilíbrio. Depois, pulou para a frente mais uma vez e preparou um golpe circular na cabeça de Robert, que levantou o tubo e rebateu o ataque com uma pancada de igual força, na direção oposta. As duas armas se chocaram fazendo um barulho explosivo, alto, causando um impacto dissonante, quase quebrando seus braços. Os dois homens, momentaneamente atordoados e com os ossos tremendo pela força dos ataques, deixaram as armas caírem. O agressor recuperou-se rapidamente, e com um grunhido de raiva lançou-se sobre Robert, que bloqueou um murro com o antebraço e o socou no rosto. O soco de Robert não causou nenhum impacto. Logo sentiu as mãos enluvadas em volta da sua garganta. Mesmo buscando dentro de si, Robert não encontrou força. Tudo que havia era a sua própria determinação de não ser derrotado, e isso teria que bastar.

— Não importa o que aconteça, você não irá vencer — rosnou ele entre os dentes. E apertou as mãos por cima das do seu atacante e tentou erguê-las. Ele viu que Terri ainda se curvava sobre Horace, tentando ajudá-lo.

Robert olhou bem na cara do agressor e viu a morte aproximar-se dele novamente, a luz amarela doentia dos olhos do seu atacante chamejando com filamentos vermelhos e azuis e mudando lentamente para um núcleo preto magnético, morto.

Então, ele ouviu a voz de Terri:

— Deixe-o ir!

O aperto na garganta de Robert afrouxou ligeiramente.

— Venha me pegar — gritou ela. — Não morro tão facilmente. Venha me pegar, seu desgraçado!

Com um empurrão, o vulto negro largou a garganta de Robert, que caiu de joelhos, respirando com dificuldade. Logo depois, sentiu um pontapé nas costelas, que extinguiu todo o ar de seus pulmões. Ele rolou, sentindo um espasmo no pulmão, enquanto se esforçava para respirar.

Terri abaixou-se e apanhou a arma de Robert, agitando-a na cara do oponente. Robert viu o tubo de aço inflamar-se, serpentes idênticas às da chama azul brilharem ao longo dele, quando Terri apontou a arma para a virilha do homem de preto. Ela quase acertou o alvo, já que ele pulou para trás em direção às grades.

Terri avançou sobre ele e um relâmpago percorreu sua arma de cima para baixo quando ela cortou o ar com ela, mirando a barriga e o peito do inimigo. O agressor virou e pulou sobre um pedestal de pedra que segurava as grades. Ele meteu a mão no bolso e arrancou a Caixa da Maldade, o núcleo do Ma'rifat'.

— Isto é o que decide o que acontece, nada mais — gritou o vulto, brandindo o objeto.

Robert não reconheceu nenhum detalhe da voz de Adam nas palavras guturais e angustiadas.

Nesse momento, Robert viu sua chance. Correu atrás de Terri e lançou-se com ímpeto sobre o vulto, atingindo-o com uma força violenta e arremessando-o para trás. Depois, girou, tentando ficar de pé, sem muito sucesso, porque tinha acabado de se chocar contra a telha do observatório, 4,50m abaixo. Ele sentiu o tornozelo fraturar, então rolou até as grades góticas do nível abaixo.

O inimigo caiu pesadamente de costas, distante alguns metros dele, deixando algo cair de suas mãos e voar por entre as grades.

Robert não sentia dor. Então, ao tentar se levantar, uma serpente de fogo feroz e nauseante o invadiu. Um apito ensurdecedor penetrou nos seus ouvidos. Sentiu uma violenta ânsia de vômito.

— Robert! — gritou Terri do andar de cima. Ele mal conseguia ouvi-la, tamanha a dor que agora o torturava. — A chave principal! Você precisa pegar a Caixa da Maldade! — disse ela, apontando freneticamente. Do outro lado do inimigo, que lutava para ficar de pé, Robert viu o reluzente tambor vermelho-dourado encostado em uma base de metal, do outro lado das grades, a poucos centímetros da borda.

Ele não conseguiu se levantar. Sentia muita dor. Estava muito assustado. Chegara ao seu limite.

— Robert!

Terri apareceu na entrada do 69º andar com o tubo de andaime ainda nas mãos, seguida por Jay. O inimigo ameaçou atacá-la.

Com imenso esforço Robert ficou de pé e lançou-se novamente sobre o vulto, chocando-se contra ele e caindo a poucos centímetros da Caixa da Maldade, do outro lado da grade. Agora, a dor se alastrava da perna ao topo da cabeça. Era uma dor que queimava e o nauseava.

Jay e Terri avançaram sobre o inimigo. Terri apontou a arma, que novamente brilhava com crepitantes raios de chama azul, contra a testa dele e o manteve imóvel. Seguindo as instruções de Terri, Jay meteu a mão no bolso do agressor, pegou a sétima chave e a entregou a Terri.

Para sua satisfação, Robert viu Horace aparecer na entrada, aparentemente pálido, mas determinado. Ele imediatamente gritou para Robert:

— Pegue o núcleo!

Robert meteu a mão pelas grades, mas não conseguiu alcançá-lo.

Ele se esticou e avançou mais um pouco, mesmo assim não conseguiu.

Estava a mais de 240 metros de altura.

Ele tirou o cinto, subiu nas grades e amarrou-o ao redor de um dos acessórios de metal de arco gótico, do outro lado, torcendo o cinto em um número oito, em volta do próprio pulso.

Encharcado de suor, ele estendeu o braço até a Caixa, na borda da plataforma de metal, entretanto, não conseguiu pegá-la. Ele deitou ao longo da plataforma, empurrando o corpo para a frente com as pernas. Depois, com a ponta dos dedos, ele tocou o objeto e arrastou-o em sua direção. Ele agarrou-o e apertou-o na mão esquerda.

Seu pé escorregou, e ele caiu.

Os músculos rasgaram-se em seu braço e na lateral de seu corpo quando o cinto sustentou todo o seu peso. Ele fechou os olhos e gritou, até ficar sem voz.

O terror absoluto encheu sua alma.

Ele buscou no canto mais profunda um vislumbre dos poderes do Caminho. Nada. Não teve sucesso.

Sentiu alguém agarrar seu pulso com as duas mãos e ser erguido. Sua mão esquerda estava presa com a chave. Ele foi suspenso pelas axilas, por cima das grades.

Ele desmaiou no observatório. Jay e Horace olhavam para ele. De repente, Terri gritou, quando o vulto vestido de preto virou e deu um pontapé no bastão que ela segurava, lançando-se contra Robert, tentando pegar o núcleo.

Jay tentou atacá-lo e levou um pontapé no estômago, caindo no chão, e o agressor rodou atrás dele, agarrando-o pela garganta com as mãos.

Por um momento o inimigo os encarou, completamente imóvel. Então, friamente, com um simples golpe, quebrou o pescoço de Jay, que deu um espasmo violento e caiu no chão.

— Não sou Adam — gritou a figura vestida de preto com voz rouca. — Adam está morto. Isso é o que espera todos vocês se ficarem contra o Iwnw.

Ele se virou e correu para a entrada, desaparecendo no interior do edifício.

— Deixe-o ir — gritou Horace, quando Terri fez menção de persegui-lo. — Venha cá.

Relutante, Terri voltou e ajoelhou-se ao lado de Jay, olhando para Horace com olhar de súplica.

— Acho que não há nada que você possa fazer por ele também. Eles pagarão por isso. Agora me ajude com Robert.

Ela obedeceu em silêncio.

Terri e Horace passaram as mãos pelo corpo de Robert, sentindo os braços e as pernas do amigo. Era como se colocassem os seus ossos no lugar. Uma sensação de calor crescente atravessou todo o seu corpo, até ficar extremamente quente no tornozelo, braço direito e costelas.

— Temos que sair deste lugar assim que Robert puder andar — disse Horace.

Robert sentiu os ossos fraturados se unirem no tornozelo, e uma luz intensa fluir pelo corpo. Ele sufocava de dor.

Horace parou por um momento, alcançando com sua mente o que havia em volta, calculando o paradeiro do inimigo e dos agentes da segurança do edifício.

— Vejo uma saída, se nos movermos rapidamente — comunicou ele. — Robert, isso terá que ser suficiente.

A descida foi de 15 minutos extremamente tensos. Eles iam da escadaria ao elevador vazio e de volta, enquanto Horace e Terri procuravam o melhor caminho. Conseguiram sair pouco antes de os alarmes começarem a soar dentro do edifício.

Imediatamente, Horace virou à esquerda, em direção ao norte, levando-os através da rua 50. À esquerda, placas vermelhas em neon, do lado de fora da Radio City Music Hall, mostravam em nítidas letras verticais o nome que o centro inteiro deve ter tido no passado: RADIO CITY.

Horace os conduziu para a entrada oeste do International Building e ao corredor, do outro lado.

Robert estava impressionado. O local tinha luz dourada, a sala inteira revestida de painéis metálicos e abas suspensas, iluminadas por baixo, de aço dourado móvel.

Horace dirigiu-se a ambos em tom gentil, porém, sério:

— Sinto muito pela morte do seu amigo, Terri. Isto é uma guerra, e ele foi uma vítima inocente.

— Ele não pediu para se envolver — disse Terri. — Quem nos atacou? Se foi Adam, não pude senti-lo. Se foi ele, não era ele quem estava lá; ele foi completamente corrompido.

— Não acredito que tenha sido Adam — declarou Horace. — Acredito que ele ainda esteja lutando. Acho que foi outro membro do Iwnw, um dos três que vimos na Grand Central. Entretanto, ele não teve sucesso. Ainda temos o núcleo e a sétima chave. O único modo de fazer a morte de Jay ter valido a pena consiste em interrompermos a detonação do Ma'rifat'.

— Mas eu não completei a prova — observou Robert.

— É mesmo?

— Tentei invocar os poderes do Caminho, mas não consegui nada.

— A prova ainda não está acabada. É parte necessária da Prova do Espírito experimentar o desespero e ser abandonado por cada energia que o indivíduo tem. Isso nos ajuda a aceitar a morte. Vamos ver se você perdeu os seus sentidos mais elevados. Fique de pé, em frente de uma das colunas, e olhe para cima — ordenou Horace. — Observe o que acontece.

Robert obedeceu. Quando olhou para cima e deu alguns passos para um lado e para o outro, as sombras lançadas no teto criavam formas angulares, e de repente desenharam um triângulo perfeito, acima da coluna, formando um obelisco. Naquele momento, Robert viu uma enorme onda de energia, na luz vermelha e amarela, explodir da coluna e alargar-se em volta da pequena pirâmide, no topo. Ele pulou para trás, como se tivesse levado um pontapé, cobrindo os olhos.

— Merda!

— Você ainda está despertando — disse Horace. — Rápido demais para a maior parte das pessoas. Você experimentará um período de grande falta de harmonia e dúvida. Agora devemos prosseguir.

A cabeça de Robert estava explodindo de dor.

— Porra! Você devia ter me avisado!

Terri pegou o braço dele e acompanhou Horace. Os três saíram atrás da gigantesca escultura de ferro de Atlas, feita por Lee Lawrie, em frente da St. Patrick's Cathedral, e foram em direção ao norte.

Na esquina da 51, de frente para o leste, Robert vislumbrou, com os olhos lacrimejantes, a gloriosa cimeira pontiaguda da Lexington, 570: os escritórios da GBN.

Horace e Terri, um de cada lado, seguraram o braço de Robert, enquanto caminhavam, para se moverem mais rapidamente.

— A *pyramidion* ficava no topo dos obeliscos e das pirâmides — explicou Horace. — É uma pequena pirâmide por si só, e frequentemente revestida de ouro. O termo correto é *ben-benet*, derivado da pedra sagrada *ben-ben*, que representava a primeira ilha da criação, o primeiro fragmento de terra a perfurar as águas primordiais.

— Devia parecer com as pontas daqueles arranha-céus atravessando as nuvens — disse Terri.

— Exatamente — assentiu Horace, pensativo. — Devia mesmo. E logo veremos outra representação dela, que está no centro dessa busca. E você entenderá melhor.

Eles passaram pela St. Thomas, à esquerda, a segunda opção sugerida por Horace se Robert não o encontrasse na Grand Central.

Logo estavam passando pelo preto e dourado da Trump Tower, pelas obras-primas em art déco da Tiffany e Bergdorf Goodman, no leste da Quinta Avenida, e entraram no Central Park.

PARTE TRÊS

O Corpo de Luz

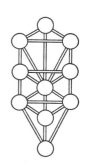

Nova York, 1º de setembro de 2004

— Por aqui — indicou Horace, enquanto os conduzia, passando por carruagens e ambulantes vendendo fotografias de Nova York, na direção do Wollman Rink.

— Horace — gritou Terri. — Não temos sequer um *waypoint* ainda.

— Não há mais *waypoints* — disse ele. — Há sete chaves. Agora devemos trabalhar com o que temos. Precisamos de todas as chaves para interromper a detonação, e eles precisam de todas elas para fazer o artefato explodir, do modo amplamente destruidor que desejam.

Horace os levou até uma fonte de água natural, depois do rinque, na base de um lance de escadas de pedra.

Terri perguntou:

— Podemos parar um pouco e ver o que havia no último esconderijo?

Horace parou e secou a testa levemente com um lenço.

— Sim, minha querida. É lógico. Aqui.

Eles subiram as escadas. Na parte superior havia um prédio octogonal, de um andar, rodeado de mesas e bancos de xadrez.

— A Chess and Checkers House — disse Horace. — Foi neste local que as provas foram planejadas, há aproximadamente nove dias.

Ele tirou um canivete e cortou o plástico que envolvia o pacote que encontraram no esconderijo. Era uma caixa de joias preta, cujo interior abrigava um pingente de estrela de sete pontas, incrustado em prata.

Terri pousou o cano de aço que servira de arma na luta no Rockefeller Center e segurou a joia com os dedos.

— Como eu havia suspeitado — disse Horace. — Estrela gnóstica. Significa o discernimento místico. As outras formas geométricas também refletiam aspectos das provas. Um, o círculo, significa o começo. Dois, o *vesica piscis*, significa o ventre, e divisão celular. Três, o triângulo, é estabilidade, a capacidade de estar sozinho. Quatro, o cubo, o bloco de construção do homem mais elevado através da compaixão. Cinco, o pentagrama, criatividade e regeneração, porque ele pode duplicar-se infinitamente. Seis, a estrela de davi, a união de dois triângulos que representam o céu e a terra, o espiritual e o físico.

A cabeça de Robert estava explodindo, a luz fazia seus olhos arderem. Terri o ajudou a ir para a sombra.

— Isso realmente dói — sussurrou-lhe.

— Eu sei — admitiu ela. — Mas é necessário. Nós iremos até o fim.

Robert sentou-se em uma das mesas de xadrez e fechou os olhos, perdendo-se em sensações que nunca experimentara antes.

Desde o choque de energia da coluna no International Building sua visão ficara inundada de luz, como se ele estivesse olhando para o sol com a cabeça presa, incapaz de desviar o olhar. Desenhos e formas — os quadrados das mesas de xadrez, as fachadas dos edifícios em art déco que tinham visto na Quinta Avenida, a forma octogonal do Chess and Checkers House — atingiam sua consciência como lâminas. Até as formas de árvores e das folhas eram como tatuagens na sua pele. Ondas de intensa sensação, emoções e estímulos físicos, bem como figuras e formas geométricas, fluíam sobre ele. Sentia a raiva e o desamparo de Terri diante da morte de Jay, seu intenso foco voltado para a sobrevivência, a implacável determinação de Horace em derrotar o Iwnw. Robert estava sendo levado a um nível de hipersensibilidade extremamente aguçada, quase insuportável.

Não havia paz nem calma. Nas extremidades da sua consciência ele podia ouvir o canto dos pássaros, mas era uma cacofonia de gritos, sem discernimento, nem amor.

— Horace, Robert está sofrendo com tanta dor — disse Terri.

— A elevação implica também a destruição — afirmou Horace, sem compaixão. — Sugiro que esperemos aqui. Teremos notícias de Adam.

Na mitologia, Osíris havia sido esquartejado por Seth. Agora, Robert entendia o que isso significava. Mas então veio o nascimento de Hórus, o filho, o portador da luz, para lutar. Apesar da dor, ele ainda confiava no Caminho. Ele era, ao mesmo tempo, Osíris e Hórus. O novo surgiria de dentro do velho ser despedaçado. E ele já sentia que esse novo ser começava a despertar. Mas ainda não havia se recuperado do choque de ficar pendurado no topo do Rockefeller Center, despojado de todos os seus poderes, exposto e nu ao seu âmago.

Morra para viver.

A sétima linha da carta que ele tinha queimado. As palavras se formavam de novo em sua mente.

Morra para viver.

Ele tentou compreender. Então se acalmou e tentou ajudar os outros, dando um tom alegre à situação.

— De certa forma, isso é muito bacana — disse ele. — Posso *senti-los*, posso ver tremendas *auras* em volta de vocês, caramba.

Horace deu-lhe uma forte bofetada.

Terri gritou:

— Horace! Que porra é essa?

— Mesmo aqui há tentação, e é a tentação do orgulho — disse Horace, com a voz rouca de raiva. — Seja humilde, ou será humilhado.

Ninguém falou mais nada durante 30 minutos.

Por fim, Horace ficou mais calmo.

— Me perdoe, Robert. O "ego" primitivo luta bravamente quando está muito próximo da extinção, e a sombra dessa etapa é o orgulho espiritual. Há um poema de Hopkins, de uma série chamada "Sonetos Terríveis", em que ele luta contra a desistência do que chama de os últimos laços do ego.

> *"Não, cadáver-consolo, não vou me banquetear contigo, Desespero,*
> *Nem desatar — por lassos — dos últimos laços de homem em mim,*
> *Nem gritar, por mais desesperado, não posso mais. Posso, sim,*
> *Algo, esperança, ânsia de aurora, não ter a opção de* não ser."

— Seria bom para você lembrar-se disso. Como todos nós devemos.

Robert permaneceu em silêncio, de cabeça baixa. Ele esperava que a jornada terminasse na iluminação, na compreensão, mas tudo que via era escuridão.

— Conheço esses sonetos, Horace — disse ele finalmente. — Um deles é a única coisa na qual posso pensar para expressar o que senti quando estava pendurado no deck.

— O que é?

---

* Tradução livre. (*N. do E.*)

> *— Ah, a mente tem montes; abismos,*
> *Vias tenebrosas, pelas quais ninguém passou. Se alguém duvida disso,*
> *É que nunca as buscou...* [*]

"É a sensação que tenho agora."
Morra para viver.
— Terri — chamou Horace —, você deveria contar a Robert o que aconteceu no Dia do Blecaute.

---

[*] Tradução livre. *(N. do E.)*

14 de agosto de 2003: Dia do Blecaute

Terri levou Katherine ao quarto, o único aposento onde poderiam sentar-se, enquanto Adam permaneceu na escrivaninha, com os olhos fechados, dando início aos exercícios de respiração profunda.

Ela fechou a porta e perguntou:

— Katherine, como posso ajudar?

Katherine sentou-se na cama e ergueu os olhos.

— O que é a Boîte à Malice, exatamente?

Terri sentiu a curiosidade de Katherine a respeito dela como mulher. Perguntava-se como Terri exibia tanto poder na sua idade, se se sentia atraída por Adam, se era uma manipuladora ou se poderia confiar nela. Terri também sentiu uma poderosa ambivalência em Katherine sobre seu próprio dom, por tanto tempo adormecido.

— É um grupo de mulheres fortes que se divertem — respondeu Terri com o seu sorriso mais falso. — Inventamos modos de resolver problemas que deixam todo mundo se sentindo melhor para a experiência.

— E prostituição faz parte disso?

— Eu não chamaria dessa forma. Imaginação, sim, flerte, e criatividade, com certeza, além de habilidades tecnológicas. Conhecimento de finanças. Mas o objetivo é fazer uma leitura das pessoas e enxergar o que elas realmente precisam. Gostamos de manter uma atmosfera de feitiçaria, um pouco perversa, um pouco obscura e perigosa. Consigo ler as pessoas muito bem. E você?

As defesas internas de Katherine eram de aço. Terri não poderia ver nada do que ela escondia.

— Eu sempre consegui — disse Katherine. — Apenas achava que fosse normal. Mas tive experiências traumáticas. Quase morri durante um incêndio na universidade. Perdi um amigo estimado. e aquilo desapareceu.

Terri captou um reflexo de uma noite há muito tempo, um lugar úmido e frio, pânico, medo, um incêndio. E interrompeu a imagem.

— Então, diga-me como você costumava utilizá-lo, antes de realmente acreditar nele.

Katherine olhou para ela, surpresa.

— Consegue ver tanto assim? Tão profundamente?

— Não, mas é assim que a maioria de nós começa.

Katherine falou sobre o sexo mágicko, o tabuleiro Ouija, fragmentos do que ela se lembrava da noite do incêndio. Não era muita coisa.

— E você teve medo de si mesma? Aconteceu comigo quando comecei.

— Tive medo de explorar, sim. Mas foi somente um obstáculo, uma falha momentânea. Eu estava fazendo tudo ao mesmo tempo e só tinha 21 anos. Pouco menos que você, eu diria.

— Comecei mais jovem. Cresci em orfanatos até os 16 anos. Tive uma vida difícil. No início, usava o dom somente para sobreviver. Só nos últimos anos aprendi a usá-lo para ajudar outras pessoas.

— Preciso descobrir como ajudar Adam.

— Ajude-o a aumentar o poder dele. Recupere o seu.

— É o que eu quero, mas não consigo recuperá-lo.

De repente, Terri viu parte do que Katherine escondia. A sua ligação com Adam era mais forte do que ela admitia, até para si própria. Ela amava Robert, mas tinha sido *casada* com Adam anteriormente. Ela ainda *o desejava*.

Terri viu que nenhum intruso jamais poderia quebrar o vínculo entre os três. Qualquer mulher que formasse uma relação com qualquer daqueles homens seria sempre derrotada por Katherine. Ao perceber aquilo, Terri foi invadida por um presságio que ela afastou da mente.

— Isso é o que temos que fazer. Nós iremos revisitar aquela noite do incêndio, a noite do seu trauma, tudo bem? Para afastar medo, recuperar o poder e encontrar um meio de dá-lo a Adam para a luta de hoje.

Katherine fitou-a nos olhos sem hesitar.

— E o meu marido?

— A hora de ele se libertar do medo chegará. Mas ele também pode ajudar você, Katherine. Diga-me algumas palavras que você usa. Os cânticos nos quais você não acreditava.

— Eu achava que eles funcionavam somente no nível inconsciente — disse Katherine.

— E é verdade.

— Porém, há mais coisas...

— Há, mas nada vai dar errado dessa vez.

Por um momento Katherine ficou em silêncio. Então, proferiu as palavras, começando por: *Tempo e lugar elidem...*

Terri segurou as mãos dela delicadamente e repetiu as palavras.

— Eu sugiro que depois que você sair vá ao encontro do seu marido e faça amor com ele. Arraste-o para fora do trabalho, faça o que for preciso — disse Terri com um sorriso. — Você irá repetir essas palavras e extrair o medo delas.

Terri disse novamente as palavras que Katherine tinha proferido quando usou o tabuleiro Ouija, mais de 20 anos antes, neutralizando-as, liberando-as. Abençoando-as. Ela manteve uma imagem de Katherine e seu marido sem rosto na mente e lançou um halo de luz dourada sobre eles.

— Transporte essa luz de mim, quando estiver com ele — disse Terri. — Comece a manter Adam na mente a partir de agora.

Terri abriu a porta, saiu e tocou suavemente o braço de Adam para tirá-lo de seu estado de meditação. Katherine a seguiu.

— Katherine vai embora agora. Trabalhamos um pouco e ela irá enviar-lhe força para o resto do dia.

Deram as mãos por um momento, deixando as correntes de luz percorrerem seus corpos, enquanto formavam um triângulo. Depois, Terri levou Katherine até a porta.

Nova York, 1º de setembro de 2004

Robert ouviu em silêncio. Finalmente compreendia que Terri tinha abençoado a relação sexual dos dois no dia em que conceberam o pequeno Moss. Aqueles encantamentos mágicos que Katherine usara tinham sido sugestão de Terri para ajudar Katherine a recuperar seu dom.

— E depois não consegui ir para casa. Ele era impressionante. Vibrante. Depois que Katherine saiu, nos olhamos e simplesmente nos agarramos. Devoramos um ao outro. Esquecemos a retenção de energia. Esquecemos tudo. Não sei se o ajudei a preparar-se ou não. Provavelmente, não. Mas, com certeza, ele iria morrer feliz.

— Meu Deus! — disse Horace.

— Posteriormente, quando ele se preparava para ir embora, dei-lhe o meu endereço e pedi para não voltar para casa depois de confrontar o seu inimigo, mas ir me encontrar. E dei-lhe um talismã, para ligá-lo à minha força.

"Cheguei em casa, por volta das 16 horas, e de repente captei essa enorme onda de choque psíquica de Adam, que me derrubou. Era como se o inferno tivesse irrompido em volta dele. Eu sabia que ele estava vivo, mas... droga! Quando levantei, o meu dom estava descontrolado. Minha sensibilidade atingira uma ordem de magnitude tão elevada que doía até para andar, pensar... e então fiquei entorpecida, morta, não sentia nem os meus próprios pés. Eu podia sentir Adam, ele lutava, estava em perigo, e tinha o meu poder, e o dele, mas era uma luta difícil, e ele estava sofrendo. No início, pude senti-lo, mas a percepção sumiu. Indo e vindo, como ondas me invadindo e saindo de dentro de mim.

— Isso foi o Blecaute?

— Não, o Blecaute não tinha acontecido ainda. Só aconteceu alguns segundos depois. Bum! Todas as luzes se apagaram. Houve outra onda de choque, maior que a primeira. Senti como se tivesse sido conectada a uma tomada, meu corpo em chamas de dentro para fora. Os meus olhos explodiram. Depois, apenas sentei e chorei, sem parar.

Eles ficaram em silêncio durante algum tempo.

Terri pôs a mão no braço de Robert e falou com os dois homens:

— Temos várias coisas que Adam quer. Ele tem coisas que nós queremos. Devemos usar o que temos como isca. Atraí-lo para um encontro.

— Queremos Katherine e o Ma'rifat' com as chaves — disse Horace. — Nós dispomos de algumas chaves, do ouro vermelho e do núcleo.

— Além de mim, e da criança que talvez ainda esteja esperando — respondeu Terri. — O filho dele.

Robert discordou.

— Podemos oferecer as chaves e o núcleo. Isso é tudo. Não faremos acordo em relação a você.

— Ele precisa de mim.

— Ele ama Katherine — disse Robert. — Ele mesmo me confessou.

— Katherine não está esperando um filho dele. Ele não precisa dela.

A mente de Robert chamejou novamente com a imagem da divisão celular, mas começara na sexta-feira. E ele ainda via a sombra.

— Terri, tem algumas coisas que não consigo entender.

— É simples.

Terri organizou as ideias por um momento. Robert podia sentir a raiva dela pelo que acontecera com Jay recuar, enquanto ela se concentrava no que tinha a dizer.

— Quando o Blecaute aconteceu, foram estabelecidas cadeias de conexão a um nível que não percebemos normalmente, em um plano psicoespiritual. Já falamos sobre isso.

Ela explicou que, como era do conhecimento de todos, Adam e o criador do Ma'rifat' haviam se entrelaçado, em uma relação parasítica. Mas havia mais. Antes de lutar contra o criador do Ma'rifat', Adam tinha feito amor com Terri, como ela acabara de contar. Tinha sido sexo negligente, espontâneo, sem proteção. Quando o Blecaute aconteceu, algumas horas depois, ela estava nas etapas incipientes da gravidez. Já havia um óvulo fertilizado.

— Ao mesmo tempo, você e Katherine estavam fazendo amor — disse Terri a Robert. — Ela fez o que eu sugeri, telefonou para você e usou as palavras do sexo mágicko para extrair o medo delas, restituí-las a vocês dois. São palavras que concentram conexão nos níveis mais profundos.

— Eu me lembro — disse Robert.

— Katherine também engravidou naquele dia. Quando o Blecaute aconteceu, ela estava na mesma condição que eu. E formou-se uma ligação dupla. Em primeiro lugar, através do Adam, eu fiquei ligada a você e a Katherine. O círculo Katherine-Robert-Adam juntou-se ao círculo Terri-Adam-Minotauro, tendo Adam como elo. E, em segundo lugar, foi criada uma ligação mais direta entre mim e Katherine, por causa da sessão de bênçãos que nós havíamos realizado naquela manhã. As palavras usadas na sessão nos ligavam. Até a pele dela nos ligava, porque eu a tocara, e ainda havia contato com ela. Parte do DNA dela estava na minha pele, e eu estava em harmonia com ela, assim como estava com Adam.

— Adam falou sobre isso. Ele disse que a Irmandade do Iwnw consegue agir através do DNA também, evocando, estabelecendo harmonias.

Robert ouviu o chilro dos pássaros no fundo da mente. Deveria haver uma harmonia, mas não foi o que ele ouviu.

— Eu também consigo estabelecer harmonias — disse Terri. — Os membros do Iwnw a usam para o mal, mas é um dom específico do Caminho de Tirésias, que é o que eu sigo. Lembra do caduceu, que na mitologia se originou com Tirésias, antes de ser atribuído a Hermes? As serpentes idênticas ao longo da haste representam, entre outras coisas, as hélices idênticas do DNA e a capacidade de interagir com ele.

— Mas ninguém tinha conhecimento do DNA antes dos anos 1950! — protestou Robert.

Horace interrompeu.

— Em relação à utilização de equipamentos para examinar o DNA, isolar, manipular em placas e assim por diante, você tem razão ao afirmar que essas maravilhas só surgiram bem recentemente — assentiu ele. — Mas os povos antigos sabiam mais do que se imagina. Alguns conhecedores do Caminho sempre foram capazes de visualizar o DNA, entrar em harmonia com cada pessoa através dele, até afetá-lo psiquicamente. O DNA aparece nas visões de xamãs, na mitologia de serpentes, como seres da sabedoria.

O chilreio estridente dos pássaros na mente de Robert tornou-se mais barulhento e mais dissonante. Uma luz pulsante latejava atrás de seus olhos, e ele tentou afastá-la.

— Continue falando sobre a ligação entre você e Katherine.

— Havia também uma ligação entre as vidas potenciais, entre os dois óvulos, ambos fertilizados, porém ainda não implantados no ventre. E...
Robert sentiu uma onda inesperada de dor e vergonha emanar de Terri.

— Lembro-me de ver uma dança de fogo — disse ele. — Figuras em chamas de cada um de nós. Chamas e sombras. Vi você, eu, Katherine e Adam. Havia um outro homem, Tariq. E uma sombra que pensei tratar-se de Moss, ou da possibilidade dele.

— Por um momento os dois óvulos foram unidos, sobrepostos. *O tempo e o lugar elidem*. Eles compartilharam o mesmo espaço. — Ela segurou a mão de Robert. — Foi o momento do Blecaute, quando a Irmandade do Iwnw se conectou a mim, através do Adam. Eles penetraram no DNA do óvulo, interferiram na estrutura da célula e transformaram-na de vida em morte: câncer. E houve uma transferência de luz, de força vital entre mim e Katherine, ao mesmo tempo. O meu câncer absorveu a maior parte da vida do seu futuro bebê — disse ela. — Por isso Katherine sofreu um aborto, alguns meses depois. Sinto muito. Simplesmente aconteceu. Não houve nenhuma intenção — disse ela, caindo em prantos, soluçando profundamente.

Robert pensou que sua cabeça fosse estourar. Câncer. E ele falando sobre a gravidez, como se ele fosse uma espécie de mago, uma espécie de visionário.

De certa forma, ele ainda não podia acreditar nas coisas que ouvira. De acordo com Terri, ela havia matado Moss. Não era verdade. O Iwnw havia feito isso.

— Terri, há algo que não entendo. Essas coisas aconteceram há mais de um ano?

— Um ano e duas semanas.

— Eu vi sombras acima de você. À sua volta. Divisão celular. Mas só depois de sexta-feira.

— Eles congelaram o câncer logo que o criaram. Pelo menos foi o que disseram. Para nos confundir e usá-lo como uma ameaça.

— Por quê?

— Para convencer Adam a obedecer quando o invocassem. Durante um ano, nada aconteceu. Chegamos até a pensar que poderiam estar mentindo. Então, há cinco dias, eles o descongelaram, com a intenção de reforçar na mente de Adam que eu morrerei dentro de alguns dias, caso ele tente impedir a detonação do Ma'rifat'. Eles afirmam que inverterão o câncer e nos protegerão da explosão se ele obedecer.

— Você acredita no que eles dizem?

— Adam parece acreditar.

Mesmo à luz do dia, Robert sentiu sombras da noite por toda a sua volta. Criaturas demoníacas espreitavam o local, uivando e gritando. Criaturas míticas, como as do portão da St. John's College. Monstros cruéis como gárgulas. Viu também, mais claramente, a extensão do mal que estava prestes a enfrentar. E jurou que faria o que fosse preciso, até o último suspiro.

— Horace, você tinha conhecimento dessas coisas?

Horace se esticou e pegou a mão de Terri.

— Sim, eu sabia já há algum tempo. Adam e Terri perguntaram se eu poderia ajudar, mas receio que esteja além dos meus poderes. Nem sempre a Luz Perfeita pode desfazer o que o mal criou.

— Por que não me contou? Os médicos não podem fazer nada?

— Não achei que você estivesse pronto. E os médicos não conseguem sequer detectar o câncer incipiente. Para a medicina convencional, tudo é fruto da mente de Terri.

— Eu pude sentir a doença voltar no dia seguinte ao que ficamos juntos — disse Terri, esfregando os olhos. — Então, no domingo, encontrei Katherine no apartamento que eu dividia com Adam. Eu sempre soube que se Adam voltasse com ela, ele me deixaria, que ele não seria capaz de resistir. Senti que não podia mais contar com ele para me proteger. Recorri às únicas pessoas que poderiam me ajudar, minhas amigas bruxas na Casa da Travessura. Elas me acolheram.

— E conseguiram ajudar em relação ao câncer?

— Não. Robert, a minha maior esperança é poder ajudar Adam a resistir tempo suficiente para que você possa derrotar o Iwnw e, de alguma forma, nos salvar. Salvar Adam, a mim, ao bebê. Todos nós. Você é o único que pode.

Naquele momento o Quad tocou. Era Adam.

— Olá, Robert, hora de nos encontrarmos novamente. Traga seus amigos.

Robert se enfureceu.

— Se eu voltar a ver você, essa será a última coisa que você irá fazer na vida! Onde está minha mulher?

Horace acenou para que ele se acalmasse e pusesse a chamada no viva-voz, para que todos pudessem ouvi-lo. Robert ignorou o pedido.

— Era você no topo do Rockefeller Center, seu babaca? Foi você que quebrou o pescoço daquele rapaz? Isso o faz sentir-se um grande homem?

Terri pegou o telefone das mãos dele e apertou o botão de viva-voz.

— Não sei do que você está falando — disse Adam. — A última vez que o vi foi na Grand Central, quando você quase me matou.

— É o que eu deveria ter feito.

— Mas decidiu fazer o contrário. Devo expressar minha gratidão por isso.

— Pensei ter visto algo de bom em você. Creio que me enganei. — Por um instante houve silêncio. Robert teve a impressão de ouvir a voz de Adam sufocar.

— Independente de qualquer coisa, precisamos conversar — disse Adam. — Agulha de Cleópatra. O Obelisco do Central Park. Temos que negociar.

Horace acenou freneticamente com a cabeça para Robert concordar.

— Talvez. O núcleo. Está comigo.

— E todas as chaves restantes?

— Todas as que você não tem.

— Quero Terri.

— Não. O núcleo, em troca de Katherine.

— Nada feito. Já não preciso da Katherine, pode ficar com ela. Mas quero Terri e o núcleo.

— Sem chance.

— Então, adeus.

Terri gritou no Quad:

— Adam?

— Terri. Ainda podemos recuperar o bebê.

— Pode ficar comigo. Eu irei. Quero ficar com você. E pode ficar com o resto. Apenas entregue Katherine a Robert.

Houve um breve silêncio. Então Adam falou:

— Vá lá agora. Chegarei quando você estiver lá.

Quando se dirigiram para o norte, ao longo da alameda arborizada, Horace falou sobre o obelisco.

— Trata-se na verdade de um par — explicou Horace. — Ambos ficavam em Heliópolis, que os Antigos egípcios chamavam de Iwnw, há 3.500 anos. Era uma cidade sagrada, tanto para a Luz Perfeita quanto para o nosso inimigo, a Irmandade, que adotou o mesmo nome.

Até aquele momento Robert não tinha feito essa ligação.

— O outro fica em Londres, onde também é conhecido como Agulha de Cleópatra — prosseguiu Horace. — Embora ambos tivessem sido erguidos muito antes da sua época.

— Espere, Horace — pediu Robert. — Você fala sobre mitos em todo o mundo que representam as batalhas entre a Irmandade do Iwnw e a Luz Perfeita, mas já havia esse obelisco em Iwnw, quando tudo isso começou?

— Não, surgiu muito tempo depois. Foi construído na época que os historiadores agora chamam de Novo Império. A história da batalha pelo controle do Caminho se originou muito antes disso, e não apenas no Antigo Egito.

— Explique. Quero entender.

Horace refletiu por um momento, então começou.

— O Caminho existe há tanto tempo quanto os seres humanos. É, simplesmente, um modo de vermos a nós mesmos, como realmente somos, ou seja, intimamente ligados ao restante do universo, a uma consciência superior, que é a mente do próprio universo. Todos os seres humanos são capazes de ascender ao Caminho e alcançar sua consciência plena, e ao realizar isso conseguem vivenciar de que maneira a mente, a matéria e a energia são uma coisa só, em transformação constante, de uma forma para outra.

— Mas você disse que apenas umas 30 pessoas no mundo conhecem os segredos do ouro vermelho, por exemplo — objetou Robert.

— Todos têm a capacidade — disse Horace. — Mas poucos decidem persistir no Caminho, além das suas primeiras etapas. É extremamente árduo... até para aqueles que não experimentam o despertar intensamente forçado que impusemos a você.

Robert virou-se para Terri, que caminhava com os braços em volta da barriga e o bastão firmemente agarrado em uma das mãos.

— Você disse que segue o Caminho de Tirésias. Eu estou no Caminho de Seth. Quantos caminhos existem?

Perdida em seus pensamentos, Terri não respondeu. Ele percebeu que ela estava rezando por Adam.

— Há tantos modos de se chegar ao Caminho quanto há candidatos — respondeu Horace. — Mas há, possivelmente, uma dúzia de categorias de abordagens semelhantes. O de Seth é reservado para bem poucos.

— O Iwnw segue o mesmo Caminho?

— Exatamente. Há apenas um. Mas eles habitam o lado sombrio dele e procuram utilizá-lo para exercer poder sobre outras pessoas. O objetivo deles é dominar. Diferente do nosso. Antigamente, éramos iguais, somos todos da mesma espécie. Todos ouvimos as harmonias mais elevadas, vemos as cores dos estados da alma, às vezes conseguimos ver além do tempo e do espaço. Entretanto, em todos os lugares do mundo onde o Caminho era conhecido, houve uma divisão. Uma cisão. Uma delas foi em Iwnw. Mas houve outras. Na China, no Sul da Índia, entre os celtas.

Robert refletiu sobre as palavras de Horace, tentando ajustar suas próprias experiências na história que ouvia. As provas tinham lhe mostrado um lado sombrio dos poderes do Caminho. Os momentos em que se sentira fortemente atraído para as sombras, eram os mesmos momentos em que o Iwnw conseguira se infiltrar na sua consciência.

— Os homens de terno, os três de cabelo branco, são a Irmandade do Iwnw ou apenas seus representantes? Ou sacerdotes?

— São adeptos que preferiram seguir o lado sombrio do Caminho, e que se renderam às forças do mal. São o Iwnw neste mundo, uma manifestação da força tempestuosa e abominável que habita o mundo virtual, tentando constantemente encarnar, buscando a oportunidade permanente de valer-se dos nossos medos, da nossa raiva, do nosso orgulho.

— Foi isso o que aconteceu no começo? Alguns seguidores do Caminho se desviaram e buscaram o poder terreno?

— Em todo lugar a história foi a mesma — disse Horace. — E se renova a cada instante. Os poderes do Caminho são tão extraordinários que é muito difícil renunciar ao progresso pessoal. É preciso eliminar o ego inteiramente, como experimentar a própria morte.

Eles passaram por Naumberg Bandshell e desceram os degraus até uma passarela subterrânea arqueada. Os outrora gloriosos mosaicos Minton, em modelos simétricos vermelho, amarelo e azul desbotados, alinhavam a passagem que os levaria até o amplo céu e à imensa extensão de Bethesda Terrace, com a silhueta de um anjo contra as nuvens.

Robert tinha mais perguntas.

— A que se refere a palavra "Iwnw"?

— Significa coluna, como você sabe, e refere-se a duas coisas. Em primeiro lugar, à criação do mundo. A primeira ilha a emergir do mar primitivo do caos foi representada em Iwnw por uma coluna, coroada por uma pequena forma de pirâmide.

— E a segunda coisa?

— Refere-se ao Caminho. A coluna, nesse sentido, é a coluna espinhal que liga nossa natureza mais primitiva e bruta na base ao nosso potencial mais alto, nossa capacidade de comunhão com a totalidade da criação, no topo. Representa nossa ascensão, quando seguimos o Caminho. Os templos de Iwnw eram lugares de grande aprendizagem e elevação espiritual.

— Você fala do Caminho, mas não de Deus, Horace. Acho que nunca ouvi você falar de Deus.

— No fim do Caminho, no topo da coluna, que também podemos visualizar como uma escada, se for mais fácil, existe a experiência do divino — disse Horace. — Uns o chamam de Deus e o personificam. Outros experimentam apenas um vazio infinitamente abundante, fértil, que é a consciência da criação acontecendo a cada instante, em todo lugar. É a mesma coisa.

Eles viraram à direita e para norte, passando pelo Boathouse Café e pelo Ramble até o Turtle Pond, guardado por uma estátua feroz do herói da independência polonesa, o rei Jagiello, com espadas cruzadas acima da sua cabeça, antes da batalha.

Os romanos levaram o obelisco de Heliópolis a Alexandria no ano 12 a.C., explicou Horace enquanto caminhavam. Permaneceu lá até 1879, quando foi preparado para embarcar para Nova York, depois que o soberano local o deu à América como demonstração de boa vontade. Para grande entusiasmo dos maçons na época, quando o obelisco foi levantado em Alexandria, foram encontrados, sob o pedestal, algumas peças, entre as quais uma pedra esculpida em forma de "L"; uma colher de pedreiro presa à pedra imediatamente abaixo, para mostrar que não havia sido deixada lá por acaso; uma pedra excepcionalmente branca; cubos finalizados, revestidos ou polidos de modo compatível com o simbolismo maçônico; e uma abertura, em uma das pedras escondidas, em forma de diamante, para representar uma joia conhecida dos maçons como a Joia do Mestre.

— Os maçons encontraram por acaso o Caminho, durante as Cruzadas, quando ainda se autoproclamavam Templários — disse Horace. — Mas a maioria conservou muito pouco da sabedoria da qual foram guardiões.

Eles continuaram em direção ao norte, passando entre árvores densas. De repente, mais cedo do que ele esperava, acima deles à direita, Robert vislumbrou o obelisco de mais de 20 metros, brilhando ao sol. Fizeram a curva para o norte, até os degraus que conduzem à plataforma octogonal onde ficava o monumento e subiram.

— Horace, o que está escrito no obelisco? — perguntou Terri.

Horace foi até a face sul.

— Meu entendimento de hieróglifos está um pouco enferrujado, mas vou ler a inscrição principal, no centro da coluna. As inscrições externas laterais foram acrescentadas mais tarde, por outro faraó. *Ele é Hórus, o celeste, o poderoso, glorioso touro, o amado de Rá, Rei do Alto e Baixo Egito. Ele fez este monumento para seu pai, Atom, Senhor de Iwnw, erguendo para ele dois grandes obeliscos cujos pyramidions são do mais precioso ouro. Iwnw...* algumas partes ilegíveis aqui... *o filho de Rá, Thutmose, vida eterna.* Seria Thutmose III, para ser exato.

Terri sorriu. Horace olhou para o topo do obelisco.

— Imagine o sol refletindo o ouro. Devia ser espetacular.

Ele apontou para o centro de Manhattan.

— Todos os obeliscos, todas as torres, todos os arranha-céus são a mesma coisa. São o nosso desejo de tocar o céu, de conhecer a nossa natureza incorpórea. São os foguetes da mente, do espírito. Fogos de artifício que nunca queimam. São os parceiros necessários à caverna sagrada, as paredes das rochas pintadas com os nossos sonhos, o anel em volta do lar, o círculo mágico de pedras. O *lingam* e o *yoni*. A linha reta e a curva.

Robert viu uma aura de luz azul-acinzentada ao redor do monumento. Concentrando-se, viu que podia focá-la e desfocá-la, e reduzir ou realçar sua intensidade. A força das prévias impressões visuais e auriculares havia começado a diminuir, imperceptivelmente, desde que se aproximaram do obelisco.

Terri jogou-se em um banco.

— Onde está o *filho da puta* do Adam?

— Ele virá quando estiver pronto. Acho que está tentando reunir força suficiente para conseguir esconder do Iwnw alguns de seus pensamentos e suas ações, embora talvez seja tarde demais para se ter esperanças em relação a isso.

— Não. Não é tarde demais — disse Terri levantando-se com ar de frustração. — Será que vocês dois podem apenas se concentrar em pegar Adam quando ele chegar, por favor? Será que podemos fazer algo para ajudá-lo antes que eu vá embora com ele?

— Se Katherine estiver aqui, pode haver uma possibilidade, enquanto ainda tivermos a Caixa da Maldade, a chave principal — disse Horace. — E se ele vier sem o Iwnw, sem os seus guardas. Pode ser que o atraso dele seja exatamente por estar tentando escapar deles.

— Tariq — chamou Terri.

— O Minotauro, sim — respondeu Horace. — Se ele puder, de alguma forma, ser libertado, ou expulso de Adam, o elo do Iwnw com Adam será destruído. Isso também quebraria a ligação com você, e eliminaria a interferência deles na sua estrutura celular.

— O que seria preciso para isso?

— Pode não ser possível — disse Horace. — Mas Katherine teria que falar com o homem que traiu e entregou ao inferno.

Enquanto aguardavam, eles discutiram, em voz baixa, planos alternativos, atirando escudos mentais, o quanto podiam, contra os ouvidos da Irmandade do Iwnw. Robert se viu fazendo isso naturalmente, sem pensar ou até tomar conhecimento de como o fazia.

Contudo, ele ainda não sentia a iluminação, o estado despertado, que esperava encontrar no fim das provas. Tudo era confusão, desordem escura e imperfeita.

Sentaram-se em volta do obelisco, formando um Y, e concentraram-se nos próprios pensamentos.

— Robert, você se lembra da abertura escondida sob o obelisco? — perguntou Horace. — Não havia nenhuma joia verdadeira lá, mas a sua forma simbolizava uma joia, que, por sua vez, representava a consciência purificada daquele que trilha o Caminho até o fim. Concentre-se na joia agora. Sugiro que meditemos sobre isso um pouco. Isso o ajudará a preparar-se para a próxima provação. Acho que Adam irá nos fazer esperar algum tempo.

Robert lembrou-se do sílex preto que sentira no coração, no Union Square, depois do ataque de 11 de setembro, quando fora incapaz de acreditar que o amor sozinho seria o bastante para lutar contra o ódio por trás daqueles ataques. Agora ele via que o amor, e o amor sozinho, seria a única arma com a qual ele poderia derrotar o Iwnw.

— Quando investiguei a Caixa da Maldade — disse Robert —, ela pareceu oscilar entre o côncavo e o convexo, como se ela fosse as duas coisas, ao mesmo tempo.

— As duas coisas e nenhuma, simultaneamente — disse Horace. — O paradoxo é a linguagem do divino. Do mesmo modo, concentre-se na ausência da joia, até que a própria joia apareça na sua consciência.

Robert manteve na mente a abertura vazia em forma de joia e deixou todo o resto se afastar. O tempo parou e correu ao mesmo tempo, e nada pareceu verdadeiro. Ele fitou profundamente o nicho vazio, até que ele próprio se tornasse aquilo: um nicho vazio, um receptáculo vazio, um vazio dolorido, que lentamente começou a oscilar entre vazio e cheio, ausência e joia.

Na busca de si mesmo, na busca do conhecimento, Robert se concentrou no lugar onde fora mais feliz. Pássaros cantando em volta dele, subindo nas alturas verdes frondosas do matagal, nas terras que percorrera quando criança, nas terras da casa grande. Uma luz verde mosqueada brincava na sua pele quando ele sentava na pedra lisa, convidando a canção dos pássaros a permear os seus sentidos enquanto todos os mistérios do mundo percorriam sua mente. Nunca saíra de lá sem uma sensação de resolução. Agora, ele perdia-se no chilreio melodioso e despreocupado da língua dos pássaros, e experimentou a paz.

Alguém se aproximou. Um galho fino quebrara sob uma bota pesada e uma presença consoladora adentrou o matagal, com passos amplos, fortes e lentos, como os de um amante da natureza, um homem da natureza. Robert sentia o cheiro de terra molhada, a chuva no ar, folhas úmidas. Era seu pai. Com um aceno de cabeça, ele sentou-se junto a Robert, na pedra.

Permaneceram em silêncio, à vontade, na companhia um do outro, acostumados ao jeito calado que tinham de expressar o seu amor. Com cabelos grisalhos e queimados de sol e as mãos retorcidas, mas as costas grandes e fortes por décadas de trabalho na terra, o pai estava como Robert melhor se lembrava dele: poderoso e gentil. Pensativo, de poucas palavras.

— Você sempre gostou deste lugar, não é?

Robert assentiu com um aceno de cabeça. Não sentiu necessidade de falar.

— Vim buscá-lo aqui algumas vezes. Sua mãe também. Sempre que não sabíamos onde encontrá-lo, vínhamos aqui.

Seus olhos castanhos procuraram os de Robert, querendo comunicar algo que palavras não poderiam.

— Escrevi algumas coisas para você — disse o seu pai, remexendo o bolso. Tirou uma carta e a entregou ao filho, com a mão levemente trêmula. — Coisas que você deve saber, caso precise um dia.

Robert estendeu a mão e pegou a carta. Ele a reconheceu como aquela que recebera na universidade, a que ele queimara, mas ainda lembrava de cada palavra e sílaba. Os seus olhos encontraram-se e Robert viu que o seu pai estava angustiado.

— Sua mãe e eu mantivemos você longe dessas coisas — disse ele. — Tínhamos conhecimento de muito perigo, muita maldade que envolvia mexer com coisas que não entendíamos. As coisas terríveis que aconteciam, histórias de família... Decidimos que você seria criado de forma diferente, de um jeito moderno. Queríamos que você tivesse oportunidades que nunca tivéramos, que o costume antigo jamais permitiria.

Robert percebeu que o seu pai estava pedindo desculpas. Ele buscava a bênção de Robert por mantê-lo na ignorância de seu dom.

— Jamais diga que eu dei isso a você — pediu o velho. — E quando tiver filhos, assegure-se de não os reter devido ao seu próprio medo.

Ele estendeu a mão para Robert, de homem para homem, e Robert a segurou, delicadamente, num cumprimento.

— Não há o que desculpar — disse ele ao pai. — Eu não estava pronto. Estou agora. Não há nada para desculpar.

Sem dizer uma palavra, seu pai se levantou, se despediu com um aceno de cabeça e saiu do matagal, deixando Robert sozinho com as harmonias dos pássaros, claras e cristalinas como uma joia brilhante perfeita.

Robert abriu os olhos. Estava escuro. Horace não estava em lugar algum. Terri estava sentada com a arma sobre os joelhos, alerta, olhando a escuridão.

— Onde você estava? Já se passaram horas — disse ela. — Seja bem-vindo.

— Obrigado — disse Robert.

Ele ouviu alguém tossir atrás do obelisco.

— Para falar a verdade, amigo, acho que ela estava falando comigo.

Adam deu alguns passos para a frente, seguido por Katherine. O coração de Robert pulou, embora ela parecesse distraída e esgotada. Adam segurava a pistola de Katherine e gesticulava mantendo-a na mão como se fosse um brinquedo, depois a guardou na cintura.

— Tive de tomar isto de Katherine. Um pequeno dispositivo inútil entre amigos como nós, mas, no entanto, é melhor que esteja comigo. Controle-se, Robert. Reuniões lacrimosas podem esperar um pouco.

Magro e com uma palidez mortal, Adam parecia um fantasma. Ele inspecionou a área, desconfiado.

— Horace, saia, de onde quer que você esteja. Posso senti-lo.

Não houve resposta. Adam parecia ponderar suas opções, antes de tomar a decisão de prosseguir.

— Katherine, sente-se lá adiante — ordenou ele, apontando para o banco onde estava Terri.

Robert sentiu que Katherine estava concentrada inteiramente em Adam e lhe enviava cada restinho de gota da força que ela podia reunir.

— Você também Robert, por favor. Sente-se entre as duas.

Lentamente, Robert levantou-se e foi para o outro banco. Katherine o olhou com uma expressão de raiva e medo intensos. Ele tentou transmitir a ela sua determinação de protegê-la, de proteger todos eles.

— Que teias complicadas nós tecemos — disse Adam, com ar de satisfação sádica, e lançou algo aos pés de Robert.

— Rickles, depois não vá dizer que eu não me preocupo com você.

Era a sua aliança.

Robert olhou para Terri, e em seguida para Katherine. Nenhuma das duas prestava atenção nele. Ele se abaixou e apanhou a aliança, mas não a colocou no dedo. Em vez disso, guardou-a no bolso.

— Vou deixá-los decidir detalhes da reconciliação — disse Adam. — Pedi a Terri para roubá-la durante o encontro de vocês, para ajudá-lo na parte das provas que envolvia rompimento. É um negócio brutal, não resta dúvida.

Adam parecia ter perdido o que restava da sua humanidade, conservando apenas um amargo e derrotado ar de satisfação.

— Agora, em troca, dê-me o núcleo e as chaves restantes que estão com você. Agora mesmo.

Robert levantou-se lentamente e retirou do bolso da calça uma sacola contendo as chaves: a sétima e uma parte da quinta e da sexta.

— Ponha a sacola no chão. — Ele apontou para um local entre os dois. Robert deu alguns passos à frente e pousou o pacote. — Pode voltar.

Cuidadosamente, Adam curvou-se e apanhou o pacote, sem tirar os olhos de Robert e das mulheres, atrás dele.

— Agora o núcleo. A chave principal, aquela que faz todo o trabalho. A pequena Caixa da Maldade, que se ajusta na grande.

Terri levantou-se, deixando de lado o bastão, andou na direção de Adam e pegou suas mãos.

— Diga-nos algo primeiro.

A tensão que torturava o corpo de Adam pareceu abrandar-se ligeiramente e ele tocou o rosto de Terri.

— Ah, Deus, Terri! O que é?

— Fale sobre Lawrence. E sobre o Iwnw. O que eles querem.

Horace surgiu da escuridão, atrás de Adam.

— O que aconteceu a Lawrence, Adam?

Adam pulou, surpreso. Terri não largou sua mão.

— Fale — insistiu Terri. — Horace precisa ouvir. Todo mundo tem que ouvir o que eles o obrigaram a fazer, o que você teve que suportar. Por favor.

Adam não tirava os olhos dela, relutante em começar.

— Não é uma história agradável — disse ele.

— Por favor, Adam.

Ele se rendeu, encolhendo os ombros.

— Se é o que você quer...

Terri soltou as mãos dele e se afastou.

— Horace deve ter dito — começou Adam — que Lawrence morreu como um soldado, que se recusou a falar mesmo sob pressão insuportável de minha parte, agindo sob a influência do Iwnw, e, por fim, conseguiu agarrar a pistola que estava no escritório dele e se matou, antes de divulgar o paradeiro dos estoques escondidos de ouro vermelho.

— Isso foi o que aconteceu, tenho certeza — disse Horace.

Robert jamais percebera tamanha frieza na voz dele.

Adam fez uma careta.

— Devo dizer que isso não é totalmente verdade. Pelo lado heroico, ele conseguiu telefonar para Robert para tentar avisá-lo. Uma pena que mal tenha conseguido falar, devido às dores que sentia. Eu telefonei para você logo depois, Robert, para confundi-lo. Eu estava inteiramente submetido ao Iwnw, como você deve ter julgado. Difícil de acreditar que foi há apenas uma semana.

Terri conteve lágrimas de raiva, recusando-se a chorar.

— O fato é, lamento dizer, que Lawrence contou tudo antes de morrer. Ele se lastimou e chorou, e deixou escapar uma pista; pequena, é verdade, mas suficiente sobre a localização do ouro vermelho. Então eu o deixei escrever sua mensagem de adeus e se matar, para acabar com seu sofrimento.

Todos olhavam chocados para Adam, enquanto uma terrível expressão de vergonha misturada com orgulho se arrastou por seu rosto.

Horace encarava Adam com desprezo e raiva.

— Por tudo que é mais sagrado — sussurrou Horace —, se isto for verdade, que essas ações recaiam sobre o Iwnw com uma força 100 vezes maior, seja eu ou outra pessoa o instrumento disso. Eu os perdoo como exige o meu juramento, mas não os absolvo das consequências das suas ações.

Enquanto ele falava, palavras formaram-se na mente de Robert. *Lembre-se da carta. Busque a mensagem de Lawrence. Lembre-se da carta.*

Adam olhou para Robert.

— É muito estranho perceber, como fiz há pouco, como o Caminho age por nós para exprimir-se, assim que começamos a trilhá-lo. Eu estava me lembrando do desafio do Unicórnio em Cambridge, e notei que as chaves de decodificação que dei aos competidores, quando colocadas uma sobre a outra, faziam um esboço razoável da forma da Árvore da Vida. Eu não tinha ideia disso. Horace mal tinha começado a me iniciar no seu uso como um instrumento no Caminho, e, mesmo assim, lá estava ela falando por mim, forçando sua presença no universo.

Olhando para Adam, Robert se perguntava: estaria ele, mesmo agora, apesar de tudo, ainda tentando transmitir alguma informação secreta? Sobre que aspecto do jogo do Unicórnio ele falava? Tentou acalmar a mente e ouvir as palavras que se formavam ao seu redor. Mas não conseguia captá-las.

— Voltando a Lawrence — disse Adam bruscamente. — Ele suportou imensa dor. O Iwnw atormentava-o através de mim. Ele padeceu de dor física e mental. Quando eu não conseguia extrair nada, eles entravam com as suas próprias armas; uma verdadeira tortura psicológica; pesadelos obscuros da infância, medos secretos dragados dos calabouços da mente. Por fim, ele se rendeu e falou, pelo menos um pouco. E me levou a entender que o ouro vermelho tinha sido fundido em partes pequenas, em barras comuns das minas da Hencott. Escondido à vista de todos, de certa forma.

Robert viu Horace adquirir um ar de desapontamento.

— E a maioria daqueles lingotes foi guardada no lugar onde todo mundo guarda ouro, naturalmente — prosseguiu Adam. — Um dos lugares mais seguros no mundo: o Federal Reserve Bank de Nova York, no centro de Manhattan.

O Iwnw, que por um ano, desde a última detonação, estivera pacientemente tentando localizar o restante do ouro vermelho, agora sabia onde boa parte dele estava armazenada.

— Indo direto ao ponto, eles buscavam o ouro vermelho porque estavam desapontados com a escala da explosão original prevista pelo criador do Ma'rifat'. Mesmo que a arma tivesse explodido totalmente, em vez do resultado decepcionante que acabou tendo, a explosão teria sido algo como Hiroshima, embora usasse energia psíquica bruta como combustível.

"Mas agora eles querem mais, muito mais. Por isso, buscaram o poder amplificador do ouro vermelho. Não querem apenas destruição física e vítimas passivas, querem que pessoas tomem a morte nas próprias mãos. Guerra mútua, irmão contra irmão, família contra família. Campos de concentração por todos os lugares; massacres com qualquer coisa que possa ser usada como arma. Não seria somente uma bomba física. Seria uma bomba de alma, capaz de destruir a psique de todos aqueles dentro do seu raio de destruição. Milhões de pessoas. É isso o que eles são. É isso o que eles querem."

Adam lançou-lhes um olhar desafiador.

— Eles têm corroído o meu interior para me obrigar a ajudá-los, e tenho resistido o máximo possível. Mas há um câncer invadindo o corpo de Terri onde deveria haver um bebê. Em todo caso, espero que, no fim de tudo isso, o nosso bebê possa ser devolvido a ela. Eles prometeram que nos manteriam a salvo, e que reverteriam a maldição do câncer que plantaram nela.

Robert sentiu que Adam deixara de agir com sensatez.

— Você acredita neles, Adam?

— Não tenho escolha.

Katherine olhou para Terri, levantou-se e lentamente tocou a barriga da jovem, que pôs as mãos sobre as de Katherine. Adam desviou o olhar, dirigindo-se a Robert.

— Satisfeito? Como pode ver agora, não tive muita escolha em tudo isso, por mais que eu quisesse — disse Adam. — Ainda posso realizar pelo menos algo bom. Agora, me dê o núcleo. Por favor.

— Está comigo — disse Horace, retirando-o lentamente do bolso da jaqueta.

Robert podia ver a energia do objeto percorrer o braço de Horace, que não tirava os olhos de Adam.

— A mesma coisa, coloque-o no chão — disse Adam.

Ignorando as ordens de Adam, Horace gritou para Katherine:

— Fale com Tariq, Kat.

Ela olhou para ele, espantada.

— O quê?

— Fale com Tariq. Agora.

Adam pareceu desorientado e começou a retroceder enquanto Katherine andava na direção dele, parecendo entender o que estava sendo pedido.

— Tariq, você pode me ouvir?

Horace chegou mais perto de Adam, e Terri se aproximou de Robert. Ao comando de Horace, Robert e Terri deram as mãos a Horace e formaram um círculo em volta de Adam. Todos projetaram o seu poder mais intenso no centro do círculo, procurando conduzir o Minotauro à superfície da consciência de Adam, que se ergueu subitamente, com a cabeça jogada para trás, cada músculo atado em um nó.

Do lado de fora do círculo, Katherine pesava as palavras, escolhendo cada uma com extremo cuidado.

— Eu desapontei você — disse ela. — Quero que saiba que me envergonho do que fiz. Eu o traí.

Sem dizer uma palavra, Adam estremeceu e abaixou a cabeça para cravar os olhos em Katherine. Um profundo tormento insurgia-se no seu olhar fixo, além de dor e fraqueza.

— Sei que você sofreu muito. Tariq, ninguém deveria passar pelo que você passou. O seu pai preso e maltratado. Um serviço de inteligência depois do outro tentando usá-lo, espremê-lo, manipulá-lo para os propósitos deles. Extorsão. Ameaças. E, passando por tudo isso, você se esforçou para fazer a coisa certa. Viver de forma tão honrosa quanto possível no meio desavergonhado. Todas essas coisas eu sei e reconheço. Você não as mereceu. Fez o melhor que pôde.

Lentamente, acima da cabeça de Adam, uma forma tênue começou a girar, uma sombra fitando todos eles, vinda de um lugar atormentado, no fundo da alma de Adam.

— Rápido — disse Horace entre os dentes. — Apresse-se!

Robert sentiu os indícios de uma nota única, pura, que tocava no centro da sua mente, no lugar onde os pássaros cantaram com uma alegria sem limites.

— Tariq, eu sei o que os interrogadores são capazes de fazer — disse Katherine. — Eles o obrigaram a ceder porque eles conseguem fazer qualquer um ceder. Ninguém consegue resistir àquele tipo de tratamento. Não há motivos para se envergonhar. Não é vergonha nenhuma. Se há alguém que deveria sentir vergonha, essa pessoa sou eu.

A forma em volta da cabeça de Adam deu voltas, emitindo lampejos de angústia e perda que atingiam Robert como socos no estômago. Robert apertou mais ainda as mãos de Terri e Horace ao ver o olho da morte coalescendo ar em volta de Adam, chamejando amarelo e azul, dolorosamente belo, fitando todos eles.

Katherine falou para o olho.

— Você era um homem poderoso, um ser poderoso, mais forte do que eu, mas ficou fraco, um parasita. Não é digno da sua alma gentil. Você era um homem valente, e pode voltar a ser. Sei que você construiu o Ma'rifat' pensando em mim o tempo todo. Sei que queria me obrigar a ver o quanto tinha sido traído e o quanto havia sofrido, e sido humilhado por mim; o quanto eu o magoara. Sei que transformou os pequenos versinhos e canções que costumávamos compor em pistas para a localização das chaves. Sei que escondeu todas de tal modo que eu poderia ser capaz de encontrá-las. Sei que fez essas coisas, de forma a assegurar que havia uma falha no seu plano, uma possibilidade de impedi-lo, de salvá-lo do que você planejava fazer. E essa chance é agora.

Katherine caiu de joelhos, fitando o olho.

— Você pode me perdoar? Por favor, perdoe-me. Imploro que me perdoe, assim como eu o perdoo.

Por um milésimo de segundo o olho cintilou um branco opalescente, raiva e medo lutando contra outras possibilidades, contra espectros de outros resultados. Robert sentiu uma onda de tristeza, de pesar. No entanto, Adam encheu os pulmões e berrou:

— NÃO!

Ele saíra do estado de torpor com uma súbita e frenética guinada e abriu passagem entre o círculo, jogando todos para trás. Depois, inclinou-se em direção a Katherine, que gritou e caiu em prantos, desesperada. Adam aproximou-se dela, sem saber ao certo se deveria confortá-la com um abraço.

Horace gritou:

— Adam, deixe-a em paz!

Tarde demais, Robert viu Adam se virar e dar um empurrão em Horace, arremessando-o no ar. O homem chocou-se contra o banco, batendo a cabeça e caindo com o corpo retorcido. Adam pulou sobre ele novamente e agarrou a Caixa da Maldade.

Terri correu na direção de Horace, quando Adam se virou para ficar de frente para Robert e Katherine, que se colocou diante dele com firmeza, com os braços abertos, desafiando-o a passar.

Adam rugiu de raiva.

— Tarde demais! Tarde demais!

Ele se virou e girou as mãos no ar, segurando o núcleo, e lançou uma camada de luz devastadora sobre os outros.

Nova York, 2 de setembro de 2004

O dia ainda estava amanhecendo quando Robert voltou a si. Ele rolou e tentou se levantar, mas cada parte do seu corpo latejava de dor.

Horace estava sentado em um dos bancos, com os olhos fechados, em uma postura de meditação. Robert sabia que o amigo estava muito ferido. Ainda assim, ele emanava paz.

O início do crepúsculo banhava o parque com uma luz dourada. Ele podia senti-la na pele, como uma chuva quente e suave, o que o fez estremecer.

Terri tinha ido embora e Katherine ainda estava inconsciente, no mesmo lugar em que caíra, perto da base do obelisco. Robert se aproximou e se ajoelhou ao lado dela, colocando a mão em sua testa. Sem saber como, percebeu que ela não estava ferida, e acariciou seu cabelo.

— Querida. Me perdoe.

Horace falou atrás dele.

— Não tem porque pedir perdão, Robert. Para irmos adiante tivemos que vir até aqui.

— Ainda posso salvar Adam — disse Robert. — Aquele não era ele.

Horace grunhiu.

— Cuide de sua esposa. Depois precisamos conversar. Temos que parar essa coisa.

— Você está ferido, Horace.

— Cuide de Katherine.

Horace tirou do bolso um mapa de Manhattan e começou a estudá-lo atentamente. Era o mesmo que tinha tomado de Robert na Grand Central, marcado com as linhas da forma sagrada que ele traçara na cidade, durante as provas.

Robert tirou a jaqueta, ajoelhou-se ao lado de Katherine e colocou o agasalho suavemente sob a cabeça dela. Depois, pegou a mão da esposa e beijou seus anéis. Após alguns minutos as pálpebras de Katherine tremeram. Ela voltou a si e olhou ao redor em um pânico súbito.

— Eu tentei salvá-lo! Eu tentei! Horace? Terri?

Ela tentou se levantar, mas Robert a conteve com um toque de mão.

— Você fez o melhor que pôde, querida. Eles eram fortes demais. Descanse um pouco.

— Está tudo bem com Horace? Precisamos detê-los! Precisamos agir!

— Nós vamos fazer isso. Acalme-se.

Horace agitou o mapa.

— Os esconderijos. Os locais. Os enigmas. Preste atenção, dispomos de pouco tempo agora. Tudo teve um propósito. Algo mais do que simplesmente alcançar a próxima etapa das provas, quero dizer. Todos eles se harmonizam, e todos se combinam, para dar... — disse ele retraindo-se de dor, quando se levantou para mostrar-lhes o que havia descoberto.

— Horace, tente ficar parado.

Katherine colocou as mãos em volta do pescoço de Robert para levantar-se. Ele a levou para junto de Horace, e sentaram-se ao lado dele.

— Esses são os locais dos esconderijos.

Horace apontou para os círculos e linhas que havia desenhado de cima para baixo no mapa.

— Você precisa entender como tudo se conecta. Por favor, passe-me a arma de Terri. Rápido.

Robert pegou o cano de aço sob o banco onde tinha caído e o entregou a Horace.

— Agora, por favor, ajude-me a levantar.

Com extrema dificuldade, usando o tubo como bengala, Horace deu alguns passos para a frente, firmou-se e começou a traçar linhas no chão com o auxílio do cano. Enquanto desenhava, as linhas começaram a brilhar levemente no crepúsculo.

— Aqui está Manhattan — disse ele, com a voz áspera de dor, fazendo um traçado da ilha, inclusive a caixa retangular do Central Park. — Uma poderosa corrente de energia, que poderíamos chamar de *ley-line*, ou corrente de energia terrestre, que percorre todo o comprimento da ilha.

Ele desenhou uma linha vertical até o centro de Manhattan.

— A maioria das pessoas não sabe desse alinhamento, embora inconscientemente ele tenha determinado a arquitetura e a vida da cidade de diferentes maneiras. Tornou-se a espinha dorsal da cidade. A Quinta Avenida segue amplamente esse caminho. Nada menos que três obeliscos estão localizados ao longo de seu trajeto, como você mesmo viu, Robert, bem como o grande arranha-céu do Rockefeller Center.

Ele desenhou um círculo perto da base da ilha, no local da St. Paul's Chapel, e outro no local do Worth Monument, e um terceiro onde eles estavam, no Central Park. Todos os três ficavam no caminho da *ley-line*. Depois, traçou um quarto círculo, para representar o Rockefeller Center, bem ao sul do Central Park.

— Eu acho que percebi isso — disse Robert. — Eu notei esse padrão quando estava concluindo as provas. Mas havia mais. Havia...

Horace fez um gesto com a mão.

— Uma coisa de cada vez. Quando o criador do Ma'rifat' procurava um modo de maximizar o efeito do seu dispositivo, ele claramente decidiu usar essa *ley-line* para ligar dois dispositivos, em vez de usar apenas um. Dessa forma, ele podia assegurar-se de que a força destrutiva se estenderia por uma ampla área, em vez de se propagar somente a partir de um ponto. E então ele tirou as chaves de um dos dispositivos e as escondeu em uma determinada posição ao longo da ilha, em volta dessa linha central de energia, como uma espécie de antena para transmitir o impacto.

Ele desenhou círculos para mostrar a localização de cada um dos esconderijos.

— O formato escolhido para dispor as chaves é conhecido como Árvore da Vida. Tem outros nomes, mas esse é o mais conhecido. Ele teria escolhido esse formato porque tem sido usado, desde os primórdios, para ajudar seres humanos a lidarem com energias psicoespirituais. Aparece no Antigo Egito, na cabala do misticismo judaico, na vertente sufi do islamismo, sempre como uma chave que libera tais poderes. É uma imagem do Caminho.

— Como esse formato é usado?

— Pode ser usado de diversas maneiras. Ele é composto por dez círculos, ou esferas, unidos por um total de 22 caminhos. Alguns o usam como uma ferramenta para a meditação, como mandala, visualizando jornadas ao longo dos caminhos da Árvore, de uma esfera a outra. Nessa forma de uso, cada esfera representa uma faceta diferente da consciência humana, desde a faceta puramente sensorial e física na base, aos mistérios inefáveis do divino no topo. Outros conferem valor astrológico às esferas, ou as associam a animais, pedras e plantas medicinais. Isso não acontece nesse caso. O nosso homem não usou todos os caminhos nem todas as facetas do formato.

"Melhor que isso, ele inverteu uma tradição na qual a Árvore representa a criação, com a luz divina inacreditavelmente poderosa acima, descendo como um raio pelas outras esferas, para lançar a realidade física em um nível mais inferior. A intenção dele foi a de usar o lado sombrio da árvore, descarregando destruição em vez de criação. Um raio de escuridão, melhor dizendo."

— Mas isso deu errado quando Adam matou Tariq — completou Robert. — Ele nunca conseguiu posicionar um dos dispositivos.

— Exatamente. Teria sido a última parte do quebra-cabeça. Todo o resto estava no lugar. Mas Adam impediu a detonação do Ma'rifat' quando o artefato ainda estava a quilômetros de distância de Manhattan.

— Então as chaves foram deixadas onde estavam, e o outro dispositivo... Onde está o outro Ma'rifat'?

Enquanto conversavam, subitamente Katherine visualizou, com total clareza, o cubo que constituía a quarta chave do Ma'rifat', aquele que ela roubara do cofre, no quarto que fora dela e de Robert. Um cubo composto de 125 cubos menores, cada um marcado com um número e o cubo maior dividido em cinco pedaços de 25 cubos.

Ela fechou os olhos e os números passaram por sua cabeça. Então ela se viu em um hotel, em forma de cubo, onde cada quarto tinha um número diferente.

Em todas as direções, cada série de cinco números somava 315.

O quarto central, no meio do hotel, não tinha número. Aquele deveria ser o mistério central, a chave que Tariq queria esconder e, no entanto, não conseguira evitar.

Ela examinou os números dos *waypoints*. Os primeiros eram: 025, 064, X62, 101. Era uma diagonal interior do cubo. Do topo à esquerda até a base à direita.

Naquele momento, ela percebeu que o decifrara.

Os quatro *waypoints* seguintes eram 036, 057, X69, 090. Outra diagonal interior. Da base à esquerda ao topo à direita.

Ela examinou o restante. Todos passavam pelo cubo central sem número. Em cada caso, o X representava aquele mesmo cubo.

Todas as séries de cinco cubos somavam 315.

Portanto, o cubo central, o número misterioso, só podia ser... 63.

25	16	80	104	90
115	98	4	1	97
42	111	85	2	75
66	72	27	102	48
67	18	119	106	5

91	77	71	6	70
52	64	117	69	13
30	118	21	123	23
26	39	92	44	114
116	17	14	73	95

47	61	45	76	86
107	43	38	33	94
89	68		58	37
32	93	88	83	19
40	50	81	65	79

31	53	112	109	10
12	82	34	87	100
103	3	105	8	96
113	57	9	62	74
56	120	55	49	35

121	108	7	20	59
29	28	122	125	11
51	15	41	124	84
78	54	99	24	60
36	110	46	22	101

E viu também que teria que ser esse o *waypoint* da localização do Ma'rifat', o segredo mais precioso de Tariq.

Ela respirou fundo.

— Robert, dê-me o Quad — ordenou Katherine.

Ela acionou o programa GPS e procurou o *waypoint* 63 no índice, mas não achou. Não constava nenhum *waypoint* com aquele número. De alguma forma, Tariq devia tê-lo escondido. Fez uma busca em branco do *Vá ao waypoint* _____ e checou os números manualmente. 063. De repente, ela o encontrou.

— Centro da cidade! O dispositivo restante está no centro de Manhattan! Perto de onde você começou as provas. Não mostra exatamente onde, e não há nenhuma pista para ajudar, mas está nas redondezas da St. Paul's.

Horace olhou para ela estupefato.

— Eu tinha chegado a uma conclusão semelhante. Teria que estar razoavelmente perto do ouro vermelho escondido no Fed para captar o seu poder de ampliação. Como você descobriu?

— Tariq escondeu algo no centro de todos os dados do *waypoint*. Era um número sugerido por todos os outros números do *waypoint*, baseados na quarta chave, aquele cubo mágico coberto de números. Não acho que o nosso esforço de contatar o Minotauro foi em vão, afinal de contas. Acho que consegui atingir Tariq tempo suficiente para ele deixá-lo na minha mente, de algum modo.

Robert se levantou e, impaciente, fitou o mapa que Horace havia desenhado. Ele queria agir, atacar. A dissonância na sua cabeça dava lugar a um sentido de objetivo único e poder cada vez maior. Ele apontou para a ponta do sul da ilha.

— Já que sabemos que está lá, por que não estamos a caminho para destruí-lo?

— Porque, se você for agora, será morto. Você tem que entender algumas coisas. Só depois disso será a hora certa. Muito em breve.

— Que coisas?

— Primeiramente, as provas. Eu organizei a sequência delas, escolhi seus conteúdos, para que você seguisse o mesmo modelo por Manhattan que o criador do Ma'rifat' tinha exposto para a destruição da Árvore da Vida, só que ao contrário. Ao adquirir os poderes liberados por cada prova, você estaria afastando as sombras de cada nível da Árvore, redirecionando o modelo para o bem e construindo energia necessária para apagá-las completamente, no fim, derrotando o Iwnw e impedindo a detonação.

— Eu percorri a Árvore da Vida, da base ao topo.

— Exatamente. Você percorreu os seus níveis-chave, cada um correspondente a uma prova. Elas serviram para prepará-lo para uma provação final, a luta da sua vida, na próxima hora. Só os dignos podem adentrar a arena. Para tornar as coisas mais claras, Robert, por favor, venha e deite-se em cima do mapa.

— Como é que é?

A voz de Horace aumentou de impaciência e dor.

— Apenas faça o que digo! Temos pouco tempo.

Robert curvou a cabeça como se pedisse perdão e deitou sobre o mapa, com o rosto para cima.

— Com sua cabeça voltada para o Rockefeller Center ficará mais fácil para você entender, e me permitirá executar um ritual de energia.

Robert sentiu uma profunda onda de energia, vinda do chão, atravessar seu corpo.

— Primeiro, a Prova da Terra. Você foi quase morto logo no primeiro dia, não foi? Teve que lutar por sua sobrevivência física, afundando os dedos em terra de cemitério, observando o Marco Zero, refletindo em como reagimos ao sermos atacados e reagindo à morte. Depois, o grande poder da sexualidade: a Prova da Água. Você irá perceber que a Mercer Street equivale à área da sua virilha. A seguir, egoísmo, autonomia, autoestima e egocentrismo: a Prova do Fogo. Você se recusou a ser chantageado, jogou a tentativa de Adam em controlar você de volta na cara dele. Coragem.

— Então fui ao Union Square.

— O lugar do coração espiritual. O lugar de encontro do físico e espiritual. Na tradição judaica, é chamado Tiferet, que significa beleza, ou Rahamim, que significa compaixão. Na mística islâmica, é chamado Qalb, que quer dizer coração. Você verá que equivale ao seu coração propriamente dito.

— Isso existe no islamismo também?

— Naturalmente. Todo o verdadeiro trabalho de alma em todas as tradições leva a esse lugar. No quarto nível você começa a transcender o ego, o egoísmo, começa a viver mais totalmente para outros, em vez de você. Você só pode transcender um ego sadio, naturalmente. Um ego doente o impede de chegar lá. Ele engole tudo. O Union Square foi a Prova do Ar.

— Por que ar?

— Por ser o menos substancial dos quatro primeiros elementos. O mais provável de dissipar-se, a menos que seja alicerçado à terra pelos outros três. A compaixão por si só não é nada, a menos que seja enraizada na ação. Ter pena do garotinho não seria o bastante para salvá-lo. Só o ato de pular no mar de sapatos e pernas e protegê-lo com o próprio corpo foi o que salvou a vida dele.

— E depois?

— Nível cinco. Prova do Éter, que representa um elemento ainda menos substancial do que o ar, no entanto capaz de penetrar em tudo, como um campo de energia. Ele representa a interligação de todas as coisas. É o espaço da expressão, criatividade, situada ao nível da garganta, o lugar onde cada um fala a sua verdade. É alcançado apenas através de um equilíbrio dinâmico dos quatro primeiros elementos. É onde se começa a descobrir até que ponto se pode criar, de fato, o mundo à sua volta. É onde se aprende o verdadeiro significado da *intenção*, que é a combinação da sua vontade com sua capacidade de criar. É o estado buscado pelos antigos alquimistas, um nível de percepção onde se percebe como a consciência e a matéria são dois lados da mesma moeda. Foi dessa forma que você conseguiu desarmar a bomba.

"O sexto nível. Prova da Mente, o nível de discernimento e da compreensão. Visão interior. O terceiro olho, o olho vestigial que é a glândula pineal. A Biblioteca Pública de Nova York está ao nível da sua testa e é onde você encontrou Borges, o visionário cego. É onde adquiriu o poder da cura. Foi também nesse nível que você foi ferido na cabeça. Você escapou do tiro de Katherine quando não pude protegê-lo."

— Foi a única vez que o Iwnw se apoderou de mim — disse Katherine. — Robert, me perdoe. Por um momento eu realmente cheguei a pensar que o havia matado.

A mente de Robert estava distante, e ele não respondeu.

— Depois, veio a Prova do Espírito. A estrela de sete pontas representa o conhecimento esotérico, gnose, o aprendizado do que é secreto ou escondido. Talvez por isso a polícia o usa nos seus distintivos, de forma bastante esquisita. Está no alto da sua cabeça, como o Rockefeller Center.

Robert voltou a prestar atenção.

— Então, a cidade, o meu corpo e as provas são agora, de certo modo, uma só coisa. Como usamos isso, Horace?

— Voltando a Árvore da Vida para lutar contra o Iwnw. Agora, você será capaz de explorar o poder bruto da *ley-line* que percorre o seu núcleo, através da coluna central da Árvore. E terá os seus próprios poderes totalmente despertados, atraindo as forças da terra, água, fogo, ar, éter, mente e espírito.

Robert compreendeu. Durante as provas, ele fora despedaçado e a sua antiga identidade havia sido removida e destruída. E no lugar da antiga identidade ele podia sentir a plenitude de um novo "eu", evoluindo a partir das ruínas da sua *persona* anterior, sonâmbula e presa ao medo. Sentia luz irromper de dentro de si, enquanto o seu novo corpo era recomposto, unido aos seus poderes plenos, unido à plenitude do mundo externo, à gravidade da Terra e ao amor ilimitado dos céus.

— Agora, vamos ao ritual de poder.

Horace entoou as palavras com a maior seriedade:

— Nós trilhamos o Caminho de Seth. Desmembramos este homem, e agora reconstruímos o seu corpo repartido, na luz da renovação. Onde encontraremos uma cabeça?

Robert respondeu:

— Eu vi a mesma cabeça duas vezes, na primeira e terceira provas. A cabeça do Homem Verde, com vegetação brotando do rosto.

— A renovação — disse Horace, usando o bastão metálico para desenhar uma cabeça imaginária sobre a de Robert. — Onde encontraremos braços?

— A quinta e a sexta provas. O braço único, empunhando a espada no Worth Monument, e o braço empunhando o martelo, na General Society, onde encontramos Terri.

Horace traçou novos braços, por cima do corpo de Robert. A cada adição ao seu corpo de luz, Horace desenhava a forma correspondente acima dele.

— Lute com o poder honrado. Onde encontraremos um coração?

— A quarta prova. Union Square. Os quatro corações unidos que formam uma rosa dos ventos. Katherine, eu, Adam, Terri.

— Compaixão. Onde encontraremos pernas?

— A primeira prova. Pernas douradas.

— Que elas o transportem à sua caça. Onde encontraremos uma coluna?

— Provas seis e sete. O caduceu esculpido nos degraus da Biblioteca Pública de Nova York, e o que está nas mãos de Hermes, no Rockefeller Center. A varinha mágica de Hermes e de Tirésias representa a coluna, desde os poderes terrenos na sua base aos poderes divinos no seu topo. E, por isso, também, representa o Caminho.

— Que essa coluna o mantenha de pé, e nunca o deixe cair novamente. Esse caduceu também representa a coluna central da Árvore da Vida, desenhada nesta cidade. Por ela fluem o poder da *ley-line* e o poder de Robert Reckliss despertado, as serpentes idênticas do "eu" físico e espiritual. Onde encontraremos, finalmente, uma pele de luz?

— A primeira prova novamente. O Homem da Luz em Espiral. O anjo dos sete selos.

Horace desenhou espirais de luz giratórios sobre o corpo de Robert.

— Agora você desvendou os sete segredos. O filho do homem desmembrado acaba de nascer, e ele é o velho nascido dele mesmo, feito novo na luz do Caminho. Com o que você lutará contra a Irmandade do Iwnw, aqueles que disputam a propriedade do Caminho?

Sentindo o poder irradiar de seu corpo, Robert levantou-se e tomou o bastão das mãos de Horace.

— Com amor. Com amor e o bastão de Hermes.

— O que você ouve?

— O mais puro canto dos pássaros.

— Você emergiu da mais escura das noites e concluiu a Prova do Espírito.

Katherine o fitava com os olhos cheios de lágrimas. Ele pegou a sua mão e a beijou.

— Olhe o que isso quase me custou.

— Eu amo você, Robert.

— Eu a amo, querida.

Robert virou para Horace e perguntou:

— O que mais precisamos saber antes de partirmos?

— Agora você pode aprender um segredo sagrado. Na preparação de materiais, tais como o ouro vermelho e o vidro metálico, conhecido como a

Pedra Filosofal, são usadas certas palavras de poder. Quando pronunciadas na ordem correta, por um adepto em um estado de elevada capacidade espiritual, elas conferem domínio sobre os materiais.

— Quais são elas?

— Não sei. Mas você sabe.

— Sobre o que você está falando? Não sei nenhuma palavra de poder.

— Sabe por que as ouviu em algum momento no seu contato com o Caminho. Quando precisar, vai se lembrar delas. Você tem que lembrar.

— Havia algumas palavras, como as do manuscrito de Newton que Adam jurou proteger — disse Katherine. — Mas metade delas foi apagada. Adam nunca me disse quais eram.

— A outra metade lhe virá quando você precisar dela. Aquelas são as palavras de poder para a Pedra, o metal vítreo.

— E o ouro vermelho? Você deve conhecer as palavras para ele.

— Lawrence e eu, cada um de nós sabia uma metade, e posso compartilhar as minhas palavras com você. *Quaero arcana mundi:* "Busco os segredos do mundo." Mas não me foi permitido o acesso às palavras de Lawrence, nem encontrei nenhum registro delas, desde a sua morte.

Katherine gritou, frustrada:

— Como Robert poderia conhecê-las, então?

— Quase certamente Lawrence teria tentado comunicá-las antes de morrer. Nesse caso, você irá se lembrar a tempo. Confie no Caminho.

Katherine e Robert ajudaram Horace a se sentar em um dos bancos, onde ele se acomodou com uma arfada de dor.

Robert fez as perguntas finais:

— Você faz ideia de como é o *waypoint* final? O que estamos procurando?

Horace apontou para o obelisco que se agigantava acima deles.

— Para ir direto ao ponto, estamos na extremidade masculina da polaridade. Você deve ir à extremidade oposta, a um espaço intensamente feminino.

— Feminino? Como?

— Não sei exatamente. Tenho procurado qualquer eco psíquico ou impressões desse lugar há algum tempo. É bem protegido. Tudo que consegui ver é que há um espaço feminino, perto de onde você começou. Precisa encontrá-lo. É curvo, arredondado e escondido.

— Adam se apoderou de todos os gatilhos do Ma'rifat'. Por que ele simplesmente não o detona assim que chegar lá?

— Ele poderia. Mas a explosão seria menor do que o desejo do Iwnw. Ele precisa de você lá para dar-lhe a força completa de uma bomba de alma, mas você também é o único que pode desarmá-la. É um risco que estão dispostos a enfrentar.

— Mas...

— Explodirá hoje, dentro de poucas horas, a menos que você a desarme, é verdade. Mas para atingir a imensa catástrofe que os seus mestres necessitam, Adam precisa do seu poder, o poder que refinamos e construímos em você, durante a semana passada. O poder de derrotar Adam, que também pode ser transformado em ajuda para ele. Para atingir o que desejam, os membros do Iwnw precisam de um Unicórnio. Mais precisamente, precisam do sacrifício de um Unicórnio.

— Estou pronta — disse Katherine. — Vamos.

— Meus filhos, lembrem-se de tudo que Adam lhes disse. Lembrem-se de todos os jogos dele. Mesmo sem que ele saiba, eles podem formar uma chave, um código, uma metáfora, que pode salvar suas vidas. Salvar suas almas.

Horace fechou os olhos e Robert notou que ele sentia dor.

— Robert, meu filho. O Caminho o levou ao seu topo, ao amor, à abnegação, à centelha divina interna. A Deus, se você gosta do termo. E, neste caso, ao combate solitário; a uma luta para a morte, sem piedade. Você deve prevalecer.

Robert olhou bem nos olhos do seu velho amigo.

— Obrigado, Horace.

— Agora vão, meus amigos. Não posso sair daqui. Estou muito ferido para prosseguir. Estou ficando fraco. Trabalharei para protegê-los.

Katherine tomou Horace pela mão.

— Quer que chamemos um médico? Há algo que possamos fazer?

Horace acariciou a mão de Katherine e sorriu.

— O cuidado que preciso não pode ser obtido em um hospital, minha menina. Eu sempre fui protegido. O querido Lawrence deu a própria vida para me proteger e a Robert. Agora é a minha vez de dar proteção. Boa sorte. Vão.

Katherine e Robert correram para o leste pelo parque, passando pelo Greywacke Arch, até a Quinta Avenida. O primeiro veículo que viram foi uma limusine branca enfeitada com fitas da mesma cor, voltando do que parecia um casamento. Desesperada, Katherine fez sinal pedindo carona.

— Pode nos levar até o centro? É uma emergência. Aqui está o dinheiro — disse ela, entregando diversas notas de 20 dólares ao motorista pela janela do carona.

— Houve uma festinha na parte de trás — explicou ele, aceitando o dinheiro. — Foi um casamento louco. Não acho que tenha sobrado ninguém aí, mas seria uma boa ideia conferir. Damas de honra. Os amigos do noivo. Jovens animados que queriam se divertir a noite toda. Acho que os últimos acabaram de saltar.

Robert e Katherine entraram no carro. Garrafas vazias rolaram no chão entre chapéus de festa, caixas de pizza e serpentina em spray. Os bancos estavam cheios de pétalas de flores e lantejoulas.

— Igual ao nosso casamento — disse Katherine. — Vá direto para a Quinta Avenida, depois para a Broadway, até a Maiden Lane. Rápido.

— Sim, senhora. Quer privacidade?

— Sim.

O motorista apertou um botão e levantou a divisória atrás dele. Depois, acelerou, impelindo Katherine e Robert contra os bancos.

Passaram por grupos isolados de turistas matinais, representantes republicanos que faziam jogging, um ou outro manifestante ocasional. Passaram também pelo Rockefeller Center, pela Biblioteca Pública de Nova York e pelo Empire State.

Robert tentou lembrar detalhes do telefonema de Lawrence e seu bilhete de suicídio, procurando alguma mensagem. Depois tentou jogos de Adam, e a peça...

Katherine fechou os olhos e mergulhou em um profundo estado de meditação, mantendo a respiração em um ritmo profundo, regular. O medo e a raiva que a rodearam em uma aura escura na noite anterior tinham desaparecido, e Robert sentia que ela transformara aqueles sentimentos em confiança e determinação.

Olhando pela janela, ele viu algumas lojas de souvenir. Havia miniaturas do Empire State, do Chrysler Building, do World Trade Center... Ele entendia sua mania agora. Realmente estava melhorando. Começara a perceber as provas, o mistério do modelo de filamento sagrado que ligava as ruas de Manhattan, mesmo antes que ele despertasse. E havia algo mais. Alguns edifícios afetavam diretamente os seus sentidos, cantando-lhe em harmonias que nunca tinha ouvido antes.

Quando passaram a rua 29, um edifício à esquerda pulou à sua vista como um trem que se aproxima. Número 261. Cor de vinho, azul e dourado. Hexágonos, cubos e zigurates o atingiram bem nos olhos. Ele se espantou e desviou o olhar. Ainda não estava totalmente acostumado à intensidade da sua percepção mais desenvolvida. E agora, intuitivamente, ele a compreendia. Alguns edifícios estavam mortos e o atingiam somente com monótona frieza. Outros acertavam diretamente o seu sistema nervoso central. Os edifícios que mais o afetavam tinham vários estilos de art déco, aqueles que usavam temas e proporções de antigos prédios sagrados: portões monumentais, formas de raio em zigue-zagues, fachadas com agulhas de torres verticais, como nos templos egípcios e da América Central. Ele os sentia como expressões físicas do Caminho que havia trilhado, como se as suas experiências tivessem sido esculpidas e congeladas no tempo para que todos pudessem ver. Ele viu novas harmonias de proporção, cor e espaço, e percebeu que o Caminho tinha sido codificado na arquitetura sagrada havia milhares de anos.

Sua alma inteira cantava. Percebia a esposa de outra maneira. A presença dela era vibrante e mágica. Ele tomou a mão de Katherine, que retribuiu o carinho, enquanto ele a olhava nos olhos.

— Kat, perdoe-me por ter traído você. Estou profundamente arrependido. E arrependo-me especialmente de algumas coisas que eu disse, quando discutimos por causa disso. Sobre o desejo de repetir a traição. Sobre...

Ela pôs o dedo sobre os lábios dele.

— Se você não tivesse feito o que fez, nenhum de nós estaria vivo agora. Entendo o que teve que acontecer — disse ela, segurando as mãos dele. — Ainda estou muito aborrecida com Horace e Adam pela incapacidade de pensar em um modo melhor de fazê-lo passar pela segunda prova. Poderia ter sido feito de forma diferente. Tenho pena de Terri pelo câncer. E me arrependo também de algumas coisas que eu disse nos últimos nove meses. Pela frieza entre nós. Pelo distanciamento, desde que perdi o bebê.

— Não foi culpa sua o que aconteceu a Moss.

— Eu achava que tinha sido. Agora penso diferente.

Ele pôs a mão no bolso e pegou a aliança.

— Você poderia colocá-la no meu dedo, por favor?

Ela o olhou bem nos olhos, tentando penetrar no fundo do seu coração. Por um momento, mesmo enquanto se despojava totalmente diante do olhar fixo de Katherine, ele temeu que ela se recusasse a aceitar a proposta. Então, ela pegou a aliança e a deslizou pelo dedo do marido. Eles coroaram esse momento com um longo beijo e Katherine se virou, de modo a aconchegar-se nos braços dele. Permaneceram em silêncio, observando os edifícios da Broadway e preparando-se para o perigo que estava se aproximando.

— Estamos quase chegando — disse o motorista através do sistema de comunicação interna da limusine. — Maiden Lane. Foi um prazer servi-los esta manhã.

A limusine parou e eles saltaram. Agora, aos olhos de Robert, o céu estava branco pulsante. Ele tentou guiar a mente em direção a Adam e a Terri, mas não encontrou nada.

O Fed ficava do outro lado da rua, a algumas quadras a leste da Broadway. Havia mais ouro lá do que em qualquer parte do mundo, até do que em Fort Knox. Robert visitara as caixas-fortes subterrâneas, escavadas nos leitos de rocha de Manhattan, e vira os lingotes empilhados em compartimentos sem identificação. Agora o local abrigava ouro vermelho suficiente para ajudar o Iwnw a matar milhões de pessoas.

"Seria esse o lugar onde se encontrava o Ma'rifat'? Seria impossível entrar", pensou Robert. E ele não tinha nenhuma lembrança em relação aos espaços subterrâneos serem curvos ou arqueados.

Ele pegou o Quad e tentou localizar o *waypoint* 63, mas dados incoerentes encheram a tela do GPS. A seta direcional balançou de modo descontrolado.

— Kat, você está captando algum sinal de Adam, ou de Terri? Ou do Iwnw?
— Nada.

Quando estavam quase avançando em direção ao Fed, na esquina da Maiden Lane, Katherine ficou imóvel diante de uma joalheria. Robert viu um espectro de luz amarela refletido na vitrine da loja. Então a aparição se moveu e rodeou Katherine. Ela inspirou profundamente, modificando sua postura.

— Tempo e espaço sob meus pés — disse ela. Mas aquela não era a voz dela.
— Terri?

Havia um relógio na calçada sob os pés de Katherine, rodeado por um anel de latão marcado com pontos de bússola para norte, sul, leste e oeste.

— Vejo onde vocês estão. Olhem para o norte. Procurem os quatro elementos.

— Onde você está?
— Centro. Escondida. Subterrâneo. Dor.
— Estamos indo buscar você, Terri. Para onde ele foi?
— Curvo. Arcos. Não consigo ver.

Ela deu um grito súbito.

— O Iwnw está aqui. Está queimando! Ah, meu Deus, está queimando! Venham logo!

E ela foi embora. Katherine caiu, arfando, com as mãos nos joelhos, e cuspiu.

— Maldição! O que foi isso?

Ele segurou os seus ombros, mas ela se afastou.

— Terri fez contato através de você. Você está bem?

Ela sacudiu o corpo, tentando se recompor.

— Ela disse onde estava? O que eu senti foi horrível. E doeu.

— Ela tentou nos guiar. Disse para irmos para o norte, procurar os quatro elementos.

A seta indicando para o norte no relógio da calçada apontava para o antigo AT&T Building, no número 195 da Broadway. Eles correram para lá. Ao longo da fachada da Broadway havia quatro painéis de folha dourada sobre fundo preto: uma mulher de seios nus e de postura distintamente terrena, rodeada de vegetação; um jovem brincando entre pássaros; outro jovem, envolto em chamas; uma fada aquática curvilínea. Terra. Ar. Fogo. Água.

Robert tentou, mais uma vez, fazer contato com Terri. Lembrou-se do exuberante e sensual amarelo da amante que se desdobrara do corpo de Terri para seduzi-lo no hotel. Dolorosamente belo, sexo de luz. Ele a encontrou. Mas agora ela estava atormentada pela dor e pelo medo. A imagem do homem em chamas repercutia nela. Ele viu o câncer se espalhar pelo corpo dela, o ódio dela pelo Iwnw e as inúteis orações que ela fazia por Adam. O medo do que aconteceria ao mundo. Ela via o mundo todo em chamas, não somente a si mesma. Com todo o cuidado, ele conseguiu persuadi-la a ir na direção deles, a afastar-se da sua dor. Ele vislumbrou uma imagem passageira do lugar onde ela estava, um belo olho de vidro acima da cabeça de Terri como o olho da própria morte. A imagem sumiu.

— Kat, vou tentar atrair Terri. Você pode incorporá-la novamente se ela conseguir?

Katherine concordou, um pouco relutante.

— Tentarei não resistir dessa vez. Tentarei ajudá-la a manter-se.

Robert procurou Terri com mais determinação, sentindo um potente bloqueio em volta dela. A mente dele estava sendo desviada de uma posição que ele conhecia. De repente, teve uma experiência enlouquecedora: percebeu que sabia onde estava o Ma'rifat'. Já havia, inclusive, estado lá, mas o local estava tão fortemente protegido que ele não podia vê-lo, nem na própria mente.

— Se eles precisam matar um Unicórnio para atingir o nível da deflagração que desejam, não faz sentido bloquear a localização de mim — disse ele a Katherine. — Por quê?

— Só faz sentido se não estiverem prontos para enfrentar você. Se ainda não têm certeza que são capazes de derrotá-lo. Eles devem estar reunindo força. Talvez atraindo o poder do ouro vermelho. Acumulando energia.

— Então Terri tem de nos guiar até lá, antes que eles estejam prontos. Isto é o que ela está tentando fazer. Ela pensa que ainda temos uma chance de desarmar o artefato.

— Traga-a para mim. Estou pronta.

Robert buscou Terri novamente e a encontrou esquivando-se furtivamente atrás das barreiras psíquicas do Iwnw. Ele harmonizou sua consciência com a dela e suavemente a atraiu para o corpo de Katherine, que tremeu ligeiramente, e acenou com a cabeça.

— Norte — disse Terri, falando pela boca de Katherine. — Norte. Cura Mary. Cura Mary.

Eles passaram pela St. Paul's Chapel, pelo obelisco, e atravessaram a Broadway em direção ao City Hall Park. Ele ajudava Katherine a andar.

Terri surgiu de forma violenta, respirando com dificuldade. Com a voz rouca, ela falou:

— Curare? Placa, em uma árvore... Cura? Cura Mary? Ah, meu Deus... encontrem-na... juntem-na... dói demais...

Ele percorreu as árvores no parque além das grades, em direção ao norte. Finalmente percebeu o que Terri queria dizer: uma pequena placa metálica preta, perto do pé de uma árvore, em homenagem a Marie Sklodowska Curie, de 1934. Marie Curie. Cura Mary. Curare. Cure-me.

Ele entendeu o que Terri estava fazendo. Ela os guiava até o seu paradeiro, através de imagens do horror que viria. Marie Curie. Radioatividade. Raios X. Atômico.

E sua mente foi tomada por uma imagem devastadora e potente do olho da morte, em Lower Manhattan, disparando raios de luz azul e amarela no céu, uma onda de choque de ódio e medo espalhando-se com velocidade impossível através do planeta.

— Dói muito — gemeu Terri. — Robert. Vá para o norte... 270. Norte. 270.

— É um *waypoint*? *Waypoint* 270?

— Não! Rua... Número 270... Rua... Manhattan... Ah, merda, está queimando. Ah, Deus, está queimando...

Finalmente, ele achou. Broadway, 270. Na esquina sudoeste da Broadway com a Chambers havia um prédio de escritórios de aproximadamente 20 andares, de tijolo branco na parte de cima e vigas rebitadas de ferro preto na parte de baixo. Era um banco. Robert perguntou-se o que ela quis dizer com aquilo.

— Terri?

Katherine tremia de medo, mas Robert queria que ela mantivesse Terri por mais alguns instantes.

— Terri, você tem certeza?

Não obteve resposta. Apenas um grito de dor. O edifício apresentava juntas pretas consistentes nas vigas que o fizeram lembrar dos pinos pretos no sino da St. Mark's. A caixa-forte na coleção de fechaduras.

De repente, o sino começou a tocar na sua cabeça. Era um toque fúnebre. Os raios eram como os que ele havia visto em fotos do Fat Man e Little Boy, as primeiras bombas atômicas usadas por ódio.

Ele pegou o Quad e acessou o endereço através do Google. Conseguiu uma série de páginas da internet sem nenhum interesse significativo. Então, acrescentou "Marie Curie" à pesquisa.

Puta merda! Apareceu apenas uma entrada, contendo a expressão "Projeto Manhattan". O número 270 na Broadway fora o primeiro local a construir uma bomba atômica, durante a Segunda Guerra Mundial. O Projeto Manhattan ficava nesse local, antes de se mudar para Los Alamos, Oak Ridge e outros pontos no sul e no oeste. Esse era o local onde tudo começara.

Fat Man. Fat Mary. Cura Mary. Cure-me.

— Robert... City Hall... volte à City Hall.

Eles estavam exatamente a alguns metros do prédio do início do século XIX, da City Hall, onde fica o gabinete do prefeito. Robert percebia uma informação, sua mente gritava para que ele se lembrasse.

— Sob seus pés — disse Terri. — Escondido. Sob seus pés. Encontre-o.

Terri deu um último grito e abandonou o corpo de Katherine, que caiu de joelhos, com ânsia de vômito.

E logo o escudo do Iwnw caiu.

Uma estação de metrô abandonada. Fora de uso. Curva. Arqueada. A antiga City Hall Station. Era o que sua mente estava gritando. Fechada para o público por mais de 50 anos. A primeira estação na primeira linha do metrô de Nova York, no entanto, a mais bonita. Ficava exatamente sob City Hall.

O Quad tocou. Era Horace.

— Estou vendo. Vi de repente. A antiga City Hall Station!

— Eu sei. Estou vendo, também.

— Isso significa que eles estão prontos para você agora. Estão confiantes.

— Estou pronto para eles também.

Katherine afastou-se, emanando raiva e uma força de vontade inabalável. Horace perguntou se ele sabia como chegar lá.

— Sei.

— Estarei rezando por você. Dando-lhe todo o poder que eu puder.

— Eu sei disso, amigo. Preciso ir.

— Só uma coisa, Robert. Você ainda não pode envolver as autoridades, de jeito nenhum. O Ma'rifat' detonaria, entendeu? O medo e a raiva deles seriam o suficiente para detonar o Dispositivo. Isso tem que ser tratado por um Unicórnio. É entre a Luz Perfeita e a Irmandade do Iwnw.

— Entendi.

Katherine tomou o Quad das mãos dele.

— Horace, obrigado por tudo. Vamos pegá-los agora. Salvaremos tantas pessoas quanto for possível.

A City Hall Station tinha sido fechada originalmente porque era subutilizada, por ser pequena demais e muito curva para os novos trens, mais longos. O público tinha sido proibido de acessá-la por razões de segurança. Era usada apenas como curva para os trens no fim da linha 6. Apesar das regras de segurança, o entusiasmo de Robert pelas preciosidades arquitetônicas de Nova York o levou, por duas vezes, a dar uma espreitadela furtivamente na estação, escondido a bordo de um trem que fazia a curva. Ele sabia que ela tinha dois níveis: uma plataforma próxima aos trilhos e, acima, uma elegante área de guichês, arqueada.

Ele segurou a mão de Katherine, erguendo com a outra o tubo de aço que Horace lhe dera. Katherine parecia desfalecida e ele teve que praticamente carregá-la para o leste, ao longo da Chambers Street, passando pelo Tweed Courthouse, até o outro lado do City Hall Park e a linha 6 do metrô.

No lado leste da City Hall um elegante elevador verde-escuro, com uma cúpula ao estilo Budapeste, lembrava um pouco uma cabine antiga da polícia britânica.

— A entrada do inferno — disse ele a Katherine. — Quem poderia dizer?

O elevador desceu um andar e abriu-se diretamente em frente das catracas. Katherine parecia um pouco melhor. Já conseguia andar sem ajuda quando eles se dirigiram à plataforma de Downtown & Brooklyn e desceram os degraus.

Esperaram pelo trem da linha 6 virar. Quando o trem parou, uma voz no sistema de alto-falante pediu para que todos desembarcassem. A meio caminho, ao longo da plataforma, Robert e Katherine esperaram até o último momento possível, e no exato instante em que as portas começaram a fechar, pularam para dentro do vagão e abaixaram a cabeça. O trem partiu com um solavanco, fazendo ruído contra os trilhos sinuosos, e entrou no túnel escuro. Foram para a parte de trás e, quando o trem parou na escuridão, eles saíram das junções do último carro na plataforma e o trem partiu.

Robert e Katherine agacharam-se no canto mais extremo da estação abandonada e esperaram até que seus olhos se acostumassem à escuridão.

À frente deles, vagamente iluminada por lustres e claraboias de vidro decorado, estendia-se uma plataforma curva e uma sucessão de arcos sulcados. Azulejos vítreos em verde-escuro, creme e marrom-escuro decoravam as paredes. Uma luz azul tênue jorrava das claraboias. Era uma volta mágica, uma estação perdida, um lugar espectral, triste e belo.

Robert procurou linhas retas, mas não encontrou nenhuma. Seus olhos perderam-se nas sombras e curvas. Uma nota insistente e pulsante ressonava das paredes, insinuando o seu caminho em sua mente. Ele podia sentir a presença demoníaca do Iwnw em cada átomo do seu corpo. Um pouco mais adiante conseguiu distinguir uma escadaria, que levava até a área dos guichês, de onde emanava uma leve incandescência amarela, acentuada por centelhas de luz vermelha e azul. Eram as cores do olho da morte.

Ele ouviu água pingando e o som de passos na pedra adiante. Lenta e deliberadamente, na semiescuridão, ele arrastou-se para a frente, seguido por Katherine, colada à parede.

As luzes incandescentes do andar superior mudaram de cor para um amarelo mais escuro, enquanto o tom grave pulsante baixou ao máximo do alcance de sua audição. Sentiu-se atraído pelo jogo de luz, embora o infrassom do Ma'rifat' provocasse medos primitivos nas profundidades de sua mente. As luzes eram belas e sedutoras.

Alguns metros adiante, na plataforma, encostada à parede, ele viu uma silhueta escura e alongada. Robert se aproximou, temendo saber do que se tratava. Deslizou a mão sobre o corpo e sentiu uma poça pegajosa e o cheiro metálico de sangue inundou seus sentidos. Ele tentou encontrar a pulsação no pescoço e, em vez disso, acabou achando um ferimento de faca. Involuntariamente, afastou a mão do corpo, sufocando um grito de horror. Por um momento, não conseguiu respirar. Então, se recompôs e apalpou a cintura do cadáver. Encontrou um cinto de equipamento, um coldre, mas nenhuma pistola ou rádio.

— Um policial — sussurrou ele. — Morto.

Robert fechou os olhos do homem. O corpo, que parecia ser de um jovem, ainda estava quente. Será que ele precisava entrar em contato com a central, a cada poucos minutos? Quanto tempo levaria para sua ausência ser notada?

Katherine aproximou-se do corpo e fez uma oração. Depois, eles moveram-se cautelosamente ao longo da plataforma.

Os sons suaves do canto sagrado agora chegavam aos ouvidos de Robert, fundindo-se com a ressonância profunda e sobrenatural que repercutia nos azulejos e nas pedras da bela caverna. Horace estava certo em chamá-lo de espaço mais feminino imaginável. As claraboias pareciam rosáceas, com sua bela escultura em pedra, como veias sob a pele branca.

Eles estavam na beira dos degraus que davam para a área dos guichês. Lentamente, Robert olhou para o canto, mantendo a cabeça tão baixa e escondida na sombra quanto possível. Os arcos da câmara superior culminavam em uma claraboia como um olho único, o mesmo que ele vira em uma imagem de Terri.

No centro do salão, bem abaixo da claraboia, Robert avistou o Ma'rifat'. Era maravilhoso. Um tambor translúcido dourado e branco, girando lentamente, pulsando de dentro, com desenhos geométricos e inscrições decorativas brilhando em cores diferentes, à medida que as bordas giravam em direções opostas. Estava aproximadamente a 1 metro do chão, sobre uma coluna cônica que parecia ser de ouro maciço. Sobre um tecido no chão, ao lado dele, havia algumas figuras metálicas. Uma estrela de sete pontas, um hexágono, uma pirâmide, um tambor redondo muito pequeno. A Caixa da Maldade, que Adam lhe enviara. O núcleo. A chave mestra.

— Fat Mary — sussurrou Robert. — O Ma'rifat'. A Caixa da Maldade.

Lentamente, ficou de pé, tendo o cuidado de não raspar no chão o bastão metálico que carregava. Ouviu passos atrás deles, um alvoroço e o grito de Katherine. Então sua cabeça explodiu de dor e ele caiu, inconsciente.

O olho fitava a alma de Robert. Ele rezou.

... converta o medo em amor...

Imagens e fragmentos de cenas da cidade giravam diante dos seus olhos.

... a mente como um espelho...

Linhas de luz e desejo, luxúria e medo.

... coração misericordioso...

Ele enxergava através da mente. O dom que mantivera enterrado durante mais de 20 anos agora gritava no espaço invisível ao redor dele, escutando em retorno. Era uma erosão gradual da distância existencial das coisas. Ele sentiu tudo banhado em uma luz bela, pouco visível.

Uma voz áspera e cansada chegou aos seus ouvidos.

— Robert.

Era a mesma voz que ele ouvira ao ser atacado no metrô. O mesmo tom distorcido.

Era hora de lutar. Ele estava pronto. E lembrou-se do passado.

... *perdoe-o*...

Robert abriu os olhos. Bem na frente dele havia um homem de preto, sem fôlego, agachado. Seu rosto estava escondido, mas Robert conhecia aquela postura, o familiar cruzar dos braços sobre o peito, a cabeça baixa.

— Adam — disse ele.

Adam ergueu os olhos, a única parte do corpo visível na escuridão. Atrás dele, Robert pôde ver outros vultos, sombrios. Três espectros de capuzes pretos entoavam baixinho palavras que ele nunca tinha ouvido, mas que encheram o seu coração de trevas. Ao lado deles, alguns metros à sua esquerda, ele viu uma pessoa curvada nos degraus de pedra. Era Terri. Enxergou uma auréola vermelha de dor em volta da cabeça e da barriga dela.

— Rickles — disse Adam com um sinal de medo na voz gutural. Tentando manter a calma, ele acrescentou: — Nos encontramos novamente. Pela última vez, eu acho.

A voz dele ecoou no grande espaço curvo ao redor.

— Você não é mais o Adam. Você o matou. É apenas uma criatura do mal, um capanga do Iwnw.

— Eles agem através de mim. Mas continuo sendo o Adam que todos vocês conhecem e amam.

— Nesse caso, posso ajudá-lo.

— Claro que pode. Embora possivelmente não da forma que você imagina. Chegamos "a um acerto de contas em uma pequena sala". É o meu destino, parece.

— É uma citação de *Como gostais*?

— Exatamente, embora eu não goste nem um pouco.

— Onde está Katherine?

— Lá fora, no frio, eu acho — respondeu Adam apontando para além do campo de visibilidade de Robert. — Entretanto, não está ferida. Por enquanto.

Um trem fez um ruído arrepiante lembrando uma *banshee*. Ele notou que o Ma'rifat' reduziu seu brilho e silenciou o seu batimento profundo até desaparecer por completo.

— Sei o que você está pensando. A polícia aparece por aqui regularmente. O Iwnw teve que matar o último policial que apareceu. Mas eu já mudei o corpo de lugar. Ninguém nos encontrará. Não a tempo. E se isso acontecer, causará a deflagração do Dispositivo. Não da forma que meus mestres desejam. Isso explica os preparativos mais elaborados que tivemos que fazer.

— Eu não o ajudarei.

— Robert, Robert. Você não tem a menor noção de quem é, não é mesmo?

— Quem eu *sou*?

— De certo modo, *você é a arma*. Nós reunimos tudo o que é necessário para detonar o Dispositivo na sua potencialidade máxima. Todas as chaves, o núcleo, o gatilho, o ouro vermelho armazenado. Mas não podemos fazê-lo sozinhos. O componente final é um Unicórnio, um ser de grande beleza e poder espiritual, sacrificado pelo Iwnw. Que é... *você*, Robert. É o que você sempre foi. O que sempre negou. Por isso eu o procurei há tantos anos. Por isso Katherine buscou o refúgio em você.

— Não farei o que você quer.

— Fará, sim. Nós lutaremos, e o Iwnw, que age através de mim, que me domina, o dominará também. Você será derrotado e morrerá. Não terá escolha. E ao morrer, fará detonar a Caixa da Maldade.

— Não vou fazer nada disso.

De repente, o canto parou e, no mesmo instante, o Ma'rifat' silenciou. A mudança foi tão grande que a ausência do som atingiu os tímpanos de Robert como um golpe.

O mais alto dos três espectros vestidos de preto falou de dentro da sua própria escuridão e sombra.

— Um Unicórnio. Finalmente. Sentimo-nos honrados.

Robert reconheceu o líder dos três homens, contra quem ele e Horace tinham lutado na Grand Central.

— Liberte Katherine e Terri. Libere Terri da dor — ordenou Robert. — Reverta o câncer. Então, talvez, possamos conversar.

O líder do Iwnw deu uma risada seca e retirou o capuz.

— Não, isso não é razoável. Deixe-me explicar uma coisa. Você pode se achar no direito, porque foi iniciado e moldado por um membro da Luz Perfeita. Porém, os legítimos mestres do Caminho e seus poderes, não são eles, mas sim nós: a Irmandade da Coluna. O Iwnw. Considere a sua situação. Você enfrentou a morte, não apenas uma, mas várias vezes, para alcançar o seu notável conjunto de poderes em um período muito curto. Tentamos matá-lo algumas vezes.

— Pensei que vocês precisassem de mim.

— Se tivéssemos conseguido, isso simplesmente provaria que você não era, na realidade, a entidade pela qual é conhecido. Na verdade, nossos esforços ajudaram a ativar em você os poderes que o fizeram completar as provas. Pouquíssimos teriam sobrevivido a tamanha série de provações. Nós adoramos o trabalho de Horace, às vezes. Você faz parte de uma elite da qual é um escolhido. Não seria o certo se você... estivesse no comando? Com sabedoria, naturalmente, e justiça. Observe o mundo.

Enquanto o espectro vestido de preto falava, Robert buscou Katherine na mente. Adam falara a verdade. Ela não estava ferida e começava a recuperar a consciência. Já estava mais alerta do que demonstrava. Robert tentou alcançar Terri novamente e, com cuidado, tentou verificar seu ventre. O que viu foi desolador: a célula se dividia em ritmo acelerado, o câncer se alastrava rapidamente. Durante todo o tempo ele mantinha o olhar fixo no espectro de preto. Os outros dois membros do Iwnw retomaram seus cânticos, e o Ma'rifat' reagia, adaptando o seu próprio pulso rítmico ao deles.

— Olhe o que a raça humana fez com o mundo, enquanto os poderes transformáveis do Caminho foram retidos, mantidos em segredo, pelos tolos nobres da Luz Perfeita. Fizeram um planeta envenenado, lançado talvez permanentemente fora do seu equilíbrio vital, possivelmente já condenado se os líderes fortes não agirem logo. Superpopulação maciça, esgotando os recursos do planeta, bilhões de pessoas empilhadas em cidades decadentes que se espalham como praga sobre a superfície da Terra. Relações internacionais caóticas. Guerra constante. Crueldade incessante. Milhões de crianças morrendo, de forma horrível, de doenças que poderiam ser evitadas. Você pode ter sido levado a acreditar que estamos planejando um ato de assustadora maldade. Mas veja o mundo como ele se encontra agora. É de se achar que tal ato já tivesse acontecido.

Robert permaneceu completamente imóvel, atraindo do âmago do seu ser os poderes da terra, água, fogo e ar, éter, mente e espírito. Ele fez da própria mente um espelho perfeito, refletindo a crescente maré de veneno negro que o Iwnw emanava em direção a ele. E Robert emitia a energia de cura mais poderosa que podia invocar em direção a Terri, envolvendo as células cancerosas na luz branca, tentando reverter o mal lançado sobre ela. Precisava ganhar tempo.

— Quais são as suas intenções? O que você quer?

— Os seres humanos tornaram-se uma doença. A maioria não merece viver. Aliás, muitos sequer vivem. Permanecem adormecidos em relação ao próprio potencial durante a vida inteira, depois morrem. Comem, transam, matam-se uns aos outros, defecam, sonham com algo melhor, mas realmente não querem nada diferente do que já têm. São *preguiçosos*. São possuidores de um vasto reservatório de poder psíquico, porém, quase inteiramente intacto.

— Então, o certo seria escravizá-los e dominá-los? Sermos os faraós da modernidade? Controlar suas mentes?

— Você zomba, mas seria um dos soberanos, o que comanda a tropa. Em todo caso, como sabe, os membros do Iwnw seguem todas as vertentes do Caminho, não somente as belas. Há grande poder e força no medo, no ódio, no desprezo. Essas emoções são as fontes das quais extraímos poder. O Ma'rifat' tem capacidade para destruir Manhattan, e já o teria feito se a patética criatura entrelaçada com Adam tivesse conseguido executar o seu plano original. Isso por si só nos permitiria destruir, de uma só vez, o principal centro financeiro do mundo, os incompetentes tagarelas nas Nações Unidas e uma cidade que exemplifica a doença coletiva conhecida como democracia.

Robert sentiu que Terri reagia, que abraçava a energia que ele lhe direcionava. E derramou no sistema de cura do corpo dela toda a luz que podia enviar em sigilo.

Ainda assim ele escutava, impassível, o líder do Iwnw.

— Mas uma verdadeira bomba de alma, um verdadeiro motor de alquimia engrenado para explodir na consciência de possivelmente 1 bilhão de pessoas, dentro de poucos segundos... seria um instrumento muito mais eficaz. Provocaria um colapso psíquico instantâneo, conduzindo todo o mundo aos níveis mais baixos, mais brutos, mais sombrios do potencial humano. Nação temendo nação, aldeia temendo aldeia, incapazes de tolerar diferenças de qualquer espécie, de língua, de cor de pele, de sotaque, de cheiro. Haveria lançamentos de mísseis, muito provavelmente nucleares. Greves, retaliações, prisões de todos aqueles que não pertencem a qualquer tribo à qual você, por acaso, pertença. Filhos denunciando pais. Pais traindo filhos. Vizinhos entregando vizinhos a campos de concentração. Matança e mais matança. Ruanda na América. Srebrenica na América. Dachaus, Belsens e Auschwitzes por todo o mundo. Essas são as energias que desejamos liberar, para que possamos nos alimentar, e ao fazermos isso ficarmos tão poderosos a ponto de nos tornarmos invencíveis e inexoráveis. E, depois de nos alimentarmos, imporemos a ordem aos que restarem. Salvaremos o planeta para a nossa própria linhagem e seremos os governantes!

O silêncio era absoluto, exceto pelo tamborilar do Ma'rifat', cujo tom se tornara mais profundo e forte, à medida que aumentava a intensidade do ódio na câmara arqueada.

— Vá para o inferno — cuspiu Robert com desdém.

— Já estamos nele.

Mais uma vez a imagem do olho da morte irrompeu na consciência de Robert, propagando-se maciçamente de Lower Manhattan para o resto do mundo; a detestável bola magnética de fogo azul emanando chamas através do oceano Atlântico e da cordilheira dos Andes; o buraco negro, morto, no seu núcleo, alimentando-se do ódio e do medo em um círculo em constante expansão.

Respirando com dificuldade, Robert esforçava-se por manter o seu escudo, seu espelho da mente. Eles eram muito mais fortes do que ele esperava. Em todo caso, ele alimentava energia de cura para Terri, incapaz de saber se estava funcionando.

Adam aproximou-se e sussurrou para Robert:

— Você conseguirá até vencer um presidente dos Estados Unidos. Ele está no Waldorf-Astoria e não fará o seu grande discurso na convenção, esta noite. Você vai gostar disso: usaram a velha estrada de ferro secreta sob o hotel para que ele pudesse entrar.

Ele notou que Katherine se mexeu. Precisava tirá-la dali. Pela primeira vez Robert começava realmente a temer que pudesse falhar, embora houvesse algo que ainda não conseguia entender.

— Se o Ma'rifat' explodir, não morremos *todos*?

Novamente a risada seca do líder do Iwnw ecoou pelos arcos da área de guichês.

— Não. Seremos protegidos, e podemos proteger outros, se quisermos. O Ma'rifat' é um verdadeiro dispositivo de alquimia, que significa dizer que ele abre um portão entre mundos. Há um mundo de consciência pura que raramente encarna. Você já teve a oportunidade de vislumbrá-lo quando passou na Prova da Mente, e deve ter visto a consciência e a matéria na sua relação verdadeira, a sua eterna dança de fluidez mútua. Aqueles que são o Iwnw neste mundo, em última análise, servem ao Iwnw incorpóreo daquele mundo; a fome insaciável, a inteligência das trevas que necessita do medo humano e da dor para sobreviver. O olho da morte. O Iwnw encontrou os seus três servos. Encontrou o criador do Ma'rifat' e alimentou-se dele. Através dele, nutriu-se de Adam e, através de Adam, atingiu Terri e manipulou a estrutura de uma determinada célula, transformando a vida em morte; do bebê que iria nascer, em câncer.

Ele fez uma pausa para respirar e cuspiu as palavras carregadas de ódio.

— Através de Terri, no dia que vocês conhecem como o "Dia do Blecaute", o Iwnw atingiu até Katherine Reckliss e o seu futuro bebê, transferindo a sua força de vida para o câncer de Terri.

De repente, uma forma humana com os braços esticados passou voando atrás de Robert e agarrou a garganta do homem de cabelo branco. Era Katherine. No mesmo instante. Terri se lançou dos degraus e agarrou pelas costas outro dos homens vestidos de preto. Ela o girou, arremessando-o em seguida contra a parede, e pulou para pegar o tubo de aço que Adam havia tomado de Robert, depois de deixá-lo inconsciente com um golpe. Serpentes idênticas emitindo energia inflamaram-se ao redor do tubo de aço, quando ela o pegou. Terri espetou a ponta da arma na barriga do homem, girou o tubo e o lançou contra a cabeça do inimigo.

Reagindo um segundo depois, Robert pulou sobre o terceiro Iwnw, concentrando toda a energia bruta do seu desejo de sobreviver em um único soco no peito do homem, jogando-o para trás contra a parede da câmara. A pancada foi tão forte que quebrou os azulejos, o que não impediu o homem de reagir e atacar Robert com um golpe na barriga. Robert caiu e se dobrou de dor.

Nesse momento ele viu Adam ir em direção ao Ma'rifat' e introduzir as chaves restantes, uma a uma. Depois, pegou o núcleo, a Caixa da Maldade menor e encaixou-a no topo da caixa maior.

Com um ensurdecedor estrondo de energia e chama azul-amarelada, o Ma'rifat' expeliu, da sua borda superior, uma coluna distorcida e vertiginosa de fogo de quase 2 metros de altura. Os filamentos vermelhos estalaram dentro da chama e espalharam-se ao longo das curvas da cúpula arqueada, crepitando e cuspindo enquanto o olho da morte se aglomerava e tomava forma acima e em volta deles.

Aonde quer que Robert olhasse, o olho estava lá, fitando sua alma, tentando se apoderar dela, de todas elas, milhões de almas. As fluidas e sedutoras cores do olho incendiaram-se de vermelho e amarelo, quando ele sentiu uma sucessão de golpes desabar nas suas costas e na sua cabeça. O Ma'rifat' preparava-se para detonar. Pelo canto do olho Robert viu Adam de pé, com os braços enfiados na coluna branca de fogo distorcida, acima do Dispositivo, com o rosto contorcido de agonia.

Robert conseguiu ficar de pé e se jogou de cabeça nas costelas do seu agressor, arremessando-o novamente contra a parede. Forquilhas de luz amarela jorraram dos azulejos e se propagaram no olho da morte. Antes que Robert pudesse bater nele, Terri pulou e golpeou o homem com o cabo. O inimigo caiu desajeitadamente e permaneceu imóvel. Nesse momento Robert viu Katherine no topo dos degraus tentando se livrar de uma gravata aplicada pelo líder do Iwnw. Antes que Robert pudesse alcançá-la, o homem levantou-a pelo pescoço e lançou-a escada abaixo, em direção à escura plataforma.

Um segundo depois Terri pulou nas costas do agressor e cravou-lhe o bastão incandescente, que atravessou seu peito.

— Isto é pelo Jay, seu babaca — gritou ela. Com uma expressão de ódio mortal congelado na cara, o homem cambaleou por um momento e caiu. Terri desceu os degraus e correu para junto de Katherine. — Eu cuido dela — berrou Terri. — O que Adam está fazendo?

Robert olhou para o Ma'rifat' e viu Adam, que tirara as mãos da coluna de fogo, avançar em sua direção.

— Você matou três membros do Iwnw. Significa que o Iwnw agora age apenas através de mim, o que me torna mais forte.

— Você não tem que fazer isso. Estou aqui para desarmar o Ma'rifat'. É tudo.

— Não é tudo. Chegamos ao combate único. A simplicidade é atraente. Se eu matá-lo, 1 bilhão de pessoas morrem, na explosão ou na corrosão de alma que virá a seguir. Você dispara o Armagedom, mas eu permaneço vivo, Terri continua viva, com a sua gravidez restaurada e sob a proteção do Iwnw.

— Ela quer isso?

— Considere a alternativa. Ela não tem nenhuma.

— Não acredito nisso. Não se esconda atrás da ideia de salvar Terri. Ela nunca aceitaria isso. Não há acordo. Não passa de paliativo para o fato de que o Iwnw o domina.

— Eu não estaria tão certo. Mas, se me matar, você desarma o Ma'rifat' e vence o Iwnw, que se retira para lutar outro dia. Todas essas pessoas são salvas. Mas Terri morre de câncer.

Robert ainda não sabia se conseguira curar Terri, mas sentia que era capaz de fazê-lo.

— Sou um Unicórnio — disse Robert. — E morrerei se for preciso. Mas ninguém mais irá morrer hoje. Exceto você.

Robert pulou na garganta de Adam, que sem esforço desvencilhou-se e o jogou para trás, contra a parede.

— Não compartilho da sua opinião, Robert.

Adam pareceu agarrar o ar com seu punho e distorcê-lo. A cabeça de Robert explodiu de dor. Ondas negras estalaram sobre ele. O olho da morte tremeluzia de amarelo e azul, fitando-o de todas as direções.

O preto transformou-se em vermelho. O Ma'rifat' girava cada vez mais rápido, ejetando fragmentos de raio azul. Uma vibração profunda e desarmônica encheu o ar. Era o lento trovão da iminente detonação.

Mais uma vez Robert pulou sobre Adam, e os dois lutaram agarrando-se pela garganta.

— Você será dominado e morrerá, Robert — cuspiu Adam, com a luz amarela biliosa do Iwnw jorrando de seus olhos e de sua boca. — Da mesma forma que eu fui dominado.

Adam lançou-o contra a parede. O Ma'rifat' emitia um som alto enquanto girava, e as pedras em volta deles tremiam com os estrondos e relâmpagos sendo expelidos em vermelho, azul e verde. Robert sentiu que estava sendo derrotado. Sua força começava a se diluir. Então, fechou os olhos.

Na escuridão havia uma luz ainda mais negra. As retinas de Robert estavam feridas; seu cérebro crepitava e se desfazia como um rádio perto de uma linha de alta-tensão; sua pele tinha desaparecido quase completamente; não havia quase nenhuma membrana entre ele e o mundo. Estava em carne viva. Suas partes interna e externa fluíam uma na outra. Para onde quer que olhasse, o buraco negro no centro do olho da morte drenava sua energia, o seu desejo de viver.

— Horace — sussurrou ele.

— Horace está velho — zombou Adam. — Não pode mais ajudá-lo.

A escuridão se aproximou. Ele viu o olho irresistível, belo, horripilante, formar um microcosmo de si mesmo, ao redor da cabeça de Adam, e chamá-lo.

— Hora de morrer, Robert.

Adam puxou o tubo que Terri usara como arma do corpo do líder Iwnw e balançou-o no ar.

Terri ergueu a cabeça, sentindo o que estava por vir e correu escada acima.

— Não — gritou Terri. — Você não pode matá-lo!

Adam arremessou o bastão contra o pescoço de Robert. Com um grito, Terri pulou no caminho da arma, aparando toda a força do golpe com a própria cabeça, e caiu aos pés de Adam, com o crânio fraturado.

Por um instante Adam ficou paralisado de horror e caiu de joelhos, arremessando o tubo de aço para longe, com um rugido de dor.

— Não!

Inconsolável, Adam segurou a cabeça de Terri. Ela estava morta. Ele urrou, tomado por uma ira incontrolável

Robert levantou-se, incrédulo. Terri dera a própria vida para salvá-lo. Ela tinha visto Adam prestes a perder finalmente sua batalha contra o Iwnw, prestes a matar Robert, e preferiu morrer a deixar que isso acontecesse. Ela parecia tão pequena nos braços de Adam! Robert sentiu-se invadido por uma grande onda de ternura. Recebera de Terri a força para sobreviver às provas. Devia-lhe a vida, duplamente.

O ruído estridente do Ma'rifat' começou a variar. Os tons harmônicos, pouco perceptíveis, começaram a ecoar.

Adam pousou suavemente o corpo de Terri, levantou-se e, com uma expressão de desgosto, avançou para Robert.

Robert buscou no fundo de si mesmo os recursos para uma última batalha. *Morra para viver.* Estava disposto a abrir mão de qualquer esperança de sobrevivência, desde que pudesse interceptar a explosão.

Sentia que seus membros começavam a se incandescer. Primeiro os braços e as pernas, e, logo, o corpo inteiro. Abriu os olhos. Ele era um corpo de luz. Era o anjo em espiral, que Terri mostrara, no início da sua trajetória, coberto por um manto de luz que girava e lentamente penetrava em sua pele. Sentia-se envolvido pela energia protetora de Horace.

Nesse momento, urrando como um animal selvagem, Adam pulou sobre Robert. Ambos caíram e rolaram pelos degraus, até a plataforma, passando por Katherine, que permanecia inconsciente.

Robert ficou de pé e agarrou a garganta de Adam, que conseguiu se desvencilhar do golpe e socou Robert no queixo. Este reagiu e ambos acabaram perdendo o equilíbrio e caíram nos trilhos. Ele puxou Adam para os seus pés.

O olho se formou novamente em volta de Adam. A face da morte. E perguntou:

— Quem é você?

— Meu nome é Robert Reckliss.

— Somos o Iwnw.

— Você é o diabo.

— Como achar melhor. Você não pode nos vencer.

— Liberte o meu amigo.

— Não.

Robert penetrou mais profundamente em sua memória. Achou as últimas armas possíveis. Viu as palavras que Lawrence e Adam haviam tentado transmitir a ele.

— Aprendi estas palavras com Adam e com dois amigos, Horace e Lawrence Hencott, que vocês torturaram e mataram.

— Que palavras?

— As palavras do poder. As palavras usadas para obter o domínio do ouro vermelho e a Pedra Filosofal.

— Não.

— Para o ouro vermelho as palavras são: *quaero arcana mundi*. "Busco os segredos do mundo."

Ele lembrou-se da frase que Lawrence desejara tão claramente que ele guardasse na memória. Vil e Intensa Tortura Racionaliza a Impotência da

Oposição ao Lado Obscuro. Fora a mesma palavra que Adam lhe dissera, no início das provas.

— A resposta é *vitríolo*.

— Pare.

Ele começou a recitar *Os Manuscritos de Newton,* repetir as palavras que Adam fizera Newton dizer em voz alta, no clímax da peça. As palavras que surgiram na máquina de escrever, no quarto de Katherine, na noite do incêndio.

— Para a Pedra Filosofal: *Flamma unica clavis mundi.*

— Pare.

— "A chave para o mundo é uma chama única."

— Não.

— Aceito a maldade de Adam e tomo-a para mim. Ele é parte de mim, e sou a parte mais forte.

— Não.

O olho brilhou com a luz azul, encolhendo-se e afastando-se dele. Tons harmônicos mais potentes emanaram do Ma'rifat', que, agora, estava se estabilizando, alimentando-se de sua mente, em sua alma.

E ele viu a frase final que Adam iria declamar no final da peça, quando a árvore e o tambor da luz pegaram fogo. Ele percebeu que sempre soubera disso. Adam o escondera à vista de todos.

— *Omnia vincit amor!*

— Pare! Não!

— *Omnia vincit amor!* O amor! Conquista! Tudo!

Ele abriu os olhos. O olho recuara de medo embora continuasse a chamejar sobre a cabeça de Adam. Então, Adam sorriu e Robert percebeu o plano secreto que Adam protegera das trevas, do Iwnw, até o último momento possível.

Robert fitou o olho e falou para ele:

— Eu percebi.

— Percebeu o quê?

— Adam quer que eu o mate.

— Não é verdade.

— Ele acha que é incapaz de escapar de você.

— Mentira.

— Ele o enganou desde o início. Esperou pelo momento em que eu seria psiquicamente capaz de derrotá-lo. Espiritualmente capaz de destruí-lo.

— Não.

— É o único modo de quebrar o seu poder e desarmar o Ma'rifat'. É assim que Adam salvará o mundo, custando-lhe sua própria vida.

— Não. Está errado. Agora você morrerá.

— Quando ele mergulhou os braços na coluna de fogo do Ma'rifat', estava tentando desacelerá-lo, atrasar a detonação. E conseguiu. E quando você realmente o dominou, Terri o impediu de me matar, dando ao plano dele uma última chance de dar certo. Ela sabia o tempo todo.

— Não. Agora morra.

— Não. *OMNIA! VINCIT! AMOR!*

Um grito de maldade primitiva explodiu do centro do olho quando ele explodiu em um clarão de chama amarela e azul.

Robert olhou dentro dos olhos de Adam, que percebeu que ele havia entendido. Por um momento atemporal Robert manteve o olhar do amigo. Depois, ele o empurrou no terceiro trilho e recuou.

O corpo de Adam foi jogado para longe, sua cabeça estalou, e por um tempo sem-fim ele pareceu resistir ao poder da eletricidade crepitante que o atingiu, ficando de pé e cambaleando enquanto uma fumaça e um fedor de carne queimada invadiam o ar quente da estação subterrânea.

Adam rolou os olhos e se deixou levar, erguendo a mão em sinal de gratidão. E caiu sem vida aos pés de Robert.

O Ma'rifat' reduziu a velocidade e agora emanava harmonias pungentes e belas.

Robert ajoelhou-se e fechou os olhos de Adam. Depois, arrastou o corpo pelos trilhos e o ergueu para a plataforma. Foi para junto de Katherine e a abraçou, acariciando seu cabelo. Ela ainda não estava totalmente consciente. Ele chorou pelo amigo e viu imagens dos seus jogos loucos, do seu coração selvagem, da sua imaginação infinita, da sua bondade e do indomável senso de humor. Viu, também, a luz amarela doentia que o consumira, sua vontade inabalável de lutar até o último minuto, os riscos penosos e abnegados aos quais se submetera para assegurar que, no último momento, a detonação seria interrompida.

— Perdão, amigo — disse ele baixinho. — E obrigado.

Ele subiu as escadas até o Ma'rifat' e ficou em frente à bela máquina, cujas bordas agora giravam lentamente e a coluna de fogo havia apagado. Removeu as chaves, uma por uma, de seus encaixes, em volta da estrutura incandescente.

Quando terminou, telefonou para Horace.

— O Ma'rifat' está desarmado. Terri e Adam estão mortos. Sacrificaram as próprias vidas para salvar outras.

— Deus do céu! Saia daí imediatamente. Depois, por favor, venha ao meu encontro e traga o Ma'rifat' para que eu possa destruí-lo.

EPÍLOGO

Nova York, sábado, 4 de setembro de 2004

Com as mãos protegidas por grossas luvas pretas de borracha, Horace levantou a cápsula de bala, a primeira das sete chaves menores do Ma'rifat', e soltou-a suavemente no grande tonel de ácido sulfúrico na mesa de madeira áspera, no meio do seu apartamento. As janelas estavam totalmente abertas para dispersar a fumaça. Com um assobio violento e um penacho de fumaça vermelha, a chave se dissolveu.

— Honramos vocês, Adam e Terri, e nos lembramos de vocês como guerreiros — disse ele em tom solene.

Robert e Katherine deram as mãos e repetiram as palavras de Horace.

Horace pegou o *vesica piscis* que adornara o pescoço de Terri, a segunda chave, e o soltou no ácido. Sua forma derretida flutuou por um momento na superfície e logo desapareceu, emitindo um som semelhante a um suspiro.

— Adam e Terri, honramos e nos lembramos de vocês como amantes — disse ele. — Lembramos da criança que foi tirada de vocês pelo Iwnw.

Horace repetiu o gesto com todas as chaves menores, relacionando cada uma a um atributo dos seus dois amigos mortos na luta para impedir a detonação do Ma'rifat'.

Com os ferimentos na cabeça e nas costas provocados pela luta no obelisco agora curados por Robert, Horace se preparava para passar algumas semanas em retiro, para estudar o uso do conjunto pleno de palavras de poder que Robert compartilhara com ele e meditar nas lições que poderiam ser aprendidas para futuros confrontos com a Irmandade do Iwnw. Katherine e Robert, que dividiam o mesmo quarto novamente, pediram que ele presidisse uma renovação informal dos seus votos de casamento, quando retornasse do retiro.

Quando Horace pegou a Caixa da Maldade, o diminuto tambor redondo que destruíra a vida anterior de Robert e o despertara para uma nova vida, mais rica do que ele jamais sonhara, Katherine deu um profundo suspiro e começou a soluçar baixinho.

— Adam, por todos os seus jogos, seus enigmas e quebra-cabeças, seus desafios e suas provocações, a sua loucura e o seu coração inquieto, bondoso e questionador, obrigado — disse Robert com a voz embargada e lágrimas nos olhos.

Delicadamente, Horace soltou a pequena Caixa da Maldade no ácido, que borbulhou com voracidade e engoliu o tambor de vidro metálico com um estalo barulhento.

— Antes de você partir, vou dar-lhe as chaves de um lugar onde os documentos de Adam estão guardados — disse Horace. — Deve haver também alguns cofres para serem vasculhados. Ele me confessou, Robert, que havia designado você como seu testamenteiro.

Robert agradeceu.

— Há manuscritos, e só Deus sabe o que mais, que terão de ser examinados.

— Posso fazer isso — disse Robert.

— Você deve. Haverá outras batalhas e talvez haja algo útil nos apontamentos de Adam.

Horace fez uma pausa por um momento.

— Agora, a tarefa principal.

Ele ergueu cuidadosamente o Ma'rifat', que mantivera em um local seguro desde quinta-feira, quando Robert o trouxera da estação de metrô, e o manteve acima do tonel de ácido.

— Em nome de milhões de almas, cujas vidas foram poupadas pelas ações desses últimos dias, e em nome de Adam e Terri, que deram as próprias vidas para impedir a detonação do Dispositivo, afirmamos as palavras do poder que nos concedem o domínio sobre seus elementos componentes, e condenamos o artefato à destruição — entoou Horace. — *Quaero arcana mundi.*

Katherine e Robert responderam em uníssono:

— Vitríolo.

Horace baixou o Ma'rifat' suavemente no ácido. O som de estalo e os estouros deram lugar a um chiado profundo e intenso e vapores verdes, alaranjados, vermelhos e amarelos voaram pelo ar. Ele desceu o objeto até o fundo do tonel e o soltou. O ácido agitou-se e cuspiu.

— *Flamma unica clavis mundi* — disse Horace.

Katherine e Robert responderam:

— *Omnia vincit amor.*

Este livro foi composto na tipologia Minion, em corpo 11/14,
e impresso em papel off-white no Sistema Cameron
da Divisão Gráfica da Distribuidora Record.